北京舞蹈学院
70周年校庆
系列丛书

中国民族民间传统舞蹈文化研究

王昕 著

Research on Chinese Traditional Ethnic and Folk Dance Culture

Wang Xin

文化艺术出版社
Culture and Art Publishing House

图书在版编目（CIP）数据

中国民族民间传统舞蹈文化研究 / 王昕著. — 北京：文化艺术出版社, 2024. 9. — (北京舞蹈学院70周年校庆系列丛书). — ISBN 978-7-5039-7676-6

Ⅰ. J722.2

中国国家版本馆CIP数据核字第202408VR36号

中国民族民间传统舞蹈文化研究

著　　者　王　昕
丛书统筹　董良敏　江楚锐
责任编辑　柏　英　邓丽君
责任校对　董　斌
封面设计　顾　紫
版式设计　马夕雯
出版发行　文化艺术出版社
地　　址　北京市东城区东四八条52号（100700）
网　　址　www.caaph.com
电子邮箱　s@caaph.com
电　　话　（010）84057666（总编室）　84057667（办公室）
　　　　　84057696—84057699（发行部）
传　　真　（010）84057660（总编室）　84057670（办公室）
　　　　　84057690（发行部）
经　　销　新华书店
印　　刷　北京雅昌艺术印刷有限公司
版　　次　2024 年 10 月第 1 版
印　　次　2024 年 10 月第 1 次印刷
开　　本　710 毫米 × 1000 毫米　1/16
印　　张　40.75
字　　数　515 千字
书　　号　ISBN 978-7-5039-7676-6
定　　价　150.00 元

总序

静水流深，沛然莫御。人类通过舞蹈艺术感知生活、阅读社会、理解时代，因舞蹈之灵动和诗意，文明变得更加熠熠生辉。

在被誉为“舞蹈家摇篮”的北京舞蹈学院就聚集着这样一批人，他们以对舞蹈教育的赤诚之心、踔绝之能和鸿鹄之志提炼生活、传播文化、承载文明。从香饵胡同、白家庄、陶然亭到今日的万寿寺1号，七十载舞榭艺堂，七十载秋月春风。

历史是人类一切成就和进步的见证，也是未来的引领。欲流之远，必浚其源，唯有敬畏传统，礼敬前贤，守正创新，拾阶而上，方可青山依旧，绿水长流。站在70年办学的历史之巅，我们抚今追昔，凭高望远，倍加珍惜前辈先贤奠定的坚实教育基业，愈加敬畏中国舞蹈波澜壮阔的发展历史。

回眸70载，北舞人因事而化、因时而进、因势而新，始终坚持“双百”方针、“二为”方向和“双创”指引，以中国舞蹈教育“国家队”的责任引领发展方向。北舞始终是新中国舞蹈教育的奠基者、舞蹈教育体系的创建者、舞蹈高端人才的培养者、舞蹈先进观念的引领者、舞蹈先锋作品的研创者。学院积淀了中国舞蹈教育近现代发展的历史底蕴，借鉴国际舞蹈发展的最新成果，形成具有鲜明中华文化属性和开放包容特质的办学传统，成为中华舞蹈文化的守正创新者，使中国舞蹈成为世界舞蹈中具有鲜明文化辨识度的重要组成部分。

木铎金声，滋兰树蕙。回眸 70 载，学院先后培养了 19195 名学生，其中 4475 名中专生、7730 名本科生、1953 名研究生、380 名留学生、4657 名继续教育学历生。这些人才支撑了新中国不同时期对舞蹈高端人才的基本需求。70 年来，我们将舞蹈艺术教育的触角探向丰富多彩的美育世界，非学历教育覆盖 5.51 万人次，舞蹈考级教育覆盖 1100 万余人次，培训专业从业人员 125 万余人次，这让舞蹈艺术的光辉几乎照亮全中国每一个角落，可谓“芝兰绕阶，桃李满园”。

回眸 70 载，学院集聚了全国最优秀的舞蹈师资，先后有 1547 名教师在校园里披星戴月，播种耕耘，甘为人梯，筑梦桃李，形成集成牵引的人才矩阵、近悦远来的人才生态和名师荟萃的聚才效应。“人事有代谢，往来成古今。”历代北舞教师听党话、跟党走，心怀祖国人民，响应时代号召，追求艺术理想，以身许国，以舞言志，对事业矢志追求，对同道热情托举，对学生真诚关爱，既为经师，亦为人师。

“岁月不居，时节如流。”回眸 70 载，新中国舞蹈教育事业与时代同行，不断成其大，就其深，中国式现当代舞蹈事业蒸蒸日上，蔚然成林。回溯峥嵘岁月，有风雨如晦，有惊涛拍岸，北舞前贤砥砺廉隅，依然坚忍不拔，孜孜以求，昨今往事，均付时光。他们以舍我复谁的气度、负重致远的担当，筚路蓝缕，以启山林，无顾寒俭之素，无畏创基之艰，无常、无我、无畏，先觉、先行、先创，“羊公碑尚在，读罢泪沾襟”。

犹记得，那天，在漫天之雨中，我们涕零如雨，缅怀奠基学院事业的首任校长戴爱莲先生，追念创校前辈们的风雨人生；那天，我们在学院内树立吴晓邦先生塑像，学术性复原先生正在佚失的舞蹈作品；那天，我们纪念陈锦清院长，从家属手中接过沉甸甸的工作笔记；那天，我们在人民大会堂纪念贾作光先生诞辰一百周年，在国家大剧院再现先生创演的作品……至今，一系列“礼敬前贤，致敬大先生”的活动仍在进行中。

事变境迁，皆有所以。在学院70年院庆之际，我们追溯既往，审思当下，镜鉴未来，便有了学院系列文化计划。

我们通过“70年70堂公开课计划”，遴选出70堂代表性课程，聚焦教育教学和人才培养核心领域，沉淀办学历史，展示办学成就，汇聚办学力量，研发课程课例，实现典型示范，分享教育资源，赓续教学传承。

我们通过“70年70部原创小微作品扶持计划”，搭建舞蹈学府积累知识、创造学问、滋养文化的平台，助推学院优秀教师及青年学子苦心向学，探索未知，以创促学，化茧成蝶，激醒编创欲望，激发编创潜能，激活艺术机制，激励艺术创造。

我们通过“70年70部短视频传播计划”，利用数字化媒介收集、整理、传播学院优秀的教育案例、有价值影响力的校园生活、代表性艺术家和艺术活动，向社会输出有能量、有高度、有温度的舞蹈文化。

我们通过“70年70部优秀著述出版计划”，披沙拣金，掇菁撷华。几代北舞人撰书立学，以著述表达思想，以研究探索未知，在传承弘扬北舞文化传统上见人、见事、见情、见思想、见文化。

我们希望此书系面对时代的变迁、社会的转型、艺术的发展、审美的变化，以强烈的历史主动性、以自觉的艺术教育思考向舞蹈的至深处进军，理解艺术真谛，把握艺术规律，捕捉舞蹈发展新气息，创造舞蹈文化新场面，引导舞蹈艺术新风尚，不断突破认知边界，以对艺术更深刻的理解驱动舞蹈教育面向未来的发展。

我们希望通过此书系能梳理学院教育制度沿革的历史、学科专业发展的历史、课程教材发展的历史，梳理代表性教师、代表性课程、代表性教材、代表性学术成果、代表性剧目创作及代表性艺术教育观念，更深刻地反映中国舞蹈教育发展的理论高度、思想深度、实践厚度、情感温度，成为呈现中国舞蹈教育历程的信史、揭示中国舞蹈教育规律的密钥。

我们希望此书系能深刻总结北舞人特有的精神世界，即站在巅峰依然眺望远方的鸿鹄之志、海纳百川的艺术观念、接续发展的科学战略、自我革命的进取之心、敏言力行的优良作风、团结合作的统一步调、激发艺术活力的民主风气。自觉弘扬历代北舞人在艺术教育过程中所体现的政治坚定的立场，历史主动的精神，开放包容的气度，求是致用的作风，实践思维的方法，文舞相融的观念，爱国爱校爱舞蹈的情怀和为人民而舞、为时代建功的价值追求。

我们希望此书系能主动聚焦国家重大文化战略需求，系统回答舞蹈艺术领域的人民之问、时代之问、中国之问、世界之问，研究解决事关中国舞蹈特别是舞蹈教育全局性、根本性、关键性的重大问题，全面构建中国特色舞蹈艺术的学科体系、学术体系、话语体系，为舞蹈教育面向未来的发展提供理论先导。以学术的方式让美的艺术更有文化，让美的涵养更加厚重。

我们希望此书系能认真总结历代北舞人探索未知、及锋而试的勇气，不期修古，不法常可，随时势而脉动，立潮头而奋发，实现传统与现代的有机衔接，打开舞蹈教育创新空间，以先进舞蹈文化的真理之光激活优秀办学传统的基因，推动舞蹈教育的生命更新和现代转型，推动优秀办学经验和传统文化的创造性转化和创新性发展，建设中华民族现代舞蹈文明。

“江山留胜迹，我辈复登临。”对历史最好的礼敬就是创造新的历史，对传统最好的礼敬就是创造现代文明。当今正是春风时，建设中国舞蹈高端人才培养中心、中国舞蹈学术研究中心、中国舞蹈作品研创中心、中国舞蹈文化传承创新中心、中国舞蹈数字教育中心的宏图正在北舞全面展开。我们应以先进的舞蹈教育观念、优质的舞蹈教育扩容、贤哲云集的人才变量效应，以及更自觉的舞蹈学术、学院风格的舞蹈创作、更开放包容的舞蹈教育国际化、舞蹈教育的数字化赋能、舞蹈课堂中的革命风暴迎接未来。

“天地英雄气，千秋尚凛然。”人类的具体历史，一定是所有人的历史，每个人和每件事都将被铭记在历史长河中。70 年来，是无数或知名或不知名的北舞人的具体历史实践，所贡献出的光和热，带给我们无限温暖和精神力量，形成了独属于北舞的精神世界。回眸 70 年激情的历史和光辉的岁月，是几代北舞人的拼搏、奋进、勇气和担当，是几代北舞人传承有序、艺脉相承的生动缩影，代代滋养，代代花开。我们谨以本套书系向过去、当下和未来忠诚献身舞蹈教育者致敬。

北京舞蹈学院党委书记 巴图

北京舞蹈学院党委副书记、院长 许锐

2024 年 7 月

序

王昕同学与我结缘是在本世纪之初，2007—2010年，他在中央民族大学民族学专业攻读民族学/人类学博士学位，由于悟性强，加之自身勤奋，毕业时所撰写的博士学位论文《功修、祭仪、节庆中旋跳的舞蹈——新疆维吾尔族萨玛舞研究》被评选为应届“优秀博士学位论文”，并于2010年出版。此后，在返回北京舞蹈学院工作的数年间，他先后撰写并出版了《综合与反思——舞蹈人类学理论与研究方法探研》（2014）、《追溯·回顾与探研——中国民族民间舞发展与现状研究》（2017）、《舞动记忆的述说——中国民族民间舞教学名师访谈录》（2019）、《探索·认知与思考——舞蹈人类学导论研究》（2023）等多部学术专著，而这些著述都是在民族学与人类学文化理论的指导下完成的。2014年，在北京舞蹈学院中国民族民间舞系从事教学工作多年的王昕同学调入舞蹈学系，开始接受“舞蹈文化人类学”的教学任务，其中2014年出版的《综合与反思——舞蹈人类学理论与研究方法探研》和

2023年出版的《探索·认知与思考——舞蹈人类学导论研究》，就是开设“舞蹈文化人类学”这门课程后分别为本科生和研究生编写的两部基础理论教材。

2019年，王昕博士又接任了“中国传统舞蹈文化”这门专业课的授课任务，同时被要求编写教材，其实，这门课程教材的第一部分早在2017年被他以《追溯·回顾与探研——中国民族民间舞发展与现状研究》的书名完成并出版了，而现在完成并将要出版的这部《中国民族民间传统舞蹈文化研究》，则是前一部著作的继续，应该说是姊妹篇。王昕认为，要讲好这门课，首先要明确该课程名称中的一个定语“传统”。何为传统？他引用美国社会学家爱德华·希尔斯《论传统》一书中的表述，“传统”是指“从过去延续至今的东西”，以此反思中国的传统舞蹈，亦即今日中国舞蹈界可称为民间舞、中国民间舞或中国民族民间舞的舞蹈，大致包括了两部分内容：一部分是被称为“纯民间”“地方性”“乡村化”“非主流”的原生态中国民族民间舞蹈；另一部分则是被称为“主流的”“专业的”“职业性”“剧场化”“学院派”“非原生态”的中国民间舞或中国民族民间舞，并强调了这是两种既有联系又有明显区分的不同类型舞蹈。对于所谓“专业的”“主流的”“剧场化”“学院派”的后者，王昕认为已在2017年出版的《追溯·回顾与探研——中国民族民间舞发展与现状研究》一书中做了比较全面、深入的阐释，而当下这部以《中国民族民间传统舞蹈文化研究》命名的书稿，则是对所谓“纯民间”“非主流”“原生态”的中国民族民间舞蹈从理论到实践的完整论述，至此，一套讲授“中国民族民间舞蹈文化”课程的完整教材由此产生了。

在高等院校，专业课的课程设置及其教材建设是教学中的重要环节，而所编教材的知识性、理论性与学科体系的完整与规范性，是完成教学目标的基础条件和重要保证。综览王昕博士所完成的这部《中国民族民间传统舞蹈文化研究》教材，上述条件基本都已具备。当然，也正如他所说："任何一门课程的教材建设，总是随着时代的进步、学科的发展而需要不断修订，以求与时俱进，开拓创新。"尽管如此，作为初创成果的第一步却很重要，而目前的这部新作已以较高的质量完成了该课程的初创目标，连同前面提到的为开设"舞蹈文化人类学"课程所编写的两部基础理论教材，其成绩显而易见，功不可没。对此，作为指导教师，我十分欣赏他对获得专业知识的渴望和为之所做的努力，从2010年博士研究生毕业到2023年年末的13年间，他在承担学校本科与研究生教学任务的同时，一直笔耕不辍地坚持科研工作，先后完成6部总计约200万字的学术专著和公开教材，发表于专业刊物的学术论文也有近40篇，显然，无论怎样比较，他都称得上是一位敬业的高产学者和工作有成效的高校教师。眼前这部《中国民族民间传统舞蹈文化研究》作为北京舞蹈学院建校"70年70部优秀著述出版计划"丛书中的一部，也是作者对母校70周年校庆的祝贺和奉献。

王昕博士认为，在撰写这部书稿时，受某些客观因素的制约，一些内容的讨论与阐述被放弃了，所以他决定将之纳入下一步即将开展的"舞蹈人类学理论探讨"和"舞蹈人类学研究方法探索"等相关研究中。看来，在新的一年到来之际，王昕博士又给自己设计出了新的科研目标。科研是为教学服务的，高质量的科研是深化教学内容、提高教学质量的关键。愿王昕博士继续发扬执着勤奋、忠于职守的精神，为中国民族民间舞蹈教育与学科发展做出新贡献。

白振声

2023 年 12 月 28 日于北京中央民族大学教师公寓

前言

《中国民族民间传统舞蹈文化研究》是北京舞蹈学院人文学院舞蹈学系教学改革的产物，记得2016年版《人文学院舞蹈学专业本科课程教学大纲》中，就是根据那一时期舞蹈学专业人才培养目标，提出了以“课群板块化”方式整合、设计相关课程的思路，当时的“历史与文化板块”，由“中国古代舞蹈史”“中国现当代舞蹈史”“西方芭蕾舞史”“西方现当代舞蹈史”“中国传统舞蹈文化”“世界传统舞蹈文化”等多门课程构成。2017年，根据新的人才培养目标，上述的课程又做了一次调整：“历史与文化板块”中，“中国古代舞蹈史”和“中国现当代舞蹈史”合二为一，变成了“中国舞蹈史”；“西方芭蕾舞史”和“西方现当代舞蹈史”也是两课并为一课，变成了“西方舞蹈史”；“中国传统舞蹈文化”与“世界传统舞蹈文化”这两门课程保持原样，没有改变，可见这两门课程在舞蹈学专业人才培养中的地位。当2017年版《人文学院舞蹈学专业本科课程教学大纲》被确立下来，根据教学大纲进行相关的课程建设与教材编写就成了教学改革后续工作的重点，当时学院根据课程教学大纲提出了一系列教材编写工作，而且是落实到人。因为所学专业的侧重，我被安排进行“中国传统舞蹈文化”课程教材的撰写工作。

接到任务后，我便开始进行这方面的准备，当时人文学院舞蹈学系给老师们编写的时间是充分的，为了保证教材写作的质量，所写教材可以在5年内完成，所以当时接到任务后，我并没有急于动手，而是对这部教材“如何写”“写什么”展开了调研和论证。对于“传统”，根据美国社会学家爱德华·希尔斯（Edward Shils）在《论传统》（*Tradition*）一书中的表述，“传统”意指从过去延传至今或相传至今的东西，是“代代相传的事物”，是走到“现在”的“过去”，是“活着的过去”，是世代相传、具有同一性的东西。根据这个定义反思中国的传统舞蹈，应该说它包括两部分内容：一部分是被称为“雅乐”，或“精英文化”“主流文化”，或被芮德菲尔德定义为“大传统”的舞蹈形式；另一部分则是被称为“俗乐”“民间文化”“大众文化”，或“小传统”的舞蹈形式，这两部分都应是中国传统舞蹈文化需论述的内容。但是现实情况是，在中国，以“雅乐”或“宫廷舞蹈”为代表的中国古代“大传统”舞蹈并没有流传下来，当下代表“官方文化”“精英文化”“典雅文化”“主流文化”的“大传统”舞蹈，已被“中国现当代舞蹈史”全方位涵盖，加之中国古代历史形态或者有文献记载的舞蹈形式，在“中国古代舞蹈史”中都有罗列，即便新的课程教学大纲将这两门课压缩为一门课程（中国舞蹈史），但只不过是教学课时有所压缩，教学内容有所删减而已，核心知识内容大部分都存在，在教材编写中，这方面内容需不需要涉及，是必须要定夺的。

带着这个问题，笔者咨询了曾经一直上这门课的潘丽老师，也认真地查阅了她作为课程负责人撰写的《中国传统舞蹈文化课程教学大纲（2017）》，从该课程教学大纲的“课程教学基本要求”和“教学内容”这两部分内容中得到了答案。该“课程教学基本要求”是这样写的：“通过本课程的学习，要求学生掌握原生态民间舞的基本特征，掌握原生态民间舞的一般规律；学习田野调查的基本方法；掌握中国6大主要民族的民间舞概况。以便在教学、创作、理论研究中能够遵循民间舞自身的规律，增强民族舞蹈文化的保护意识。”课程的“教学内容”由第一章“中国原生态民间舞的文化特征”、第二章“中国原生态民间舞的形态特征”、第三章“中国原生态民间舞的类别特征”、第四章“中国六大民族的民间舞概述”这几部分内容构成，看得出她将课程的重点放在中国原生态民间舞内容的教授上。加之该课程历史上曾经使用过罗雄岩老师的《中国民间舞蹈文化教程》（2001），以及潘丽老师的《中国原生态民间舞特征与创作体系》（2017）这两部教材，可以更加明确该课程的实质内涵。该课程授课学时设计为36学时，潘丽老师将教学重点定位在中国原生态民间舞上应该是合情合理的，将一部分具体内容讲透，不贪多、不求全，应该是当初最为实际的考量。本书将撰写的主体内容定位在中国原生态民间舞或原生态中国民族民间舞蹈上，是对过去课程内容的继承，并非另起炉灶、重搞一套。

在今天的中国舞蹈界，被称为民间舞蹈、中国民间舞或中国民族民间舞的，大致由两部分内容组成：一部分就是被称为“纯民间”“地方性”“乡村化”“非主流”的中国原生态民间舞或原生态中国民族民间舞蹈；另一部分则是被称为“专业的”“职业性”“剧场化”“学院派”的中国民间舞或中国民族民间舞。之所以用“原生态”和“非原生态”区别两者，是因为这两者相去甚远、大相径庭。笔者在2017年出版的《追溯·回顾与探研——中国民族民间舞发展与现状研究》一书中，对非原生态中国民族民间舞蹈进行了研究和分析，得出的结论是，它属于被称为“官方艺术”、“精英艺术”、“主流艺术”或“剧场艺术”的“大传统”舞蹈，凸显的是精英主流文化的特质，因此与原生态中国民族民间舞蹈拉开了距离，尽管两者有一些必然的联系，但是可以将其界定为不同类型的两种舞蹈。

之所以产生这样的认识，一是笔者作为曾经的中国民族民间舞系教师，通过多年的学习和实践经验，感知到两者的不同，根据这些经验撰写的《追溯·回顾与探研——中国民族民间舞发展与现状研究》一书的出版，使笔者更加清晰这两者之间的差异。二是笔者对罗雄岩《中国民间舞蹈文化教程》(2001)、李雪梅《地域民间舞蹈文化的演变》(2004)、朴永光《舞蹈文化概论》(2009)、巫允明《中国原生态舞蹈文化·教程》(2014)、陈雪飞《民间舞蹈》(2015)、潘丽《中国原生态民间舞特征与创作体系》(2017)、王阳文《中国民间舞蹈文化导论》(2022)、邓佑玲《民族舞蹈概论》(2022)等专家、学者们著作学习的结果。在这些著作中，无论他们使用的是民间舞蹈，还是中国民间舞蹈，或者中国原生态民间舞等概念，都不约而同地说出该类型舞蹈与被称为“专业的”“职业性”“剧场化”“学院派”的中国民族民间舞蹈有着很大区别的客观事实，这也是本书将研究落脚点放在中国原生态民间舞或原生态中国民族民间舞上的另一个要因。由于“原生态”一词特指没有被特殊雕琢、存在于民间原始的、散发着乡土气息的表演形态，某种程度上与爱德华·希尔斯论述的“传统”（从过去延传至今或相传至今的东西）无缝衔接、有机统一，加之本著作又是“中国传统舞蹈文化”课程的支撑教材，所以本书就直接命名为《中国民族民间传统舞蹈文化研究》。

关于《中国民族民间传统舞蹈文化研究》书名的由来，除了将“中国传统舞蹈”明确定义为“中国民族民间传统舞蹈”外，“文化”作为本书的研究重点，一方面是遵循“中国传统舞蹈文化”课程设计之始的目标诉求，为了避免概念纷争引发的困扰，让人一目了然弄清书中的具体研究内容，所以就将“中国传统舞蹈文化”改为“中国民族民间传统舞蹈文化”；另一方面研究的内容是“中国民族民间传统舞蹈”，自然它是“代代相传的事物”，是走到“现在”的“过去”，是世代相传具有同一性的东西，因此它就与当下创新求变、强调艺术家个性、表现为剧场艺术形态的东西有很大的区别，因为在这里它已经不是一种艺术，而是一种文化。“在人类学的视野下，舞蹈与音乐一样：‘舞蹈即文化’。舞蹈作为一种人体文化现象和艺术形式，它能帮助我们理解一个社会的结构和文化，表达一个民族或群体的思想、政治愿望。”舞蹈具有非语言的、象征性的、符号性的特征，即舞蹈既是抽象的、无形的、观念的、意义的，也是有形的、实在的、真实的，从有形的动作中可以看到无形的价值观念，以及背后隐喻的意义表达，从动作形态中可以挖掘出其负载的动作意涵。所以中国民族民间传统舞蹈研究，应该是涵括了外显的舞蹈形态和内隐的社会文化的，因为它的具体呈现不仅是躯体的，也是精神的和情感的，舞蹈的体、形、情、韵、美，并不只是美学的审美客体，更是嵌合在作为复杂社会关系丛中的艺术活动。

当然，这种想法也是对罗雄岩老师《中国民间舞蹈文化教程》核心观点的继承，在他看来："舞蹈是一种文化现象，是通过人的形态、神态进行传情达意的艺术形式，它的形成受自然和社会两种因素的影响，它的表达方式包括人的形体和精神两个方面，而且因表演者文化素质、艺术修养之不同，而有明显的差异。舞蹈之所以是一种文化现象，还在于它的形成与物质文明、精神文明的发展密切相关，是由人在劳动生活中逐渐形成的体态和对社会观念的反映构成的。所以不同时代的文化特征会在舞蹈中得以遗存，成为相对稳定的形式（包括动态形象、表演程式、服饰、道具、场地）流传下来，在社会生活的诸多方面发挥它特有的功能，从而形成多种多样的舞蹈形式。人们在不同场合表演这些舞蹈时，该民族的文化特征随之展现，使参加者在潜移默化中得到浸润。"他的这一认识无形中与人类学"舞蹈即文化"的观点不谋而合，所以对于中国民族民间传统舞蹈而言，它不仅是文化的组成部分，也是文化的另类表征，对它的研究与分析不能站在"为艺术而艺术"的"美的艺术"（fine art）或"纯粹的艺术"（pure art）的角度，而应该更偏向于人类学对于文化的分析和研读，这也正是本书的研究思路不同于其他研究的地方。

本书由以下几个章节构成：第一章"中国民族民间传统舞蹈概念"，本章由"'美的艺术'与舞蹈""传统舞蹈概念与内涵界定""中国民族民间舞传统舞蹈的概念”这三节组成，本章通过对舞蹈概念的由来以及传统概念的分析，导出中国民族民间传统舞蹈的概念；第二章“中国民族民间传统舞蹈特征”，本章由“中国民族民间传统舞蹈普遍性特征”“中国民族民间传统舞蹈特殊性特征”这两节组成，这一章主要是采用比较研究的方法，将不同于“专业的”“职业性”“剧场化”“学院派”的中国民族民间传统舞蹈的“一般性”特点和“差异性”特征挖掘出来；第三章“中国民族民间传统舞蹈类型”，本章由“中国民族民间传统舞蹈类型划分的原因”“中国民族民间传统舞蹈跨学科类型划分”“中国民族民间传统舞蹈本质特征类型划分”这三节构成，主要是对已有的中国民族民间传统舞蹈类型划分进行归纳与总结，分析其为什么如此划分的同时，提出一些进一步完善和充实已有类型划分研究的建议和思考；第四章“中国民族民间传统舞蹈时间”，本章由“何谓时间”“自然时间”“社会时间”这三节构成，主要是对中国民族民间传统舞蹈构成的核心要素时间展开分析，提出除了舞蹈展演的自然时间外，舞蹈的社会时间也是研究其存在与发展的关键要素；第五章“中国民族民间传统舞蹈空间”，本章由“物理空间”“文化空间”“社会空间”三节构成，空间作为舞蹈构成的核心要素，它除了制约和影响中国民族民间传统舞蹈的文化展演外，还为其自身的存在负载了不同的社会文化含义，对于文化空间和社会空间的讨论，是本章有别于其他研究的一大特色；第六章“中国民族民间传统舞蹈仪式”，本章由“仪式的概念与内涵”“仪式的过程与结构”“仪式舞蹈的类型”这三节构成，主要聚焦讨论了中国民族民间传统舞蹈作为一种“仪式化的生活”或“艺术化的仪式”，“歌以咏言，舞以尽意”地传达了某种信仰、某些观念、某种诉求，研究相关的仪式就是在研究具体舞蹈；第七章“中国民族民间传统舞蹈功能”，本章由“功能的概念与内涵”“人类学功能主义学派”“中国民族民间传统舞蹈功能分析”这三节构成，主要论述了作为“仪式化生活”的中国民族民间传统舞蹈，其发生和展演的目的就是在人的社会生活中“有用”“实用”“管用”，发挥着独树一帜、别具一格的文化功能，同时对人类学功能学派理论范式进行介绍，目的是丰富、完善和拓展相关舞蹈的功能研究。

任何一门课程其教材建设，5 年一小修、10 年一大改是常态，目的就是将反映时代要求、先进思想、最新成果、前沿知识等与时俱进、开拓创新的内容纳入，特别是课程名称的调整，本身就在明示教学诉求的改变，根据新的教学目标，对以往的教材进行丰富、完善、修订、补充，应该是“中国传统舞蹈文化”课程建设的内在需求。高校教材建设，强调统一性和标准性、系统性和层次性、科学性和可操作性，要求以“共识性知识”为基础编写教材，但是探索新知、解决难题、促进学科发展，追求新知识、新成果、新成就、新技术，尽可能围绕创新型人才培养目标，构建具有前沿性、启发性、思想性、实践性的课程知识体系，也是当下教材建设的新期待，在不可能面面俱到、多方兼顾的情况下，本书选择了后者，并以专著的形式出版，在很多问题没有共识、已有知识有待商榷的情况下，这种做法无疑是比较妥善、适宜、合理的选择。2024 年是北京舞蹈学院建校 70 周年，本书作为学校“70 周年校庆系列丛书”70 部中的一部，对笔者来说，已超越了一般意义上的著作或教材，笔者作为北京舞蹈学院的曾经学子和在职教师，在母校 70 周年校庆之际奉献一部著作，为学校的科研工作和教材建设增色添彩，是自己一生倍感荣耀、最值得骄傲的事情。

目录

第一章

中国民族民间传统舞蹈概念

第一节　“美的艺术”与舞蹈

一、“美的艺术”历史发生

今天谈及的现代性知识体系下的舞蹈，是一个源自西方的概念，如美国人类学家艾德丽安·L. 凯普勒所言：“人类身体在特定的时空中的创造性活动，时常被称为‘舞蹈’，不过这一单词本身包含了一种先入之见，掩盖了对人类的行为和互动的动作维度进行分析的重要性和有效性。……多数研究者只是将‘舞蹈’这一术语运用到所有跟音乐有关的身体动作中，不过应该记住，‘舞蹈’只是一个西方术语和概念。”① 阐述得更准确一些，即当下我们谈论的舞蹈，诞生于西方 18 世纪，是被称为“美的艺术”概念范畴下的舞蹈，它有一定“质的规定性”，在其自身不断地丰富、完善、系统、演进的同时，也随着西方现代化在世界范围的扩展和深入，成为世界知识体系中人们耳熟能详的共识，它是现代知识体系有机的组成部分，非西方艺术是在参照“美的艺术”的舞蹈实体性艺理的基础上，重新界定什么是舞蹈，什

① [美] 艾德丽安·L. 凯普勒:《舞蹈民族志与舞蹈人类学》，李修建译,《北京舞蹈学院学报》2016 年第 6 期。

么是本土舞蹈，什么是本族舞蹈，什么是本国舞蹈……

因此，要弄清舞蹈的概念，首先要弄清楚何为“美的艺术”，因为在西方艺术发展史上，“艺术”和“美的艺术”并非自始至终指代同一个东西，两者之间也有发展的递进。“‘艺术’[意大利语：arte；德语：kunst；法语：art]这个称呼源于拉丁文的‘ars’。在古代希腊文中，有一个词，即‘艺术’[Τέχνη，techne /technique]是用来表示各种技艺生产的术语。这个术语算是比较接近我们今天所理解的艺术。然而，techne（包括拉丁文 ars）的所指并非近代意义上的‘美的艺术’[fine art]，而是我们今天统称的技艺与科学。”[①]可见，作为技能、技艺或科学而被古希腊文以及拉丁文书写的“艺术”，其概念与今天《艺术概论》中谈论的“艺术”并不相同，在古希腊人眼里，宇宙一切皆有艺，所以各行各业都有自己的“技艺”，每位从业者都试图使自己的职业被承认是一种“技艺”，诸如木匠、铁匠、农业、算术、政治等。同时“技艺”可以划分成不同层次，可以低，如编织、商贸、农业、狩猎、理发之艺；可以中，如绘画、雕塑、建筑、戏剧、音乐和诗歌之艺；可以高，如语法、逻辑、修辞、算术、历史、几何、天文之艺，因为这些“技艺”都讲究艺的法则和规律，除了幻象不生产别的东西，因此“模仿”（mimesis /mimos）成为“艺术”的代名词。

古代中国与西方类似，大致也经历了一个“艺术概念的技艺时代”，“艺”的古汉字“埶”“蓺”“藝”，在甲骨文和金文中，是象形的人双手捧树欲种，是由“种植”本义而来的，指的是农艺，因树与种树在远古文化中皆具神圣性，因此植树之艺被引申为一切技艺。如清代文字学家段玉裁在

① 潘玫玫：《从模仿到“美的艺术”——简论早期艺术概念的发展》，《黄钟（武汉音乐学院学报）》2005 年第 3 期。

《说文解字注》写道："蓺犹树也，树种义同……唐人树埶字作蓺，六埶字作藝，说见《经典释文》，然蓺藝字皆不见于《说文》。周时六藝盖亦作埶。儒者之于礼、乐、射、御、书、数，犹农者之树埶也。"① 中国古代之"艺"，如同古希腊"技艺"可以分层一样，有礼、乐、射、御、书、数这样高尚的"六艺"，也有建造、雕刻、丹青、律乐、工笔、水墨、装裱等精美的工艺，更有剃头、木工、缫丝、编织、酿造、陶瓷、刺绣、优伶、医卜、阴阳等形而下的技艺。中国少数民族也都会有代表性的"技艺"，以蒙古族传统的民俗节日那达慕大会为例，除了饮食、贸易、歌舞、娱乐等活动外，最为精彩的核心展演内容，即蒙古族传统的"男儿三艺"（摔跤、射箭、骑马）。这种来源于游牧民族生活日常，对抗自然、保护自己、震慑敌人、谋求发展的生产、生存技能，不仅是男性英武之气、强健身体、力量与技巧、勇力与战力的表征，更是马背民族悠久的传统和崇高的技能。

西方从古希腊一直到近代的文艺复兴时期，这一时段谈及的"艺术"，并非当下我们认识的艺术，这里所说的"艺术"等同于柏拉图文论中阐述的"技艺"，它是一个几乎涵盖一切的"泛艺术"概念，同时与"美"并不存在任何内在的关联，高雅的技能、审美的技艺、实用的技术都被整合在这一概念之中。现代意义上大写的"艺术"（Art）概念，以及包括绘画、雕塑、建筑、音乐、舞蹈、诗歌、戏剧、文学在内的所谓"美的技艺"体系，均形成于 18 世纪，其理论标志是法国理论家夏尔·巴托（Charles Batteux）的《归结为同一原理的美的艺术》（*Les Beaux arts réduits à un même principe*，1746）。"在这部著名的、极具影响力的著作中，他第一次明确提出了以绘

① （汉）许慎撰，（清）段玉裁注：《说文解字注》（第三篇下），上海古籍出版社 1981 年版，第 113 页。

画、雕塑、音乐、诗歌和舞蹈为核心的‘美的艺术’的概念体系，还对艺术作了明确的划分，将以愉快为目的的‘美的艺术’与机械艺术（mechanical art）分开，阐述了愉快与实用相结合的艺术，如修辞学和建筑。”[①] 巴托用“Beaux arts”这一新的词汇来组织艺术的门类体系，标志着西方从文艺复兴以来对新艺术的追求和重组在本质上的完成，这一概念在狄德罗、孟德斯鸠、鲍姆嘉通、康德、维柯、谢林、黑格尔等诸多著名学者的共同努力下，完成了一个由强调现实和艺术的关系向追求艺术给主体带来的审美愉悦的享受的过程转变，自此把审美愉悦作为艺术独特属性的“美的艺术”，与其他领域的“技艺”区别开来，作为一个相对独立的现代“艺术”领域得以存在。

二、“美的艺术”意蕴内涵

《归结为同一原理的美的艺术》一书逻辑清晰、结构合理，谈论的问题有很强的概括性和体系性，特别是从中世纪艺术体系的区分中来界定“美的艺术”的论述尤为精彩。在书中，夏尔·巴托将艺术分为三类：“一是机械艺术，以现实的各种功利需要（needs）为目的；二是美的艺术，提供纯粹的快感（pleasure）；三是既来自功利（utility）需要，同时又可提供快感的艺术。”[②] 即第一，旨在满足人的功利需求的机械艺术；第二，以愉悦为目的的艺术；第三，既追求实用又带来愉悦的艺术。其中，“美的艺术”主要指

① 潘玫玫：《从模仿到“美的艺术”——简论早期艺术概念的发展》，《黄钟（武汉音乐学院学报）》2005 年第 3 期。

② 张法：《艺术分类：产生、演进、成型、问题——艺术分类的理论研究之一》，《河北学刊》2022 年第 4 期。

第二类，即以愉悦为首要目标的艺术，包括雕塑、绘画、音乐、舞蹈和诗歌，演讲术和建筑能够带来愉悦，却由于以追求实用性为首要目标，并不属于最典型的“美的艺术”，属于第三类。他的“5+2”（即雕塑、绘画、音乐、舞蹈和诗歌这五种最典型的美的艺术，加上兼有实用性的演讲术和建筑）的“美的艺术”的划分，以及认定“美的艺术”必须是对“美的自然”的“模仿”，是指通过天才创造美的技艺，通过趣味判断美的技艺，强调在审美性而非实用性的“单一原则”（single principle）标准下区划出来的艺术即“美的艺术”。

在当下的“艺术”概念中，“艺术”和“美”的必然联系是根本，也是其有别于其他技能、技术独立成立的逻辑前提，“艺术”和“美”之间的关系问题，尽管在夏尔·巴托“美的艺术”理论中有了一定的阐释和说明，但本质性地阐明两者关系的是伊曼努尔·康德（Immanuel Kant），即“在‘艺术’和‘美’的关系中，介乎其间的既不是‘自然’也不是人的‘模仿’，而是人的‘感性、情感’”[①]。他在《判断力批判》一书中确立了“感性、情感”和“美”的必然关联，并认为“在鉴赏判断中，如果引起愉快情感的感性对象与经验性的快感、理性的概念、道德的目的都无关，并且是具有普遍性的，那么这个感性判断的对象就必然是‘美’的；也就是说，在同时满足‘无利害、无概念、无目的、普遍性’这四个条件下，‘感性、情感’和‘美’就形成了具有必然性的逻辑关联”[②]。这即是后来确立“美的艺术”的核心标准“审美无功利性”说。因为“美的艺术”之所以能从“技艺”中演

① 转引自尹德辉《技艺、美的技艺、艺术——从柏拉图“技艺悖论”到康德“美的技艺”》,《艺术学研究》2022年第1期。

② 转引自尹德辉《技艺、美的技艺、艺术——从柏拉图“技艺悖论”到康德“美的技艺”》,《艺术学研究》2022年第1期。

进、转型、独立，是与木匠、铁匠、农业、编织、商贸、狩猎、医学这样的“实用艺术”或“机械艺术”（mechanical art），以及包括语法、逻辑、修辞、算术、几何、天文在内的“自由技艺”（liberate art）排他性区别、分界的结果。

“神”或“理式”是柏拉图哲学的核心，“理式”作为创造主在创造世界时的模型、法则和规律，是“尽善尽美”世界的蓝图，“技艺”是对“理式”的“模仿”，如柏拉图著名的三张床的比喻：画家所画之床模仿现实之床，而现实之床模仿理式之床，因此“模仿”成为他那个时代“技艺”的代名词。在他那里，“宇宙和万事万物，以至于人和人的社会关系、律法等，就以‘理式’为逻辑顶点，自上而下地构成一个关于全部世界存在的‘技艺哲学’的完整体系。一方面，神通过‘技艺’创造了人和全部世界；另一方面，人通过‘技艺’创造了各种人造的事物”[①]。康德哲学与柏拉图哲学完全不同的是，人的技艺已经和“神”无关，在他看来，“感性、情感”和技艺只能是人所特有的属性，“一方面，对诗、音乐、绘画、雕塑、建筑等‘美的技艺’来说，其功能就是唤起或激发人的‘感性、情感’；另一方面，在以人为起点和目的的人的哲学中，人的‘感性、情感’和‘美’也具有了必然性联系”[②]。自此，“感性、情感”和“美的艺术”，以及“感性、情感”和“美”的关系得到了梳理，其内在的逻辑关联得以有机衔接，确立了“美的艺术”和“美”的必然关系，也实现了对“美的艺术”这个特殊领域中人的“感性、情感”的哲学肯定，最终，无实用目的、以愉快的情感作为直接

① 转引自尹德辉《技艺、美的技艺、艺术——从柏拉图“技艺悖论”到康德“美的技艺”》，《艺术学研究》2022年第1期。

② 转引自尹德辉《技艺、美的技艺、艺术——从柏拉图“技艺悖论”到康德“美的技艺”》，《艺术学研究》2022年第1期。

意图，既是感性的，也是伴随着认识方式而发展的、令人愉快的“技艺”即“美的艺术”，“美的艺术—感性、情感—美”，这三者构成了有着必然关联的逻辑整体，即当下我们所认识的“艺术”。

前文谈到，我们谈论的“美的艺术”，即今天西方现代意义上的“艺术”概念，是将属于人的技艺和不属于人的自然区分开，又将“技艺”和“科学”“手艺”区分开，再将“感性的技艺”和“机械的技艺”区分开，又把“感性的技艺”区分为“美的技艺”和“快适的技艺”，最终获得独立的结果。它以“审美无功利性”为诉求，拉开艺术与生活的距离，强调审美对生活的超越性，让艺术从现实生活中的衣食住行、几何天文、修辞算术、农业商贸、木工编织、伦理道德、医术政治之流中解放出来，静静地观照自己，某种程度上是隔绝了现实世界、封闭自我实现的。这种强调艺术纯粹性、“为艺术而艺术”的美学诉求，以及通过对支配现实的原理与支配艺术的原理严格区分，将日常现实与艺术世界极端对立、片面分割的做法，即学界所谈论的“艺术自律性”。“所谓自律性就是艺术世界具有制约自身领域的独自的原理，它指的是适用于艺术世界独立的意义结构的方法性概念。”[①] 这种把除了艺术自身之外的其他一切都拒之门外的自律性，是通过更为具体的分类达成的：“一是对艺术中的审美本质进行分类，艺术以美为目标，作为专门的审美对象在文化中出现，可以分为三大类型，即美、悲、喜。这是对艺术进行审美类型分类。二是从艺术媒介性质（即创造艺术需要有什么样的物质因素）进行分类，即把美用什么样的媒介形式反映出来，如用画布线色、音

① [日] 木村重信:《何谓民族艺术学》，载李修建主编《国外艺术人类学读本》，中国文联出版社 2016 年版，第 1—2 页。

响乐器、语言文字，等等。”[①]

“美的艺术”除了以“艺术自律性”作为首要代表性特征外，“艺术家的个性”也是其最具典型的特征，是其在自律性基础上顺势发展不可逆转的一种必然。“美的艺术”是通过自律性将其从适用于一切类型的“技艺”（skill）中逐层分类独立的，在早期的“技艺”中，高雅的技能、审美的技艺、有用的技术都杂糅在一起，“非艺术”“实用艺术”“美的艺术”之间的分界标准是模糊的，专业的匠人（creator）热心和熟知的是柏拉图推崇的“理式”，即如何使用恰当的方法来制造出某物品的方法规则。“美的艺术”确立以后，“人们开始认为创作的灵感不是从技艺的传习中得来，而是源于某个体的独特创造力。据此，‘灵感’成了私人化、个体化的东西，不再是集体性的；而对技艺的强调也被对感知力的强调所取代。这样，‘工艺’（craft）的含义就开始与熟练技术和低下的社会阶层相联系，而‘艺术’（art）则被认为是‘少数选民’的天才表露，逐步获得了与数学、修辞、逻辑、语法等专业实践知识相并列的地位，也正是由此，最终催生了现代西方艺术观念”[②]。可见，“美的艺术”作为近代西方的纯粹艺术，一个核心且本质性的问题是艺术家或创作者围绕特定的主题表现观念、情感和建构作品，与部族社会艺术注重集体性表达不同，在这里，艺术家的个性最受重视，并被赋予无限自由，个人性的见解、认知与情感成为艺术创作、生产的灵魂，这一特质致使“艺术家的个性”成为“美的艺术”核心构成的又一要素。

尽管“美的艺术”刻意地强调与技能、技艺、技术的区别，但将技能、

① 张法:《艺术分类：产生、演进、成型、问题——艺术分类的理论研究之一》,《河北学刊》2022 年第 4 期。

② 洪颖:《艺术人类学研究的对象及其田野实践》,《思想战线》2010 年第 6 期。

技艺、技术从“美的艺术”中完全抹去既不现实也不客观。“无论如何，技能、技艺都是‘艺术’一词中抹不去的语义基础，‘艺术’无论怎样都具有技能或技艺的一面，甚至是基础性的一面，而这正像人和生物之间所存在的‘连续性’一样，表明艺术无论被建构得如何高雅，如何成为‘美的’，它都脱不掉技能、技艺性质的经验性起源，经验的胎记会一直留在‘艺术’的身上，‘工匠’精神永远都是艺术概念自身一个挥之不去的基本面。”[①] 技能、技艺甚至是“美的艺术”得以独立存在的关键。“美的艺术”能从芜杂不堪的“技艺”世界中独立出来，某种程度就与职业化、专业性、高雅性紧密连接在一起，通俗一点就是高、精、尖，即高不可攀、精益求精、尖端卓越，这种超凡脱俗、空前绝后、鹤立鸡群、神乎其神的品质，只靠艺术家不同凡响的想象力和卓尔不群、不落俗套的才情、才气是远远不够的，技能、技艺、技术的千锤百炼，才是完成旷世之作的基础。科林伍德在《艺术原理》中写道：“没有一定程度的技巧性技能，无论什么样的艺术作品也产生不出来，在其它条件相同的情况下，技巧越高，艺术作品越好，最伟大的艺术力量要得到恰如其分的显示，就需要有与艺术力量相当的第一流的技巧。”[②] 因此，尽管“美的艺术”不完全是“技艺”，但高超的技能、技艺、技术是“美的艺术”得以实现的前提。为此，用毕生掌握所学艺术专业的技能、技艺、技术，成为每一位艺术家艺术实践中必备的素质和必须练就的本领，也成为“美的艺术”区别于其他“实用艺术”或“机械艺术”的另一要因。

---

① 李新：《艺术的概念及其本质——关于艺术概念史的一个经验性说明》，《艺术百家》2020 年第 2 期。

② [英] 罗宾 · 乔治 · 科林伍德：《艺术原理》，王至元、陈华中译，中国社会科学出版社 1985 年版，第 26 页。

三、“美的艺术”与舞蹈

舞蹈是“美的艺术”概念下的一个门类，在夏尔·巴托的“5+2”分类法中，以舞蹈为代表的动作艺术，就是其音乐、诗歌、绘画、雕塑、舞蹈五个门类中的之一。随着对“美的艺术”认知论证的深入，在一些学者眼中，舞蹈作为以身体为媒介的时空艺术，一不能像音符那样可以进行空间化的数学处理，二不能像飞箭那样进行解析几何的转换，在明晰的空间观念上进行逻辑把握困难重重，所以，在达朗贝尔的《百科全书》、谢林的《艺术哲学》、黑格尔的《美学》等著作呈现的艺术分类中，舞蹈时常被替换或去除。庆幸的是，随着 20 世纪西方学术思想的升级，舞蹈在西方的艺术分类体系中重新获得了应有的地位，至少在苏珊·朗格的学术著作中如此。自此，无论是 19 世纪确立的由建筑、雕塑、绘画、音乐、戏剧、文学、舞蹈七大门类构成的艺术分类体系，还是当下所谈及的文学、舞蹈、音乐、绘画、雕塑、戏剧、建筑、电影等八大艺术，舞蹈都成为不可或缺的组成部分。在中国，现代舞蹈的概念是与“美的艺术”即现代艺术概念的引入同步的，“美的艺术”由王国维、蔡元培等人在 20 世纪初从西方国家学术理论中引进，中国人认识“美的艺术”概念下的舞蹈大致也在这一时期。从盛婕先生“吴晓邦是因为到日本学习回来以后思想受到一些影响，觉得舞蹈可以不说话，想做什么就可以做什么，可以用来革命，所以他就去学习舞蹈。……当时中国搞舞蹈的没有几个人”① 的口述中，大致可以得到相应的印证。

舞蹈作为“美的艺术”概念下的艺术门类之一，其概念和内涵必须符合

① 高度、黄奕华主编:《中国民族民间舞口述史（第一册）》，上海音乐出版社 2015 年版，第 10 页。

“美的艺术”的标准，受其限定和制约。最显著的第一要义是与“实用艺术”或“机械的技艺”相区隔的自律性，具体体现在两个方面：其一是强调以“审美无功利性”为诉求的审美分类；其二是突出各艺术门类的媒介特质，强调其排他性的物质因素分类。舞蹈在审美分类上注重以美为目标，以无功利性诉求拉开舞蹈与生活的距离，注重舞蹈审美对现实生活的超越性，因此，“美的艺术”概念下的舞蹈，与专业性、职业化的舞台艺术紧密联系在一起。在艺术分类上，为了突出各艺术门类的特点，寻求排他性，用来确立各自的独立性，创造某一艺术门类需要有什么样的物质因素，即各艺术门类的表现媒介是什么，成为分类的关键。就舞蹈的独立性诉求来说，追求“身体”的回归，表现为对人体动作的自觉，将舞蹈定义为一种用身体有韵律地做连续动作以表现特定感情或观念的表演艺术，成为与其他艺术门类相区隔的重点。如：“什么是舞蹈？舞蹈是以人体为媒介，以动作姿态为语汇，在时间的变化中以空间的审美形式来表达思想和情感、体现生命的符号。它是身体的语言，动作的艺术，人体的文化。”[①] 自此，舞蹈与追求“语言”自觉的文学，追求“语音”独立的音乐，追求“平面、色彩、线条”的绘画拉开了距离，获得了艺术门类的独立。

与“美的艺术”学界注重整体性研究有别的是，对于舞蹈概念的论述，以美为目标审美类型的分类，无论国内外，大家谈论得都不是太多，概念定义的重点几乎都聚焦在舞蹈艺术媒介性质的分类上。如：“就‘情感符号’而言，‘一切艺术都是创造出来的、表现人类情感的知觉形式’（苏珊·朗格），但舞蹈与音乐、绘画、雕塑有别，就在于它们各自使用的物质材料不

① 袁禾：《舞蹈基本原理》，上海音乐出版社 2015 年版，第 1 页。

同，例如绘画是笔墨、颜料、纸、布，雕塑是泥、石、木等，而舞蹈却是人体本身，由此形成了舞蹈在情感表现方面的特殊性。正是因为舞蹈的物质本体是人自身，而人之生命与情感的融合，使舞蹈情感表现的直接性和强烈性达到了所有艺术门类的极致。这一最高情感境界依托于舞蹈的动态意象，这也是舞蹈何以被视为动觉艺术的原因。"① 舞蹈是身体的艺术，是时间与空间之中的身体有节奏的运动，是以经过提炼、组织、美化了的人体动作作为主要艺术表现手段，是情动于中而象诸形容的身体艺术，是生命机能的动，是心灵驾驭身体、身体表现心灵的艺术……成为较为标准的规范答案。这套标准答案被进一步概括提炼为"舞蹈本体论"，舞蹈的"本体"就是运动的人体，舞蹈的"本体"就是"动作"，成为排除他律和通律进行自律理论建构的基点，"舞蹈是一种人体动作的艺术"② 在国内也成为标准的"共识性"答案。

对艺术门类表现媒介的强调，致使舞蹈纯粹性进一步深化，古希腊高度发达的戏剧艺术，曾对西方各门类艺术都产生了较大的影响，如"芭蕾从意大利民间进入宫廷，以歌、舞、诗、剧相交融的形式在王公贵族的盛大宴会上穿插表演，故称'席间芭蕾'"③。这种以女性足尖技术为标志性特征，并融入音乐、哑剧、舞美的综合型表演艺术，被"现代舞之母"伊莎朵拉·邓肯（Isadora Duncan）一句"芭蕾一点都不美"全盘否定。她所建构的新舞蹈，不仅摆脱了芭蕾舞各种"违背人的自然"的动作程式，让身体回到自然、自由的状态下表现，同时开始强调重返舞蹈本原，即身体意识的回归。

① 袁禾:《舞蹈基本原理》，上海音乐出版社 2015 年版，第 3 页。

② 吴晓邦:《新舞蹈艺术概论》，中国戏剧出版社 1982 年版，第 1 页。

③ 袁禾:《舞蹈基本原理》，上海音乐出版社 2015 年版，第 167 页。

当不在动作背后寻找本质的时候，挣脱戏剧艺术的影响、放弃情节故事成为后来舞蹈发展的必然，就此，玛丽·魏格曼（Mary Wigman）认为："戏剧舞蹈像纯粹舞蹈一样使用同样的手段，但是却被'戏剧性'的事件预先确定了。装饰的效果由装置、灯光和服装获得。主要的重点不再在舞蹈自身而在整个戏剧事件之上。当靠纯粹的舞蹈手段解释一个意味深长的动作时，哑剧是最纯粹的形式。……戏剧舞蹈没有经得起检验，并且舞蹈被认为是一个失败者。"[①] 她不仅对纯粹的舞蹈倍加推崇，甚至探索以无音乐的形式回归动作本体："在当时，舞蹈界流行'音乐第一，舞蹈第二'的观点，而她（魏格曼——引者注）则认为，舞蹈家应注意倾听自我生命的节奏，将其转化成可视性的身体节奏。如此，舞蹈就不会依赖于其他因素，而使自身独立出来。"[②] 她常常用无伴奏方式创作无声舞蹈，表现为一种对"去音乐化"纯粹舞蹈的追求。最终默斯·坎宁汉（Merce Cunningham）认为："'舞蹈就是舞蹈'不是别的，动作本身就有意义……舞蹈与音乐、舞美之间的关系不再是'灵魂'与'肉体'关系，而是真正地并行不悖，各自独立。"[③] 让舞蹈的自律性追求达到极致，"舞蹈的基础是动作，也就是在时空中运动的人体"[④] 的本体论，得到最彻底的理论阐释和实践论证。

通过以上论述，可以对"美的艺术"概念下的舞蹈进行界定。首先，在审美本质上，舞蹈以美为目标，通过"审美无功利性"的诉求强调舞蹈艺术的纯粹性，在"为艺术而艺术"的本质性追求中完成对现实生活的超越。20

① 刘青弋：《西方现代舞史纲》，上海音乐出版社 2004 年版，第 122 页。
② 刘青弋：《西方现代舞史纲》，上海音乐出版社 2004 年版，第 129 页。
③ 刘青弋：《西方现代舞史纲》，上海音乐出版社 2004 年版，第 249 页。
④ 刘青弋：《西方现代舞史纲》，上海音乐出版社 2004 年版，第 258 页。

世纪 80 年代初国内流行的“美是舞蹈的本质特征”[①]，阐释的就是这一理念，这里说的“美”不是“漂亮”“好看”；其次，在艺术表现媒介上，强调舞动人体（身体）的回归，确立舞蹈是人体动作的艺术，是以经过提炼、组织、美化了的人体动作作为主要艺术表现手段的表演艺术，舞蹈的“本体”即是“动作”；再次，艺术家的个性得到充分尊重和重视，如同每一部舞蹈作品（创作作品）都有具体的编导一样，认定它是舞蹈艺术家个人的情感和理智结合的产物，是其表达自我图景的一种方式，是一种近似自画像的艺术创作行为；最后，高超的技能、技艺、技术、技巧，尽管“美的艺术”强调艺术不是一种技艺，但任何一门艺术都包含技术，学习和掌握高超专业技巧是舞蹈艺术家的必备素质，再高雅清新的“舞蹈”都离不开技能、技艺、技术、技巧的铺垫，任何一位舞蹈家都必须具备一定的专门化形式技能，先完成舞蹈技术，后展演或创作舞蹈艺术，成为舞蹈艺术门类实践的前提。

第二节　传统舞蹈概念与内涵界定

一、何谓传统

想要清楚准确地阐释传统舞蹈的概念与内涵，需要搞明白的第一件事是何谓“传统”。从“传统”这个词字面上理解，它是由“传”和“统”两个字组合而成的，“传”在汉语中意指传承、交接、传授、传递，“统”本义为

---

① 吕艺生:《舞蹈学导论》，上海音乐出版社 2003 年版，第 21 页。

事物彼此之间连续的关系，总括、全部，统领，指的是指事物之间的贯穿统合，两字合并即“传而统之”，多指历史上传下来的系统性内容，如：“传统，历史上沿传下来的思想、文化、道德、风俗、艺术、制度以及行为方式等。”① 在英文中“传统”的对应词是“tradition”，其基本含义与中文解释近似，也是指从过去延传到现在的事物，如：“传统，信仰或风俗的世代相传（尤指无文字记载的），传统的信仰和风俗；长期以来形成的方法和做法。”② 细致分析，在一些相关的中英文词典中，“传统”一词具有双重含义：一方面，指的是从过去传承至今，或历史上沿传下来，至今仍在起作用的东西，强调的是事物本身历史性的“过程”；另一方面，是指在一个特定的群体中存在了很长时间的信仰、习俗或行为方式等特定的“内容”，如“传统是在一定的社会团体中历代相传的思想及行为习惯，如道德传统、艺术传统、宗教传统、民族传统等”③。

在西方，第一部全面、系统讨论“传统”的著作是《论传统》，由美国社会学家爱德华·希尔斯著述。作为一部在现代化进程中全面、系统讨论“传统”的论著，即便该书对“传统”概念的剖析与内涵的解读尚未达到无懈可击，关键问题的谈论也未必符合中国实情，但不妨碍其是一本具有真知灼见、文采四溢的著作。对于何谓“传统”？E. 希尔斯在《论传统》中定义道：“传统意味着许多事物。就其最明显、最基本的意义来看，它的涵义仅只是世代相传的东西（traditum），即任何从过去延传至今或相传至今的东

① 辞海编辑委员会编：《辞海（第六版）》，上海辞书出版社 2010 年版，第 260 页。

②［英］霍恩比：《牛津高阶英汉双解词典（第四版）》，李北达译，商务印书馆、牛津大学出版社（中国）有限公司 1997 年版，第 1617 页。

③ 英永青：《光棍节：暂时性的集体狂热还是新的“被发明的传统”——读〈传统的发明〉引发的思考》，《赤峰学院学报（汉文哲学社会科学版）》2014 年第 2 期。

西。”[①] 除此之外，他对“传统”的内涵做了如下界定：第一，代代相传的事物。它涵括一个特定时期内某个社会所拥有的一切事物，而这一切在其拥有者发现它们之前已经存在。第二，相传事物的同一性。在延传和承袭的相继阶段或历程中基本上保持着同一性（原样或重要的方面都未改变）。第三，传统的持续性。它至少要持续三代人——无论长短——才能成为传统。[②] 这三个含义的界定可以认定为传统的文化特性，其中最为关键的是第二点“相传事物的同一性”，因为它是传统之所以不同于其他的关键。如 E. 希尔斯所言：“无论其实质内容和制度背景是什么，传统就是历经延传而持久存在或一再出现的东西。”[③] 拉丁文“traditum”、英文“tradition”最基本的含义，也都是意指从过去延传至今或相传至今的东西。

从上述的介绍中理解传统，可以得到以下几点认识：首先，传统是一个“时间中的传统”。在过去、现在和未来三个时间维度中，传统首先与过去息息相关、紧密联结，“过去性”“历史承传至今的事物”是其首要特征，它不仅被看作代表着过去，而且还经常会被视为旧事物的代表，表征着离当下甚为遥远、陌生、记忆的过去世界。其次，传统是一个“同一性的传统”。传统是世代传承下来保持了历史一致性的东西，它强调过去的既定性、不变性和重复性，是走到“现在”的“过去”，同一性是传统的本质属性，也是其最重要的文化功能，“绝对的过去”（an absolute past）赋予其不可置疑的神圣性（sanctity）。再次，传统是一个强调“源头性的传统”。对于传统而言，与“过去性”“同一性”并列的特性应该是“源头性”，任何一个传统无论多

① [美] E. 希尔斯：《论传统》，傅铿、吕乐译，上海人民出版社 1991 年版，第 15 页。
② 参见 [美] E. 希尔斯《论传统》，傅铿、吕乐译，上海人民出版社 1991 年版，第 15—20 页。
③ [美] E. 希尔斯：《论传统》，傅铿、吕乐译，上海人民出版社 1991 年版，第 21 页。

么悠久、多么漫长，总是有一个开端、创始，“源头性”时常与“本真性”相关联，被视为源头之物（the being of origins）的事物，时常具有神圣性、崇高性、权威性，“创始性事件”从无到有的创始（its coming into being）特性，致使其成为传统固定不变本真内核的保证。最后，传统是一个“根系性的传统”。随着社会文化的变革，旧传统与新风尚之间往往会发生冲突，不同的传统实践者根据各自的格调、喜好、擅长或见解，出于不同目的，创新传统、发展传统甚至划清派别、各立门户成为一种必然，但同出一源的“根系性”意识，即对传统源头经典或创始初祖的依存认同感，成为传统具有长期性、稳定性、沿袭性，之所以世代相传的关键。

“活着的过去”“代代相传的事物”“根系性生存”“源头性权威”“绝对的记忆”“历史流传物”“历史的、具体的、现实的同一性”，这些界定传统的标准和要求，大致可以使我们对传统舞蹈有一个比较具体的认知。如：“就传统舞蹈而言，我们通常把前人创造的、代代相传的、从过往历史的民间和宫廷、凡俗和神圣空间流传下来的舞蹈，统称为传统舞蹈。从历时角度而言，它是‘过去时’的产物，是历史文化形态；从共时角度而言，它是曾经的民间和宫廷的产品，是社会学意义上的区隔在两个社会空间的文化形态，也如爱弥尔·涂尔干（Emile Durkheim）所言：‘整个世界被划分为两大领域，一个领域包括所有神圣的事物，另一个领域包括所有凡俗的事物。’舞蹈也为‘神圣’和‘凡俗’两大文化领域中的文化形态；从性质上说，它不同于体现创作主体审美观念的舞台演艺性舞蹈，而是体现族群、社群文化观念的文化形态。”[①] 结合界定传统的标准和已有的传统舞蹈定义，对世代相

① 朴永光：《论“非遗”语境下传统民间舞蹈的保护》，《北京舞蹈学院学报》2017 年第 6 期。

传、具有“同一性”的传统舞蹈可以这样认知：传统舞蹈，即历史上承传下来，从过去相传至今，前后保持一致的舞蹈文化存在。作为一种历史流传物，它是历史记忆的舞蹈，也是活在“现在”的舞蹈，甚至会是存在于“未来”的舞蹈。它强调神圣性、崇高性、权威性的源头起始，也关注自身纵横交错的根系性门派发展脉络，表现为多维文化形态传承的“活着的过去”的舞蹈文化类型。

E. 希尔斯强调代代相传的“同一性”是传统的本质所在，什么是“同一性”?“具体地说，同一性就是传统内在着的使文化主体在思想、观念、行为等方面具有与历史上已经形成或当下正形成的某些既定的范型努力保持一致或基本一致的特性和力量。”[①] 当确立了“同一性”的核心是“一致性”，那么前后一致、区别于他者文化的特性成为鉴别传统的一个重要标准。对于传统舞蹈而言也是如此，即便有些舞蹈是当代的建构或复现，但因某种前后一致的品质保持了它的历史舞蹈的个性，它也可以被认定为联结“过去”和“现在”、保持了文化一致性的传统舞蹈。例如在国内也有传播，被我们所熟悉的韩国伎房舞蹈《僧舞》《太平舞》，这两个舞蹈严格意义上说并非历史传承下来的，而是由近代艺人挖掘整理、修缮改编的。19 世纪末 20 世纪初，日本对朝鲜半岛殖民，因害怕其聚众闹事，不仅严格限制各种聚会结社，聚众歌舞也不被允许，朝鲜半岛已有的宫廷乐舞制度被废除，其他形式的传统乐舞也受到极大的冲击，《僧舞》《太平舞》也未能幸免。在韩国政府《文化财保护法》的推动下，这两个舞蹈被拯救和复现，尽管它们是再造的传统，但不妨碍它们在传统舞蹈课程中被教习，在传统舞蹈类别赛事中比赛，以及

---

① 樊浩:《传统的文化功能与主体的现实责任——以希尔斯的理论为参照》,《孔子研究》2001 年第 1 期。

被评为韩国舞蹈文化财。因为韩国政府“在确认舞蹈文化财时，最重要的不是看某种形态有多么悠久的历史，而是看其形态是否真正体现了韩国舞蹈文化中，某一种类舞蹈的特点。依照这个观点看《僧舞》《太平舞》的话，这两个作品都是以民俗舞蹈或宫廷舞蹈为基础，按照传统舞蹈的结构、风格特点创作出来的，是适合在舞台表演的新古典舞，因此，被确定为文化财”①。刘凤学先生对唐乐舞的复现实践，因强调在确认其时代气象、历史审美、文化品位准确无误的过程中，复现唐代燕乐的舞姿、律动、节奏、呼吸、方位、舞台空间、服饰、道具等诸多内容的做法，被业内认定为其就是具有历史之维传统重建的唐代宫廷“燕乐”。

二、被发明的传统

与E.希尔斯谈论的世代相传具有“同一性”的事物，侧重于历史脉络上的延续、相传和继承，体现着古往今来人类文化根系性、连续性与过去性特征的传统不同的是，英国著名近代史学家E.霍布斯鲍姆（Eric Hobsbawm）和非洲史专家T.兰格（Terence Ranger）合编的论文集《传统的发明》（*The Invention of Tradition*）中提出了一个别具一格、标新立异的概念“被发明的传统”。该观点认为：“那些表面看来或者声称是古老的‘传统’，其起源的时间往往是相当晚近的，而且有时是被发明出来的。”②这个独树一帜、不同寻常的观点，颠覆了一般认知中的“传统”，消解了其在直线性时间运动背景上的延续性和跨时空实践的一致性，使得“传统”平添了

① 朴永光：《把“根”留住——韩国的重要无形文化财舞蹈类概说》，《舞蹈》1999年第2期。

②［英］E.霍布斯鲍姆、T.兰格：《传统的发明》，顾杭、庞冠群译，译林出版社2004年版，第1页。

许多“主观情感”和“主体能动性”的内容。它超越传统“具有历史连续性的古老过去”定义的同时，刻意强调历史主体的能动性，告知人们一些看似不变的“历史结构”从“过去”进入“现在”，会被不同时代的历史主体根据各自的目标需求进行变换、改造、重组或者复制，直白一些就是并非所有的“传统”都拥有古老的起源和历史，许多是近代的一种“发明”和“生产”，是“为了相当新近的目的而使用旧材料来建构一种新形式的被发明的传统”[①]。

对于E.霍布斯鲍姆而言，传统不再被视为具有内在规定性与固定本质性的事物，而是被视为一种当下的建构，所以“被发明的传统”并非严格意义上的“活着的过去”，与世代相传具有“同一性”的事物相比较，它更为关注的是动态变化过程中创造出来的“现代性再想象”。作为一种动态、开放的“文化意义结构”，“被发明的传统”如何能存在，或者近代兴起的“伪传统”如何一步步变成“真传统”，有其历史的必然。日常生活中，当一个问题成为焦点或话题时，往往预示着该事物的危机，传统也如此，当它在一个特定社会历史阶段不再发挥有效性或者具体功能时，作为“历史主体”的“人”就会对其进行“改造”或“再造”，使之更好地服务那个时代、那个社会、那个群体。“当社会的迅速转型削弱甚或摧毁了那些与‘旧’传统相适宜的社会模式，并产生了旧传统已不再能适应的新社会模式时；当这些旧传统和它们的机构载体与传播者不再具有充分的适应性和灵活性，或是已被消除时；总之，当需求方或供应方发生了相当大且迅速的变化时”[②]，“被发明的传统”便会源源不断地被生产。当然这种生产不单纯地发自民间，更有国

① [英] E.霍布斯鲍姆、T.兰格：《传统的发明》，顾杭、庞冠群译，译林出版社2004年版，第6页。
② [英] E.霍布斯鲍姆、T.兰格：《传统的发明》，顾杭、庞冠群译，译林出版社2004年版，第5页。

家意志和精英阶层的介入，是一种“有意识的”文化生产与再生产过程。

“被发明的传统”有两种比较有代表性的建构方式，即“重构”和“新构”，“所谓重构，就是现代赋予传统不同于过去的新的含义，使原有传统变化为一种形式相同但意义很不相同的变了形的传统。……所谓新构就是现代创造出相应的新的传统”[①]。可见“被发明的传统”在具体的建构过程中会有两种走向，一种是有“史实”作为基础或以历史传统文化原型为依托，基于原有传统进行的发明；另一种则是基于建构者“强烈的主动性和策略性”，历史的传统、先前的文化原型并未纳入其中，以“非经验”“伪历史”的想象而“新构”的传统。后者会因假借传统的名义进行无所顾忌的编造，以此来实现个人或少数人的私利，而被认定为一种“伪传统”，甚至有人将“被发明的传统”和“伪传统”结合起来进行讨论，原因就在于两者之间存在着某种密切的关联。

“被发明的传统”被指认为“伪传统”的关键，在于其变异的部分，在“真实”与“建构”之间，“没有根据的变异”是招致偏见的关键。类似美国民俗学家理查德·道尔森（Richard M. Dorson）对“伪民俗”的定义是：“伪民俗是打着地道的民间传说旗号，假造和合成出来的作品。这些作品不是来自田野，而是对已有文献和报道材料不断进行系列的循环反刍的结果，有的甚至纯属虚构。”[②]这种与过去发生脱节、与生活隔离太远的东西自然被质疑、否定，但“被发明的传统”却不是毫无依据地虚构，它强调在建构过程中与历史意义重大的过去进行有机衔接，参照旧形式建构新形式，为了刻意保持这种与过去的连续性，甚至通过近乎强制性的重复来建立与过去的

① 郑杭生：《论“传统”的现代性变迁——一种社会学视野》，《学习与实践》2012 年第 1 期。
② [美] 阿兰·邓迪斯：《伪民俗的制造》，周惠英译，《民间文化论坛》2004 年第 5 期。

联系。如 E. 霍布斯鲍姆所言："我们认为，发明传统本质上是一种形式化和仪式化的过程，其特点是与过去相关联，即使只是通过不断重复。"[①] 也就是说，"被发明的传统"在"重构"的过程中被界定为"传统"，首要条件是参照发明的"先在模型"（过去的传统）必须存在，无论它是显性的还是隐性的，受重视还是被轻视，这些都无关紧要，重要的是发明要在一定框架之内进行，是对"过去"的选择、重组、诠释乃至新构，以此满足特定时代的需求。

对于舞蹈而言，无论国内外，"被发明的传统"都是一种客观的存在，甚至成为一种比较普遍的文化现象，在多个层面、不同维度中发生。以国内"被发明的传统"舞蹈为例，不仅在一些被称为原生态、纯民间、非专业、新民俗的舞蹈中存在，如："当前流行于土家族地区的摆手舞实际上已经是一种有别于传统形式的'被发明'的现代摆手舞，'从文化内涵与功能而言，已经完全不同于传统摆手舞'。'被发明'的土家摆手舞，本质上只是借用了古代摆手舞中的一系列文化要素，而非对传统摆手舞的全面复制和照搬。"[②] 一些为了新中国专业舞蹈艺术建设的需要，被认定为专业化、舞台化、剧场化或者学院派的中国本土舞种，同样存在这种"被发明的传统"。以中国古典舞为例，"不少人提起中国古典舞，便以为是说中国古代舞。其实，中国、外国都很少留下真正的古代舞蹈，人们感到有些舞蹈（比如中国的'傩舞'）比较古，只是因为它们比较古朴，带有比较浓厚的原始气息而已。……有人总是对'中国古典舞'这一名称感到迷惑，认为名不副实，因为他们看到的形象不像古代舞蹈。的确，它并非产生于古代，而产生于 20 世纪中

---

① ［英］E. 霍布斯鲍姆、T. 兰格：《传统的发明》，顾杭、庞冠群译，译林出版社 2004 年版，第 4 页。
② 陈兴贵：《"被发明的传统"：现代土家族摆手舞的文化透视》，《广西民族研究》2015 年第 6 期。

期”[①]。可见“被发明”的中国古典舞，虽然从戏曲艺术、石窟壁画、历史存留的舞谱中借助了许多古代舞蹈符号，但它并不是历史上承传至今的古代舞蹈实体，而是现代人创建的一个新舞种，是一种表达的工具或象征，更确切一些，它是一个“现代人的称谓”[②]。与之共生、被定义为舞台化艺术的中国民族民间舞也是如此，客观上它并非对当下仍在承传的活态的各民族民间舞蹈全面的复制和照搬，只是借用了当中的一些舞蹈要素，依据舞蹈工作者的主体诉求和时代风尚，创新而成的冠以中国民族民间舞名称的新舞种。

“开门见山地说，这里的民间舞，不是原始意义上的‘民间舞’，因为它已同原生形态的民俗舞蹈大相径庭了。但它分明还是‘民间舞’，它所呈现的和它所拥有的，依然没有‘剥离’掉那些唯民俗、民间、民族独有的属性。首先应该指出的是，这种‘民间舞’是观念的产物，是民族文化主体精神的结晶。”[③]“国内舞蹈界之所指称的‘民间舞’（实为剧场民间舞），其实并不‘民间’。因为正像前文所述，剧场民间舞已经具有了独立于民间文化之外的文化属性和审美属性，是一种取自民间，经过提纯化、高雅化、理性化、规范化、技术化、审美化的产物。在这个改造过程中，原生态民间舞经受了一个文化过滤和异文化输入的过程。……中国舞台上的‘民间舞’，最终没有将民间文化作为自己的文化依靠，而是在‘时代精神肖像’的艺术创造使命下有意无意地改变了原有的农民文化属性。”[④]可见，即便有“传统形式”的参照，这个“被发明”的冠以中国民族民间舞名称的新舞种，在形式、内容、技术、功能、展演场域、文化生态上均与历史承传下来的传统

---

① 吕艺生：《舞蹈学导论》，上海音乐出版社 2003 年版，第 108—109 页。

② 吕艺生：《舞蹈学导论》，上海音乐出版社 2003 年版，第 108 页。

③ 明文军：《“学院派”民间舞存在的学术与社会价值》，《北京舞蹈学院学报》1999 年第 4 期。

④ 袁禾：《中国剧场民间舞的“非民间”文化属性》，《舞蹈》2004 年第 11 期。

舞蹈拉开了距离，成为舞蹈工作者自觉创作的剧场艺术，或者一种追求高度“专业化”倾向的精英艺术。特别是在解构和重构文化过滤和异文化输入的过程中，跨越传统与现代的鸿沟，打破雅与俗的界限，跳脱集体性、生活性、传承性、综艺性束缚，所具有的个性化、专业化（高、精、尖）、创新性、自律性（纯舞蹈）的特征，使之进入现代性“美的艺术”的舞蹈门类中，成为一个参照“美的艺术”舞蹈门类的概念和标准建构起来的中国本土新舞种。

三、大传统与小传统

“大传统”与“小传统”（Great Tradition and Little Tradition）这两个概念，是美国人类学家罗伯特·芮德菲尔德（Robert Redfield）在其1956年出版的《农民社会与文化：人类学对文明的一种诠释》（*Peasant Society and Culture: An Anthropological Approach to Civilization*）一书中提出的，目的是用一种二元对立的分析框架说明复杂社会中存在着两种不同层次的文化传统。“在某一种文明里面，总会存在着两个传统；其一是一个由为数很少的一些善于思考的人们创造出的一种大传统，其二是一个由为数很大的、但基本上是不会思考的人们创造出的一种小传统。大传统是在学堂或庙堂之内培育出来的，而小传统则是自发地萌发出来的，然后它就在它诞生的那些乡村社区的无知的群众的生活里摸爬滚打挣扎着持续下去。”[①] 该理论构型将焦点放在共时性文化分层上，特别是同一时空不同文化层面的区别和互动上，用

① ［美］罗伯特·芮德菲尔德：《农民社会与文化：人类学对文明的一种诠释》，王莹译，中国社会科学出版社2013年版，第95页。

以研究和分析复杂社会结构中存在的差异性文化类型的不同特质，以及它们之间的相互影响。

芮德菲尔德“大传统”与“小传统”概念一经提出，随即引起广泛讨论，这两个看似简单的概念，实则内涵复杂，不同学者根据各自的理解对之进行新的概念界定，以期准确地表达其内涵实质。例如芮氏自己就使用过“高文化”“低文化”“民俗文化”“古典文化”“通俗文化”“上流社会文化”“等级制文化”“世俗文化”等语词加以解释说明。一些研究大众文化的欧洲学者和历史学家余英时认为芮氏的“大、小传统”与西方史学界流行的“精英文化”（elite culture）与“大众文化”（popular culture）的观念大同小异，喜欢用“精英文化”与“大众文化”对其进行定义；台湾人类学家李亦园用中国传统雅文化和俗文化概念阐释它们，这里“大传统”指的是上层的士绅文化，“小传统”则指一般大众所代表的俗民文化；费孝通先生用“大、小传统”来解释说明其提出的“中华民族多元一体”说，“一体”与中国历史文化大传统相关联，“多元”指的是中国有着众多民族和民间文化的小传统，等等。综上所述，不同学者如何从各自的文化视野翻译、定义已不是重点，关键是在研讨中大家形成了大致相同的认识，即确立了“大传统”与社会上层的官方文化、精英文化、雅文化、高层文化相对应，“小传统”则与社会下层的民间文化、大众文化、俗文化、底层文化相匹配。

“大传统”与“小传统”理论在人类学、历史学以及思想史诸领域产生极大影响的同时，也招致了许多批评与质疑。诸如：（1）对大、小传统之间二元对立划分做法的质疑。质疑的依据类似中国古人“礼失求诸野”的论述，即宫廷的大传统形成之后会渗透到农村小传统中去，并在其中得到长久延存，两者之间相互混杂，无从截然划清界限。芮氏自己也谈道：“我们可以把大传统和小传统看成是两条思想与行动之河流；它们俩虽各有各的河道，但彼此却常常相互溢进和溢出对方的河道。”[①]（2）当今社会文化形貌复杂、多元，远非二分的大、小传统框架所能概括。全球化、信息化、网络化的社会发展，使得不同文化间的沟通、交流、互动异常便捷。相对于传统社会，现代社会的文化是动态和多元的，呈现出类似“众神狂欢”和“复调文化”的特点，若按照源自农民社会的旧理论标准寻找大小传统的替代者似乎不大可能。（3）重新定义大、小传统的概念语词未必准确。如余英时所言：“中国古代的大、小传统是一种双行道的关系，因此大传统一方面固然超越了小传统，另一方面则又包括了小传统。”[②]可见，那些重新定义大、小传统的概念词语，官方文化与民间文化、精英文化与大众文化，未必是严格对立的，它们有可能相互交织。有些学者提出：“确定‘大传统’与‘小传统’只有一条标准，也是唯一的标准，这就是应从主流与非主流的角度来理解，或从主流与支脉的角度来理解。”[③]

尽管学术界对“大传统”与“小传统”理论的质疑、批评是客观的，但并不妨碍芮氏理论自身的学术价值，以及在一定范围内分析问题的解释力。借用费孝通先生社会结构的“差序格局”理论加以说明，因为任何一个“复杂文明社会”都不是平面、均等的，其特点、本质是“有差等的秩序”，体现为一种“等级制文化”形貌的特征，社会结构的“差序格局”本身具有生发不同层次或不同类型文化的现实动力。芮德菲尔德借助于现实社会空间的内在划分，用以分析和解释具有悠久历史文明中存在的两种文化传统，从而

① [美] 罗伯特·芮德菲尔德：《农民社会与文化：人类学对文明的一种诠释》，王莹译，中国社会科学出版社 2013 年版，第 97 页。

② 余英时：《士与中国文化》，上海人民出版社 2003 年版，第 122 页。

③ 吾淳：《重新审视芮德菲尔德的“大传统”与“小传统”理论》，《上海师范大学学报（哲学社会科学版）》2017 年第 1 期。

说明共处于同一文化生态圈之中社会结构的分层与差异，本身是能够自圆其说的。因为在“复杂文明社会”，少数上层官方、士绅、知识分子所代表的主流文化或精英文化，与一般社会大众尤其是乡民所代表的非主流文化或大众文化之间的差异是清晰具体的。即便二者之间并非截然对立地隔绝，在一定条件下可以实现你中有我、我中有你的交流互融，但两者之间不可等同的客观事实是现实存在的，任何时候代表都市文明的大传统，与代表地方性社区文化（农村文化）的小传统，都不可能同质同类、不分彼此。当然该理论的合理性还在于：“此后人们研究这两种传统，没有脱离以下这些区别：空间维度——地域区别，时间维度——过程区别，影响覆盖力——宏大狭小的区别，遗传能力——稳定与易变、持续与中断的区别等。”[①]

芮德菲尔德“大传统”与“小传统”理论不仅能够研究古老文明社会中分层的文化类型，也可以借用过来进行相关的舞蹈研究，因为社会结构的“差序格局”致使不同层级舞蹈类型的出现。如：“在中国的舞蹈历史流程中，我们都能清晰地发现这两条线索贯穿始终：一条就是作为雅乐的宫廷舞蹈，另一条就是作为俗乐的民间舞蹈。然而令人称道的是，‘雅’与‘俗’，‘朝’与‘野’的这两条线索之间构成了一种良好默契的互动关系。”[②]从历时性研究视角分析，中国古代从周代“制礼作乐”开始，乐就被分为“雅乐”与“俗乐”，“雅乐”作为“礼”之辅助，与“政”“刑”“礼”并列成为治国方略的四大支柱。周以后，历代历朝沿袭其雅乐舞，以文昭德的文舞、以武象功的武舞是其代表性构成，主要用于祭祀和宴飨典礼，被历代朝廷奉为乐舞之正宗与歌舞之典范。这种中国古代王朝在其礼仪、宴飨、祭祀、娱

---

① 郑杭生：《论“传统”的现代性变迁——一种社会学视野》，《学习与实践》2012 年第 1 期。

② 许锐：《当代中国民族民间舞蹈创作的审美与自觉》，上海音乐出版社 2014 年版，第 12—13 页。

乐活动中所展演的乐舞，可以与芮氏讨论的“大传统”画等号。当然历史的变迁、朝代的更迭，不同历史时期、不同朝代宫廷展演的雅乐舞会呈现出一定差别，所以汉代宫廷的“百戏”舞蹈，魏晋南北朝的清商乐舞，隋唐宫廷的九部乐、十部乐、坐立部伎、健舞、软舞、歌舞大曲，宋、元、明、清宫廷的“队舞”，以及相关的戏曲舞蹈（宫廷里演的“大戏”）和历代的“女乐”舞蹈都可归属其中，统称为中国历史舞蹈的“大传统”。

北宋进士福建闽清人陈旸著有《乐书》（后人也称其为《陈旸乐书》），《乐书》卷目浩繁，共二百卷，近百万字，第二部分“乐图论”中专门论述了“六门”“三部”，“‘六门’分别指‘十二律序论和本论’‘论五声八音’‘论歌’‘论乐舞’‘论杂乐’和‘论五礼’六大部分。‘三部’则是按民族、乐器起源以及音乐风格的分类，分为‘雅部’（用于宫廷庙堂的）、‘胡部’（来自外族或外国的）和‘俗部’（来自民间的）”[①]。其中民间用之、非朝廷所用的“俗乐”，可以与芮氏的“小传统”相对应。从引文中可以看出，不仅周代有“雅”与“俗”、“朝”与“野”的乐舞划分，历朝历代都对这种真实反映基层民众劳动生活、宗教信仰、民风民俗以及社会现实，与其物质生活和精神生活密不可分，且具有较强的实用性，在舞蹈存在的社会空间上有别于宫廷舞蹈，来自民间的“俗乐舞”有所记录。尽管正史部分着墨不多，但不妨碍这种“底层文化”“草根文化”“非主流文化”的乐舞是中国历史舞蹈中最大的组成部分，特别是其旺盛的生命力，以及承载大量真正有价值的文化传统，致使其成为最能代表中华民族及其文化传统的舞蹈形式。

被称为“胡部”之乐或“四夷乐”的古代乐舞，在中国历史舞蹈中情况

---

① 黎凤：《从陈旸〈乐书〉看丝绸之路对闽都文化艺术的影响》，《海峡人文学刊》2022年第2期。

比较特殊，中国历代正史（二十四史）中，除《陈书》和《北齐书》以外，都有为边疆和四夷族群作传的传统，对于“泛指外来之乐”的“胡部”之乐或“四夷乐”也是如此，它们不仅是历代宫廷乐舞展演的重要组成部分，在历朝历代的民间也是大行其道、蔚然成风。例如，在周代，旄人与鞮鞻氏都是乐署体制的官员，旄人掌教舞散乐、舞夷乐，即专门教授从民间选拔上来的善于乐舞之人，并在举行祭祀、招待宾客和演奏燕乐时，统领四方选拔受训的乐舞者，表演民间乐舞和四方少数民族乐舞。鞮鞻氏则掌四夷之乐及其声歌。隋唐朝会大典、宫廷大宴所用的“七部乐”“九部乐”“十部乐”，除了《燕乐》《清乐》具有本土特色，其余如《西凉乐》《天竺乐》《高丽乐》《龟兹乐》《安国乐》《疏勒乐》《康国乐》《高昌乐》都是从各民族地区和国外传来的。即便是被后人指责为闭关锁国的清朝，宫廷宴乐上也会有《瓦尔喀部乐舞》《朝鲜国俳》《蒙古乐》《回部乐》《番子乐》《廓尔喀部乐》《缅甸国乐》《安南国乐》①这八部兄弟民族和外国乐舞。少数民族乐舞在民间则更是蓬勃发展、长盛不衰，从白居易《胡旋女》、李端《胡腾儿》、章孝标的《柘枝》等人的诗词，以及数量浩繁的地方志书、古代学者的个人著述、少数民族古籍中可见其百卉千葩、多姿多彩的身影。

从共时性研究视角分析，芮氏“大传统”与“小传统”依旧具有解释力，特别是对当下中国社会结构中的舞蹈分析，否则一些用“专业的”“职业性”“舞台化”“学院派”，以及“原生态”“纯民间”“民俗的”“少数民族的”等修饰语限定的舞蹈概念也不会存在。在传统社会，因其行为方式世代相传、不大更改的特点，高层文化和底层文化的“雅”与“俗”、“朝”与

① 参见刘青弋主编，王克芬著《中国舞蹈通史——明清卷》，上海音乐出版社 2010 年版，第 136 页。

"野"的对应界定是清晰的。在全球化、城市化、工业化以及发达市场经济的当下，在社会文化形态复杂多元、没有了"宫廷"的今天，"大传统"与"小传统"不应当只是"好"与"坏"、"优"与"劣"、"高"和"低"的价值判断，而应是一种基于客观事实的判断，这种客观事实的判断就是从主流与非主流的角度来理解、重新界定和认知芮氏的"大传统"与"小传统"。当下的中国舞蹈分析也是如此，因为存在的舞种复杂多元，从业的机构不尽相同，用"雅"与"俗"、"朝"与"野"已满足不了问题的说明，使用主流与非主流会更有说服力。

在国内等同于"大传统"的主流舞蹈，从政府主导的舞蹈赛事、政府成立和资助的文艺院团以及政府主办的艺术院校设置的舞蹈专业中，可以得到理想的答案。由中国文联、中国舞协主办，标志着中国专业舞蹈艺术最高成就的专家奖的中国舞蹈"荷花奖"，常年举办的评奖赛事有中国古典舞、中国民族民间舞、当代舞、现代舞、舞剧・舞蹈诗，前几届芭蕾舞与国际标准舞也有参赛评奖；国内由政府成立和资助的国家级文艺院团有中央芭蕾舞团、东方歌舞团、中国歌舞团、中国歌剧舞剧院、中央民族歌舞团、中国人民解放军文工团等；以政府主办的艺术院校北京舞蹈学院为例，下设的舞蹈专业有中国古典舞、中国民族民间舞、芭蕾舞、现代舞、国际标准舞、音乐剧等，可见归属于"大传统"的主流舞蹈，是中西并存、种类繁多、特色多元的，用旧时的"朝"与"野"无法解释。等同于"小传统"的非主流舞蹈，比"大传统"的主流舞蹈呈现得更为复杂，除了被达成共识的原生态中国民族民间舞蹈外，上述的主流舞蹈在民间都存在，被各类培训机构、考级中心、业余团体、少年宫、群艺馆传承；一些源自西方被称为"流行舞蹈"的，诸如早期的"迪斯科"，当下的"街舞"（Hip-Hop）、"萨尔萨舞"（Salsa），以及包括林迪舞（Lindy Hop）、吉特巴（Jitterbug）、查尔斯顿

（Charleston）、巴布阿（Balboa）、东岸摇摆舞（East Coast Swing）和西岸摇摆舞（West Coast Swing）等有不同样式的“摇摆舞”，也都存在；还有一些在舞与武之间，舞与戏之间，舞与杂技、体育之间的舞蹈和都市新民俗舞蹈，都构成了“小传统”的非主流舞蹈。

第三节　中国民族民间舞传统舞蹈的概念

一、中国民族民间传统舞蹈的发生

（一）不断被界定和认知的舞种

根据前文 E. 希尔斯对传统的界定，传统是世代相传至今的东西，是“活着的过去”，前后一致的某种坚守和保持是它的品行，“同一性”是它的本质所在。对于中国民族民间传统舞蹈而言也是如此，被称为传统的舞蹈，一定是源于过去，仍保留在当下人们记忆中、话语里、舞蹈行为中的那一部分过去。类似春节、清明节、端午节、中秋节这样的传统节日，它们本身就是现代生活的一部分，被现代人反复地实践和应用。然而事实与之相反，它们的发生或存在，是被不断地界定和重新认知建构出来的，它们曾一度被认为根本不存在。例如，对于今天的中国民族民间舞蹈而言，除了将“延安新秧歌运动”视为自己现当代舞种发生的起点外，另一个源头则追溯到 1946 年 3 月 6 日，在重庆青年宫剧院，由戴爱莲先生为首组织编创的“边疆音乐舞蹈大会”，前者强调汉族民间舞蹈的政治宣传与民族文艺的重构，后者强调少数民族传统舞蹈的艺术表现与文化展演，两者“殊途同归，都是把中国民间舞蹈艺术化了，一个走进了都市舞台，一个走上了革命宣传的艺术舞台，而且也都有时代的进步意义”①。作为中国当代舞蹈艺术先驱者和奠基人，被誉为“中国舞蹈之母”的戴爱莲先生，归国后的核心艺术追求就是寻找中华舞蹈之“根”，即能够代表中国的民族舞蹈。

她在回忆录中写道：“我在英国的时候，看过印度舞蹈、日本舞蹈、印度尼西亚的舞蹈（当然也看了很多西方的舞蹈），但遗憾的是惟独没有看到中国的民族舞蹈。虽然我学的是芭蕾舞，但我一直希望回来要找中国的舞蹈。那是抗战时期，经济条件困难，我们只能看到粤剧和川剧（我特别喜欢川剧，因为它舞蹈动作很多），但很难看到专门的舞蹈表演。为什么会如此呢？我打听来打听去，听到两种说法：一是‘中国没有舞蹈’！我感到很奇怪，哪个国家会没有舞蹈呢？二是有舞蹈，但汉族没有，在少数民族那里，其中尤以新疆最丰富，要看舞蹈最好到新疆去。”②这是戴先生在那个时代最真实的感受。几十年之后，《中国民族民间舞蹈集成》副主编陈冲先生提供了另外一份材料：“为了使《中国民族民间舞蹈集成》的编辑工作具有坚实、可靠的基础，从 1981 年开始，《舞蹈集成》各编辑部在不漏村寨、不漏艺人的原则下进行了全国民间舞蹈普查，历时 5 年取得了较确切的数据。经查明全国 56 个民族共有民间舞蹈（包括宗教祭祀舞蹈）17636 个（港、澳、台地区待补），其中汉族舞蹈 14291 个，少数民族舞蹈 3345 个。舞蹈最多的省份是云南，有 1552 个，其中少数民族舞蹈 1362 个，汉族舞蹈 190 个。”③

戴先生的表述和陈冲先生提供的数据大相径庭、迥然不同，看似前后矛

① 慕羽：《中国当代舞蹈创作与研究》，中国文联出版社 2009 年版，第 47 页。

② 戴爱莲口述，罗斌、吴静姝整理：《戴爱莲：我的艺术与生活》，人民音乐出版社、华乐出版社 2003 年版，第 125—127 页。

③ 陈冲：《民间舞蹈知多少》，《舞蹈》1989 年第 6 期。

盾，其实是可以具体分析的。在戴先生的口述中，她归国时是抗战时期，战争年代生灵涂炭、民不聊生、百业凋敝，全国上下内忧外患处于一片混乱状态，加之天灾人祸，经济衰落，想要看到繁荣的舞蹈场景基本上是一种奢望。“盛世盛宴盛歌舞，歌舞日夜升太平”，可见只有太平盛世或者和平时期，人们才会有能力、有心情、有状态地酣歌醉舞。此外，导致两者会有截然不同认识的另一个原因，甚至是最为重要的原因，是界定何谓“舞蹈”的标准。这一点从美国舞蹈人类学者费鹤立的研究中可以得到相关答案：“现在回到人体动作。就舞蹈而言，寻常说汉族原本没有舞蹈，从政治标准来看待也许是可以接受的，离开这个标准，则未必如此。可见，有无舞蹈首先就碰到定义、分类及标准的问题。按西方的舞蹈定义观之，中国唯一称得上‘舞蹈’的人体动作，可能就是宫廷舞女略带挑逗性的舞姿。当然，中国历史上有过不计其数的‘少数民族舞蹈’，但是，掌权者不承认它们是重要的艺术形式，表演者也不认为它们是艺术。”①

“产品不是高端，标准才是王者”，这一理念被制作业之外的更多人接受，认定舞蹈的标准在谁手中，或者谁定义舞蹈标准尤为关键，当舞蹈的定义、分类及标准以西方为参照时，戴先生听到的那句“中国没有舞蹈”自然就是成立的，即便有也是与西方定义的舞蹈最接近的那一小部分，如：“迟至 20 世纪 40 年代末，除了汉族的‘古典舞’以外，中国几乎没有舞台舞蹈的传统，而汉族的‘古典舞’直到现在依然保留在戏剧里。……鸟瞰中国现代舞蹈艺术的历史，可以看到几个里程碑式的事件：1914 年，‘第一舞台’在北京开业，它是中国首个西式剧院；到 1923 年，北京的戏园率先允

① [美] 费鹤立:《中国少数民族舞蹈的采集、保护与传播：20 世纪 80 年代初期的一项社会人类学调研》，何国强、许韶明译，云南大学出版社 2010 年版，第 47 页。

许男女观众同场看戏，而在此之前男女是不能坐在一起看戏的，即使在同一个戏院，也只能女观众坐楼上，男观众坐楼下；翌年（1924 年），女性开始登台表演了；芭蕾舞于 20 世纪 20 年代进入中国，由于俄罗斯发生‘十月革命’，一些俄籍人士滞留中国，在上海避难的白俄罗斯人开始教授芭蕾舞，一位叫做艾尔玛·邓肯（Irma Duncan）的俄罗斯人还从莫斯科带来一个舞蹈团。”[①] 费鹤立的研究告知我们一个事实，现当代中国舞蹈是依照西方现代性舞蹈知识体系建构的，在这个既定前提下，对于中国舞蹈从业者而言，一个基本的常识就是并非所有的运动的人体或动作都属于“舞蹈”，人们宁缺毋滥也不滥竽充数，戴先生的认识自然就能合理解释了。

这个观点在戴先生的学生、著名舞蹈史学家彭松先生那里也能得到印证，其子彭红在《忆父亲彭松舞蹈研究之路》一文中写道：“新中国的专业舞蹈事业，是一个开创性的事业，从无到有。它开始探索于解放前，但全面开展于新中国。彭松参与了这个过程，尽终生之力，进行了艰辛探索。主要有以下三个方面。其一，中国舞及审美特征。这个问题首先要碰到的问题是什么是中国舞，它的审美特征是什么。这个问题的探索，是与新舞蹈事业的开创并行的。一是在比较中开始。新舞蹈事业的大师，都是从国外学成回国的，他们带来的是芭蕾和现代舞。例如，戴爱莲先生带来的是切凯蒂学派的芭蕾舞教学体系和现代舞拉班系统的技巧和理论课程。所以，彭松作为参加学习的第一批学生，首先接受的是国外舞蹈的理论和技巧，体会的是外国舞蹈的本质和审美观点。但是，大师回国的目的，一是要传播国外舞蹈，带出一批中国舞蹈家，二是更重要的，要寻找中国舞蹈。所以，什么是中国舞

---

① [美] 费鹤立：《中国少数民族舞蹈的采集、保护与传播：20 世纪 80 年代初期的一项社会人类学调研》，何国强、许韶明译，云南大学出版社 2010 年版，第 52—53 页。

问题的探索，是在中外舞蹈的比较中产生的。”[①] 这一段文字应该是最好的说明，什么是中国舞，它的审美特征是什么，是在中外舞蹈的比较中产生的，而新舞蹈事业的大师，吴晓邦、戴爱莲都是从国外学成回国的，“在比较中开始、在实践中寻找、在发展中归纳”[②]，中国舞蹈探索方法论的基点、标准始于西方。这也是为什么舞台化的中国民族民间舞具有独立于纯民间舞蹈文化之外的文化属性和审美属性，因为它经历了一个提纯化、高雅化、理性化、规范化、技术化、审美化的解构和重构，文化过滤和异文化输入的改造过程，这个改造的标准即源于西方界定的“舞蹈”，因为经过了改造，它与民间原生形态的舞蹈类型拉开了距离，成为一个有特点的舞蹈新品种和舞台表演艺术。贾作光先生的一个舞蹈实践案例，也可以充分说明上述观点：“在蒙古族语中，原本只有‘跳’字，主要指藏传佛教寺院里的查玛‘跳鬼’之舞，没有‘跳舞’这个词。由于有了贾作光的舞蹈贡献，蒙古族语中竟然增加了‘舞蹈’这一个词‘布吉格’。一个民族，因为一个人的贡献而增加了一条语言词汇，试问，放眼舞蹈界，还有谁能做到？”[③]

可见，现当代中国舞蹈的建构是由芮氏定义的“大传统”为代表的舞蹈前辈精英群体实施的，他们深思熟虑、勇于实践所产生的精英舞蹈文化，形成了整个中国舞蹈的价值内核（尤其体现为都市舞台艺术的文化模式）。同时，作为“小传统”的原生舞蹈形态的各种因素往往是由“大传统”定义解释的，一方面“大传统”创造建构生产了中国舞蹈；另一方面“小传统”依据“大传统”的界定，内省、匹配、查找何谓中国舞蹈，何谓中国民族民

① 彭红：《忆父亲彭松舞蹈研究之路》，《北京舞蹈学院学报》2017 年第 1 期。
② 彭红：《忆父亲彭松舞蹈研究之路》，《北京舞蹈学院学报》2017 年第 1 期。
③ 冯双白：《人民舞蹈家：一个至高无上的称号——深切怀念贾作光》，《舞蹈》2017 年第 2 期。

间舞蹈，何谓中国民族民间传统舞蹈，这一点从《中国民族民间舞蹈集成》（以下简称《集成》）主编孙景琛先生撰写的《民舞——辽阔的世界》一文中可以得到答案："在《集成》开展的第一阶段，伴随着全国范围的普查工作，我们明确了在指导思想上的差异，强调了《集成》和以往'采风'的不同之处。在收集的范围方面，采用了'大舞蹈'观念，防止由于各种学派对'舞蹈'所下的不同定义而局限了我们的视野。我国民舞的综合性非常强烈，也十分多样，如果采用单一的'定义'去套：唱歌的不是舞蹈，说话的不是舞蹈，耍道具的不是舞蹈，'武术'不是舞蹈，'杂技'不是舞蹈……那就恰恰背离了我国民舞的实际，否定了我国民舞的个性。"[①] 引文阐述了一个事实，即今天《集成》中普查的中国民族民间传统舞蹈是被"大传统"的舞蹈精英不断界定和重新认知后确立的，从一开始"中国没有舞蹈"和"汉族没有舞蹈"，到最终的全国（除港、澳、台地区）56 个民族共计舞蹈 17636 个、汉族舞蹈 14291 个。这巨大的差别在于认知标准的改变，如孙景琛先生所言，如果采用单一的"定义"去套，相信很多舞蹈是不会被识别、吸纳的，当然某种程度上有《集成》普查者出于文化自觉和文化自信的考量，按照当下比较流行的用语，即"中国式现代化"建设的思考。

（二）"为人生而艺术"的"arts"

在 E. 希尔斯眼中，作为"传而统之"的"传统"，最大的一个特质是指从过去延传到现在的事物，是人们代代相传的事物，是过去形成、相传到今天核心内涵依旧不曾改变的事物（相传事物的同一性）。从这个概念引申到

① 孙景琛：《民舞——辽阔的世界》，《舞蹈》1989 年第 6 期。

传统舞蹈，它指是历史上承传下来，仍在不同文化场景中传承的具有一致性的舞蹈种类。对于中国舞蹈而言，“由于我国的传统舞蹈文化，在社会历史变迁过程中大量失传，尤其在中原王朝的更迭中，自宋朝以降，作为独立表演的宫廷舞蹈逐渐式微，因此，流传下来的主要是传统的民间舞蹈。在历史上曾经建立过宫廷的部分少数民族中，至今尚传有宫廷舞蹈的部分形态，比如：藏族传统舞蹈中的‘嘎尔’、傣族传统舞蹈中的‘指甲舞’等。这些传承至今的宫廷舞蹈应该纳入我们的保护视野中。不过，就中国而言，传统民间舞蹈是我们要保护的主要部分”[①]。因此，本书论述的中国民族民间传统舞蹈，与引文中提及的“传统的民间舞蹈”异名同实、其指一也，是指在一个特定的族群当中存在了很长时间，历史上承传下来，至今还能满足人们的需要，还为人们所展演传跳的活态的归属于“小传统”概念范畴下的舞蹈类型。因其自身的文化特质，相对于被称为专业化、职业化、剧场化或者学院派，以及“再生形态民间舞蹈”、“创生形态民间舞蹈”、“衍生形态民间舞蹈”和“作品形态民间舞蹈”的舞蹈类型，它指的是被称为“原生形态民间舞蹈”或“原生态民间舞”以及“原生态中国民族民间舞”的那一类，作为“非物质文化遗产”重点保护和关注的对象，这一类舞蹈也会被称为“非遗舞蹈”。

对待这一类舞蹈，资华筠老师认为：“窃以为所谓‘原生态’文化艺术（含音乐、舞蹈……各类非物质文化遗产），并非只是单纯的、孤立的外部形式，而应具有包括环境因素在内的三个‘自然’标准。即：自然形态——不刻意加工；自然生态——不脱离其生成、发展的自然与人文环境；

① 朴永光：《论“非遗”语境下传统民间舞蹈的保护》，《北京舞蹈学院学报》2017 年第 6 期。

自然传衍——以一种与民俗、民风相伴的特定的生活和表达感情的方式代代相传。”[①] 可见这一类被称为原生态文化艺术的舞蹈形式，相对于艺术院校和都市剧场中实践展演的不同形态的舞蹈类型，其排他性特征表现为：一是与之不同的地方性、乡村化、非主流、纯民间的舞蹈展演空间；二是其未经专业舞者加工、改造、创编、修正，与民众日常生活、民俗仪式或民俗活动结合在一起，按照传统方式和风貌展演的舞蹈特质。有学者依照“非遗”标准，将其值得保护的价值归纳总结为：“第一，历史要悠久。”“第二，形态要古朴。”“第三，内涵要丰富。”“第四，形态要独特。”“第五，影响要颇大。”[②] 这几条不仅是“非遗舞蹈”保护价值判断的标准，其实也是对作为一种“活着的过去”的“世代相传”的中国民族民间传统舞蹈界定的标准。一方面它刻意强调其源于过去（如历史要悠久），是“活到”现在的那一部分过去（如影响要颇大），即本体论意义上的传统舞蹈特质；另一方面则强调其在动态的相传和延续中，坚守住了自己别具一格、个性鲜明的舞蹈文化品格（如形态要古朴）。基于此，中国民族民间传统舞蹈拉开了与官方文化、精英文化、雅文化、上层文化等从属于“大传统”的主流舞蹈的距离。

作为一种历史形态的“活着的过去”和“世代相传”的事物，中国民族民间传统舞蹈本土化、民族化、民间化、非西方的特质，不仅与国内以“大传统”为代表的主流舞蹈拉开了距离，更是与西方“美的艺术”概念下的舞蹈大相径庭。在一些西方艺术人类学家眼中，“美的艺术（fine art）实际上构成了一个受人尊重的独立学科。研究这些美的艺术的，尤以美学备受关注。美学乃关于趣味（taste）的哲学，或更广义地说，是关于感性认识的状

---

① 资华筠：《关于“原生态”概念的探讨》，《舞蹈》2007 年第 6 期。

② 朴永光：《论“非遗”语境下传统民间舞蹈的保护》，《北京舞蹈学院学报》2017 年第 6 期。

况。在此，它主要研究对一件艺术品的形式特征的反映，当然更多是在西方语境之中的研究”[①]。在功能上，以表达情感和审美为主，强调艺术的纯粹性、审美的无功利性；在表现媒介上，强调艺术自律性，按其表现媒介，将其涵盖的对象划分为绘画、建筑、雕塑、音乐、舞蹈、戏剧等艺术门类；在创作主体上，强调创作者的天才和灵感，关注特立独行、独树一帜的原创性，艺术家的个性得到史无前例的肯定与尊重；在表现手法上，强调高超的技能、技艺、技术、技巧。在一些同质化、亲密度很高的小型社会中，社区成员共享同样的语言、思想和生活方式，艺术家不像文明社会那样分化出去，他们本身就是这一同质而亲密社会群体中的一员，艺术并非一种稀有而特殊的现象，而是渗透在普通民众日常生活之中，并与该社会文化的其他方面结合在一起，作品的意义和价值并不具有多少个人化或主观性色彩，迥异于学院的精英艺术以及都市化、商业化的大众艺术。某种程度上，这类非西方“美的艺术”的“艺术”，本文化场域未必认为其就是“艺术”。它之所以被看作“艺术”，是由那些以西方人为代表的购买、收藏、鉴定和研究它的商人、收藏者、学者和理论家组成的得到制度性承认的“艺术界”成员来认定的。如英国人类学家阿尔弗雷德·盖尔（Alfred Gell）所言：“根据‘艺术的制度理论’，许多本土艺术之所以是艺术，是因为我们认为它是艺术，而不是因为其制作者认为它是艺术。”[②]

对于如何面对所谓的非西方“艺术”，“一些学者认为艺术（art）是西方的特产，非西方文化中不存在艺术的观念，因而主张使用本土文化的词

---

① [英]雷蒙德·弗思：《艺术与人类学》，王永健译，载李修建主编《国外艺术人类学读本》，中国文联出版社 2016 年版，第 126—127 页。

② [英]阿尔弗雷德·盖尔：《定义问题：艺术人类学的需要》，尹庆红译，载李修建主编《国外艺术人类学读本》，中国文联出版社 2016 年版，第 184 页。

汇，或者用‘视觉文化’或‘图像’来取代‘艺术’（指视觉艺术）。不过，更多学者认同艺术的普遍性和跨文化性，认为‘art’这一概念具有普适意义，可以用来探讨非西方文化中的艺术”[①]。对此，一些学者在艺术的前面加一些修饰性的前缀用来定义和说明这一类非西方文化中的“艺术”。例如在西方的相关学术研究中，被使用过的概念有：原始艺术（primitive art）、部落艺术（tribal art）、非西方艺术（non-Western art）、异域艺术（exotic art）、民间艺术（folk art）、土著艺术（native art）、民族艺术（ethnic art/ethnological art）、无文字社会艺术（art in nonliterate societies）、非欧洲艺术（non-European art）、第四世界艺术（Fourth World art）、小型社会的艺术（art in small-scale soceities）等具有特指性的概念称谓。对于舞蹈而言也是如此，史前舞蹈、原始舞蹈、土著舞蹈、东方舞蹈、民族舞蹈、民间舞蹈、民众舞蹈、民俗舞蹈、传统舞蹈，当然也包括当下讨论的中国民族民间传统舞蹈这个概念，都是这一类舞蹈的定义和本质的称谓。

对于如何认知这一类非“美的艺术”的舞蹈特质，日本人类学家木村重信在《何谓民族艺术学》一文中阐释得比较具体，他认为：“以往的美学、艺术学中的艺术研究，大而分之，有两种立场。即强调‘为艺术而艺术’（l’art pour l’art）的立场与重视‘为人生而艺术’（l’art pour la vie）的立场。‘为艺术而艺术’的想法重视艺术的自律性，试图在超越日常性或目的性的领域寻求艺术的本质。与此相对，‘为人生而艺术’的想法把艺术作为有益于生活的东西，强调受宗教、道德等制约的所谓艺术的他律性。”[②]为了

① 李修建：《国外艺术人类学研究中的若干基本问题》，《艺术探索》2016 年第 2 期。

② ［日］木村重信：《何谓民族艺术学》，李心峰译，载李修建主编《国外艺术人类学读本》，中国文联出版社 2016 年版，第 1 页。

进一步说明两者在社会结构中的地位和功能，以及在社会具体运作过程中的不同，他“采纳西方学者（如新西兰学者戴维斯）对于大写的 ART 和小写的 arts 的区分，前者指西方经典艺术，乃纯粹艺术、美的艺术，注重作品的表现性和情感性，注重作者个性；后者指民族艺术，作者是匿名性的，以表现集体情感和价值观念为目的。‘民族艺术的作者去表现存在于自己所属的社会成员的心理、观念、信仰中的某种东西，而不是去表现个人性的见解与感情。在这种意义上，民族艺术一般以匿名性为特征。因此，譬如在部族社会，一般是没有艺术家这种职业的，不管是男女老幼，谁都可以成为音乐家，任何人都是美术家。当然，由于男女性别的不同有所分工，也有不跳舞或不击鼓的人，但在部族社会是有大家都参加的艺术活动的。于是，便产生了所谓的共同制作。’”①

作为非“美的艺术”的中国民族民间传统舞蹈，即是木村重信定义的“为人生而艺术”的“arts”。首先，相对于“美的艺术”舞蹈的“审美无功利性”，中国民族民间传统舞蹈作为民众中流传的传统舞蹈，与民众的现实生活水乳交融、密不可分，被库尔特·萨克斯（Curt Sachs）表述为“舞蹈是拔高了的简朴生活”②；其次，“美的艺术”舞蹈强调艺术表现媒介上的纯粹性，舞蹈是一种人体动作的艺术，舞蹈的“本体”就是运动的人体，中国民族民间传统舞蹈因对历史乐舞、百戏、歌舞、舞仪的继承，表现出一种融合了音乐、舞蹈、诗歌、戏剧、杂技、武术等诸多文化形式于一体的综艺性特征；再次，“美的艺术”舞蹈注重艺术家的个性，将舞蹈认定为近似于自

① 李修建:《国外艺术人类学研究中的若干基本问题》,《艺术探索》2016 年第 2 期。

② [德] 库尔特·萨克斯:《世界舞蹈史》“序言”，郭明达译，恒思校，上海音乐出版社 1992 年版，第 3 页。

画像的个人表象的艺术创作行为，而中国民族民间传统舞蹈一般以匿名性为特征，强调该舞蹈的集体性、民族地域性，刻意去表现存在于自己所属的社会的成员的心理、观念、信仰中的某种东西，而不是去表现个人性的见解与感情，民间艺人的个人风格受制于展演舞蹈的整体风格；最后，“美的艺术”注重高超的技能、技艺、技术、技巧，耗费毕生潜心练习、艺不离手，技惊四座、艳压群芳、超凡脱俗是其职业追求的永恒目标，中国民族民间传统舞蹈却强调独乐乐不如众乐乐的“大家跳”“人人跳”，注重“人人皆可舞蹈”的普通民众的参与性，当然不排除一些准职业的民间艺人也具有高超精湛、精彩绝伦的舞技。

二、中国民族民间传统舞蹈概念定义

（一）对中国舞蹈概念的分析阐释

想要弄清楚舞蹈这个概念，首先要弄清何谓艺术，想对中国民族民间传统舞蹈进行定义，自然必须要对何谓舞蹈，以及对中国舞蹈的概念进行更为深入的分析和具体的阐释。对于何谓舞蹈，前文从舞蹈的上一级学科门类艺术开始讨论，论述了“艺术”（art）一词主要来源于西方，非西方文化中不存在“艺术”这一概念，即便有类似或相关的术语，指代的也不完全是一个东西。当下的文艺理论和艺术界主流谈论的艺术，主要是指“美的艺术”（fine art），其概念确立于18世纪的欧洲，“康德的‘审美无功利’是这种艺术的理论基调。实际上这种艺术是由当时的欧洲上层知识精英提出，且仅仅代表欧洲上层社会的生活趣味。它在世界的其他地方没有，在18世纪前的欧洲没有，即便是在18世纪后的欧洲也并非受到所有阶层、所有人的认可。但这种带有强烈欧洲中心主义和上层精英主义的概念，却随着近代以来资本主义的成功席卷了全球，对世界艺术研究，包括我国的艺术研究产生了巨大的影响”[①]。

“美的艺术”赖以发生的“审美无功利性”，其核心内涵就是将艺术世界与现实世界相对立，确立艺术与日常现实泾渭分明的距离，把人们从那种现实之流中解放出来，进入绝隔于现实世界的封闭小宇宙（艺术的世界）中去，这种与日常现实的疏远和隔离，是通过艺术世界自身的“自律”来实现的。“这种自律性概念呼应着近代美学的自律性要求而得以确立，特别是这种想法得到强调的时候，在艺术思潮中成为‘为艺术而艺术’的趋向而表现出来。”[②]舞蹈作为“美的艺术”概念范畴下的一个艺术门类，其内涵实质具有“美的艺术”的特质。毋庸讳言，以欧美为代表的西方“现代性”发展模式，是近现代中国学习的主要参照，舞蹈这种带有强烈欧洲中心主义和上层精英主义的艺术门类概念，对中国现当代舞蹈艺术的发生与发展产生了重大的影响，中国舞蹈艺术实践和学术研究体系的建立，基本上是以“美的艺术”概念范畴下“舞蹈”的标准为蓝图创设的，尽管创建和发展过程中充满了中国特色，但主旨内涵与表达媒介，即舞动的人体在特定时空中传情达意的创造性表现成为客观的艺术主体，与欧美表述的“舞蹈”相差无几。

如吴晓邦先生对舞蹈的定义：“舞蹈是一种人体动作的艺术。凡是借着人体有组织和有规律的动作，通过作者对自然或社会生活的观察、体验和分析，然后用精练的形式和技巧，集中地反映了某些形象鲜明的人物和故事，表现个人或者多数人的生活、思想和感情的都可称为舞蹈。”[③]舞蹈是“人体

---

① 孟凡行：《艺术人类学的基本问题与学科发展新方向》，《思想战线》2019 年第 5 期。

②［日］木村重信：《何谓民族艺术学》，李心峰译，载李修建主编《国外艺术人类学读本》，中国文联出版社 2016 年版，第 2 页。

③《吴晓邦舞蹈文集》编委会编：《吴晓邦舞蹈文集》第二卷，中国文联出版社 2007 年版，第 9 页。

动作的艺术”，借着人体有组织和有规律的动作、精练的形式和技巧，进行形象塑造、反映生活、表达思想、宣泄情感，是其概念定义的核心要旨。胡尔岩在《舞蹈创作心理学》一书中也对舞蹈进行了定义：“舞蹈，是身体的艺术；舞蹈，是心灵的艺术；舞蹈，是身体与心灵一起飞翔的艺术；确切地说，舞蹈是心灵驾驭身体、身体表现心灵的艺术。”① 首先，在这个定义中她同吴晓邦先生一样，确认舞蹈是一种以身体为表现媒介的艺术形式，其次，这种艺术形式的核心内涵是用身体表现心灵，具有身心共舞的特质，即外显的身体舞动加内隐的心灵冲动，共同构成了这门艺术的实质内涵。

《中国舞蹈大辞典》对“舞蹈”的定义是：“舞蹈是艺术的一种。是以人体本身为物质材料，以经过提炼、组织、美化了的人体动作——舞蹈动作为主要艺术表现手段，着重表现语言文字或其他艺术表现手段所难以表现的人们内在的深层的精神世界——细腻的情感、深刻的思想、鲜明的性格，以及社会生活的矛盾冲突中人的情感意蕴，创造出可被人具体感知的生动的舞蹈形象，以表达舞蹈作者和舞者（编导和演员）的审美情感、审美理想，反映生活的审美属性。舞蹈在一定的空间和时间内，通过连续的舞蹈过程、凝练的姿态表情和不断流动的地位变化，结合音乐、舞台美术（服装、布景、灯光、道具）等艺术手段来塑造舞蹈的艺术形象。舞蹈是一种空间性、时间性、综合性的动态造型艺术。”②

通过这些国内大家和权威著作对舞蹈的定义，或者说由这些定义产生的对舞蹈概念达成的共识，概括起来，“舞蹈”具有以下几点特征：（1）舞蹈是身体的艺术，是以人体本身作为物质材料进行表现的艺术形式，舞蹈的表

① 胡尔岩：《舞蹈创作心理学》，中国戏剧出版社 1998 年版，第 11 页。
② 王克芬等主编：《中国舞蹈大辞典》，文化艺术出版社 2010 年版，第 546 页。

现媒介为舞动的身体。（2）舞蹈是在一定时间、空间、力量中畅游的运动人体，“手之舞之，足之蹈之”的本体特征拉开了舞蹈与语言文字或其他艺术表现手段的距离。（3）舞蹈通过有节律、有组织和经过美化的流动性动作来传情达意、交流思想，是人类最早创造的无声的符号语言系统，面部表情、身体姿态、手势和动作作为象征符号，本身就具有信息传递和意义表达的功能。（4）舞蹈通过使用一种有节奏的、常合着音乐节拍的身体动作，塑造出可被人具体感知的生动的舞蹈形象，用来满足舞蹈欣赏者审美娱乐的需求。（5）舞蹈借着人体有组织和有规律的动作，用精练的形式和技巧，表现舞蹈作者和舞者（编导和演员）的审美情感、审美理想，反映生活的审美属性。（6）舞蹈在一定的空间（舞台或广场）和时间内，通过连续的人体动作过程、凝练的姿态表情和不断流动变化的队形画面，结合音乐、舞台美术（服装、布景、灯光、道具）等艺术手段来塑造舞蹈的艺术形象。

将这些国内谈论的舞蹈的艺术特质和本质特征，与德尼·狄德罗（Denis Diderot）“在乐器伴奏或人声伴唱下表演的人体动作，跳跃和有节拍的步子”①，伊莎朵拉·邓肯“凡借身体动作以表达思想感情的创造性活动，都是舞蹈艺术”②，玛丽·魏格曼“舞蹈是表现人的一种活生生的语言——是翱翔在现实世界之上的一种艺术的启示，目的在于以较高水平来表达人的内在情绪的意象和譬喻，并要求将其传达给别人”③，玛莎·格雷姆（Marsha Graham）“舞蹈是一种艺术，舞蹈需要技术，舞蹈家需要接受训练。虽然天生的警觉，敏感与和谐的平衡都是舞者天才的条件，但技巧训练是舞蹈艺术

① ［苏］阿·阿·阿基莫娃:《狄德罗》，赵永穆、陈行慧、赵仲元、罗正发、范国恩译，知识出版社 1984 年版，第 326 页。

② 王阳红编著:《邓肯传》，长江文艺出版社 1998 年版，第 12 页。

③ 刘青弋:《西方现代舞史纲》，上海音乐出版社 2004 年版，第 119 页。

所不能被取代的，它给予人以可塑性和紧张度、自由和纪律。技巧训练还意味着力量、自由和自发性”[①]，默斯·坎宁汉“动作之外的东西与舞蹈毫不相干，某个特定的舞蹈并不源于我对某个故事、某种心情或某种表达方式的构思，这个舞蹈的容量源于运动本身”[②]，以及“美国1978年版百科全书说：‘舞蹈是在一定的空间内，合着一定的节奏所作的身体的连续动作。舞蹈可能是为了表露感情、发泄过剩的精力，也可能仅仅为了娱乐。’……英国不列颠百科全书15版中的叙述也是这种综合方式：‘舞蹈艺术是一种有节奏的、常合着音乐节拍的身体动作，用以表达情感、思想，表现故事情节，或仅仅是为了娱乐’”[③]做比较，发现中西方对舞蹈概念的定义大致相同，并没有什么格格不入、水火不容的现象发生。

出现这种现象很容易理解，早期学习西方、师承西方的举措，西方对于舞蹈的定义，不仅是指导我们建构中国舞蹈的标准，也是我们修正中国舞蹈的标尺。这里谈论的舞蹈具有以下两个特征：首先，它是“美的艺术”概念下的舞蹈。舞蹈审美的纯粹性（审美无功利）、舞蹈媒介的单一性（舞动的人体）、舞蹈家的个性（天才和灵感）、舞蹈技术技艺的高超性，这几个“美的艺术”概念下舞蹈的标准，在这些国内大家和权威著作对舞蹈概念的定义中都能找到对应的话语表述。随着时间的推移，业界在后期的表述中，喜欢将舞蹈自身的特质聚焦在“本体论”的讨论上，用舞蹈的“本体”来界定何谓舞蹈，由于“‘舞蹈本体’是以情感表达为前提的身体运动的具体存在，它反映舞蹈的抽象本质”[④]，自此舞蹈的“本体”被直接定义为“舞动的

---

① 刘青弋：《西方现代舞史纲》，上海音乐出版社2004年版，第161—162页。
② 刘青弋：《西方现代舞史纲》，上海音乐出版社2004年版，第258页。
③ 吕艺生：《舞蹈学导论》，上海音乐出版社2003年版，第16页。
④ 袁禾：《舞蹈基本原理》，上海音乐出版社2015年版，第21页。

身体”或“人体动作”。其次，它是被芮德菲尔德定义为“大传统”的舞蹈。这类舞蹈不仅概念是由上层知识精英提出的，从业人员也都是由系统接受过长达数年舞蹈训练的专业人士构成的，呈现的作品基本上代表着上层社会的艺术气质，体现的是官方文化、精英文化、高雅文化、主流文化的品位和内容。此外，这类舞蹈定位于舞台艺术，强调以艺术本身为目标的纯粹，即“为艺术而艺术”。作者围绕特定的主题表现观念与情感，将舞蹈视为反映社会生活、表现创作者思想感情及审美理想的艺术，创作者的天才和灵感得到极大赞誉，表现出某特定群体或某艺术家风格的作品，独树一帜、标新立异、与众不同的排他性特质，是其备受肯定、广为传颂、自主存在的前提。在国内，这类舞蹈也被称为专业性、职业化、剧场化或学院派舞蹈。

（二）中国民族民间传统舞蹈概念定义

把舞蹈的概念梳理清楚，定义中国民族民间传统舞蹈就比较容易，因为它是以舞蹈概念为基础的，是在这个上面对中国不同民族、地域中具有类似艺术特质事物的再定义。当然定义中国民族民间传统舞蹈也不是一蹴而就、轻而易举的事情，首先要厘清何谓民族民间舞蹈，其次要界定何谓传统舞蹈，只有将两者各自的概念梳理清楚，有机完美地结合，如此才能得到一个较比理性、客观、中立的概念。对于民族民间舞蹈，国内多数文献中惯用民间舞蹈指代。如《辞海》中对民间舞蹈的定义：“民间舞蹈，在民众中广泛流传的一种舞蹈形式。直接反映人民群众的生活和斗争，表现他们的思想感情、理想和愿望。在世代相传的过程中，经过人民群众不断地加工创造，是民间习俗的重要组成部分。由于各民族、各地区人民的生活、历史文化、风俗习惯以及自然条件的不同，形成了不同的民族风格和地区特色。中国各民族的民间舞蹈历史悠久，形式多样，大多载歌载舞。如汉族的秧歌、腰鼓舞，蒙古族的安代舞，藏族的弦子舞，维吾尔族的赛乃姆，苗族的芦笙舞等。各国的宫廷舞蹈和古典舞蹈都和民间舞蹈有不可分割的联系。”①

《辞海》对“民间舞蹈”词条的解释分析，其核心内涵大致可以归纳为以下几点：（1）在民众中广泛流传，强调了民间舞蹈所有者为基层民众的“小传统”特质，从而拉开了与精英舞蹈“大传统”的距离。（2）直接反映人民群众的生活和斗争，是民间习俗的重要组成部分，界定了它并非纯粹的艺术，而是舞蹈实践者日常生活的一部分，具有“为人生而艺术”的他律性特征。（3）世代相传、历史悠久的特征，肯定了其作为历史形态舞蹈类型的特质，确立了其“绝对的过去”传统神圣性的品质。（4）表现他们（民众）的思想感情、理想和愿望。阐明了它的目标诉求不是去表现个人性的见解与情感，而是反映存在于自己所属的社会的成员的心理、观念、信仰中的某种东西（集团表象的东西），“集体性”特质促使这类舞蹈常常以 ×× 民族或地域舞蹈为指代，具有发明者匿名的特点。（5）具有不同的民族风格和地域特色，阐明了其各美其美、“一方水土跳一方舞”的丰富多元的文化特色。（6）形式多样，大多载歌载舞，说明了其与“美的艺术”以运动的人体作为媒介进行艺术表达的舞蹈不尽相同，综艺性的表现是其原本初始的状态。（7）人民群众不断地加工创造，说明其在漫长的历史岁月里是逐步完善、日渐成熟的，并非一步到位、一蹴而就的。（8）将民族风格和地域特色并列连用，直接暗示或间接印证了民间舞蹈概念中包含着民族舞蹈的内容。（9）各国的宫廷舞蹈、古典舞蹈都和民间舞蹈有不可分割的联系，说明了“大传统”和“小传统”两者之间无法截然划清界限，你中有我、我中有你的交流

① 辞海编辑委员会编：《辞海（第六版）》，上海辞书出版社 2010 年版，第 1309 页。

互动、互鉴共享是历史常态。

《中国舞蹈大辞典》对民间舞蹈的定义是："民间舞，舞蹈种类之一。由劳动人民在长期历史进程中集体创造，不断积累、发展形成，并在广大群众中广泛流传的舞蹈形式。反映着劳动人民的生活和斗争，以及他们的审美情趣、思想情感、理想和愿望等。由于各民族、各地区人民的生活劳动方式、历史文化心态、风俗习惯、自然条件的差异，因而形成了不同的民族风格和地区特色。在民间舞蹈比较丰富发达的地区，由于民族舞艺人的个人气质和技术水平的不同，还会出现同中有异、各具个性特色的情况。我国历史悠久、民族众多、幅员辽阔，因而民间舞蹈丰富多彩、千姿百态。"该辞典概括其总体特点是：1. 载歌载舞，自由生动。2. 巧用道具，技艺结合。3. 情节生动，形象鲜明。4. 与民俗活动紧密结合。5. 自娱性与表演性的统一。[①] 该定义的前半部分与《辞海》中的解释基本雷同，不同之处在于强调了民间艺人的舞蹈，尽管都从属于"小传统"，但是民间艺人与普通民众所传跳的民间舞蹈不可混为一谈，某种程度上它们是两种功能有异的舞蹈类型，间接说明了民间舞蹈自身构成的复杂性。在总体特点的概括中，"巧用道具，技艺结合""情节生动，形象鲜明""自娱性与表演性的统一"，这是对《辞海》舞蹈定义的补充，这种玩扇耍绢、舞刀弄棒、击鼓吹笙的舞动形式，"以歌舞演故事"有人物、有形象、有角色的表演形态，以及自娱性和表演性合一的文化功能，彻底拉开了与"美的艺术"追求审美纯粹性、表现媒介单一性、动作之外的东西与舞蹈毫不相干概念下的舞蹈的距离。

《牛津舞蹈词典》对民间舞蹈（folk dance）的定义是："指在一个传统

---

① 参见王克芬等主编《中国舞蹈大辞典》，文化艺术出版社 2010 年版，第 347 页。

社会群落中发展起来的各种舞蹈，而不是由舞蹈编导或教师创造出来的。舞蹈的舞步和样式从一代传承给另一代，逐渐地发生着变化。很多民间舞蹈都源自劳作方式、婚姻、宗教或战争等，表现着该社会群落的人的性格。这个词在18世纪时被创造出来，以便于把‘农民’的舞蹈形式同上层社会的舞蹈区分开来。但这种区分的概念本身，其实早在15世纪舞厅舞作为单独的形式首次出现的时候就有了。……过去民间舞对社交舞蹈和剧场舞蹈发挥了很大的影响，特别是在浪漫主义时期，民间舞蹈被认为可以增添地域性和表现性的色彩。民间舞还影响了20世纪一些舞蹈编导的风格……但是，尽管很多西方国家在20世纪试图通过民间舞者组成的专门舞团重新挖掘和保护民间舞蹈，随着都市化和人口的变化，还是有很多初始的舞蹈消亡了。即使在那些民间舞蹈生存下来的地方，它们也几乎都成为剧场或旅游性的舞台演出，而不再是作为真正的社会群落活动而演出。”①

英国《牛津舞蹈词典》对民间舞蹈的解释，可以归纳为以下几个要点：（1）指在一个传统社会群落中发展起来的各种舞蹈，而不是由舞蹈编导或教师创造出来的特质，界定了自己“小传统”的特性，也拉开了与精英艺术“大传统”的距离。（2）舞蹈的舞步和样式从一代传承给另一代，说明它是代代相传的事物，具有传统舞蹈的核心特质，尽管传承过程中会有文化变迁的现象发生。（3）很多民间舞蹈都源自劳作方式、婚姻、宗教或战争等，表露着它作为“为人生而艺术”的“arts”，把艺术作为有益于生活的东西，强调受宗教、道德等制约的所谓艺术的他律性。（4）表现着该社会群落的人的性格，印证着它强调的是舞蹈展演的“集体性”，即基于集体表象的东西是

① 转引自许锐《当代中国民族民间舞蹈创作的审美与自觉》，上海音乐出版社2014年版，第14—15页。

其展演的重点。（5）这个词在 18 世纪时被创造出来，以便于把“农民”的舞蹈形式同上层社会的舞蹈区分开来，表明这个词是对应着“美的艺术”的舞蹈概念产生的，目的是将两者本质的不同，或者根本不是一回事的事实阐释清楚。（6）过去民间舞对社交舞蹈和剧场舞蹈有很大的影响，说明代表着“雅”与“俗”、“朝”与“野”、“大传统”与“小传统”两种不同类型的舞蹈，并非泾渭分明，而是相互影响、相互贯通。（7）初始的民间舞面临着消亡的危险，或者转换了生存的方式，成为剧场或旅游性的舞台演出，表明民间舞自身生存与传承的脆弱性，需要重点加以保护。

传统舞蹈的概念在前文中已有专门论述，按 E. 希尔斯对传统的定义，“传统就是历经延传而持久存在或一再出现的东西”和“至少要持续三代人——无论长短——才能成为传统”的鉴定标准，也成为判别何谓传统舞蹈的重要依据，后被业内学者归纳为：“世代相传，在相关地域承续至今已有百年以上，根脉清晰，谱系明确，尚存活态表现形式与传承人，属于传统文化遗产的一种舞蹈艺术。”[①] 将这两个概念都梳理清楚后，就可以对中国民族民间传统舞蹈进行定义：中国民族民间传统舞蹈，是以已有的舞蹈概念为基础，以舞蹈本体“人体动作”为基点，由舞蹈专业精英人士对历史上承传下来具有艺术特质的文化事项进行识别认定后的产物。特指与主流艺术剧场舞蹈有别的舞蹈类型，由人民群众创造并在民众中流传，以有节律、有组织和有规律的人体动作为主要表现手段，展演舞蹈所有者的社会生活日常，作为一种艺术化的生活和共享的文化技艺，反映了当地人的集体意识、共同情感、普遍价值、大众观念，具有鲜明的民族风格和地方特色。同时，历史的

① 吴露生：《传统舞蹈的阐释与旨向辨析》，载江东主编《集思 · 广议：中国非物质文化遗产传统舞蹈保护文集》，文化艺术出版社 2020 年版，第 139 页。

"过去"与流传的"现在"保持了相对的一致性，即"同一性"的文化存在，并持续传承了三代人以上，或超过100年的存续时间，呈现出歌、舞、乐、诗等艺术形式相结合的综艺表演形态，以及与传统音乐、戏曲、体育、杂技、游艺、武术、民俗、宗教等内容交织杂糅的文化特征，这类舞蹈通常也被称为"原生形态的"民族民间舞蹈。

三、中国民族民间传统舞蹈研究思路

在一些艺术人类学家的眼中，作为他者的非西方艺术，用西方的艺术概念界定是有争议的，如："原始艺术与别的艺术不同之处在于：它之所以成为艺术，不是由于那些制造这些物品的原始人们，而是由于那些购买和收藏它的欧洲人。它之所以是艺术，并非是因为那些制造和使用它的人说它是，令人啼笑皆非的是因为我们说它是。它是由于外来的宣判成了艺术。"[①] 对于中国民族民间传统舞蹈而言也是如此，我们在田野中见到的"那一个"未必是严格意义上的纯舞蹈，它可能还包含了歌唱、音乐、戏剧、诗歌、游戏、杂技、武术等诸多内容。类似汉族的陕北秧歌、凤阳花鼓、赣南采茶、辽南高跷、云南花灯、英歌、地蹦子、花鼓伞、万荣花鼓、舞六将（傩舞）、跳单鼓、武山旋鼓、武吵子、手玉子、拍胸舞、跳幡僧、什不闲和少数民族的赛乃姆、纳孜尔库姆、夏地亚纳、茅古斯、苏尼且、萨吾尔登、果卓、堆谐、囊玛、萨尔普里、卡拉角勒哈、嘎光、依拉贺、阿尺木刮、萨朗、於菟、目瑙纵歌、鲁日格勒、恰普素孜等民族地域舞蹈，这些具有综艺性特点

① 转引自洪颖《论作为艺术人类学研究对象的"艺术"》，《民族艺术》2010年第1期。

的地方艺术被认定为中国民族民间传统舞蹈，并非当地人的判断认知，而是业内专家们认为它们是。

当然这不仅是中国舞蹈研究中存在的问题，许多非西方舞蹈研究者也都有类似的困惑，包括《人类学与人体运动：舞蹈的研究》（*Anthropology and Human Movement:the study of dances*，1999）的作者们。德里德·威廉姆斯（Drid Williams）、阿德里安娜·克普勒（Adrienne Kaeppler）、琼·惠勒·奇摩（Joann Wheeler Kealiinohomoku）、安雅·彼得森·罗伊斯（Anya Peterson Royce）这些舞蹈人类学家，也会有相同的困惑与烦恼，如："对于舞蹈的定义，人类学家的态度可谓各不相同，但都表现出对它的无奈。……有的认为现有舞蹈定义具有排他性（罗伊斯），认识到概念界定的单一性（贝斯特），提倡不同场景下舞蹈用不同词汇来标明（罗伊斯），也就是说强调舞蹈的多层次的含义（威廉姆斯）；有的不满意现有的舞蹈定义（如克普勒），不去谈舞蹈的定义（如米德尔顿），甚至认为舞蹈定义与舞蹈本身无关（贝斯特），但却不得不努力为舞蹈的界定寻求出路。于是，舞蹈概念的混淆使大家不约而同地强调舞蹈的分类系统问题。"①

非西方社会中被认定的"舞蹈"与西方艺术知识体系中的"舞蹈"存在对接上的障碍，成为一个不必言说的历史事实。一方面，这类"舞蹈"在不同文化中可谓一词多义、多词一义，至少在国内许多被定义的各民族民间舞蹈中，类似秧歌、果谐、赛乃姆、打歌、跳乐之类的舞蹈指代词汇中可能还包含着歌唱、音乐、游戏、杂要等内容，当然这种情况在西方的民间舞蹈中也是一种常态。另一方面，在非西方社会中，人们对待所谓"舞蹈"的认知

① 车延芬:《揭秘"舞蹈人类学"——读〈人类学与人体运动：舞蹈的研究〉》,《北京舞蹈学院学报》2008年第4期。

和分类也是非常生活化的，传统的民族民间舞蹈几乎涵盖了一个族群社会生活的全部内容，如祭神、驱邪、祛病、起房、嫁娶、狩猎、农作、教化、司法、征战、待客、娱乐等，用西方"美的艺术"的舞蹈概念对其进行分析解释，很多极具代表性的特质可能会完全被歪曲、遮蔽、无视和删减。因为用这个标准或概念衡量、评判，就会遇到前文谈及的戴爱莲先生刚回国时的困惑，中国的戏曲里有舞蹈，宗教仪式中有舞蹈，社火庙会中有舞蹈，类似吉普赛一样的民间热巴艺人会舞蹈，但就是不像西方国家那样，舞蹈是一门独立的艺术，一门舞台化的剧院艺术，所以中国没有自己的舞蹈，因此，她要寻找中国自己的舞蹈文化之"根"。

较早发现这个问题的不是西方的舞蹈人类学家，而是库尔特·萨克斯，他在《世界舞蹈史》的"序言"中写道："'艺术'一词不能阐明舞蹈的全部概念。说实在的，人们几乎怕用'艺术'这个词，因为它的现实意义已被夸大同时又被局限，因而不能充分说明千姿百态的舞蹈的真正内容。舞蹈打破了肉体和精神的界限，打破了耽溺于情欲和约束举止的界限，打破了社会生活和发泄个人特性的界限，打破了游戏、宗教、战争和戏剧的区别，打破了一切由更为高级文明形成的各种界限。处于狂喜状态的人体为情感征服而遗忘一切，变成了只是灵魂上的超人力量的一种承受器。灵魂使加速运动的肉体摆脱掉自身的负重产生快感与欢乐。人类需要舞蹈，因为对生活的热爱也迫使四肢不再懒散。人们渴望跳舞，因为跳舞的人能获得魔力，为自己带来胜利、健康和生活乐趣；当同一部落的人手挽着手一起跳舞时，便有一条神秘的系带把整个部落与个人联结起来，使之尽情欢跳——没有任何一种'艺术'能包含如此丰富的内容。"[①] 很显然他这里说的"艺术"指的是"美

① [德]库尔特·萨克斯:《世界舞蹈史》"序言"，郭明达译，恒思校，上海音乐出版社1992年版，第1—2页。

的艺术”，但讨论的“舞蹈”却是“为人生而艺术”的“arts”，即非西方、非“美的艺术”的“原生形态的”传统舞蹈。

当然，国内也有很多学者敏锐地观察到两者的不同，提出一些修正过的概念来界定两者之间的区别，如：“目前我们所使用的‘舞蹈’概念，有广义和狭义。广义的舞蹈，是以人类的舞蹈文化为对象，其所指不仅是在舞台上表演的舞蹈，也包括存在于舞台之外的所有舞蹈，如自娱、娱人、娱神、驱鬼等舞蹈，即举凡人类的舞蹈现象，均在舞蹈文化的范畴之中。狭义的舞蹈，专指舞台艺术舞蹈。如果从广义的角度给‘舞蹈’下定义的话，即自古以来，凡是以有节奏的人体动作为主要手段，宣泄感情、祭神逐鬼、反映生活、表现编导审美理想和情感的现象，均称为舞蹈，且由于舞蹈是人类以自己的聪明才智，为了满足自己的精神需要而创造的，并在舞蹈中凝结着不同民族、族群、人群的生产、生活、习俗、思想、观念、情感等因素，所以又称之为舞蹈文化。此即广义的‘舞蹈’。”[①]“‘舞蹈’（dance）是源于欧洲概念的一个词，这一概念往往会使人们行为和互动的运动分析的重要性和有用性变得模糊。尽管‘舞蹈’一词已经引入到许多语言中，但在传统上，在许多社会中，并没有与西方的这个概念相似的范畴。大部分人类学家对人体运动的兴趣并不是仅仅聚焦在‘舞蹈’之上，而把范围扩大到包括多种结构运动体系，包括但不限于宗教和世俗的仪式、典礼、娱乐、武术、手语、体育和游戏等。”[②]

今天“美的艺术”概念下的舞蹈发展成为一个独立的艺术门类，成为科学主义分类体系下的艺术学科，精细分类、格物致知是关键，这种方法论作

① 朴永光：《舞蹈文化概论》，中央民族大学出版社 2009 年版，第 7 页。

② 王建民：《舞蹈人类学的概念辨析与讨论》，《民族艺术研究》2015 年第 5 期。

为深入研究的一种手段，在具体的研究中是必要的，但是将研究对象从整体文化生态氛围中剥离出来，切割成一个个片段，通过分类、划种的方式界定它的性质和特征，本身也是有问题的。毕竟一个完整的东西，被刻意地打碎分开研究，这种“四分五裂”成为一种鉴定“舞蹈”与“非舞蹈”的标准，注定会犯只见树木、不见森林，重视细节、忽略全局的错误。《庄子・应帝王》中有一则浑沌之死的寓言：“南海之帝为倏，北海之帝为忽，中央之帝为浑沌。倏与忽时相与遇于浑沌之地，浑沌待之甚善。倏与忽谋报浑沌之德，曰：‘人皆有七窍以视听食息，此独无有，尝试凿之。’日凿一窍，七日而浑沌死。”[①] 这则寓言说明一个道理，有些事物是需要整体把握的，当然更需要依照它自己的发生规律去认知，先入为主、自以为是、推己及人的改造和认知，都是违反事物本身发展规律的。这种舞蹈就是舞蹈，舞蹈就是动作，舞蹈就是舞动的人体，与其他艺术形式完全割裂，甚至与之水乳交融、难分难解的音乐都可以分离的做法，自然会让一些被称为乐作、打歌、堆谐、工布、羌姆、花鼓、采茶的民间艺术形式无处安放。

任何艺术概念、理论的生成与发展，都有其独特的生长土壤与不同的社会现实基础，中国民族民间传统舞蹈也是如此，如果一味固执、顺从、不假思索地恪守西方“美的艺术”概念下舞蹈的标准，研究就会陷入这是不是“舞蹈”的困局，以及舞蹈学科自律与文化自觉、创新探索、敢于担当之间的两难。因此，在具体研究中，对于何谓“中国民族民间传统舞蹈”的界定，没有必要遵从西方舞蹈概念的“左路”，对准处于“右路”的“中国民族民间传统舞蹈”进行掐头去尾、削足适履的矫正修订。学习一下后现代人

---

① 陈鼓应注译：《庄子今注今译》，商务印书馆 2007 年版，第 265 页。

类学家们从“文化持有者眼界”看待事物的倡议，钻入他们的头脑，聆听他们的意见，将他们独到的认识、见解和思考挖掘出来，尽可能客观地呈现研究对象“舞蹈”的真实，这既是学术创新性研究期待的理想，也是实地调研操作性层面体现的尊重。因为中国民族民间传统舞蹈相关的研究并不负有以取悦于西方美学家、舞蹈理论者为目的而对“舞蹈”加以界定的责任，自然也就不必纠结汉族的秧歌、彝族的跳菜、哈尼族的迎春鼓、白族的霸王鞭是否是舞蹈的问题，毕竟对于“舞蹈”的界定不是制度性的、审美的，或是舞蹈美学、舞蹈语言学、舞蹈符号学的，应该是顺应研究实践的。

前面引文中有一个观点，“广义的舞蹈”与“狭义的舞台艺术舞蹈”的不同之处在于，它是以人类的舞蹈文化为对象，举凡人类的舞蹈现象，均在舞蹈文化的范畴之中，所以广义的“舞蹈”又被称为舞蹈文化。对于中国民族民间传统舞蹈而言也是如此，它不仅仅是一门艺术、一种舞蹈，更是一种文化。英国人类学家爱德华·泰勒（Edward Tylor）对文化下的定义是：“文化，或文明，就其广泛的民族学意义来说，是包括全部的知识、信仰、艺术、道德、法律、风俗以及作为社会成员的人所掌握和接收的任何其他的才能和习惯的复合体。”[①] 美国人类学阿尔弗雷德·路易斯·克鲁伯（Alfred L. Kroeber）和克莱德·克拉克洪（Clyde Kluckhohn）在《文化：一个概念定义的考评》中，也给文化下了定义：“文化存在于各种内隐的和外显的模式之中，借助符号的运用得以学习与传播，并构成人类群体的特殊成就，这些成就包括他们制造物品的各种具体式样，文化的基本要素是传统（通过历时衍

① ［英］爱德华·泰勒：《原始文化：神话、哲学、宗教、语言、艺术和习俗发展之研究》，连树声译，广西师范大学出版社 2005 年版，第 1 页。

生和由选择得到的）思想观念和价值，其中尤以价值观最为重要。”[①] 从这些关于文化的概念表述中可以看出，舞蹈不仅是文化的组成部分，也是文化的另类表征，因为“在人类学的视野下，舞蹈与音乐一样：‘舞蹈即文化’。舞蹈作为一种人体文化现象和艺术形式，它能帮助我们理解一个社会的结构和文化，表达一个民族或群体的思想、政治愿望”[②]。

中国民族民间传统舞蹈作为历史上传承下来的各民族传统文化的外在表征，其集体创造、集体享用、集体传承、集体展演的文化特质，不同程度地反映折射着舞蹈所有者的社会生活、民族性格、地域气质、风俗习惯、兴趣爱好、宇宙观、天下观、社会观、道德观，因为“民族舞蹈实践中凝结、蕴含着民族的性格、情感、文化观念等。所以，民族舞蹈实践既是民族的情感表达，也是民族的文化表征。…… 此外，民族的世界观、社会观、社会诉求以及民族的历史记忆等也蕴含或凝结在舞蹈形态中，由此成为舞蹈式的民族文化表征”[③]。因此，中国民族民间传统舞蹈研究，应该是涵括了外显的舞蹈形态和内隐的社会文化，因为它的具体呈现不仅是躯体的，也是精神的和情感的，舞蹈的体、形、情、韵、美，并不只是美学的审美客体，更是嵌合在复杂的社会关系丛中的艺术活动。所以这种“为人生而艺术”、表现为“艺术化的生活”的舞蹈类型，并不是一种可以和政治、经济、宗教、风俗、社会组织、社会关系、社会生产等内容切割开来，进行研究和认识的孤立现象，它是嵌合在社会文化之中的，与特定的社会场景直接关联，只有把它放

① 孙秋云主编:《文化人类学教程》，北京大学出版社 2018 年版，第 38 页。

② 刘咏莲:《音乐人类学研究中的舞蹈人类学视角——约翰·布莱金对舞蹈人类学的研究与贡献》，《中国音乐》2012 年第 2 期。

③《略述我见——〈民族舞蹈学研究〉序》，载朴永光主编《民族舞蹈学研究》，中央民族大学出版社 2015 版年，第 4 页。

置其中才可能得到充分的理解和深入的认知。

人类学功能学派有一个观点，即文化是一个整合的系统，构成这个系统中的各要素之间相互作用、协调配合，同时各自都有其特定的功能，研究文化就是研究各要素之间的关系，以及各自在整体系统中的功能作用，如此才能准确理解所研究文化的意义。所以对于中国民族民间传统舞蹈研究而言，就不能只关注手舞足蹈的运动人体，还要研究舞蹈与文化的其他部分的相互关联，即描述和分析一个民族民间传统舞蹈文化现象时，强调将其置于整体文化中来观察理解，集中精力分析其舞蹈行为、舞蹈结构和舞蹈功能的同时，刻意挖掘整体文化与所研究舞蹈之间的关系，以此达到对其全方位的理解。如此一来，舞蹈研究者才可能摆脱业已接受的“美的艺术”的舞蹈概念的束缚，不再会为“舞蹈构成”“舞蹈审美”“舞蹈本质”“舞蹈形态”等舶来的风行于世的舞蹈概念、术语、理论所羁绊困扰，从而能够入乡随俗、设身处地完全浸入式地体验、感知、认识、理解不同民族、地域的舞蹈文化现象。

艺术人类学家伊夫林·雷恩·哈彻（Evelyn Rayne Hatcher）就“艺术”概念的界定，一针见血地指出：“作为抽象术语的艺术‘不是一个现象，而是一个概念。而作为一个概念，其就没有一个确切的实体指涉，因此没人能说它是什么或不是什么，只能说这一术语的使用者在运用其时表达的是什么意思’。”[①] 中国民族民间传统舞蹈研究亦是如此，只是把它当作一个概念即可，没有必要因为西方“舞蹈”的定义束缚自己研究的手脚，忽略研究内容应有的精彩，因为中国民族民间传统舞蹈的包容量异常复杂而又博大精深，

① 洪颖：《论作为艺术人类学研究对象的“艺术”》，《民族艺术》2010 年第 1 期。

仅从“美的艺术”舞蹈概念去研究可能会显得贫乏与单薄。所以在具体研究中，有必要学习文化人类学功能学派，不仅要研究舞蹈的整体结构，也要研究舞蹈各要素自身的性质、内容，以及在整体系统中所具有的功能作用，只有这样才能对“这一个”进行深度的理解和全景式的认知。因此，中国民族民间传统舞蹈研究，是对各民族地域传统文化的研究，它倡导“整体观”的研究视角，也钟情于一种以“田野工作”实地调研为主的跨学科研究方法。

第二章

中国民族民间传统舞蹈特征

第一节 中国民族民间传统舞蹈普遍性特征

一、中国民族民间传统舞蹈特征已有研究回溯

对于中国民族民间传统舞蹈特征的凝练，一开始出现在对民间舞蹈或民族舞蹈，以及中国民族民间舞蹈等相关概念的定义中。撰写这些术语词条的专家，定义这些概念时很自然地将其普遍性和特殊性的规律，以及独树一帜的排他性特点进行了总结归纳，目的是更为清晰准确地解释说明这一类舞蹈。经过数十年的积淀和不同专家的修改，概念定义中有关该舞蹈特征的描述也是不断增加、日益丰富。概括总结出的特征要点有：集体创造、民众传承、历史悠久、民族风格、地方特色、传统形式、本土特质、民间习俗、载歌载舞、即兴发挥、相对稳定、绝对变异、同中有异、各具个性、自由生动、巧用道具、技艺结合、情节生动、形象鲜明、丰富多彩、千姿百态、与民俗活动紧密结合、自娱性与表演性的统一，等等。这些冥思苦想、字斟句酌、深思熟虑后归纳出的要点，开门见山、一语道破，不仅概括到位，总结得也比较全面。但随着对该舞蹈认知的逐渐深入，这种一言以蔽之的概括和作为配套辅助支持概念定义的表述，肯定不能满足对该舞蹈深入研究的需

要。为了凸显后期研究的真实性、典型性、有效性、严谨性，从局部反映整体，从整体辐射局部，努力实现局部研究和整体研究的良性互动，许多专家学者对中国民族民间传统舞蹈特征展开了章节式的论述。

业内较早对中国民族民间传统舞蹈特征展开研究和论述，并撰写文章、著书立说的是北京舞蹈学院的罗雄岩老师，他在专著《中国民间舞蹈文化教程》中，将民间舞蹈的特征分为两部分，一部分是民间舞蹈的特性总结，另一部分是民间舞蹈的文化特征归纳，尽管两者之间存在交集，但是他的论述具体、逻辑清晰并能自圆其说，加之他在 20 世纪 80 年代就已提出，所以该表述一度被认定为分析中国民族民间传统舞蹈特征的“共识性”答案，被多方学者引用。如在民间舞蹈的特性归纳中，他将之概括总结为六大特性，即“继承性”“群众性”“自娱性”“即兴性”“适应性”“地域、民族性”。[①] 对于民间舞蹈的文化特征，他凝练梳理出“以人体动态保存与表现文化的特征”“群众之间直接进行传承的特征”“在一定环境中进行传承的特征”“随着社会生活改变而发展的特征”“从民间向舞台艺术升华的特征”[②] 这五大特征。

从上述“六大特性”和“五大特征”的归纳中，看得出他是站在民间艺术或民俗文化的“普遍性”，以及舞蹈“普遍性”的立场上概括总结的。例如继承性，群众性，自娱性，即兴性，适应性，地域、民族性这“六大特性”，可以认定为中国或者说是世界民间舞蹈的普遍规律。台湾地区对英国《牛津词典》民俗舞蹈概念的翻译是：“民俗舞蹈（Folk Dance）舞蹈类名，民俗舞基本上为一种民众舞（Dance of People），与宗教祭典舞蹈、宫廷贵族

① 参见罗雄岩《中国民间舞蹈文化教程》，上海音乐出版社 2001 年版，第 17—18 页。
② 参见罗雄岩《中国民间舞蹈文化教程》，上海音乐出版社 2001 年版，第 19—24 页。

舞蹈或剧院中职业性的舞蹈均有所不同，民俗舞蹈属于传统与庆典性之舞蹈，并属于乡村中所通行之纪念庆典性之舞蹈。过去，民俗舞几乎完全在露天表演，并充分显现其乡土风格，为一种地方性之舞蹈，具有地方背景，文化特质，而非学术性的，亦无任何学院派之传承问题。”[①] 将两者加以比较，罗雄岩老师对中国民间舞蹈特性的概括，与英国《牛津词典》民俗舞蹈概念中表述的特征大致雷同，当然这“六大特性”也可以引申解释和分析其他民间艺术的特性。

他对“五大特征”的总结，是站在舞蹈“普遍性”角度的，直白一点就是以“美的艺术”概念下的舞蹈为基础进行归纳的。第一大特征“以人体动态保存文化与表现文化”，与前面章节讨论的“舞蹈以人体为表现工具，通过有节律、有组织和经过美化的流动性动作来表情达意”的舞蹈本体论表述基本相同，是一种基于舞蹈普遍性认识或者立足于舞蹈“共识性”概念基础上的特征梳理。第二大特征“群众之间直接进行传承”，第三大特征“在一定环境中进行传承”，第四大特征“随着社会生活改变而发展”，这三条也是其他民间艺术具体表现的普遍规律，如剪纸、年画、刺绣、陶瓷、花灯、泥塑、木雕、风筝、竹编、皮影戏等传统民间艺术，也都有上述文化特征和表现特质。第五大特征“从民间向舞台艺术升华”，这一条一方面说明了在中国“雅”与“俗”、“朝”与“野”、“大传统”与“小传统”等性质不同的艺术形式，并非泾渭分明、水火不容；另一方面用自身作为新中国第一批民间舞蹈专业教师的经历和数十年民间舞蹈教学、科研相结合的作为，印证了“广场—教室—舞台”，或“民俗—民间—民族—典范”这样一条有别于

---

① 台湾编译馆编:《舞蹈词典》，台湾编译馆 2004 年版，第 1041 页。

西方的中国特色的民间舞蹈发展道路。

该书第一章第三节第二部分介绍了《中国舞蹈大辞典》中民间舞蹈的概念定义，该词条中将民间舞蹈的总体特点概括为五个方面：（1）载歌载舞，自由生动。（2）巧用道具，技艺结合。（3）情节生动，形象鲜明。（4）与民俗活动紧密结合。（5）自娱性与表演性的统一。可见，这种归纳总结的思路和视角与罗雄岩老师区别很大，甚至可以说根本不在同一个思路上，其关注的焦点更多是在中国民族民间传统舞蹈的特殊性上，即有别于"美的艺术"的舞蹈和其他民间艺术的差异性上。当然这也不是《中国舞蹈大辞典》词条作者个人化的认识，也有一些专家学者遵循该思路进行中国民族民间传统舞蹈特征的总结，如："传承的根本是必须保持民族民间舞蹈的艺术特征与魅力：（1）载歌载舞，自由活泼。民族民间舞蹈的一个重要特征就是舞蹈与歌唱紧密结合，以载歌载舞的形式表现生活内容，通俗易懂，深受人民群众的喜爱。（2）巧用道具，技艺结合。如手绢、花灯、菜盘等，大大加强了舞蹈的艺术表现能力，使得舞蹈动作更加丰富优美、绚丽多彩。（3）情节生动，形象鲜明。民族民间舞蹈很注重内容，大多有一定的故事传说为依据，由此，人物形象鲜明、性格突出。（4）自娱娱人，意旨统一。民族民间舞蹈常常是自娱性和表演性相统一，有些舞蹈活动对于舞者来说，在自娱的同时也是为了表演给观众看。（5）情之所至，即兴发挥。民族民间舞蹈在流传中虽然都有一定的程式和规范，但也都有即兴发挥的传统。特别是在一些杰出民间舞蹈艺人身上，这一点尤为突出，例如傣族著名艺人毛相、纳西族东巴舞艺人和文贞、烟盒舞艺人李思用、彝族打歌艺人阿本枝等即是。"[①]

① 石裕祖、秦莹：《云南民族民间舞蹈文化传承规律及其发展趋势综合研究》，载石裕祖主编《民族舞蹈文化传承发展论纲》，云南大学出版社 2010 年版，第 344 页。

除了聚焦特殊性进行中国民族民间传统舞蹈特征的概括论述外，还有其他视角的研究探索。如潘丽在其专著《中国原生态民间舞蹈特征与创作体系》中，分三个维度进行了原生态民间舞蹈特征概括：第一个维度是站在“文化特征”的立场上进行归纳，这一章的标题就叫“文化特征”，她“将原生态民间舞的文化特征概括为：民族性、象征性、精神功利性、农耕文化的特征”[①]，在此基础上加以论述。第二个维度是从原生态民间舞的“形态特征”入手进行总结，她将这一章命名为“形态特征”，并“把原生态民间舞的形态特征总结为程式性与即兴性的统一，模仿性、具象性，综合性”[②]等加以阐释。第三个维度是从功能的角度进行梳理，并将这一章命名为“类别特征”，全章共分两节，第一节“狂迷之舞”，第二节“浪漫之舞——婚恋观、身体观与汉族传统秧歌的情爱表达”，从这两个层面阐释和说明原生态民间舞蹈在功能方面不同于其他舞蹈的代表性特征。王阳文在其专著《中国民间舞蹈文化导论》中，也设计了专门章节细致论述民间舞蹈的特点与民间舞蹈文化的特征，她将民间舞蹈的特点归纳为“历史性与区域性”“功能性与观念性”“群体性与个体性”“稳定性与变动性”，将民间舞蹈文化特征总结为“身体动态传承文化”“结构与能动性统一”“多样性与普同性共在”。[③]

从上述列举的案例来看，不同专家学者对中国民族民间传统舞蹈特征的概括总结不尽相同。有些从它的普遍性或一般性特征入手进行概括，有些则从它的特殊性入手加以梳理，有些从文化特征、形态特征、类型特征等不同维度进行分析，有些则从历史、功能、表现形式、传承特征等多重视角加以

① 潘丽：《中国原生态民间舞蹈特征与创作体系》，上海音乐出版社 2017 年版，第 3 页。
② 潘丽：《中国原生态民间舞蹈特征与创作体系》，上海音乐出版社 2017 年版，第 36 页。
③ 参见王阳文《中国民间舞蹈文化导论》，北京师范大学出版社 2022 年版，第 18—22 页。

阐释，大家没有一个“共识性”的标准，也没有一套“格式化”的答案，看似众说纷纭、各抒己见、百家争鸣，事实上也都言之有物、一语中的、切中要害。因为中国民族民间传统舞蹈本身就是一个五花八门、林林总总、多姿多彩、博大精深的复杂事物，从《中国民族民间舞蹈集成》筛选统计的17636个数据来看，与其他内外一致、风格统一的个别舞种不同的是，它应该被看成在一个舞种或舞蹈概念下隐藏的舞蹈世界。这17636个可以说几乎完全不同的舞蹈，比如即便都被称为鼓舞，但是扇鼓和腰鼓、抓鼓和手鼓、桶鼓和扁鼓、木鼓和铜鼓、杖鼓和堂鼓完全可以看成不同类型的舞蹈。对于如此纷繁复杂、形形色色、应有尽有的舞蹈类型，其特征的概括和总结也应该是多元、多维、多样的。加之中国民族民间传统舞蹈特征研究自始至终都在动态的过程中，罢黜百家、独尊一说既不现实也不客观，每个人都需要集思广益、各施所长、贡献智慧，如此才能将认识进一步提升和完善，为此，任何各执己见的一家之言，都是一次见仁见智、极具价值的探索。

二、中国民族民间传统舞蹈一般性特征总结

（一）集体性

中国民族民间传统舞蹈，这种在人民群众中广泛流传，在漫长的历史发展过程中逐渐形成，世代相传，保持了内在的一致性（同一性），并具有鲜明的民族风格和地域特色的传统舞蹈形式，一般表现为没有特定的创作者，没有职业的舞蹈家，男女老幼都可以参与其中，不强调个人的特质张扬，专注于集体情感和共同价值表现，甚至没有几个人知道什么叫“舞蹈”，但每个人都能歌善舞，都生活在“舞蹈”之中，类似当下论述的“公共文化产品”，所有社会成员可以不论先后、不分彼此地同时践行消费，且每个成员

的践行消费都不会影响到其他人。所以“集体创造”或者“集团共有”成为其区别于“美的艺术”舞蹈的代表性内涵特质，因为它的创作者、传承者与享有者是广大的民众而非艺术家个体，是他们在冗长的日月年轮中集体创造、日积月累、优胜劣汰的发展过程中逐渐成就的，是集体智慧的结晶。同时，“一方水土养一方人，一个族群跳一方舞”，鲜明的民族风格特点和地域文化特色，致使其又拉开了与其他文化族群、不同地域舞蹈的距离，产生了各美其美、美美与共、同中有异、异中见同的复杂多元走向。

首先，中国民族民间传统舞蹈“集体性”特征的发生，是与其本质上为一般社会大众的“小传统”——特别是乡民（peasant）或俗民（folk）所代表的舞蹈文化息息相关的。作为代表村头巷尾、田间地头、山寨牧场，由乡民、牧民等小规模共同体通过口传身授等方式传承的民间大众舞蹈，与代表着国家与权力，由社会上层的士绅、知识分子等精英群体掌控并以文字记载的“大传统”相比，中国民族民间传统舞蹈这种自发的、具有十分广泛的全民性、与日常生活切割不是很明显的舞蹈类型，不存在全脱产的职业舞蹈家，因为跳舞唱歌几乎是所有成员文化濡化的必然经历，也是其社会化过程中应学习的才艺技能，只是在特定的日子、特别的事件、特殊的环境，才会出现临时性角色转换，即由平时的农民、渔民、牧民、手工业者等本来的生产者转变为临时的舞蹈者。因此，无专业化的舞蹈分工，限制了所传承的舞蹈向广度、深度、精度、难度的方向发展，大多数舞蹈基本上停留在“千年跳一舞”的层面，些许的改变或发展的微调会发生，但是标新立异、独辟蹊径、与众不同的情况不会存在。对于这些群体而言，舞蹈只是生活的一部分，起着调剂生活、改善生活、自在生活、丰富生活的目的，并非像专业舞者那样是赖以生存的本职，在休闲娱乐或特别的日子里倾情一舞，跳舞的机会少则半年、一年一次，多则十天半月或者间隔几天一次，在如此断断续续的时间里，跳一些异常个性化、很难学或老在变的舞蹈，本身就是一个悲剧，不仅不可想象，同时也会使原有舞蹈者丧失参与的激情，“简单、易学、永不变”是中国民族民间传统舞蹈“集体性”特征的具体表现，也是集体参与的内在要求。

其次，“集体性”是中国民族民间传统舞蹈复杂的社会文化功能的性质使然。中国民族民间传统舞蹈的民族地域性特质，除了民族学与地理学的意义外，它还有另外一层文化属性，即具有较强政治性文化特征。英国人类学家雷蒙德・弗思（Raymond Firth）对原始艺术的象征意义解读道：“无论多么复杂，原始艺术中的象征极少是个人性的，它们为群体所共享，或是宗亲家人，或为秘密社团分子，或乃整个社会成员。在此，象征具有重要的社会功能，它不仅是一种共同的兴趣，也不仅是一种知识，更传达了对于民众的社会关系非常重要的价值观。一个象征可能对整个社会具有重要意义，就像彩虹蛇体现了所有澳大利亚部落对于水及其含义在他们的生活中的价值。有时，象征适用于部分群体，它能帮助特定的群体界定和强化他们的身份和价值，并且以此对抗相同类型的其他群体。图腾艺术大多具有这一功能。”[①] 因此，作为象征的中国民族民间传统舞蹈不仅有凝聚社会、团结族群、维护部落既有社会秩序的功能，还具有族群认同、政治诉求、区分彼此的功能。以苗族舞蹈为例，“在以家族本位制为核心的苗族宗法社会中，舞蹈‘财产’的家族享有、氏族支系共享等现实存在形式，决定了对具体舞蹈的传承也不是所有表演者都能胜任的，因为舞蹈有如其语言的方言土语一样，是区分支系的主要标志，这就使得很多重要舞蹈如群舞、集体舞的传承者只能限于同

① [英] 雷蒙德・弗思：《原始艺术的社会结构》，李修建译，载李修建主编《国外艺术人类学读本》，中国文联出版社 2016 年版，第 122 页。

一家族或同一支系的人，打上了浓厚的血亲烙印。同一母题舞蹈在表现形态上的若干变体亦反证了这点”[①]。中国民族民间传统舞蹈掐断了舞蹈者个性的执着，使之成为全民性的“公共文化产品”，是因为只有作为一种集体共享、皆可理解的舞蹈文化符号，才能表达对神圣共同体的归宿和依恋，即将个体的生命与整个族群的荣辱兴衰联系在一起，在祖先的庇佑和族群的互助中获得力量、找到永恒，所以任何不利于社会团结和族群内聚的个性化行为都会被认为是异端和邪道。

最后，中国民族民间传统舞蹈作为小规模共同体，特别是在非文字社会或书写传统不是很发达的乡村通过言传身授传承的舞蹈文化，“集体性”是保证其承传的族群文化自始至终、一如既往不变质的关键。以中国的 56 个民族为例，有言语、没有自己文字的民族有 34 个，主要都是居住偏远、人数较少的少数民族。这些“无文字民族”有关自己古代社会、历史、经济、文化状况的描绘和记叙，很多都是通过口头艺术和以舞蹈为代表的人体艺术承载的。以苗族舞蹈为例，其代表性的神话、史诗乐舞即是一部关于苗族先民社会历史的文化丛书，翔实地记录叙述了苗族先民生息、发展、战争、迁徙的史实，并通过一代接一代的故伎重演、旧调重弹承传下来教育子孙、昭示后人，因此，作为一种历史记忆的身体传承，不允许任何个性化的发挥和臆想性的创造，所以“苗族舞蹈不是个体性的舞蹈，个体在舞蹈中是被要求和别人统一的：芦笙的统一、服装的统一、步调的统一等，族群的整体性诉求才是苗族舞蹈的重点。因此，苗族舞蹈始终没有发展出某些类似与知识阶层的精英性舞蹈家，更没有天才舞蹈家的出现，它所表达的生命情感始终是

① 杨鹃国：《苗族舞蹈与巫文化——苗族舞蹈的文化社会学考察》，贵州民族出版社 1990 年版，第 19—20 页。

族群的生命情感。苗族舞蹈中，个体性的那种自娱自乐的舞蹈是没有的，个体是被集体所庇护的”[①]。此外，一些有文字的民族，实践中国民族民间传统舞蹈这类“小传统”的舞蹈文化群体，有一个颇为普遍的现象，即大多是不擅书写的，为了保证承传舞蹈的精髓纯正，会刻意地藏锋守拙，强调舞蹈的“集体性”。

如果将中国民族民间传统舞蹈的“集体性”特征当作一种绝对，也是不客观的，毕竟任何一个社会群体都是由个人组成的，如果离开了具体的个人贡献，“集体性”就失去了建构的基础。同时，舞蹈作为以人体为媒介的文化实践，过程中充满了实践主体的能动性与创造性，每一次舞蹈展演都是运动的人体在具体场景下的创造性表现，所以把集体创作看作是一种不可分割的统一体，本身就是一个经不起推敲的神话。中国民族民间传统舞蹈的“集体性”是由无数个具体的个人创造的：一方面，个人的创造要受文化传统集体无意识的制约，不可能放飞自我、信马由缰地进行海阔天空、不着边际的个性化表达；另一方面，凸显个人智慧、经过改编加工的舞蹈，一旦被认可就会在本族群的社会成员中流行，当该舞蹈被广泛地普及、快速地传播，特殊的技巧、个人的风格就会变成一种共有的知识，表现为一种极具代表性的民族地域性舞蹈风格。同时，某集体舞蹈的个人行为与不参与这个集体舞蹈的个人行为是不一样的，舞蹈创新者作为集体成员的一分子，为了区隔与其他群体舞蹈的特点，会刻意地像集体其他成员一样恪守本族群舞蹈的特点，并会按照这些特点进行深度的挖掘和广度的拓展，努力表现为一种“集体创作”的特质。对中国民族民间传统舞蹈“集体性”的认知，还需将“集

① 王唯惟、徐浩:《舞蹈与文化：贵州苗族舞蹈的身体叙事》，人民出版社 2016 年版，第 37 页。

体性”与“集体舞”划分开来，“集体性”体现为一种舞蹈文化从古至今内在关联的一致性特征，并非人多人少，独舞、双人舞、三人舞也可以表现出“集体性”，强调艺术家主体性、注重个性化创作的群舞，也可以与“集体性”失之交臂、擦身而过。

（二）生活性

“谁不跳舞，谁就不懂得生活。”[①]这句公元2世纪基督教诺斯替教派的赞美歌词，让库尔特·萨克斯认识到：“在原始社会人类生活里，没有任何场合离得开舞蹈。生育、割包皮、少女献身祭神、婚丧、播种、收割、庆祝酋长就职、狩猎、战争、宴会、月亮盈与蚀、病患——在所有这些场合，都需要舞蹈。”[②]因此，他那句“舞蹈是拔高了的简朴生活”道出了这一类舞蹈最具代表性的特征。在人类早期的社会生活中，舞蹈渗透在人们日常生活的方方面面，与其生存环境、生计方式、生活习俗、宗教信仰、价值观念等浑然一体、难解难分，因满足人们不同的现实需要，产生了一定的“价值”或“社会作用”，即人类学功能学派讨论的“社会和文化的功能”。功能作为事物或方法所发挥的机能、效用，具有明确的目的性与功利性，自此，这类表现为“有用”、具有很强功能性的舞蹈，拉开了与“美的艺术”概念下舞蹈（审美无功利性）的距离。

在诸多西方美学家眼中，这类被称为“原始的”“部落的”“小传统”“非主流”“非精英”“非西方的”，以及“传统的”“民间的”“土著的”“少数民族的”，还有“在地的”“生活的”“乡土的”“民俗的”“本土的”“草根

---

① [德]库尔特·萨克斯：《世界舞蹈史》“序言”，郭明达译，上海音乐出版社1992年版，第1页。
② [德]库尔特·萨克斯：《世界舞蹈史》“序言”，郭明达译，上海音乐出版社1992年版，第2—3页。

的”“为人生而艺术”等相关修饰语限定的舞蹈类型，不算是真正意义上的“艺术”，只有当专职舞蹈表演者出现，舞蹈才成为“艺术”，因为“在没有文字的时代和没有文字的民族或不常使用文字的乡村民众中，艺术和人们的日常生活、礼仪生活、祭祀生活、节日庆典生活等，有着紧密的联系。在我们的眼里，那是一个没有艺术但又无处不是艺术的时代，一个没有艺术但又无处不是艺术的世界。……之所以说它‘没有艺术’，是因为在以往的理论家眼里，在那些没有文字的‘野蛮’时代和‘野蛮’民族中，只有初级的还没成型的艺术，这些艺术还不能成为正式的艺术，只能称之为‘原始艺术’，是黑格尔讲的‘艺术前的艺术’。之所以说它‘无处不是艺术’，是因为对于无文字的‘野蛮’时代和‘野蛮’民族，艺术和生活几乎没有区别，他们生活的每一个部分都充满着艺术的象征、艺术的现象和艺术的夸张即艺术的想象力”①。

中国民族民间传统舞蹈就是这一类，“在相当长的历史时期里，舞蹈与人民的生产生活息息相关，密不可分。人们的衣食住行有舞蹈、生老病死有舞蹈、婚丧喜庆有舞蹈、盖房架屋有舞蹈、祭祀祈福有舞蹈、驱恶除邪有舞蹈，集会节日要舞蹈、休闲娱乐就更要舞蹈。舞蹈传授了祖先们得之不易的生存技能、发挥了不可替代的社会功能、宣泄了人们的喜怒哀乐、寄托了人们的愿望和理想。在许多民族的图腾舞、生殖舞、生产舞、丧葬舞、祭祀舞、民俗舞里，或是对人类生殖繁衍奥秘的探寻，或是对刀耕火种的描述，或是对精耕细作经验的传播，或是对五谷丰收的喜悦，或是麻棉成衣的温暖，或是告别穴居的狂欢，或是送老人魂归故里的不舍，或是回顾迁徙途中

① 方李莉：《走向田野的艺术人类学研究——艺术人类学研究的方法与视角》，《民间文化论坛》2006 年第 5 期。

的艰辛，或是节日休闲的欢乐”[①]。因此，这类舞蹈手舞足蹈的表达或宣泄，不是为了纯粹审美的需要，从其展演的如民族历史、生产劳动、伦理道德、生存需求、生活技能、情感宣泄、偶像崇拜、崇尚自然、族群繁衍等具体内容来看，作为族群文化的一部分，它与群体社会的生活密不可分，这种族群集体性的身体言说，表现为既体现着当地人的“族群知识”“意义系统”“历史记忆”“集体情感”“认知模式”，又不同于其他群体的风格迥异、别具一格的舞蹈行为，以及具有满足生命有机体实际生活需要的社会文化功能。

中国民族民间传统舞蹈的“生活性”特征，与当地人的生存世界密切关联，一定程度上道说着舞蹈实践者的家长里短、人情世故、衣食住行、爱恨情仇，本身就是其文化传统和生活模式中的重要组成部分。这种状况类似美国人类学家克利福德·格尔兹（Clifford Geertz）讨论的“地方性知识”，即由特定的历史条件所形成的文化与亚文化群体的价值观，是意义之世界以及赋予意义之世界以生命的当地人的观念构成的新的知识形态。所以中国民族民间传统舞蹈对于当地人，作为一种共享的意义系统和知识形态，几乎没有一个人不熟悉、不擅长，不需要刻意的教授与详细的解释，也无所谓怎样才能进入角色，“人人都是艺术家”，一切都是那样自然、顺理成章。“在人类学家的眼里，原始艺术家的艺术创作，根本不是个人的自由创造。他们只是严格地按照传统的程式依样画葫芦——他们并不按照审美设想来创作，而是考虑宗教仪式的功能。当艺术学理论视艺术家为表达个人情绪的反叛者的时候，人类学家则从社会学的角度出发，视艺术家为社会大组织的不可或缺的一部分，政治、农业、宗教和教育等功能在这儿有机地融为一体。因此，

① 刘金吾：《我的民族舞蹈观》，云南民族出版社 2018 年版，第 29 页。

原始的面具和肖像不是个人艺术性情的表达，而是不重视审美考虑的群体文化的表现。”① 所以，这类舞蹈的考察和研究时常是和宗教巫术、祭祀仪式、社会结构、文化模式、集体记忆、族群边界、历史知识、文化认同、节庆民俗等族群文化内容结合在一起讨论的，就舞蹈谈舞蹈“动作至上”或从舞蹈的审美等方面进行单独讨论的比较稀少，因为这里讨论的也许算不上通常意义上的舞蹈，而是同一社会群体赖以表述自己的世界观、价值观和社会情感的“公共符号”（public symbols），是舞蹈承载者、实践者族群文化的一种另类表达。

“从舞蹈的影响深远这个角度来看，很明显，在原始社会的人类生活与古代文明的社会生活中，几乎没有任何比舞蹈更具有重要性的事物。艺术不会轻视面包，相反，艺术能提供面包以及其他维持生命所需的物质。它绝不是僧侣们所摒弃的，或充其量只能被他们所容忍的雅恶，而是一种宗教的活动与寺院的典礼。舞蹈不是一种仅为人们所能容忍的消遣，而是全部落的一种很严肃的活动。”② 所以对中国民族民间传统舞蹈而言，其谈论的“生活性”是严肃的、令人敬畏的，一定程度上是神圣不可亵渎的，从类似“藏族人没有歌舞，就像鸟儿没有翅膀”“苗家不跳花，稻谷不扬花”“世人不跳弦，白活几十年”“烟盒舞是彝家人的‘盐巴’”等民间表述舞蹈的谚语中，可以感知到其中的不平凡。这种现象与中国民族民间传统舞蹈展演，大多是在传统的节日、婚丧嫁娶、生日寿诞等重大活动中进行，是传统的年节庆典、婚丧仪式、祭祀仪式、信仰习俗等民间仪式活动中的重要组成有关。仪

① 方李莉：《走向田野的艺术人类学研究——艺术人类学研究的方法与视角》，《民间文化论坛》2006 年第 5 期。

② [德] 库尔特·萨克斯：《世界舞蹈史》“序言”，郭明达译，上海音乐出版社 1992 年版，第 2 页。

式作为用于特定场合的一套规定好了的“正式行为”，表现为一种象征符号表征的客体化秩序，具有成熟规范的程式化特点，中国民族民间传统舞蹈作为“正式行为”中最重要的表达方式之一，无论是在“神圣的仪式”（sacred ritual）中展演，还是在“世俗的仪式”（secular ritual）中出现，呈现的基本组织结构都具有鲜明的仪式性特征。这种必须按照正确的方法严格执行，任何偏离都是错误的做法，让仪式中展演的中国民族民间传统舞蹈成为一种被神圣化了的艺术行动和受到“禁忌”约束、有规则的操作行为，这种正式的、固定的和重复的、表现为“确定性”的仪式化舞蹈，既是一种仪式，也是现实的生活，更确切地说是表现为一种“仪式化的生活”。

（三）传承性

“传统——代代相传的事物——包括物质实体，包括人们对各种事物的信仰，关于人和事件的形象，也包括惯例和制度。它可以是建筑物、纪念碑、景物、雕塑、绘画、书籍、工具和机器。它涵括一个特定时期内某个社会所拥有的一切事物，而这一切在其拥有者发现它们之前已经存在。”[①]E. 希尔斯对传统的定义，一方面界定了传统的本质，即从过去延传到今天的事物。这个事物的“内容”本身是丰富多元的，甚至可以包容一切、涵盖所有，只要是历史上凝结并沿传至今未断流、依旧发生作用的事物，都可以被称为传统；另一方面刻意强调了“代代相传”或“世代相传”，即这些传统“内容”延续和积累的传承过程。在一个特定的群体当中存在了很长时间，“过去”与“现在”之间有一种必然的联系，是走到“现在”的“过去”，而

① [美] E. 希尔斯：《论传统》，傅铿、吕乐译，上海人民出版社 1991 年版，第 16 页。

不只是过去曾经存在的事物，成为传统概念界定的又一指标性的要素。“传”侧重于历史脉络上表现出的延续与继承，“统”凸显传统“内容”的绵延不绝、连绵不断，即传统“内容”历史一致性的保持过程中呈现出的稳定性、重复性、保守性与封闭性特征。

中国民族民间传统舞蹈作为世代传承下来的集体性知识、仪式化生活或者代代相承的舞蹈行为实践，它既指特定的知识、艺术化的生活或者具体舞蹈行为方式的“内容”本身，也指这些“内容”的传承“过程”。罗雄岩老师对中国民间舞蹈的特性进行了归纳总结，第一条谈及的就是“继承性”：“传统的表演程式，其变化是缓慢的。它保存着许多古代生活的形象特征，积淀着不同历史发展阶段的文化因素；它和人们的传统观念、民俗活动紧密结合，世代相传，不断发展，成为深邃的民族传统文化的载体。”[①] 从对概念的论述中可以看到，他基本上也是从“内容”本身和“内容”的传承“过程”这两个方面进行定义的。因此，“传承性”作为中国民族民间传统舞蹈的本质属性，也应该包括这两方面内容，一是“内容”本身的传承，二是对“内容”传承“过程”的规定。

“内容”本身的传承，具体分析起来，也可以划分出两个维度。一是对“内容”本身的界定。中国民族民间传统舞蹈“内容”本身的界定，与传统的概念并无二致，指的是某个民族、地域或社区，前人创造的过去和建构的舞蹈“内容”，作为从前人那里继承下来的遗产，表现为历史文化形态的舞蹈“内容”。这类舞蹈在国内通常被称为“原生形态民间舞蹈”，还有一类被定义为“再生形态民间舞蹈”，因执着于对过去在历史上有过的舞蹈形态的

① 罗雄岩：《中国民间舞蹈文化教程》，上海音乐出版社 2001 年版，第 17 页。

复活与修复，作为抢救性的保护成果，也被归为中国民族民间传统舞蹈的“内容”范畴。

除此之外，“内容”本身传承过程中的性质界定也是核心要点。依照E. 希尔斯的观点：“‘传统感’的核心是主体‘与自己的过去状态仍然保持一致的感觉’，是主体所具有的历史上的前后一致感，它使人们自觉地意识到，他们的过去与现在基本相同，从而很难摆脱与自己的过去状态仍然保持一致的感觉。”①

对于中国民族民间传统舞蹈而言，“相传事物的同一性”，即与历史上形成的、当下仍在传承的舞蹈范型努力保持一致或基本一致的特性，是“内容”本身传承过程中性质界定的关键。作为联结了“过去”与“现在”，使“现在”与“过去”保持相对一致的舞蹈文化存在，在中国民族民间传统舞蹈中具体体现为“形态要古朴”：“是指舞蹈的形态是自过往流传下来的、未经今人染指的、依照传统的知识和技艺跳的，凝结着传统文化印迹的形态，也是从此意义上有人将其称为‘原生形态的’传统舞蹈。在这些传统舞蹈中，凝结着过往历史、传统文化、传统跳法等记忆，因此就探讨、研究、自觉历史文化角度而言，这些古朴的舞蹈形态或原生形态舞蹈，才具有历史文化的内涵和风貌，也因此具有作为文化遗产保护、传承的价值。”② 因此，“内容”本身的传承是有界定的，只有在具体的传承过程中没有中断，人们实践的是来自过去的舞蹈，在守正与创新中保持了历史的、具体的、现实的同一性，才是中国民族民间传统舞蹈“传承性”的内在要求和客观期待。

---

① 樊浩：《传统的文化功能与主体的现实责任——以希尔斯的理论为参照》，《孔子研究》2001年第1期。

② 朴永光：《认定名录“非遗”项目的评价维度之我见——以传统舞蹈为例》，载江东主编《集思·广议：中国非物质文化遗产传统舞蹈保护文集》，文化艺术出版社2020年版，第25页。

二是对“内容”传承“过程”的规定。传统作为过去所形成的事物，一个最具代表性的特质，即它必须要在特定的群体当中存在很长一段时间，所以从词源上分析，无论国内外，“传统”一词都包含纵的层面的意蕴内涵，即历时性的发展特征，而一般情况下传统的历时性发展特征是靠一个事物能够确定的承传时间来界定的。如E.希尔斯所言：“一种范型要被延传和继承多长时间，才能作为一个持续的实体被看作是传统呢？我们不可能对这一问题做出令人满意的回答。如果一种信仰在形成后立刻被摒弃，如果其创始人或倡导者提出或身体力行这种信仰，但却没有人接受它，那么它就显然不是传统。如果一种信仰或惯例‘流行’了起来，然而仅存活了很短的时间，那么，它也不能成为传统，虽然在其核心部分包含了作为传统本质的延传范型，即从倡导者到接受者这样的过程。它至少要持续三代人——无论长短——才能成为传统。”[①]

中国民族民间传统舞蹈也是，“传承性”特质的界定是由历时性发展特征，即“时间”来评判的，所以“历史要悠久”成为极为重要的价值判断维度。例如国家级“非遗”名录中的“非遗——传统舞蹈”，就是以“历史性”即“时间”的维度来界定的：“我国在认定名录‘非遗’项目时，从历史角度要求至少有100年以上的存续时间，如果从代际传承角度而言，要求传承三代以上。也即拟列入名录‘非遗’的项目，如果在历史上存续的时间不到100年，国家级名录通常就不予认定。”[②] 此外，“见人见物见生活”，也是对中国民族民间传统舞蹈“传承性”的“内容”传承“过程”规定的一个

① [美] E.希尔斯：《论传统》，傅铿、吕乐译，上海人民出版社1991年版，第19—20页。

② 朴永光：《认定名录“非遗”项目的评价维度之我见——以传统舞蹈为例》，载江东主编《集思·广议：中国非物质文化遗产传统舞蹈保护文集》，文化艺术出版社2020年版，第27页。

鉴别维度，“人”主要指的是舞蹈代表性传承人，“物”主要指的是与舞蹈相关的物质载体（如舞蹈形态、表演场地等），“生活”即前文所谈论的承载着舞蹈的现实的民众日常（如宗教祭祀、节日庆典、民风民俗、生产生计方式等），多表现为一种极具“宗教、民俗和仪式”意味的生活。

（四）综艺性

《中国民族民间舞蹈集成》（以下简称《集成》）副主编陈冲老师，就《集成》普查到的舞蹈突出特点进行归纳梳理，其中一个比较有代表性的特点是歌舞结合：“与说唱相结合的舞蹈（即歌舞）。这种舞蹈在普查到的舞蹈中占一半，概括为三种：一是载歌载舞；二是歌舞相间（即舞时不唱，唱时不舞）；三是舞以伴歌（即以歌为主，舞蹈相伴，在民俗、礼仪中此类最多）。它们都是古代乐舞传统——音、舞、诗三位一体形式的继承。如汉族北方的‘跑圈子秧歌’，南方的‘打花鼓’、‘跑花灯’等，其覆盖面之广，影响力之深（很多少数民族都移植过去），充分说明‘三位一体’的舞蹈审美观，在历史的长河中一直为我国各民族所喜爱。这也是众多民间歌舞——如采调、采茶、二人转、二人台、地花鼓等所以能发展成为地方戏曲的主要原因。”[①] 可见，《集成》普查到的占据一半比重的历史上承传下来的各民族民间传统舞蹈，并非“美的艺术”概念下严格意义上的纯舞蹈，它更多是包含了歌唱、音乐、戏剧、诗歌、游戏、杂技等诸多内容，具有综艺形态的艺术形式。

“综艺性”作为中国民族民间传统舞蹈的一大特质，这种现象的发生与

---

① 陈冲：《民间舞蹈知多少》，《舞蹈》1989 年第 6 期。

舞蹈早期的表现形态有关。中国古代文献中可以查到“舞”或“蹈”的记载，但“舞蹈”两个字连在一起的词汇却很少有，即便有也与当下谈论的“美的艺术”概念下的“舞蹈”迥然不同、相去甚远。在有关的历史文献中，从西周宫廷“制礼作乐”开始，“乐”或“乐舞”一直是一个比较正式的概念术语，即便宋元以后杂剧、院本等艺术形式出现，明清以后戏曲成熟鼎盛，“乐舞”这种艺术形态也一直贯穿始终，它所涵盖的相关艺术要素，被有些学者认为是构成后世“戏曲”不可或缺的基本元素，呈现为戏曲的基本舞台形态。就“乐”或“乐舞”的基本形貌，“从社会学角度来看，一个民族传统的或民间的乐舞，它是社会群体创造的一种早期的表演艺术形式，这主要是指它的歌、舞、乐还未分离，还没有艺术种类的功能分工分化，歌、舞、乐三位一体都同时完成某种社会功能”①。《乐记·乐象篇》所论述的“金石丝竹，乐之器也。诗，言其志也；歌，咏其声也；舞，动其容也。三者本于心，然后乐器从之”②可以充分佐证这一点，这里说的“乐”，其内涵实质不仅仅指音乐，而且指以诗歌为内容，以音乐为声效，以舞蹈为形象，包括诗歌、乐曲、舞蹈在内的文艺综合体，与今天的音乐剧表演近似，是一个有诗、有乐、有舞、有特定主题的歌、舞、乐一体的综艺表演形态。

对于中国民族民间传统舞蹈，无论是隋唐以前的“乐舞为中心的时代”，还是宋元以后“戏舞为中心的时代”，“诗、乐、舞”三位一体的“乐舞”和“以歌舞演故事”的“戏舞”，都与当下谈论的“舞蹈”不重合，有诗、有乐、有歌、有舞、有特定主题的“综艺”的表现形式应该是其较为准确的表述。此外，古人谈论的“乐”除了指代“乐舞”之外，还包括“娱乐”这

① 杨曦帆：《藏彝走廊的乐舞文化研究》，民族出版社 2009 年版，第 44 页。
②（清）孙希旦：《礼记集解》，沈啸寰、王星贤点校，中华书局 2007 年版，第 1006 页。

个义项，即“乐”还包含一些其他的技艺娱乐形式，在具体的展演过程中，“乐”往往是由“乐舞”与“娱乐”同时呈现的。例如：“在一些文献著述的专书中，‘乐’部是包括乐舞、竞技、娱乐的。清代孙楷的《秦会要》，其卷九为‘乐’，内容包括乐舞、乐歌、乐器、角抵、散乐百戏、博戏等。今人杨宽、吴浩坤的《战国会要》卷二十五至二十七为乐部。第二十五卷‘乐上’包括‘乐论’、‘乐舞’、‘音律’、‘歌讴’；第二十六卷‘乐中’包括‘乐师、艺人’、‘乐器’（附‘绘画’、‘雕刻’）；第二十七卷‘乐下’包括‘角抵’（附‘力士’）、‘剑术’、‘弋射’、‘投石超距’、‘蹋鞠’、‘斗鸡’、‘走犬’、‘赛马’、‘六博’、‘投壶’、‘弈’。宋代王溥的《唐会要》把雅乐、太常乐章、凯乐、宴乐、清乐、散乐等放在一起，其‘散乐’的内容是‘跳铃、吞剑、透梯戏绳、缘竿弄碗、弄珠、代面、拨头、窟垒子、幻伎、激水化鱼龙、齐王卷衣笮鼠、夏育扛鼎、巨象行乳、神龟负岳、挂树白猿、画地成川之伎，至于断手足、剔肠胃之术’。这些‘散乐’实际上是一些杂技、魔术乃至特异功能表演。”①

中国古代历史上，乐、舞、歌、演、故事、戏谑、竞技等内容都被涵盖在“乐”的形态之中，作为乐舞之“乐”与作为娱乐之“乐”始终共享着一个相同的文化生态，这一点也被中国民族民间传统舞蹈很好地继承。在《集成》的汉族舞蹈中，除了有秧歌、花鼓、采茶、花灯、二人转、二人台这样的民间“乐舞”“戏舞”表演形式，还有龙舞、狮舞、竹马、跑驴、高跷、旱船这样的假形舞蹈，更可以看到高台狮子、翻山铰子、二鬼摔跤、流星赶月、高跷武驴、大头和尚戏柳翠、老背少、顶碗舞、武吵子、甩球舞、跳铎

① 陈维昭：《上古先秦之“乐”与戏曲元素》，《求是学刊》2007 年第 6 期。

铎、神鞭等近似杂耍、武术、竞技、游戏的“散乐百戏”舞蹈。陈冲老师将这种现象概括总结为：（1）与道具相结合的舞蹈。（2）与说唱相结合的舞蹈。（3）与灯彩相结合的舞蹈。除此之外，他还专门另列了一条“与民间技艺相结合的舞蹈”，这类舞蹈实质内涵等同于作为娱乐之“乐”（散乐百戏）的舞蹈，如：“吸收了民间‘跷技’而产生的广为流传的高跷舞蹈；与民间武术相结合而产生的‘盾牌舞’、‘五虎棍’和各民族的‘刀舞’等。新挖掘的《高台狮子》、《天桥狮子》突出了民间杂技中‘爬高’和‘走绳索’的技艺；至于民间舞蹈中广为吸收的‘跟斗’、‘站肩’、‘叠罗汉’等都来自民间技巧。从早期的史料来看，那时是‘舞’与‘武’不分家的，民间舞蹈、武术、杂技都源于古代舞蹈，后来逐渐发展成同源异流的不同专业，但这三者的相互吸收自古至今从未间断。从普查发现的大量技巧性舞蹈证明，舞蹈与武术、杂技相结合自古至今从未间断。从普查发现的大量技巧性舞蹈证明，舞蹈与武术、杂技相结合为我国民间舞蹈开拓了更广阔的天地，它也是产生我国国宝——戏曲舞蹈的基础，此一传统特征不能贬低。”①

《集成》中记录的这些“散乐百戏”舞蹈，自然是与之前的历史形态舞蹈一脉相承的，这种“正乐”或“主乐”和“散乐”并存的现象，不仅发生在民间，更是过去宫廷乐舞机构规制的沿革，在周以后的宫廷之“乐”中，以“娱乐”为主要功能的“散乐”逐渐被体制化，成为宫廷乐舞的一个组成部分，汉代的角抵百戏，唐代存在于官方乐署编制、置于教坊之中的“散乐”，就能充分地印证这一点。当然这一点在少数民族舞蹈中也是体现得淋漓尽致，以维吾尔族舞蹈为例，木卡姆、赛乃姆、萨玛、夏迪亚纳等为典型

① 陈冲：《民间舞蹈知多少》，《舞蹈》1989 年第 6 期。

的“乐舞”形态，但是顶碗舞、萨玛瓦尔舞（头顶茶炊舞）、盘子舞、顶瓜舞、达瓦孜舞（高空走绳舞）、“叼花、币、帕舞”、理发舞、描眉舞、做饭舞、鸡舞、鹅舞、骆驼舞等，与杂技、戏谑、扮演、竞技的“散乐百戏”并无二致。即便在一个舞蹈中也会出现乐舞之“乐”与娱乐之“乐”并存的现象。

以刀郎舞为例，“大体来讲，麦西莱甫分为三部分：舞蹈部分、游戏部分、惩罚部分。多郎麦西莱甫也不例外”[①]。舞蹈部分，准确一点是乐舞部分，是由刀郎艾捷克、刀郎热瓦普、卡龙琴、手鼓等诸多乐器组成的乐队为舞蹈专门伴奏，与一些民族边奏边舞不同的是，刀郎舞伴奏者不起舞。舞蹈在木凯迪曼（散板序唱）中开始，这是在乐器的伴奏下纯唱，舞蹈者不下场，到了且克特曼（3/4 拍节奏型），人们开始下场，两人一组结对而舞，男女结对性别不限，随着舞蹈节奏的加快，逐渐进入赛乃姆（4/4 拍节奏型）和赛乃凯斯（2/4 拍节奏型）的舞蹈，最后到了赛勒玛（2/4 或 5/8 拍节奏型），即一种竞技性旋转，坚持到最后的舞者被称为“乌斯达”（佼佼者），至此舞蹈达到高潮，结束。歌舞过后，刀郎麦西莱甫就进入“游戏部分”，主要是模仿各种生产活动或生活细节，如“腰带抽打”、“敬茶”、猜谜、对诗、“老人游戏”、“审判游戏”、“鹅游戏”等内容。“惩罚部分”是对“游戏部分”失败一方或在刀郎麦西莱甫活动中失仪一方的惩罚，除了要求唱歌、出“洋相”外，还有“治疯子”“套磨”“烤包子”“照相”等戏谑的惩罚手段。在舞蹈和游戏的过程中，还穿插有其他的节目表演，仅舞蹈就有“乌苏尔”（顶碗舞）、“来派尔”（双人说唱歌舞）、“自由舞”

---

① 姑丽娜尔 · 吾甫力：《多郎麦西莱甫研究——维吾尔族历史与文化特质的一个缩影》，《中国社会科学院研究生院学报》2006 年第 2 期。

（即兴舞蹈）、“山羊舞”、“木偶舞”、“描眉舞”、“哑巴告状”、“维吾尔族高跷”等相关内容。

藏族舞蹈也是，不仅有以歌舞、乐舞为代表的堆谐、果谐、囊玛、嘎尔、康谐、果卓、工布等，也有以铃鼓为核心，兼容说唱、道白、歌舞、杂技、气功、戏剧等多种元素的热巴和被称为“阿吉拉姆”的藏戏。以热巴为例：“除了鼓舞之外，中间还穿插有炫耀身体技巧的杂技项目。鼓舞表演结束后，鼓队散开站立一旁；这时有男子在鼓声伴奏下上场表演自己最拿手的技巧动作。如单腿跨转、死人蹦子、滚毛、甩辫子、躺身蹦子、滚壶坛等。中间还有杂技曲艺等穿插表演，一般除表演藏戏片段，还要演些哑剧，如‘猎人和鹿’、‘没有鼻子的小偷’等。有时还穿插摔跤角斗，‘堆罗汉’、‘乌龟爬沙’等，取笑逗乐娱乐观众。技艺高超的热巴队，还要表演气功‘爬杆’、‘高空倒立’、‘腹上破石’、‘尖刀刺腹’、‘夹刀旋转’等惊险动作。…… 当技巧高潮结束时，一位男领舞者便拉起比汪（毕旺琴），大家一起跳几段柔软的‘热巴’、‘弦子’为结束。有的地方最后是全场演员一齐上场表演集体铃鼓舞，往往会突然在一个统一的节奏上铃鼓齐下，向观众施礼揖拜，致扎西德勒（吉祥如意）的祝贺。这时观众的情绪一般也被激发起来，兴奋之余纷纷向演员献哈达、献酒、献钱财以及食品等等，以示酬谢之意。”①

① 杨曦帆：《藏彝走廊的乐舞文化研究》，民族出版社 2009 年版，第 178 页。

第二节　中国民族民间传统舞蹈特殊性特征

一、综艺杂糅的表现形式

（一）执器而舞

陈冲老师撰文对《中国民族民间舞蹈集成》普查到的舞蹈特征进行归纳，提炼出的第一点就是“与道具相结合的舞蹈”。如：“此次普查到的舞蹈90%是持道具而舞，其式样之多数不胜数：有自然界类（如禽、兽、星、云等）；古兵器类（十八般武器齐全）；乐器类（吹、打、拉、弹都有，最古老的如鼓、葫芦笙等）；交通工具类（如车、船、轿等）；劳动用具类（如扁担、马铃、柴刀等）；服饰类（如草笠、羽毛、披毡等）；生活用具类（如扇、伞、烟盒等）。舞具应用之广、包揽内容之繁，堪称世界之最。中国民间舞蹈的道具是舞蹈形式和舞蹈造型不可分离的整体，大如狮、虎、船，小如竹板、烟盒；长如几丈的龙与长鼓，短如几寸的蜡烛和手锣，如果没有了这种道具，也就没有了这种民间舞蹈。正如古《乐书》中论述我国舞蹈构成时所说‘乐之在耳为声，而可以听之；在目为容，而不可以貌睹。故先王之制舞也，假干戚羽旄以表其容，发扬蹈历以见其意’。这种以舞具与人体动作相结合的表演形式；舞蹈内容通过道具而具象化的表现手段，是我国自古以来的舞蹈观。”①

对于丰富多彩的中国民族民间传统舞蹈而言，其中有类似“美的艺术”谈论的那种“舞蹈的本体是动作，舞蹈是以运动人体为媒介进行表达的艺术

① 陈冲：《民间舞蹈知多少》，《舞蹈》1989年第6期。

形式”的相关案例。例如广泛流传于福建南部沿海地区泉州各县区以及漳州、厦门、台湾等地，被称为拍胸、打七响、打花绰、乞丐舞等名称的《拍胸舞》和盛行于湖北省利川市都亭、汪营、南坪一带的《肉连响》就是其代表。这一类型舞蹈早期表演没有伴奏，就是用双手在赤裸的上身，依次击掌，拍胸，打肩，扇臂，拍肘、胁、胯、腿、脚等部位，发出有节奏的连续响声，充分体现出身体动作即是舞蹈的本体特质。当然这些类型较数以万计的、在《集成》普查到的舞蹈中占比 90% 的道具舞蹈来说，基本上微不足道。“与道具相结合的舞蹈”应该是中国民族民间传统舞蹈的主体，也是与西方“美的艺术”概念下的舞蹈极为不同的地方，尽管一些艺术院校为了突出舞蹈“无声言说”（舞动人体）的纯粹性，刻意地将一些民族地域舞蹈的道具摈弃、服饰简化，但是在民间，执器而舞却是其存在的根本、表演的核心。例如流传在山东黄河北岸、鲁北地区商河、济阳、惠民、乐陵、阳信、临邑等县市的鼓子秧歌，秧歌队的核心表演角色伞、鼓、棒、花、丑，除了丑角以外其余都是以其表演的道具命名的，鼓子秧歌是最具代表性的道具舞蹈。

对于汉族民间传统舞蹈而言，执器而舞的道具舞蹈，不仅舞蹈种类琳琅满目，表演内容也是异彩纷呈，各省、各市、各区、各县都有极具代表性的舞蹈类型。以福建泉州地区广泛流行的民间舞蹈为例，普查统计上来的有：“《拍胸舞》《火鼎公婆》《驴子探亲》《公背婆》《跳鼓》《高跷》《彩球舞》《迎番货》《大车鼓》《鼓亭公婆》《弄龙》《打狮》《蜈蚣阁》《水车阁》《铁枝阁》《妆道儿》《幡会舞》《蚌舞》《洗马舞》《和番舞》《四宝舞》《甩灯舞》《莲湘舞》《打花鼓》《白菜担》《五梅花舞》《掷铙钹》《纱船舞》《打铁舞》《小鬼弄青狮》《洞宾戏牡丹》《铁拐弄仙姑》《高跷跳台》《开大笼》，以及《四季花神》《矮子摔跤》《熊公熊婆》《公鸡啄蜈蚣》《鼓队舞》等几十种民间舞蹈节目。”[1] 从上述舞蹈的名称来看，除了《拍胸舞》是徒手舞蹈或纯舞蹈之外，其余都是道具舞蹈。当然这些道具也是千态百状、不尽相同的，例如有模拟动植物的假形舞象，也有反映生产生活的农具用品，有属于乐器的鼓、铙、钹、镲四宝，也有反映古代战争装备的十八般兵器，可以说是举不胜举、不一而足。

道具舞蹈在汉族民间传统舞蹈中还有一种状况，即同一种道具会因传承地域、流传省份的不同，出现不同的表现形式和展演风格，当然道具装置自身也会发生改变。以舞龙、耍狮这两个流传非常广泛、全国共有的道具舞蹈为例，当下的龙舞可以划分为长江流域以南和黄河流域以北的南、北两大表演体系，具体体现在“南柔北刚”的表现特点上。南方的龙在道具上相对矮小轻细一些，造型上也显得更加精致，颜色清晰，线条柔和，而北方的龙在道具上一般较为高大粗壮，体现出一种磅礴的气势，造型上更注重浑实雄伟，线条直硬刚劲。当然舞法也会有所差异，南方龙舞的“柔”体现在动作时间相对较长及动作速度相对较慢，而北方龙舞的“刚”则体现为动作快速、短促有力的变化。耍狮也是主要分南狮和北狮两派，在长江以北流行的狮子舞称为北狮，而流行于华南、南洋及海外的狮子舞称为南狮，南狮与北狮在表演人数、狮子道具、展演内容、具体舞法上都区别较大。北狮全身披金黄色毛，扮相造型酷似真狮，表演与杂耍较为接近；南狮的狮头以戏曲脸谱作鉴，狮头有角，较为接近年兽，也被称为醒狮，舞动多与武术相关，以南拳马步扎底，是一种融武术、舞蹈、音乐、杂技、美术、文学于一体的民间传统艺术。

---

① 蔡湘江：《泉州民间舞蹈》，福建人民出版社 2006 年版，第 58 页。

执器而舞也是少数民族民间传统舞蹈的代表性特点。以哈尼族原生形态民间舞蹈统计为例，道具舞蹈有《铓鼓舞》、《铓舞》、《扭铓》、《跳铓锣》、《大鼓舞》、《苏独独瑟瑟》（跳鼓舞）、《独阿蹉》（老人鼓舞）、《独查蹉》（地鼓舞）、《棕扇舞》、《扇子舞》、《尼帕蹉》、《阿匝蹉》、《阿腊蹉》、《阿腊楚》、《阿腊席》、《火马蹉》（碗舞）、《木雀舞》、《们吧哈呵》（铜钱棒舞）、《洒米舞》、《罗豁豁尼尼》（帽子舞）、《盒子舞》、《和巴爹》（竹片舞）、《咿板嘟》（竹筒舞）、《手巾舞》、《黑的得谢谢》（筷子舞）、《簸米舞》、《克拉腊阿瑟》（杂耍舞）、《同尼尼》、《打莫蹉》、《托尼尼》、《江城戛尼尼》、《绿春戛尼尼》、《瓢摸旋》、《接亲送亲舞》等如此丰富的舞蹈种类。[1] 尽管也会有《布孔扭鼓》、《阿木扭鼓》、《得拨蹉》、《然迷比》（出嫁舞）、《跳歌》、《乐作舞》、《居略阿拉》（猴子舞）、《祭竜色尼尼》、《打莫蹉色尼尼》、《克罗截》（鬼舞）、《阿迷车》、《切托姆托》、《车月车》、《阿波阿波呸来来》、《哈尼拉罗哈生特》、《阿腊哩哺》、《鸭子舞》、《照镜子》、《竹蹉蹉》等一定数量的徒手舞蹈[2]，但一经比较，孰重孰轻不言而喻。即便是这些可以涵盖在徒手舞蹈种类中的舞蹈，也与西方现代舞那种强调纯粹舞动身体的舞蹈有别，更多是在鼓、铓、锣、镲、唢呐、二胡、三弦等乐器伴奏下进行舞蹈，当然也存在没有乐器伴奏的纯粹歌舞（边歌边舞）的表演形式。

（二）乐舞一体

如果说“执器而舞”是中国民族民间传统舞蹈有别于西方“美的艺术”概念下的舞蹈极具代表性的特征之一，那么“乐舞一体”应该是第二个差异

① 参见张谛《哈尼族舞蹈生态学研究》，民族出版社 2016 年版，第 13—20 页。
② 参见张谛《哈尼族舞蹈生态学研究》，民族出版社 2016 年版，第 14—20 页。

性特质。前文谈及中国古代“乐舞”是“诗、乐、舞”三位一体混沌状态下的综艺表现形式，除了“正乐”（正统的乐舞）之外，还包括杂技、武术、幻术、滑稽表演、歌舞戏、参军戏等被誉为“散乐”的内容。《礼记・乐记》中载：“凡音之起，由人心生也。人心之动，物使之然也。感于物而动，故形于声。声相应，故生变，变成方，谓之音。比音而乐之，及干戚羽旄，谓之乐。”① 说的是所有声音的发出都是从人的心中产生的，而人的心理活动往往是由对外部事物的感触造成的；有感于外部事物的变动，就通过声音表现出来；声与声之间相应和，就产生了变化，变化形成一定的规律，就称为音律；随着音律的节奏用乐器演奏之，再配上干戚和羽旄以舞之，就叫作“乐”。《礼记・乐记》这一段中阐述的“乐”不完全是音乐，也并非用“诗，言其志也；歌，咏其声也；舞，动其容也”以解释不同艺术门类各自的排他性功能，而是说明“三者本于心，然后乐器从之”，即三者不可断然分割的连带关系和情动于中、多维并举的综合性表现。言之、嗟叹、咏歌、手之舞之、足之蹈之，只是人们表达自己内心感受的不同方式，而不是谁比谁更能准确传情达意的相互比较，为了即景抒怀、畅所欲言、直抒胸臆的准确表达，诗、乐、舞必须融会贯通、合而为一，“乐”是指诗歌、音乐、舞蹈结合在一起的表演形式，亦通称为“乐舞”。成书于春秋中期的诗歌总集《诗经》就有“诵诗三百，弦诗三百，舞诗三百”的说法。

前面章节讨论了音乐与舞蹈相分离是 18 世纪“美的艺术”发生以来的事，此前两者基本是融为一体的。这种分门别类的做法，除了受西方“二元对立”认识世界、解释世界的特定的哲学思维方式影响之外，一些学者还将

①（清）孙希旦：《礼记集解》，沈啸寰、王星贤点校，中华书局 2007 年版，第 975 页。

其与工业革命新技术的发展联系起来，认定是新技术的出现致使舞蹈与音乐以及其他艺术形式可以分开研究、各自探讨。如："十九世纪，对音乐和舞蹈有两个非常重要的新技术出现，对舞蹈学来说是摄影的产生，对音乐学来说是录音机的诞生，由于有了不同的载体，音乐学家和舞蹈学家分别走上了不同的研究之路。"[①] 对于中国民族民间传统舞蹈而言，这里讨论的"舞蹈"或者"乐舞"，主要指音乐、舞蹈水乳交融、打成一片、浑然一体的综合表演，即强调你中有我、我中有你、互为生成，以器乐伴奏为主要特点进行舞蹈的民族民间传统艺术形式。因为在民间，通过"乐舞一体"进行宣情叙事、记录历史、祭神拜鬼、祈福纳祥、传授知识是舞蹈表现的重要特征，只是单独地将人体动作抬高到舞蹈的本体地位，本身就莫名其妙、不可想象，很多民族民间传统舞蹈中的音乐不只是配舞伴奏而用，说它们是舞蹈的灵魂有些过分，但说它们对该舞蹈及其风格的形成具有主导性的作用，却一点不为过。

以朝鲜族舞蹈为例，"朝鲜族音乐'长短'，除了代表节奏型外，还包括拍子、速度、情绪、风格、韵味、性格等要素，具有鲜明的民族性。……从史料记载来看，朝鲜族音乐长短历史悠久，在马韩时代就有伴随着音乐长短载歌载舞的祭祀仪式。今日的朝鲜族舞蹈，每一个动作无不在音乐长短中进行，与长短同呼吸、共振动，同起伏、共延伸，从而完美地体现出朝鲜族舞蹈潇洒、典雅、含蓄、飘逸、风趣的风格特征。朝鲜族舞蹈形式多样，性格各异，同样的动作在不同的长短中去做，又可以体现出不同的风格

① 孟凡玉:《音乐和舞蹈人类学：关于表演人类学的研究——安东尼 · 西格在中国艺术研究院的学术报告》,《天津音乐学院学报（天籁）》2005 年第 2 期。

特征"[①]。可见，在绝大多数民族民间传统舞蹈中，音乐和舞蹈紧密相连、不可分割。1946 年 3 月 10 日，由戴爱莲、高梓等人发起的"中国民间乐舞研究会"在重庆青年馆宣告成立，作为会章和宣言的《中国民间乐舞研究会缘起》一文，对中国古代传统"乐舞"的分析和阐释极为精彩："在我国古代乐与舞每每相提并论合而言之，便是所谓'声容'。周代的六乐，都有舞容。周礼春官大司乐一章中有'舞大夏''舞大濩''舞大武'等说法。这些舞套的名称其实也都是乐曲的名称。唐代在中古时中，首推盛也。当时风行的大曲，如'霓裳''六幺''剑器''薄媚'等，无不配舞；即使国家典礼所用的'破阵乐''庆善乐''上元乐'等，也无不都是舞曲。我们研究本国音乐或本国舞蹈，先得承认乐舞二者，在文明演进中，常互相关联，而以一种综合艺术的姿态出现。这是同人等发起设立本会的理由之一。乐和舞两种艺术同随人生以俱来，为人生所欣赏为人生所推进。她们服务人生，为人生加添丰富，为人生增高价值。因为她们与人生打成一片，所以她们与民族的历史和文明相为因果，永结不解之缘。他们有渊源，有系统，有生命。"[②]

在众多非西方社会里，音乐和舞蹈时常用一个词来表达，如巴西印第安部落苏雅人的乐舞："苏雅人音乐和舞蹈是一个词，他们没有和音乐（music）、舞蹈（dance）相对应的词，有些人把苏雅人的 Ngere 翻译成'歌舞'（song-dance）。"[③] 国内的各民族民间传统舞蹈中，类似的例子也可以说是多不胜数。比如比较有代表性的维吾尔族乐舞，不仅历史文献中记录的用

---

① 郭宇霞：《东北民族民间舞蹈文化》，辽宁人民出版社 2019 年版，第 258—259 页。

② 刘青弋：《1946："边疆音乐舞蹈大会"——七十年后值得钩沉的历史》，《北京舞蹈学院学报》2017 年第 1 期。

③ 孟凡玉：《音乐和舞蹈人类学：关于表演人类学的研究——安东尼·西格在中国艺术研究院的学术报告》，《天津音乐学院学报（天籁）》2005 年第 2 期。

于宴享典礼的今新疆库车地区的《龟兹乐》、喀什地区的《疏勒乐》、吐鲁番地区的《高昌乐》，是以成套乐舞的形式出现的，从白居易《胡旋女》诗中“胡旋女，胡旋女。心应弦，手应鼓。弦鼓一声双袖举，回雪飘飖转蓬舞”[①]的描写，也可以看出该舞蹈表演会有专门的乐队为之伴奏，至少鼓、横笛、琵琶是不可缺少的乐器。李端《胡腾儿》诗中“环行急蹴皆应节，反手叉腰如却月”[②]以及刘言史《王中丞宅夜观舞胡腾》诗中“石国胡儿人见少，蹲舞尊前急如鸟。四座无言皆瞪目，横笛琵琶遍头促”[③]的描写，表明了该舞为以乐助舞、“乐舞一体”的表现特征。唐玄奘《大唐西域记》卷一《屈支国》（龟兹）中描写道：“管弦伎乐，特善诸国。”将这两句话译成现代汉语，意思是：“龟兹国的音乐和歌舞，比起各国来最为优美。”[④]综上所述，历史上的西域并不存在近现代西方那种乐舞分离的状况。

当下的维吾尔族舞蹈与《隋书·音乐志》和《唐会要》等史书中记载的相差不多，一些耳熟能详、极具代表性的舞蹈形式，如木卡姆、赛乃姆、多郎、萨玛、夏地亚纳、纳孜尔库姆、皮尔、莱帕尔等，不论是从属于宗教还是划归于民俗，不论是阳春白雪还是下里巴人，无一例外主要是以乐舞的形式出现的。以木卡姆为例，在当下的维吾尔语中，“木卡姆”一词意为“大型套曲”，当然还有“法则”“规范”“曲调”“乐曲”“散板序唱（奏）”等多种含义，流传在新疆各地的“木卡姆”主要有《十二木卡姆》、《刀郎木卡姆》、《吐鲁番木卡姆》和《哈密木卡姆》这四种。以《十二木卡姆》为例，

① 杨名：《唐代舞蹈诗研究》，人民出版社 2016 年版，第 194 页。
② 杨名：《唐代舞蹈诗研究》，人民出版社 2016 年版，第 196 页。
③ 杨名：《唐代舞蹈诗研究》，人民出版社 2016 年版，第 196 页。
④ 钱伯泉：《源远流长的龟兹乐舞》，载贾应逸、霍旭初主编《龟兹学研究 · 第 2 辑》，新疆大学出版社 2007 年版，第 255 页。

其乐舞结构形式与史书上记载的龟兹乐结构形式近似，开始为器乐演奏的“解曲”，其次为演奏与歌唱结合的“歌曲”，最后是器乐演奏、歌唱和舞蹈三者结合的“舞曲”，前两部分不舞，只有最后一部分起舞。“《十二木卡姆》由十二套大型套曲组成，每套又包括‘琼乃额曼’（系列叙咏歌曲、器乐曲、歌舞曲）、‘达斯坦’（系列叙事歌曲、器乐曲）和‘麦西热甫’（系列歌舞曲）三大部分组成，含歌、乐曲 20 至 30 首，长度 2 小时左右。12 套共含歌、乐曲 300 余首，全部演唱约需 20 多小时。”[①] 其中“琼乃额曼”与“解曲”对应，“达斯坦”与“歌曲”对应，“麦西热甫”与“舞曲”对应。类似维吾尔族《十二木卡姆》这样的案例不计其数、比比皆是，任何一个民族或地域舞蹈中，都会有极具代表性的“乐舞一体”的传承形式，这或许也是戴爱莲先生将 1946 年 3 月 6 日在重庆成功举办的载入中华民族舞蹈史册的专场演出称为“边疆音乐舞蹈大会”的原因。

中国民族民间传统舞蹈“乐舞一体”的表现形式，大致可以分为以下几种类型：第一种是有乐无歌的纯乐舞结合的表现形式，这种表现形式一般还可以划分两类，一类是舞音一体的、边奏边舞的表现形式，舞蹈表演者和乐器演奏者合二为一，另一类是演奏者与舞蹈者彼此分离、各自表演，但舞受乐制约，乐为舞伴奏；第二种是乐伴舞举的边歌边舞的表现形式，即歌、舞、乐“三位一体”的表现形式，这种表演形式也可以分为两类，一类是歌、舞、乐同步进行的表现形式，另一类则是歌、舞、乐不同步，多为交错或交替进行的表现形式。

以第一种有乐无歌的纯乐舞结合的表现形式为例，苗族的许多舞蹈具有

---

① 周吉：《“丝绸之路音乐文化”的见证——新疆维吾尔木卡姆艺术》，《中国文化遗产》2005 年第 6 期。

此类特征。如："笙，不问何处苗人，每户必备，而吹奏者，多系男子，未见有女人用之者。又如上云，彼仅于吹奏，不但未闻有一定之曲谱，并决无与歌伴奏之事。男子均从事农业，在其余暇，则奏此乐器，以图娱乐。其最盛用此器者，即舞蹈之时也。此为男女之游戏，彼时男子在旁，专心奏笙，而女子以舞蹈之足，按踏拍子，此时多数男子互相合奏。吾人耳闻此种沉静柔弱之六音合奏，不禁起一种悲哀之感也。"①

鸟居龙藏这句"决无与歌伴奏之事"说明了一个事实：苗族舞蹈"笙不与歌相和，而与舞相属"，即以歌伴舞的舞蹈很少，大部分是在以芦笙和鼓（木鼓和铜鼓）为主要乐器的伴奏下表演，男吹女舞，音导于前，舞随其后。这种形式在其他民族中也是不胜枚举、比比皆是。如塔吉克族的《恰甫苏孜》《买力斯》就是在鹰笛、手鼓、热瓦甫、弹布尔、艾捷克等乐器的伴奏下舞蹈，舞者模仿雄鹰在天空中盘旋翱翔的姿态以双人对舞的形式舞蹈，场上人数不限，舞蹈者与演奏者分属两拨人。又如哈萨克族的民间舞蹈《卡拉角勒哈》（意为"黑走马"），"卡拉角勒哈"既是哈萨克族传统舞蹈的名称，也是同名乐曲的名称，舞蹈者多用动肩、翻手硬肩、板腰、紧握缰绳、马步等主要动作，表现"黑走马"在草原上矫健奔驰的英姿。伴奏以哈萨克族传统乐器冬布拉弹奏为主，按照舞蹈的快慢来变换节奏配合舞蹈，演奏者不歌不舞，专职配乐伴奏。汉族民间舞蹈中也有很多这样的形式，以最为典型的秧歌为例，与南方的"扮唱秧歌"不同的是，北方秧歌多以舞为主，表现为"歌者不舞，舞者不歌"的"哑巴秧歌"特点，舞蹈者在场上可以尽情扭浪，由专门的以锣鼓、唢呐等吹打乐器组成的乐队为之伴奏，当然领舞的伞头或

---

①［日］鸟居龙藏：《苗族调查报告》，国立编译馆译，贵州大学出版社 2009 年版，第 201 页。

被称为秧歌博士的在舞蹈之前因地制宜即兴编唱的开门曲、吉祥词除外。

舞音一体、边奏边舞是这一种舞蹈的另一类表现形式，例如苗族舞蹈除了男子在旁专心奏笙击鼓、女子以舞蹈和之这种表演形式之外，还有另一种专门的“跳芦笙”和“跳木鼓”的表现形式，这种形式的演奏者与舞蹈者合二为一，当然表演此舞时要求表演者乐舞兼通、技艺娴熟，如“苗族芦笙手向年轻人传授技艺，先是传授芦笙歌（即苗族芦笙曲中表达的约定俗成的内容），之后传授吹奏芦笙的指法和技巧，最后才传授‘跳芦笙’的动作和步伐。在施秉县龙塘村，当地木鼓舞的传承与芦笙舞的传承类似，他们都是先传授鼓谱再敲鼓，同时每一个跳木鼓舞的人都是先学会唱鼓谱，必须对鼓点熟悉后才不会跳错”[①]。朝鲜族的《农乐舞》也是如此，尽管展演中会有专门的伴奏乐队，但是小鼓舞、扁鼓舞、长鼓舞、小金舞、鹤舞、象帽舞、面具舞及哑剧一样都是单独表演的舞段，要想游刃有余、完美无缺地表演，必须先学会击鼓奏乐，然后再配舞蹈，这是其表演的内在要求。哈尼族《苏独独瑟瑟》（意为“跳鼓”）也是如此，作为哈尼族奕车支系男女老少皆跳的一种自娱性舞蹈，也被称为“奕车鼓舞”，表演时一般在广场上置一面大鼓，放在鼓架上，二人或四人相对称排布，边击鼓边舞蹈，另一人在鼓背面以快一倍的速度击鼓伴奏，即便表演会因地制宜、见景生情、即兴发挥，但是先学会击鼓后进行舞蹈的基本表演规律不变，否则作为一种协作共舞的表演形式，一人出错注定全盘皆输。

歌、舞、乐“三位一体”表现形式的第一类是歌、舞、乐同步进行的表现形式，被当地人称为“谐”、“叶”、“忍”或“卓”，学者们称其为“康谐”

---

① 王唯惟、徐浩：《舞蹈与文化：贵州苗族舞蹈的身体叙事》，人民出版社 2016 年版，第 185—186 页。

或“毕旺谐”，流传在西藏东部的昌都市芒康县和四川省甘孜藏族自治州以及云南迪庆藏族自治州等地的藏族聚居区的一种民间歌舞艺术，汉语译作《弦子》的藏族舞蹈最具代表性。“在表演时，一般由操比汪者站在最前列。首先由比汪领头演奏一遍音乐，随后人们即在琴声的伴奏下绕圈边舞边唱。先是轻歌曼舞，其后节奏逐渐加快，音乐也越来越快，最后推向快节奏的高潮后便结束一首弦子。”① 这种男性拉着毕旺琴女性挥舞着长袖，大家一起边唱、边拉、边舞，歌、舞、乐“三位一体”同步进行的表现形式，在其他民族中类似的案例也有很多，如黔东南苗族的《水鼓舞》《踩鼓舞》，湘西苗族的《花鼓舞》《猴儿鼓舞》等大都是伴随着围观者的歌唱或吆喝声进行的。

第二类则是歌、舞、乐不同步，多为交错或交替进行的表现形式，安徽《花鼓灯》尤为明显。《花鼓灯》主要由舞蹈、灯歌、锣鼓演奏、后场小戏等表演内容组成，《花鼓灯》男角称“鼓架子”，女角称“兰花”（或“拉花”），作为演出主体的舞蹈包括“大花场”（或“大场”）、“小花场”（或“小场”）、“盘鼓”这三部分，当然后场小戏中舞蹈表演也比较突出。“大花场”是一种集体的情绪舞，由数人到十多人表演，以跑队形为主；“小花场”是双人舞或三人舞，主要表现男女青年谈情说爱、玩乐嬉戏的情景，包括基本程式表演和即兴发挥表演，有简单的情节和人物性格舞，如《抢手巾》《抢板凳》等；“盘鼓”则是舞蹈、武术、技巧表演相结合又具有造型艺术特征的表演形式；后场小戏是一种歌舞结合的小歌舞剧，如《推小车》《小货郎》等。无论何种表现形式，《花鼓灯》的主体表演风格为舞蹈时锣鼓伴奏、舞者不歌，锣鼓一停，灯歌唱起，演员即兴编词创作，这种“歌时不舞，舞时无

---

① 杨曦帆：《藏彝走廊的乐舞文化研究》，民族出版社 2009 年版，第 201 页。

歌”的表演特点，致使花鼓灯的“歌”和“舞”是相对独立的。其他少数民族中这种歌、舞、乐不同时的表演形式也很多，以苗族舞蹈为例：“湘西古丈等县的‘团圆鼓舞’、‘跳年鼓舞’就是一种有歌有舞但歌舞交替进行的舞蹈。舞时由一鼓手在场子中央击鼓伴奏，参加舞蹈的人则围绕鼓手，踏着节奏分明、时轻时重的鼓点，晃手晃脚地绕圈而舞。每跳完一段舞后就唱一段山歌，歌和舞交替进行轮回不断，直至兴尽方休。总之，‘舞者不歌’使得舞者的精力更集中，所以鼓类舞蹈动作均较笙乐舞蹈的动作解放、自由、洒脱、奔放。”①

（三）歌舞相属

中国民族民间传统舞蹈除了“乐舞一体”外，还有一种极具代表性的表现形式，即载歌载舞、以歌带舞，或且歌且舞、边歌边舞，所谓“歌是舞之声，舞是歌之容”，两者紧密结合、互为映衬、相依相随，“歌舞相属”。当人们论述古文言之不足嗟叹之，嗟叹之不足咏歌之，咏歌之不足手之舞之足之蹈之时，如果将其放在中国古人对“乐”论述的整体语境中，《毛诗序》中“咏歌之不足，不知手之舞之足之蹈之也”，其实并非表述的是手动为“舞”、足动为“蹈”的舞蹈才能最为彻底地表达人们的内心情感，而是说为了能充分表达人们内心的真情实感，不仅要有咏歌的“音”，还要有手之舞之足之蹈之的“舞”，所谓咏歌的“音”，加上身体的“动”才能称为“乐”，即一种理想化、有效性的综艺性表达。毕竟“乐”（yuè）在中国古文字中除了本义是一种弦乐器外，还有一种使人愉悦和高兴、后来转声为喜悦欢乐

---

① 杨鹛国：《苗族舞蹈与巫文化——苗族舞蹈的文化社会学考察》，贵州民族出版社 1990 年版，第 58 页。

的“乐”（lè）的意思，所以在中国无论是宫廷还是民间，无论是雅乐还是俗乐，基本上歌和舞是共生共长、相互依存的，呈现出有歌就有舞、有舞必有歌的“歌舞相属”的结合性表现特征。

中国古代常将不合乐的称为“诗”，合乐的称为“歌”，当下统称为“诗歌”的，历史上是可以合乐伴诵或唱念的。今天我们谈论的音乐指的是用有组织的乐音来表达人们思想情感、反映现实生活的一种艺术形式，它最基本的要素是节奏和旋律，分为声乐和器乐两大门类，所以“歌舞”本身也可以划归在“乐舞”之下，算是其中的一个核心组成部分。但是在中国民族民间传统舞蹈中，与以乐伴舞不同的是，专门有一类以歌唱伴舞的所谓载歌载舞或边歌边舞的表现形式，这种“歌以咏言、舞以尽意”的可以命名为“歌舞类型”的表现形式还占据相当大的比重，特别是在西南地区，这种载歌载舞，歌舞紧密结合、不分彼此的表现形式，是许多民族舞蹈极具代表性的排他性特征，即乐舞中的音乐主要以歌唱的形式出现，表现为一种有规律的歌舞结合形式，加之很多舞蹈非常耀眼，对此需要将其单独拎出加以论述。如：“西藏传统民间舞蹈具有载歌载舞的共同特点。歌舞成为这一艺术的主要部分和核心内涵，有歌就有舞，有舞就有歌，歌中传舞，舞中带歌，歌声的旋律化为博大的意境，意境化为流动的姿态，从而使歌、舞、境融为一体，传播着深情、动人、浓厚的文化艺术，在这样的艺术形式中我们很难确定歌和舞这两者的主次关系和先后关系。这就是西藏传统民间舞蹈歌舞类型构成的显著特点和普遍存在的形式。”①

如果对藏族民间舞蹈“歌舞不分家，有歌就有舞”的特性举一个实例，

---

① 罗旦：《西藏民族民间舞蹈文化》，上海音乐出版社 2020 年版，第 18 页。

首选的一定是《锅庄》，“锅庄”是他称，当地专家学者更愿意称其为“果卓”，“果”是圆圈的意思，“卓”是舞蹈或歌舞的意思，合起来的意思是围着圆圈的歌舞。对于锅庄，有些学者将其定义为一种具有社会性的群众自娱性集体乐舞，是集乐、歌、舞于一体的典型化综合性艺术，这样的解释应该也不算错，因为锅庄播布范围很广，西藏、青海、云南、四川、甘肃等藏族聚居区都有相关的舞蹈，加之种类繁多、各具特色，不仅有农区锅庄、牧区锅庄，同时还有寺院锅庄，会出现一些集乐、歌、舞于一体的表现形式不足为奇，当下一些藏族自治州、县包括拉萨这样的省会城市的锅庄广场舞，还有专门为之伴奏的锅庄舞音乐。但传统的或者说是早期的锅庄舞表演形态，基本上是歌舞结合的不用乐器、载歌载舞的表演形态，康巴地区的民间谚语：“天上有多少颗星星，卓舞就有多少曲调；山上有多少棵树木，卓舞就有多少歌词；牦牛身上有多少根毛，卓舞就有多少舞姿。”[①]比较生动、形象地阐述了锅庄这种“歌舞相属”的表现样式。

还有一个证据可以说明锅庄“歌舞相属”的表演风格，即很多历史文献中都有“歌庄”“歌装”“歌妆”这样对应的术语记载，这些概念既是体现其“歌舞相属”表现形式的第一手材料，也是实地调研最直接的认知。如民国三十年《西康综览》记载：“新春之时，多有舞蹈之举，即跳歌装与跳弦子两种也。无乐器而歌舞者为歌装，加以乐器者为弦子，此其相异处。其舞蹈之人不拘其数，或集数户，或仅一家，或男女相分相合。杂陈酒肴，围桌而跳，歌声婉转，长袖飘扬，一觞一歌，洵有别致也。”[②]可见没有乐器伴奏的

① 林俊华：《康巴锅庄文化概述》，载林俊华、赵勇主编《康巴民族民间歌舞艺术调查与研究》，中国书籍出版社 2017 年版，第 7 页。

② 丁世良、赵放主编：《中国地方志民俗资料汇编：西南卷》，北京图书馆出版社 1991 年版，第 402 页。

自唱、自舞是锅庄最传统的表现形式。当下除了都市的广场舞，在民间无论是农区锅庄还是牧区锅庄，大多也都没有乐器伴奏，有的地方只有以晃动串铃发声作为伴奏。表演时开头一般只唱不舞，原地站立，这部分可以称之为序歌，序歌唱完接着慢板歌舞，舞步平稳缓慢、控制力强，经中速转换为快板，幅度加大，最后在快板的激烈气氛中结束舞蹈，锅庄主体音乐结构主要体现为乐段形式的慢歌段和快歌段。在具体的展演过程中，一般有男女手拉手，也有相互搭肩和搭腰，还有不拉手甩袖尽情欢舞等多种不同的跳法，其表演形态不受时间、地点、人数的限制，男女老幼皆可随意加入或退出跳舞队伍，只是男女领舞者一般不能随意更换，若需要更换，也必须是大家公认的嗓音好、歌词熟练且又能压得住阵的人才能有资格出任。

此外，对于藏语中被称为“谐”“耶”“依”的“舞蹈”形式而言，这些不同音译变体的概念，其实陈述的也是一个以歌为主、歌舞结合、载歌载舞的客观事实。以围着圆圈歌舞的“果谐”为例，大多情况下是男女各站一队，各自拉手或者不拉手围成一个相对闭合的圆圈，在此起彼落的分班唱和中边歌边舞，先开始慢歌慢舞，随着歌舞进程推移，逐渐从慢变快，歌声紧舞蹈快，最后在欢腾激烈、热情洋溢的歌舞氛围中结束。“康巴人认为，‘谐’舞是‘有歌必舞、有舞必歌’，二者不可分。在康区请你唱歌称‘谐栋’，若只歌不舞，会成为笑话。”[①] 青海省海东地区乐都、平安、湟中、贵德等县（被当地人称为安多藏区）的舞蹈“则柔”（也称“阿什则”），也是“歌舞相属”最为典型的案例。“则柔”，意译为玩耍、嬉戏，多在婚嫁、迎宾、祝寿、添丁等喜庆宴席中表演，通常是两个人在相互对舞的状态下进

① 康·格桑梅朵：《藏族民间巴塘“谐”舞艺术》，四川大学出版社 2013 年版，第 66 页。

行，一般为家庭中女性成员。“则柔”作为隶属于藏族歌曲“家曲类型”的表现形式，无论是哪个年龄段的人们都可参与，没有禁忌，所以舞蹈中也会有男女成对的现象发生，少则 2 人，多至 12 人不等。“则柔”舞蹈展演最大的特点是边唱边跳、以歌伴舞，且歌舞表演中没有乐器伴奏，广泛流传的《阿克乔宁》《玛达尔令》《央热哉》《索啰啰》《阿柔玛》《章罗哉》《桑当达日》《阿尔卓》等歌曲名称，也是民众喜闻乐见的舞蹈唱跳音乐名，更是其唱跳舞段的具体名称。

除了藏族民间传统舞蹈以外，西南地区其他少数民族中“歌舞相属”徒歌伴舞的表现形式也很多见，例如四川凉山彝族地区在火把节期间必跳的女子集体舞《都火》就是其一。“都火”，意译为“唱火”“颂火”等，彝语“都”即火，引申为火把、火把节，“火”为唱，两个字连起来意为唱火把节，有的地区又称“朵洛嗬”“都格”“者火”等。在四川凉山彝族地区，民间乐器是较为丰富的，吹、拉、弹、打各类乐器都有，甚至“男弹月琴，女吹口弦”成为一种模式、传统，但“都火”却是例外，不仅无乐器伴奏，徒歌带舞，还一领众合，边歌边舞。“在表演‘都火’时，乐舞的基本形态为女子集体以歌唱伴以缓步绕圈。一般情况下，在‘合目’（领唱者）带动下，其他人跟随朝逆时针方向（有的则逆顺交替）边歌边走。这种以逆时针方向转动的乐舞与古羌人按逆时针方向进行的圈舞方向上是一致的。在走动中，‘合目’领唱一句，众人重复合应一句，如此反复。凉山地区‘都火’的音乐是纯粹的女声歌唱而无任何乐器伴奏，是一种典型的以歌为主的‘踏歌’乐舞形态。这种‘清唱’听起来似唱似说，步伐也甚为矜持，近似散步。人数则可多可少，没有一定的规定。有由一个村的姑娘们组成的，也有由一个家支的女性组成的。其乐舞形态总的来看就是：一手持黄油布伞，一手牵着前面人的荷包带或牵着头巾的两端或手拉手，形成一线串连的踏歌圈舞形式。女性表演者们，大多微低头，以缓慢的脚步，一领众合，边歌边走，无限反复绕圈而歌。”①

当然，这种“歌舞相属”徒歌伴舞的现象不仅存在于四川，在云南很多少数民族中也是广为流行。以云南省维西傈僳族自治县叶枝、巴迪、康普等三个乡镇境内的傈僳族民间舞蹈《阿尺木刮》为例，“阿尺木刮”是一种叙事古歌，“阿尺”即“山羊”，“木”是歌和调子的意思，“刮”为跳舞，直译过来就是“山羊的歌舞”，是因为其在舞曲的演唱中多有以快速颤音模仿山羊的叫声作为主旋律而得名。从该舞的特点来看，“阿尺木刮”无乐器伴奏，自始至终踏歌起舞，是一种用人声为伴奏的跳脚集体乐舞：“‘阿尺木刮’由于节奏性强，属于‘生产型’的乐舞。在表演中无乐器伴奏，以跺脚踏歌的形式为主，跳法以跺、踢等动作为主，动作变化主要以身体摇摆并伴以踏步的递增变换来表现。一般有大圆圈、直纵队、半圆弧、曲线形等样式，自始至终边歌边舞，舞者有时分为男、女二队，每队有一领唱者，其余合唱，为典型的‘一领众合’式乐舞。有时男女一队，或者是男在前，女在后，或者相反，从乐舞形态上看，‘一领众合’这种形式在整个‘藏彝走廊’地区是相当普遍的，从生产生活与乐舞之关系来看，并结合实地考察，似可理解为，由于‘一领众合’是人类较为‘原始’的乐舞形式，故而其所在区域的生产生活方式也相应地较为‘落后’。”②

如果对“歌舞相属”徒歌伴舞的中国民族民间传统舞蹈加以统计，相信是一个非常庞大的数目，因为这类舞蹈与人类早期的歌舞表演形态是一致的，乐器是社会发展到一定水平后的产物，早期被称为“原始舞蹈”的一定

① 杨曦帆：《藏彝走廊的乐舞文化研究》，民族出版社 2009 年版，第 185 页。
② 杨曦帆：《藏彝走廊的乐舞文化研究》，民族出版社 2009 年版，第 192—193 页。

是歌舞或用人声、物品敲击声伴奏的表现形式。从历史遗存的古代崖画舞蹈图中可以看出，舞蹈中的人们手持的舞具多为生产工具或战争武器，舞蹈过程中通过敲击器物发出声响、统一行动为舞伴奏是可以想象的。被誉为“一场神秘的舞会”——马家窑多人舞蹈纹彩陶盆中，所出现的舞者手拉着手，五人一组欢快起舞，这种“连臂踏歌”的表现形式，致使舞蹈者只能通过歌唱统一步调、集体起舞。歌舞早于乐舞，乐舞早于纯舞，“歌舞相属”徒歌伴舞，是很多像鄂温克族、鄂伦春族、独龙族、傈僳族、怒族、佤族、基诺族、拉祜族、德昂族、布朗族、门巴族、珞巴族等曾经靠刀耕火种、结绳记事、狩猎为生的，经济生活、社会生产不是很发达的少数民族的舞蹈的主体特征，这一主体特征也是与西方“美的艺术”概念下的舞蹈最为不同的地方。

（四）戏舞不分

戏曲在我国作为一种风格独特的“歌舞剧”，其表现形式和艺术特征，以王国维那句“以歌舞演故事”概括最为精辟。“戏曲的主要表演手段是唱、念、做、打，其中‘唱’‘念’是音乐化了的‘歌’，‘做’‘打’是身段化、节律化了的‘舞’。以歌舞为主要手段来表现内容、刻画人物，是戏曲艺术最主要的特征。”[①] 与当下的舞蹈艺术不同的是，戏曲中的舞蹈不是作为独立的表演剧目而存在，而是与文学、音乐、武术、杂技、美术、幻术等其他艺术形式融合在一起，共同构筑戏曲的综艺性表演形态。在戏曲中，舞蹈作为核心表现手段之一，目的是以诗化的舞动方式去表达角色对生活的独特感

---

① 蔡湘江：《泉州民间舞蹈》，福建人民出版社 2006 年版，第 76 页。

受，展露人物的个性和心态，“以舞说戏，以舞演戏”，成为戏曲叙事的一个重要的组成部分，所谓“合歌舞以演一事”或“有歌有舞、以演一事”。因此，戏曲中不能没有舞蹈，任何削弱或舍弃舞蹈在戏曲演出中的作用的行为都是不现实的，在戏曲舞台上，一切人物、一切生活，必须通过一定的动作程式（动作和姿势的语言）来表现，即舞蹈贯穿在戏曲演员的全部动作和表情之中，从出场、亮相到下场，举手投足，一动一静都是舞蹈，没有具备舞蹈性和虚拟性的动作程式，就没有戏曲艺术。在戏曲中有一个专业术语，即将唱、白以外的动作称为“科介”，也称“科范”，所谓“做功”“武打”“舞蹈”“拟声”都归属其中。作为一种表达人物动作、表情以及舞台效果的提示，人物的一般动作、人物的表情、武打动作、剧中穿插的歌舞动作、剧中的舞台效果等囊括了几乎所有戏曲舞台动作的表演都可用“科介”来表述，所谓“身之所行，皆谓之科”。

前面章节说到，中国民族民间传统舞蹈作为一个当下建构的舞种，其概念和内涵的确立，形式与内容的构成，是一个不断识别、逐步认定的过程，毕竟从最初认为中国没有自己的舞蹈，到《中国民族民间舞蹈集成》统计出共计 17636 个，这基本上是一个认识问题。对比西方“美的艺术”概念下的舞蹈，戏曲这种以歌舞演故事的综艺性表现形式，无论如何都与西方舞蹈艺术强调的“自律性”或“本体论”格格不入，在戏曲中舞蹈肯定不是独立的艺术，只是戏曲中不可或缺的重要组成部分，自然戏曲中的舞蹈不能等同于西方独立的舞蹈剧院艺术。关注戏曲或将戏曲纳入中国民族民间传统舞蹈的范畴，是因为传统戏曲“唱念为歌”“做打为舞”的突出特点，十分重视以舞蹈美来解释舞台行动和戏剧逻辑，用舞蹈之美来再现生活和铺叙人生，戏曲舞台上人物的一切行动都是舞蹈化了的，戏曲舞台上人物形象可以说就是舞蹈艺术的形象。戏曲中的核心要素“做”“打”是身段化、节律化的

“舞”，对于当下的舞蹈而言，一方面舞蹈是身体的艺术，是以经过提炼、组织、美化了的人体动作为主要艺术表现手段的概念界定，对待这部分内容并无异议；另一方面专业性、职业化、学院派、剧场化的中国民族民间传统舞蹈的建构，总是需要多方位、多层级地寻找舞种自身动作语言素材的来源，民间歌舞、传统乐舞算是一部分，作为脱胎于说唱歌舞，融说唱歌舞于一体的戏曲，自然成为另一个极为重要的舞蹈语言素材库。

今天的中国古典舞动作语言的建构，就是从蕴藏丰富的传统戏曲中提取动作素材，借鉴并参考“芭蕾教材的结构方法”建构起来的。“欧阳予倩是最早提出中国舞蹈演员要学习戏曲中舞蹈性强的折子戏和戏曲的基本功法，提出建立‘中国古典舞’这门学科的第一人。他主张应从戏曲（主要指京剧和昆曲）舞蹈入手，来研究整理中国古典舞，因为中国传统舞保存在戏曲中。”[①] 在欧阳予倩看来，历史文献中记载的中国古典传统舞蹈，很多都已失传或在历史朝代的更迭中不见了，特别是宋元以后，曾经辉煌灿烂、精彩无限的传统乐舞几乎大部分遗失了，当下能看得见、摸得着的是戏曲中保留的古典舞蹈，即戏曲艺术中舞蹈性强的舞台动作和表演段落。所以创建当代的中国古典舞，绝不能割裂地来谈中国传统舞蹈流变既成的事实，以及摒弃已然蕴藉丰富的戏曲舞蹈，舍近求远地凭空再造一个古代舞蹈，因此他主张从戏曲中保留下来的戏曲舞蹈或戏曲中的舞蹈入手去研究整理中国古典舞：“有人认为戏曲中的动作不能算是舞蹈，但事实胜于雄辩；戏曲的根源是歌舞，尽管我们在昆曲和京戏当中，成套的单独表演的舞蹈不多，就是跟剧情相结合的舞蹈动作，它那鲜明的节奏、幽雅的韵律、健康美丽的线条、强大

① 董锡玖：《舞史草创大匠频开风气　欧阳予倩对舞蹈事业的卓越贡献》，《舞蹈》1999 年第 4 期。

的表现力，显然看得出中国古典舞蹈特有的风格，这是世界任何一个地方所没有的。”[1]他的理念主张在叶宁、李正一、唐满城等人的不懈努力下落地生根、创建成型。

与中国古典舞从京剧和昆曲这样的“大戏”入手建构自己的舞蹈语言体系不同的是，当下在不同艺术院校通行的中国民族民间舞蹈教材，《东北秧歌》《胶州秧歌》《云南花灯》《赣南采茶》等都来自民间“小戏”，因此中国民族民间传统舞蹈中涵盖的戏曲舞蹈，基本上都是以民间小戏为代表，至少《中国民族民间舞蹈集成》中普查到的内容，特别是汉族民间舞蹈大多如此。与那些载于史册的宋元南戏、元明杂剧、明清传奇、近代京剧，以及如汉剧、粤剧、晋剧、豫剧、秦腔、越剧、川剧、楚剧等闻名全国的地方戏相比，民间“小戏”作为一种非职业化、季节性演出的民间艺术，尽管在排场、题材、专业化、程式化、舞台装置等方面与“大戏”有霄壤之别、相去甚远，但是在剧种和剧目的数量上，在中国戏曲艺术中却是占据绝对的大多数。民俗学家张紫晨就此谈道：“整个中国戏曲剧种与剧目的百分之八十为民间戏曲，其中尤以民间小戏的剧种更为多样，而且遍及各地。不仅南方有，北方也有；不仅内地有，边疆也有；不仅汉族地区有，少数民族地区也有。其中著名的已为人们所熟知，如湖南花鼓戏、安徽黄梅戏、江西采茶戏、淮北泗州戏、山东五音戏、福建高甲戏、广西彩调、云南花灯、东北二人转、内蒙古二人台，以及江苏锡剧、浙江睦剧等。但除此之外，还有一些不甚出名的剧种，如竹马戏、小花戏、枣梆戏、碗碗腔、一句句、扬高戏、武秧歌、小腔戏、芗剧、阳戏、弦板腔、四平调、四根弦、哈哈腔、柳腔、

---

① 欧阳予倩：《一得余抄（1951—1959年艺术论文选）》，作家出版社1959年版，第350页。

茂腔、丝弦戏、眉户戏、两夹弦、罗罗腔、嗨子戏、歌仔戏、丁丁腔、师公戏、端公戏等，举不胜举。许多小戏以地区命名，如赣南采茶戏、宁都采茶戏、高安采茶戏、桂南采茶戏、粤北采茶戏、抚州采茶戏、天沔花鼓戏、岳阳花鼓戏、零陵花鼓戏、长沙花鼓戏等。……再加上少数民族地区的侗戏、白戏、布依戏、彝剧、苗剧、傣戏、藏戏等，就更为可观。”①

今天国内艺术院校的中国民族民间舞蹈教材建设，很大一部分是以民间小戏为动作素材来源的，除了熟悉的秧歌戏、采茶戏、花灯戏、花鼓戏外，傩戏、藏戏、小花戏、二人转等都是其教材建设重要的舞蹈语汇出处。就民间小戏而言，之所以被称为“小戏”，是因为它与“大戏”之间存在诸多不同，两者可以从表演题材、表演形式、表演风格、表演技巧、表演规模、剧本篇幅等方面加以区别，在中国戏曲中被称为民间“小戏”的大体具备以下几点特征：“第一，就剧作形式而言，指篇幅短小、情节简单、人物关系简明、写独立的小故事的戏；第二，就剧作内容说，表现普通人平常的生活内容，而与描写英雄传奇、历史故事、才子佳人故事的作品相区别；第三，就剧种而言，指流行范围较小，表演行当相对比较少，歌舞化、程式化程度较低、表演技巧比较简单的剧种，即通常说的小剧种；第四，从剧作的舞台表现看，大多是由贴、丑两个行当表演的二小戏或者是由贴、小生、丑应工的三小戏。”② 尽管民间“小戏”对比朝堂“大戏”，表演形式单薄简陋，表演故事情节简单，表演风格质朴粗犷，表演内容凡人俗事，表现手法粗朴简练，表演技巧稀松平常，剧作内容非“事有证”“人可考”，但不妨碍其歌、舞、剧三者并重，舞蹈从头至尾贯穿始终，具有上台皆舞、无舞不成戏的秉

---

① 张紫晨：《中国民间小戏》，浙江教育出版社 1989 年版，第 4—5 页。

② 李玫：《中国民间小戏史论》，中国社会科学出版社 2016 年版，第 37 页。

性特质。

戏曲界对“大戏”的界定是规矩完备的，即戏曲艺术成熟完成的形式，所谓没有规矩，不成方圆；没有程式，不成戏曲。与之相比，“小戏”是不完备的，即无论是演故事的戏剧情节，还是载歌载舞的表演手段；无论是生、旦、丑分饰的人物角色，还是表演的篇幅、内容、风格、排场，某种程度上都达不到“大戏”的标准，大抵说来“小戏”只是戏曲的雏形，或者说是某些剧种形成的初级形式。任何事物都有两面性，正是“小戏”的这一“初级形式”的艺术特征，致使歌好听、舞好看。这是因为“我国民间小戏按其形成来说，有两条重要的途径，一是从民间歌舞发展成小歌舞剧；一是从民间说唱演进而来，把叙事发展为代言的故事表演。当然有时又是两种途径的结合。民间歌舞和民间说唱正是民间小戏形成与发展的基础”[①]。以说唱为主的民间小戏，类似《云南花灯》，没有固定角色的故事，演唱“清唱花灯”，这种一个人既演角色，又进行叙述，基本保持故事说唱风格的表演，要想压住场，使观众不走，自然要歌好听、事精彩。

以民间歌舞为主的表演自然要歌好听、舞好看，有些时候是舞重于歌。以民间秧歌戏为例，尽管秧歌南北各有不同，但无论是陕北秧歌还是鼓子秧歌，无论是高跷秧歌还是地秧歌，除了舞蹈开始前或间歇中有演唱秧歌唱段外，大多为一种游艺性的化装表演，重舞不重唱，有哑巴秧歌之称。今天依旧传承的各地秧歌一般以秧歌舞队为主要表演形态，舞队人数少则十数人，多时达上百人，既有集体舞，也有双人舞、三人舞甚至是独舞等多种表演形式，人物角色从《西游记》中的唐僧、孙悟空、猪八戒和沙僧，到《白

① 张紫晨:《中国民间小戏》，浙江教育出版社 1989 年版，第 24 页。

蛇传》中的白娘子、许仙、青蛇，以及渔、樵、耕、读、老抳、傻公子、包拯、陈世美、秦香莲，等等，林林总总、形形色色，根据角色的需要，表演者手持相应的手绢、伞、棒、鼓、钱鞭，以及不同人物的代表性道具，在锣鼓、唢呐等吹打乐器的伴奏下尽情舞蹈。这种表演形式正是北方秧歌多被称为“跑秧歌”“扭秧歌”“闹秧歌”“浪秧歌”“耍秧歌”“跷秧歌”的原因，比如《胶州秧歌》还有“扭断腰”“三道弯”的称谓，看得出在秧歌戏中舞蹈是主角。中国民族民间传统舞蹈中，还有很多不说不唱、以舞蹈为主要表演手段展演传统戏曲中的人物故事的折子小戏，这种被当地人称为“哑巴戏”或“地故事”、“地台社火”的民间小戏，更像是具有情节性的舞蹈小品或小舞剧，当中蕴藏着大量丰富的民间舞蹈语汇，这也是《地蹦子》《踢鼓子》《武秧歌》《端公戏》《傩戏》等能被收录进《中国民族民间舞蹈集成》的原因。

此外，对比“唱、念、做、打”具有高度统一性和规范性表演方式的“大戏”而言，民间“小戏”的不完善、不规矩正是它生机无限、异彩纷呈的另一个重要原因。“大戏”表演过程中的固定程式和表演技巧，是无数戏曲艺术表演家大浪淘沙、精挑细选、千锤百炼的结果，是他们自身表演经验的凝练总结，这种“动有式，念有调，鼓有经，打有套”的表演方式，不仅制约规定着剧本形式、角色行当、音乐唱腔、化妆服装等方面的呈现，被称为戏曲舞蹈的“身段”表演也在其中。这种带有严格规定、极致要求的做法，被戏曲界称为“戴着镣铐跳舞”，即一举手、一抬足都要符合一定的规矩，程式对于“大戏”不是可有可无的东西，而是“大戏”之所以是“大戏”的原因，以及戏曲能够在艺术门类中独树一帜的根本。对于尚未脱离乡土歌舞的民间“小戏”而言，不仅展演场地不限，院坝、堂屋、街头巷尾、土炕、高台、饭桌等皆可表演；表演形式也不限，人数可以一男一女或双男双女，也可二女一男、二男一女，不仅有“单出头”（一人表演的独角戏），也可以“双玩艺儿”（两人表演的对舞对唱），更可以是有主有次的大阵仗歌舞；表演内容也不限，作为一种表演凡人俗事、篇幅短小、情节单纯、轻松诙谐、活泼轻快的小短剧，少了“褒忠扬孝”“迎銮供御”的功能，比较随意的表演反而更容易在插科打诨、以资笑乐的过程中出彩添色、惊艳出众；在表演风格上，如果“大戏”强调的是一丝不苟的程式化表演，而诸多小戏则注重因地制宜、因时而变、因人而异的灵活变通，这也是为什么诸多专家将这种表演程式规范性不强，舞姿造型因人而异、随意性较大的“即兴性”作为中国民族民间传统舞蹈的一个重要特征。篇幅短、人物少、凡人俗事、轻松幽默、生动鲜活、不受约束、率性而舞、贴近生活、即兴表达的载歌载舞的表现特征，是民间小戏百看不厌、经久不衰的原因，也是它的舞蹈常演常新、千变万化、与日俱进、没有穷尽的根本。

在中国民族民间传统舞蹈中，少数民族戏剧也是非常重要的一部分，尽管类似壮剧、傣剧、白剧、藏戏、侗戏、苗剧、彝剧、布依剧等少数民族戏剧，因多种原因流行范围较小，影响力也不是太大，但是不妨碍它们自身的精彩、独特，特别是在舞蹈方面。以被称为“阿吉拉姆”（意为“仙女阿姐”）的藏戏为例，本身集神话、传说、民歌、舞蹈、说唱、杂技等多种民间文学艺术与宗教仪式乐舞于一体，来源出处一是民间歌舞，二是民间说唱艺术，三是宗教仪式和宗教艺术，整个演出分为开场、正戏和结尾，即“顿”（开场祭神歌舞）、“雄”（正戏传奇）和“扎西”（祝福迎祥）三个部分，表演形式高度程式化，被称为唱、舞、韵、白、表、技等“六技”。在舞蹈方面，藏戏中不仅有类似汉族戏曲中的行当身段，即用舞蹈塑造戏中的各种人物、动物、神、妖魔鬼怪的形象，如国王、大臣、皇后、公主、仙女、船夫、牧民、鸟兽、妖魔等角色；也有地方民间舞蹈组合片段的展演，这是一种插入性的舞蹈表演，主要在结尾部分（“扎西”）跳，全体演员跳起民间舞蹈，依次上场向观众祝福迎祥，各地藏戏团为了增强自身本地的藏戏特色，大多采用的是本地最具代表性的舞蹈；更有极具特色的面具和道具舞蹈表演，藏戏面具主要有白面具和蓝面具两种，白面具称“拔嘎布”，又称“扎西雪巴”，蓝面具称“拔温布”，表演者手拿道具头部左右摇晃，口中念念有词，不仅动作极为独特、神秘，舞段也十分洒脱、飘逸，白面具舞蹈欢快热烈，蓝面具舞蹈威武雄健，风格相差很大，除此之外还有黄面具、红面具、黑面具等，不一一细说。可见，少数民族戏剧中蕴藏的舞蹈精彩程度不亚于汉族戏曲。

戏曲艺术秉承“乐”的文化传统，除了在诗、舞、乐或歌、舞、乐三位一体形式中使“乐”的综艺表演特征得到很好继承外，“乐”的另一种形式“散乐”也得到充分的发扬，这种集杂技、竞技、斗兽、武术、游戏、嬉戏、歌舞等在内的表演，被称为“百戏”，古时人们会将“散乐”与“百戏”并列在一起，合称“散乐百戏”，表述的是一个统括各种娱乐性竞技比赛和竞技表演以及文艺表演的概念。这种“倡优奇变之乐”、“戏倡舞像”或“歌舞俳优”的表演，在中国民族民间传统舞蹈中，也占据一定的比重，从《中国民族民间舞蹈集成》普查到的舞蹈中就可以看到很多。例如被戴爱莲先生表演过的节目《老背少》，在民间被称为《哑子背疯》，又名《一枝梅》《老汉驮妻》，是一种借助道具由一个人同时扮演两个角色，演绎公公背着儿媳妇上山、下山、行路、过河等生活情节的民间舞蹈，自身也是目连戏中的一折小戏。流传于河南、山西、内蒙古等一些北方省份，多在春节期间表演的“二人摔”，又名“二鬼摔跤”“二娃摔跤”“二鬼打擂”“假人摔跤”，该舞蹈起源与汉代角抵戏（角力搏击）有关，是傀儡戏（木偶戏）的一种表演形式，由一人表演表现两人摔跤的道具舞蹈，即通过各种踢摔、绊跌、推搡、勾拉、滚动、翻压等搏击格斗技巧，给观众展示一个真实有感、形象逼真、诙谐幽默的摔跤场景。该舞蹈一人饰两角，因此表演强度大，不仅要求表演者有强健的体魄和持久的耐力，更要具备惟妙惟肖的人物形象的塑造能力，所以表演者需具备相应的舞蹈、杂技、哑剧等表演的功底和技巧。

如果说整个剧目“百戏”的表演特征最为明显的，非流传在福建闽南泉州、晋江、南安、龙海、漳州以及厦门、同安等地区的《打城戏》莫属。《打城戏》也叫《道情戏》(由道士表演)或《和尚戏》(由和尚表演)，作为一种表现下地狱大赦冤魂或做功德超度亡灵的法事戏，无论是道教的“打天堂城”，还是佛教的“打地下城”，都离不开武打表演，浓厚的宗教色彩和卓越的武打展示是《打城戏》的两大特色。该戏表演以罗汉科舞为主，以武戏著称，兼有提线木偶的若干表演，武打运用的是泉州南少林拳技。与此同时戏中保存大量民间的特技、杂耍和舞蹈，带有很强的神秘性与独特性，如演员的桌上翻跳功夫、叠罗汉、吃火吐火、吃纸拉肠、甩须、甩发、蚌舞、黑白鬼舞、叉舞、旗舞等，“开大笼”及用刀劈面、用剪刀刺眼和刀插肚、锯腰等一些恐怖场面表演尤为独特和与众不同。

《打城戏》表演技巧性很强，对演员技艺的要求很高，如进行桌上翻跳表演时，从下至上连垒七八张桌子，演员须以双手、腋下、嘴、颈部夹住11个鸡蛋，从桌顶翻下来站在小凳上。“飞铙罗汉”作法显灵时表演的《掷铙钹舞》也是一绝，演员要表演类似“转钹”“飞钹”“顶钹”“绕钹”“云龙过月”“推山”“照镜”“诱包子”“直如送”“拿大顶”“耍草帽”“耍球”“托酒瓶”“钻火圈”“高竿顶钹”“踩高跷”等动作，一副重近1.5公斤、直径约40厘米的铜制大钹，在表演者手中左右翻转、周身翻缠、上下飞舞，变换出各种高难度的招式动作，经常让观者看得目瞪口呆、惊心动魄。此外还有其他剧种所没有的“开大笼”，大笼里面装着表演各种特殊类型舞蹈节目的面具、道具、衣套，可随演随用，如公鸡与蜈蚣、雌雄鬼、鹰与蛇、虎与狼等用于动物搏斗表演的服饰装置。整部戏与秦汉记载的“百戏”，包括扛鼎、寻橦、吞刀、吐火等各种杂技幻术，装扮人物的乐舞，装扮动物的“鱼龙曼延”，以及舞蹈、器乐演奏与带有简单故事的小戏融为一体的综合性娱乐表演如出一辙，是古代“百戏”表演的当代翻版。

（五）舞仪互渗

在《中国民族民间舞蹈集成》普查过程中，除了“执器而舞”是一个比较普遍的现象外，另一个占比很重、在不同地域民族中普遍存在的是与宗教有关的仪式舞蹈，其数量和“舞仪互渗”的程度，远远超出人们的一般想象，普查“冲破了被长期禁锢的宗教、祭祀舞蹈‘禁区’，发现了引人注目的某些现象。例如，越是古老的民族舞蹈，大多带有更为明显的祭祀、礼仪性质。羌族、彝族的《铠甲舞》、白马藏族的《神兵舞》都属古代征战类舞蹈，但都是表现战前祈祷或战后追悼亡者的仪式舞蹈；藏族舞蹈《虎皮游寨》保留有原始射虎狩猎生活的遗迹，其形式却属于赞颂勇士的礼仪舞蹈；苗族最古老的《木鼓舞》是在‘鼓葬’仪式中祭祖的舞蹈；土家族、景颇族等性崇拜的舞蹈都是在专门场合下祈祷部族人口繁衍的舞蹈；特别是各民族普遍挖掘出来的、古老的‘鼓舞’，几乎都是祭天地、祀鬼神或驱邪求吉的舞蹈。总之，给人以一个强烈的印象，即古代舞蹈中最显著的功利目的当是祭祀和祈祷。与此有关的另一使人瞩目的现象是各民族舞蹈中很大一部分是由祭祀、礼仪舞蹈转化而来。此次普查中，与祭祀有关的舞蹈各地大多占一半以上，少数民族中如壮、满、回、苗、土家、瑶、京等很多民族的祭祀性舞蹈（包括宗教及巫舞）竟占百分之八九十以上"[①]。可见，"舞仪互渗"成为中国民族民间传统舞蹈的又一极具代表性的特征。

"仪式"一词作为一个分析性专门术语出现在 19 世纪，它被确认为人类经验的一个分类范畴上的概念。"该词译自英、德文中的'Ritual'，按照一般的外文词典，它有两层含义：（1）宗教意义上的仪式、礼俗；（2）日常生活中的仪规、礼俗、程序。与 Ritual 几乎同义的还有 Rite / Ritus，这是一种比较老式的叫法，专指宗教意义上的仪式和礼规，早期的西方学术著作多用 Rite / Ritus，这是因为最早的仪式研究都是在宗教学范畴之内进行的。"[②]法国社会学家爱弥尔・涂尔干（Emile Durkheim）在《宗教生活的基本形式》一书中，就宗教的性质谈道："宗教现象可以自然而然地分为两个基本范畴：信仰和仪式。信仰是舆论的状态，是由各种表现构成的；仪式则是某些明确的行为方式。这两类事实之间的差别，就是思想和行为之间的差别。"[③]在他的眼中，作为思想的信仰是抽象的，也是无形的，必须通过明确的行为模式才能为人们所感知，仪式作为表现信仰的行为，一种传达意义的象征行为，一种被神圣化了的行动，是产生"宗教观念是真实的"信念的基础。"仪式是人们在特定的时空环境中的一种行为方式。在仪式中，人们表达对于神圣者的尊重、崇敬和惧怕的感情，也表现了人类对时间、对自然界生命节律的敬畏和礼赞。仪式多以信仰为基础。在神灵信仰的前提下，实际上包含着不同的信仰心态，也产生了不同的价值观念，形成了不同的仪式方式。"[④]作为一种表达宗教信仰的行为，仪式具体化了宗教信仰的精神并代表着宗教，因

---

① 陈冲：《民间舞蹈知多少》，《舞蹈》1989 年第 6 期。

② 王霄冰：《文字、仪式与文化记忆》，《江西社会科学》2007 年第 2 期。

③［法］涂尔干：《宗教生活的基本形式》，渠东、汲喆译，上海人民出版社 2006 年版，第 33 页。

④ 马盛德：《仪式与舞蹈》，《文艺研究》2010 年第 9 期。

为仪式的实践，才创造出各种不同的信仰体系。

对于中国民族民间传统舞蹈与宗教仪式的紧密关系，或舞蹈在宗教仪式中不可或缺，是因为“就人类学家而言，仪式根本上是一种表演，通过这种表演，神圣与世俗的社会存在得到划分，一种人的存在物质性和世俗性被排斥在仪式之外，而一种超验的人的精神存在以及神圣性得以进入并得到表达。这种表演很像一种舞台表演，文化和意义借助这种仪式性的表演而得以展现，或者观看者可以从仪式表演中心照不宣地领会到仪式背后的意义”①。表演必须要有一定的表达媒介，或者说一种言说方式和表现手段，用以将仪式中所要表达的信仰准确无误地传递出来。而作为“歌以咏言，舞以尽意”，具有象征性或暗示性，并能准确传达人们最真实的体验、感觉、情感、观念、想象的“乐舞”，无疑是一种最有效的情感象征符号和交流表达媒介：“仪式是一种文化建构的象征沟通系统，具有传承性、形式化、刻板化、浓缩化、重复性等的特征。仪式是通过模式化的、有秩序的话语与行动所组成，并经常以多种媒体来表达，所以，在仪式中，艺术是不可少的重要内容。比如，侗族大歌就是在仪式中唱的。大部分族群都有自己特殊的仪式，而这个仪式的一个重要内容就是艺术活动，又跳又唱。仪式中的艺术，常常被人类学当作一种工具，如表达宗教信仰、渲染传道氛围、激发信徒宗教情感的工具，或者是文化传承、文化认同、政治权威塑造、族群关系建构、社会功能满足的手段，等等。”②

国内许多宗教活动，不论是民众自发的祭祀活动，还是宗教色彩浓郁的寺院庙会，不论是人们驱邪纳吉、禳灾祈福的迎神赛会，还是告别死者绕棺

---

① 赵旭东：《文化的表达：人类学的视野》，中国人民大学出版社 2009 年版，第 193 页。

② 何明：《艺术人类学的视野》，《广西民族大学学报（哲学社会科学版）》2009 年第 1 期。

送灵的丧葬仪式，各类仪式中基本都有舞蹈，舞蹈也伴随仪式始终，所以中国民族民间传统舞蹈就是各类仪式的重要组成部分。这些仪式通过仪式舞蹈的功能性作用，在“乐舞一体”或“歌舞相属”、“戏舞不分”的氛围中，表征仪式的基本内容和文化主旨，并将仪式所要表达的核心要义传递给民众。以苗族舞蹈为例：“对于苗族来说，舞蹈是一种魔法，利用它可以达到各种各样的真实目的和重要目的。显然，通过给予人的力量，增加有组织的和谐，它对个人和社会都有好处。有理由设想它可以达到其他一些有益的结果，如求神保佑，消灾免难，即使在目前，舞蹈仍是表现苗族自身的主要手段，因为其相当信鬼好巫。因此在苗族当中，宗教—巫术在生活中占的比重相当大。舞蹈不可避免地成为具有最高宗教—巫术意义的东西。去跳舞同时既是拜神，又是祈祷。现在我们还可以从‘吃牯脏’、‘跳丧’、‘跳花’、‘祭桥’、‘架桥’、‘芦笙会’等活动中看到许多为所有的生活中的重大行动提供宗教—巫术服务的东西——求子嗣，求婚姻顺利，求死后升天——也有求天下太平的（如跳花时的‘花场舞’所表现的），还有为免自然灾害（如水涝）而祈祷的。这一切，苗族现实生活中都有。为了生活中庄严的大事，春种秋收、夏耘冬藏、说爱谈情、婚嫁葬礼，以及战争和平，都有适合的舞蹈。我们经常在节日集会中看到的求雨、求子、求神、求祖灵等等，都不是直接祈祷，而是跳相应的舞蹈仪式来体现。”① 作为一种仪式化的象征行为或动作语言，仪式舞蹈的表演风格和展演特征，会受到表达内容的限定和仪式禁忌的约束，深深烙上宗教仪式排他性的印记。

今天如果被问到什么是仪式，一个最直接的反应就是仪式是一种宗教

① 杨鹍国:《苗族舞蹈与巫文化——苗族舞蹈的文化社会学考察》，贵州民族出版社 1990 年版，第 90—91 页。

活动，在大多数人的认知中，仪式总是与宗教密切联系在一起，是宗教不可或缺的重要组成和具体的行为实践，甚至被称为行动中的信仰（belief in action）。随着认识的深入、功能的扩大，仪式概念的内涵与外延得到进一步拓展，至少人类学关注的仪式不单单定格在宗教上，而是已经扩展到更为广泛的象征性行为上。如美国人类学家托马斯·巴菲尔德（Thomas Barfield）对仪式的定义："宗教信仰背景下规定的，正式行为及任何有着非实用目的和高度正式性的行为。这种表达不仅包括清晰的宗教活动，而且包括节日、游行、启蒙、游戏和会面等。按照它的最广泛意义，仪式并不指涉任何特定事件，而是所有人类活动的表达部分。包括它传达个人社会和文化地位信息，任何人类行为有着仪式成分，按照这种意义，甚至诸如耕地和加工事物的日常行为也与献祭和弥撒一样分享仪式内容。"[①] 国内的一些学者对仪式的概念也有不同的思考，如："仪式首先是一种有规则的操作行为，更多是群体性的有规则的行为；人们用这种仪式操作表达某种信仰、意志或情感。庆典、祭祀、祛禳、人生礼仪、婚丧嫁娶、集会、戏剧演出等都在仪式之列。"[②] 当仪式被认定为一种象征性行为，一种有规则的操作行为，一种正式的、高层次、理想化的、完美的、有秩序的活动时，运动会、毕业典礼、成年礼、婚礼、节日游行、年节的礼仪、日常的迎来送往等都被纳入仪式的概念范畴，当生活中到处都是仪式的存在，仪式研究的内容自然就会越来越多，其内容分类也会越来越细。

针对这一情况与新的发展形势，不同学者就自己的理解和认知力所能及

---

① [美] 杰克·大卫·艾勒:《宗教人类学基础》，刘勇、杨公卫、刘源译，民族出版社 2017 年版，第 161—162 页。

② 王胜华、卞佳:《艺术人类学》，云南大学出版社 2010 年版，第 109 页。

的范围进行了仪式的分类研讨。日本的石川荣吉在《现代文化人类学》中将仪式分为："一是一年例行节日和活动（annual-calendrical ritual）；二是通过礼仪或人生礼仪（rites of passage，life-cycle calendrical ritual），如诞生、命名、成人、结婚、丧葬等；三是状态礼仪（rituals of circumstance），即消除灾祸的仪式。"① 美国宗教学家凯瑟琳·贝尔（Catherine Bell）也对仪式进行了分类，根据仪式行为的差异性特征，她将仪式划分为：（1）通过仪式或"生命危机"仪式（rites of passage）；（2）历法的与纪念的仪式（calendrical rites）；（3）交换和共享的仪式（rites of exchange and communion）；（4）折磨的仪式，又称磨难的仪式（rites of affliction）；（5）宴会、禁食与节日的仪式（feasting，fasting and festivals）；（6）政治仪式（political rites）。② 国内的学者也根据自己的理解对其进行分类，如："从人类漫长的历史发展来看，仪式一般分为宗教仪式与世俗仪式两种。宗教仪式是人类采用特定的手段沟通、取悦、祈求神灵的一种仪式行为，此类仪式的主要对象包括天神、地祇、祖先、鬼怪、精灵及各种超自然的灵物。各种宗教性的节日、活动庆典为其主要形式，例如佛教的法会，伊斯兰教的'古尔邦节'、'开斋节'等节日庆典仪式。世俗仪式是在宗教神学向世俗化发展的趋势下形成的，主要指我们常经历的各民族的传统节日和人们生活中的礼仪性活动。例如春节、元宵节、端午节、中秋节、婚礼、葬礼、成人礼等等。"③

从这些对仪式的细化分类上可以看出，从认知的框架上来说，泛化的仪式概念远远超越了传统的神圣 / 世俗、宗教 / 非宗教的界限，更为广泛地将

① 李育红、杨永燕：《文化独特的外现形式——仪式》，《广西社会科学》2008 年第 5 期。

② 参见［英］鲍伊《宗教人类学导论》，金泽等译，中国人民大学出版社 2004 年版，第 179 页。

③ 马盛德：《仪式与舞蹈》，《文艺研究》2010 年第 9 期。

仪式看作一种严谨性、程式化、重复性、习俗化、象征性的“正式行为”，是一种与人类信仰、习俗、政治和经济等方面相联结的“正式行为”。自此，与仪式相关的舞蹈，或与仪式相关的中国民族民间传统舞蹈，依据仪式的分类也可以划分为：一是与宗教紧密相连的用以表达宗教信仰、象征信息以及功能性诉求的充满神秘性、神圣感、象征性、程式化的仪式舞蹈；二是与日常生活的方方面面相关的非宗教的世俗性仪式舞蹈，多在婚丧嫁娶、年节庆典、增丁祝寿、迎来送往、乔迁新居、就业升职等世俗生活重要场合下展演的舞蹈。对于像萨满跳神、东巴驱鬼、跳羌姆、跳端公、舞傩、斩旱魃、打丧鼓、耍坛、装判官等宗教性仪式舞蹈，为了保证宗教信仰的传达准确无误，以及功能性诉求目标的达成行之有效、立竿见影，舞蹈展演在各种仪式流程、清规戒律、文化禁忌中不越雷池半步，严丝合缝、一成不变、循规蹈矩，复杂性、烦琐性、奢华性、完整性、规范性、程式性、重复性、象征性是这类舞蹈的代表性特点。与之相比，相对宽松自由、简单质朴、无拘无束、短小精悍的世俗仪式舞蹈，其“正式行为”的仪式性特征时常会被遮蔽和忽略，事实是再随意的仪式，其自身仪礼性的特征都会根深蒂固、坚不可摧。

以云南迪庆藏族自治州德钦县的奔子栏锅庄为例，“奔子栏锅庄”作为在乔迁、婚嫁、节日等喜庆场合里专门组织的世俗性民间歌舞，其仪式化特征非常明显，有一套完整的表演程序，包含了迎宾锅庄—赞颂锅庄—相会锅庄—辞别锅庄—挽留锅庄—送宾锅庄等全过程。“以‘拉斯’（祭山神）这种以村民小组为单位，在春节期间分别组织的群众性歌舞娱乐活动为例。晚上组织的‘卡哲’（意为聚会），先由男人们按长幼之序依次进入‘卡哲’的大房间，先跳迎宾舞（叶寻、叶若），并排歌舞，待男女宾主均到齐后，先男后女座唱‘吆’，随后是‘冲吆’，由部分青壮年男子分两排以纵队形式跳舞，另一部分男人则座唱。其后是‘卡加’（意为幽默笑话）时段，室内‘卡哲’结束后，所有身着盛装的男女老少齐聚室外广场，站成一圈男女分列跳起盛大的锅庄舞，其先后顺序依次为：‘仪瓦’（序歌）、‘央卓’（祝福吉祥），‘吾卓’（由客人领唱），‘斯卓’（迎宾），‘宗卓’（聚缘），‘堆卓’（颂歌），‘叶切卓’（伤情），‘居卓’（寄怀），‘知卓’（惜别），‘驾卓’（挽留），‘扎西居’（祈祥祝福）。”①

这种刻意强调仪式性特征的世俗性舞蹈，在藏族居住的其他地区也十分盛行，以西藏那曲地区聂荣县、比如县、安多县、申扎县、索县、班戈县、巴青县、尼玛县、双湖县等地流行的“牧区舞”为例，在当地，重大节庆及规模较大的正式场合表演“牧区舞”有严格的程序及仪式规定，比如：“一是入场歌舞‘谐果起瓦’，意为打开歌舞之门；二是‘宗卓’，意为相会的舞蹈，男女舞者共同缓缓围圈，边唱长歌边跳慢板舞，就像散板；三是‘拉鲁聂诵’，意为神、鲁、‘聂’之舞，首先开场的歌舞敬献给上天的神，其次是献给龙，再次献给‘聂’（土地神），歌舞的主要寓意是祭祀仪式中的万物有灵，驱邪禳灾，祈求幸福吉祥；四是‘域隆拉堆巴’，意为歌颂家乡的生态环境，如歌颂雪山、岩石山、湖泊、草坝、牛羊马等等，这一段进入了歌舞的精彩部分，舞段丰富热烈，曲调优美动听；五是‘阿吉嘉萨蕃拉派巴’，意为文成公主来到藏地，这段以借文成公主来藏的喜庆气氛来赞扬当地的善男信女们；六是‘结卓’，意为大结尾，这段歌舞意为：祝福人间安康幸福，祝福老人长命百岁，祝福少儿幸福成长，祝福青年和睦相处，祝福来年风调雨顺，水草丰盛，牛羊马壮，随后，舞蹈在相互的祝福中收尾。”② 仪式

① 扎史此姆：《奔子栏锅庄的艺术特点》，《民族音乐》2011 年第 2 期。

② 罗旦：《西藏民族民间舞蹈文化》，上海音乐出版社 2020 年版，第 54—55 页。

作为用于特定场合的一套规定好了的“正式行为”，是由一系列模式化和序列化的言语和行为组成的，其习俗性、程式化、重复性、象征性、庄重性的特质，使得仪式中的一切都被打上“仪式化”的烙印，对于仪式中的中国民族民间传统舞蹈而言也是如此，不仅从属于宗教仪式的舞蹈很仪式化、很正式，与宗教无关的世俗性仪式舞蹈也很仪式化、很正式，表现出一种“仪式化的生活”特征。

（六）武舞交融

业内较早将舞蹈和武术联系起来加以论述的是彭松先生，在他看来，中国的传统舞蹈“他律性”特征明显，深受其他文化种类影响，“舞中有武”或“舞中带武”就是一个极具代表性的特征：“中国的传统舞蹈，它的独特的色彩之一是糅合了武术和杂技两大因素。关于舞蹈中武术的因素，可能在殷、周时期，或推向远古时已经具有，关于杂技的因素，大量地吸收到舞蹈艺术中，是在西汉，这与（角抵）演出形式的影响是分不开的，许多杂技中的特技动作，如折腰、倒立、旋转、腾跳、翻滚等难度较高的技巧，都发展成舞蹈的语言，扩大了舞蹈动作的表现力，使舞蹈艺人的专业技巧提高到一个新的水平。”[①] 关于杂技与舞蹈的关系，前面章节有关“散乐”和“百戏”的介绍已有相关说明，对于“舞中有武”或“舞中带武”，彭松先生的论述已经给出答案，它是对中国古代乐舞文化的一脉相承。从西周王室“制礼作乐”伊始，诗歌、音乐、舞蹈三位一体的“乐”，特别是用于宗庙、社稷、朝飨、典礼、祭仪中的雅乐，就分文舞和武舞。“天命在兹”“德配圣王”的

① 彭松：《中国舞蹈史（秦、汉、魏、晋、南北朝部分）》，文化艺术出版社 1984 年版，第 36 页。

纪功乐舞包括纪“文德”与“武功”，所谓“文以昭德”“武以象功”，文德用乐舞来“昭”，武功以乐舞来“象”，具体展演中，以揖让得天下，则先奏文舞；以征伐得天下，则先奏武舞，各尚其德也。“六大舞”中的黄帝的乐舞《云门》、尧的乐舞《大章》、舜的乐舞《大韶》、禹的乐舞《大夏》属于文舞，殷的乐舞《大濩》、周的乐舞《大武》皆为武舞。按照周王朝的礼规，文舞执籥翟而舞，武舞执干戚而舞，从当下仍旧传承的祭孔乐舞中可以看到，这一传统自周以来沿袭至今，未曾改变。

中国古代“乐”中之“舞”，不仅有文舞，同时还有武舞，对于中国传统乐舞而言，“武”本身就是“舞”的一个组成部分。以与中国传统“乐舞”文化一脉相承的戏曲为例，前文谈到中国戏曲的特征是“以歌舞演故事”，歌者化之为唱、念，舞者化之为做、打，唱、念、做、打综合成为戏曲表演形态。如果说唱指歌唱，念指具有音乐性的念白，二者互为补充，构成戏曲的“歌”；构成戏曲的“舞”的做、打，做指的是程式化、舞蹈化的形体动作，打则是传统武术的舞蹈化，也是生活中格斗场面的高度艺术提炼。戏曲界将打分为把子功和毯子功两大类，凡用古代刀枪剑戟等兵器（习称“刀枪把子”）对打或独舞的称把子功，在毯子上翻滚跌扑的技艺称毯子功，如果说做是配合唱、念表现行当角色、人物性格、故事情节的文舞，那么舞刀弄枪的打就是戏曲中的武舞。如以西方“美的艺术”概念下的舞蹈为标准，舞蹈的“自律性”特质不仅将体育、武术、杂技排除在外，对举手投足既有内心体验，又能通过外形加以表现，为塑造形象形成固定表演范式的高度“程式化”的戏曲形体动作，以及近乎杂技、类似武术的武打动作，也不认为它们是舞蹈。如：“京剧的某些属性表明它既是音乐剧，也是动作表演。即便如此，古往今来，中国人一概不承认戏剧属于舞蹈，而认为戏剧中经过排练的动作是刻意的模仿和套式化的表演。中国戏剧的动作语言是家庭作坊式的师徒相承，没有文献记录，不能通过看书来了解形式和规则。直到最近，演员还需通过不断重复的操练方式来掌握一个词、一首歌曲的伴随动作，而经过特殊训练的演员则承担武戏中的特技表演。”①

对于中国职业化、专业性、剧场化、学院派的舞蹈艺术而言，中国古典舞因自身舞蹈语言建构的需要吸收了大量戏曲形体动作，从戏曲中的“身段”“剑舞”“水袖”“扇舞”最终化为中国古典舞的核心教材可见一斑，自此戏曲舞蹈或戏曲中的舞蹈逐渐被认可接纳，成为中国传统舞蹈的一部分，但武术、体育、杂技却始终被排除在舞蹈的“自律性”或“本体论”之外：“就人体文化而言，所有的属类皆以身体为创造对象，但舞蹈之所以不同于体育、武术、杂技，就因为体育、武术是以保健与竞技为目的的人体文化；杂技是以惊险与奇巧为旨归的超常性的人体文化；而舞蹈则是以展示心灵与情感世界为宗旨的人体文化。所以舞蹈与体育、武术、杂技等人体文化最大的不同点就在于，舞蹈要求表达情感，舞蹈的身体不仅仅是展示技术技能的，而更是用来表达的。”② 西方“美的艺术”确立的“审美无功利性”原则，致使体育、武术、杂技这类人体文化与舞蹈艺术泾渭分明、判若鸿沟。这一理念在西方学者的研究中也得以证实：“在中国人的心目中，舞蹈和体操、拳术等运动是泾渭分明的。因此，陈氏太极也好，吴式太极也罢，这些锻炼身体的方法和艺术无一相关。然而，太极拳的独特套路和动作，常常使人不由自主地想到艺术，二者都为人们体验情感的满足和心灵的平静这一最

---

① [美] 费鹤立：《中国少数民族舞蹈的采集、保护与传播：20 世纪 80 年代初期的一项社会人类学调研》，何国强、许韶明译，云南大学出版社 2010 年版，第 44 页。

② 袁禾：《舞蹈基本原理》，上海音乐出版社 2015 年版，第 3 页。

终目的注入了活力，可见太极拳确实与艺术具有异曲同工之处。”[①] 这段引文说明一个事实，即当下的中国并非所有的动作都属于“舞蹈”，这点对于专业舞蹈从业者而言更是一个基本常识。

中国民族民间传统舞蹈有别于西方“美的艺术”概念下的舞蹈，是因为“传统”两个字强调的是“过去”与“现在”之间有一种必然的联系，是走到“现在”的“过去”，是世代相传、具有同一性的东西，所以无论当下的舞蹈如何定义，中国民族民间传统舞蹈必须保持与历史的有机衔接，或者说它本来就是活在当下的历史舞蹈。所以对于中国人而言，历史上的“舞”与“武”不但关系密切，甚至具有同源的关系，或者说中国古代先民就没有把“舞”和“武”当成两回事。儒家“十三经”之一《周礼注疏》的“校记”曾指出：“故书‘舞’为‘无’，《九经古义》云：‘古无、武同音，又武、舞通。’”[②]《释名》中也有“武，舞也，征伐动行，如物鼓舞也。故《乐记》曰：‘发扬蹈厉，太公之志也。’”[③] 的记载。可见，中国古代凡“祀”必舞，其舞翩翩；凡“戎”必武，其舞奕奕。“巫”作为“女能事无形，以舞降神者也”（以舞降神的人）与“舞”通，因为能以舞降神，故其字像舞姿。从字形上看，“武”字从“止”，亦即脚趾的“趾”；而“舞”字下半部则为“二足”之形，所以在构形的寓意上，武、舞二字也是相通的，过去历史上中国古人将无、武、舞三个同音字视为同源字。

近代戏曲理论家姚华先生在《说戏剧》一文中也写道：“三五之世，其详不可得闻，意皆武舞。其人好武，所奉之神皆极猛鸷，其事之也武，必

① [美] 费鹤立：《中国少数民族舞蹈的采集、保护与传播：20世纪80年代初期的一项社会人类学调研》，何国强、许韶明译，云南大学出版社2010年版，第43页。
② （汉）郑玄注，（唐）贾公彦疏：《周礼注疏》卷十二，北京大学出版社1999年版，第297页。
③ （汉）刘熙：《释名》，愚若点校，中华书局2020年版，第47页。

尽其容而后神悦；故舞以代虞，而祭必弄兵。自舜舞干羽而格有苗，舞始有文、武之别。”[①] 在世界任何地方有一个共律，即人类早期的部落时代，乐舞和军事的融合成为部落生存的象征，也是除了生产与生殖之外最为重要的事情。如德国艺术史家、社会学家，现代艺术社会学奠基人之一格罗塞（Ernst Grosse），在其著作《艺术的起源》中写道：“除了战争以外，恐怕舞蹈对于原始部落的人是唯一的使他们觉着休戚的相关，同时也是对于战争的最好的准备之一。因为操练式的舞蹈有许多地方相当于我们的军事训练。”[②] 人类早期的舞蹈出现之初即与武技、格斗、战争等联系在一起，《华阳国志・巴志》中“周武王伐纣，实得巴、蜀之师，著乎《尚书》。巴师勇锐，歌舞以凌，殷人倒戈。故世称之曰‘武王伐纣，前歌后舞也’”[③] 的记载也可以得到相关的印证，因为人类这个时期的乐舞更多是以生存的现实意义为基础的，“武舞”作为最早最古老的舞蹈之一，本身不会有太大争议，“舞”和“武”被视为同源字也是有依据的。

今天，参照西方现代性学科专业分类的规则，“舞”与“武”被刻意分离，但是在中国民族民间传统舞蹈中，“舞中有武”或“舞中带武”却是一种常态，并占据着相当的分量。例如民间小戏作为中国民族民间传统舞蹈的重要构成，戏曲唱、念、做、打的表现形式被很多小戏继承，特别是舞刀弄枪的武舞部分。以傩戏为例，《周礼・方相氏》中记载：“方相氏，掌蒙熊皮，黄金四目，玄衣朱裳，执戈扬盾，帅百隶而时难，以索室驱疫。”其中“执戈扬盾”就是将“舞”与“武”结合起来表演的武舞，“跳傩”作为一种

① 陈多、叶长海选注：《中国历代剧论选注》，湖南文艺出版社 1987 年版，第 507 页。

② ［德］格罗塞：《艺术的起源》，蔡慕晖译，商务印书馆 1984 年版，第 171 页。

③（晋）常璩撰，刘琳校注：《华阳国志校注》，巴蜀书社 1984 年版，第 37 页。

索室驱疫、逐强鬼、求安保平的活动，本身就是一种以正压邪的“攻击性”征服行为。尽管不同地区的傩舞表演风格不同，有表演细腻谨慎的、舞姿优美动人的、生活气息浓厚的“文傩”，也有气势磅礴、情绪奔放开朗的“武傩”，但表现格斗对打、使用兵器，以排阵布兵的形式进行驱鬼逐疫、消祸避邪“武”味十足的“武傩”大多占据重头。

“萍乡汶泉的《关公舞》，它是男子独舞节目，舞者面具红脸满腮、凤眼翘眉。头扎红绸巾、身穿圆领紫色缎对襟上衣，黑色紧口布便裤，腰系黑皱白布条下披，脚蹬黑色白边布便鞋，一副威严刚烈之势。手持大刀劈邪斩妖，收瘟破秽，并做‘背刀横跨’‘转身砍刀’‘转身盖刀’‘横刀推抖’‘原地砍’‘挽刀跳’‘挽 8 字’等动作，表现出刚正不阿、横扫千军的英雄气概。再如《三将军舞》，三将军手持七星宝剑，斩妖除邪。舞者戴盔帽面具，其眉弓上翘、圆眼珠鼓、鼻翼怒张。穿着与《关公舞》略同，舞蹈动作主要有‘拿剑走’‘一字拉开’‘转身砍’‘横剑转’‘左碾砍’‘按剑’‘横剑走’‘劈剑’‘削剑’等，其风格勇猛雄壮、激烈奔放。”[①] 这样类似折子戏的武舞小节目在傩戏中很多，诸如《开山》《跳判》《雷公》《后羿射日》《判官捉小鬼》《双伯郎》《哪吒》等皆为武舞。傩戏中还有一类被称为“军傩”的表现形式，贵州省安顺市屯堡地区的“地戏”就是代表，不仅表演的剧目如《封神演义》《楚汉相争》《三国》《薛刚反唐》《精忠传》《五虎平西》《四马投唐》《岳雷扫北》等都是反映战争题材的，地戏“脸子”（面具）的文将、武将、老将、少将、女将等也都是以军人为原型塑造的。地戏表演者皆为男性，头戴面具，面罩黑纱，帽插雉尾，身穿长衫，腰系战裙，背插靠旗，手

① 张维、柯黎：《萍乡傩舞艺术特征分析》，《北京舞蹈学院学报》2007 年第 1 期。

持刀枪，边歌边舞，整个表演只有武戏，没有文戏，从开始到结尾是从头打到尾，武打戏是其灵魂所在。

除了民间小戏中存在大量武舞外，中国南方一些舞狮、舞龙、舞麒麟的表演，也常常与武术融为一体，不仅演出间歇中会穿插一些拳、脚、刀、枪、棍、棒、对打的武术表演，其自身也保留了大量的武术套路，特别是这些表演者本身即是有功夫的“练家子”。例如在广东潮汕地区流行着一种叫“舞虎狮”的狮子舞，“这种狮舞的狮头为老虎的形象，表演根据狮头的颜色分为红狮、青狮、独角狮、猫狮等不同类型；而这种区分，是基于舞狮班武术功夫的高低程度而作出的区别。其中红狮俗称‘狮虵’，或曰‘老实狮’‘平安狮’，舞者拳术一般。青狮也叫‘青狮白目眉’，舞者多是武林高手，拳术高强。独角狮也叫‘独脚麒麟’，舞者一般为武术界前辈，身份比较尊重。至于猫狮，则由儿童组成的舞狮队表演。舞虎狮在狮舞结束之后，例要进行南拳和刀棍等武术表演，所以是和习武强身结合极为紧密的岭南狮舞品种”①。福建泉州作为南少林武术的发祥地之一，民间也是将“舞狮”与武术融为一体，以“舞狮”形式保留武术套路，过去农闲时聚众舞弄的《刣狮》就属此类。与广东潮汕《舞虎狮》类似，“《刣狮》表演，据说以‘青狮白目眉’武艺最为高强。泉州地区及周围各县市都流传一句谚语，‘青狮白目眉，有本事任你来’，意思即谁敢以‘青狮白目眉’出阵，就不怕任何武林高手的挑战。舞弄‘青狮白目眉’的《刣狮》不是一般的玩套路，而是真刀真枪的大比拼，有时甚至会有生命危险”②。

中国民族民间传统舞蹈中，除了汉族保留了大量的武舞外，很多少数

① 黎国韬：《珠三角地区传统舞蹈研究》，中山大学出版社 2016 年版，第 152 页。
② 蔡湘江：《泉州民间舞蹈》，福建人民出版社 2006 年版，第 140 页。

民族舞蹈中也有大量的相关内容，例如景颇族的《刀舞》、佤族的《猎头刀舞》、布依族的《铁链械》、白族的《仗鼓舞》、苗族的《盾牌舞》、羌族的《卡斯达温》（铠甲舞）等都是最具代表性的武舞。以羌族的《卡斯达温》为例，历史上大凡穿铠甲、手拿刀剑矛戈之类兵器跳舞的，肯定是与战争相关联的。羌族“在历史上‘卡斯达温’多表现在当发生战争之际，出征的武士们为了自己能够战胜敌人而祈祷，村寨妇幼为即将出征的男人们祝福，此时必跳‘卡斯达温’。在未禁枪以前，男舞者多身披铠甲，手持打猎所用火药枪不断向天放枪、跳跃、狂吼，以示威武。而村寨里的妇女们也须随队起舞，知木林地区有多声部的形式边歌边舞，企盼村寨和出征者平安”[①]。白族的《仗鼓舞》也是“舞武结合”极为密切的民间舞蹈，“仗鼓舞与武术有着一定的联系。除了传说以外，也有说因仗鼓舞的招式多变，表演性强，在表演的过程中需要动作的灵活性，而武术动作正好能够满足这一要求。在白族《谷氏家谱》中记载：‘跳仗鼓，玩武术套路，招招刚劲，灵活多变……表演性强。’用‘唯善舞者善武也’这句话来描述仗鼓舞的‘舞武结合’是最为贴切的。白族人民巧妙地将舞蹈与武术融入仗鼓舞中，从而体现出仗鼓舞本身的细腻性和武术的灵活性与气势”[②]。

从上面列举的不同案例来看，中国民族民间传统舞蹈中“舞中有武”或“舞中带武”的形式是复杂多元的：有表现戏曲中的剧情武打，也有反映战争题材的搏斗厮杀；有为塑造英雄人物表演的武舞，也有舞狮、舞龙、舞麒麟中的套路和穿插的武术表演；有类似《宋江阵》这样演示古代战阵的表演，也有耍刀、舞剑、执盾牌等单一的执器舞蹈；有表现战争之前的出征战

① 杨曦帆：《藏彝走廊的乐舞文化研究》，民族出版社 2009 年版，第 154 页。

② 王颖：《人类学视野下的桑植白族仗鼓舞研究》，苏州大学出版社 2019 年版，第 42 页。

舞，也有表现战争之后的凯旋舞蹈；有表现镇魔驱鬼、逐疫驱邪的手持兵器的巫师或法师舞蹈，也有祭祀大典中有着固定表演内容的程式武舞；有征战、操练的武舞，也有强身健体的武舞；等等，可以说是各路拳脚都有体现，十八般武艺样样齐全。特别是在一些阳刚、矫健、英武、帅气的男性舞蹈中，一些代表性的动作，如顶天立地、霸王举鼎、颈上飞花、苏秦背剑、黄龙缠身、雪花盖顶、背上飞龙、鱼跃龙门、童子拜观音、魁星点斗、苏公背剑、野猫戏虾、兔儿望月 、赶鞭捧圣、仙人挑担等名称非常诗意的动作，本身就是武术套路中的实战格斗招式。中国民族民间传统舞蹈中，一是相关舞蹈表演前后或间歇中附带或夹杂各种武术表演，二是很多舞蹈本身就是舞蹈化的武术或武术化的舞蹈，这些特殊的原因导致相关舞蹈表演不但要求表演者学习武术，表演交流的时候还要有过两手的准备，特别是在一些登高台、爬刀梯、过火海的武阵表演中，表演者不仅要英武、威猛、胆识过人，还要有一身既能登高又能过刀、轻松自如表演惊险特技的硬功夫，只有这样才能得到观众喝彩，满足欣赏的需求。

二、复杂多元的内容呈现

中国民族民间传统舞蹈是一个复杂多元的事物，从《中国民族民间舞蹈集成》普查统计上来过万的舞蹈数量可见一斑。仔细分析其舞蹈构成，不仅数量大、内容杂、功能泛、类型多，很多舞蹈历经千百年的传承，在与日俱新、迭代发展的过程中，与周边其他民族、地域舞蹈交融互动、取长补短，在分门别户、开枝散叶、日新月异、你中有我、我中有你的发展中产生很多变体，构成了一个庞大繁杂的舞蹈知识体系。同时，复杂与多元的中国民族民间传统舞蹈不具备通行性或共通性，即不同地域、不同民族、不同种类的舞蹈，各自具有本地域、本民族、本舞种的文化特征和表演风格，不可通约性的各美其美是其一个比较普遍的发生规律。当然这种复杂与多元舞蹈构成的原因是多种多样的，有地理的原因、有历史的原因、有民族的原因、有宗教的原因等，如同不同植物具有各自的生长规律和凋谢周期一样，差异导致了中国民族民间传统舞蹈的复杂与多元，呈现出“十里不同天，百里不同俗，千里不同情”的特征。以《中国民族民间舞蹈集成》普查舞蹈数量最多的云南省为例，“始于20世纪80年代的中国第一部民族民间舞蹈总集《中国民族民间舞蹈集成（云南卷）》中，即普查收集了1255个舞蹈、7818个舞蹈套路（跳法）、574个民间舞蹈传说故事”[①]。一个省就能普查出如此之多的舞蹈种类，如此之多的舞蹈套路（跳法）和民间舞蹈传说故事，说明影响和制约云南民族民间舞蹈生成与发展的人文生态、地理环境、民族构成、历史文化和社会发展水平等各项关键要素，肯定不是同质相似的，制约舞蹈发生要素的多样，导致民族民间舞蹈的多元。

（一）幅员辽阔、多种多样的地理促成的复杂与多元

中国民族民间传统舞蹈的复杂与多元，首先体现在地理环境引起的差异上。对于文化地理学研究而言：“地理环境作为文化发展的舞台，它影响到人在该舞台上的表演，而且这个舞台也在不断适应演出而不断地‘装修’。可以说这个舞台既是对表演的限制，也是在不断适应表演过程而经常进行‘装修’。这个不断被演员为表演而进行的‘装修’形成的形象，我们称其为

① 刘丽：《云南传统舞蹈生存现状及其在高校学科建设中的发展》，载江东主编《集思·广议：中国非物质文化遗产传统舞蹈保护文集》，文化艺术出版社2020年版，第203页。

文化景观。在文化景观中，既包含历史的因素，也反映现实的影响。”[①] 尽管美国人类学家马歇尔·萨林斯（Marshall Sahlins）对人类无条件拜服自然、物质世界有不同看法，如：“人的独特本性在于，他必须生活在物质世界中，生活在他与所有有机体共享的环境中，但却是根据由他自己设定的意义图式来生活的——这是人类独一无二的能力。”[②] 即便他如此强调人的主体能动性，但是更多的专家、学者认为自然生态、地理环境会制约影响着文明与文化的发生与发展，当然其中也包括舞蹈，如“一种舞蹈之所以在某个地区（含地域和民族）流传、繁衍，必然与其环境的诸多自然、社会因子密不可分”[③] 以及“舞蹈生态学是一门研究自然和社会环境与舞蹈关系的学科。它把舞蹈——作为核心物——置于相互关系、相互作用的系统中进行宏观的、多维的综合考察，确定自然的或社会的诸多因素中哪些影响和制约了舞蹈，以及它们以何种方式、何种程度地影响和制约着舞蹈的发生、发展及其表现形式，以期通过这样的探讨，对纷繁复杂的舞蹈现象进行解释，揭示舞蹈的自身规律”[④]。

对于“中国的文化地理，可以做多种的解读：以秦岭为界，以北为北方旱地小麦文化，以南为南方稻作文化；以瑷珲—腾冲划线，线之东为农耕文化，线之西为游牧文化；以地方特色名，又有齐鲁文化、巴蜀文化、岭南文化、吴越文化（包括燕赵文化、三晋文化、中原文化、三秦文化、甘陇文化、荆楚文化）……，大而划之，又可分为三种文化圈或称为文化板块；蒙藏的佛教文化圈、新疆的伊斯兰教文化圈，除此而外，所有版图均为儒家文

---

① 王恩涌、胡兆量、周尚意、赫维红、刘岩编著：《中国文化地理》，科学出版社 2008 年版，第 5 页。

② ［美］马歇尔·萨林斯：《文化与实践理性》“前言”，赵丙祥译，上海人民出版社 2002 年版，第 2 页。

③ 资华筠：《中国舞蹈生态学研究》“代序”，中国文联出版社 2016 年版，第 5 页。

④ 资华筠：《中国舞蹈生态学研究》，中国文联出版社 2016 年版，第 6 页。

化圈。于此编者所欲说明者，处儒家文化圈内的云贵、湘西、桂北，似乎更应该独立为‘巫文化圈’”①。对于中国的文化地理，很多学者都给出了独树一帜、自圆其说的划分理论，在此不做孰优孰劣、是非对错的价值评判，但这些理论均说明一个事实，即文化区块的不同会导致民族民间舞蹈的差异，这种差异不仅体现在舞蹈的种类上，也表现在舞蹈的风格上。例如同是巫舞，中国北方特别是阿尔泰语系的各民族普遍流行“萨满”舞，而祭神跳鬼、驱瘟避疫的“傩舞”主要分布在黄河流域、长江流域和西南地区等南方稻作文化中。作为信奉万物有灵、祖先信仰和图腾崇拜的“萨满”舞，与受自然崇拜、其他宗教、本地信仰、神话传说、民间故事、古典小说和世俗生活影响的“傩舞”，表演的内容与风格一定是大相径庭的。起源于插秧和耕田的农业劳动生活舞蹈，在北方叫“秧歌”，在南方则被称为“花鼓”。尽管同为田歌田舞，北方“秧歌”歌舞相融，以舞为主，表演人数多、规模大，走街串巷拉开场子表演“队舞”或“阵舞”是其代表性特征。南方“花鼓”尽管也载歌载舞，却以唱为主，很多表演甚至只歌不舞，同时不仅表演人数少、规模小，多为一旦一丑或三小戏，除了专门的戏台、庭院外，表演场地一般都不大。无处不在的“圈舞”，行为独特的“一顺边”，不同于其他地区的“长袖善舞”，“歌舞”一体的表现形式是西南以藏族为代表的少数民族舞蹈的主要表演特征。而“歌、乐、舞”为一体的综艺表演形式，极具代表性的“对舞”（两人相对而舞）则是西北维吾尔族、塔吉克族等少数民族舞蹈的表演特色，可见地域的不同会造就各自践行舞蹈的差异。

除了地域、省份的差别会造成中国民族民间传统舞蹈的复杂与多元外，

---

①［日］鸟居龙藏：《苗族调查报告》“编者的话”，国立编译馆译，贵州大学出版社2009年版，第1页。

同一种舞蹈在不同地域、不同省份也会形成复杂与多元的状况。如："同是花鼓戏，就有长沙花鼓戏、凤阳花鼓戏、皖南花鼓戏、天沔花鼓戏、零陵花鼓戏等等。同是灯戏，也有恩施灯戏、贵州灯戏、四川灯戏、云南灯戏，等等。至于地戏、端公戏、二人台、二夹弦、高甲戏、哈哈腔、黄梅戏、柳腔戏、眉户戏、丝弦戏、泗州戏、五音戏等等，其演唱及流传的地区性就更是非常明显，不仅语言不通，声腔不同，就是表演形式和艺术风格也呈现出许多的差异。"① 再拿汉族最为代表性的民间歌舞"秧歌"举例，作为农耕舞蹈的代表，应该说从南到北、从西到东都有传跳，其流传主要省市为："北京的地秧歌、老秧歌、高跷，天津的船秧歌、地秧歌，河北地秧歌、凤秧歌，山西的踢鼓子秧歌、跑场秧歌、地皮秧歌、凤秧歌、跑圈秧歌、赛草坪秧歌、倒秧歌、过街秧歌、武场秧歌，内蒙古的跑圈子秧歌，辽宁和吉林的高跷秧歌、地秧歌，黑龙江的大秧歌，陕西的陕北秧歌、韩城秧歌，甘肃的秧歌跤子、毛秧歌、河州秧歌，山东的鼓子秧歌、胶州秧歌、海阳秧歌、劳山秧歌、凤秧歌、棒秧歌、地秧歌、乱秧歌、聊城秧歌、柳林秧歌，江苏的秧歌灯（花灯），安徽的秧歌灯、插秧歌舞，浙江的余姚秧歌，河南的秧歌，湖北的插秧鼓、薅秧歌，云南的打秧老鼓等。"② 这些不同省份的秧歌，不仅有北方重舞不重唱、南方重唱不重舞的区别，还有高跷秧歌和地秧歌（不踩跷，又称地蹦子）的区别；不仅有文跷秧歌重唱、武跷秧歌重舞的区别，还有角色人物、故事情节、表演剧目的区别，将山东鼓子秧歌与浙江余姚秧歌比作两个完全不同的舞蹈，本身也成立，甚至不会有异议，因为这些舞蹈的差异如同中国的南北方言一样，广东的粤语、福建的闽南话、浙江的温州话

① 张紫晨：《中国民间小戏》，浙江教育出版社 1989 年版，第 64 页。
② 蓝凡：《秧歌、花鼓、采茶与滩簧考辨》，《艺术百家》2005 年第 1 期。

对外地人来说基本听不懂。

除了同名舞蹈在不同地域、不同省份会产生复杂与多元的情况外，即便是同一个地域、同一省份因传播地区（地州县市）的不同也会形成不同的流派。如："云南花灯在长期流传中，由于地区不同，形成许多流派。如昆明花灯，玉溪花灯，弥渡花灯，姚安花灯，楚雄花灯，元谋花灯，建水、蒙自花灯，嵩明、曲靖花灯，罗平花灯，文山、丘北花灯，还有边疆地区花灯等。姚安花灯民歌性强，楚雄花灯舞蹈性强。元谋花灯为滇北花灯的代表。建水花灯也称彝族花灯，受少数民族歌舞影响很大。嵩明、曲靖花灯与贵州花灯接近。玉溪花灯主要流传在玉溪一带，主要是新灯戏。"[①] 广泛流传于重庆、湖南、贵州、湖北四省（市）交界的"秀山花灯"也是，不仅不同省份的"秀山花灯"差异明显，甚至以重庆市秀山县为中心的武陵山脉土家族聚居地区的"秀山花灯"也各具特色："秀山花灯从秀山县全县范围来看，虽然格调基本一致，但是由于武陵山区的自然环境、地理条件和演出范围的不同，也存在着一些差异，有着'花灯不过坡''花灯不过寨子'的说法。按照秀山县的地域分布来看，秀山花灯可分为5个流派，即龙凤、溶溪、龙池、洪安、梅江，每个流派都有各自的民间艺人世代相传。每个流派在曲调、唱腔、舞蹈动作、演出地点和方式、角色扮演、灯彩造型上都分别有各自的特点，形成了丰富多彩的秀山花灯表演形式。"[②] 贵州苗族的"锦鸡舞"也是如此，贵州大多地方"地无三里平"的特征，导致看似一样的舞蹈，会因流传地域的不同而产生差异，比如"三都锦鸡舞""丹寨排调锦鸡舞""雷

---

① 张紫晨：《中国民间小戏》，浙江教育出版社 1989 年版，第 72 页。

② 刘卫红、彭小希、况成泉：《寻根传舞：重庆舞蹈文化遗产的保护与传承》，北京理工大学出版社 2015 年版，第 115 页。

山朗德锦鸡舞”，尽管都是锦鸡舞，但在舞蹈构成和表演风格上均有局部的不同。

（二）分布广泛、支系繁多的民族造成的复杂与多元

民族众多、支系庞大是中国民族民间传统舞蹈复杂与多元构成的另一重要原因。美国人类学家康拉德·菲利普·科塔克（Conrad Phillip Kottak）就族群的概念谈道：“同任何文化一样，同一族群（ethnic group）成员共享特定的信仰、价值观、习惯、习俗和标准，因为他们背景相同。他们认为自己在文化上是不同的、独特的。这种独特性可能来自语言、宗教、历史经历、地理隔离、亲属关系或者‘种族’。族群的标志可以包含名称、相信有同样的继嗣、团结感和特定地域联系，而且这个群体不一定是居住在该地域。族性（ethnicity）指的是认同某个族群，认为自己是其中一员，并因为这种归属关系而对一些特定的其他群体具有排他性。”[①] 在他看来，民族是建立在文化相似性（同一族群的成员拥有）和差异性（不同群体之间）基础之上的，所以一个民族或族群的自我认同，是通过排他性和独特性的文化表征来实现的，不同民族或族群实践的舞蹈就是一个识别我群与他群极好的文化标志。

“艺术往往被视为某一族群文化整体中的一个重要因素，并且正是由于产生于本族群内部的‘艺术’，才使这种族群文化有了自身独特的形态和图像，有着自身独特的文化特质，恰恰成为该族群与其他族群区别开来的差异性文化标志之一。”[②] 因此，哈夫洛克·埃利斯（Havelock Ellis）有感而发地

---

① ［美］科塔克：《人类学：人类多样性的探索（第 12 版）》，黄剑波等译，中国人民大学出版社 2012 年版，第 309—310 页。

② 王建民：《艺术人类学新论》，民族出版社 2008 年版，第 231 页。

写道："当人类中大班图人的一个部族成员遇到另一个部族的成员时，他会问到：'你跳的是什么舞？'一个男人跳的舞，就是他的部落、他的社会习惯与他的宗教，正如人类学家指出的：'一个野蛮人不会为了宗教祈祷，他为了宗教舞蹈。'"[①]可见，为了确保本民族或本族群的文化边界，人们会刻意强调传跳舞蹈从形式到内容上的独特与不同，以便维持自己与"他者"的区别，中国民族民间传统舞蹈复杂与多元的现象由此发生。

在中国，通过民族识别，经国家确认正式承认的少数民族有55个，加上汉族共56个民族，当然还有类似穿青人、瓦乡人、载瓦人、摩梭人、毕苏人、阿克人等许多支系。在《中国民族民间舞蹈集成》的普查结果中，无论是正式承认的56个民族，还是相关支系，每一个都有自己独特的、排他性的舞蹈，只不过有些多、有些少而已。例如彝族作为云南少数民族中民族民间舞蹈最为丰富的一个民族，"通过10年来全面广泛地《中国民族民间舞蹈集成·云南卷》工作，目前在云南省17个地、州、市范围内已搜集记录到的彝族民间舞蹈共计1800余个舞种，2300多种跳法（套路）"[②]。彝族能有如此之多的舞蹈是有原因的，彝族作为中国第六大少数民族，其语言作为汉藏语系藏缅语族彝语支，有北部、东部、南部、东南部、西部、中部6种方言，其中包括5种次方言、25种土语。彝族的分布区域也很广，滇、川、黔、桂四省（区）都有，同时支系繁多，他称的有"黑彝""白彝""红彝""甘彝""花腰彝"等，自称的有"诺苏""纳苏""聂苏""密撒（泼）""腊苏（泼）""濮拉泼""尼濮""罗罗""撒尼""阿细"等，加之大

---

① ［英］哈夫洛克·埃利斯：《生命的舞蹈》，傅志强译，中国社会科学出版社1994年版，第34页。

② 石裕祖：《云南彝舞通论》，载刘金吾主编《滇舞论坛——云南省首届少数民族舞蹈理论研讨会论文集》，云南人民出版社1997年版，第28页。

分散、小聚居的情况，各支系、各聚居区又由于种种历史因素及受周围文化环境的影响，在风俗习惯上不尽相同。

因此，“彝族舞蹈几乎没有一种是全民族每个支系都跳的舞蹈，也没有一个全民族统一跳舞的节日（火把节是统一的节日，但过去火把节时，不少支系是不跳舞的）。如《阿细跳月》就是阿细、撒尼支系跳，其他支系就不会跳；《烟盒舞》就只是滇南石屏、建水、开远、蒙自、个旧、通海等地区的一些支系跳，滇西、滇东北的彝族也不会跳；《铜鼓舞》就只是文山州的倮倮支系跳，而楚雄州的倮倮支系也不会跳；《打歌》虽然流传较广，但也不是所有支系都跳……综合上述情况：彝族分布面广，大分散小聚居、支系多。各聚居区、各支系舞蹈各不相同，各有特色，甚至同一支系内舞蹈差别也很大。”① 四川省分布的彝族舞蹈传承情况大致相似，以凉山彝族的节日舞蹈《都火》为例：“从目前凉山地区整个火把节的分布情况来看，凉山的‘依诺’大裤脚地区已不过火把节。在‘圣乍’中裤脚地区，会理的红彝要过火把节，但不跳《都火舞》，只举行一些摔跤、斗牛、赛马、打磨儿、秋千等活动。为此，凉山彝族节日舞蹈‘都火’舞分布在‘所地’小裤脚地区以布拖、普格县最为盛行。金阳县、昭觉县、宁南县部分小裤脚区乡也流行。”② 彝族的舞蹈案例，可以直接或间接反映出中国民族民间传统舞蹈复杂与多元的原因，民族众多、支系庞大自然导致差异性、多样性、区别性现象的发生，为了维护本民族或本族群的排他性特质，有选择、有倾向地传承展演与众不同、别出心裁、不同凡响的舞蹈，成为民族身份认同的关键。

---

① 刘金吾：《舞蹈王国再探：少数民族舞蹈论文选》，云南民族出版社 2005 年版，第 117—118 页。
② 杨曦帆：《藏彝走廊的乐舞文化研究》，民族出版社 2009 年版，第 184 页。

（三）漫长演化、世事无常的历史引发的复杂与多元

漫长演化、世事无常的历史是导致中国民族民间传统舞蹈复杂与多元的又一重要原因。历史作为经历的过去，或者说对过去事件的正式记录或研究，描述记录的是过去诸如天灾人祸、民族迁徙、经济贸易、战争征服与逃难、族群融合与分化等具体的事件。这些具体的事件导致很多民族固有的一切发生改变，为了生存，人们从平原城市走入深山密林，从草原游牧改为绿洲或河谷农耕，从中原故土颠沛流离到南方作客等，诸如此类的变动，致使曾经的舞蹈发生变迁，新的舞蹈不断涌现。以苗族舞蹈为例，分布在我国的黔、湘、鄂、川、滇、桂、琼等省区，以及东南亚的老挝、越南、泰国等国家和地区的苗族，各自传承的舞蹈不但风格迥异、各具特色，即便在类似贵州这样同一个省区的苗族舞蹈，也会有相当大的差异。如："同样是木鼓舞，反排木鼓舞主要以斑鸠舞、斑鸠合翅舞、五祖宗舞、打猎舞等五个章节分别表现苗族祖先从东方迁徙来时昼夜兼程、跋山涉水、披荆斩棘、打猎御敌、开垦田土、共祭祖先的历程，其舞蹈服饰轻便，舞蹈动作跨度大，尽管有女性舞者，舞蹈动作依然粗犷有力，节奏热烈，被誉为'东方迪斯科'。而施洞、革东一带跳木鼓舞时，由于大多是穿银饰繁重的盛装（五至十五公斤），手的摆动、脚的迈开，身子旋转动作起伏都不大，多以漫步或碎步轻微踩鼓，动作温柔典雅。舞蹈有四面八方舞、本地方舞、抵抗外敌入侵舞、虫鱼旋转舞、织布舞、打鱼捞虾舞等六个章节。"①

苗族舞蹈种类繁多，各区域之间又不交叉重复，最大的原因就在于舞蹈生成的环境不同，不同的生成环境又是过往历史的结果。历史上，苗族每一

---

① 王唯惟、徐浩：《舞蹈与文化：贵州苗族舞蹈的身体叙事》，人民出版社 2016 年版，第 44—45 页。

次和异族的交战，都是一次悲壮的失败，史书记载的“逐鹿大战”“三苗之亡”“征剿荆蛮”等历史事件，记录的都是苗族战败城破国亡惨不忍睹的史实，为了延续民族的血脉，每一次战败都是一次惊慌失措的游走、颠沛流离的大迁徙，“老鸦无树桩，苗家无地方”很形象地表达了苗族历史上迁徙过程中的无助感。作为一个能够发起涿鹿之战的民族，人口肯定不会少势力不会小，战败之后四分五散地逃离迁徙，注定会使苗族朝着不同地区漂泊，从而死地求生，自此不同的自然环境、人文环境、经济环境，使得苗族在语言、服饰、生活习俗、宗教信仰等方面，各个地区、各个支系间互有差异、各具特色，如此导致不同地区、不同支系的苗族舞蹈形态万千、风情万种也是一种必然。如：“从横向的现实性角度来说，苗族舞蹈种类繁多，但许多种类的流行面都很小，大多都只流行于某一个小聚居区域，彼此间的共同性并不强。比如黔西北纳雍的‘滚山珠’舞和赫章大花苗的‘迁徙舞’在黔西北之外的苗族聚居区就没有。究其原因，在于每一个舞蹈具体的生成场域不同，即使有一个要素的不同，生成的舞蹈就会不同。黔地山高水阻，苗族支系繁多，聚居各地，地方性认同的差异很大，有时甚至是邻村邻寨，都有不同的自我认同，诸如此类的差异使得具体场域呈现地方性特征，在该场域内生成的舞蹈也就各不相同了。”①

再以四川省甘孜州东部丹巴县巴旺乡甲居镇流传的“革什扎锅庄”为例：“革什扎锅庄的情况最为复杂，以甲居锅庄为例，在属于尔龚语的当地地脚话中，跳锅庄称为‘玛尼’，分为大锅庄‘饶玛尼’和小锅庄‘班戈尔’。二者的命名方式颇为不同。‘绕玛尼’是本地话‘跳玛尼’的仪式。

① 王唯惟、徐浩：《舞蹈与文化：贵州苗族舞蹈的身体叙事》，人民出版社 2016 年版，第 13—14 页。

‘饶’即‘跳’，与坐着念诵经文的‘玛尼’属于当地人同一类型的文化实践。而小锅庄‘班戈尔’，‘班’为藏族‘蕃’的近音，‘戈’为‘舞’，‘班戈尔’即‘藏族的舞’，从命名上看似乎受到藏族文化的影响。如此看来，‘大’‘小’锅庄的类别划分不仅表现为内容和形式上的区别，或许还在更深层次上揭示出嘉绒内部不同群体对自我传统的不同认知。”[①] 对于巴旺乡甲居人而言，大锅庄“饶玛尼”是巴旺本地从古时候传下来的锅庄，而小锅庄“班戈尔”则是藏族舞，是从藏族地区传过来的外来舞蹈。甲居人对于“大”与“小”锅庄的分类，是与“我”与“他”的传统认知与界定联系在一起的，“大”与“小”的类别划分，在区别自我与他者、本地传统与外来文化影响的同时，也在阐述一个过往的史实，即吐蕃占领川西的历史。在吐蕃东征与藏族东迁的过程中，嘉绒地区原住民在族群融合和文化同化的过程中，最终达成今天这种两者文化共存的整合状态，即外来文化与本地文化“同而未完全化，融而未完全合”的兼容并蓄、杂糅共存的状态，在这种文化变异涵化的过程中，一种不同于双方原来舞蹈的新舞种水到渠成、顺其自然地产生了。历史的原因导致中国民族民间传统舞蹈日益复杂与多元的情况很多，自然灾害、人口迁移、经济贸易、文化交流、宗教传播等，相关的历史事件都会导致不同以往的新舞蹈产生。

（四）共生共存、和而不同的宗教导致的复杂与多元

宗教活动中不同的信仰、多分支的教派、烦琐庞杂的仪式，也是导致中国民族民间传统舞蹈复杂与多元情况发生的重要原因。前面章节谈到，在

① 李菲：《嘉绒跳锅庄：墨尔多神山下的舞蹈、仪式与族群表述》，北京大学出版社 2014 年版，第 137 页。

《中国民族民间舞蹈集成》的普查过程中，统计上来的舞蹈表明一个事实，即各民族民间舞蹈与宗教之间密切的关系，远远超出人们的想象，相关舞蹈的数量已然超过总数的一半，有些民族甚至超过三分之二。宗教作为一个穿越时空、延续至今的文化载体，不同的宗教有着不同的教义与信仰，以及独特的仪式与习惯，它承载了成千上万不同类型舞蹈的同时，这些舞蹈也因宗教信仰、祭祀仪式、教派分支的不同呈现出风格迥异的特征。当下的中国宗教信仰自由，历史上其包容程度也远远超出人们的认知，今天在中国传承的宗教，不仅有被称为世界三大宗教的基督教、伊斯兰教、佛教，也有诸如道教这样的本土宗教，更有萨满教、苯教、图腾、土地、本主、祖先、关公、门神这样的原始宗教和民间信仰。同时基督教的天主教、新教和东正教，伊斯兰教的逊尼派、什叶派和苏菲派，佛教的南传佛教、汉传佛教、藏传佛教等，不同的宗教派别在中国也都存在，共存共荣、和谐发展、并行不悖，甚至多教合一（如儒、道、佛三教合一）是中国宗教的一大特色。加之各教、各宗所传所信的民族、地域不同，又在不同程度上与该民族、该地域原有的宗教信仰、文化习俗等融为一体，产生新的宗派（如汉传佛教禅宗、法华宗，藏传佛教的宁玛派、格鲁派，等等），因此与之相应的宗教舞蹈也呈现出异彩纷呈、形态万千的状况。

与宗教相关的中国民族民间传统舞蹈的复杂与多元，第一表现在不同宗教的崇拜物上。例如自然崇拜方面有对天地日月、风雨雷电、山石林木、动物植物以及水、火的崇拜；图腾崇拜的对象有竹、树、蜂、虎、熊、猴、蛙、鸟、鹰、犬等动植物；祖先崇拜有对氏族、家族祖先的崇拜，也有对个体家庭祖先的崇拜。作为“一神论”的基督教崇拜“三位一体”的上帝，佛教不仅供奉释迦牟尼，各种菩萨、罗汉、天王、金刚、本尊等也在供奉之列，道教不仅信奉三清三境三宝天尊，玉帝、王母、关公、土地、八仙、龙王等也是其信仰崇拜的神灵。这些崇拜物和信仰神在具体的宗教仪式中，会有特定的舞蹈用直接或间接的方式表现出来。如哈夫洛克·埃利斯所言："在任何一种古代神秘仪式中都能发现舞蹈，事实上，大多数人都认为神秘仪式的信徒'是用舞蹈来表现它们的'。在早期的基督教中，在古代站在橡树前跳舞的希伯来人与在澳洲的土著人一样，他们的大型舞蹈晚会就是由巫师手执神杖指挥的宗教舞蹈。美洲印第安人的每个部落似乎都有自己的宗教舞蹈，它们种类繁多、编排精细，而且往往具有丰富的含义，现代研究者只能通过耐心的研究慢慢地揭示它。在西伯利亚北部遥远草原中的萨满教徒有他们自己狂喜的宗教舞蹈，在现代欧洲，土耳其的伊斯兰托钵僧（也许在种族上与萨满教有联系）在自己的修道院中伴着歌唱和祈祷也跳类似的狂喜舞蹈，这是他们虔诚的宗教仪式中的固定组成部分。"① 不同的宗教信仰（包括神灵与教义）会导致仪式中展演的舞蹈各具特色，如西藏寺院宗教舞蹈《羌姆》中凶神舞、骷髅舞、神牛舞、神鹿舞、寿星舞、仙鹤舞、金刚舞、护法神舞等舞段的表演，就与萨满教"跳神"、道教"跳钟馗""舞八仙"千差万别。

第二，与宗教有着密切联系的丰富多彩的人生仪礼，会产生复杂与多元的舞蹈类型。国之大事，在祀与戎；人之大事生老病死、婚丧嫁娶、乔迁祭祖等，一般也都要举行相应的仪式，而这些伴随着诞生、成年、婚姻、丧葬等仪式产生的习俗，大都与宗教有着密切的关系。因为在现实生活中，一个人从生到死都要面临许多重要抉择和不可抗拒的事情，为了郑重其事或抚平伤痛，人们总会举行相应的仪式，目的是告别过去、忘记不幸、重拾信心，

① [英]哈夫洛克·埃利斯：《生命的舞蹈》，傅志强译，中国社会科学出版社 1994 年版，第 36 页。

更好地完成向下一阶段的过渡，开始新的人生，这些被称为“通过仪式”的人生仪礼，某种程度上就是一种宗教仪式，而这些仪式大多会有舞蹈的伴随，特别是在早期人类社会。如：“在原始民族中，宗教构成了生活的极大部分，因此舞蹈也就不可避免地具有了至高无上的宗教意义。舞蹈同时既是崇拜活动也是祈祷。这正如在我们的祈祷书中仍然可以找到为生活中所有重大活动（婴儿出生、结婚、死亡）安排的神圣仪式一样，为被定为教会节日的世界宇宙进程、为特大自然灾害（如旱灾）也安排了神圣仪式。在原始民族中，情况依然如故。在生活的所有庄严时刻，比如婚嫁、丧葬、播种、收获、战争与和平，都有适当的舞蹈。”[①] 例如云南瑶族各支系，每个男子通常会在八九岁至二十二岁期间，都要举行一次“度戒”仪式，《度戒舞》就是“度戒”仪式中的代表性舞蹈；流行于广东省惠州市龙门县蓝田乡的瑶族传统舞蹈《舞火狗》，作为一种特殊而神圣的仪式舞蹈，是蓝田瑶族少女“成年礼仪”中表演的专属舞蹈。此外彝族的《瓦孜嘿》，景颇族的《金再再》《布滚戈》，土家族的《撒叶儿嗬》（跳丧鼓），黎族的《打柴舞》，哈尼族的《棕扇舞》，等等，都是丧葬仪式中非常重要的代表性舞蹈。彝族的《喜希苏且》（披毡舞），哈尼族的《色尼尼》（扭鼓舞），回族的《宴席曲》，维吾尔族的《赛乃姆》，柯尔克孜族的《会面舞》，塔吉克族的《恰普素孜》，等等，则是婚礼仪式中比较有代表性的舞蹈。

第三，不同的宗教仪式以及不同的仪式道场，也会导致复杂与多元的舞蹈产生。以纳西族的东巴舞为例，“东巴教保留的丧葬仪式更是五花八门：有为死亡的东巴举行的‘什罗祭’；为勇猛的男性死亡将士举行的‘武士

---

① ［英］哈夫洛克·埃利斯：《生命的舞蹈》，傅志强译，中国社会科学出版社 1994 年版，第 35 页。

祭’；为勇猛的女性死亡将士举行的‘贤女祭’；为暴死者和凶死者举行的‘慰解无头鬼’仪式；为情死者举行的‘慰解情死鬼’仪式；为在战斗中获胜而战死者举行的‘胜者祭’；为60岁以上男性死者举行的‘长寿东祭’；为60岁以上的女性死者举行的‘长寿东妻祭’；为同期死亡的夫妇举行的‘夫妻祭’；人死后3年为死者（不分性别长幼）举行的“死者祭”；还有专为改葬死者尸骨举行的‘地穴赎魂’仪式和为死者家属举行的‘求寿岁’仪式，等等”①。不同的仪式会有不同的展演内容，不同的展演内容会选择不同的特色舞蹈。有些学者根据东巴教巫师在宗教祭祀仪式上跳的舞蹈，在分析了六本东巴舞谱之后，把东巴舞蹈分成三类：“神舞类有亨迪俄盘舞、亨英格孔舞、丁巴什罗诞辰舞、神女拉姆舞、多格尤玛（优麻）舞、丹英拉姆神女舞、巴乌尤玛（优麻）舞、图赤尤玛（优麻）舞等34种舞蹈。禽兽舞类有白海螺大鹏神鸟舞、白海螺狮子舞、绿松石青龙舞、赤虎舞、走龙舞、飞龙舞、金色神蛙舞、白山羊舞、白牦牛舞、黑飞马舞等17种舞蹈。法器舞类有金刚杵法器舞、降魔杵法器舞。”②这一庞大、严谨、系统的舞蹈体系，一是东巴教神祇信仰、核心教义、宗教思想在舞蹈形体化的具体体现；二是祭风、消灾、祭山神龙王、除秽、开丧、超荐、求寿等不同仪式道场文化展演的内在需求，祭什么神、做什么法则跳什么舞，由此产生的复杂与多元全在情理之中。

① 刘稚、秦榕:《宗教与民俗》，云南人民出版社1991年版，第10页。

② 冯莉:《纳西族东巴舞蹈传承人调查——以香格里拉三坝乡为例》，载石裕祖主编《民族舞蹈文化传承发展论纲》，云南大学出版社2010年版，第53页。

（五）林林总总、多种多样的功能触动的复杂与多元

闻一多先生在《说舞》一文中对科罗泼利舞（Corro Borry）的描述是："（一）以综合性的形态动员生命；（二）以律动性的本质表现生命；（三）以实用性的意义强调生命；（四）以社会性的功能保障生命。"[①] 直接或间接地说明了在早期的人类生活中，舞蹈会在所有的领域出现，或者说没有任何场合可以离得开舞蹈。库尔特·萨克斯在《世界舞蹈史》序言中的金句，"谁不跳舞，谁就不懂得生活""'艺术'一词不能阐明舞蹈的全部概念""没有任何一种'艺术'能包含如此丰富的内容""舞蹈是拔高了的简朴生活"，也义正词严地阐明了原始舞蹈的"生活性"特征。舞蹈之所以能作为一种社会生活不可或缺的组成部分，或者说是一种"仪式化的生活"，是因为它对人们的现实生活起着一定的"作用"，而这个无可替代的"作用"，用人类学术语表述就是"功能"。以贵州的《安顺地戏》为例，当地人称其为"跳神"而不是"演戏"，是因为承载的内容与期待的目标不一样。"演戏"凸显的是对文艺演出、戏剧表演和审美娱乐的联想，而"跳神"涵盖的内容则更多，不仅包括民俗、宗教、生存方式以及原始意义上的民间审美等多种内涵，也包括"变而通之以尽利，鼓之舞之以尽神"，驱除邪秽、祈福纳祥的期待。因此，内容决定形式、功能决定行为的法则，致使中国民族民间传统舞蹈复杂与多元的情况得以发生。

渗透在很多民族衣食住行、生老病死、婚丧嫁娶、生儿育女、生产劳动、社会交往、宗教信仰等日常生活的每一个环节的中国民族民间传统舞蹈，按照劳动生产功能划分，有农耕、狩猎、牧业和渔业等不同类型舞蹈；

---

① http：//www.guoxue.com/wk/000475.htm.

按照人类礼仪功能划分，有诞生、成年、婚嫁、丧葬等各类礼仪舞蹈；按照节日庆典功能划分，有汉族节日（如春节、清明节、端午节、中秋节等）庆典舞蹈和少数民族节日（如火把节、泼水节、开斋节、望果节等）庆典舞蹈；按照宗教祭仪功能划分，有不同教派的祭仪舞蹈、不同宗教节日的展演舞蹈、不同宗教内容的仪式舞蹈；等等，不同的社会文化功能促成与之对应相关的舞蹈发生。以中国不同类型的鼓舞为例。“很多民族都跳鼓舞，很多舞蹈都在鼓声中起舞。人们祭祀神灵时跳鼓舞，祭奠祖先时跳鼓舞，祈求子孙繁衍跳鼓舞，祈求风调雨顺、五谷丰登跳鼓舞，婚嫁喜事跳鼓舞，送葬安魂跳鼓舞，节日欢庆跳鼓舞，栽插第一天要击鼓到田头，收割第一天也是在鼓声中进行，丰收之后更要围鼓而舞，狂舞三天三夜。……人们都是企望在鼓声中的纵情歌舞能感天动地，感应四方神灵祖先，得到子孙繁衍、人丁兴旺、风调雨顺、五谷丰登。鼓伴随着先民从远古走到今天，一直是社会生活中不可缺少的一部分。它从神器、祭器到乐器，从祈神、娱神到娱己，但它不是一般的乐器，一般的娱己，它已形成一种重要的文化现象。”[①] 今天国内流传的不同款式的鼓舞、不同展演内容的鼓舞、不同表现形式的鼓舞可以充分说明这一点。

中国民族民间传统舞蹈中因功能导致的复杂与多元，不仅发生在不同民族、不同地域、不同类型的舞蹈上，也发生在同一个舞种甚至同一个舞蹈中，因不同的功能导致同一舞蹈风格有别、形式有异、内容有变的状况时有发生。例如，西北汉族极具代表性民间舞蹈《陕北秧歌》就是如此，按照功能划分主要有“神会秧歌”“老秧歌”“新秧歌”三种形式：“神会秧歌俗

---

① 刘金吾:《我的民族舞蹈观》，云南民族出版社 2018 年版，第 5 页。

称‘溜沟子秧歌’，在组织形式、人物设置以及表演中带有鲜明的宗教色彩，是陕北人民在重要的节日中对神灵祭祀的一种仪式。表演程式主要有‘起场’‘谒庙’‘排门’‘搭彩门’‘踩大场’‘转九曲’‘火塔塔’等几项，充分展示了陕北秧歌中包含的陕北人民思想信仰、民俗习尚、审美观念等精神内涵。角色由巫师、火旦（太阳的象征）、日照（黄罗伞的象征）、马牌子（门神）、头路鼓子（腰鼓手）（秧歌队中的领舞者），头路鼓下来是鼓子手与拉花若干名、寸跷秧歌队员若干名，为增加秧歌的表演效果，神会秧歌一般设有丑角若干，陕北当地称为蛮婆、蛮汉。老秧歌俗称‘骚情秧歌’，是流传于陕北广大地区的一种传统秧歌，它与神会秧歌的区别主要有以下几方面：秧歌队中没有巫师、火旦等宗教角色，主要角色（两名伞头）由当地的秧歌头或老艺人承担着整个秧歌表演的指挥，秧歌队的角色（俗称‘身子’）皆由男性扮演，文身子（即包头）也是男扮女装的，其秧歌表演的程式、内容、形式均按照神会秧歌的模式进行。由于不是以祭祀为目的所组成的秧歌队，属于民间群众春节闹秧歌的一种自发活动形式。新秧歌是 1942 年在延安和陕甘宁边区兴起的新秧歌运动，对陕北秧歌来讲具有深远的历史意义。新秧歌运动是以革命的文艺思想、观点为指导对传统的陕北秧歌进行的一次改造创新，使传统的民间秧歌从组织、内容、形式、表演、服饰等风格进行了全面创新发展，一些传统的丑角人物均删除掉，使表演更趋于统一化、规范化。秧歌队的角色，多为统一着装的青年男女形象，有的统一拿花扇、执花伞或舞红绸，增强了秧歌的舞蹈性与形式美，是一种广场的群众性歌舞表演。”①

① 薛晓旭：《陕北秧歌的传承与保护》，《大舞台》2012 年第 7 期。

对于中国民族民间传统舞蹈而言，因其表演方式大多是与宗教和民俗相结合的舞蹈形式，当其依托的宗教与民俗未发生改变时，它的展演形态会呈现出一种相对稳定的状态，但是这种稳定是相对的而不是永恒的，因为随着社会的发展、人们需求的增多，为了满足人们自娱、祭神、慰灵、驱鬼、娱人、求偶、传授知识等多种功能需求，原有的舞蹈就会进行适应性调整，一些创新性的舞蹈就会源源不断地被发明出来。例如，以云南苗族最具代表性的舞蹈《芦笙舞》(也被称为“踩芦笙”“踩歌堂”）为例：“云南苗族‘芦笙舞’名目繁多，有‘正坛芦笙舞’‘反坛芦笙舞’‘阿作芦笙舞’‘十二套古代芦笙组舞’‘踩花杆芦笙舞’。‘正坛芦笙舞’是云南苗族为老人死后举办的丧葬仪式舞蹈，是苗族丧葬活动‘跳坛’仪式中的舞蹈，舞者在棺材前做圆形或扇形运动，动作拘谨单调，变化很少。‘反坛芦笙舞’是配合‘反坛’跳的芦笙舞，娱乐色彩较浓，表演充满活力，有高难度的舞蹈技巧，表演性、可观赏性强。‘阿作芦笙舞’是在婚宴时所跳的一种芦笙舞蹈，‘阿作’的意思是‘紧紧团结在一起，聚成一帮’，舞蹈开始时有相互斗艺的表演场面，作相搏、对踢、对勾、翻滚、倒立、吹笙钻梯等高难度技巧，舞蹈特征是脚步轻、转身圆、踢腿直、倒立稳、下蹲轻、起身快、胯要开。‘十二套古代芦笙组舞’主要展演苗族先民为追求和平幸福生活所经历的艰难曲折历程。‘踩花杆芦笙舞’主要是表现对战争中殇亡的苗王及子女们的怀念祭奠。”[①] 从云南苗族《芦笙舞》这些不同功能类型的舞蹈可以看出，因为不同的功能需求，同一个舞蹈可以衍化发展出不同的变体，这些变体日积月累最终形成一个庞大繁杂的舞蹈知识体系，由此产生的复杂与多元水到渠成地发生了。

---

① 刘丽:《云南民族舞蹈文化研究》，上海音乐出版社 2020 年版，第 203—204 页。

三、不拘一格的展演规则

（一）“千年一舞”的严苛程式

对于中国民族民间传统舞蹈而言，原生态、纯民间、小传统、非主流、非精英的特质，时常被人们与结构松散、自娱自乐、动作简单、即兴表演联系在一起。事实上并非如此，因为很多传统舞蹈是与该民族、该地域承传的宗教信仰、历史记忆、人生礼仪、风俗习惯、道德伦理、文化禁忌等交织连接在一起的，在什么场合跳、跳什么舞、怎样跳，均按不同舞蹈的功能和不同仪式的要求来，一般是不能随意变动的，程式性是很多庄严、肃穆、正式、隆重场合下表演舞蹈的主体特征，也是很多成熟、规范、系统、严谨舞蹈的表演特色。如：“就像按照格律填写诗词一样，苗族舞蹈的表演和创作必须按照程式进行：跳舞在固定的场地‘芦笙场’，时间在固定的节日集会和赶场天；道具有专门的芦笙、木鼓、铜鼓；服饰有专门的盛装，表演有一系列动作程式，以及在哪种场合跳什么舞，不能跳什么舞；什么人能跳某种舞，什么人不能跳某种舞，等等，都有较严格的规定。这样，因袭性、凝固性和规范性就构成了苗家舞蹈程式的质的规定性。作为一种特殊的表演原则，程式提供给表演创作主体的，不是指导性的可以释放巨大能量的艺术表现原则，而是‘尺寸’精确，必须效法的直观具象。由于程式表演主体留下的天地极其狭小，我们暂且把之称为‘镣铐’，把严格按照程式跳舞的过程和由这一过程产生的形象称作‘戴着镣铐跳舞’，这就是程式化。”①

中国民族民间传统舞蹈程式化特征发生的原因，与很多民族民间舞蹈本

---

① 杨鹏国:《苗族舞蹈与巫文化——苗族舞蹈的文化社会学考察》，贵州民族出版社 1990 年版，第 153—154 页。

身就是宗教仪式舞蹈的属性相关，因为仪式反映信仰，只有仪式中的文化符号、表现形式、行为规范保持不变，才能始终如一、准确无误地传达信仰。以藏族宗教舞蹈《羌姆》（也被称为“金刚舞”）为例：“相对于大乘显宗，金刚乘将仪式和表演放在比以往更为重要的地位，并将其作为自己最显著的特征之一。……从前，仪式和表演只是引领修行者入道的手段，‘然而现在仪式的本身成了“道”，而且取代了契经；教义理论必须用一种摸得着的形式表现出来，不是单纯心灵上的理解’。在这一体系中，表演同修行已融成一体，‘跳舞象征修行，唱歌象征念咒语’。”[①] 当信仰和教义必须用一种看得见、摸得着的形式表现出来时，一种“规范性”和“标准化”的不越雷池半步的高度统一和“法则化”的表现方式和表演技巧出现了：“羌姆本身是密宗活动中的一项重要形式。规定在表演前，表演者必须‘闭关’一定时间（长则21天，短则7天以上）集中修炼秘法，从而达到‘净心、净身、净意’之目的。羌姆中的每个动作、姿态、手势以及转、跳、抬腿和站立的方位等等都是在展示着密宗坛城中各方特定神的作用和他们的精神世界。舞蹈时必须要严格按着密经所规定的传统动作、场地、音乐而起舞。决不允许在原来确定的羌姆动作中乱加动作，更不允许表演者表演时有懒散松懈等不当行为。”[②] 在宗教仪式舞蹈中，程式化作为一种被固定了的神圣不可亵渎的表现形式，其“千年跳一舞，一舞跳千年”的做法，目的是在以舞传教的过程中，保证传教有妙招、真经不念错、修行在正道。

程式化作为一种“规范化”、“标准化”或“类型化”的表现形式，本身

① 郭净：《心灵的面具——藏密仪式表演的实地考察》，上海三联书店1998年版，第22页。
② 德门·强巴曲杰、龙康沃巴·丹增次仁：《西藏宗教舞蹈艺术》“绪论”，西藏人民出版社2017年版，第5—6页。

就是事物发展成熟、系统、完善的结果。对于中国民族民间传统舞蹈而言，程式化是历代民间艺人艺术实践的结晶，也是无数相同舞蹈表演者实践经验的总结，这种对某一舞蹈规律性把握后凝练、升华、归纳、总结出的表现形式和表现手段，一些东完西缺、良莠不齐、打磨不够的舞蹈是很难与之比肩的，因为只有形成规范才可以上升为程式，而形成规范本身就是顺理成章的结果。在中国民族民间传统舞蹈中，程式化不仅仅是指用来遣词造句、进行舞蹈内容表现和表达的动作语言和经典舞段，而且是渗透在一个舞蹈的所有环节，类似一种约定俗成、日积月累、筛选固化后的艺术法则、发生规律和文化审美，制约和影响着一种舞蹈的方方面面，同时它还是一个通过演员表演与观众欣赏的互动关系逐渐建立起来的意义共享系统，通过这种已经确定了的特定情境下形成的样式言说或表现方式，舞蹈文本中承载的关键信息、象征意义，在一种不言自明、耳熟能详、众人皆知的表演模式中传播、共享。此外，程式化除了是一个舞者必须掌握的舞蹈基本技能外，它还是一个辨别舞蹈表演好与坏的参照，舞蹈者和观赏者从表演中获得的愉悦性和满足感，是与表演者程式化技艺水准的掌握成正比的。为此，程式时常会超出所能表现的文本内容，也能离开它原先表现的展演对象，成为一种可以独立欣赏的审美实体。

以《赣南采茶》的“扇子花”为例，“扇子花”作为赣南采茶戏生、旦、丑角皆备的道具舞蹈动作之一，分“单扇花”与“双扇花”，“单扇花”生、旦、丑角通用，“双扇花”则多用于旦角。在赣南采茶戏中，“扇子花”不是作为单独的“扇舞”或“舞扇”而存在，它是用来展现人物思想感情、创造特定环境的动作语言，表演中要求“扇花”会说话，辅助人物角色进行形象塑造、情节表达、气氛渲染。

如“扇子花”的艺诀曰：

五指花头朝天，
四指花头朝前，
三指花打四边，
二指花摇胸前，
耘、按、抓、抖靠肚面。

“扇子花”常用的动作有：

心悦风车扇　乐极抛甩扇
自豪摇摆扇　潇洒风流扇
怒气收折扇　凝思指绞扇
悲哀哭头扇　心烦滚球扇
跳步三击扇　追赶背后扇
掌灯避风扇　炎热遮日扇
上翻扑蝶扇　下翻闻花扇
上山侧削扇　下山前铲扇
望高翻转扇　低视按掌扇
摘茶平端扇　炒茶搓手扇
绣花托簸扇　扭步双抱扇
快步旁磨扇　慢步侧提扇
过桥飘飘扇　跳涧瞄路扇
淌水腰花扇　摸黑探路扇
恭敬见礼扇　水中照影扇……

“这些令人眼花缭乱的扇花，已成为赣南采茶戏的程式化动作，但在不同的舞情舞境中，灵活运用，显得五光十色，百态千姿，万种风情。世间百事手指中，善变巧化妙无穷。有时如蝴蝶翻飞，有时如清清溪水，有时如百鸟朝凤，有时如落花飘洒。不违人性物理，合乎生活规律。出乎‘意料之外’，务必‘情理之中’。手要千变，动而不乱，眼要灵活，活而不散。心要丰满，满而不偏。身要松弛，松而不软。步要稳健，稳而不颠。‘扇化变化在于手，力在手腕见千秋，左甩水袖右舞扇，十指牵着两臂走。’”[①] 这些对舞蹈中可以言情达意的动作语言的归纳，以及一言中的、精妙入神的风格性“艺诀”的总结，淋漓尽致地将《赣南采茶》“扇子花”程式化的艺术魅力和盘托出，作为一种成熟、规范、高水平的舞蹈表现形式，赣南采茶戏艺人那句“采茶没扇子，等于吃饭冇（没有）筷子”，充分印证了其程式化特征的艺术价值和卓尔不群、不落俗套的表现魅力。

程式作为前人艺术经验穿越时空而相对不变的稳固形态，是对前人铸就的舞蹈范式的蹈袭与俯就，作为一个具有排他性的自闭系统，这种刻意强调自身的独特和有别于其他的纯粹，无形中形成了一张牢不可破、固不可撒的保护网，在抵御他者舞蹈的干扰与侵蚀的同时，保证了本民族、本地域舞蹈内部的平衡与稳定。因为程式化的主要功能在于崇古尚今，它把前人的舞蹈智慧和艺术实践变成一条条、一段段、一套套可以因袭的陈规和重复表演的套路，使之作为传统文化的一部分世代传承、永续不变，只有这样，一个民族、一个地域的舞蹈才能得以准确辨认，同时在自立门户、独当一面的过程中获得文化上的独立与自主。以苗族舞蹈为例：“祖先之法，规矩都是前人

① 王敏：《江西赣南采茶戏歌舞艺术》，中国戏剧出版社 2006 年版，第 50—52 页。

经验的总结，都是已知的范式。恋旧保守，凡事向后看的思想习惯是程式化倾向得以形成和传播的内在机制。前人的言行之所以能成为后人的规矩准绳，首先是因为人们都觉得它是神圣的，不可企及的，以为别出心裁想突破它的限制，就是废弃规矩，就会招致不测。程式化是由向后看的心理定势支配的。程式的形成靠刻板的因袭，没有对前人舞蹈艺术经验的崇拜和普遍因袭，也就无所谓程式和程式化。为了适应社会生活环境，苗家男女一般从 7、8 岁起就开始习舞，主要学习前人传承下来的各种表现程式：固定的动作套路、固定的内容（歌词、故事）、固定的曲谱……目的在于：在习舞者天性未形之前，通过反反复复的练习，把前人的舞蹈艺术经验化为自己的第二性，以图需要时达到一举手一投足都离不开规矩绳墨的境界。程式严格的规范足以使苗族舞蹈艺术始终保持纯洁的'血统'和一目了然的'宗姓'，宗姓不明，无宗无姓，血统不清的舞蹈是很难立足的。"[①] 可见，程式化铸就的风格特色，成为族群记忆不灭的印记、历史文化不变的保证、传统舞蹈长存的根本。

（二）率性而舞的即兴发挥

即兴时常表达和意指临时而为或即时而作的意思，即事先并无任何准备，就当时在现场接收到的信息（或刺激）产生的感受或冲动，在此基础进行创作、表演或演讲的行为。在舞蹈表演中，即兴舞蹈或舞蹈即兴多与自由舞蹈和随机而舞联系在一起，它的特质是不受时间、空间、主题、意义等具体要素的限制，舞蹈者也没有经过事先排练和专门准备，现场也没有对应的

---

① 杨鹏国：《苗族舞蹈与巫文化——苗族舞蹈的文化社会学考察》，贵州民族出版社 1990 年版，第 159 页。

策划文案和设计好的舞蹈编排，就是舞蹈者凭着内心的冲动与表达的欲望带动身体随心、随性、随意而舞。被誉为中国“即兴性舞蹈大家”的贾作光老师，对其做了概念的定义：“即兴舞蹈，是舞蹈家在一段完整的乐曲中表现真实的感情和才华的舞蹈，舞者在事先没听过的乐曲中来完成他的表演。表演者可以在音乐中找到舞蹈的节奏和速度去表达感情。表演者是在感情冲动的情况下或受外界感情的刺激下酿成了舞蹈，是有即兴创作性质的表演方式。”① 尽管他解释的是职业化或专业性舞蹈即兴，但表达的要义与民间即兴表演毫无二致，因为无论专业还是非专业的即兴表演，对于舞蹈者的要求都是一样的：首先，即兴时谁也不清楚自己所要表现的舞蹈最终呈现出的形态样式如何；其次，即兴表演本身就是一个舞蹈创作过程，即从无到有的创作过程，同时这种创作是随机的、应变的、即时的；再次，即兴舞蹈考验的是舞者敏锐的感知力、快速的反应力和超常的表现力，能力不够、经验不足都不能很好地完成；最后，即兴舞蹈表演有效性的达成或表演效果怎样，只能通过观众肯定与否定、赞美与不屑、惊叹与藐视的审美反应得到检验。

中国民族民间传统舞蹈的即兴性表演特征，是与其“生活性”特征与“复杂与多元”特质联系在一起的，生活是丰富多彩的，不仅有宗教祭祀还有节日狂欢，不仅有驱邪逐疫还有休闲娱乐，不仅有祭祖送亡还有社交求偶，等等。以贵州黔北传统花灯为例，其表演“按其功用，主要有春灯、寿灯、喜灯、愿灯、孝灯、瘟灯六种。春灯，是春节期间，灯班沿村逐户为家家户户恭贺春节，祈神保佑主家来年和顺、大吉大利；寿灯，是祝贺老人生日而表演的花灯，主要为了增加热闹气氛，祈神保佑老人长寿多福；喜灯，

① 闻章、鲁微、关正文编：《贾作光舞蹈艺术文集》，文化艺术出版社 1992 年版，第 69 页。

因主家有婚娶、生子、建房等喜事，邀请灯班跳灯欢娱，以悦神保佑主家福禄富贵、多子多福、家发业兴；愿灯，如果人们心中感到不安，或感到有'祟'时，如生病、无子、无嗣等，就许下'愿心'，当摆脱了羁绊后，就以为得到了神灵的庇佑，则请唱'愿灯'谢神，了却'愿心'；孝灯，是丧家邀请灯班给亡故的老辈或亲人演唱的花灯，一为慰藉亡人，尽其孝心，二为教育后代，传承孝道；瘟灯，旧社会一些地方经常发生如瘟疫、水灾、火灾等灾难，有时发生多人死亡，乡民们则认为有妖鬼邪魔作怪，就请来灯班唱'瘟灯'，祈天神将兵，驱魔辟邪以求得安宁健康"[①]。在现实生活中，每一个舞蹈都有自己特定的作用，不同的舞蹈自然会产生差异性的功能，当然同一个舞蹈也会因为需求产生不同的功能，所谓"一舞多跳，一舞多用"，因此表演功能的差异促使表演形式、表演规则的不同。

对于有些舞蹈，特别是与宗教仪式和人生重大礼仪相关的舞蹈，使当下的展演与历史的传统基本一致是底线，不仅要求遵守传统舞蹈的各项禁律，服装道具、伴奏音乐、念诵道白、表演动作等，务必一字一句、一板一眼、一招一式绝对准确、分毫不差，因为只要出错一处就会影响全部，整个仪式展演活动会被认为无效，甚至招致厄运，所以严格依照程式，在规矩准绳中一成不变地舞蹈是这一类舞蹈的特点。但对于一些节日庆典、家庭聚会、社交求偶、乔迁新居、结婚宴请、添丁祝寿等相关喜事中助兴的舞蹈，跳舞的目的就是开心、沉醉、快乐，通过无拘无束、信马由缰、自由自在的舞蹈，让疲惫的身躯得以舒缓，让压抑的情感得到释放，让亢奋的心绪由此宣泄，以此达到心情愉悦、身体舒畅、精神爽快，因此，这一类舞蹈尽情、尽兴、

① 徐开良:《试析黔北传统花灯现状成因》,《遵义师范学院学报》2017 年第 6 期。

尽意的特质，势必会带来表演的随机性、灵活性、即兴性、变动性。加之舞蹈践行者大多都是普通民众，跳舞时的动作呈现、节奏处理、情绪变化、重复次数往往都会因人而异、因事而定、因时而改、因景而变，如此导致了与程式化表演完全不同、截然相反的即兴式表演的发生。“民间舞除了程式性外，也有机制为个人、个性的舞蹈创作提供机会，这些是通过即兴舞蹈来完成的。民间舞即兴性普遍存在于各种民间舞之中。关注民间舞的即兴性具有至关重要的意义，它是民间舞的一种表演方式和创作机制。”[①]

中国民族民间传统舞蹈即兴表演是有类型、有范式的，与外界设想的只是不受限制的自由舞蹈不完全等同，例如一类比较有代表性的是“有组织的即兴”，这一类即兴表演大多发生在人数众多的集体舞或队舞中，以汉族的秧歌最有代表性。以东北辽南高跷秧歌为例，辽宁海城的高跷秧歌核心人物角色有头跷、二跷、老生（渔翁）、老拡（丑婆）、上装、下装、傻柱子（丑角）、小生等，头跷（男）所扮人物名“张三”，武丑扮相，二跷（女）武旦扮相，饰“杨八姐”，全队行进和跑大场的时候，由头跷和二跷率领，一边跑圆场一边变换队形，常见的队形有“龙摆尾”“四面斗”“龙抱柱”“卷白菜心”“三环抱月”等。“辽南高跷擅长男女相互逗乐，表演时由上装和下装组成一组，称为‘一副架’。每个高跷队的人数不等，少则六副架，多则十几副架，甚至二十几副架。排在秧歌队列的最后一副架，由最好的演员担任，也叫‘底鼓’或‘压鼓架’。底鼓后面是伴奏乐队的锣鼓手和唢呐演奏者，他们根据底鼓的手势或脚下动作而变换鼓点。由此可见，在大场表演中头跷、二跷掌握队形的变化，而动作的变化则是由底鼓完全掌握。”[②] 这种秧

---

① 潘丽：《中国原生态民间舞蹈特征与创作体系》，上海音乐出版社 2017 年版，第 39 页。

② 郭宇霞：《东北民族民间舞蹈文化》，辽宁人民出版社 2019 年版，第 107 页。

歌队演什么有人引领指挥，而不是按照固定程式展演的即兴表演方式，也发生在其他地区秧歌队舞表演中，例如山东《海阳秧歌》舞队的指挥是左手抱伞右手执甩子的乐大夫，舞蹈动作、表演内容是固定程式化的，但是怎么表演、表演什么，却是乐大夫根据表演现场即兴指挥的。《陕北秧歌》也是，伞头是秧歌队的核心角色，是整个表演的指挥者，秧歌队所有的队员均由他指挥，整个活动过程中的演唱、场图变换、小场表演也要在他的指挥下进行，伞头在表演过程中指挥队员表演的同时，也可以下场与队员一起表演。

另一种比较有代表性的即兴舞蹈，是以双人对舞方式进行的即兴表演，这类即兴表演的核心特质是双方在一起舞动的过程中，感受彼此、捕捉信息、迅速反应，在遥相呼应、一唱一和或龙争虎斗、一较高下的交流中完成即兴表演。例如维吾尔族《赛乃姆》就是这类即兴表演最具代表性的舞蹈样式，对于《赛乃姆》舞蹈而言，一人独舞、多人共舞都是其舞蹈展演不可或缺的组成部分，但说起特色还应该是两人对舞。“西域舞蹈，尤其是维吾尔舞蹈即使在推行伊斯兰教之后也没有抛弃男女对舞的形式。从赛乃姆舞蹈中，均可以清楚地看到反映原始爱情和婚姻舞蹈与信仰伊斯兰教以前的抒情舞蹈之特点。如果没有男女对舞，维吾尔木卡姆的舞蹈形式是无法想象的。”① 在《赛乃姆》具体表演中，音乐响起，人们开始一一入场邀请舞伴，对于什么样的人才能与之共舞，没有具体限定，男女共舞、老少共舞、同性共舞、熟人共舞、陌生人共舞都存在，但是邀请必须要凸显尊重与仪式感，一般情况下要向对方行礼邀请，哈密《赛乃姆》还会有类似唐代“花枝令”的邀请方式，先入场的舞者手执花束邀请另一舞伴，把手中花束交给被邀请

① 阿曼古丽 · 牙生:《论维吾尔赛乃姆》,《新疆艺术学院学报》2012 年第 1 期。

者后才能双双起舞。在《赛乃姆》对舞表演过程中，双方全身调动、巧妙配合，移颈、摇头、挑眉、动目、耸肩、弹指、绕腕、拍掌、跷脚、蹉步、移步、旋转等，舞姿变化多端、异彩纷呈，不仅动作风格多样、姿态万千，甚至还会有暗送秋波、眉目传情、目挑心招的情感交流，此时的表演者双方都需要大显身手、各尽其能，在临机应变、见机行事、见招拆招的互动中，舞蹈达到高潮。如果双方水平相差甚远，即兴不会精彩只能是礼节性的对舞，如果双方实力相当、不分伯仲，那么一定是一场赏心悦目、美妙绝伦的表演。《赛乃姆》音乐从舒缓（平稳）到明快（渐快）到激烈（快速），其由慢到快、从弱到强的结构性特点，使得双方的即兴难上加难、充满挑战。除了维吾尔族的《赛乃姆》外，塔吉克族的《恰普素孜》《买力斯》，哈萨克族的《卡拉角勒哈》，柯尔克孜族的《加尔阔尔玉修》（会面舞），安徽花鼓灯的《小花场》，辽南高跷的《清场》（上、下装情场表演）等都属于此类的即兴表演舞蹈。

中国民族民间传统舞蹈中，还有一类比较有代表性的是以个人展示为特点的即兴表演，这类即兴表演类似音乐中独奏、独唱或个人单独表演（solo），无拘无束、天马行空、自由自在地“放单飞”是其表演主旨。这类即兴在具体表演中会有不同的形式，一种是类似藏族《热巴》舞的表演形式，在集体的铃鼓舞蹈表演过后，到了舞蹈的高潮阶段，就会出现类似个人炫技的即兴表演。这类即兴无论男女都是高难度动作和高水平技巧的集锦展示，例如女子鼓舞表演，需要在边击边舞的过程中，完成类似“带鼓平转”“猫跳翻身”“正反转”“高低击鼓”等高难度动作；男子一手持铜铃一手拿牦牛尾，在甩、绕、震等主题动作中，完成“兔子跳”“走矮子”“磨盘腿”“单腿跨转”“摇铃蹲转”“躺身平转”“躺身小蹦子”“前后甩腰”“躺身大蹦子”等各类高难技巧。这种情绪灼热、激情四射、扣人心弦、技艺高超、粗犷豪放的即兴表演是《热巴》舞最吸引人的地方，也是舞者接受观众谢礼和打赏最多的时刻。这类即兴表演在苗族的《芦笙舞》、景颇族的《刀舞》、傣族的《象脚鼓舞》、朝鲜族的《农乐舞》等其他民族的舞蹈中也都存在。另一种是以萨满跳神为代表的即兴表演，当神灵附体后，萨满喜怒无常、狂歌乱舞，手中的神鼓、系腰的摆铃、沉重的服饰并不影响其蹦跳自如、轻捷如鹘，这种根据所降临神灵不同而具有“随意性”的舞蹈表演，其纵情无我、神气贯通、痴迷癫狂的舞蹈风格，不仅惊心动魄、摄人心魂，其叫绝精妙之处也会令专业舞者赞叹不已、自愧不如，“萨满”一词意译为“因兴奋而狂舞的人”一点不为过。就其降神即兴表演的特征，有学者描述道：“萨满教昏迷术是萨满教祭祀的主要特征之一。因昏迷术所致，萨满舞蹈呈现着舒展飘逸，如醉如痴，纵情无我的痴迷舞态，忽急忽缓，忽重忽轻，忽沉忽浮，变幻多端。在萨满教仪式上，当所谓的神灵附体、萨满进入昏迷状态后，作为舞蹈的主体，萨满主要是再现神的英姿，传达神的旨意，表达神的感情。神附舞在萨满舞蹈中占有很大的比重，且舞蹈的艺术造诣更高，多以诗、乐、舞三位一体的形式为神赋形，使神人同形同性。”[①] 萨满跳神这类舞蹈即兴表演形式，在许多被称为“巫舞”的原始宗教仪式舞蹈中都存在，神灵附体、不计黑白、无论东西、癫狂舞蹈是这类即兴表演的主体特征，特别是表演者多在神与人之间游离，所爆发出的能量和完成的动作难度惊世骇俗，令人拍案叫绝，展演的舞蹈精妙之处只能欣赏、无法模仿。

中国民族民间传统舞蹈即兴表演与职业化或专业性舞者不同，对于一些

① 郭淑云：《萨满舞蹈的特征与功能》，《黑龙江民族丛刊》2004 年第 6 期。

艺术院校系统接受过舞蹈专业训练的舞者而言，因为教育平台的开放性，除了各民族民间舞蹈基本知识的学习外，芭蕾舞、古典舞、现代舞、东方舞、流行舞、国标舞等也都有所接触，甚至有些舞者学习国外舞蹈的时间不比本民族舞蹈时间少，所以他们在即兴的过程中，时常会出现舞种杂糅、风格异质的情况。对于中国民族民间传统舞蹈而言，此类状况一般不易发生，因为相对封闭的展演环境，受外界的影响和侵蚀较小，加之许多舞蹈与该民族、该地域的生产生活、民风民俗甚至宗教信仰息息相关、紧密相连，所以即兴表演中不仅动作形式相对一致，风格审美也绝对统一，即便会出现一些其他民族动作或外来舞蹈风格，当地人也会将其化为本土舞蹈的一部分，不会出现东挪西借、似是而非、张冠李戴的违和感。他们表演的即兴并非完全开放的即兴，而是具有内在结构性、程式化、规定性的即兴，如罗雄岩老师对民间舞蹈即兴的界定："即兴性，它的表演程式规范性不强，舞姿造型因人而异，随意性较大。它有相对稳定的形式和固定的动作，又能即兴发挥，随情之所至而创造，使表演具有新意。"[①] 可见这种即兴是一种稳定与变动、封闭与开放相统一的舞蹈表演，怎么跳，可以应景应时、自由发挥，但跳什么，永远是万变不离其宗，呈现出场景的随机性与个体的能动性、舞蹈的程式化与展演的灵活性与创造性的辩证统一，是一种内隐的舞蹈文化规定性在结构上的自由发挥，而不是自由自在、无拘无束的率性而舞。

（三）不受苛求的自娱自乐

中国民族民间传统舞蹈复杂与多元的特征，致使其社会文化功能也会因

---

① 罗雄岩：《中国民间舞蹈文化教程》，上海音乐出版社 2001 年版，第 17—18 页。

时、因地、因事的不同而各有千秋、多种多样，跳舞的目的就是开心、愉悦、沉醉和释放，而这也成为众多舞蹈的重要使命，特别是其“非功利性”，即“玩”和“闹”的舞蹈诉求，致使许多舞蹈动作简单、上手容易、一学就会，同时，怎么跳、怎么耍、怎么闹都不受苛求。对于这一特性，罗雄岩老师将其概括为“自娱性”，即“它是群众自我娱乐的活动，不过许多舞蹈中，自娱性和表演性两者经常交织在一起，使参加者共同投入，舞者愉悦，观者快慰，皆大欢喜。它又是群众自我教育的活动，娱乐中接受传统文化、民族精神的陶冶，增强本民族的团结和内聚力”[①]。就“自娱性”而言，尽管是非专业民众舞蹈的主体特性，但与“即兴性”舞蹈那种只有对于某种舞蹈谙熟于心、轻车熟路，才能挥洒自如、信手拈来进行表演不同的是，“自娱性”强调的是重在参与的无门槛。对舞蹈熟不熟练、会不会跳都不重要，重要的是敢于下场一试身手，这种舞蹈的核心是尽兴、目的在参与、效果看气氛，没有人会要求动作准确、规范、高水平、有品质，也没有人会嫌弃那种不顾别人死活的惨不忍睹、俗不可耐、手足无措的表演，只要你开心、自得其乐，淋漓尽致地宣泄、不顾身份地狂歌劲舞都是被允许的，类似节日狂欢里人们在仪式的阈限过程中进行的无结构、无秩序、反日常的表演，只要不犯天条、不惹众怒，表演场上任你舞。

这一特质在很多民族、地域的民间舞蹈中普遍存在，一个能充分说明该特质的文化现象就是在进行田野调研时，你会发现许多如数家珍、耳熟能详的舞蹈，在民间都会有不同的称谓。例如山东商河的《鼓子秧歌》，当地人更愿意称其为“跑十五”或“闹玩艺儿”；流传于陕西北部地区神木、府

① 罗雄岩:《中国民间舞蹈文化教程》，上海音乐出版社 2001 年版，第 17 页。

谷、佳县、绥德、米脂、清涧、延川、宜川、洛川、安塞等地的《陕北秧歌》，当地人会用“闹红火”“闹秧歌”“闹社火”“闹阳歌”等名称代替；盛行于辽宁省南部特别是营口（大石桥）、海城和盖州市一带的《高跷秧歌》，当地人喜欢用“扭秧歌”“跑秧歌”“唱秧歌”或“浪秧歌”而不是“跳秧歌”来命名。这些不同的称谓命名，一方面反映的是当地人对该舞蹈表演形式类型的认知，如走街串巷、游屯串村的叫“跑秧歌”，又扭又唱的叫“唱秧歌”，光扭不唱的叫“扭秧歌”；另一方面反映的是不同实践群体对展演舞蹈实体本质的认识，《鼓子秧歌》《陕北秧歌》《高跷秧歌》的名称，凸显的是专业舞蹈工作者的认识，其中秧歌的舞蹈本体层面（纯舞蹈特质）被刻意放大，甚至在回避和忽略中遮蔽了其他内容，用充分体现舞蹈自律性特征的标准来定义和命名。而“跑十五”“闹红火”“浪秧歌”等称谓，彰显的是其民俗表演主旨诉求的“功能性”特质，以及表演不拘一格的“自娱性”特点。

“闹”作为动词和形容词除了有扰乱、喧哗、发泄（感情）、发生（灾害或不好的事）等颇具贬义的词意外，还有干、弄、搞、逗的意思，即在喧嚣热闹中做某事（如闹洞房），这表达的就是打破日常、超越规矩的破例行为，以及在热情奔放、激情燃烧、喧嚣嘈杂的气氛中活动非斯文、不安静的情状。苏联文艺理论家米哈伊尔·巴赫金（Mikhail Bakhtin）对狂欢节的解释是：“狂欢节实际上是中世纪民众所过的‘第二种生活’，在狂欢节期间，一切等级关系、特权、规范和禁令都已取消，财产、职位、家庭甚至是年龄差异的屏障也被去除掉了，人与人之间可以不拘形迹地自由接触，仿佛在官方世界的彼岸建立起来了‘第二个世界’。狂欢作为对日常（官方）生活制度的暂时超越，有助于‘净化’独语环境，营造我他对话的理想氛围，而正是在理想的对话中‘人回归到了自身，并在人们之中感觉到自己是人’。”[①]也就是说西方中世纪狂欢节上呈现的是与平时日常生活截然不同的另一种生活，它意味着此时此刻人们行为举止的“非日常化”或者说“反常化”，人们在这一特殊的时空中，打破一切固有的秩序和结构，也卸下平时扮演的角色和伪装，以不拘形迹的行为，无所顾忌地“释放”，移除和摆脱平日的压迫而获得身心的解脱、松弛和快感。这种节日狂欢的“第二种生活”对于中世纪的西方是必不可少的，它是使普通民众压抑的情绪得以宣泄，旺盛的生命力得以释放的途径，也是等级社会的“减压阀”，具有新旧交替、重新开始、更新再生的意蕴内涵。

民间秧歌的名称选择“闹”这个词，某种程度上与巴赫金讨论的“第二种生活”是一致的，西方中世纪那种常规的、十分严肃而紧蹙眉头的生活，那种服务于严格的等级秩序的生活，那种充满了恐惧、教条、崇敬、虔诚的生活，在中国民间社会也是不容否认的现实存在。人们在年节交替的特殊时刻，通过仪式舞蹈“闹”的行为，与平时日常具有固定性、不变性和永恒性的东西决裂，将神圣降格为粗鄙，用诙谐抵抗严肃，把规范交给无序，在颠覆已有的等级关系、道德伦理、宗教约束以及各种法规条令的同时，让疲惫不堪的身心得以放松、不苟言笑的紧张得以舒缓、不堪重负的日子得以慰藉，是民间秧歌展演活动的核心意涵。如：“从腊月二十三日开始，陕北、晋西的民众便生活在一种无序而繁忙的状态之中，他们渐渐地从先前的世俗生活状态中分离出来。在除夕夜及随后的守岁时间里，他们的存在状态被悬置起来，处在年节阈限期的分界线上，通过一些精神性器物与外界隔离开

① 蒋理、武闽:《巴赫金狂欢化理论的哲学内涵：两重性相互转化》,《贵州社会科学》2021 年第 4 期。

来。大年初一的祭祀活动过后，人们便竭力地表现出‘悠闲’的生活状态，他们狂吃豪饮、放纵游玩，夸张地表现出一种富足、丰盈的生存状态。正月十五前后的秧歌展演活动正是在这一时空情境中进行的。”①对此，足下生风、扭摆拐闪、腾挪跳跃、扇花飞舞、“一方之人皆若狂”的“闹”，成为民间秧歌纵情歌舞的主体风格，所谓“走得轻巧，舞得花哨，扭得活泛”，凸显的就是一种离经叛道、我行我素、随心所欲、放浪不羁的狂欢。如“陕北人淳厚木讷，本分实在，千年不息的兵连祸结、日复一日的艰辛劳作，铸就了陕北人沉重、坚忍的性格。‘狂欢’似乎离陕北人很遥远。其实不然，在陕北秧歌中，恰恰弥漫着那种忘掉一切重压、抛开一切规矩的无我忘我情态，那是地地道道的‘狂欢’。”②

在中国民族民间传统舞蹈中，这种“自娱性”不拘一格的表现形式，甚至还发展成为许多舞蹈的代表性风格，例如东北地区无论是《高跷秧歌》、《寸跷秧歌》还是《地秧歌》，“扭起来红似火，静似花儿笑，站立一棵松，跑起水上漂”，并有“稳中浪”“浪中媚”“媚中艮”“艮中俏”“俏中逗”的风格特点，当地人喜欢用“扭秧歌”或“浪秧歌”来称呼它。“扭秧歌”的“扭”主要表述的是舞蹈的运动规律（身体动律），踩着高跷下肢受限的人体运动，只能产生以腰为轴由左向右或由右向左以肩带肋的摇摆动律，这种特定的运动方式被称为“扭”，所谓“踩在板上，扭在腰上”，即踩在一板一眼的节拍上左右摇摆地扭动身体，这是东北秧歌舞蹈的基本形态，当然“扭”的过程中还有“摆”与“圆”的动律与之配合，否则整个身体无法自由舞

① 王杰文：《仪式、歌舞与文化展演：陕北·晋西的“伞头秧歌”研究》，中国传媒大学出版社 2006 年版，第 41—42 页。

② 刘蓉：《陕北秧歌的原始性特征》，《延安大学学报（社会科学版）》2007 年第 6 期。

动进退自如。“浪”主要说的是“自娱性”狂欢产生的风格审美，它作为一个形容词经常用以表述一个人玩世不恭、自信膨胀、行为随意、举止轻佻，甚至本身就含有浪荡的意思，但在东北秧歌中却是对舞者表演最高的赞扬：“在老艺人眼里‘浪’是最好的寓意，如果被老艺人给予‘你扭得真浪！’的评价，那便是最高的赞誉了。所以，在东北地区，人们在表演秧歌时讲究‘安心的浪’，并把秧歌表演俗称为‘扭秧歌’‘浪秧歌’，浪涵盖了逗、媚、艮、俏，扭得既活又美，稳中见浪、浪中见艮、艮中带俏、逗俏相伴。”[①] 在东北，民间秧歌表演主要在冬闲季节的春节和元宵节进行，节日里颠覆等级秩序、打破特权禁令，无所顾忌、不受限制的狂欢生活，就是给平时循规蹈矩、平淡无奇的日常创造另一种可能。男欢女爱、儿女情长、打情骂俏作为民间艺术最为热衷的表现主题，用夸张、戏谑、滑稽、幽默甚至是互虐的方式进行表现，就是对日常备受压抑的情感的宣泄，以及对疲惫不堪的身心的释放，这一为所欲为、放浪形骸的表演特点，无形中成为东北秧歌火爆、热烈、稳静、幽默、泼辣风格特点高度凝练、最为集中的表达。

中国民族民间传统舞蹈不受苛求的自娱自乐，有时还与其另一特性息息相关，即它的“群众性”特质，何谓“群众性”？罗雄岩老师的解释是：“它是群众集体创作的成果，又在群众中直接传授和传播。它步法简单，动作易学，表演时便于和谐一致，广泛流传。”[②] 民间节日狂欢的“非日常性”特质致使许多舞蹈可以在其中放纵性情、恣意而为，而“群众性”重点在于民众的参与度，为了让大部分人步调一致、共同进退、和谐共舞，所跳之舞必须动作简单、形式简化、风格统一，如此才能让更多人没有压力、无门槛地参

① 郭宇霞：《东北民族民间舞蹈文化》，辽宁人民出版社 2019 年版，第 118 页。
② 罗雄岩：《中国民间舞蹈文化教程》，上海音乐出版社 2001 年版，第 17 页。

与进来，以实现社会凝聚、民众团结、社交娱乐等内在的舞蹈诉求。以景颇族的《目瑙纵歌》为例，就是成千上万的普通民众在身穿长袍、手握长刀、头戴孔雀翎的长者“瑙双”（男子领舞 2—4 名）和“瑙巴”（排在“瑙双”后面的男子领舞 2—4 名）及若干男女（最多 8 男 8 女）排成两列纵队组成的目瑙纵歌队的带领下，按照景颇族祖先迁徙的路线图行进舞蹈。这种被誉为“万人狂欢舞”的舞蹈形式，要求数万人踩着同一个鼓点起舞，动作不可能复杂，整个舞蹈的主体动作为男子手握长刀立于胸前，在以胯带腿左摇右摆的动律中行进，女子则双手平握彩扇或单手扬扇，也是在左摇右摆的动律中行进。“目瑙纵歌”在本民族语言中意为“欢聚歌舞”，有些翻译更为直白，就是“大家一起来跳舞”，如此规模庞大的舞蹈表演起来还有条不紊、井然有序，动作肯定不能复杂，舞蹈令行如流、顺利进行的前提是动作轻而易举、一学就会。傣族的《嘎光》也是，这个被誉为“围着鼓跳舞”的圈舞，尽管当下已经发展出 30 多套动作，队形也从早期的单行绕圈变为双行绕圈，形成了男女对舞的表现形式，但是每一套动作都不复杂，例如走三步一撤、两步一停、横步交叉、撤步转身等具体动作，学习起来都易如反掌、毫不费力。

（四）技高一筹的舞艺身手

中国民族民间传统舞蹈复杂与多元，除了简单易学、不设门槛、偏重集体参与、热衷自娱自乐的舞蹈外，还有一种与之截然不同的类型，即表演技高一筹、不同寻常，其难度与水平甚至超越职业舞者的舞蹈。这类舞蹈中最具代表性的被一些学者定义为“流浪艺人的民间舞蹈”，卖艺求生、谋利求财是这类舞蹈的主要目的，对此这种颇具“商演行为”的表演，必须要有炉火纯青、技艺超群的高水平身手打底，如此才能吸引观众、获得打赏。藏族

《热巴》就是此类中比较有代表性的舞蹈，在组织形式上，藏族《热巴》舞队人员构成通常以家族为单位，当然也会有一家发起、几家联合的形式，个别家族也会吸收一些有一技之长的人参与其中。组成团队后内部分工明确，不仅有对内负责日常事务、对外负责联络宣传的领头人，也有类似舞蹈编导和教员这样的技艺高超者，负责平时的舞蹈教习和排练，一队人就是依靠这种类似欧洲吉卜赛人表演组织的简单组织形式，背着铃鼓，游走于各大藏区卖艺讨生活，对于他们而言，苦练热巴舞艺就是为了谋生。

除了平时的游艺表演外，每逢本地寺院有重大的法事活动，他们都要赶回来义务演出，如："各地的热巴队大多在当地大寺院的宗教活动中进行舞差献艺，寺院则布施食品等物。而且不管他们在什么地方卖艺，到当地寺院大型宗教活动时，必须赶回献艺。如丁青热巴队为类乌齐寺的宗教活动献艺；察雅热巴队为察雅玛滚寺的宗教活动献艺；八宿热巴队为八宿拉让的宗教活动献艺。"[①] 这类因卖艺求生而促进舞蹈技艺高超的现象，在其他民族中也多有出现，诸如汉族的安徽《花鼓灯》就是代表性案例。安徽《花鼓灯》灯班子成员，不仅个个会敲锣打鼓、能歌善舞，而且掌握的节目也非常多，目前被记录和统计的动作和舞姿多达500余个，被称为鼓架子的男角不仅动作潇洒、身手矫健，而且多善筋斗技巧，女角兰花也是扇花飞舞、动作细腻、姿态万千，表演极具个人魅力，这种精彩绝伦、舞艺高超的成就，与逃荒卖艺糊口脱不开干系。《建德县志·禁游民议》（清道光五年刊）记载有"又或以花鼓歌唱为取讨钱米之谋。直至来岁夏初麦熟，始相与负载提携而归"[②] 的描述，可见

---

① 中国民族民间舞蹈集成编辑部编：《中国民族民间舞蹈集成（西藏卷）》，中国 ISBN 中心 2000 年版，第 270 页。

②《中华舞蹈志》编辑委员会编：《中华舞蹈志 · 安徽卷》，学林出版社 2000 年版，第 37 页。

农闲季节或灾荒之年邀约成班出门表演以乞讨求生或谋利并非杜撰。

这种类似准专业或超专业高超舞艺的表演，还发生在一些宗教仪式舞蹈中，一些巫师、道士或和尚表演的舞蹈，其精彩、震撼程度远远超出专业舞者的表演水平，如："特殊技艺则是指白族巫舞的一种重要的宗教艺术手段。巫舞者绝大多数都是受过训练的专职或半专职的宗教舞台专家。由于他们以巫术和巫舞为业，长年经营此道，并且多数都有一定的师承关系，故而巫舞者均各有一两套看家的特殊技艺，以便用这些技艺博得信徒的敬重，吸引更多的观众。白族巫舞中有各种各样的舞蹈跳、转、翻技巧和惊险动作。如蹲跳步、蹲转、单腿转、虎跳、前手翻、倒立、单腿颠跳等等。表演时做上述动作次数的多少和力度、弧度的大小视场景和舞者的情绪、体力而定。如大理市巫舞艺人赵学尧，年轻时表演一次可连续单腿跳转与蹲跳转四十多圈。更有甚者，《云龙州志》卷九'风俗条'记载，作巫舞时'口衔热铁、足踏利刃、滚火塘、负燃烛，出入踢跳，如履平地'。这类特技虽散见于各地、各种场合之中，但在白族中传闻甚广，使广大观众瞠目结舌。崇信巫术的人则确信巫师们具有通神灵、镇鬼怪的超凡法力。"[①] 当巫师们舞艺或舞技的精湛与宗教法事灵与不灵的有效性相联系时，自然会促进更多的巫师在舞蹈的技术技艺上下功夫、做功课，以此来建立个人的声望，获得更多的法事邀请。如流行于陕西省汉中市西乡县，在每年中元节（俗称鬼节）寺庙中举办的"盂兰盆会"和民间丧葬礼俗中表演的佛教乐舞《莲花碗》，"舞'莲花碗'者要求技艺娴熟、功力高超，常是头顶一个碗，脖子上套置一个长方形木架于双肩上，并各放一个碗，有的还在两臂肘部各放一个碗，双手手掌再

① 石裕祖:《云南白族巫舞及霸王鞭舞传承状况的调查报告》，载石裕祖主编《民族舞蹈文化传承发展论纲》，云南大学出版社 2010 年版，第 66 页。

各托一个碗，表演技能高者还可以在双脚面上各放一个碗，共计九个碗。技艺有限的表演者最少也得在头上顶一个碗，双手各端一个碗，同要三个‘莲花碗’，并要求舞者在表演时步履平稳、呼吸均匀、动作协调、肩平手稳、动作利落、节奏流畅、造型优美、仪态大方，决不能掉碗摔灯以影响表演的效果。”① 与之相比，专业舞者表演的《顶碗舞》，基本上是小巫见大巫，技术难度上存在不小差距。

中国民族民间传统舞蹈因具有休闲娱乐、节日狂欢、社交求偶的功能，在舞场上技高一筹、力压群雄的舞者，势必受到众人的追捧和欢迎，所谓“高手在民间”并非一句调侃的空话。例如苗族青年男子表演的《芦笙舞》，舞者一方面不间断地吹着芦笙，同时还要完成如倒立、单肩落地、双脚倒立、下蹲、跳跃、旋转、翻滚等高难度的技巧动作，这种边吹边舞的表演形式，如果内气、肺活量不足，身体没有硬功夫，想要完美展现绝无可能。所以苗族男青年在训练时十分讲究“外练筋骨皮，内练一口气”的妙诀，目的是在“跳花”或“跳月”（跳舞求爱）时，讨到更多的花带，牵到更多只“羊”（姑娘）。因为在苗族民间，青年小伙子不会跳芦笙的话，就很难得到姑娘的爱情，芦笙跳得好坏也成了姑娘检验小伙子的标准，所以在芦笙舞蹈表演过程中，用优美的芦笙曲调召唤姑娘，用充沛的精力、高超的技巧、雄健的体魄吸引姑娘，是众多未婚男青年的求爱秘诀，如此促进了该舞蹈技术技巧的发展。据说“著名的芦笙高手王志良（贵州省仁怀县茅坝区人氏）至今仍以高难技巧蜚声国内外。他能赤脚在 3 个鸡蛋上跳舞，而鸡蛋始终不破；他能吹着芦笙，头顶 6 个水碗围成的圆圈中心，脚在圈外，身躯悬

① 吴珊编著：《秦风蜀韵羌楚影：秦巴汉水民间舞蹈概览》，中国社会科学出版社 2018 年版，第 78 页。

空，连续翻滚，笙声不绝而身体不着水、不碰碗。他表演的‘倒立’、‘肩上托人’、‘翻板凳’、‘走竹竿’、‘旋方桌’、‘爬花杆’等，亦系当地苗族所仅见。”① 在其他民族舞蹈中也是，身怀绝技、出手不凡的非职业艺人比比皆是、不乏其人。如“在藏戏的表演过程中，大多数主要演员都具有相当高水平的武功技巧，如‘那果’和‘切果’（即内旋转和外旋转），做此类技巧的演员可在原地连续旋转高达数十圈；再如由藏舞中一种特有的旋子功——‘热巴蹦子’发展而来的‘躺身蹦子’，要求演员在完成此项高难度动作时，必须平身躺向地面，辫子打地，右手触地，双脚交替落地，一鼓作气飞身绕圈打旋子，有时还要求演员在飞舞旋转中拣起地上摆放的哈达、银圆等物品，更大程度地增添了演出的观赏性。”②

又例如，中国内地各省份普遍流行一种《高台狮子》的舞蹈表演，这种从历史上的百戏中传承下来类似民间杂技的假形道具舞蹈，表演时至少用5张八仙桌重叠，具体做法是：第1张桌足向下着地，桌面向上；第2张桌面与第1张桌面重合，桌足向上；第3、4、5张均桌面向下，桌足向上重叠，形成一个约5米的高台，也可架7张、9张，甚至11张，一般是架5张，当然也会有其他形式的高台搭法。在具体的表演中，以陕西汉中南郑区、略阳县、城固县流传的《高台狮子》为例：“表演开始，在锣鼓、鞭炮的伴奏和气氛烘托下，由一武生装扮手执绣球的‘引狮郎’，翻着一串跟头上场，‘亮相’后，再翻着跟头至上场门处将‘狮子’引入场中。‘引狮郎’在场中用绣球引逗‘狮子’戏耍，通过狮子对绣球的追逐、争抢、嗆噬、踩踢以及

① 杨鹏国：《苗族舞蹈与巫文化——苗族舞蹈的文化社会学考察》，贵州民族出版社1990年版，第15—16页。
② 吴静：《略论德格藏戏》，载林俊华、赵勇主编《康巴民族民间歌舞艺术调查与研究》，中国书籍出版社2017年版，第101页。

狮子的滚翻、绕转、爬卧等动作，栩栩如生地刻画了狮子喜、怒、欢快的拟人化性格特征。在场上表演一番后，再放一张八仙桌，‘引狮郎’跳上桌子，引逗狮子围桌子上下绕转表演，然后在桌子上再放一张桌子，狮子在‘引狮郎’的引逗下从地面爬上第二层桌子再做表演。有的地方舞狮技艺高超，可摞上七八张八仙桌，高约 10 米多，‘引狮郎’引逗狮子从第一张桌子一直爬至最高一张桌子上表演，突出了狮子表演的惊险玄妙。狮子在最高一张桌子上表演‘拜四方’之后，再由‘引狮郎’将桌子一张一张拆卸下来，拆卸时‘引狮郎’和狮子下到下一张桌子上后，‘引狮郎’将上面一张桌子双手举起用力抛下，下面的人平稳地接住，如此反复将七八张八仙桌一一拆卸后，狮子在场地上表演一阵，即可结束。”[①] 尽管各个省份的表演各具特色，如引狮的角色以及狮子的装扮不尽相同，但 3 人在仅有近 1 平方米的桌面上，完成东闪西挪、移位换步展演狮子抢球、戏球、打滚、绕转、爬卧、舐毛、搔痒、洗耳等各种风趣动作，以及在没有任何保护的情况下在 1 米至 10 米的等高落差中表演上桌、下桌，这本身就是一种高难挑战。如果没有 3 人之间的默契配合、协调有序，从八仙桌上掉下来的后果不堪设想，这样的表演不仅要求舞者有强健的体魄、足够的气力和体能，还必须具有高超的舞艺、娴熟的技巧和过人的胆识。

中国民族民间传统舞蹈会分化出这种技高一筹的舞艺表现形式，还有一个比较重要的原因，它与舞蹈展演争强好胜的本质属性息息相关，因为在表演中时时处处都喜欢超过或压倒别人的“斗舞”，在民间是舞蹈展演的常态，在“斗”的过程中提升舞艺、改善技能成为很多舞蹈长足发展的通行规

---

① 吴珊编著:《秦风蜀韵羌楚影：秦巴汉水民间舞蹈概览》，中国社会科学出版社 2018 年版，第 140—141 页。

律。以山东胶东半岛盛行的《海阳秧歌》为例：“因为秧歌是祭祖、祭神的一种活动，也是海阳人民的一种喜庆活动，在海阳的山会、庙会或乡村集市、社会集会上都是数台秧歌同场竞演。‘你方唱罢我登场’，甚至是同时挑圈竞演。哪台秧歌好看，自然就赢得了观众，赢得了人气。因此，每台秧歌都想压倒对方，都在不断创新，都在试图以新的生气来争夺人气。民国初年，海洋凤城统一村秧歌队正月初三进城拜‘娘娘庙’，与邻村秧歌队相遇。在行‘逗秧歌’礼节时，乐大夫扮演者于奉一发现自己的马甩子短、小，在相同的锣鼓点伴奏中气势压不倒对方，给本族老少爷们丢了脸。于奉一苦思冥想，把原八拍‘水斗’锣鼓点变为九拍，改革了马甩子起落动作的节拍。新改动的乐大夫动作节奏异于其他秧歌队，在‘逗秧歌’时令邻村秧歌队应接不暇。统一村的秧歌占了上风，名传百里。凤城一带的秧歌队纷纷效仿改革，在九拍为一动作短句的锣鼓伴奏点基础上加花加彩，使其更加完善，并形成一定伴奏模式。现今凤城一带的秧歌锣鼓点异于海阳别处秧歌锣鼓点，凤城的秧歌动作也别有神韵，这都是当年于奉一带动秧歌改革的成果。”①

其他地域的舞蹈也是如此，只要同一时空存在两个不同的表演团体，表演中互相竞赛、争强斗胜、一决高下的“斗舞”就会发生，这种“斗舞”还会有专门的名词术语。诸如庙会中表演的《花鼓灯》，当多个灯班子在同一庙会一起表演时，所谓“百班锣鼓百班灯”，不仅当地较出名、有影响的艺人都会云集会上一展风采，灯班子之间也会拼勇斗狠、一争高下，这种决一胜负的“斗舞”形式被当地人称为“抵灯”，估计是受汉代角抵戏的影响，

① 于春华：《中国海阳大秧歌探索与研究》，中国文联出版社 2004 年版，第 269 页。

由其中的角力表演引申而来。“打对台”也是这类“斗舞”的另一称谓，如流传在陕西汉中洋县、佛坪、城固、留坝等县的《地社火》，“在表演中，如有两家地社火对碰在一起互不相让时，便‘打对台’。打对台时，若在同一个场子里表演，则是你一个节目我一个节目，同内容的节目不能重复演，谁家没有节目就算输。若分两个场子表演，则谁家表演好，能把观众吸引过来，谁家就赢了。节目内容的时代年限在平常的表演中一般不受限制，而遇‘打对台’时，对家表演远古时代的节目，你也得按朝代表演，接不上朝代也算输，锣鼓队也变化着鼓点相互对垒。”[①] 民间的许多舞蹈就是在这种不服输、勇争先、敢比拼、决高下的氛围中，成就了许多知名的舞蹈艺人，也在这些艺人精益求精的探索中提升了舞蹈表演的难度与水平，所谓水涨船高、舞随事迁，这种创新无止境、求索不停步的做法，无形中拉开了与自娱性舞蹈、群众性舞蹈的距离。

---

① 吴珊编著：《秦风蜀韵羌楚影：秦巴汉水民间舞蹈概览》，中国社会科学出版社 2018 年版，第 332 页。

第三章

中国民族民间传统舞蹈类型

第一节　中国民族民间传统舞蹈类型划分的原因

一、分门别类、格物致知深入研究的必然

“科学”（science）是指“运用范畴、定理、定律等思维形式反映现实世界各种现象的本质和规律的知识体系。按研究对象的不同，可分为自然科学、社会科学和思维科学，以及总结和贯穿于三个领域的哲学和数学。按与实践的不同联系，可分为理论科学、技术科学、应用科学等。科学来源于社会实践，服务于社会实践”[①]。从这个维度来看对“科学”概念的解释，刻意强调如实反映客观事物固有规律的系统知识成为表述的重点，但“科学”乃是反映自然、社会、思维等客观规律的“分科”的知识体系，即特有的分科而学，中国古代讲“致知在格物，格物而后知至”，其研究事物原理而获得知识的方法论却没有获得详细的阐释。因为对于来自西方文化的“科学”而言，除了整理已有的事实、发现特殊的规律、做出客观的结论外，还有一个核心要点，即科学不同于一般性的常识探索，它是通过分类的研究前提，以

① 辞海编辑委员会编：《辞海（第六版）》，上海辞书出版社 2010 年版，第 1026 页。

此发现事物与事物之间以及事物自身内部的条理与异同，在此基础上揭示支配事物的规律以求说明事物真相的学问。通俗点说就是将各种知识通过细化分类研究，逐渐形成完整的知识体系，以此探究事物的原理，获得新的知识的学问。对于舞蹈研究而言也是如此，如同任何一种文化现象一样，每一个舞蹈都有它形成与发展的规律，都有它显而易见的部分和难于被发现的深层次因素。因此，借用“科学”的方法论，就所研究的对象如何划分成最基本的类型并进行研究，则是从现象到本质、从一般描述到文化分析的必由之路。

对于中国民族民间传统舞蹈研究来说更是如此，一是想要对数以万计的舞蹈有个清晰的认识和整体的把握，必须将其条理分明、秩序井然、分门别类、有条不紊地归置清楚，就像生物学由高到低的界、门、纲、目、科、属、种的生物分类一样，有了条理清晰的类型划分，自然可以编织出舞蹈总体的文化构型和完整的知识体系网络，便于看清各民族民间舞蹈之间的内在关联和纵横交错的复杂关系，有利于探究舞蹈发生与发展的规律、原因、状态和趋势；二是通过对同一舞种或同一舞蹈不同变体的区隔划分，可以清晰地辨别出其在传承与发展过程中因多种原因导致的变异，在揭示和发现其内在规律和本质特征的同时，能准确地查找到支配该舞种或该舞蹈发展变化的关键要素，从而能更好地阐释说明其变迁原因和发展过程的是非曲直，以此获得新的知识和有价值的学问。对此，站在不同的立场，借用不同的理论，选择最有用的研究范式，通过林林总总、多种多样的类型划分，以此深化对所研究舞蹈的认知与探索，成为众多舞蹈人非常热衷的举措。如罗雄岩老师对为何选择文化类型研究范式的解释和说明：“任何一门学科都有它的研究范围、研究对象以及适于本学科的理论建构与研究的方法，其中，文化类型的划分是其基础理论的首要部分，有了类型划分就可以确定层次，列出纲目，纲举目张，便于系统地、深入地进行研究。因此，采用什么方法、怎样进行文化类型的具体划分，是一门学科或一项课题研究的开端，是一个学科建设的根本问题。”[①]

在马克思主义哲学范畴中，任何事物都是一般与个别即共性和个性的统一。“一般是指某类事物所普遍具备的特征，即该类事物的共性；个别则指单个事物具备的特性，即该事物区别于他事物的个性。由此，一般与个别的关系既是共性与个性的关系，也是普遍性与特殊性的关系。个别是相对于共性来讲的，即世界上某一事物或现象所反映的区别于他物的特殊性和差异性；而一般是相对于世界上一类事物或一切事物所反映的事物之间相互联系和统一的普遍性、统一性来讲的。显然，个别既可以理解为某一事物所具有的个性，也可以理解为这一事物本身。同理，一般既可以理解为一类事物或一切事物所具有的共性，也可以理解为这类事物本身。”[②] 与此同时，个别与一般是一对交织互渗的范畴，双方不能离开彼此而单独存在，即普遍性寓于特殊性之中，并通过特殊性表现出来，没有特殊性就没有普遍性，同时特殊性也离不开普遍性，不存在不包含普遍性的特殊性，两者彼此相联，不可分割。一般与个别的辩证关系并非抽象空洞的理论，而是作用于人们现实生活的诸多方面，在人们的认识过程中表现得尤其明显。因为就人类的认识而言，基本遵循一个由感性到理性再到实践的循环过程，而这一循环过程是由个别、特殊到一般和由一般、特殊到个别两个路径不同的认识过程所组成的，人类的认识就在这样循环往复的过程中进行，而每一次循环都推动着人类的认识进一步提高、不断地深化，而这一切都是在对事物分门别类、有条

---

① 罗雄岩:《论中国民间舞蹈的文化类型》,《北京舞蹈学院学报》2003 年第 4 期。

② 焦冉:《论马克思主义的归纳—演绎法》,《理论月刊》2015 年第 1 期。

有理、连类比物的基础上实现的。

例如，以研究“他者文化”（cultural otherness）为己任，描述、分析、阐释和说明社会和文化异同的文化人类学，因另外一个同质异名的名称民族学，时常被认定为专门研究异民族舞蹈（“他者舞蹈”）的舞蹈人类学或民族舞蹈学的基础学科，即在对材料分门别类的基础上，进行学科知识体系的建构和理论范式的归纳。为了研究和阐释文化多样性，文化人类学家或民族学家从事两类活动：一是基于田野工作的民族志（ethnography），二是基于跨文化比较的民族学（ethnology）。“民族志提供对特定社区、社会或者文化的描述。在民族志田野工作中，民族志收集他或她组织、描述、分析和阐释的数据，并以专著、文章或者电影的形式来建立和展示描述。传统上，民族志者曾居住在小型社区中，并研究当地的行为、信仰、风俗、社会生活、经济活动、政治和宗教。…… 民族学考察、阐释、分析和比较民族志结果——从不同社会中搜集到的资料。它运用这些材料对社会和文化进行比较、对比和归纳。发现特殊之后更普遍的东西，民族学家试图辨认和解释文化异同，检验假设并建立理论以提升我们对于社会和文化体系是如何运作这一问题的理解。民族学不仅从民族志也从其他分支领域，特别是从重构了过去社会体系的考古人类学中获得比较的材料。”[①] 对于早期的文化人类学而言，民族志重实证，因强调对小型社区全方位的个案研究，被认定为学科的基础，民族学重比较分析，注重在跨文化的比较中检验假设、建立理论，被认定为学科的“上层建筑”，但随着“在人类学这个学科名称取得支配地位之后，学科研究的层次区分也随之产生了变化，此时，出现了可谓是‘三层次说’的观

---

① ［美］科塔克：《人类学：人类多样性的探索（第 12 版）》，黄剑波等译，中国人民大学出版社 2012 年版，第 9—10 页。

点。此说出现后，人类学不再简单基于民族志来进行比较研究，在多数情况下，它开始由重实证的民族志、重比较的民族学及重理论概括的人类学三层次构成”[①]。

对于文化人类学而言，无论是“二层次说”还是“三层次说”，民族学作为学科的“上层建筑”，或承上启下的“中间环节”，其最基本的研究方法是比较研究（comparative method）。比较研究的关键在于，相比较的事物或对象必须在同一关系（同一性原则）之下，依据同样的标准加以对照，从而确定其共同点和差异点，而这一切的前提是必须对事物作出初步、明确、合理、可比的分类，研究对象只有在适宜的类型划分后，才有可能进行比较，否则将一团性质不清、属性不明的材料拿来比较，基本上是研究的灾难。对于中国民族民间传统舞蹈研究而言也是如此，对那些“内部他者”的族群舞蹈作大量的调查和记录，收集不同民族、地域的舞蹈文化样本，用以揭示该舞蹈的发生规律及其自身存在的多样性与复杂性，亦即舞蹈民族志研究，只是其研究的基础。而在此基础上进行比较分析和验证假设，均衡地理解不同民族、地域舞蹈文化的特殊性（差异性）与普世性（共同性），以及它们之间的相互关联，试图得出某种通则或规律，用以识别和解释舞蹈文化异同、检验假设和建立理论，以提升对于该舞种文化体系如何运作这一问题的理解，应该是中国民族民间传统舞蹈研究的本质诉求。

为了研究的深入，无论如何也不能仅仅停留在具体舞蹈即舞蹈个案的考察、分析与描述上，需要对某一族群、某一地域的不同舞蹈进行比较、分析、归纳、总结，以此发现特殊性背后更为普遍的东西，同时在辨认和

① 王铭铭：《民族地区人类学研究的方法与课题》，《西北民族研究》2010 年第 1 期。

解释这些舞蹈文化异同的过程中，进行中国民族民间传统舞蹈一般性（普遍性）特征的归纳与总结。如："我们要更加清晰地认识和辨析舞蹈人类学、舞蹈民族学、舞蹈民族志三者之间的关系，不妨借用列维－施特劳斯（Claude Lévi-Strauss）对民族志（ethnography）、民族学（ethnology）、人类学（anthropology）之间关系的阐述。人类学家到一个地方去做个案研究，是做民族志研究；关注某一个族群的问题时，有时也许是几个族群的比较，但关心的重点在族群问题，是属于民族学的范畴。把这种研究放大到关心全人类的问题，则可以称之为人类学。认识到这些概念之间的差异，了解不同的学术立场和诉求，可以更好地找到每个学者在不同的研究项目、不同的研究阶段的基本位置，同时又能够在具体的研究中保持更宽广的学术关怀，以深入细致的田野民族志材料为基础，探究更高深的理论问题。"①

就中国民族民间传统舞蹈研究认知规律来说，它是由以具体舞蹈或舞蹈个案为代表的个别和特殊事物的认识，逐步地扩大到对某一民族、某一地域的舞蹈认识中去，并在此基础上向外延伸，将这种研究放大到整个舞种，即涵盖了 56 个民族（包括很多未识别民族），34 个省级行政区（包括 23 个省、5 个自治区、4 个直辖市、2 个特别行政区）全部舞蹈的一般性规律和普遍性特征的探索。尽管实证主义蔑视宏大叙事、强调舞蹈个案研究，然而对一个舞种"共性"或"普遍性"的认识，不能因"个性"或者"特殊性"认识不彻底而滞后，"共性"或"普遍性"理论建设必须要与"个性"或"特殊性"研究同步。因为在对该舞种诸多问题的认识上，人们在有了对该舞种共同本质的认识后，才会以这种共同认识为指导，向着尚未研究过的或

① 王建民:《舞蹈人类学的概念辨析与讨论》,《民族艺术研究》2015 年第 5 期。

者尚未深入研究过的一些具体问题探索，从而更加丰富和完善对该舞种的认识，建立起成熟、完善、系统、经得起时间检验的理论范式和翔实具体、逻辑严密、自圆其说、具有解释力的知识体系。要完成如此宏伟构想，在该舞种知识体系与理论范式的建构过程中，除了依靠人类学通用的核心研究方法田野工作（业内称民间采风）外，比较研究也是一个不可替代的研究方法。因为在几乎所有的科学研究领域里，为了检验某种命题或归纳出一般法则，都在不同程度地使用着比较的方法，然而只要有比较就需要有类型划分，所以就中国民族民间传统舞蹈的类型划分展开研讨，本身就是对该舞种进行系统、全面、深入研究的基础。

二、求真务实、客观理性、系统研究的必需

分类作为一种把某些特征近似或相同的事物归置到一起的方法，其核心目标是使事物彼此之间的关系变得更加清晰、明确，即在“同一性”原则的基础上，根据事物外在形式、内在性质以及固有的秩序排列，将同一类事物组成系统，以此区隔于他事物、分清彼此。分类的目的除了区隔他者之外，还在于高效、便捷、深入地认识研究对象本身，毕竟杂乱无章、错综复杂、数量众多、内容繁杂的事物掺杂在一起，很难理出个头绪，没有头绪、一团乱麻，自然就不会有准确、清晰、深入的认识，许多事物只有经过科学系统的分类后，才能够有条不紊、井然有序地展开系统的分析与深入的研究。对于中国民族民间传统舞蹈而言也是如此，因为中国民族民间舞蹈这个概念，不仅包括“过去”与“现去”保持了一致性的事物，也包括为了相当新近的目的，使用旧材料建构起来的“被发明的传统”；不仅包括“为艺术而艺术”的特定内容，也包括“为人生而艺术”的相关事物；不仅包括被确立

为“大传统”，表现为社会上层的官方文化、精英文化、雅文化、高层文化的舞蹈形式，也包括被定义为“小传统”，表现为“原始的”“部落的”“民俗的”“草根的”“乡土的”舞蹈内容。即便是原生态、纯民间的舞蹈形式，“从舞蹈的负载者层面还可划分为：民众跳的民间舞蹈、流浪艺人跳的民间舞蹈、青楼艺人跳的民间舞蹈、民间善舞者跳的民间舞蹈等”[①]。为了清晰、明确、合理、有序地对各个层级、不同性质的舞蹈展开分析、研讨，类型划分成为逐步展开具体研究的起始点。

中国民族民间传统舞蹈的类型划分，首先是从跟与其同名并不同质，被称为职业化、专业性、剧场化、学院派的中国民族民间舞蹈的区分开始的。为了便于清晰、明确地认识到两者之间的不同，许多专家、学者对其进行了具体的分类，相关的论述有很多，归纳起来比较有代表性的大致有几类，即“二分法”、“三分法”和“四分法”。“二分法”中影响力最大的是吕艺生提出的“两类三层说”，他认为：“两大类：自娱性民间舞蹈，表演性民间舞蹈。前者，‘舞蹈者是为了自己高兴而跳的，并不是用于演出——虽然，看人家跳舞，自己也会感到愉快。’后者，‘人们有意识地使之流传，并在远离其发源地——乡村的绿野和丛林空地的地方上演。’‘使民间舞成为能激动有教养的观众的舞台艺术。’”“三个层次：第一层次，即群众自娱的舞蹈，主要是广场性的，如乡村、城镇的平地、山坡，城市的街头、公园等；第二层次，即民间艺人或群众中的爱好者以及职业舞蹈人员表演给人观赏的民间舞，这种民间舞经过整理与加工，但仍保存有原民间舞特色，其表演场地既可在广场，也可登上舞台；第三个层次是职业舞蹈家个人要表现的某种感

① 朴永光：《舞蹈文化概论》，中央民族大学出版社 2009 年版，第 96 页。

情、观念的舞蹈作品，这是舞台化的‘民间舞’。这类民间舞是打上括号的‘民间舞’，严格地说可能已不能称为民间舞。”[①]“两类三层说”是较早系统地阐释和说明中国民族民间舞蹈不同构成的理论范式的，虽然在此之前相关的讨论也在进行，诸如对“广民”（广场民间舞）和“代民”（代表性民间舞或舞台化民间舞）的讨论，但撰写文章从理性、客观、中立、全局的视野，对其展开比较、分析、归纳、阐释，这应该是第一次或比较早的，后续的研究基本上都是以此为基点展开的。

进行“三分法”论述的学者中，比较有代表性的一个是周大明，他认为：“‘民族民间舞蹈’这个舞种概念下，正滋生着起码三个层级的舞蹈样态。一是民族民间的舞蹈样态。即社会生活中所普遍存在的，地域性、群众性的，甚或是原生态（假如‘原生态’能够现实存在并被接受的话）的民族民间舞蹈活动。其基本属性是民间的。二是当代专业艺术家的民族民间舞蹈创作。即以生长、生存于民族民间的舞蹈为其创作的艺术资源所进行的基本保持原动作素材风格、韵味、精神特质的作品创作活动。……三是当代舞样态。不能否认在民族民间舞蹈创作中出现了一些信手拈来但又不再拘泥于民族民间舞蹈的特定形式与精神特质，完全个人化的，不代表特定群体舞蹈的，并且也不可能再回归特定群体的舞蹈创作。这类舞蹈已基本脱离了民族民间舞蹈范畴，虽可见灵动的构思和优秀的成品，但我认为，应归属于当代舞范畴。其属性是纯艺术的。”[②]另一个比较有代表性的是朴永光，他将其划分为：“（1）‘原生态民间舞蹈’。由普通民众负载，且由他们在民俗仪式或民俗活动中承传的民间舞蹈，学界通常称为‘原生态民间舞蹈’，是相对课

① 吕艺生：《舞蹈学导论》，上海音乐出版社 2003 年版，第 100 页。
② 周大明：《由民族民间舞蹈创作引发的思考》，《大舞台》2006 年第 1 期。

堂民间舞蹈和舞台表演民间舞蹈，未经艺术家加工、改变的，与民俗仪式或民俗活动结合在一起，依旧按照传统方式进行的民间舞蹈。”“（2）‘次生态民间舞蹈’。由职业舞蹈工作者经过收集、整理、提炼、加工而成教材，用于舞蹈教学中的民间舞蹈，其目的是向学生传授艺术化了的民间舞蹈，为表演舞台民间舞蹈作品奠定基础以及在民众中为了自娱或为了健身而普及的民间舞蹈形态，可为次生态民间舞蹈，也可称‘教学或课堂民间舞蹈’和‘健身民间舞蹈’等。”“（3）‘再生态民间舞蹈’。由职业或非职业舞蹈工作者，从原生态民间舞蹈或课堂民间舞蹈中获取素材，且以此为主要手段，改编成舞台表演或创作成表现、反映一定内容的舞蹈作品，可谓再生态民间舞蹈，也可称‘舞台民间舞蹈’。”[①] 与周大明专一从舞蹈创作维度上进行划分不同，他是从舞蹈展演承传的社会实践空间上进行划分的，这也是艺术院校经常谈及的“广场（民间）—课堂（教室）—舞台（剧院）”三层说，即社会展演承传空间的中国民族民间舞蹈划分法。

“四分法”学说最具代表性的学者是慕羽，她借用“生态学”的理论和方法，对当下的中国民族民间舞蹈进行了类型的划分，她将其分为：“1. 原生态民间舞蹈：与当地民俗（仪式或活动）文化紧密相关的民间生活本身，即在原有生态‘属地’存活、展现的歌舞形式，最大程度地保留了‘属地’生态的存在形式和文化内涵。”“2. 次生态民间舞蹈：族群参与的现代文化活动，即在原有生态‘属地’（或强调‘属地’文化）借助现代手段存活、展示的歌舞形式。比如族群广场民间舞、中国异地举办的‘原生态’歌舞赛事、盛典、展演。”“3. 再生态民间舞蹈：现代都市娱乐文化，中西方差别很

---

① 朴永光：《舞蹈文化概论》，中央民族大学出版社 2009 年版，第 97 页。

大。在中国，是将原生态歌舞挪移到异生态中存活、展演的歌舞形式，侧重指在现代社会转型的以自娱健身为目的的新民间舞蹈，如市民秧歌、都市秧歌、健身秧歌、北京新秧歌、广场舞等。”“4. 衍生态民间舞蹈：现代剧场艺术（舞台化的演艺性新型‘民间舞’），即在原‘属地’或异地由职业舞蹈工作者经过收集、整理、加工、提炼，使用原生态或准原生态音乐舞蹈素材创作、改编，并以舞台表演形式存活、流传的舞蹈（歌舞）形式。”[①] 尽管上述分类得出的结论不尽相同，依托的理论、切入的视角也各有千秋，但是一个意料之中、得偿所愿的成果是，中国民族民间传统舞蹈自身的性质和特征被准确定义、清晰梳理——特指那些被称为原生态或次生态的各民族民间舞蹈。尽管个别学者从生态学视角强调舞蹈“属地”（固有之地）的重要性，并将其认定为界定此类舞蹈的重要指标，不出所料、理所必然的是，他们也没有忘记补充说明这些在固有“属地”上展演承传的舞蹈，更多是按照传统的方式进行的，即“过去”与“现去”保持了一致的文化存在，是世代相传、具有“同一性”的东西，自此中国民族民间传统舞蹈的概念、内涵与性质得到了更为清晰的说明。

类型划分确认了中国民族民间传统舞蹈概念、内涵、性质与特征的同时，也为更好地认识到其内部不同舞蹈的内在构成和文化多样性奠定了基础，毕竟只有在对其进行多级、多维、多层的分类之后，后续全面、系统、深入、具体的研究才能得以实施。当然一个毋庸置疑、无可非议的事实是，对于数量庞大、种类繁多、内容混杂、各具特色的中国民族民间传统舞蹈，超大的体量、海量的内容、多元的舞态也成为其可以被分类研究的关键。任

---

① 慕羽：《中国民族民间舞创作的话语立场》，《民族艺术研究》2014 年第 2 期。

何舞种能够进行类型划分的原因有二：一是要有一定的规模、相当的数量，只有寥寥无几的舞蹈也不可能分类；二是舞蹈现象之间要有一定差异性，形态万千、风格不同、功能迥异的舞蹈构成，是类型划分得以实施的前提。有学者对舞蹈研究中的类型划分做了如下归纳："第一，按空间分类，即根据舞蹈存在的不同空间进行的分类。""第二，按时间分类，即按历史时期、年代的历史性分类。""第三，按功能分类，即以舞蹈的功能为依据分类。""第四，按舞者分类，这是从舞蹈的负载者层面来分类。""第五，按形态分类，其中又包括几种分类法，有的依照舞者的人数划分为集体舞、五人舞、双人舞、单人舞……也有的根据舞蹈者使用的道具或假面具分类，如汉族的龙舞、灯舞、鼓舞、枪舞等""第六，按生态分类，即按照舞蹈存在的生态来划分，其生态又可分为自然生态和社会生态，所以，划分种类时可分别从这两个层面切入。""第七，按地域分类，即按地域划分种类。""第八，按语系分类，即按语言系属分类。""第九，按族源分类，即从民族的来源角度进行分类。"[①]

以上列举的九类舞蹈类型划分，虽然是对舞蹈划分的梳理，但更像是对中国民族民间传统舞蹈类型划分的归纳总结，即便在具体应用中会因研究对象的个性和特例，致使其未必完全适用、合理、有效，还需另辟蹊径、重置标准，但是它为类型划分总体的框架结构梳理出了一个可操作的样本。特别是时间、空间、功能、舞者、形态、生态、地域、语言、民族这些重要的类型划分参照维度或鉴定要素，它们既是中国民族民间传统舞蹈分类的参考和鉴定的依据，也是其研究的重要内容。与"为艺术而艺术"、表现为"美的艺术"的专业性舞蹈不同，中国民族民间传统舞蹈"为人生而艺术"，表现

① 朴永光：《四川凉山彝族传统舞蹈研究》，民族出版社 2005 年版，第 14—17 页。

出一种艺术化、仪式化生活的特质，致使它除了需要关注舞蹈本体的核心要素（舞蹈动作、舞蹈风格、舞蹈结构、舞蹈服装、舞蹈道具、舞蹈内容等）外，制约其发生与发展的社会文化也是需大力研究的内容，甚至会超过舞蹈本体（人体动作）成为研究的重点。因为这类被西方艺术学者定义为“arts”的民族艺术舞蹈，与强调自律性美学特征的专业舞蹈、表现出纯艺术的“ART”不同，它把舞蹈作为有益于生活的东西，强调受政治、经济、宗教、道德、风俗、战争、社会组织、社会关系、社会生产等他律性要素的制约，表现出集体性、生活性、传承性、综艺性的一般性文化特征，对它的研究目标和方法论选择，必然使用有别于专业舞蹈、符合自身特点的内容，否则又会陷入削足适履、作茧自缚的研究怪圈。不同舞蹈的社会文化特质规定形塑了不同舞蹈文化形态，而这些舞蹈文化形态的差异性，又成为划分舞蹈文化种类的重要参考，中国民族民间传统舞蹈类型划分，一方面要把某些特征近似或相同的舞蹈分门别类、合理归置，使其有条不紊、井然有序，为自身体系化的知识建构奠定基础；另一方面也要对形成不同舞蹈文化形态的差异性特质进行研究，因为它们是形成不同种类舞蹈或是不同种类舞蹈自身存在的前提。

第二节　中国民族民间传统舞蹈跨学科类型划分

一、已有的跨学科类型划分

（一）地理划分

对中国民族民间传统舞蹈或被称之为原生态民族民间舞蹈，借用地理学知识进行类型划分的是李雪梅，作为曾经教授过地理课程的老师的她认为："无论哪个国家，哪个民族的民众都离不开地理环境所提供的生存条件、活动的舞台和发展的基础。为此我们认为地理环境是一个民族的民间舞蹈文化生成的最初层次，亦即任何原始文化都必须存在于特定的时间和空间条件之下，一定的地理环境是人类一切活动赖以存在的前提，这是最基础的层次。人类作为自然的产物，生存在各自特定的地理环境之上，其一切活动以及由此创造的社会文化，形成的民族精神都是在一定的地理条件下孕育、产生和演化的。所以人类自身的生存和发展本来就会受到自然法则的制约，在自然环境中，自然条件的种种差异，决定了人类群体以及由人类所创造的物质文化和精神文化的各自类型，舞蹈文化作为精神文化的一种，自然地受到所处环境中各种因素的影响和制约。"① 在她看来，中国各民族民间舞蹈，是在包括自然地理环境和人文地理环境（又可分为经济地理环境和社会文化环境）的影响和制约下孕育、形塑、成就的，这种在地域环境和社会环境里塑磨出来的"地域性特征"，成为各民族民间舞蹈自身的风貌，即具有排他性特征的个性化舞蹈风格，因为一个民族舞蹈的风格是该民族舞蹈在形式、内容等许多方面上较其他民族舞蹈所特有的个性特征。地理环境存在差异，不同地理环境下形成的舞蹈也就不同，以相同的地理环境为单位，进行中国各民族民间舞蹈类型的划分，本身具有一定的可操作性，舞蹈能够分类，关键在于舞蹈现象之间有一定的差异性，而中国千差万别的地理环境恰好创造了这种差异性。

以地理环境进行类型划分的又一立论是，她认为与工业文明带来的经济

① 李雪梅：《地域舞蹈与生态环境——试论中国民族民间舞蹈的地理特征》，《北京舞蹈学院学报》2002年第2期。

全球化、文化全球化不同，越是在工业文明之前的社会，生产力水平的低下致使人们对自然地理条件的依赖度就越大，地理环境对社会发展的影响就越深刻，它印刻在一个民族文化上的作用力就越明显，不同地区的自然条件、社会环境，是形成不同地区各民族民间舞蹈差异性的客观条件，这种自然地理和人文生态的差异造就的中国各民族民间舞蹈，不仅发展水平不同，表现形式不同，反映内容不同，审美风格也各不相同。对于同一地域、同一社区，“环境中提供的各项物质资源和各种信息来源基本是统一的。由于接受了同一的地形影响、同一的气候作用、同一的生产方式、同一的文化熏陶，遂产生了相近的文化审美倾向和习惯化的民间舞蹈，当这种习惯进一步沉淀，逐步意识化、固定化、程式化的时候，民族民间舞蹈的独有风格和特点便由此诞生了。可见不论哪一种民间舞蹈都不是随机的，也不是偶然的，而是全民族在其生存和发展的文化过程中，进行选择的结果。由于生存环境的多样，生产方式的多样，进行选择的多样，决定了民族民间舞蹈的多样性，这也是社会生活丰富性的反映”[①]。引文阐述的核心观点是，同一生存环境会存在相似或雷同的文化类型，不同生存环境自然会造就异样的文化模式，依照经济基础决定上层建筑的论述，正是地理环境、生态条件的差异性，形成了风格各异、色彩多元的舞蹈类型，根据不同的地理环境划分舞蹈类型理所当然、顺理成章，并且研究中国各民族民间舞蹈生成的地理环境是真实把握一个民族民间舞蹈文化内在生成本质规律的关键。

除了论述依据地理环境进行中国各民族民间舞蹈类型划分的合理性与可行性外，她还像文化人类学传播论学派（人类地理学）提出的“文化圈”

① 李雪梅：《地域舞蹈与生态环境——试论中国民族民间舞蹈的地理特征》，《北京舞蹈学院学报》2002 年第 2 期。

(culture circles) 概念一样，把文化研究置于具体的环境中，置于与地理环境的联系之中，提出了“文化区”概念。在她看来，每种文化类型都有体现自己文化现象的空间分布领域，人们把这一空间分布的范围视为一种文化区，各民族民间舞蹈自然地拥有自己的分布范围，因此对它们的文化类型划分可以采用“文化区”这个概念进行区划，她讨论的“舞蹈文化区是指具有特定风格、特定形式的舞蹈分布范围”[①]。依照该理论范式，她将中国民族民间舞蹈划分成六大舞蹈类型区和一个文化圈：“六大舞蹈文化区——它们分别是：秧歌舞蹈文化区——北方汉族，以北方旱作文化为代表，属于黄河流域文化中心的农耕文化。花鼓舞蹈文化区——南方汉族，以南方稻作文化为代表，属于长江流域文化中心的农耕文化。藏族舞蹈文化区——青藏高原地区以藏族为主体，典型的少数民族民间舞蹈，以农、牧业文化为代表，属于游牧和农耕混合型文化。蒙古族舞蹈文化区——内蒙古自治区以蒙古族为主体，以温带草原游牧文化为代表，属于北方游牧和定居轮牧型文化。西域乐舞舞蹈文化区——西北地区以维吾尔族为主体，以典型的绿洲文化和游牧文化为代表，属于灌溉农业和游牧混合型文化。铜鼓舞蹈文化区——西南地区多民族，以农耕文化为代表。朝鲜族舞蹈文化圈——吉林省延边自治州朝鲜族，以海洋文化为代表。(此文化圈分布于秧歌舞蹈文化区中的亚文化圈)”[②]

从地理环境来看，中国位于亚洲的东部、太平洋的西岸，地势西高东低，山地、高原和丘陵约占陆地面积的 67%，盆地和平原约占陆地面积

---

① 李雪梅:《中国民族民间舞蹈文化的六大类型区》,《舞蹈》1998 年第 3 期。

② 李雪梅:《地域舞蹈与生态环境——试论中国民族民间舞蹈的地理特征》,《北京舞蹈学院学报》2002 年第 2 期。

的33%。山脉多呈东西和东北—西南走向，主要有阿尔泰山、天山、昆仑山、喀喇昆仑山、喜马拉雅山、阴山、秦岭、南岭、大兴安岭、长白山、太行山、武夷山、台湾山脉和横断山等山脉。第一级阶梯青藏高原，平均海拔4000米以上，素有“世界屋脊”之称；由内蒙古高原、黄土高原、云贵高原和塔里木盆地、准噶尔盆地、四川盆地组成的第二级阶梯，平均海拔1000—2000米；跨过第二阶梯东缘的大兴安岭、太行山、巫山和雪峰山，向东直达太平洋沿岸是第三阶梯，此阶梯地势下降到500米至1000米，自北向南分布着东北平原、华北平原、长江中下游平原，平原的边缘镶嵌着低山和丘陵；再向东为中国大陆架浅海区，也就是第四级阶梯，水深大都不足200米，大陆海岸线长达18000多千米。中国地理幅员辽阔，不仅有雄伟的高原、起伏的山岭、广阔的平原、低缓的丘陵，还有四周群山环抱、中间低平的大小盆地，加之地势高低不同，距海远近差距较大，气温降水的组合多样，不仅形成了多种多样的气候，也产生了多种多样的生产生计方式。

这种地理环境、生态条件的差异，势必会造就丰富多彩、各具特色的文化模式，也会形成形态万千、绰约多姿、各式各样的各民族民间舞蹈，依据地理环境进行中国民族民间传统舞蹈类型划分理论上是可行的。因为“任何一个国家，都有自己特定的地理位置并从而形成一定的地理特征。对于一个国土辽阔的国家来说，其地理特征更会具有多样化的形态。民俗舞蹈是民俗文化的有机组成部分，而民俗文化又往往是某一地域的居民在适应并征服其生存环境时的产物。因此，建构中国民俗舞的宏观框架，以一定地理特征的地域环境来界分是一个重要的途径”[①]。

① 于平：《舞蹈文化与审美》，中国人民大学出版社2005年版，第40页。

与此同时，中国自古以来是一个多民族国家，中华人民共和国成立后，经中央政府调查统计并正式确认的民族共有56个，其他为未识别民族。中国各民族分布的特点是：大杂居、小聚居、相互交错居住，汉族地区有少数民族聚居，少数民族地区有汉族居住，这种分布格局是在长期历史发展过程中，各民族相互交往、流动而形成的。同时各民族也有自己比较固定的居住地，人们一提起某一省份、某一地区不自觉地就会把它和某个民族或几个民族联系起来。如人口最多的汉族主要集中在东部和中部，少数民族虽然相对人口较少，但是居住地区广阔，主要分布在西北、西南、东北部等地区。以内蒙古为主要聚居地的少数民族是蒙古族，新疆是维吾尔族等，西藏是藏族，广西是壮族，宁夏是回族。云南、贵州、青海、甘肃、吉林、四川等省少数民族聚居地区的面积较大，其中云南省的少数民族数量最多，黑龙江、辽宁、广东、湖南、湖北、浙江、福建、海南、台湾等省少数民族聚居地的面积相对较小。总的说来，我国少数民族主要分布在边疆地区，从东北内蒙古到新疆、西藏，再到云、贵、川、两广、海南和台湾地区，大体上呈“U”字形分布，我国东部人口稠密、西部人烟稀少的人口分布，与我国的民族分布是密切相关的。不同的地理环境，再加上不同的民族分布，自然会造成文化上的差异和舞蹈承传的不同，依据不同的地理环境，以及居住生活的不同民族，进行中国民族民间传统舞蹈类型的划分，应该是合情合理的。

（二）语言划分

对中国民族民间传统舞蹈使用“语言族系划分法”比较有代表性的一位学者是于平，他在其早期的著作《舞蹈形态学》（内部刊物），以及后期修订出版的著作《风姿流韵：舞蹈文化与审美》（1999）和《舞蹈文化与审美》（2005）中，持续地对该类型划分方法进行了阐释、说明、丰富与完善。在他看来，中国民族语言，按语言谱系分类法，大体上分别属于汉藏、阿尔泰、南亚、南岛、印欧 5 个语系，其中汉藏语系包括汉语、藏缅、壮侗、苗瑶 4 个语族，使用人口占我国人口 90% 以上。他以语言为参照辅以历史文献依据来界分中国民俗舞形态的人文格局，按语系、语族把中国民俗舞划分为 4 大色块，其中在汉藏语系中就有 3 块，即汉语色块、藏缅语族色块，以及被认为可属于澳泰语系的壮侗、苗瑶语族色块，而第四大色块则是阿尔泰语系色块。在他看来，“中国民俗舞的四大色块中，汉藏语系中的汉语色块和苗瑶、壮侗色块属于农耕文化和海滨文化；而汉藏语系中的藏缅色块和阿尔泰语系中的蒙古、突厥、满、通古斯色块主要属于游牧文化。为行文表述的方便，分别称为汉语色块、澳泰色块、藏缅色块和阿尔泰色块”[①]。与此同时，他还为每个色块遴选出一个代表性舞蹈，让人们对这四大色块有个动态化、形象化、功能化的认知。他认为“这四大色块的‘主色’，在汉语色块中是秧歌，在澳泰色块中是跳月，在藏缅色块中是锅桩，在阿尔泰色块中则是萨满……秧歌的‘扭’、跳月的‘踏’、锅桩的‘腾’和萨满的‘摆’则构成各自鲜明的动作形态特色。就其功能的差异而言，中国民俗舞汉语色块的功能主要是‘祈年’，澳泰色块的功能主要是‘求偶’，藏缅色块的功能主要是‘跳丧’，阿尔泰色块的功能则主要是‘驱邪’”[②]。

另一位使用“语言系属”来划分中国民族民间传统舞蹈的学者是巫允明，在她看来：“为了能比较简便、提纲携领地掌握各个民族的形成史，从而进一步探索各个民族舞蹈语汇与特点的形成，进行对某个或多个民族舞蹈的研究和比较。……根据语言学和民族学中惯用的‘语言系统’划分民族

---

① 于平：《舞蹈文化与审美》，中国人民大学出版社 2005 年版，第 47 页。
② 于平：《舞蹈文化与审美》，中国人民大学出版社 2005 年版，第 55 页。

的研究方法，对目前中国近六十个民族进行归类，从而进行对民族舞蹈文化研究与比较研究。这种研究方法不但简单、明了，而且把过去对民族民间舞蹈的单项研究扩展到与民族学、民俗学、人类学并重，形成一个相互关联、互补、论证的横向综合性研究，以达到使民族民间舞蹈理论的研究水准进入一新高度的目的。”[①] 她的立论是：“世界上所有的民族不见得都有本民族文字，但每一个民族却都有自己的语言。很多民族所使用的语言中之间还存在着一定的关系，这种语言间的关系与这些民族的古老族源一般会有一定的联系。根据这种客观存在的现象，语言学家便把具有相同语言发音的音根进行分类与研究，根据各民族语言为客观标准，将世界诸多民族划分为不同的‘语系’，然后进一步根据同一‘语系’中不同民族的语音特质，再进一步划分出下一级的‘语族’和再下级的‘语支’，使各个民族体系似附着于一棵大树上粗细不同的枝干，使人们能够十分便易地通过对每一相同‘语系’中所属民族的排列，对这些民族的渊源、分布地域、生活习俗、文化发展脉络以及宗教信仰等多个方面，基本上可以获得直接和间接的关系，为了解和研究民族之间的多种相互关系提供了关键性的渠道和重要的理论依据。为了对各民族原生态舞蹈类型、形式与文化内涵等方面能够得到进一步的探讨和研究，采取在‘语言系属划分民族’基础上，结合文化人类学的研究方法，对原生态舞蹈文化进行研究，是目前取得全面与深透研究成果较为可行的方法。”[②]

她的“民族语言系属”划分法的具体做法是，首先对中国各民族语言系属进行归纳梳理，并制作中国各民族语言系属一览表，在表中，她将中国各

---

① 巫允明:《民族民间舞蹈研究的新途径——“语言系属分类法”简介》,《民族艺术》1995 年第 1 期。

② 巫允明:《中国原生态舞蹈文化 · 教程》，上海音乐出版社 2014 年版，第 23—24 页。

个民族与所使用语言包括下一级语族、语支进行对接，使之能够一目了然地知晓自己所在语言系属中的位置，以及与其他民族之间亲与疏的关系。

中国各民族语言系属一览

语系	语族	语支及民族
汉藏语系（包括31个民族）	汉语语族	汉族、回族
	苗瑶语族	畲族（现多使用汉语客家方言）
		苗语支：苗族、瑶族
	壮侗语族	壮傣语支：壮族、傣族、布依族、侗族
		侗水语支：水族、瑶族、仫佬族、毛南族
		黎语支：黎族
		未定语族语支：仡佬族
	藏缅语族	土家族
		藏语支：藏族、门巴族
		羌语支：羌族、普米族
		彝语支：彝族、傈僳族、纳西族、哈尼族、拉祜族、白族、基诺族
		缅语支：阿昌族
		景颇语支：景颇族
阿尔泰语系（包括17个民族）	蒙古语族	蒙古族、达斡尔族、东乡族、土族、保安族、（东）裕固族
	满—通古斯语族	满语支：满族、锡伯族、赫哲族
		通古斯语支：鄂伦春族、鄂温克族
	突厥语族	维吾尔族、（西）裕固族
		西匈奴语支：哈萨克族、乌孜别克族、塔塔尔族、撒拉族
		东匈奴语支：柯尔克孜族

续表

语系	语族	语支及民族
南亚语系（包括3个民族）	孟高棉语族	佤崩龙语支：佤族、德昂族、布朗族（属布朗语支?）
南岛语系（包括1个民族）	印度尼西亚语族	高山族（原住民）共九种人：阿美人、泰亚人、排湾人、布农人、鲁凯人、曹人、卑南人、赛夏人、雅美人
印欧语系（包括2个民族）	伊朗语族	帕米尔语支：塔吉克族
	东斯拉夫语族	东斯拉夫语支：俄罗斯族
无定语系（包括2个民族）		朝鲜族、京族

参见巫允明《中国原生态舞蹈文化·教程》，上海音乐出版社2014年版，第27—28页。

拟定中国各民族语言系属一览表，将中国各民族在“语言系属”中各自归位后，按语系、语族、语支的大、中、小三级的结构框架，把中国56个民族整合到一个大的结构框架中，类似民族学书写《中国民族志》的做法，以不同的语言系属分类梳理使用同一类语言的民族，并在不同语言系属的结构框架下，展开对各个民族文化的全景描述。在具体的各民族原生态舞蹈文化研究中，她参照文化人类学从整体的角度描述、分析和阐释各民族文化，被业内称为“民族志研究”的方法，展开了对不同民族“舞蹈民族志”的书写。如果将《中国民族志》与她的《中国原生态文化·教程》作比较，二者的研究思路大体相同或者说并无二致，只不过在中国各民族语言系属的结构框架下，一个是研究更为宏观的文化，一个是研究更为具体的舞蹈。当然研讨这些具体的舞蹈之前，也要对这个民族的文化进行介绍，如先介绍××族的形成与分布区域，以及××族的文化特点，然后再分析研讨××族的代表性舞蹈，这就是她的整体研究思路。她自己也毫不讳言地表明自己对两个学科方法论的借鉴与学习，如："借语言学中各民族的'语言系属'来划分民族，是至今给人们最为科学与直白的提示：同语系、语族、语支之间的大多数民族，在族源、习俗、文化状况等若干方面有着一定的相互关系，而'文化人类学的研究方法'是出发于人类本身，包括'民族渊源''民族史学''生态学''考古学''民俗学'及'语言学'等多个方面，对该民族民间舞蹈进行综合性研究的方法。这两种人文科学研究方法的结合，可更为深层地对每一民族民间舞蹈的发生、发展与文化属性，从舞蹈的各种初源现象提升到理论层面进行探讨、研究和认定。"[①] 事实也如此，她的《中国原生态舞蹈文化·教程》一书共分两章，第一章"概论"，第二章"中国部分民族的原生态舞蹈文化"，第一章中，第一节"文化与文化人类学"，第二节"'民族学'与'民俗学'"，第三节"民族语言系属"，第四节"宗教信仰"，从章节结构设计中，看得出她研究借鉴学习的非舞蹈学科内容。

人类学下属的四个分支学科之一语言人类学（Linguistic anthropology），作为人类学和语言学的交叉学科，主要的目的是把人类的语言作为社会文化的一种重要组成部分进行研究，着重考察语言的起源、形成、发展及演变规律。在许多人类学家眼中，研究语言或者借助语言学的研究成果，其核心诉求是达到深化认识人类文化的目的。在他们看来，族群语言与族群的社会结构、思维模式和宗教信仰等社会生活内容密切相关，语言不仅反映了社会群体和个人的分类方式、思维特征和价值观，也反映了他们的行为方式和生活习惯，加之信息交流需要严格的规则，而呈现出超强的稳定性和经久性，语

① 巫允明:《中国原生态舞蹈文化·教程》，上海音乐出版社 2014 年版，第 17 页。

言作为人类社会文化中最牢固的保守力量之一，经常被喻为一个民族文化最后的堡垒。中国历史悠久、民族众多，加之各民族之间大杂居、小聚居的分布特点，造成“我中有你，你中有我”的民族特点，为了更加清晰明了地认识彼此，需要建立起一个比较完整的民族舞蹈文化谱系，否则如此众多的内容掺杂交融在一起，肯定不利于研究与分析的深入。借用于语言学方法，“经过对各个民族进行语言系统——第一层次‘语系’和第二层次‘语族’，第三层次‘语支’归属，中国‘五十六’个民族相互间血缘与文化习俗关系的疏密，就十分明确了。这对民族舞蹈研究中了解民族历史和在文化机制、民俗、信仰等方面具有相互关联的民族的认定，提供了关键性的划分原则，为某一民族舞蹈史、舞蹈语汇、特点的研究和对同语言系属内不同民族舞蹈的比较研究提供新的研究途径”[①]。加之舞蹈作为一门以身体动作为表达媒介的艺术形式，不但表现着身体，也体现着身体，在舞动的身体形式中会发挥近似于“语言”的功能。语言是文化的一部分，舞蹈是一种特殊的语言，也是一种有特点的文化，通过研究舞蹈语言，论述舞蹈中的“文化体现”，进而展开更为深入的各民族民间舞蹈研究，并找到符合该舞种研究自身特点的方法论，以“民族语言系属”进行中国民族民间传统舞蹈的类型划分，应该是比较合理、恰当、适宜的。

（三）文化类型划分

“人文地理学是研究地球表面人类活动或人与地理环境相互关系所形成的现象分布和变化规律的科学。按照其研究对象，人文地理学的系统分类包

---

① 巫允明：《民族民间舞蹈研究的新途径——“语言系属分类法”简介》，《民族艺术》1995 年第 1 期。

括经济地理学、社会地理学、人口地理学、政治地理学等。有一些人文地理学教材将文化地理学作为人文地理学的系统分类的分支。它只研究宗教、语言、艺术等精神文化的空间特点和空间分布。然而按照文化的定义，经济、社会、政治等均为人类的创造物，因此也应属于文化的范畴。”[①] 文化地理学作为一门研究人类地域文化系统的形成及其发展的学科，其研究的核心内容大致分为两部分：纵向的人地关系和横向的文化差异。在人与地关系上，该理论认为自然与文化之间双向同构、互为整体性，文化中的生计、制度与精神层面也在功能上互相协调、有机整合，即人类与地理的天然亲缘关系，使人类活动与地理空间存在着某种无法割断的文化链接。因此，在文化地理学视角下，解读区域性与群体性的民俗文化，离不开对自然环境的讨论与呈现，同时将生计、制度与精神层面的民俗文化有机整合于区域环境中。就艺术与地理关系方面的论述，古已有之，《汉书・地理志》记载：“凡民函五常之性，而其刚柔缓急，音声不同，系水土之风气，故谓之风。”[②] 可见，早在古代便已有人关注声音与地方之间的关系。我国著名民族音乐学家乔建中先生早在 20 世纪 90 年代便开始对我国的民间音乐进行音地关系研究，并提出民族民间音乐进行地理研究的四个方面、三种关系等系统的艺术理论，文学地理学也是如此，从人文视角出发，考察文学的“空间”结构以及“地理”图景，成为拓展文学研究的另一种路径。

对于中国民间舞蹈文化类型的划分，罗雄岩老师与文化地理学的研究方法可谓不谋而合、殊途同归。他认为：“在地理学方面，《中国自然地理》一书把中国自然环境作了多方面的类型划分，如：林海雪原——东北区；黄

---

① 周尚意、孔翔、朱竑编著：《文化地理学》，高等教育出版社 2004 年版，第 1 页。

②（汉）班固：《汉书》，中华书局 1962 年版，第 1640 页。

土覆盖的大地——华北区；大江南北——华中区；南国风光——华南区；热带山原——西南区；风吹草低见牛羊——内蒙古区；荒漠、绿洲——西北区；世界屋脊——青藏区等 8 个地区。”[①] 有了这些关于自然地貌的认识，根据不同自然生态的生产生计方式，可以将之划分为农耕、畜牧、狩猎、渔猎等文化型，中国民间舞蹈文化类型的划分，可以参照不同地区的生产生计方式进行。在具体的划分中，他又参阅了诸多古文献，其中唐玄奘《大唐西域记》的一段描述：“时无轮王应运，赡部洲地有四主焉。南象主则暑湿宜象，西宝主乃临海盈宝，北马主寒劲宜马，东人主和畅多人。”[②] 这给他留下深刻的印象。当看到以“无论王应运”为中心，再谈赡部州四方的四国，是按“五”来说的，“五”与“二”和“八”一样，在中国传统文化中是非常重要的数字，使用它可以充分体现出中国传统舞蹈的文化特征。

有了上述认识，他开始了中国各民族民间舞蹈的类型划分，如：“中国特有的自然地理环境与历史文化，形成中国文化的特点，从东北、华北、长江中下游等三大平原区，延伸到其他江河流域以及西南云贵高原的丘陵河谷地带，主要是农业经济区，民间舞蹈属于农耕文化型。东起东北地区的大小兴安岭，沿蒙古草原直到新疆的准噶尔盆地，生活在草原、森林的民族中，尚有游牧、狩猎以及渔猎经济遗存的草原文化区，民间舞蹈属于草原文化型。中国东南有五大海区与漫长的海岸线，沿海居民以农、渔互补经济为主，其民间舞蹈属于海洋文化型。位于西南世界屋脊的青藏高原，其特殊的地理环境和浓郁的宗教色彩，使该地区文化具有农、牧、宗教三者合一的特点，其民间舞蹈属于农牧文化型；新疆在古代丝绸之路特定的自然环境与历

① 罗雄岩：《中国民间舞蹈文化教程》，上海音乐出版社 2001 年版，第 35 页。
② 罗雄岩：《中国民间舞蹈文化教程》，上海音乐出版社 2001 年版，第 36 页。

史条件下，当地民族创造并形成了融农、牧、商业为一体的绿洲文化，民间舞蹈属于绿洲文化型。”[①] 这就是他提出的“五种文化类型”（或称“五大文化类型”）划分法。

文化生态学理论流派的代表性人物——美国人类学家朱力安·斯图尔德（Julian Steward）指出：“文化生态学的不同之处在于它所追求的是不同区域之间的特殊文化特质与模式的解释，而非可被应用于所有‘文化—环境’状况的通则。”[②] 罗雄岩老师的文化类型划分法与之相类似，他的“五种文化类型”也强调每一种文化类型的特殊文化特质与模式。同时，为了突出舞蹈学研究的本质特点，即舞蹈作为以人体为表演媒介的动态艺术的本体论特质，他将自己提出的舞蹈研究方法“动态切入法”引入，进行不同文化类型特殊文化特质与模式的归纳与总结，即“五种文化类型”的划分，与借鉴他律性研究方法不同的是，它“是以舞蹈的动态形象作为切入点，采用综合性、概括性的划分方法，即运用中国民间舞蹈文化学科的方法论——‘动态切入法’，探索中国民间舞蹈‘和而不同’的特殊性与文化传承的规律”[③]。在上述研究的基础上，他对“五种文化类型”的动态形象特征、文化特点及代表性的民族，进行了归纳总结，具体表述如下：

农耕文化型——安详、优美的动律：因地理环境与劳动方式之别，而有粟作文化、稻作文化、原始遗存（刀耕火种）之分。舞蹈动律安详、和谐，舞姿丰富、优美。表演形式多样，道具舞居多，并讲究乐、

① 罗雄岩：《中国民间舞蹈文化教程》，上海音乐出版社 2001 年版，第 38 页。
② 罗意：《生态人类学理论与方法》，科学出版社 2021 年版，第 31 页。
③ 罗雄岩：《论中国民间舞蹈的文化类型》，《北京舞蹈学院学报》2001 年第 4 期。

舞结合与队形画面之变化。汉族、壮族、苗族、瑶族、傣族、朝鲜族等民族的舞蹈，均属此类型。

草原文化型——“天之骄子”的英姿：人们多居住在草原上的毡帐（古代穹庐遗风）中，主要从事狩猎、游牧与畜牧业。舞蹈以小型为主，并以双人自娱性对舞居多，如蒙古、哈萨克、鄂伦春等民族的舞蹈。

海洋文化型——“人海和谐”的心态：沿海地区与海岛上生活的人们，虽从事鱼盐之业，但也从事农耕，舞蹈形式多与农耕文化型相同，只是渲染了海洋文化的色彩。人们为求得风平浪静、海宴河清的太平盛世，只有依赖并敬畏大海，于是产生“人海和谐”的心态，表达“天人合一”的观念。如京族、黎族、高山族雅美人的舞蹈。

农牧文化型——高原“一顺边”的美：人们居住在青藏高原、云贵高原上的山区或河谷地带，因海拔高度之差异，而从事农业、牧业、林业以及其它经济生活，并因长年在高原与山地上劳动生活，致使舞蹈形态别具一格，形成高原特有的“一顺边”的美。人们普遍信仰藏传佛教，舞蹈具有农、牧两种文化特征和明显的宗教色彩。以藏族、羌族、纳西族的舞蹈最为典型。

绿洲文化型——丝绸古道的风韵：人们从事农耕与畜牧为主，并兼营商业或小手工业。舞蹈的艺术水平比较高，保存有诸多古代西域乐舞的技艺与风韵，而且具有商业文化的色彩。以维吾尔、塔吉克、乌孜别克等民族的舞蹈最为典型。①

① 罗雄岩:《中国民间舞蹈文化学科建设的回顾与思考》,《北京舞蹈学院学报》2001 年第 3 期。

从以上的表述可以发现，尽管中国的自然地理环境是罗雄岩文化类型划分法的重要参照，但与李雪梅的地理划分法不太一样的是，他的研究更倾向于斯图尔德的文化生态学。“斯图尔德认为，文化之间的差异是由文化核心的基础——技术与环境相互影响的特定适应过程——引起的。这样特定适应过程主要指满足人们基本生存的自然资源和人的生计技术之间的相互关系。技术在每一个环境中可以有不同的利用方式，因而也导致不同的社会性后果……换言之，斯图尔德的文化生态学并不是地理决定论或环境决定论，而是一种考察文化与生态环境关系的学问与方法。”[①] 与斯图尔德做法近似的是，他的文化类型划分法并非地理决定论或环境决定论，重点也是聚焦在舞蹈文化与生态环境之间各种因素的交互作用上，探讨的是舞蹈文化与生态环境之间相互影响、相互作用的关系，即人类影响着自然生态环境，反过来，自然生态环境又制约着人类，包括人类发明的舞蹈。如：“以不同生产方式为背景而产生的不同民族的民间舞蹈，其动态模式有异，如‘蒙古族、哈萨克族、柯尔克孜族繁复的肩部动作，留下了他们骑马放牧的游牧生产的印迹；藏族舞蹈中挽弓射箭的造型，留下了其狩猎生产的印迹；满族舞蹈中撒网、抓网的动作，显然来自捕鱼生产；而彝族舞蹈中边跳边抖的动作，则是那刀耕火种的农业生产所导致的’。在此所说的‘生产方式’，也即经济文化类型。诸民族由于经济文化类型不同，舞蹈文化也呈现出不同的特点，有的直接体现在舞蹈的动态结构上。即不同民族劳动生产的动作凝结于民间舞蹈的动态结构中。”[②] 所以说，他的文化类型划分法时常被有些学者划分在与李雪梅地理划分不同的生态分类中去，如朴永光认为：“舞蹈学者罗雄岩以生

① 罗意：《生态人类学理论与方法》，科学出版社 2021 年版，第 32 页。
② 朴永光：《舞蹈文化概论》，中央民族大学出版社 2009 年版，第 101 页。

存环境、生产生活方式、宗教信仰等综合因素为分类的依据，将中国的民族民间舞蹈划分为农耕、草原、海洋、农牧、绿洲等五种文化类型。其实质是按舞蹈的生态文化属性归类。”[①]

中国民族民间传统舞蹈形态特征、风格特色包括文化内涵的形成，会受生态环境的影响已成为不争的事实，特别是像舞蹈生态学这样的次级学科或研究方向，已成为业内重要的理论范式和研究方法，资华筠老师独树一帜、别具一格的观点就是："人类行为的演化与发展，和人类对于美的改造、体现和观赏都不是孤立的纯个体层次的现象。因为人类是在一定的环境中生存的，舞蹈作为人类的行为也是在一定的环境中产生、发展和传衍，并在此过程中，不断受到环境的影响和制约的。在舞蹈中不仅有着人类自身发展留下的特殊印记，也必然存在着环境（社会的与自然的）所产生的烙印。因此，通过研讨'舞蹈与环境相互关系相互作用'这把钥匙，或许能逐步揭开舞蹈世界的一些难解之谜，对舞蹈自身的发展规律求得较为科学的认识。"[②]除此之外，在该理念的基础上，她借鉴了语言学和自然科学的理念和技术路线，还颇有新意地创立了由"舞动""舞目""同形舞目类型""舞畴""舞体""多维舞种"和"舞蹈生态因子""生态项""生态位""生态辐"，以及"舞者生态""舞目生态""舞种生态""舞业生态"等一系列概念所组成的舞蹈符号与表述系统。可见，通过生态环境（自然生态、社会生态）或从文化生态学视域，对中国民族民间传统舞蹈进行类型划分是成立的，例如居住在山区、平原、荒漠或滨海的人们，其舞蹈差别如同居住在寒带、温带和亚热带的人们的舞蹈之间的差异一样，一定是风格迥异的，罗雄岩老师的文化类

---

① 朴永光：《舞蹈文化概论》，中央民族大学出版社 2009 年版，第 27 页。

② 资华筠：《中国舞蹈生态学研究》"代序"，中国文联出版社 2016 年版，第 4 页。

型划分法，背后映衬着文化生态学的学理支撑，忽略一些表述细节上可能存有的问题，整体理论范式是能够自圆其说且具有解释力的。

（四）地域、民族划分

如果说还有另外一种极具影响力和公信力的对中国民族民间传统舞蹈进行类型划分的做法，那非《中国民族民间舞蹈集成》莫属。“《中国民族民间舞蹈集成》的主体工程及其成果是由全国 30 多个省、市、自治区编辑部编撰的《民舞集成》的省卷本构成的。总编辑部负责全国编撰工作的协调、指导、培训；拟定统一的编写条例、细则；最后和各省卷编辑部共同完成终审、发稿工作。”[①] 可见，为了便于工作的开展与实施，它是以国家的行政区划为基础分类的，表现出典型的地域性特征。最终出版发行的《中国民族民间舞蹈集成》由以下省、直辖市卷本构成：

中国民族民间舞蹈集成（北京卷）

中国民族民间舞蹈集成（天津卷）

中国民族民间舞蹈集成（河北卷）

中国民族民间舞蹈集成（山西卷）（上、下）

中国民族民间舞蹈集成（内蒙古卷）

中国民族民间舞蹈集成（辽宁卷）

中国民族民间舞蹈集成（吉林卷）

中国民族民间舞蹈集成（黑龙江卷）

中国民族民间舞蹈集成（上海卷）

---

① 陈冲:《抢救中华民族民间舞蹈的伟大工程——关于〈中国民族民间舞蹈集成〉的价值》,《当代舞蹈艺术研究》2016 年第 1 期。

中国民族民间舞蹈集成（江苏卷）(上、下)

中国民族民间舞蹈集成（浙江卷）

中国民族民间舞蹈集成（安徽卷）(上、下)

中国民族民间舞蹈集成（福建卷）

中国民族民间舞蹈集成（江西卷）(上、下)

中国民族民间舞蹈集成（山东卷）

中国民族民间舞蹈集成（河南卷）(上、下)

中国民族民间舞蹈集成（湖北卷）(上、下)

中国民族民间舞蹈集成（湖南卷）(上、下)

中国民族民间舞蹈集成（广东卷）

中国民族民间舞蹈集成（广西卷）(上、下)

中国民族民间舞蹈集成（海南卷）

中国民族民间舞蹈集成（四川卷）(上、下)

中国民族民间舞蹈集成（贵州卷）

中国民族民间舞蹈集成（云南卷）(上、下)

中国民族民间舞蹈集成（西藏卷）

中国民族民间舞蹈集成（陕西卷）

中国民族民间舞蹈集成（甘肃卷）

中国民族民间舞蹈集成（青海卷）

中国民族民间舞蹈集成（宁夏卷）

中国民族民间舞蹈集成（新疆卷）

在以中国行政区划这一级分类的基础上，每个省、直辖市卷本的二级分类总体是以民族为单位进行划分的。以“内蒙古卷”为例，就是将普查到的舞蹈分为八种，一个民族为一种：“全书记录舞蹈节目五十个，分八个舞种，分别为蒙古族舞蹈；达斡尔族舞蹈；鄂温克族舞蹈；鄂伦春族舞蹈；满族舞蹈；回族舞蹈；俄罗斯族舞蹈以及汉族舞蹈。蒙古族舞蹈中包括佛教舞蹈‘查玛’舞和原始宗教舞蹈‘萨满’舞。”①

《中国民族民间舞蹈集成》这种以地域、民族进行类型划分的做法，是一般的学术研究、科研立项不敢设想的，没有相当的财力、物力、人力做支撑，这种全国范围内做调研的宏大叙事是很难实施的，必须有国家力量的介入，也只能是国家行为。当然，在编纂过程中，也不是每部集成都是以地域、民族进行类型划分的，像北京卷、天津卷、上海卷、山西卷、陕西卷、江西卷、山东卷、安徽卷等汉族人口占比较高或少数民族比例很低的省份、直辖市卷本，只有行政省份或直辖市一级的地域划分，而没有次一级的民族划分；而新疆卷、西藏卷、云南卷、贵州卷、四川卷、广西卷等少数民族人口占比较多的省份、自治区卷本，基本上是遵循地域、民族这两级进行类型划分的，这也是实事求是的结果。

在《中国民族民间舞蹈集成》的基础上，2009 年，文化部民族民间文艺发展中心编撰《中国民族民间艺术资源总目·舞蹈卷》，为了方便研究者查阅和参见，又提出了另外一种类型划分方式，遵循的标准如下：一是根据舞蹈形式方面的某些主要特征区分不同的舞种；二是根据各个舞蹈不同的民俗功能和性质进行分类，如娱乐舞蹈、生活习俗舞蹈、民俗信仰舞蹈、宗教法事舞蹈等；三是兼顾前两种做法。

具体做法就是，整部《中国民族民间艺术资源总目·舞蹈卷》有别于《中国民族民间舞蹈集成》先地域、后民族的做法，回避了地域划分这一级，

① 珊丹：《从〈中国民族民间舞蹈集成·内蒙古卷〉的编纂看内蒙古的民族民间舞蹈艺术》，《内蒙古艺术》2006 年第 1 期。

直接以 56 个民族和个别未识别民族（夏尔巴、僜巴）为单位进行类型划分，即全书第一级区划单位或一级标题是民族。每个民族次一级内容中，第一部分为极具代表性、典型性、特色性的舞蹈。以汉族舞蹈为例。第一部分有秧歌、花灯、花鼓、花鼓灯、采茶、花挑、龙舞、凤舞、狮舞（含麒麟舞、貔貅舞）、虎舞、牛舞、蝶舞、蚌舞、灯舞、鼓舞、铜器舞、莲湘、高跷、小车、旱船、竹马、台阁、盾牌舞、莲花落、拍胸、老背少、假面舞、舞判、假官戏、扇舞、伞舞等内容，每一类舞蹈下面又包含着数十上百的亚舞蹈、小舞蹈；第二部分为其他，这部分是按民俗信仰舞蹈、民间祭祀舞蹈、道教法事舞蹈、佛教法事舞蹈、生活习俗舞蹈、地方小戏中的舞蹈、假形舞蹈、击乐舞蹈、器械舞蹈归类的，每一类舞蹈下面又承载着若干的亚舞蹈、小舞蹈。当然不是每个民族的舞蹈都像汉族舞蹈一样，内容如此庞大，形式如此丰富，表现如此繁杂，如土家族舞蹈，只有代表性、典型性、特色性的摆手舞、茅古斯、造旗舞这三种，根本就不存在“其他”那一项，而俄罗斯族舞蹈只有娱乐舞蹈格巴克（踢踏舞）和俄罗斯族民间舞蹈，所以这一类型划分结构设计，也不适合所有的民族，但它反映的就是中国各民族舞蹈的客观事实，有就有，没有就没有，依据实地调研掌握的第一手资料，进行类型划分的结构设计和具体舞蹈的归纳统计，这种做法是令人信服的。

二、对跨学科类型划分法的反思

（一）对“类型划分”研究的反思

现代教育或当下的学术研究，学科化、类型化、标准化是最基本的程式，目的就是在有序的分类秩序中产生对位的知识体系和学术认知，以此简化混沌繁杂的经验世界和学科知识。“类型划分”作为一种将复杂事物说清楚的重要方法，被众多学科、专业、研究奉为研究复杂事物的前提，因为在分类中能条理清晰、层次分明地说明研究对象的性质及特点时，花费再多的时间、耗费再大精力去研究、分析、论证、说明，也是一种理所当然、势所必然的选择，甚至还成为不同学科、专业以及舞种完善、系统、成熟的标志。当上述的这些老师、前辈从地理学、语言学、生态学等跨学科知识体系中借鉴适宜、有效的经验与方法，进行中国民族民间传统舞蹈的类型划分时，本身就是一件勤于思考、敢于创新、勇于探索的举措，因为有些事必须要有人去做，有些路必须要有人去闯，不能因为材料不足、认识不够、理论准备不充分就无限搁置、不去探讨，如此肯定不利于学科的长远发展。

当然任何一位先行者都会背负研究不足、漏洞百出、自相矛盾的风险，也会有被后来者因认识深入、理论完善、知识系统而全盘否定的可能，即便如此，这些老师、前辈依旧敢为天下先、旗帜鲜明地提出自己的观点，做出自己的努力，建构自己的学术，这种开拓进取的精神，敢于试错的勇气，迎难而上的做法，敢于担当、锐意进取的意识，怎么肯定都不为过。因为在所有材料一团乱麻，所有研究一片空白的时候，他们提出了一种做法，指明了一个方向，探索了一种可能，他们的付出、他们的努力、他们的担当是有价值、有意义的。然而，本着实事求是的态度，任何一个社会理论的提出，都必须接受后期的验证和同行的质疑，即便它的提出充满了前瞻性、现实性与创新性。

对于这些前人提出的中国民族民间传统舞蹈类型划分的理论范式，一方面要充分肯定其当时提出的学术价值和理论意义，另一方面也要客观地面对因理论的丰富、认知的深入、信息的完善带来的种种质疑和挑战。因为在科学实证主义眼中，任何理论都必须接受相关实践活动的检验和观点能合理自圆其说的解释，因为其对待所有理论的基本态度是，它们只是一个问题或一种说法、一种范式，而不是形成共识的标准答案，或颠扑不破的真理。所有的理论具体的应用都是有条件的，有自己特定的研究选题和适用范围，同时，其自身进行归纳和总结时，各种主客观条件的限制不可能一步到位、准确无误、十全十美，它的发展本身要经历一个类似哲学辩证法否定之否定规律的历程，所以对它们进行质疑和反思也是一种必然。正所谓怀疑是研究深入的开始，质疑是发现问题的过程，反思是走向成熟的标志，只有经过实践验证和历史检验，不断地修正、完善、丰富、创新，始终保持着具有解释力的理论，才是有活力、有发展、有未来的理论。

（二）复杂与多元舞蹈构成引发的反思

文化地理学家们认为，由于某种原因而迁移到遥远地区的人或者团体，会将自己原居住地所具有的某种思想、技术和文化带到新的地区，而这种思想、技术和文化有时不仅随着移民的到来而继承下来，而且还会被当地居民接受，在当地得到传承和发展，这样的现象被称为文化的迁移扩散。迁移扩散因文化的传播会导致文化变迁现象的发生，即它会使得两个地区的文化在融合的过程中形成新的文化特征，在被当地人接受、关注和发展的同时，也成为一种独特的、新的文化产物存在于世。所以已有的“类型划分”如果仅聚焦在共时性或空间分布的讨论上，没有充分考虑到不同地理、不同语言、不同生态的各民族民间舞蹈因历史上的天灾人祸带来的人口流而相互借鉴、相互学习，这些历史上曾经发生的往事、存在的事实不被考虑，只是借用跨学科成熟经验和方法进行分类，得出的结论自然就会被质疑，特别是会被无法解释的特殊样本或极端案例否定。以流传于云南的男性舞蹈《象脚鼓舞》为例，作为一种男性舞者身挎象脚鼓边击鼓边舞的表演形式，普遍流传于云南的傣族、景颇族、基诺族、阿昌族、拉祜族、德昂族、佤族和布朗族等少数民族中。当这些少数民族无论是按语言系属划分，还是按族群归属分类，以及按生存的生态环境划分，都不能划分在同一范畴之内时，这样的舞蹈如何归类？应该划归在哪？归属谁？具体研究中是刻意地无视这一问题，还是将其归置在一些传承比较普遍、表现比较突出的民族中，都需要认真思考与深入论证，否则一个反向的案例就会颠覆一套理论。

又例如《中国民族民间舞蹈集成（辽宁卷）》，它的编纂与黑龙江卷和吉林卷不同，它只有行政省份的地域划分，没有下一级的民族划分。"根据全省民族舞蹈特殊情况，此表中未按民族分类，但其中某些舞蹈是某个民族特有的，如满族舞蹈《萨满舞》、《笊篱舞》、《旗香单鼓》；蒙古族舞蹈《查玛》、《弥勒查玛》、《安代》、《跳布扎》；朝鲜族舞蹈《刀舞》、《丑舞》、《母当》、《唱月》、《南舞》、《僧舞》、《罐舞》、《乞丐舞》、《乞粒舞》、《手鼓舞》、《长鼓舞》、《农乐舞》、《顶水舞》、《顶瓶舞》、《假面舞》、《菩萨舞》、《扇子舞》、《寺党舞》、《织布舞》、《背夹舞》、《圆鼓舞》、《祝寿舞》、《棒槌舞》、《铜盆舞》、《碟子舞》、《顶碗舞》、《顶瓶祝寿》；铁岭锡伯族舞蹈《大头人舞》等。"[①] 无论是盘点其少数民族的舞蹈内容，还是别具一格的表现形式，辽宁卷都有资格进行次一级的民族分类，但最终没有实施，问题就出在对舞蹈类型划分的认知上。辽宁卷编辑部的专家、学者以满族的《满族秧歌》（民间称之为"鞑子秧歌"）举例，"秧歌"作为汉族农耕文化祭祀农神、祈求丰收的民间歌舞，被不同时期闯关东的汉族移民带到了东北，并成为辽宁民族民间舞蹈的主要构成。《中国民族民间舞蹈集成（辽宁卷）》中，秧歌类的舞蹈内容几乎占据全卷的三分之二，如辽南的《高跷秧歌》，辽西的

① 中国民族民间舞蹈集成编辑部编:《中国民族民间舞蹈集成（辽宁卷）》，中国 ISBN 中心 1998 年版，第 32 页。

《辽西大高跷》，辽东带有满族特点的《抚顺地秧歌》《本溪寸跷秧歌》，辽北的《伞灯秧歌》等。尽管《满族秧歌》展演的人物角色、表现内容、传承的群体、流传的地域都很满族化，但流传在辽宁省北部铁岭县白旗寨满族乡、抚顺县、新宾县、本溪县的《满族秧歌》，在学习、借鉴、吸收汉族秧歌的基础上加入了自身文化元素，成为一种极具满族特色的民间舞蹈却是不争的事实，当然这种学习不是简单地接受，而是按照本民族的审美兴趣、民族心理、风俗习惯去改造、重构、发展出新秧歌。这样的舞蹈形式如何分类？成为辽宁卷编辑部的专家与集成总编辑部专家争论的焦点，最终集成总编辑部专家本着尊重地方编辑部专家的意见默认了辽宁卷的做法。

美国人类学历史特殊论学派认为，每个文化群体都有其独特的历史，有其自身的特点和发展规律，虽然历史发展时空存在着许多相似的事物，但它们的来源和功能都不一样。因此，该学派强调对具体事实的描述和记录，重点研究特定民族的文化历史，事件特点和规律，认为那些想要从各民族的独特历史中得出普遍、抽象的理论或发展规律的进化论观点都是不可靠的，只有具体的东西才是历史的和可靠的。对于中国民族民间传统舞蹈来说也是如此，各民族在其繁衍生息过程中，依据不同的地理资源特点、人文社会情况，因地制宜创造了自己独特的、具有排他性的民间舞蹈，在民族文化传播交流过程中，可能会有类似、同质的舞蹈产生，但是用普遍的、共性的、模式化的舞蹈规则来解释这些民族舞蹈的全部，肯定是不合适的，因为这些民族在其历史发展进程中，已经形成了自己独特的舞蹈类型和表演范式，从形式到内容呈现出花开千朵、五光十色的文化特征。以哈尼族民间传统舞蹈为例，哈尼族作为一个以农耕为主的山地民族，不仅信奉有着多神崇拜和祖先崇拜的原始宗教，同时内部支系繁多，如哈尼、卡多、雅尼、奕车、豪尼、碧约、白宏、艾罗、阿木、糯比、西摩洛、海尼等诸多自称单位，加之绝大部分区域集中分布于云南南部元江（红河）、澜沧江两江的中间地带，即哀牢山、无量山之间的广阔山区，其分布区域与汉、彝、白、傣、拉祜、苗、瑶、回、壮等民族毗邻，因地域分布广泛、毗邻民族众多、人文自然环境差异较大，其舞蹈体裁、称谓、形态、分类等都呈现出特殊而繁杂的现象。如："哈尼族歌舞形式更是多样，就舞蹈的共存艺术——音乐而言，有的地方惯用长腔，有的地方喜爱短调，有的地方腔调高亢悠扬，有的地方腔调则低沉稳重，有的地方喜欢边歌边舞，有的地方只舞不歌……这些差异因何而生？这便体现了'人类生存所依赖的生态环境与人类自己创造的文化景观之间的关系是互动和互育的'。"[1]

又以藏族舞蹈为例，作为青藏高原的原住民，藏族在我国境内不仅分布在西藏自治区、青海省和四川省西部，还分布在云南迪庆、甘肃甘南等地区，从属汉藏语系藏缅语族藏语支的藏语，也分为卫藏、康巴、安多三种方言，居住在不同地区的人也有不同的称谓。如居住在西藏阿里地区的人自称为"堆巴"，后藏地区的人自称为"藏巴"，前藏地区的人自称为"卫巴"，居住在西藏东境、青海西南部和四川西部的人自称为"康巴"，居住在西藏北部及川西北、甘南、青海的人自称为"安多哇"等。生存的环境不同，使用的方言不同，信仰的宗教不同（藏传佛教、苯教），舞蹈的族群不同，自然传跳的舞蹈也会风格迥异，基本不会千篇一律、如出一辙。暂且不说其他舞蹈，就以藏族锅庄舞为例："各地锅庄虽然有许多相同或相近的要素，但由于各社会经济和历史文化传统的不完全相同，其锅庄舞的表演风格也不完全相同。因而，形成了不同的表演流派。"（1）甘孜锅庄。"甘孜锅庄内部流

---

① 张谛：《哈尼族舞蹈生态学研究》，民族出版社 2016 年版，第 136 页。

派较多。比较有名的有真达锅庄、新龙锅庄、木雅锅庄、疯装锅庄、丹巴锅庄、德格锅庄（卓且）、德荣锅庄（学羌）等。”（2）昌都锅庄。“昌都锅庄依其表演风格可分为农区锅庄、牧区锅庄、林区锅庄、寺庙锅庄四个流派。”（3）玉树锅庄。“玉树锅庄分为‘求卓’和‘孟卓’两个流派。”“‘求卓’即宗教性锅庄，以玉树县新寨乡的新寨锅庄最具代表。”“‘孟卓’即民间锅庄或世俗锅庄。以囊谦县的香达锅庄和称多县的白龙锅庄为代表。”（4）迪庆锅庄。迪庆锅庄“根据其表演风格，可细分为奔子栏锅庄、香格里拉锅庄两个流派”。“香格里拉锅庄分为传统锅庄和新锅庄两种。传统锅庄称‘擦尼’，歌词内容、舞步形式都较古老，具有浓厚的祭祀性质，歌词和动作都有固定的要求，多为宗教界和老年人喜爱。新锅庄称‘擦司’，歌词内容多反映世俗生活和现代生活，赋予了更多的现代特征，表演时可即兴发挥，比较自由、欢快。”①

一个民族、一种舞蹈都可以分化出若干分支和流派，更别说以一种语言、一个地域、一种生态进行类型划分，其中千头万绪、交错繁杂、纷乱如麻的舞蹈形式和内容，应该不会一望而知、一目了然。中国民族民间传统舞蹈自身的复杂与多元不是可以一览无余、尽收眼底，或信手拈来、轻而易举地掌握的，如果有些舞种可以将其认定为由个别舞蹈或若干个舞蹈组成的舞蹈单位，那对于中国民族民间传统舞蹈而言，将其认定为被一个舞种指代的舞蹈世界或许会更合适一些，这也是《中国民族民间舞蹈集成》参与普查者近 10 万人，耗费了 20 年时间才完成的原因，所以对于它的类型划分，选用几个代表性的舞蹈案例，或使用个别代表性的舞种，以及选择一个具体的民

① 林俊华:《康巴锅庄文化概述》，载林俊华、赵勇主编《康巴民族民间歌舞艺术调查与研究》，中国书籍出版社 2017 年版，第 8—12 页。

族，用来作为经验证据支撑其理论的建构与假设，估计都不合适，只有全方位地了解和认知，穷尽现存的舞蹈，才能得出比较有说服力的类型划分模式。因为只有强调使用可量化、可操作性的程序和方法，从整体上把握和注重操作的科学性，即在可以重复验证的基础上揭示其本质规律的发生特质，如此分类才是有信度和效度的。将研究的认知过程和研究的具体路径颠倒过来，从个案实际出发再返回到个案实际中去检验、校正、纠错，而不是从理论出发，将实际剪裁纳入某一理论，成为一种自说自话、名不副实的学说。

（三）对演绎推理与归纳总结方法论选择的反思

对于中国民族民间传统舞蹈的类型划分，不同的学者、专家使用跨学科的方法提出了自己的分类方式，本身隐含着一种方法论的选择问题，即演绎法和归纳法的选择问题。直白一点就是，先有一个分类的结构框架或理论范式，再去找相关资料填充丰实，论证其分类方式学术假设的合理性；或者这些分类是通过对大量的舞蹈个案、舞蹈现象的归纳总结，根据所获得信息和事实进行分析判断的结果，两种不同的研究路径呈现的结论有可能是截然不同的。我们知道“演绎是从一般到个别的思维过程。演绎法是由前提、逻辑规则和结论三部分构成：前提通常是已知判断，是演绎的客观基础；逻辑规则是演绎应坚持的原则和运用的公式；结论是演绎所得出的结果”[①]，根据唯物辩证法矛盾规律的对立统一法则，有演绎自然会有归纳，归纳与演绎类似分析与综合、抽象与具体，它们之间是对立统一的。

---

① 焦冉：《论马克思主义的归纳—演绎法》，《理论月刊》2015 年第 1 期。

何谓归纳法？“亚里斯多德认为，‘归纳法是从个别的东西上升到一般的东西’；在 И.Т.弗罗洛夫主编的《哲学词典》中，归纳法被定义为‘一种推理形式，使我们能够从个别事实得出一般原理’；《韦伯斯特新世界大学词典（第四版）》（*Webster's New World College Dictionary*）中的解释为：‘归纳法是从特殊事实或个别事例到一般结论的逻辑推理方法’；等等。‘从个别到一般’几乎是所有关于归纳法的界定中共有的主体内容，也得到了学界的一致认同。归纳法包括完全归纳法和不完全归纳法。完全归纳法是根据某类事物的每一个个别对象具有（或不具有）某种属性，而得出该类事物的全部对象都具有（或不具有）该种属性的结论的一种归纳方法，它只是在很有限的场合得到应用。不完全归纳法是对某类事物的部分对象进行考察而得出结论的一种推理方法。按照得出一般结论的根据不同，不完全归纳法可分为简单枚举归纳法和科学归纳法。”①

对于作为马克思主义的辩证思维方法归纳—演绎法而言，“归纳和演绎是互相依赖、互为条件、互为补充、相互转化的。演绎离不开归纳。首先，归纳是演绎的基础。演绎法一般是以归纳法得出的结论为前提的。演绎的前提（包括公理、定律、假设等），都是运用包括归纳法、分析法等观察和分析得出的结果。演绎法本身并不能够为自身提供理论的出发点，只有通过归纳法对个别事物、现象进行分析研究，并在此基础上加以整合概括，才能构成演绎法的逻辑起点。表面上看，演绎论述的出发点是极为抽象的或仅仅被看作是通过思维逻辑得出的；而实质上，它是通过对大量客观事物、现象进

---

① 谭文华：《波普尔反归纳思想试探——兼论归纳与演绎的关系》，《山东农业大学学报（社会科学版）》2006 年第 3 期。

行归纳和分析得出的结果。”[①] 对于中国民族民间传统舞蹈类型划分而言也是如此，分类理论范式的提出和结论的总结，是以对已有的舞蹈进行归纳、分析、概括、总结得出的结论为前提的，所谓归纳的结束是分类的开始。如果没有前期的对大量舞蹈个案、样本进行归纳、分析，直接借用跨学科的理论范式进行各民族民间舞蹈的类型划分，这种做法是会被质疑和诘问的，因为对于马克思主义辩证思维方法而言，任何否认演绎起点的客观性都会走向唯心主义阵营，不从归纳得出的结论出发的类型划分，自然会被打上凭空想象和主观臆断的标签和印象。

当然借他山之石用以攻玉，本身也是一种快捷、有效、可行的做法，但一个不可动摇的原则是，借用跨学科理论进行中国民族民间传统舞蹈的类型划分，也需要大量的舞蹈个案和样本分析去支撑和印证其理论的有效性，只有经过事实和实例检验过的理论才具有合理性，因为“由‘任何个别都不能完全地包括在一般之中’的命题可见，一般不能涵盖个别的全部丰富性和多样性特征。因此，演绎方法若要使‘一般体现个别的全部丰富性’，就需要通过不断考察和研究个别事物的多方面的丰富多彩的属性，不断补充演绎方法中的不足。进而，要不断地考察个别事物的多样性，就需对个别事物进行及时补充归纳。这也就是通过归纳方法丰富演绎方法，并弥补演绎方法中的不足。最后，演绎的结论需要归纳来证实和丰富。若个别事物或现象具有新变化，同演绎的结论不一致，就应对其进行修正补充。演绎方法得出的结论正确与否，‘都用事实即用实践来检验’。因为，运用归纳法得出的结论具有或然性，也就是不能辨明其正确性，所以，将其作为演绎的前提也就不能辨

① 焦冉：《论马克思主义的归纳—演绎法》，《理论月刊》2015 年第 1 期。

明其正确性，还需要归纳方法的进一步考察，需要实践进一步检验。由此，演绎的方法需要归纳法作为前提，并进行补充，演绎法离不开归纳法”[①]。可见，哪怕再严谨、再合理、再具有说服力的跨学科理论范式，引进过来进行中国民族民间传统舞蹈的类型划分，必须要使用大量的例证作为补充，这些类型划分的结论需要众多舞蹈个案和样本分析归纳得出的结论来证实或证伪，只是选择一两个或若干个能支持某个类型划分理论范式的样本，本身是不具备说服力的。

人的认识和实践过程，是由感性到理性再到实践的循环过程，而这一过程又是认识由个别、特殊到一般，又由一般、特殊到个别的认识过程，中国民族民间传统舞蹈的类型划分，先经过演绎法的指导或借用其他学科的理论提出问题和指明方向，接下来必须要做的就是收集和观察大量的舞蹈个案和特别样本并对其进行分析、判断、概括、总结，再经过演绎法的补充和修正，最终得出相对完善的结论，当然这一结论也只是相对的，而非绝对的真理，随着时代的发展、研究的深入，会被不断地质疑、否定、修正、完善。针对逻辑实证主义的证实原则，批判理性主义的创始人卡尔·波普尔（Karl Popper）提出了著名的证伪原则：“科学发展的历史就是科学理论不断被证伪的历史。根据波普尔的观点，任何理论都只是暂时性地得到了确证（如果它尚未被证伪的话），只是取得了‘阶段性的’胜利，它仍然是要冒被证伪风险的假说，这也正是波氏之‘科学的目的是为了追求逼真性’这一观点所要表达的思想。”[②]他举了一个著名的“白天鹅”案例，那就是如果偶尔发现

---

① 焦冉：《论马克思主义的归纳一演绎法》，《理论月刊》2015 年第 1 期。

② 谭文华：《波普尔反归纳思想试探——兼论归纳与演绎的关系》，《山东农业大学学报（社会科学版）》2006 年第 3 期。

一只天鹅是白的，就可以提出“所有的天鹅都是白的”的假说，依照他的证伪理论，只要有一只黑天鹅或他种颜色的天鹅出现，那么这个假说就会被推翻颠覆，归纳法就是假说证伪最有效的贡献者。

对于中国民族民间传统舞蹈的类型划分，所有分类做出的结论都需要被证伪，都需要接受“黑天鹅”案例的出现对理论的挑战。因为“假说的提出要通过对经验事实的归纳。譬如说‘所有的天鹅都是白的’假说的提出，我们总得在发现了若干只天鹅是白的之后才作如是说的，否则，不是信口开河或者太过武断了吗？而从发现若干只白天鹅到提出假说‘所有的天鹅都是白的’当然是一个归纳的过程。其次，在证伪的某个阶段，对假说的证伪过程实际上也是对假说的证实过程。譬如说，我们力图证伪假说‘所有的天鹅都是白的’，而我们却发现了一只又一只天鹅都是白的，因而不但没有证伪反而强化了这个假说”[①]。引用科学实证主义证实与证伪的观点，无非就是想表达一个意思，即中国民族民间传统舞蹈的类型划分，需要按照该舞种自身的逻辑、规则和事实进行，无论是从个别到一般，还是从一般到个别，都要接受“通过观察获得的舞蹈事实”的检验，未经过检验的定律和理论以及各种学说，都是备受质疑和诘问的。毕竟任何理论都只是相对完善的结论，是暂时性地得到确证，仍然面临着被证伪的风险，只有接受最严格的检验，经得起时间和实践检验的理论，才是立得住、行得远的学说。

今天，对于中国民族民间传统舞蹈的类型划分，很多专家、学者竭尽所能地提出自己的观点和见解，特别是借鉴和学习跨学科的理论范式，结合各民族民间舞蹈的实际进行分类，也是屡见不鲜、层出不穷。例如，借用生态

---

① 谭文华:《波普尔反归纳思想试探——兼论归纳与演绎的关系》,《山东农业大学学报（社会科学版）》2006 年第 3 期。

学的理论，从自然生态分类（山区类、平原类、寒带类、温带类）、经济生态分类（狩猎舞蹈、游牧舞蹈、农耕舞蹈），进行各民族民间舞蹈分类。也有使用民族学“经济文化类型”理论范式，从采集渔猎经济文化类型组（山林狩猎型、河谷渔捞型）、畜牧经济文化类型组（苔原畜牧型、草原游牧型、盆地草原游牧型、高山草场畜牧型）、农耕经济文化类型组（山林刀耕火种型、山地耕牧型、山地耕猎型、丘陵稻作型、绿洲耕牧型、平原集约农业型）这几个维度，进行各民族民间舞蹈类型划分。更有借鉴民间音乐文化分组方式，将中国民族民间传统舞蹈划分为“北方舞蹈文化组”“南方舞蹈文化组”“北方草原舞蹈文化组”“黄土高原舞蹈文化组”“中亚绿洲舞蹈文化组”“西藏高原舞蹈文化组”“云贵高原舞蹈文化组”“东南山地舞蹈文化组”“中南丘陵舞蹈文化组”“台湾山地舞蹈文化组”①等不同的做法。这些具有创见性的类型划分本身有一定学术价值，因为在舞蹈学研究中，有时提出问题比解决问题更重要。但需要强调的是后续的科学实证主义证实或证伪的工作要跟上，类似张华《中国民间舞与农耕信仰》、刘金吾《中国民族舞蹈与稻作文化》这样的相关研究要衔接上，不能只是找几个代表性的舞蹈案例论证一下草草了事，如此得出的结论、建构的理论，充其量只是又提出了一种分类的说法，要想得出更加精确和真实的结论，需要用具体的舞蹈事实来检验，只有经过反复论证的理论范式，才是值得期待与可操作的。

（四）同质化认识、结晶化认知促发的反思

首先，在当下的中国民族民间传统舞蹈类型划分中，借用跨学科理论范

① 邸晓嫣：《中国民间舞蹈文化类型的分组》，《浙江艺术职业学院学报》2003 年第 2 期。

式的分类，有一个比较明显的倾向，就是将划分成不同类型的舞蹈看作是同质的，且对其整体的认识是结晶固化的。前文谈到任何个别都不能完全包括在一般之中，一般不能涵盖个别全部的丰富性和多样性，但是一般也不能离个别太远，远离个别的一般，或者兼顾不了个别丰富性和多样性的一般，其自身存在的合理性以及相关的学术价值是值得反思的，有价值的一般就要不断地考察个别事物的多样性，就需对个别事物的丰富性进行及时的补充和归纳，尽可能地体现个别的主体特征。对待中国民族民间传统舞蹈同中有异、异中有同的多样性存在特点，类型划分需要“因舞制宜”地做研究、下结论，因为在中国承传的各民族民间舞蹈，一方面不同的民族都有自己区别于其他民族的代表性舞蹈，诸如维吾尔族的《赛乃姆》《刀郎》《萨玛》，藏族的《堆谐》《囊玛》《热巴》等；另一方面不同民族还会共享同一个舞蹈，特别是在民族杂居地区中，这种跨民族共享舞蹈很多，诸如《芦笙舞》《铜鼓舞》《师公舞》等都是跨民族的舞蹈。即便《龙舞》《狮舞》作为流传最广的汉族民间舞蹈，但并不妨碍其在侗、布依、苗、羌族中也有流传。此外，即便不同民族跳同一个舞蹈，各个民族也会对其进行本民族的改造，添加许多与本民族相关的文化元素，使其在表演形式、展演内容、舞蹈风格上产生差异，各具特色。以“高跷”为例，“高跷”是历史久远的汉族民间舞蹈，凡汉族所到之处都有流传，并为当地民众所接受，但满族、彝族、白族、维吾尔族地区城镇、乡村中也有“高跷”的表演，各个民族所扮演的“高跷”角色，其人物形象大多是本民族的，舞蹈风格动律也与本民族的代表性舞蹈靠近。所以就中国民间舞蹈这种同中有异、异中有同的多样性存在特点，在类型划分中需“因舞制宜”地进行，不能混为一谈、一概而论，否则会直接影响到最终的研究结果和相关理论的做出。

其次，同一民族自身内部构成的区别也会导致舞蹈的不同。以苗族舞蹈为例："据余实地调查之所得，纯粹之'苗'，大都下列五种族构成：（1）红苗，著红色衣服；（2）青苗，著青色衣服；（3）白苗，著白色衣服；（4）黑苗，著黑色衣服；（5）花苗，著蜡染及绣花之衣服。以上五种为其主要者，其他皆不过为其分派而已。特所谓花苗、青苗、白苗、黑苗、红苗等，亦系汉族依据其服色及刺绣等而为土俗学上之区别，别无何等重要之意义。"[①] 又如："明代以来，云南的大多数苗族都自称'蒙'。苗族有八个冠以'蒙'的自称支系，居住在滇东北和滇中地区的'大花苗'，自称'阿蒙'。新中国成立后统一称为苗族。由于苗族地域分布广，支系较多，服饰和习俗差异较大，故被世人称为'红苗'、'白苗'、'黑苗'、'长裙苗'、'短裙苗'、'大花苗'、'花苗'、'青苗'、'绿苗'、'汉苗'、'独角苗'等。"[②] 尽管各种自称或他称的苗族支系在新中国成立后被识别为同一个民族，但现实生活中这些支系依旧维持着"我群"与"他群"的区别，这种区别标识通过具体的文化表征加以强化，有时是语言，有时是服饰，有时则是艺术包括舞蹈，因刻意地维护自我的不同，从而导致同一个民族也会存在着舞蹈多样性的发生。"人类学意义上的同性质舞蹈——如芦笙舞、鼓舞，即使是民族学上的同根同源，空间上的人口、社会组织单元的流变——如支系的不同，再因自然、生产、生活，甚至是某些意识形态的稍许变化，必然产生并不断固化这些差别和差异。这如古瓢琴舞，丹寨送陇与三都都江，以及榕江流布区对它的文化解说就有不同。这种不同，还或多或少地存在于舞姿动作和舞蹈音乐中。"[③]

再次，尽管每一个行政区域诸如省、直辖市，都在特定的地理环境中，

① [日] 鸟居龙藏：《苗族调查报告》，国立编译馆译，贵州大学出版社 2009 年版，第 30—31 页。

② 熊永茹：《浅析苗族芦笙舞的文化价值及其创新发展》，载石裕祖主编《民族舞蹈文化传承发展论纲》，云南大学出版社 2010 年版，第 165 页。

③ 王唯惟、徐浩：《舞蹈与文化：贵州苗族舞蹈的身体叙事》，人民出版社 2016 年版，第 55 页。

但这些地理环境并非无差异的，特别是大环境小气候现象的普遍性，致使同一地区内由于地貌的不同，会在小范围内形成一种与大气候不同的气候，所以即便在同一省份或者同一地州，其生长的植被、相关的农作物，以及对应的生产生计方式也不尽相同。以内蒙古为例，尽管它是中国最大的草原牧区，但其具有“东林西矿、南农北牧”的特点，不妨碍嫩江西岸平原、西辽河平原、土默川平原、河套平原及黄河南岸平原，成为内蒙古农耕经济作物的主要产区。在文化生态学看来，位置差异、地形差异、气候差异、水文差异、土壤差异、植被差异、资源和能源差异等都会导致文化自身多样性的发生，使各地形成不同的民俗风情，由此奠定了民间舞蹈各美其美的艺术特色。有学者将内蒙古地区舞蹈艺术的主要特色概括为：“以西部为主的蒙古族舞蹈；以中部为辅的汉族舞蹈；以东部为特色的三少民族的民间舞蹈。”“视角之一：以佛教舞蹈及蒙古族舞蹈为主的西部舞蹈，融入蒙古族民间舞蹈文化的查玛舞蹈奠定了西部舞蹈的艺术风格和特色。”“视角之二：受蒙古族文化影响的中部地区的汉族舞蹈，中部地区的汉族舞蹈，是地区特色和民族特色相结合，在艺术实践中形成独特舞蹈风格的时代产物。”“视角之三：蒙古族原始宗教舞蹈及三少民族的民间舞蹈，原始宗教贯穿的蒙古族舞蹈代表了一个时代，表现了原始文化的特色。狩猎文化仍是三少民族舞蹈的表现内容，自然、淳朴为特色。”[①] 所以，在使用行政区域进行类型划分，认知和概括、总结不同的民间舞蹈“共性”的同时，也要考虑其特殊性、差异性的存在，一些关于舞蹈的认识和结论的做出，需就事论事地进行大规模的个案研究和样本分析，不能以偏概全地认定同一地区具有不分彼此的“同质

① 珊丹：《从〈中国民族民间舞蹈集成·内蒙古卷〉的编纂看内蒙古的民族民间舞蹈艺术》，《内蒙古艺术》2006 年第 1 期。

化”特征。

又次，同一经济生态或生产生计方式也会产生不同类型的舞蹈。在中国，农耕文化作为带有很强生态环境特点的地域文化，南方北方，各有差异；东部西部，各具特色。人们常说“一方水土养一方人”，“五里不同风、十里不同俗”。农耕文化呈现的地域性特征，导致起源于插秧和耕田的农业劳动生活的“田歌”“田舞”，常常会出现此“田歌”非彼“田歌”，此“田舞”非彼“田舞”的现象。“南北两个区域的‘秧歌’称谓名同实异。所谓南方‘秧歌’通常泛指汉族与插秧劳作时的踏舞放歌，以‘歌’为主是其特征，而北方则是以冬季农闲时节娱乐方式以及‘过大年’时的一种自娱自乐为显著标志的表演活动。具有两个不同气候和人文习俗的地域和时节差异所形成的本质差异。”① 事实也如此，同一种舞蹈会因地域之差呈现出千姿百态、迥然不同的艺术特征。例如，陕北秧歌技术特点可以概括为“扭、摆、走”，其舞蹈风格被总结为“扭得活泛，摆得花哨，走得轻巧”；东北秧歌表演强调“踩在板上，扭在腰上”，所谓“稳中浪、浪中艮、艮中俏”，“扭得浪不浪，看你有没有相”；“胶州秧歌”表演风格特点是“抬重落轻走飘”，动律强调扭断腰、三道弯，呈现出“三弯九动十八态”的风格特点，整个表演风格可概括为“扭、碾、拧、抻、韧”；山西晋北踢鼓子秧歌，舞者腿部的“踢”是主要动作，其舞蹈基本动律被概括成“踢、拧、走、扭”；河北冀东“地秧歌”的表演特点在于“肩”的运动和变化，艺人们常说舞者的“肩”要能说话，不仅有端肩、错肩、绕肩、拌肩、转肩、扯肩等上身动作，还有提胯、掀胯、坐胯、转胯、绕胯、拧胯、撅胯、错胯、揉胯

---

① 哈斯:《寻踪东北舞蹈瑰宝之履——浅论〈中国民族民间舞蹈集成〉辽宁卷的实用价值》,《艺术研究》2018 年第 1 期。

等下肢动律，与其他秧歌迥然不同。又例如“花灯”是中原汉族人迁入与文化流入的产物，但是到了云南，吸收了很多当地少数民族舞蹈元素，其“崴来崴去”的典型动态，“跳”“颤”的全新动律，与最初流入的舞蹈形态产生极大差别，形成了一种新的花灯类型，所谓“无崴不成灯”。

最后，即便是同一个民族的同一个舞蹈也不代表性质相同、完全一致。一方面中国各民族大杂居、小聚居的现实状态，导致一个民族的民间舞蹈不可能一成不变地存在，舞蹈文化在互动、交融中涵化、变迁成为一种常态；另一方面由于舞蹈传承人的主观能动性，在喜新厌旧、改造创新过程中，他们会推动民间舞蹈自身的调整与改变。加之全球化对人类社会影响力的扩张，本土舞蹈故步自封、墨守成规、一成不变地传承几乎不可能。因此，在做具体的研究时，关注各民族民间舞蹈不变常态的同时，也要有动态发展的认识。例如：“石屏烟盒舞有正弦和杂弦之分，正弦就是母弦，是由古代传承下来的那一部分烟盒舞，是烟盒舞的核心和基本的组成部分。杂弦是子弦，是烟盒舞发展和演变过程中，借用外来文化的部分。换言之，杂弦是烟盒舞中被彝族人接受了的外来调子。尽管杂弦是外来的调子，但它在今天的烟盒舞构成中占据了主要部分。石屏彝族烟盒舞除了有正弦和杂弦之分外，还有山派和海派之分。山派就是山区的烟盒舞，以龙朋镇为代表；海派是坝区的烟盒舞，以坝心镇为代表。山派烟盒舞的特点是双手上下起伏，像飞鸟一样，也称之为‘韧脚弦’。海派的特点是两脚左右摆动，两手似游泳动作，也称为‘崴脚弦’。”[①] 类似的同一民族或同一地域的同一舞蹈在自身的传承和发展中，产生不同的舞蹈特征、风格流派，相关的案例比比皆是，如

① 李永祥：《舞蹈人类学视野中的彝族烟盒舞》，云南民族出版社 2009 年版，第 66 页。

贵州省的花灯发展出南路花灯、西路花灯、北路花灯、东路花灯等四路花灯风格类型；湖南花鼓戏有长沙花鼓戏、岳阳花鼓戏、衡阳花鼓戏、邵阳花鼓戏、常德花鼓戏、醴陵花鼓戏等6个流派之分；山西秧歌戏有繁峙大秧歌、广灵秧歌、朔州大秧歌、祁太秧歌、太原秧歌、襄武秧歌、壶关秧歌、汾孝秧歌、沁源秧歌、泽州秧歌等不同的秧歌种类；云南花灯形成昆明、呈贡花灯，玉溪花灯，弥渡花灯，姚安、大姚、楚雄、禄丰花灯，元谋花灯，建水、蒙自花灯，嵩明、曲靖、罗平花灯，文山、丘北花灯，边疆地区花灯等9个支派。

中国民族民间传统舞蹈的类型划分，特别是借鉴跨学科理论范式进行的分类，在引入有效、前沿、合适的理论进行划分时，必须要有大量舞蹈个案、样本分析做支撑，毕竟归纳和演绎正如分析和综合一样，是相互联系着的，归纳是演绎的基础，演绎是对归纳结论的运用，二者缺一不可。任何理论假说的提出都要经过经验事实的验证，只有在科学实证主义证实或证伪过程中总结出的理论或规律，才是相对完善的结论。英国近代著名的唯物主义哲学家弗兰西斯·培根（Francis Bacon）主张："科学归纳法应按照他制定的逻辑程序，从感性经验出发，详尽搜集材料，认真分析、整理材料，排除无关因素，逐步地、适当地、循序地推移，引出中间公理或最高原理。即从个别到一般，暂时不要作最高层次的概括。""我们实应遵循一个正当的上升阶梯，不打岔，不躐等，一步一步，由特殊的东西进至较低的原理；然后再进至中级原理，一个比一个高，最后上升到最普遍的原理；这样，亦只有这样，我们才能对科学有好的希望。"[①] 这种证据在哪儿、数据在哪儿、结论就

① 许占君：《培根的科学归纳法述评》，《内蒙古大学学报（人文社会科学版）》2000年增刊。

在哪儿的科学实证主义研究的做法值得肯定。他提出新的研究方法——科学归纳法，“即从对一类对象的许多个别事物的观察实验研究中，按照严格的循序渐进的逻辑程序，推断出这一类对象的一般性结论，从而实现认识由个别到一般的过渡，以求得到对事物的本质和规律性的认识。其逻辑程序分为四步：第一步，广泛搜集自然史和科学实验的材料。他认为，丰富全面的经验材料是科学归纳法的基础和前提条件。”“第二步，整理材料，为归纳做好充分的准备。”“第三步，拒斥或排除。”“第四步，初步的收获（或理解力的放纵，解释的开端）。”① 该法对于中国民族民间传统舞蹈的类型划分具有非常好的参照和借鉴意义，他的核心观点就是必须把研究的注意力引导到研究对象本身，引导到个别或特殊东西的系列和秩序中，而不是研究者先入为主下结论、做假说。此外，他还对简单枚举法进行了公正的批判，他认为：“那种以简单的枚举来进行的归纳法是很幼稚的，其结论是不稳定的，大有从相反事例遭到攻袭的危险；其论断一般是建立在为数过少的事实上面，而且建立在仅仅近在手边的事实上面。”②

（五）“跨文化比较”带来的反思

几乎在所有的科学研究的领域，为了检验某种命题或归纳出一般的法则，比较研究是一个非常合适的方法，如人类学结构—功能主义学派创始人阿尔弗雷德·拉德克利夫-布朗（Alfred Reginald Radcliffe-Brown）所言：“比较的方法是唯一使我们可以找出人类社会的一般的，根本特质的归纳法。换言之，所谓比较方法就是自然科学中的归纳法在人类文化研究中的应用。

① 许占君：《培根的科学归纳法述评》，《内蒙古大学学报（人文社会科学版）》2000年增刊。
② 许占君：《培根的科学归纳法述评》，《内蒙古大学学报（人文社会科学版）》2000年增刊。

‘通过这种方法，我们力求去认识（而不是解释）一个具体动物的一个具体特征，即首先将它看成是一种或一种普遍现象的一个具体例子，然后将它与人类社会某种一般的或最好说是普遍的趋势加起来加以认识。这种趋势在某些时候又叫做规律。’‘对于社会人类学来说，任务是阐述和证实社会体系存在的条件和在社会变迁中可观察到的规律的理论。而这只有通过比较的方法系统使用才能做到。’因此，他们在田野工作中，侧重社会制度的系统观察；从亲属制度与婚姻法则的知识入手；对社会制度本身，由比较建立分类，由分析去了解内容。”[①] 拉德克利夫－布朗由比较建立分类，由分析去了解内容的方法带给我们一个新的思考，中国民族民间传统舞蹈的类型划分，只有归纳和演绎不行，还需要有比较，当然比较也是一种升级的归纳。因为认识自己可以从自己着手，考察自己的生活、习性、文化、体质特征等，但这显然是不够的，因为更完整、准确地认识自己还需要一个对照或镜子，而他者正好可以作为一个参照体系，比较是能正确认识自己、客观理解他者的最有效方法。美国人类学家克拉克·威斯勒（Clark Wissler）认为：“当人们持有比较的观点，或对文化进行互相评估的时候，才能最清楚地认识到自己是在一种文化中生活和活动的。我们遇到的每个个人也是如此，通过互相比较，看到他们的相同与差异，我们才能认识到个性以及个人差异的真正含义。适用于不同个性的条件可能也同样适用于不同的民族，但是不管怎样，对不止一种文化有所了解的人才真正是精明老练的或在文化上富有智慧的。”[②]

“人类学作为一门学科的兴起，基本上是以‘异文化遭遇’为前提的。

① 容观：《文化比较研究·跨文化比较研究——人类学方法论研究之一》，《广西民族学院学报（哲学社会科学版）》1998 年第 2 期。

② ［美］威斯勒：《人与文化》，钱岗南、傅志强译，商务印书馆 2004 年版，第 15 页。

具体说来，自从欧洲的海航大发现极大拓展了西方人的世界视野以来，为数众多的非欧美的文化和社会（亦即所谓‘原始人’、‘野蛮人’、‘异文化’、‘他者’等）的存在，便对欧美知识界产生了极其强烈的刺激。于是，人类学不仅因为需要满足西方世界旺盛的好奇心，同时也是为了在同‘他者’或‘异文化’的比较中反思和重新认识‘本文化’而得以形成的。某种程度上，通过对‘异文化’的研究达到对‘本文化’的理解，似乎已是19世纪欧洲知识界的一种常识。”①

对于中国民族民间传统舞蹈而言也是如此，它本身就是对异己社会舞蹈做研究的舞种，尽管研究的“他者”是以一种“内部他者”（中华民族多元一体）的形式出现，但任何一个研究者在调研这些异己的各民族民间舞蹈时，都会有意无意地与自己本民族舞蹈相比较，研究者面对的异己社会的舞蹈文化是多种多样的，而对这些多种多样的异己社会舞蹈文化的认识，理所当然地要使用比较的方法，更何况还是对不同地理、不同语系、不同生态舞蹈类型的归纳总结，只选几个近在手边或自己比较熟悉的舞蹈做立论的支撑，肯定是不具有说服力的，不仅舞蹈个案、样本分析的归纳要扎实，同时要对这些归纳演绎好的结论进行比较，如此才能更为准确、更为系统、更为具体地说明不同类型的舞蹈特点。同时，比较研究还是中国民族民间传统舞蹈类型划分证实或证伪的检验方法，如拉德克利夫－布朗所言：“由于在社会人类学中无法进行实验室的证实和检验，所以，采用比较方法就能弥补这一缺陷。……比较方法关注的不是个别事物、‘起源’等，而是‘本质’、‘功能’和‘通则’。”②

① 周星主编：《中国艺术人类学基础读本》，学苑出版社2011年版，第52页。

② ［英］拉德克利夫－布朗：《社会人类学方法》“译者前言”，夏建中译，华夏出版社2002年版，第4页。

人类学的比较主要是在跨文化的基础上进行的，"'跨文化比较研究'有多种名称：cross-cultural comparative studies、cross-culture survey、cross-cultural comparison 或 cross-cultural research。它在中国也有多种译法"，"一般来说，'跨文化比较研究'是指建立在民族志的田野调查基础上的不同文化的比较研究。它通过对全世界不同民族中取得的调查材料进行比较分析、验证假设，来分析人类行为的共同性及文化的差异性，并试图发现某种规律或通则。"[①] 跨文化比较研究兴于 1940—1950 年，以美国人类学者为主的学者们，在探求人类文化之所以变异的理论研究上，针对功能学派经常以分析一个社会的功能理论，推展到全人类社会成为通则这一问题，提出自己的不同看法，认为人类学理论需要用统计的方式在许多不同社会文化中求证，以便取得更具科学性、说服力的结论，由此引发了跨文化比较研究方法的兴起。毫无疑问，"当代人类学工作者强调用这种比较研究法去探索人类群体的面貌，它着意的不是一个孤单的社会或一种社会习俗方面，而是从更为广阔的视野去对待人类，即不限时空地对群体与群体之间、传统与传统之间作出比较，做到普遍化（一体化），进而达到识别文化的异同及其所以异同的目的。它寻找社会结构上变异的科学解说，同时又要证明人类群体本身及其习俗的来源和发展"[②]。

"跨文化比较研究"在实际操作中，由于在比较对象的规模、比较的内容及目的等方面存在着很大的差异，如有宏观的比较，也有微观的比较，有跨区域的比较，也有相同地域不同历史阶段的比较，为了便于认识，在人类

① 周晓红编著：《人类学跨文化比较研究与方法》，云南大学出版社 2009 年版，第 2—3 页。

② 容观：《文化比较研究 · 跨文化比较研究——人类学方法论研究之一》，《广西民族学院学报（哲学社会科学版）》1998 年第 2 期。

学中跨文化比较研究一般分为广义与狭义两种："广义的跨文化比较研究是指两个或两个以上乃至更多民族的社会与文化的比较研究，也称为泛文化比较，所有的人类社会各种民族间的文化比较研究都可以称为跨文化比较研究。而狭义的跨文化比较研究是指默多克（George Peter Murdock）等人建立和发展起来的将统计分析作为手段，对不同文化的分析所进行全球规模的跨文化比较研究，它是一种'全面文化'的分析方法，可对10个甚至更大的世界范围的社会系统进行比较，特点是利用人类关系区域档案（Human Relation Area Files，HRAF）进行全球规模的跨文化比较研究。"[①] 在默多克等人的倡议下，耶鲁大学人类关系研究所成立了以广泛搜集和分类民族志资料并建立档案库为目的的附设机构。这个机构1937年正式启动，其第一项工作就是，在1938年完成并出版了一本民族志资料的分类索引《文化资料大纲》（*Outline of Cultural Materials*，简称OCM），默多克等人根据这本分类索引，收集和分类民族志资料，于1949年建立了民族志资料的档案库，即"HRAF"。1957年，该机构又编辑出版了《世界文化大纲》（*Outline of World Culture*），该分类索引"把全世界的文化分为八个区域：（1）亚洲、（2）欧洲、（3）撒哈拉以南非洲、（4）中东、（5）北美、（6）大洋洲、（7）俄国、（8）南美。每个区域又可以分为若干小区域，每个小区域又可以继续分为各自不同的民族文化。研究者可以根据不同的研究需求，选择不同的民族文化进行比较研究"[②]。除此之外，"就世界6大地区（非洲、环地中海、东亚、太平洋岛屿、北美和南美）的群体分人类为88大类617小类的文化资料输入了由电脑控制的HRAF系统之中。迄今1994年止，HRAF共储存约4.5

---

① 周晓红编著：《人类学跨文化比较研究与方法》，云南大学出版社2009年版，第3页。

② 宋蜀华、白振声主编：《民族学理论与方法》，中央民族大学出版社1998年版，第222页。

百万张微缩胶片，预计今后每年可以递增2500张胶片。研究者可以通过这一系统取得所需的专题资料以便进行统计和比较分析，不少有价值的研究是借助于这一档案库储存的资料完成的”①。

人类关系区域档案库，实际上是世界民族志的资料中心，对比中国民族民间传统舞蹈，30卷的《中国民族民间舞蹈集成》就是中国各民族的舞蹈民族志资料中心或舞蹈资源库，加上《中国民族民间艺术资源总目·舞蹈卷》的出版，某种程度它们就是中国版的舞蹈民族志资料的分类索引，即中国舞蹈版的《文化资料大纲》或《世界文化大纲》。《中国民族民间舞蹈集成》副主编陈冲先生，在《抢救中华民族民间舞蹈的伟大工程——关于〈中国民族民间舞蹈集成〉的价值》一文中提到一组数据：历时20年参与普查者近10万人，查明中国民族民间舞蹈17600多个，其中汉族舞蹈14200多个，少数民族舞蹈3300多个。他在1989年第6期的《舞蹈》杂志上发表的《民间舞蹈知多少》一文对统计的数据表述道，除了港、澳、台地区以外，全国56个民族共有民间舞蹈17636个，其中汉族舞蹈14291个，少数民族舞蹈3345个，暂且不纠结于数据相差36个舞蹈的原因，最终出版发行的《中国民族民间舞蹈集成》按全国（除港、澳、台地区）行政区划分为30卷，共41册，选入优秀舞蹈2078个，约4500万字，近千幅照片。遗憾的是这样一部史无前例的鸿篇巨著，只停留在文字稿上，没有将舞蹈视频一同出版，也没有像默多克等人在耶鲁大学建立一个人类关系区域档案（HRAF）一样，在中国艺术研究院舞蹈研究所建立一个“中国民族民间舞蹈集成”资源库，将全国普查调研上来的所有的舞蹈汇总，将文字、图片、

① 容观：《文化比较研究·跨文化比较研究——人类学方法论研究之一》，《广西民族学院学报（哲学社会科学版）》1998年第2期。

舞蹈视频一并输入电脑，建立一个“中国民族民间舞蹈集成”数据库或者学术专题门户网站，方便研究者根据不同的研究需求，通过这一系统取得所需的专题舞蹈资料，进行各式各样的研究，当然也包括用统计分析手段进行跨文化比较研究。

即便如此，《中国民族民间舞蹈集成》入选记录的 2078 个优秀舞蹈，说是百里挑一或优中选优的结果一点不为过，它们的选择是集合全国 30 多个省、市、自治区舞蹈业界有关专家学者、民族民间舞蹈艺人和舞蹈爱好者，以及所有文化馆、站干部集体智慧共同商议的结果。所以尽管《中国民族民间舞蹈集成》不是那种不漏一舞的完全归纳，但也是一种有效归纳，因为这些所有的舞蹈样本是经得起验证和溯源的，当借用跨学科的理论范式进行中国民族民间传统舞蹈类型划分时，依靠《中国民族民间舞蹈集成》提供的舞蹈样本，在归纳总结统计分析的基础上进行跨文化比较研究，如此才能揭示出不同类型舞蹈之间的差异性和共同性，由此归纳总结的类型化特征，即某种规律或通则，才能经得起证实或证伪的检验。“跨文化比较法（Cross-cultural comparison）的基本前提是把全世界各种不同文化作为样本，对这些资料作比较研究，以便验证对人类行为的假设。这种方法的重要性在于，它不但使研究者免去单一狭窄范围的限制，又可以使研究者发现更多、更广的人类行为的幅度。更为重要的是，这种比较研究可以提供一种类似实验的研究方法。人类学通过跨文化比较的研究，认识到文化的差异性、普遍性和复杂性，亦清楚地认识到各种文化是怎样变迁、怎样适应变迁的，使我们能预测文化变迁的方向；同时，通过跨文化的比较方法端正我们的文化观，既要排除民族中心主义的观念又要去除文化自卑感。”[①] 美国文化人类学家威廉·A. 哈维兰（William A. Haviland）也严肃地指出：“理想的文化人类学理论应该产生于广泛的比较研究基础之上的。泛文化研究者考察世界性实例为的是探讨他们对文化现象的解释是否能广泛运用于全世界。”[②] 中国民族民间传统舞蹈类型划分也是如此，如果想要自己的类型划分具有解释力、生命力和预测力，除了进行扎实的归纳、有创意的演绎外，还需要进行跨文化比较研究的证实和检验，毕竟中国民族民间传统舞蹈类型划分关注的不是个别舞蹈自身的表现形式、展演特征和舞蹈起源，而是对某一类舞蹈“本质”、“功能”和“通则”的把握。

第三节　中国民族民间传统舞蹈本质特征类型划分

《中国舞蹈大辞典》就舞蹈的分类，提出了一个“舞蹈分类学”概念，其核心理念就是随着社会的发展、时代的进步，舞蹈自身也是不断地发展与变化的，很多新的舞蹈形式相继出现，不同的舞蹈类别逐渐增多，为了认识和把握各类舞蹈的艺术特性和规律，有必要进行“舞蹈分类学”的研究。该理论提出以下几点分类建议：“一是按历史时期、年代的历史性分类。如古代的周、汉、唐、宋，现代的中华人民共和国成立前后等，还有按中世纪、18 世纪、19 世纪以及 20 世纪 30 年代、50 年代、80 年代等。二是按国家、民族、地区的地理人种性的分类。如中、俄、朝、美、日、阿拉伯、斯拉

① 周大鸣编著:《现代都市人类学》，中山大学出版社 1997 年版，第 4 页。
② [美] 威廉 · A. 哈维兰:《当代人类学》，王铭铭等译，上海人民出版社 1987 年版，第 27 页。

夫、印第安，以及我国的晋、鲁、川、滇、苗、藏、蒙、汉等。三是按舞蹈形式的性质与风格特点分类。其中有表演性的舞蹈与生活自娱性的舞蹈。表演性的有古典舞、民间舞、现代舞、芭蕾舞；生活中自娱性的有社交舞、集体舞、体育舞、健美舞等。四是按舞蹈的表现形式分类。如独舞、双人舞、三人舞、群舞、小歌舞、舞蹈小品、舞蹈诗、组舞、大歌舞、歌舞剧、舞剧等。五是按题材与体裁分类。如神话、历史、现实的，礼仪、劳动、战斗、抒情、叙事的，欢快、庄严、悲伤、幽默滑稽的等等。六是按舞蹈的节拍与舞蹈音乐特定的节奏分类。如慢四步、快三步、探戈、吉特巴、爵士舞、迪斯科等。一般来说，按民族按地区分类概括性较大，舞蹈语汇系统较明确，按舞蹈性质与风格分类的较集中。其他各种分类也都有其各自的特点和作用。”①

从引文中可以看出，“舞蹈分类学”谈论的舞蹈是一个大概念，即包括了专业和非专业、中国和外国、历史和当下、艺术和生活等不同类型的舞蹈，因此它的分类是多维度的。但这种多维度基本上可以划分为两类，一类是跨学科的类型划分，即借用历史学、民族学、地理学、社会学、民俗学等相关学科理论范式的类型划分；另一类是聚焦舞蹈本体的类型划分，即聚焦于舞蹈的表现形式、表演内容、表现功能、表演风格的类型划分。这种论述带来了一定启发，对于中国民族民间传统舞蹈类型划分而言，为了更好地认识和把握各类舞蹈的艺术特性和规律，除了借用跨学科的理论范式进行类型划分外，还需关注舞蹈自身的本质特征，如按照舞蹈的表演形式进行分类，按照舞蹈的社会功能进行分类，按照舞蹈的展演空间、社会结构进行分类，

① 王克芬等主编:《中国舞蹈大辞典》，文化艺术出版社 2010 年版，第 551 页。

按照舞蹈表演者的性别和年龄进行分类，等等，因为这有助于对各种舞蹈自身性质、特点以及风格的认知。当然所有的分类都要遵循“同一性原则”，即分类的视角、维度要一致，是在“同一维度”、相同视角切入的分类，只有遵循同一的标准，才不会出现混乱的情况。当然这种“同一性原则”或者“同一维度”是相对的，因为中国民族民间传统舞蹈自身的复杂性和多元性，想要找到一个闻一知十、触类旁通、完美无缺、无懈可击的分类标准，既不现实也不客观。

一、以舞蹈展演形式为标准的类型划分

舞蹈展演形式即舞蹈的表现形式，指的是舞蹈的种类和样式，如独舞、双人舞、三人舞、群舞、小歌舞、舞蹈小品、舞蹈诗、组舞、大歌舞、歌舞剧、舞剧等。对于中国民族民间传统舞蹈而言，不一定会有与这些从剧场艺术舞蹈归纳总结出来的体裁类别完全重合的表现形式，但是近似或者雷同的样式基本上是客观存在的。例如，哈尼族舞蹈的表现形式：“独舞有：《铓舞》、《克罗截》（鬼舞）成年男子独舞，《洒米舞》、《尼帕蹉》成年女子独舞；双人舞有：《扇子舞》、《们巴哈呵》（铜钱棒舞）成年男子双人舞，《绿春戛尼尼》成年女子双人舞，《照镜子》成年男女双人舞，《切托姆托》儿童（女孩）双人舞；三人舞有：《独阿蹉》（老人鼓舞）男性老者三人舞，《居略阿拉》（猴子舞）成年男子三人舞，《和巴爹》（竹片舞）成年女子三人舞；群舞有：《铓鼓舞》男子（老少均可）群舞，《托尼尼》、《同尼尼》成年男子群舞；《簸米舞》、《盒子舞》、《火马蹉》（碗舞）、《打莫蹉色尼尼》成年女子群舞，《扭铓》、《布孔扭鼓》、《阿木扭鼓》、《棕扇舞》、《阿腊蹉》、《乐作舞》、《得拨蹉》、《跳歌》等成年男女群舞，以及《阿迷车》、《阿波阿波呸来

来》儿童（女孩）群舞，《车月车》儿童男女群舞等等。”[①] 类似的案例在其他民族舞蹈中也存在很多，如被称为“跳弦”“跳乐”“跳三步弦”的彝族烟盒舞，不仅有“正弦”和“杂弦”（即“母弦”和“子弦”）之分，还有独舞、双人舞、三人舞、四人舞和集体舞等多种表现形式。

傣族的孔雀舞也是，德宏傣族景颇族自治州各乡镇傣寨普遍流行的孔雀舞，不仅有“徒手孔雀舞”和“架子孔雀舞”，还有单人舞、男女双人舞、群众集体舞等多种表现形式。“架子孔雀舞”独舞表演者主要是男性，舞蹈时头戴尖塔盔和假面，身挎孔雀架子道具，模仿孔雀的形态、神态舞蹈。“徒手孔雀舞”独舞，没有了孔雀架子和假面的羁绊，在毛相等艺术家的发展下，不仅有丰富的动作、多样的步伐、优美的舞姿、高超的技巧，手的动作、面目表情、舞蹈眼神也发展得极富表现力，整个舞蹈表演不仅形成了一定的程式，有固定的鼓谱伴奏和套路，还能表现一定的故事情节，并在各方的推动下形成了不同的风格流派。孔雀双人舞，主要是一雌一雄两只孔雀表演，舞蹈者身披孔雀架子，脸上戴着一男一女的假面，整个表演为雄孔雀先出来舞三圈以后再引出雌孔雀，两舞者在前进后退、相对下腰、左罻右羽的交流互动中舞蹈，过去的表演还有大小鬼角色的参与。由于双人孔雀舞是穿戴孔雀架子舞蹈，动作也多在三道弯或半蹲的基础上完成，所以表演强度非常大，整部孔雀舞不可能一次跳完，必须分三四段才能完成，所以舞者每跳完一段休息的时候，会穿插《嘎光》《嘎央》《嘎洞》等群众性的集体舞蹈。孔雀集体舞应该是近年来许多大型文艺活动或节庆游街催生的产物，为了营造活动氛围，以及满足游街表演的需要，编导者通过增加人数来凸显期待的

① 张谛：《哈尼族舞蹈生态学研究》，民族出版社 2016 年版，第 22—26 页。

艺术效果。孔雀集体舞的表演特点是，除了舞蹈队形根据人数的增多进行调整外，舞蹈动作基本上遵循“架子孔雀舞”的舞蹈语汇，模仿孔雀“飞跑下山”“林中窥看”“漫步森林”“饮泉嬉水”“追逐嬉戏”，以及“抖翅”“拖翅”“晒翅”“展翅”“开屏”“飞翔”“点水”等动作。

对于舞蹈小品或组舞来说，西南很多少数民族舞蹈基本上都是遵循这一特征，即一个舞蹈由若干小舞蹈或舞蹈小品构成，表现形式为一首歌一支舞，即歌舞不分，有多少首歌就跳多少支舞，当然有些舞蹈会有乐器的伴奏，例如藏族的《囊玛》、《堆谐》、《果谐》、《果卓》、《康谐》（弦子）等就是这种表现形式。以《果卓》（锅庄）舞蹈为例，“果”在藏语里是圆圈之意，“卓”是舞蹈或歌舞的意思，《果卓》名称意译就是围着圆圈歌舞。传统民间《果卓》舞蹈，一般由男女手拉手，也有相互搭肩和搭腰，还有不拉手甩袖尽情欢舞等多种不同的跳法。表演时，一般用不同乐器伴奏，舞蹈者们围成圆圈，男半圈、女半圈，常常是以自唱、自舞的形式来表演，男唱一段，男女齐舞；女唱一段，男女再一起齐舞，整个舞蹈由慢板—中板—快板三部分组成，表演时参加人数不限，男女老少均可上场，少则十几人，多则上百人。传统《果卓》舞蹈基本结构流程如下：

1. 开场舞“萨亚”，意为祈拜地神借用场地。
2. “卓热典丁”，意为奠基舞场。
3. “扎普”，意为搭歌舞篷。
4. “宗卓”，意为聚会歌舞。
5. “卓依曲巴”，意为供奉歌舞。
6. “曲卓”，意为信奉歌舞。
7. “卓钦”，意为大歌舞。

8.“卓雄”，意为核心歌舞。

9.“卓依卡萨”，意为精彩舞段或衔接舞段。

10.“卓谐”，意为“卓”的歌舞。

11.“斯木卓”，意为安晚歌舞。[①]

在舞蹈诗中，一些类似羌姆、东巴等的宗教乐舞表现形式基本雷同，尽管驱鬼跳神、除邪禳灾、祈福迎祥、超度亡灵、佛法故事等是这些宗教乐舞展演的主要内容，但在表演形式上却非常具有诗意，即便有些舞段呈现出神秘诡谲、荒诞怪异、浪漫奇幻、狰狞恐怖、肃穆凝重的特点，但不妨碍其用模拟和象征的手法表达出类似诗的韵律和意象，呈现出一种“动态意象组合的造境活动”的表演特征，如：“‘羌姆’中的舞蹈，主要包括‘法王舞’（曲加羌姆）、‘勇士、勇士母舞’（华屋、华姆羌姆）、‘骷髅神舞’（多尔达羌姆）、‘黑咒师舞’（夏那羌姆）、‘鹿、狮舞’（夏羌姆、桑羌姆）等舞蹈段落组成。还有以上法舞的集体舞蹈，这些段落从舞蹈结构的角度分析，多以独舞、双人舞、三人舞、四人舞和群舞交叉组合的形式进行表演。”[②] 这些显示神灵无上威力的“法神舞”“凶神舞”“金刚神舞”，以及表现地狱中小精灵们相互玩耍、嬉戏的“骷髅舞”和为人间带来福禄的“鹿神舞”等程式性舞段，每一段都有特定而丰富的宗教内容，如驱鬼逐邪、消灾免祸、造福来世、因果报应、佛法天命等等，这种非空洞、冗长、拖沓、说教的表演，将佛经中所描绘的各种神、佛、妖等形象用舞蹈的形式表现出来，给信众、观者一种最为直接的视觉感受，使其在修行、忏悔、造福来世、娱乐的同时感

① 罗旦：《西藏民族民间舞蹈文化》，上海音乐出版社 2020 年版，第 73—74 页。

② 万代吉：《羌姆表演中的艺术特征》，《西藏大学学报（社会科学版）》2010 年第 2 期。

受到佛法的无边与正行。东巴舞也是，在东巴教八大类的神坛祭祀道场中，除了“祭天类”的祭祀道场外，其他的七大类神坛祭祀道场（祭风、消灾、祭山神龙王、除秽、开丧、超荐、求寿）里，皆要跳东巴舞，当然祭祀对象、天神以及动物出场的先后不同，所跳舞蹈不尽相同，如：“举行祭什罗仪式，要先跳什罗之护将达拉明悲舞；举行祭风仪式，要先跳四头神考绕扭究舞；举行祭胜利神仪式，要先跳东、南、西、北、中五方大神舞；举行祭拉姆仪式，要先跳神女玛永金姆舞，等等。”[①] 这些神舞、动物舞、法器舞都是以诗意模拟和象征的形态展演，很多舞蹈并没有特别具体的情节叙事，人们在这种舞蹈片段的观赏中，感悟人生的短暂、生命的无常、世间的苦难、战争的残酷，通过神灵无上的威力来解厄消灾、慰解亡灵、驱鬼逐疫，同时祈求风调雨顺、五谷丰登、人畜平安、幸福安康。

像歌舞剧或舞剧这样的表现形式，在中国民族民间传统舞蹈中是相当丰富的，“戏舞不分”为该舞种的一大特点，“以歌舞讲故事”致使许多民间小戏或地方大剧本身就是一种风格独特的“歌舞剧”。以《赣南采茶》为例：“审美娱乐中的赣南采茶舞蹈以四种样式出现：单人舞、双人舞、三人舞、群舞。同时，它们又以戏曲样式、舞剧样式、音乐剧样式呈现。单人舞：传统单人舞为自娱性的自赞、自赏、自乐，载歌载舞、念唱带舞的即兴舞蹈，并存活在戏曲样式中。人一乐话就多，调门也高，随口出曲，手舞足蹈，可谓载歌载舞，念白时在舞，歌唱时在舞、不念不唱时（过门）也在舞。这就形成了载歌载舞、连念带舞、歌舞和谐的风格特点。双人舞：赣南采茶传统中的对子舞（双人舞），大多是体现爱情的对话式的舞段。例如赣南采茶

① 刘稚、秦榕：《宗教与民俗》，云南人民出版社 1991 年版，第 178 页。

戏‘四小金刚’之一的《睄妹子》一剧中对子舞段《对花》。三人舞：赣南采茶传统剧目《耍香龙》中《板凳龙》和《香火龙》两个舞段是经典的三人舞。群舞：赣南采茶舞蹈由单一演出样式变为复合演出样式，逐步变为融歌、舞、戏为一体的大型歌舞剧。就像单个文字组成词，再组成句子，再组成段落，最后组成篇章。”[①]《赣南采茶》这种“以舞说戏，以舞演戏”的表现形式，以及丑、旦当家的人物角色和单人舞、双人舞、三人舞、群舞在一出戏中都存在的客观现实，加之《睄妹子》《钓拐》《反情》《大劝夫》等诸多传统经典戏剧文本，一部舞剧所有的构成要素都一一聚齐，将这些民间小戏、地方大剧认定为中国特色的歌舞剧没有人会有异议。同时，民间一些重舞不重唱，有舞蹈、有人物、有故事，被称为哑巴戏的表演，尽管与剧场艺术谈论的舞剧有一定的距离，但是将其认定为中国特色的传统舞剧也没有什么不妥，用舞蹈展演形式进行中国民族民间传统舞蹈的类型划分是可行的，因为这些体裁类别、种类样式在今天的各民族民间舞蹈中都存在。

二、以舞蹈展演内容为依据的类型划分

中国民族民间传统舞蹈除了可以从展演形式上进行独舞、双人舞、三人舞、群舞、歌舞剧、大型乐舞等类型的划分外，还可以从展演的内容上进行分类，这些舞蹈与现实生活紧密相接的“生活性”特征，以及与历史一脉相传的“传承性”特点，致使很多舞蹈不仅具有特定的表现形式，还具有丰富的展演内容；不仅具有抒情的表现特征，还具有叙事的展演特点：“通常的

---

① 赖丹、赵元泽:《赣南采茶舞蹈研究》，中国社会科学出版社 2020 年版，第 190—196 页。

民族舞蹈，都表现一种单一的情绪。或丰收、或喜庆、或胜利、或丧葬，各种情绪在舞蹈中都会得到较好的抒发。随着生产水平的提高，人民生活的改善及社会的进步，生活变得多姿多彩，从而要求有多种形式的表现。如德宏地区有的孔雀独舞，就表现一只母孔雀被魔王抢去，一只公孔雀在森林中飞跑找寻的情节；'鸽子学飞'则表现充满母爱的老鸽帮助两只可爱的小鸽在暴风雨中顽强拼搏的情节；白族'田家乐'则有了鲜明的主题、不同的人物，表现了稻作民族耕种中的各个生活侧面，歌颂了耕种中勤劳耐苦的人，鞭斥了懒汉，并运用了相应夸张的戏剧手法处理，是具有了舞剧雏形的一种表演形式。"[①] 可见，对于许多民族民间舞蹈而言，不能简单地将其认定为一种单一的情绪性舞蹈，其本身也是有主题、有内容、有故事、有情节、有人物的，特别是很多受戏曲影响的舞蹈，以及多不胜数的民间小戏和地方大剧，本身以歌舞演故事，自然承载了许多复杂的故事情节和令人着迷的神奇传说。如被称为鬼戏的傩舞会有《跳魁星》《跳和合》《跳八仙》《跳竹马》《跳判官》这样代表性的舞蹈小品，也有反映神话故事、民间传说类似《开天辟地》《太阳射月》《孟姜女送寒衣》这样的舞蹈节目，更有《目连救母》《古城会》《天门阵》《水漫金山》等相对完整、篇幅较大的傩戏剧目，所以根据中国民族民间传统舞蹈的展演内容进行舞蹈类型的划分应该是成立的。

在中国民族民间传统舞蹈展演内容中，"神话传说"是比较有代表性的一类。以傣族《大鹏鸟舞》为例："《大鹏鸟舞》傣语称'嘎洛弄'或'嘎论'，相传很早以前，天总是不下雨，大地干裂得起了火，其原因是雨神跑掉了。当时，有一只正在抱蛋的大鹏鸟，为了去寻找雨神，舍弃了抱蛋和哺

① 刘金吾：《中国民族舞蹈与稻作文化》，云南人民出版社 1997 年版，第 72—73 页。

育后代的任务。最终大鹏鸟找到了雨神并和雨神展开了斗争，经过大鹏鸟的不懈努力，雨神终于回来了，天下起了大雨，大地万物复苏，百姓得到了甘露，存活了下来，世间又恢复了宁静幸福的生活，人们跳起了‘大鹏鸟舞’。”[①]在傣族民间，《大鹏鸟舞》表演形式分为单人舞和双人舞两种，双人舞主要表演大鹏鸟与雨神打斗的场面，出场动作就是一个大跳，表现大鹏鸟从很高的地方飞下来；紧接着的碎踮步跑，表现大鹏鸟急于寻找雨神打斗的情景；看见雨神后表演的单平展翅、开胯吸腿跳、翻腕及胸着地转等动作，表现大鹏鸟与雨神打斗时的心境及状态，整个表演对神话传说的演绎生动、形象。傣语中被称为“嘎玄”的《蝴蝶舞》也有一个神话传说：“傣文古籍《温腊》中有这样一段故事：从前，蝴蝶是生活在天上的神仙，每七日才下凡一次，到人间享受鲜花的芳香，跳舞和玩耍。有一天，一位猎人进森林打猎，幸运地见到蝴蝶正在鲜花丛中翩翩起舞。于是就上前问蝴蝶，你们是从哪里来的？怎么这样漂亮！蝴蝶回答：来自天上。猎人问：人人都说天上很美，你们为何来到凡间？蝴蝶答，天上的美是人们想象出来的，人间的花香景美是天上所没有的。蝴蝶在花丛中亮翅起舞的场面给猎人留下了难忘的印象，猎人就模仿蝴蝶的种种形态，创编成套路，在各村寨广为传播。”[②]在傣族民间，《蝴蝶舞》是一种假形道具舞蹈，蝴蝶架子的做法与《孔雀舞》相同，主要动作有走步、点步、辗步、蹲跳步、踮步、碎步等，模仿蝴蝶在花丛中飞舞的情状，整个舞蹈形象逼真、动作优美。

在中国很多少数民族中，有语言无文字是其一大特点，用歌舞、乐舞、舞仪等表现形式承载一个民族的历史，再现这个民族的过往兴衰，成为很多

①《中华舞蹈志》编委会编:《中华舞蹈志 · 云南卷 · 上》，学林出版社 2007 年版，第 487 页。
②《中华舞蹈志》编委会编:《中华舞蹈志 · 云南卷 · 上》，学林出版社 2007 年版，第 488 页。

民族传统舞蹈的主要特点，所以在中国民族民间传统舞蹈中，“舞蹈史诗”也是其展演内容比较有代表性的一类。“学术界颇为流行的一种观念认为，舞蹈是长于抒情而短于叙事的。其理由是：如果舞蹈的主要追求在于再现生活，它势必不满足于舞蹈姿态而追求哑剧乃至歌舞剧，以求实现自己的艺术目的，而这一目的的实现，也就意味着独立的舞蹈的死亡。汉民族古典舞蹈的最终被扬弃似乎也证明了这点。然而，仿佛故意与此作对，苗族的叙事性舞蹈不仅长盛不衰，而且十分丰富发达，可谓到了什么都用舞蹈来再现的地步。史诗（包括神话）性舞蹈就是其中的主要代表。为叙述方便，可以把它分为三个方面。A. 缅怀祖先的创世舞、迁徙舞、祭祖舞（其中某些与‘巫舞系统’略有交叉，即具有双重色彩）；B. 叙述现实的劳动舞、丰收舞、狩猎舞、斗鸡舞、斗雀舞（其中有些与‘爱情舞系统’及‘娱乐舞系统’相重叠）；C. 参与人世的仪礼舞、交际舞等。苗族史诗舞系统数量巨大，内容驳杂，涉及面广，占有显著位置，其中又以‘缅怀祖先’部分最为突出。‘我们从哪里来？我们到哪里去？我们是谁？’——这始终是此类舞蹈的传统内核。”[①] 舞蹈史诗作为一种“历史”的祭坛，致力于呈现“历史”的现存性和具体的可感性，在舞蹈中让现世的舞蹈者们参与祖先“历史”的“循环”创造，在追忆过往的历史、不朽的祖先的同时，一方面进一步增进现实成员之间的聚合认同与社会团结，另一方面积极地参与了“我们是谁”的民族化个性建构。

在许多民族舞蹈中，“祖先祭祀”也是其展演的核心内容，通过跳舞、歌唱、演戏的形式祭祀祖先，目的在于教育后代、继承传统，以此来促进民

① 杨鹏国：《苗族舞蹈与巫文化——苗族舞蹈的文化社会学考察》，贵州民族出版社 1990 年版，第 25 页。

族内部的团结与凝聚，在抵御外族文化影响与植入的同时，更好地促进本族文化的发展与繁荣。以产生于土家族古老的祭祖仪式中集歌、舞、乐、剧于一体，被土家语称为“舍巴”的《摆手舞》为例，无论是“大摆手”还是“小摆手”，其核心要义都是祭祖，只不过祭祀的对象不同。“据清代光绪年间《龙山县志·风俗志》(卷11）载：‘土民祭土司神，有堂曰摆手堂，供土司神位，陈牲醴，至期即夕，群男女并入。酬毕，披五花被，锦帕裹首，击鼓鸣钲，舞跳歌唱……男女相携，翩跹进退，故谓之“摆手”’。摆手舞分为‘大摆手’和‘小摆手’。‘大摆手’规模宏大，多至千人万人，用于部族的祭祀礼仪，以祭祀土家共同祖先‘八部大神’为主。舞蹈内容主要表现部族起源、民族迁徙、古代战争等宏大场面。‘大摆手’舞可以找到许多武舞——古‘巴渝舞’的遗存：表演队伍按照村寨编成‘排’，每‘排’又分为旗队、祭队、乐队、摆手队、披甲队、炮仗队伍。披甲队舞者身披铠甲（五花被），炮仗队手持兵器（鸟铳或者三眼铳），表演过程中枪炮鸣放，还有模拟作战的各种场面。‘小摆手’规模较小，是各个村寨祭祀祖先（本姓祖先）的节日舞蹈，村民在各村寨的摆手堂前围圈而舞，舞蹈内容大多模拟自然生物形态和表现农事生产情形。”[①]“祖先祭祀”在其他少数民族舞蹈中也都存在，例如瑶族的《跳盘王》就是瑶族民众纪念盘王，在欢度盘王节时所跳的一种祭祀舞蹈，在瑶族人心目中“以龙犬盘瓠为始祖”,《跳盘王》本身就是对始祖盘王的祭奠。哈尼族的《棕扇舞》也是，该民族认为白鹇鸟是自己的祖先神灵，是它让哈尼族得以生息繁衍下来，手拿棕榈叶模仿白鹇鸟起舞，本身就是对祖先（图腾）的祭祀。

① 刘卫红、彭小希、况成泉：《寻根传舞：重庆舞蹈文化遗产的保护与传承》，北京理工大学出版社 2015 年版，第 7—8 页。

战争对于任何一个历史足够长的民族来说都是绕不开的话题，发生战争之际，为即将出征的战士能够战胜敌人而祈祷，战争结束之后，希望参战的勇士能够平安归来而祭祀，由此产生的“战争祭奠”歌舞也是很多民族舞蹈中比较有代表性的展演内容。以流传于四川省阿坝藏族羌族自治州黑水县藏族的《卡斯达温》为例，“卡斯达温”是黑水方言，“卡斯达”为“铠甲”之意，“温”是“穿”的意思，因舞者身穿“甲衣”歌舞，该舞蹈也被许多学者直接意译为《铠甲舞》，整个舞蹈表现的是古代黑水将士出征前所举行的一种征战祭祀仪式，祈祷战争胜利、祈求平安归来是舞蹈展演的主要内容。今天的《卡斯达温》根据展演的场景分为“庆典性跳铠甲”和“丧事性跳铠甲”两种：“庆典铠甲舞的情节内容有六段，形式为不穿铠甲歌舞。首段是《敬神》，诵词大意为：‘相信神会让我们天下太平，香火长盛，风调雨顺，五谷丰登。’第二段是《求神》，诵词大意为：‘愿神护佑我们世间无妖魔鬼怪，人畜兴旺，众生皆大欢喜。’第三段是《从神》，诵词大意为：‘一切听从神的旨意，愿生灵、人类平安吉祥，扎西得勒。’第四段是《告别》，诵词大意为：‘我们就要远征，请神保佑在战场上英勇杀敌的健儿们胜利归来。’第五段是《欢聚》，诵词大意为：‘天好地好，我们从战场胜利归来，畅饮庆功酒，高唱庆功歌，欢跳庆功舞。’末段是《迎宾》，诵词大意为：‘欢迎远方的客人同我们一道喝上一杯庆功酒，让我们欢聚一堂，唱起动人的歌，跳起欢乐的舞，让友谊长存。’……丧事铠甲舞的内容有十二段，跳者要身穿铠甲。按照当地习俗，村寨中若有战死的英雄或有威望的老人去世，火化那天，男人们身穿铠甲，围绕火化场地转圈跳铠甲。……主要展示征战内容，包括《出征》《征战》《欢庆》三段。男儿们身穿铠甲、挥舞刀枪、列队行进、吼喊厮杀、气势雄壮。开场‘征战’部分，要由寨中德高望重的老人开坛祝词，女人们手捧美酒为出征者送行，场面神圣庄重。"[①]这样以"武舞"形式表现战争题材的舞蹈在其他民族中也有很多，汉族的《盾牌舞》《宋江阵》，佤族的《猎头舞》，景颇族的《刀舞》都属这一类型舞蹈。

中国民族民间传统舞蹈的"生活性"特征，使反映"生活轶事"题材的舞蹈也占据很大一部分比例，这些与当地民众日常生活息息相关的舞蹈，接地气地反映不同地域文化特征的同时，也充满了诙谐幽默、逸趣横生的表演特点。以福建泉州《夫妻和合》舞蹈为例："《夫妻和合》属《钱鼓舞》类代表性舞蹈节目之一。此舞由男女二人扮演一对夫妻，表现夫妻二人沿街踏舞乞讨谋生的情景。男舞者双手拿钱鼓表演，滑稽幽默，主要动作有'猫展威''乌龟步''坐地转''脚踢鼓'等。女舞者一手持钱鼓，一手持一枝'摇钱树'，表演风格活泼、跳跃；主要动作有'讨饭步''左右扭''滚打钱鼓'等。……《夫妻和合》的内容原是表达乞丐携妻带儿沿街乞讨的，后经戏曲艺人整理改编搬上舞台，并加上'四宝''摇钱树'等道具，使舞蹈更显生动。后民间艺人又将《夫妻和合》融入喜庆节日、迎神赛会的踩街队伍中。"[②]对于农耕民族而言，耕牛是重要的生产工具，立春日或春节开年，挥鞭打牛督促春耕的同时，也在祈祷当年风调雨顺、五谷丰登。以流传于广东的信宜、阳山、曲江、连县等地的《春牛舞》为例："春牛舞的表演时间多在每年的春节至元宵期间。届时，舞牛队伍敲锣打鼓、舞动春牛，先在村里比较宽阔的地坪集中表演一番，然后到各家各户拜年贺岁。一般情况下，舞蹈者共有五人：牛郎一人，牛女二人，舞假牛者二人（均男性）。舞蹈过程

① 李祥林：《村寨仪式中身体展演的神圣艺术——岷江上游黑水地区铠甲舞之人类学考察》，《民族艺术研究》2015 年第 2 期。

② 蔡湘江：《泉州民间舞蹈》，福建人民出版社 2006 年版，第 176 页。

分为四段，大致如下所述：1. 贺年。鼓乐声中，牛郎、牛女与春牛载歌载舞，向乡亲们庆贺新年，恭祝五谷丰登、六畜兴旺、人人平安。2. 开耕。牛郎在《春耕曲》中架上牛轭，驭牛耕田、耙田。耙田毕，牛郎卸下牛轭休息，春牛在一边吃草，牛女表演播种、插秧，再现春耕劳动的过程。3. 戏牛。春牛脱缰狂跳乱跑，牛郎赶上欲穿牛绳，被牛角抵弹跌倒，束手无策。牛女在《爱牛曲》中爱抚春牛，牛驯服地到河边自由地戏水、搔痒，牛郎顺势抱住牛头，穿上牛绳，牵牛到一边休息。4. 丰收。在《丰收曲》中，牛郎、牛女喜洋洋地收割、打谷，挑起金谷与牛共舞，欢庆丰收。"[①]"生活轶事"题材的舞蹈在中国民族民间传统舞蹈中占据分量很大，用多不胜数来描述也不为过。以上列举的示例说明一个问题，即根据舞蹈展演内容进行类型划分是完全可行的，因为这些不同于其他、林林总总的舞蹈内容本身就可以分类，只不过需要仔细梳理、认真归纳，对其进行详尽、系统的分类研究，有助于对具体舞蹈的深入研究。

三、以舞蹈展演空间为代表的类型划分

对于中国民族民间传统舞蹈而言，除了使用地理学、生态学这些跨学科理论范式，如从山区、平原、丘陵、草原、河谷、沿海等自然环境，以及狩猎、游牧、农耕、半农半牧、农渔等生产环境进行各民族民间舞蹈的类型划分外，还可以从每个舞蹈具体的展演空间进行分类，如可以从台上、台下、高空、平地、踩跷与不踩跷舞蹈展演的"物理空间"进行类型划分，事实上

① 黎国韬:《珠三角地区传统舞蹈研究》，中山大学出版社 2016 年版，第 114—115 页。

在很多地区本身也就是这么分的。以东北秧歌为例，广义上讲所谓狮舞、龙灯、旱船（单人、双人、三人、九女）、太平歌、竹马、跑溜（跑驴、骑毛驴）、花棍、花鼓、地秧歌、高跷秧歌等都可称为东北秧歌，但当地人谈论的狭义东北秧歌专指《地秧歌》、《高跷秧歌》和《寸跷秧歌》，可见狭义东北秧歌的类型划分，是从舞蹈展演空间的高、中、低进行的，如："地秧歌是一种不踩跷表演的秧歌，其历史悠久，同高跷秧歌和寸跷秧歌皆有密切的关系，是非常普及的一种自娱性、表演性强的艺术形式。杨宾所著的《柳边纪略》记载：'上元夜，好事者辄扮秧歌。秧歌者，以童子扮三四妇女，又三四人扮参军，各持尺许圆木，戛击相对舞，而扮一持伞镫卖膏药者前导，傍以锣鼓和之。舞毕乃歌，歌毕更舞，达旦乃已。'从短短几十字可以看出，康熙年间东北地区流行的秧歌没有踩高跷，而是地秧歌。地秧歌是一种有歌有舞的表演形式，舞毕乃歌、歌毕更舞，而不是载歌载舞。舞蹈人物扮相单一，只有男女之别，无人物个性。而现在流行的地秧歌有很多人物，如老蒯、傻柱子、渔翁等；手持的双棒，不仅仅是道具，还可运用双棒敲击对舞；秧歌表演时伴奏器乐有锣和鼓。"①

除了《地秧歌》以外，流传于陕西省汉中地区西乡县白龙一带的《地围子》，作为一种生动活泼的歌舞小戏，其表演形式也类似《地秧歌》——在平地上表演。"地围子，顾名思义就是在广场上围成一圈观看之意。作为当地每年春节不可缺少的演出形式。当地群众说：'三年不耍灯，人病马遭瘟'，认为春节闹社火可以起到消灾免难、保人畜平安的作用。这实则是我国古老的乡人傩习俗的一种遗风。……地围子融唱、舞、说、演以及一些

① 郭宇霞：《东北民族民间舞蹈文化》，辽宁人民出版社 2019 年版，第 103 页。

杂技、武术动作为一体，形成一种具有综合性小对对戏的形式。它选材广泛、内容丰富，既有表演夫妻之间嬉戏逗要，或男女之间谈情说爱的民间小戏；又有风格新颖的舞段穿插，或具有杂技式的高难技巧表演，使地围子不仅表演生动活泼，而且具有一定的故事情节和思想内涵。”[①]流传于陕西、甘肃的《地蹦子》也采用了类似的舞蹈形式，其表演形式有说有唱、边唱边舞，演出节目也多为短小的折子戏，陕西省南部安康市汉阴县《地蹦子》，因表演多由一丑一旦对歌对舞，也被当地群众戏称为“二人转”或“小对对戏”。这些被称为《地秧歌》、《地围子》或《地蹦子》的舞蹈类型，并非其舞蹈中的人物角色或戏舞一体的综艺形式别具一格、不同其他，名称的由来主要与其展演的场地有关，这些舞蹈演出基本不受场地条件限制，只要有一块平地就行，主要是在平地上表演，有时也会抬张方桌，艺人就在桌上表演，此时就称之为“小场子”。在甘肃酒泉《地蹦子》又叫“老社火”“跑打场”“秧歌子”，当地居民们喜欢跳《地蹦子》的最根本原因是为了活地脉，所谓活地脉，就是在土地上不停地舞蹈，达到翻土更新的目的，以此来祈求神灵保佑、人畜平安、五谷丰登、消灾免祸，有一种巫傩遗风在其中。

与《地秧歌》在展演空间上有所区别的是《高跷秧歌》，“高跷”在民间有时也称“拐子”，因脚踩木跷表演而得名。“高跷”按跷的数量分为“双脚跷”和“独杆跷”，一般情况下多为两脚踩跷，在山东新泰市羊流镇的大洼村有一种极为独特的“独杆跷”，即跷以圆木为主体，中部设踏板，表演者双手紧握跷把，单脚或双脚踩踏板，在地上腾空蹦跳移动舞蹈；“高跷”按长度可分为高跷、中跷和跑跷三种，即表演使用的木跷从 30 厘米至 300 厘

① 吴珊编著：《秦风蜀韵羌楚影：秦巴汉水民间舞蹈概览》，中国社会科学出版社 2018 年版，第 240—242 页。

米高低不等，最高达一丈（3.33 米）有余；“高跷”在表演风格上可分为“文跷”和“武跷”，“文跷”重扭踩和情节表演，核心是表演走唱，有简单的舞蹈动作，“武跷”重炫技功夫表演，如表演倒立、跳高桌、叠罗汉、劈叉等高难动作。关于“高跷”的起源可谓众说纷纭，有在祭礼中踩着高跷模拟鹤跳舞的说法，有古代渔民踩着木跷在浅海中撒网捕鱼的说法，有踩着高跷采集树上野果的说法，等等。这些看似有些牵强的说法，其实表明一个事实，即踩着高跷能够提升舞蹈表演者的空间高度，在有落差的空间高度上表演，省略了舞台本身。一个方便演，高跷帮助演员在视觉上增加了一定的高度，起到更加引人注目的作用；一个方便赏，因为观众仰头看高出自己很多的表演，不会被前人的身体遮挡视线，便于更好地观赏。在民间《高跷秧歌》中，由于表演者高出观众一大截，观众需要仰起头来或是站在高处观看，所以也有人将其称为“高瞧戏”。

如果将《高跷秧歌》比作中空表演的话，在不同省份的秧歌社火中还有一种更为夸张的“高台表演”，一些被称为“阁”或“杆”、“棍”、“芯子”，结合不同表演，还有被称为“抬阁”“肩阁”“背阁”“飘色”的舞蹈形式，以及与“平地耍狮”不同的“高台耍狮”就属这种类型。以广泛流传于泉州、厦门、漳州以及台湾地区的民间舞蹈《装阁》为例：“《装阁》表演通常由十几块至几十块木板连接组合而成，每块木板长约 2 米，宽约 0.5 米，称为‘阁棚’。每块阁棚之间以活榫相接，连成一串，可灵活转动。阁棚间衔接榫眼处横穿一根木棍，长度超过阁棚的宽度，用作肩扛。阁棚一般装饰得五彩缤纷，上面置一高凳，凳上坐一孩童。孩童装扮成某一故事中的人物，最常见的有《昭君出塞》《水浒》《陈三五娘》中的人物等。表演时由两拨人轮流抬行，坐在高凳上的孩童则手持各种乐器、道具，做出各种身段。一路放炮，一路表演。民间将这种抬在高阁上的化妆表演称为《装阁》。”[①]流行于广东广州、湛江、中山、江门、韶关等地的“飘色”也是如此：“飘色表演，须在一块宽约五十厘米、长约八十厘米的板台上呈现，这个板台称为‘色柜’，实际上就是一个可以移动的小舞台，也是飘色艺术中的基本单位。每块板台（色柜）上面竖有一根粗约三厘米、长约一米多的铁枝，称为‘色梗’；每根铁枝（色梗）可以支撑起一个至三个儿童的身躯：位置居下者称为‘屏’，一般是十至十二岁的儿童；位置居上者称为‘飘’，一般是三岁左右的儿童。”“这些儿童就是飘色的主要演员，他们须穿上独特的服装，在色梗上扮成历史上或小说戏曲中的人物，并于空中摆出各种各样的姿势和造型，从而展示出生动逼真的艺术形象，多个连续的色柜造型往往能够构成一幅栩栩如生的故事画面。当色梗上的儿童摆好造型后，每个色柜均由几位力士抬起，沿街巡游以作展示，称为‘出色’。”[②]“飘色”之所以被称为“飘”，在于色柜本已经由大人抬起，而色梗又高出色柜很多，最小的儿童绑缚于色梗的上面，仿佛“飘”于空中。“芯子”“抬阁”“飘色”因受道具限制，舞蹈都比较简单，大多是静态或少许变化的舞姿造型，但类似于杂技的“高台狮子”“高梯狮子”“高杆狮子”“狮子上老杆”等舞蹈形式，却表演惊险，扣人心弦，不但爬得高还演得彩，没有过硬的武术或杂技功夫，一般表演不了。

中国民族民间传统舞蹈除了从舞蹈展演的“物理空间”上进行类型划分外，还可以从舞蹈展演的“社会空间”上进行分类，因为中国社会漫长的发展历史，以及不同时代对正统文化的重新界定，许多舞蹈尽管被划归在中国民族民间传统舞蹈概念下，但其实它们在历史上并不“民间”。本着学术研

① 蔡湘江：《泉州民间舞蹈》，福建人民出版社 2006 年版，第 132 页。

② 黎国韬：《珠三角地区传统舞蹈研究》，中山大学出版社 2016 年版，第 217—218 页。

究严谨负责、实事求是的态度，为了更好地认知和了解这一类舞蹈真实的文化特质，有必要从“社会空间”上进行舞蹈的类型划分，如：“舞蹈存在的不同空间也即舞蹈存在的文化空间。以朝鲜族传统舞蹈为例，我们将存在于宫廷中的称为‘宫廷舞蹈’，而将与之相对的存在于民间的称为‘民间舞蹈’。这两大类舞蹈是以社会结构中宫廷与民间的对立存在为前提，由此在不同的空间存在着社会功能、审美特点有异的舞蹈形态。如果按照空间分类法对朝鲜族传统舞蹈再仔细划分的话，有宫廷舞蹈、民间舞蹈、青楼歌舞、寺庙歌舞等。空间分类的依据是由于舞蹈存在的空间不同，存在于不同空间的舞蹈形成相应的特点。”[①]可见，以社会空间结构进行不同民族的舞蹈分类是可行的，因为漫长的历史和改朝换代的过往，使许多当下被划归在中国民族民间传统舞蹈范畴内的舞蹈，在历史上会有另一种身份，而这种身份使其与纯民间的舞蹈有种截然不同的特点，且这种现象比较普遍，中国历史上曾经建立过政权的民族都会存在。以藏族舞蹈为例：“从乐舞类型来看，整个藏族地区主要可分为民间乐舞、宫廷乐舞和宗教乐舞三部分或‘谐’、‘卓’、‘噶尔’、‘羌姆’四大类。民间乐舞主要包括‘谐’、‘卓’两类；宫廷乐舞包括‘噶尔’、‘囊玛’；宗教乐舞则是指‘羌姆’。”[②]

又例如，《中国民族民间舞蹈集成（黑龙江卷）》中收录的《东海莽式》，“莽式”是满语“玛克沁”（maksin）或“玛克绅”一词的音译，意为舞蹈，最初的“莽式”多为家族宴会、贺寿、喜庆和新年聚会时跳的群众自娱性舞蹈。《东海莽式》的舞蹈精髓在于“九折十八式”，“九折”是指九个不同的舞蹈段落，它们既可以单独成舞，又可组合起舞，拥有各自的歌诀；

① 朴永光：《舞蹈文化概论》，中央民族大学出版社 2009 年版，第 26 页。
② 杨曦帆：《藏彝走廊的乐舞文化研究》，民族出版社 2009 年版，第 262 页。

而“十八式”即十八个舞蹈姿势：手、脚、腰、肩各三式，转、飞、走各两式，一共十八式。就这么一个民间舞蹈却在《清史稿·乐志》《钦定大清会典事例》《大清圣祖仁皇帝实录》等文献中留下了“浓墨重彩的一笔”。如：“《大清圣祖仁皇帝实录》载：康熙四十九年壬午，上诣皇太后宫问安。先是谕礼部：‘莽式（莽势）者，乃满洲筵宴大礼，至隆重欢庆之盛典，向来皆诸王大臣行之。今岁皇太后七旬大庆，朕亦五十有七，欲亲舞称觞。’是日，于皇太后宫进宴，皇太后升座，乐作，上近前起舞进爵。上述记载表明：满族传统礼仪舞蹈——《莽势》，自清朝建立后，一向由诸王大臣在庆典筵宴中表演。57岁的皇帝，为了表示对太后的孝敬之意，亲舞《莽势》敬酒。可见皇室对《莽势》这种传统舞蹈的珍视。”[①] 因其在清廷中无出其右的至高地位，有学者做出以下结论：“清代对‘莽式’有两种解释，一是对满族一种传统舞蹈的专称；二是对所有乐舞百戏等技艺的泛称。正如唐代所谓的‘燕乐’，一种是指唐代宫廷宴乐——《十部乐》的第一部；另一种是泛指所有宴会中表演的乐舞。”[②] 因此，对于许多舞蹈，特别是一些结构严谨、音乐宏大、舞蹈华丽、技艺超群、端庄典雅的舞蹈类型，尽管今天它们被划归在中国民族民间传统舞蹈范畴之内，其实在历史上它们并不“民间”，需要在研究中揭示它们的本来面目，否则理解不了它们当下为何如此呈现。

四、以文化功能为参照的类型划分

库尔特·萨克斯在《世界舞蹈史》序言中的那句“谁不跳舞，谁就不懂

① 刘青弋主编，王克芬著：《中国舞蹈通史——明清卷》，上海音乐出版社 2010 年版，第 122 页。
② 刘青弋主编，王克芬著：《中国舞蹈通史——明清卷》，上海音乐出版社 2010 年版，第 125 页。

生活”，直接定性了许多民族民间传统舞蹈的性质，作为一种“拔高了的简朴生活”，在诸多非工业化社会中，舞蹈不仅仅是人们的一种娱乐消遣，还是一种严肃庄重的社会活动，涉及一个民族的生老病死、婚丧嫁娶、生产生计、宗教祭祀、健身御敌等社会生活的方方面面，并承担着知识传授、教化培育、族群凝聚、自娱娱人等不同类型的文化功能。英国人类学家马林诺夫斯基在《文化论》一书中，对艺术的功能论述道：“艺术的基础也是确定地在于人类的生物需要方面。……一切对于声、色等感官上的刺激和反应，都有有机的基础。一个常态的人，应当对声、色、形的调和，有浓厚的情感反应。艺术的要求，原是一种基本的需要，而从这方面看，可以说人类有机体根本有这种需求，而艺术的基本功能，就在于满足这种需求。”[①] 艺术的功能在于满足人们的需求，是他对艺术价值存在的理论认知。对于中国民族民间传统舞蹈而言，它与强调“为艺术而艺术”、所谓“审美无功利”的舞蹈的本质区别是，它作为一种“仪式化的生活”，核心价值在于满足人们的现实需求，即在现实生活中“有用”，有一定的“功能”（意指事物或方法所发挥的有利作用、效能），是其与“美的艺术”概念下的剧场舞蹈不同的地方。“民俗艺术不同于传统艺术观念中的作为经典的艺术，这缘于艺术的价值、功能、审美趋向等环节的差异。经典艺术的学理根基是审美，而人类学、民俗学所关注之艺术乃是生活。就艺术的意义而言，源于生活的民间艺术同样也是人类心灵与行为的表征，或者说‘是人类认知世界的一个重要手段’。这一点，或许也是民间艺术与‘经典艺术’在如何朝向艺术这一环节上的一

① [英] 马凌诺斯基:《文化论》，费孝通译，华夏出版社 2002 年版，第 94 页。马凌诺斯基即马林诺夫斯基。

个区别。”[①]

事实也如此：“无论是百姓的游戏——锅庄，还是巫师的法式——跳神，这些来自民间的、非专业的、非经典的艺术，其之所以有意义，除了其形式在感官上同样有效地具有了打动人心的效应外，更多的还是其所表达的特定的社会功能和文化意义。这也是因为这种民间艺术所要表达的大多不是超越生活的形而上学的艺术，这些民间艺人通常多是非职业的，其生活从来没有脱离过现实，他们的观念都与和他们生活在一起的人相同，他们也很少会有‘纯粹’的艺术理念，哪怕是关于信仰的表达，总体上都是对生活本身的某种态度的呈现。”[②]美国人类学家威廉·A.哈维兰就这种来自民间、非专业、非经典的艺术也谈道：“尽管我们难以给艺术下定义，但我们可以把它看成是为解释、表现和享受生活而对人类想象力的创造性运用。虽然艺术没有用处、没有实际意义这种观念，在现代西方民族的思想中似乎根深蒂固，但在其他文化中，艺术却服务于人们认为很重要、很实际的目的。”[③]所以对于中国民族民间传统舞蹈的研究，其与社会生活密不可分的特质不可忽视，除了关注舞蹈本体以及艺术审美的研究外，它的文化功能也要纳入研究视野，以文化功能进行中国民族民间传统舞蹈的类型划分，应该是合理可行的。“如果我们以舞蹈为中心，就可以发现它与内、外部发生联系中的作用。以舞娱己、以舞娱人、以舞娱神、以舞驱鬼、以舞表现社会生活或作者的审美理想是指舞蹈的机能，可以说是舞蹈的内部联系。人们通常从这一视角将舞蹈划分为：自娱性舞蹈、娱人性舞蹈、娱神性舞蹈、逐鬼性舞蹈、表现性

① 杨曦帆：《不止于经典的艺术：一个艺术人类学的视界》，《民族艺术》2014 年第 5 期。
② 杨曦帆：《不止于经典的艺术：一个艺术人类学的视界》，《民族艺术》2014 年第 5 期。
③［美］威廉·A.哈维兰：《文化人类学（第十版）》，瞿铁鹏、张钰译，上海社会科学院出版社 2006 年版，第 421 页。

舞蹈等。如果从舞蹈文化对社会客体产生影响的角度看，舞蹈有娱乐、教育、审美、宣传等作用，人们一般所说的凝聚民众、净化心灵、鼓舞士气等均指舞蹈的社会作用，也可以说是舞蹈与外部的联系。舞蹈的功能分类可从这两方面进行，但人们通常是从内部联系角度切入而进行分类。”①

今天以文化功能为参照进行中国民族民间传统舞蹈类型划分，已经有了不少研究成果，也有了不同的分类方式，第一类比较有代表性的是对整个舞种的类型划分，如：“按民间舞蹈功能划分，可将依附于各民族传统风俗活动的民间舞蹈分为劳动习俗舞蹈、礼仪习俗舞蹈、节庆习俗舞蹈、宗教习俗舞蹈等。这些舞蹈依附于人们的日常生活，从出生到成年，从恋爱结婚到参加生产、战斗，直至病死葬埋，伴着每一个社会成员从出生一直走到人生的尽头。这些舞蹈广泛流传于我国各个民族的日常生活中，体现出强烈的民族风俗习惯和精神面貌。一、劳动习俗舞蹈。劳动习俗舞蹈是在生产劳动中产生的舞蹈。有农耕舞蹈、狩猎舞蹈、牧业舞蹈和渔业舞蹈等。有祈求农作物顺利成长的，也有庆祝劳动获得丰收的。二、礼仪习俗舞蹈。礼仪习俗舞蹈是在日常生活各种仪式中诞生的民间舞蹈种类。有人生礼仪：婚礼、成年礼、葬礼等。三、节庆习俗舞蹈。节庆习俗舞蹈是在岁时节令时跳的舞蹈，是集音乐、舞蹈、技巧表演艺术为一体的节令民俗文化活动。四、宗教习俗舞蹈。宗教是艺术起源的重要因素，也是民间舞蹈主要的附体，宗教是信仰，仪式是行动。信仰和仪式演变成宗教习俗。宗教习俗仪式分为行事和叙事，很多的行事活动都是借助舞蹈来完成的，因此宗教习俗舞蹈是民间舞蹈的重要组成部分。”② “根据民族舞蹈的功能可以分为以下几类：祭祀仪式

① 朴永光：《舞蹈文化概论》，中央民族大学出版社 2009 年版，第 26 页。
② 陈雪飞：《民间舞蹈》，学苑出版社 2015 年版，第 26—28 页。

舞蹈、生活习俗舞蹈、娱乐逗趣舞蹈、强身健体类舞蹈。”[①]从功能角度可将传统民间舞蹈划分为：“（一）自娱性舞蹈。”“（二）祭祀性舞蹈。”“（三）驱鬼舞蹈。”“（四）慰灵乐舞。”“（五）庆贺舞蹈。”“（六）娱人舞蹈”。[②]等等。

还有一类比较有代表性的是以一个民族为主体的类型划分：“苗族舞蹈，若从舞蹈本身所指陈、传达的对象和意象看，大致可分为巫舞、史诗舞、爱情舞、娱乐舞四类。巫舞系统，这部分主要与鬼神、神灵有关，如湘西苗族《接龙舞》、《奶傩芭傩舞》、《跳香舞》，桂西北苗族《舞纸马》、《巴单》、《踏索》，黔中南惠水县苗族《粑糟舞》、贵定县苗族的《雷公舞》、黔东南苗族《马刀舞》（即《刹江舞》），黔西北苗族《神鼓舞》，广西融水苗族《拉鼓舞》等等，是一个庞大的舞蹈系列。苗族史诗舞系统数量巨大，内容驳杂，涉及面广，占有显著位置，其中又以‘缅怀祖先’部分最为突出。‘我们从哪里来？我们到哪里去？我们是谁？’——这始终是此类舞蹈的传统内核。黔西北威宁、赫章一带的《迁徙舞》竟长达17套53小节，是至今发现规模最大的叙事组舞。爱情舞系统。这部分可做各种排列。若以婚恋为序，则可分两类：恋舞、嫁舞。恋舞居其首，主要涉及男女情侣婚嫁之前的爱慕之情。其中又有两种形式，一是由古传今的程式化情舞，一是男女交往时即兴在程式基础上的编跳私情舞。嫁舞主要兴于男女婚嫁时，伴随着特定的礼俗进行，成为苗族婚嫁仪式中的传统部分。娱乐舞系统。严格地说，苗族纯粹娱乐的舞蹈是没有的——至少在目前是这样，即便是人们印象中的娱乐舞《打板凳》其目的也主要是在助客人酒兴。由于这种舞蹈只能在酒席上即兴而跳，

① 邓佑玲主编：《民族舞蹈概论》，中央民族大学出版社2022年版，第136页。
② 朴永光：《舞蹈文化概论》，中央民族大学出版社2009年版，第116—121页。

人们彼此跳和，常常通宵达旦，甚至连续三天三夜，没有‘打板凳’的助兴逗趣，这么长时间的酒宴是难以为继的。”[①] 也有学者从其他视角进行苗族舞蹈的功能分类，如：“苗族舞蹈的内容大致可分为：祭祀性苗族舞蹈、战争性苗族舞蹈、叙事性苗族舞蹈、技巧性苗族舞蹈等。为研究方便，我们从生命的时间维度将贵州苗族舞蹈粗略地分为：祭祖舞、生活舞和丧葬舞。祭祖舞关注的是过去，生活舞关注的是现在，丧葬舞关注的是将来。祭祖舞是贵州苗族舞蹈最为隆重也最有舞蹈特色的舞蹈，指向的是对祖先的追忆和缅怀；生活舞是指日常生活中的舞蹈，指向的是生命活着的当下；丧葬舞是通过超度亡灵归天与祖先会合的方式来安抚活着的人继续面向生命未来的舞蹈。”[②]

另外一类比较有代表性的是从舞蹈多元的功能进行的类型划分。以贵州黔北地区的传统花灯为例：“黔北传统花灯的表演按其功用，主要有春灯、寿灯、喜灯、愿灯、孝灯、瘟灯六种。春灯，是春节期间，灯班沿村逐户为家家户户恭贺春节，祈神保佑主家来年和顺、大吉大利；寿灯，是祝贺老人生日而表演的花灯，主要为了增加热闹气氛，祈神保佑老人长寿多福；喜灯，因主家有婚娶、生子、建房等喜事，邀请灯班跳灯欢娱，以悦神保佑主家福禄富贵、多子多福、家发业兴；愿灯，如果人们心中感到不安，或感到有‘祟’时，如生病、无子、无嗣等，就许下‘愿心’，当摆脱了羁绊后，就以为得到了神灵的庇佑，则请唱‘愿灯’谢神，了却‘愿心’；孝灯，是丧家邀请灯班给亡故的老辈或亲人演唱的花灯，一为慰藉亡人，尽其孝心，

① 杨鹛国：《苗族舞蹈与巫文化——苗族舞蹈的文化社会学考察》，贵州民族出版社 1990 年版，第 21—28 页。

② 王唯惟、徐浩：《舞蹈与文化：贵州苗族舞蹈的身体叙事》，人民出版社 2016 年版，第 61—62 页。

二为教育后代，传承孝道；瘟灯，旧社会一些地方经常发生如瘟疫、水灾、火灾等灾难，有时发生多人死亡，乡民们则认为有妖鬼邪魔作怪，就请来灯班唱‘瘟灯’，祈天神将兵，驱魔辟邪以求得安宁健康。”[①] 对于许多民族或地域的民间舞蹈来说，并非一个舞蹈只对应一件事，或一个舞蹈只具备一种文化功能，很多时候是一个舞蹈具有多种功能，或在不同场合下都能见到该舞蹈的身影，所以类似黔北传统花灯这样“一舞多用”的现象比比皆是。以《陕北秧歌》为例，《陕北秧歌》在演出之初，必先谒庙敬神唱祀神歌，进行秧歌大场和小场的演出，唱歌跳舞向神拜年，此时的秧歌被称为“谒庙秧歌”或“敬神秧歌”。依照当地习俗，无论贵贱贫富大小，秧歌队都会逐门逐户地给本村乡亲拜年送祝福，此时的秧歌被称为“排门子秧歌”也称“沿门子秧歌”、“转院秧歌”或“串家户”。春节期间的秧歌队除了在本村表演外，还要去其他村子互访，遵循当地规矩，各个村子都要设立彩门，表示对外村秧歌队前来表演的欢迎和尊重，传统的秧歌表演需要设立三道彩门，在每道彩门双方都要进行特定的秧歌节目表演，这种与邻里村子秧歌队之间的互拜互访、切磋共演的表演被称为“彩门秧歌”。按照当地的惯例，在闹社火的尾声，秧歌队要在元宵夜举行“转九曲”活动，“转九曲”民间又称“转灯”“转九曲黄河阵”，转灯前首先要祭风，祭祀完成后由秧歌队领头，观灯者紧随其后，由彩门入口进入灯场，按规定路线绕场行走，整个灯阵路线全都转完后，在伞头带领下，秧歌队叩头跪拜祭鬼神，祈求来年的吉祥如意、五谷丰登、万事如意，此时的秧歌被称为“转九曲秧歌”。

① 徐开良:《试析黔北传统花灯现状成因》,《遵义师范学院学报》2017 年第 6 期。

五、以性别和年龄为特点的类型划分

中国民族民间传统舞蹈中，尽管大部分舞蹈是不分性别和年龄的，谁都能参与、谁都能共享，但是其自身具有复杂性与多元性，特别是一些与宗教、祭祀、民俗相关的舞蹈，本身的文化禁忌致使有些舞蹈只能男人参与，有些舞蹈只能女人共享，有些舞蹈是老人的专属，有些舞蹈是青年的最爱，有些舞蹈只能小孩表演，所以从性别和年龄来进行舞蹈类型的划分是成立的。以分布在湖北鄂西山区的长阳、五峰、来凤、宣恩、建始、巴东等县以及湘西地区的土家族跳丧鼓（当地也称“跳丧”“打鼓舞”“撒叶尔嗬”等）为例，照当地传统习俗，一旦有人亡故，四邻五舍、亲朋好友皆相邀纷至，以热烈的歌舞《跳丧鼓》来怀念故人，慰藉生者，所谓“人死众家丧”。在土家人“生不计死仇，亡者为大”的观念下，跳丧鼓是每个人都能参与的祭祀活动，唯一的禁忌和规范就是，女人不能参与，跳丧是男人的专权。“现场观察，发现跳丧无年龄之禁，却有性别之忌。古稀老人可与孩童同场对跳，但都是男性。女性乡邻无一人上场。虽然有些年轻女子在场边踩着步子，比划着姿态，一副跃跃欲试的样子，却终未越雷池一步。据乡人说：‘女子大都会跳，也很想跳，但按老规矩，女人和丧家是不能参加跳的。’至于会跳、想跳为何不能跳，没有人给出解释。”[①]

对于这种性别禁忌，有研究者对其深度阐释道：“对于跳丧中的性别限定，清江土家有着自己的说法：‘男人跳丧，越跳越旺；女人跳丧，家破人亡。’……清江土家历来将家庭中女主人的娘家亲戚视为‘上大人’，称为

---

① 周耘：《土家族“跳丧鼓”现状考察报告》，《交响（西安音乐学院学报）》2012 年第 1 期。

‘上亲客’或‘高亲客’。无论婚丧嫁娶，都以嘎嘎为尊，奉为最重要的宾客。女人不能参加的歌舞，只能是视死如归的军人的歌舞。这些军人当然都是男子，他们尚武善战，重义轻生，认为生与死的交替是正常现象为国捐躯虽死犹生，可悲亦可喜。他们为阵亡的战友跳丧是个体的生命力和群体的凝聚力的现实，因而有越跳越旺的信念。在生育繁衍的环节中我们不得不承认，女子扮演着更加重要的角色，所以保护女人从某种角度也就是保障群体的繁衍与发展。……当地土家无论男女，普遍认为‘当兵的不能绝后’。男子随时可以牺牲，只要留的女子在，便不会家破人亡了。”[①] 这一观点也得到有些学者的认可，如：“‘跳丧舞’与‘绕棺’都是土家族古老丧葬仪式的重要内容。学者们经过考证，认为土家族‘跳丧舞’和‘绕棺’乃是古代巴人的一种军事葬仪，它能反映出土家族‘天性勇劲’的民族特性。”[②]

又以被列入第三批国家级非物质文化遗产名录的维吾尔族萨玛舞为例，每逢古尔邦节、肉孜节，人们汇聚在喀什艾提尕尔清真寺，在进行完“会礼”的礼拜仪式后，艾提尕尔清真寺门楼顶上的苏乃依（唢呐）、纳格拉（铁鼓）、冬巴克（低音铁鼓）开始奏响，当鼓乐进入萨玛舞节奏时，人们便纷纷进场，围成一个又一个里外几层、大小不等的圆圈，和着音乐的节奏，稳踏舞步，前俯后仰，摇摆旋转，时而里进外出，时而逆时针方向缓缓行进。随着时间的推移，进场的人数不断增多，圆圈的数量也开始增加，数十个甚至上百个都有，并且圈圈相靠，布满整个广场。对于萨玛舞而言，参加的人数不限，几百甚至几千人可同时随着鼓乐声起舞，没有年龄的限制，舞蹈者

① 杨日：《彼岸之灵　此岸之舞——清江流域长阳县双龙村跳丧研究》，载朴永光主编《民族舞蹈学研究》，中央民族大学出版社 2015 年版，第 289—290 页。

② 熊晓辉：《土家族跳丧舞的表现形式与文化特征》，《湖北民族学院学报（哲学社会科学版）》2012 年第 2 期。

不仅有穿西装、打领带、戴绣花帽的小年轻，还有穿着民族服饰、体态健壮的中年人，以及长须拂胸的老人，对他们来说，这个舞蹈没有特定的禁忌，只要符合节日的一些惯例、习俗就好，音乐一奏响，能走路的老人和刚学会走路的孩子都能跳，且自由度很高，什么时候来不限，什么时候走也不限，随时来、随时跳、随时走都可以，只有一条禁忌就是女人不能跳。

除了男性专属的舞蹈外，女性也有很多比较有代表性的专属舞蹈。以四川凉山彝族火把节期间女子集体歌舞“都火”为例，“都火”是这个地区节日中只由女子集体表演的联袂踏歌、一领众和的歌舞形式，即一人领唱带舞，其余舞者尾随应歌应舞，朝逆时针方向（有时则逆顺交替）边歌边走的一种表演形式。跳“都火”时，舞者一手持黄伞，一手牵着前人的荷包带或前后互牵头巾两端，形成一个圆圈，围圈缓步而舞，有时也成两横排展演。“都火”舞步古朴，多为“平步”“左交叉步”“右转身步”等，舞蹈行进时，舞者上身整体微转，微俯微仰、目不斜视、姿态端庄。关于“都火”男女不共舞，成为凉山彝族女性的专属，不同学者给予了不同的解答，该舞蹈对历史上当地“男权至上”传统形成了另一种形式的平衡，成为一个共识性的结论。如：“在凉山，男人们传统留下一个规矩，火把节中凡参加活动的都要用‘公’的，斗牛、斗羊、赛马的牛、羊、马要公的，牵牛、牵羊、骑马的人要男的，摔跤更要男人，不然，谚语又说‘母鸡啼鸣，母马长角，坏了祖先规矩不吉利’。既然，‘尽情玩耍不会错’的火把节日，好玩的，好看的，都全让男人们占了，人的心理本能与情感的渲泄，激发着妇女们集体的表现欲，以‘都火’的形式来表现自己，同时以此来与男人们的占有取得抗衡，并且在这种特定的‘尽情玩耍不会错’的环境里获得相应的位置，求得和保持自身心理与周围世界的平衡，这无论从社会学与心理学的角度分析，都是顺理成章的。‘都火’的歌唱一方面表达节日的欢乐，同时也尽情地唱出平时的积郁与怨恨以及理想与憧憬。”[①] 可见舞蹈形式的独特，总会在社会文化中找到答案，一种潜在的社会机制催生了这种纯女性舞蹈。

此外，社会分工以及男女性别自身的特点，也会促使特定女性舞蹈的产生。以鄂伦春族的《采红果舞》为例，《采红果舞》在鄂伦春语称“红普嫩”，该舞由两个妇女表演，二人面对面自转圈（有时也走直线，一个往前走，一个往后退），转一圈后，鼓一次掌；也有伸手拨树枝的动作，然后做出采红果的姿势，边采边往桦皮篓里装，越采越欢快。鄂伦春族作为我国人口较少的少数民族之一，历史上主要居住在黑龙江沿岸、内外兴安岭、东至东海沿岸及库页岛的广阔原始森林中，男性狩猎、捕鱼，女性采集、手工是社会的主要分工方式和生产生计方式，反映采集生活的舞蹈《采红果舞》成为女性的专属舞蹈是一种必然。又比如云南西盟地区的佤族女性中广泛流传着《甩发舞》，佤语称“爱端尾嘿”，该舞蹈与佤族女性的日常生活息息相关，佤族女性酷爱长发，并喜以长发展示美丽，每次在水竹槽下用水洗净头发后，都要低头梳妆甩发晾干，舞蹈中比较有特点的“前后甩”“左右甩”“转甩”“跪甩”等动作就源于此。

当然还会有其他形式的女性舞蹈，如流传于福建泉州郊区王宫、高山村一带的《车鼓婆》：“《车鼓婆》表演者为清一色的女性，一般由 17 人组成。指挥者所打的车鼓与地方戏曲中的小通鼓略同，直径约 20 厘米，放置在用山藤扎成一个半圆形鼓架上，绑在腰间，由一条红绸穿过鼓架双侧，吊在颈后，以便边走动边击鼓和舞蹈。其余包括两副小钹、四个小叫、二面碗锣、四面草锣和四个铜钲。演员打扮成典型的泉州‘粗脚头’劳动妇女：梳

① 曾令士：《彝族“都火”歌的文化和音乐特征》，《音乐探索》1990 年第 4 期。

大头髻，髻后和双鬓处插时新鲜花，上身一般为月蓝色大襟衫，下着黑色宽脚大折裤，脚蹬红布条混编的草鞋，有的腰间还围一条对折‘番巾’。浑身上下色彩鲜艳，光彩照人，大方而泼辣。演员表演时身体和脚步的动作模仿戏曲彩婆的科步，一步一扭，‘村村势势’，讲究要‘蛮’和‘妍’，即要显出泼辣劲。《车鼓婆》表演时节奏为四拍七音，自始至终，没有变化。演员一边打击乐器，一边在打车鼓者的指挥下，变化各种舞蹈队形，一般有‘对插’‘打圆’‘一蹲一绕’‘四方向’等。”“《车鼓婆》表演队伍有时多达34名演员，一般为同一村庄的人。民间舞蹈村王宫村，老阿婆、小女孩都能打车鼓。即使是新媳妇，进了门也要跟着学打车鼓。每逢有演出任务，村里头喇叭一响，家家户户的女人们拎着乐器到村口一集中，即可出阵演出。”[①]什么样的原因促使《车鼓婆》舞蹈的产生，应该会有更好的解释。

除了性别以外，不同的年龄段，也是中国民族民间传统舞蹈的一个自然分类，老人、青年、儿童是比较明显的分类层级。以云南迪庆藏族的锅庄舞为例，流传于迪庆的锅庄舞以传续年代可划分为古锅庄舞和新锅庄舞：“古锅庄舞音乐又称‘擦尼’。擦尼相传在吐蕃祖孙三法王时就已经流传于迪庆，反映了奴隶制社会和原始宗教形态。歌词的内容、舞步形式都较古老，具有浓厚的祭祀性质，有专门的动作和歌词，多为宗教界和老年人喜爱。古锅庄舞音乐中具有浓厚的宗教色彩。古锅庄舞音乐中最广泛的是用一个事物来寓意生活中的道理，利用歌曲中的词意来教育人们，人们把藏语运用在锅庄舞的音乐旋律中，通过歌的形式来教育与教导人们的思想，传播新信息。”[②]迪庆藏族锅庄舞有一首歌一支舞的特点，“擦尼”的歌曲也即舞曲，最经典的

---

① 蔡湘江：《泉州民间舞蹈》，福建人民出版社 2006 年版，第 110—111 页。

② 扎西央宗：《迪庆藏族锅庄舞音乐研究》，《民族音乐》2018 年第 2 期。

歌舞曲调有《莲花生大师的诞生》《建立桑耶寺》《金碧辉煌的寺庙》《银光闪耀的王宫》《福气财运降此地》《丰收啊丰收》等，“擦尼”的曲调、歌词、舞蹈动作等都较为古老，且具有严格的程式，不可随意更改，舞步一般也都具有缓慢、稳健、古朴、庄重的特点，所以“擦尼”也被称为“老人锅庄”。

新锅庄舞被称为“擦司”，“‘擦司’指新舞，是随着时代演进，根据现实生活状况和每个历史时期的情感表达需要随性陆续新编的。新锅庄的歌词内容已经从有特定指向，中规中矩的舞蹈形式需要过渡到借景抒情、以物咏怀、随意性大、娱乐性强的舞蹈表演形式。舞蹈表现形式也从祭祀或多为赞颂神圣、寺庙、宫廷转而抒怀与日常生活密切相关的喜庆佳节、建盖新房、婚嫁喜事的大众化舞蹈表演。锅庄的规模和功能各有不同，但大体而言也有一些基本而共通的要素，舞蹈时，通常是由男女围成圈、各排成一个半圆，然后，由一人领头，男女一问一答，反复对唱，期间并无乐器伴奏。整个舞蹈也常由先慢后快的两段舞组成，边舞边唱，基本动作包括‘悠颤跨腿’‘趋步辗转’‘跨腿踏步蹲’等。舞者的手臂也以撩、甩、晃为主，不断变换舞姿。舞蹈队形按顺时针方向行进，圆圈大小以舞者数量而定，顺时针转无队形变换。”[①] “擦司”作为随着时代的不同而编排的新歌舞，曲调轻快活泼、豪放流畅，后又加入了丰富的乐器伴奏，自此表现力、感染力不同以往，加之歌词内容日益通俗化、生活化，舞蹈也从原来的躬身而跳、低头而舞，变为现在的抬头挺胸、立身而舞、直腰而跳，所以“擦司”备受当地青年人的喜爱，甚至青年人会通过新锅庄舞音乐来表达自己对心爱之人的爱慕之情，至此“擦司”成为当地青年人的专属。

---

① 苟克美:《迪庆锅庄舞现状及其艺术魅力评述》,《民族音乐》2014 年第 2 期。

很多民族除了老人、青年有各自不同的专属舞蹈外，少年、儿童也会有自己的代表性舞蹈，例如流传在云南墨江、江城等地的哈尼族村寨的《阿迷车》就属这一类。“阿迷”在哈尼语里最初是上辈人对小女孩的亲昵称呼，最后演化为对整个儿童群体的昵称，“车”有跳跃、拉手、吟唱等多种内涵，“阿迷车”意译过来就是“儿童歌舞”。《阿迷车》主要是儿童娱乐游戏时跳的，边歌边舞，不受限制，“舞蹈有自娱性的、游戏式的，也有模仿劳动及动物的，歌词全用哈尼语唱。哈尼族布孔人的一切风俗习惯、喜庆节日、婚丧及迁徙历史都包含在‘阿迷车’这种舞蹈里。它记录了布孔祖先的生活历史，在不同的节日里，布孔人常常用不同的叙述内容和音乐节奏来伴舞，对孩子们进行生产、生活知识的传播和道德伦理方面的教育，也以此表达丰收后的快乐心情。布孔人很喜欢栽种糯谷，逢年过节、婚丧喜事，要蒸糯米粑粑；走亲访友，要用糯米粑粑做礼物；下地干活、赶街也要带一团糯米饭充饥。他们喜欢糯米饭的香甜可口有‘黏性’，圆圆的粑粑象征着吉祥如意、民族团结。歌词中也常有栽糯谷、打谷子、糯米饭的内容。舞蹈时围圈，动作为走步，踩脚颠跳，甩手，大家互相手拉手，或搭肩。有时迈大步跳跃，身体前俯后仰，十分欢快”[①]。

除了布孔人的《阿迷车》外，哈尼族的其他支系也都有儿童舞蹈，在舞蹈中进行日常生活知识、道德伦理的传承与教育，是其舞蹈展演的主要内容，如：“‘车月车’、‘鸭子舞’、‘阿波阿波呸来来’等。这些舞蹈活泼欢快，节奏鲜明，动作纯朴大方，富有浓郁的生活气息。‘阿波阿波呸来来’是在儿童们边歌边舞中进行：爷爷爷爷快快来，叔叔伯伯快快来，来帮筑土

① 《中华舞蹈志》编委会编：《中华舞蹈志 · 云南卷 · 上》，学林出版社 2007 年版，第 459 页。

墙，快来帮我耕地，快帮忙挖熟地，快帮忙挖生地。舞蹈‘车月车’表现了少年们在当顶的阳光下翻晒谷子，认真选种，女孩们以自己的衣裙当簸箕，把谷子兜住，并一粒一粒地选出最饱满的谷种，男孩一边翻晒谷子，一边用竹竿吆鸡。舞蹈再现了劳动生活情景，充满着儿童时代天真无邪的快乐情趣，同时也含有一定的知识性。儿童们通过对生产活动的模拟，不仅懂得了必要的生产过程，而且从小就养成了勤劳的品格，在轻松愉快的游戏中培养了团结互助、友爱亲密的感情。”[①] 可见，以舞传知、以舞育人、以舞合作，即通过欢快娱乐的舞蹈，传授相关的生产生活知识、做人做事的道理，以及团结友爱的合作精神，让孩子们健康、有序、良性地成长，成为这类舞蹈最具代表性的功能诉求。

对中国民族民间传统舞蹈本质特征的类型划分，除了从舞蹈自身的展演形式、展演内容、展演空间、文化功能、性别和年龄这几个维度入手外，还可以从舞蹈时间、舞蹈风格、舞蹈形象、舞蹈道具等方面进行相关的研讨，可见，围绕中国民族民间传统舞蹈本身进行不同要素的类型划分，并没有一个已成定式的标准答案，对它的研究与探讨依旧在动态的过程中。同时，借用跨学科理论范式与以舞蹈自身不同维度为切入点的类型划分并不存在矛盾，因为中国民族民间传统舞蹈的社会文化属性，必须借用相关的跨学科理论，从民族、地域、语言、生态等层面进行大范围、大规模的舞蹈分类，同时舞蹈本体研究的驱使，又要求依据所研究舞蹈的构成进行类型划分，两者之间并不存在对立不可调和的问题。一种舞蹈与其他舞蹈存在差异性的成因是多方面的，有自然生态环境的影响，也有社会人文环境的影响；有舞蹈自

---

① 张谛：《哈尼族民间舞蹈文化内涵简析》，《红河学院学报》2006 年第 6 期。

身表演形式的影响，也有舞蹈承载的文化功能的影响；有舞蹈内生需求的影响，也有舞蹈外力介入的影响等，不一而足，这些差异性导致的舞蹈多样性表现，使得中国民族民间传统舞蹈的类型划分可以采用多维度、多形式、多渠道，而这些不同形式的类型划分，恰好是系统、全面、深入研究该舞种的前提和基础。

第四章

中国民族民间传统舞蹈时间

第一节　何谓时间

一、时间的概念

人总是存在于特定的时间和空间中，这是一个毋庸赘述、不言而喻的共识性话题。没有时间表就没有计划性，每一天开始，我们的行动都会在一个提前预设的时间表里，并依照这个预设的时间框架指导我们的所思所想、所作所为，同时这一切也都会在时间的形态中得到记录和见证。时间的形态和框架成为保证我们日常生活和各项工作得以顺利运转的重要机制，同时它也是人们用以描述物质运动过程或事件发生过程的一个参数，尽管它的日常化、隐匿性特征使得我们有意无意地把它看作是理所当然、自然而然的事情，时常被我们忽略、无视或不认真对待，但是它却是我们每天都必须面对的、无法回避的真实体验，当今社会发生的一切都与我们的时间观念、社会已经形成的时间框架息息相关，它作为物质的永恒运动，变化的持续性、顺序性的一种表现，直接影响和制约着人们的生活，将人类比喻为安居在“时间”这一概念之上的动物一点不为过。因为时间，“按照哲学的定义，‘时间’是世界万物的一般规定和组成部分，是世界万物运动、变化的表现形式。因为世界万物是由时间作为一般规定和组成部分的世界万物，没有时间规定的事物是不存在的，世界的运动和变化只有在一定的时间段里才能发生、才能存在，如果在一个固定的时间点上，世界万物就不会发生任何运动和变化。所以，离开一定的时间段，任何事物都不可能存在”。“时间不仅同运动密切相关，而且同空间、数量也有关联。空间和数量都是时间的表现形式，是时间的规定性。”①

因此，任何一个现代社会、任何一个学科门类、任何一个艺术专业包括舞蹈，要想实现统合、协调、有序的发展，都得有一套严密、精准并能自圆其说的时间框架（时间制度）、时间概念、时间术语、时间标准，它是日常工作能够运作，世俗生活得以展开，艺术实践有序进行，学术研究可以深入的关键，是社会文化根本性的原理之一。何谓时间？“（1）指时间计量。包括时间间隔和时刻两方面。前者指物质运动经历的时段；后者指物质运动的某一瞬间。（2）指物质运动过程的持续性和顺序性。通过起始时刻和量度单位的选定，对时间进行测量。早先采用地球自转和公转周期作为标准，由此定出年、月、日、时、分、秒等单位。现代采用某些原子内部的稳定振荡过程作为标准。时间和空间与物质的存在密切有关，它们的物理性质主要通过它们与物质运动的各种联系而表现出来。”② 从上述定义可以得知，无论是物质运动还是事象世界，其动态过程或行为过程总是蕴涵着时间进程，它们的运动变化本身也是时间之流的变化，同时这些运动变化或者说物体和事象运动的速度（加速或减速）是可以被时间量化、测量、计算和记录的。

亚里士多德在《物理学》中，将时间定义为关于前和后的运动的数是有一定道理的：“亚里士多德把关于前和后的关系运用到时间的定义之中。之

① 袁禾：《舞蹈基本原理》，上海音乐出版社 2015 年版，第 41—42 页。

② 辞海编辑委员会编：《辞海（第六版）》，上海辞书出版社 2010 年版，第 1707 页。

所以能够如此，原因就在于前后关系的确定是通过量与运动来实现的，而时间是通过运动来体现。既然运动总是要由具有广延的事物作为载体，那么运动和量就必然联系在一起。而运动持续了多久，时间也就相应地被认为过去了多久，这就表明时间与运动也总是相互关联着。这样，通过运动的中介作用，就在时间与量之间建立起了某种联系。同时，量、运动以及时间作为具有连续属性的实体，在它们之间就能够相应地建立起某种类比关系。既然'"前"和"后"的区别首先是在空间方面的。在空间方面它们是用来表示位置'。而位置总是用来表示量的存在，那么前后关系理应存在于量之中，因而相应地也就存在于时间之中。这样，在界定时间的时候，用来限定运动的就是这里所说的前后关系。"[①] 物质运动发生在时间之中，但它并不构成时间，但它的存在决定了时间的存在，因为脱离于物质运动的时间是不存在的，因此，界定时间的关键在于转变对物质运动的限定，人们就物质运动做了前和后、快与慢的区分，在为物质运动的评判提供标准的同时，也为怎样认识时间做了设计。

二、时间的分类

时间是客观的，或者说是从属于自然科学的，但它也是属于人的，也是人文社科的一个重要组成部分，因为只有人才会有时间意识，才会努力地让客观的时间在人的主观世界里被认知、显现和应用，某种程度上说，时间本身就是人的生命存在状态及其展开形式的核心组成。对于人类而言，不可能

① 傅志伟：《心灵时间与物理时间：神学视角下的结合尝试》，《世界宗教文化》2019 年第 4 期。

改变自然时间的结构，但是却可以将自然时间转化为具有特定意义的社会时间，所以对时间的讨论，并非只是自然科学和哲学的专属，时间也是人文社科不可或缺的重要组成，因为时间是由自然、社会和人三个向度所决定的。对此，人们一方面真实感受着日出而作、日落而息，春夏秋冬、四季更迭，斗转星移、自然流逝的自然时间；另一方面为这些自然时间赋予今生、来世、往生、立春、立夏、立秋、立冬等社会性的文化内涵。所以当下谈论的时间概念，既包括时间的一维性（线性向前不可逆性），以及秒、分、时、日、月、年、世纪等物理学的自然时间概念，也包括阴历、农时、年节、甲子、诞辰、百年、忌日、赶集、庙会、清明、芒种、霜降、寒露等反映人类社会生活的时间概念，学会应对好几套不同的时间框架，并尽可能地在不同的时间框架间自如穿梭，是当今社会人们进行正常生活的必修技能，否则生活就是一团乱麻，剪不断、理还乱。

为了更好地弄清不同时间的性质和类型，不同学者对其进行了类型的划分，如："类型学上将时间区分为自然时间、社会时间和意义时间，其间有着内在的逻辑关系。自然时间规定了有生命存在者的存在限度，尽管人是灵长类动物中的优秀者，但也同样是被自然规定了的存在者，只是人类能够认识到和感受到自然时间的规定。人类深知，他所能做的事情，不是改变自然时间，因为无论用何种方式人类都不能把自然时间变长或变短，而是在自然规定的界限内，提高单位时间内的认识和行动效率，增加单位时间内的意义体验，这就是为什么胡塞尔格外重视内时间意识问题，即如何使客观时间在内时间意识中被给予、被直观、被呈现。社会时间就是个体或类在单个的或集体的行动中于单位时间内创造人类所需要的价值的过程，社会时间具有自然属性和社会属性这一双重特点。在自然属性的意义上，人类的所有活动都必须在自然给定的时间格局中进行，必须尊重和遵循自然规律，四季更迭、日月轮转、昼夜更替，身心规律随四季而转、依日月而行。人类必须合理安排时间，将一部分用于生产、交往和生活，而将另一部分用于休眠。劳作和休眠是人在自然时间结构中的两种存在状态，而无论是劳作还是睡眠都是为着人的快乐和幸福本身，如果把前者视作目的，那么就会产生倒置的存在状态，于是，无论是在自然的时间框架内自在地存在着，还是在社会时间的空间里自为地活动着，都是为了能够创造价值和体验价值，这就是意义时间。”①

除了上述的类型划分外，也有学者将时间划分为“物理时间”“人文时间”和“心理时间”，“生态时间”和“结构时间”，以及“仪式时间”和“实际时间”，“神圣时间”和“世俗时间”，“活动时间”和“钟表时间”，等等，不一而足。可见对于时间的类型划分，也是仁者见仁、智者见智的事情，并没有一个统一的、规范的或者形成共识的理论范式，每一个学科专业都在根据自己的内在实情和研究需求，进行着各自别出心裁、不落窠臼的类型划分，因为研究的重点不同，关注的问题不同，类型的划分自然也会不同。如果不从经济学、心理学或其他学科视角讨论问题，就中国民族民间传统舞蹈关注的“时间”而言，“自然时间”和“社会时间”应该是研究的重点，因为“自然时间”作为世界万物的一般规定和组成部分，以及世界万物运动、变化的表现形式，它见证和记录着中国民族民间传统舞蹈的发生与发展，不存在脱离时间的各民族民间舞蹈。同时，舞蹈以运动的人体为表现媒介的艺术事实，对舞蹈的认知，都表明“时间”不是无须言说或不可言说的东西，而是必须要说清楚的问题，甚至要提升到舞蹈学基本原理的高度加以研究。

① 晏辉：《论马克思的“时间”概念及其人类学意义》，《云南社会科学》2020 年第 5 期。

不同国家、民族、地区对“时间”观念的理解各不相同，在现实生活中，人们都是根据日常经验和日常体验来言说和体会时间的内涵和意义的，例如：“过去，云南一些少数民族，像独龙族，还有物候历，就是观察自然界里的植物萌芽和生长的状态来确定时间，比方说，草芽发到多长会是几月，根据野草萌芽、生长的状态来命名某个季节或某月、某日等。我倾向于认为，历史上蒙古族也可能有过根据牧草的状态判断时间的类似物候历的文化。”[①] 可见，一个社会生存的结构主要是由这个社会的生产生计方式来决定的，而生存结构又直接反映社会时间的形态，所以不同的生存结构会产生不同的时间形态，不同的文化系统和社会结构，也会对时间产生不同的理解和运用。时间作为理解一个社会的结构和文化形态的一把钥匙，其本身就承载着许多重要的文化信息，所以对于“社会时间”的讨论必不可少。在中国民族民间传统舞蹈中，“社会时间”的影响甚至大于“自然时间”，因为某种程度上它直接决定着某一时段不同民族地域舞蹈展演的具体情况，在一个场合中演什么，如何演，都需要根据当时特定的“时间”自身内在的规定性进行选择、修正和调整，毕竟在婚丧嫁娶和宗教祭祀时间段上演出的内容和形式是不同的，即便演出的是同一个舞蹈，也会在表演形式、表演内容和表演风格上进行应景式的改变。

三、时间的多元

时间除了可以进行“自然时间”、“社会时间”以及“其他时间”的分类

① 周星：《关于“时间”的民俗与文化》，《西北民族研究》2005 年第 2 期。

外，对于时间观念的认识，以及时间基本制度的设置，不同国度、不同民族、不同地域不尽相同。为了能够让整个世界节约成本运行顺畅，会有一个中心或通用的时间制度，当下现代性、国际化或全球化概念下的时间制度，是以西历（阳历）和起源于西方的时钟工业的西方时间观念及其基本制度为基准的，或者说现代性、国际化或全球化的时间制度，是以西方理念为基本构造而确立的。"全球化不只表现在政治和经济一体化的层面，一定程度上，它还表现为全球性的时间制度的确立上。这个覆盖全世界的时间制度，基本上起源于西方，扩张于近代以来，以西历、礼拜（星期）制、承认时差的国际标准时间、钟表和手表工业为代表。"① 西历作为一种国际通用的历法，也叫"格里历"（格里高利历），俗称阳历，是一种极具西方社会文化色彩的纪年体系。公历纪年是以耶稣诞生之年作为纪年的开始，耶稣诞生之后的日期称为"公元"（A.D.），耶稣诞生之前称"公元前"（B.C.），公历规定一年 365 天，分为 12 个月，一、三、五、七、八、十、十二月为大月，每月 31 天，四、六、九、十一月为小月，每月 30 天，二月是 28 天或 29 天。公历的 1 月 1 日，即耶稣施行割礼的那一天，被定为了公历历法的第一天，是世界多数国家通称的"新年"，在中国文化中，这天因具有"初始之日"的意思，因此也被意译为"元旦"。近代中国选择公历和公元作为历法与纪年，一是便于国际多方面的交流，是出于节约时间成本、增速提效的客观需要；另一方面也是现代化国家建设的内在需求，工业化、信息化、城镇化的现代化发展道路，自然要求有一套最为通用的时间制度。

中国古代还有阴历，也被称为夏历、旧历和华历等，是典型的月亮历，

① 周星:《关于"时间"的民俗与文化》,《西北民族研究》2005 年第 2 期。

它是以月亮围绕地球转动的规律制定的，月球绕行地球一周为一月，被称为“朔望月”，每月初一为朔日，十五为望日，“朔望月”是月相盈亏的平均周期，也是确定月历的基础，中国古人称月球为“太阴”，根据月相圆缺变化的周期（即“朔望月”）制定的历法称“太阴历”，简称“阴历”。除此之外，还有一种阳历，即干支历，又称星辰历、甲子历、节气历，二十四节气与十二月建是干支历的基本内容，干支历是以十天干和十二地支进行两两搭配组成60组不同的天干地支组合，用以标记年月日时的历法。今天国内合法出版的年历（包括挂历、台历、日历等），与西历（阳历）并行的中国传统历法农历（俗称阴历），是在中国阴历（夏历）基础上融合了阳历（干支历）成分的一种阴阳合历，取月相的变化周期即“朔望月”为月的长度，加入干支历“二十四节气”成分，参考太阳回归年为年的长度，通过设置闰月以使平均历年与回归年相适应，这种历法既与月相相符，也与地球绕太阳周期运动相符合，即强调“朔望月”形式与内涵的同时，又兼顾了季节时令，解决中国阴历（夏历）不考虑地球绕太阳的公转运行、不能反映四季变化的问题。

中国作为一个文明古国，历史久远、民族众多、地貌复杂，从南到北跨越纬度近50度，从东到西跨越经度60多度，最东端的乌苏里江畔和最西端的帕米尔高原相差5个时区，因此，在对时间的认识和制度的制定上，不同民族、不同地域存在着相当的复杂性和多元性。

对于中国民族民间传统舞蹈而言，讨论时间的概念、分类、历法、纪年不是目的，而是因为这些特定时间与具体的舞蹈展演紧密联系在一起，制约和影响这些时间设置的民族、地域文化，又直接决定着这些舞蹈的展演形式和表现内容。例如汉族的秧歌，在西历上主要在每年的一月底或二月初进行表演，对于西历而言，这些只不过是极为平常的普通日子，并没有任何神圣、崇高、不平凡之感，但是对于中国人而言，它是中国农历新年的“岁之朝、月之朝、日之朝”，即新年的开端、新季节的开端、新月份的开端，是二十四节气中的立春日，是大地回春、万物复苏的日子，是一个新的四季循环的开端，是中国39个民族共同的重大节日。与其他的宗教纪念性节日不同，春节作为反映大自然节律的节日，对于中国人而言，它不仅是谒庙敬神、祭祀祖先的日子，也是游子归乡、举家团圆的日子；不仅是睦邻访友、探亲拜年的日子，也是家家大宴、享受富足生活的日子；不仅是忙里偷闲、休憩娱乐的日子，也是节庆狂欢、酣歌醉舞的日子，所以这个时段要进行被称为“闹红火”、“闹社火”、“闹阳歌”或“闹秧歌”的表演，就是图个平安、图个吉利、图个红火、图个乐呵。山东海阳当地群众有“没有秧歌不叫年，耍正月，闹二月，哩哩啦啦到三月”的说法，陕北民间也是每年正月初二、初三开始，几乎要闹腾一个正月天，一直到二月初二才压了锣鼓五音。

东西南北的秧歌表演有一个共同的特点，即正月十五元宵节是秧歌演出活动的高潮日。例如，在陕北农村，从正月初五到正月十五闹秧歌，其间可以根据具体情况间隔停歇，但十五这天必须大闹特闹，不仅秧歌表演所有的仪式流程都要重新来一遍，傍晚时分，秧歌队还要登上附近最高的山顶点燃火塔，围着火塔狂舞放歌，完事后回到村里特定的表演场地，热热闹闹地开始“转九曲”，此时的秧歌表演被称为“九曲秧歌”，当地民众认为“转九曲”可消灾免难、祛邪保平、纳福迎祥，所以转完后会将“九曲灯”拿回家以图吉利。山东商河县等地流传的《鼓子秧歌》，民间当地就称其为“跑十五”“闹玩艺儿”，有学者对其解释道：“‘跑十五’——一个时间概念上的命名，‘鼓子秧歌’——一个艺术形态上的命名。从两种命名的方式中，可以看到不同时期和不同人群对这个特定秧歌形式的认识。‘跑十五’重在正月十五前后这个特定的年节日子里走村串户联络感情，活动是围绕节庆与人情这个核心。相比之下，‘鼓子秧歌’重的是以鼓子为主要表现形式的秧歌活动，其核心已缩小到秧歌的舞蹈本体层面。”[①] 事实也如此，正月十五作为夏历（月历）的望日，即月圆之日，有很深的文化寓意，人们在这天张灯结彩、走街串巷、狂欢歌舞，一是期盼天官赐福，来年发大财、交好运、五谷丰登、六畜兴旺、万事兴隆；二是燃灯表佛，寓意佛法犹如明灯，可以破除无明，驱走黑暗，消除雍蔽，使人眼前豁然开朗，同时点燃灯火有照亮前程之意，所谓“百千灯明忏悔罪，为世灯明最福田”；三是期盼薪火相传、生育旺盛、多子多孙，民间有无子家庭偷灯或被送灯的习俗，灯谐音丁，偷灯、送灯即期盼能添丁进口、人丁兴旺；四是众里寻他千百度，蓦然回首，那人却在灯火阑珊处的未婚男女的浪漫期待；五是“走百病”或“散百病”的祛除疾病的内在需求；等等。于是，是夜，城乡花炮烟火不断，锣鼓声震四野，踩高跷、扮故事、舞龙灯、耍狮子、打腰鼓、扭秧歌、演百戏，成为民间以汉族为首的多民族民间歌舞表演最集中的日子就能理解了。

“在乡村空间中，是没有抽象时间的，时间是通过一系列的事件（春耕、夏种、秋收、冬藏）和仪式活动（传统的节日仪式）来体现的，反映了人们的时间经验，更多地反映了人的社会性，反映了群体之间的相互关系，更反映了人的精神信仰。一种节日时间有它的自然属性，但也较多地反映了人的文化实践活动，或曰是地方文化中人观的建构。……在中国，时间（西历）概念是在民族国家建立过程中被强化推行的；在农村相当长的时间内，这种理性的时间概念还是非常陌生而抽象的。现代的时间观，伴随着民族国家的建构进程，从某种程度上讲，它人为分割的不只是时间，它也分离了人与自

① 刘晓真：《从乡俗仪礼到民间艺术——当代山东商河鼓子秧歌文化功能的变迁与传承》，《北京舞蹈学院学报》2004 年第 1 期。

然生态节奏规律的距离，导致了村落里时空的转换。”[①]可见，尽管当今世界通行的历法是西历，但是不同文明、不同国度、不同民族、不同地域并没有放弃自己的历法，采用的是并行不悖、通行共用的态度。如民国初年采用阳历而不废阴历的做法，即便会形成历法的“二元社会”格局，即以官方、精英为主的社会上层使用阳历，以农民、工商业者为主的下层民众则使用阴历，但也不妨碍两者并行共用的客观事实，如此现象的发生与各自的内生需求有关。中华民国是推翻清王朝建立的，不用皇帝称号、改为民国纪年，使用西历、淡化中国农历也是现代性民族国家革故鼎新、万象更新的通行做法，加之阳历没有闰月，便于现代性民族国家的年度预算，同时以世界时钟为基准，可以更好地开展对外贸易和国际交流。无法抛弃和置换传统农历的原因是：“旧历最有价值的地方，恰恰在于它的岁时节令。这些岁时节令之所以有价值，是因为它与中国的农业社会密切相关：‘中国旧历并不悖于科学，且与农田水利经济社会有密切之关系，颇有不容漠视之价值。以农事言，二十四节气为农民所奉之圭臬；以水利言，朔望两弦，为航行所恃之指南，而三大节算账之质度，尤与中国经济组织有密切关系。’”[②]

可见，每一文明、每一国家、每一民族、每一地域自身特有的历法，一是与其所处的自然生态环境息息相关，总是与当地的气候变化、一年四季的轮换以及周围生态作物的循环周期相符合（如花开花落）；二是与时间如何被当地社会文化建构紧密相连，多种原因致使不同时代、不同群体、不同地域，都有着各自不同的时间感和感知时间的方式，所以在中国存在着非常丰

① 刘统霞：《被表述的民俗艺术——对商河鼓子秧歌的历史人类学考察》，知识产权出版社 2011 年版，第 33 页。

② 左玉河：《从“改正朔”到“废旧历”——阳历及其节日在民国时期的演变》，载中国民俗学会、北京民俗博物馆编《节日文化论文集》，学苑出版社 2006 年版，第 296—297 页。

富多元的时间框架或时间制度。国内除了农历、伊斯兰历、藏历等比较有代表性的历法外，很多少数民族也都有与众不同、独具特色的历法。例如："在云南一些少数民族中，还有几种独特的历算方式，如独龙族、傈僳族的自然历法（以一般自然现象进行历算，如出草月、花开月、降雪月等），云龙布朗族的物候历（以某类特殊物候进行历算，如'梅花岁一开以纪年，野靛花十二年一开以纪星，茨竹花六十年一开以纪甲子'），勐海布朗族的'五行纪周'（以阴阳五行纪七天一周，如日曜日、月曜日、火曜日、水曜日、木曜日、金曜日、土曜日），佤族以农事、天象历算的佤历，藏族用天干五行、地支十二属历算的藏历，基诺族的十三月历和'零月份'历，傣族的阴阳合历，回族的伊斯兰教历，信佛民族的佛历以及前已述及的彝族十月太阳历，哈尼族十月历，等等。使用这些不同历法的民族，也有不同传统的时季意识；同时，由于云南特殊的地理和气候环境（因山谷、海拔等的不同而呈现'十里不同天'的'立体气候'），各民族有关岁时、岁事、时节、月令、时令等方面的行为习俗也各有千秋，所以，融合在其中的四时之祀和节祭乐舞，顺应'自然'而出现异彩纷呈的格调，便成为毫不奇怪的事了。"[①]

实事求是地说，今天的14亿中国人，并不生活在完全一致和同步的时间节奏与周期里，尽管当下每一个人的生命，都是在同一时空中展开的，但人们对于时间维度的感知，却存在着很多不同的感受和认识，一定程度上，中国各民族和各地域生活方式的独特性，其实就是"民族"的和"民俗"的时间观念多样性的一种具体体现。当下讨论时间历法，是因为这些不同于西历的历法，直接决定着一个民族、地域的岁时节日，因为"岁时源于古代历

① 周凯模：《祭舞神乐——民族宗教乐舞论》，云南人民出版社2000年版，第48页。

法，节日源于古代季节气候，简单地说是由年月日与气候变化相结合排定的节气时令”[①]。

岁时节日有两大核心要素，一是相对固定的节期，二是节期中特定的民俗活动，对于中国民族民间传统舞蹈而言，几乎大部分舞蹈都会在岁时节日中展演，甚至相当部分舞蹈只在岁时节日中展演。中国古代就有“歌舞告祭”的“迎气”之祭，东汉五郊迎气祭祀，就是在立春、立夏、立秋、立冬日以及立秋前十八天分别对青、赤、白、黑、黄帝的歌舞祭祀，如：“立春之日，迎春于东郊，祭青帝句芒。车旗服饰皆青，歌青阳，八佾舞云翘之舞。……立秋之日，迎秋于西郊，祭白帝蓐收。车旗服饰皆白，歌西皓，八佾舞育命之舞。……立冬之日，迎冬于北郊，祭黑帝玄冥，车旗服饰皆黑，歌玄冥，八佾舞育命之舞。”“先立秋十八日，迎黄灵于中兆，祭黄帝后土。车旗服饰皆黄，歌朱明，八佾舞云翘、育命之舞。”[②]维吾尔族的诺鲁孜节（迎春节），塔吉克族的肖贡巴哈尔节（迎春节），活动的核心也都是载歌载舞的迎新春仪式。所以对于各民族、各地域历史上形成的历法，一定要认真学习仔细研究，因为它与这些民族、地域的日常祭祀、婚娶、赛会等重大活动密切相关，而这些重大活动又是不同民族地域民间舞蹈展演最为活跃的平台。例如想要研究维吾尔族肉孜节（开斋节）、库尔邦节（宰牲节）最具代表性的《萨玛舞》，藏族雪顿节上表演的《藏戏》，彝族火把节表演的《都火》，景颇族目瑙纵歌节表演的《目瑙纵歌》，白族绕三灵节日表演的《霸王鞭》《八角鼓》《双飞燕》等代表性的民族民间舞蹈，还必须要认真了解这些民族不同的传统历法，否则去了也看不到。

---

① 乌丙安：《中国民俗学》，辽宁大学出版社 1985 年版，第 292 页。

②（南朝宋）范晔撰，（唐）李贤等注：《后汉书》，中华书局 1965 年版，第 3182 页。

第二节　自然时间

一、物理时间

（一）物理时间的概念

“朱利安在《论‘时间’：生活哲学的要素》中把西方的时间观划分为物理的时间观与形而上学的时间观。顾名思义，物理的时间观指的是物体运动所占有的时间，它思考的是‘运动当中的物体’，这是根据物体进行位移的地点来思考以及测量物体运动的时间的。日常生活中，也存在着这样一种时间，如动植物的生长所占有的时间。这种生长周期、生长运动也具体体现在日常生活中，可以说是显而易见。在这个过程中，时间与运动之间相互测量、相互规定，物体也只能在时间当中运动。通过上述分析不难发现，物理的时间观具有一个明显的特点：时间的切割性。”[①] 西方物理学的时间观念，其内涵实质是对物体在空间中的位移的计量，用当下自然科学的术语解释，时间是物体运动速度的量化，可见，在这里时间与空间互为依托、不可分割，即“物理时间是空间化了的时间，是一种对物体运动和运动速度的计量标准。西方近代经典力学的奠基人牛顿继承发展了亚里士多德的时间观，干脆把时间视为与空间化的物体运动、运动的速度和加速度相联系的计量标准”[②]。因此，自然时间中的物理时间是可以被记录、计算和测量的，如我们生活日常的钟表系统，物理学家可以用小时、分、秒等标量时间使运动的速度全部量化；天文学家使用“光年”来计量恒星、星团、星系、星系

---

① 姜楠：《时间 · 时 · 时节：朱利安的时间观》，《温州职业技术学院学报》2021 年第 2 期。
② 赵仲牧：《时间观念的解析及中西方传统时间观的比较》，《思想战线》2002 年第 5 期。

团……相互之间的距离和它们与地球之间的距离；历史学家使用公元前或公元后，以及世纪、百年、甲子或 ×× 年来记录朝代的兴衰以及重大的历史事件；普通人用年、月、日、时、分、秒感受着生活的真实、生命的苦短和时光的易逝。

对于物理时间的理解，有两种不同的认知模式：一种是“逝者如斯夫，不舍昼夜”的时间一维性，即时间之矢行进的路迹是线行性的，在线行性的路迹上，时间流程一去不复返，呈现出一种不可逆转的特征；一种是周而复始、循环往复、年年如是的周期性特征，即时间之矢行进的路迹是环行性的或周行性的，时间流程在周行性的路迹上，反复发生、持续存在、一再出现，所谓花开花落、月暗月明、一阴一阳谓之道。当然时间流程的线行性与周行性是以时间的不可逆性为前提的，“为了确定不可逆的时间之矢中的历法时间，中外传统的历算家、天文学家和哲学家往往要考虑两方面的问题。一方面他们看到了时间之流像江河一样滚滚向前，时间之矢沿着虚拟的直线从过去经由现在奔向未来。另一方面，为了给时间流程划分阶段，确定和计算时间单位，他们又注意到很多自然物和自然现象在运行过程中或时间历程中经常周行不已、循环往复，并有固定的周期性。太阳、月亮、潮汐、物候等等，其运行变异的周期性是相对确定的。历法时间或标量时间，就是凭这些自然事象运动变异的周期性去划分时间的段落和确立时间的单位。缘起于上古的历法时间观念及其计算单位向哲人们作出了深刻的提示，时间之矢或时间之流不可逆的前进轨迹有两个特点：一是时间进程的线行性特点，二是时间进程的周行性特点”[①]。从西方传统的哲学和物理学的时间观来看，它们

① 赵仲牧：《时间观念的解析及中西方传统时间观的比较》，《思想战线》2002 年第 5 期。

尽管也重视历法层面上的周行性时间观，但相比之下似乎更加强调线行性时间观，当然时间流程的线行性和周行性不能断然决裂、分开彼此，它们之间是融会贯通的，在线行性时间的绵延性与流动性中含有周行性和周期性，在周行性时间的周流性或循环性中也含有流动性和延绵性。

舞蹈是以运动的人体为表现工具，通过有节律、有组织和经过美化的流动性动作来表情达意的艺术形式，所以舞蹈也时常被定义为一种时空艺术。在一定的空间内，和着一定的节奏所做的身体的连续动作，或者存在于时间与空间之中的肉体有节奏地运动，以及借着人体在时空中有组织、有规律地运动来表情达意的艺术形式都可以被称为舞蹈。在鲁道夫·冯·拉班（Rudolf von Laban）动作分析理论将“力效”的构成要素阐释为重力（轻或重）、时间（快与慢）、空间（直接或延伸）、流畅度（限制或自由流畅）后，舞蹈作为一种表现运动的人体在时、空、力中畅游的艺术形式的观点，被业内专业人士普遍接受，如：“时间、力量和空间，是给舞蹈以生命的要素。因此，舞蹈也被称作为‘时间的艺术’。它是在时间、空间、人体动作‘力’的展现上的综合体。对于舞蹈来说，时间概念是指人体动作在一定空间律动中所占的时值，它具有节奏性概念，通过节拍、小时、分钟、秒钟，这些有关的计量单位，在舞蹈的进程中使它量化。动作，是舞蹈的生命，又是直接面对欣赏者的审美对象。舞蹈的时间和空间就是在相互依存、相互作用下构成的，所有的因素总要在一起出现。”①

① 金秋主编:《舞蹈编导学》，高等教育出版社 2006 年版，第 137—138 页。

（二）舞蹈的物理时间

舞蹈作为西方文化的艺术生成，承继了西方哲学和物理学的核心内涵，西方哲学强调一切物体都在空间之中，离开了空间，其他事物将不复存在，自此物理时间就成为一种空间化了的时间，是以空间来统领时间的，因此，当下业内谈论的舞蹈时间，某种程度上阐述的是舞蹈的物理时间。物理时间作为物体运动所占有的时间，它聚焦关注的是“运动当中的物体”，是根据物体进行位移的地点来思考以及测量物体运动的时间的，该理论认为空间是可以被切割分块的，空间化的时间自然可以被认知为一种可以切分的序列，在切分的序列中人们可以清楚明白地认识到每一部分的时间，以及每一个阶段所做的具体事情。舞蹈作为一种以运动的人体为媒介的艺术形式，在空间中舞动身体所占有的时间，或者说身体的连续运动在空间中产生的位移所占有的时间，就是舞蹈的时间，因为在这个过程中，时间与运动的身体之间相互测量、相互规定，身体也只能在时间当中运动，时间是一种对身体运动和运动速度的计量标准。舞蹈时间作为一种空间化了的物理时间，像空间一样是可以被分割切块的，诸如动作、舞句、舞段以及整个舞蹈所占有的时间，通过切分序列“间距”的计量，就变成一种可认知、被量化的舞蹈时间。舞动的身体在这些时间切分序列上对空间的占有，呈现出具体的“动的形象”（舞姿、动律），即对空间和时间的兼收并蓄，兼蓄空间的造型性特点，并收时间的流动性特征，致使舞蹈也常被称为“流动的雕塑”。

对于舞蹈时间的具体表现，有学者对其进行了分类：“其一，是舞蹈节奏变化及作品的时间长短上的时间概念，如舞蹈节奏运用中速度上的快慢、动作幅度上的大小、音乐节奏运用上的强弱以及某一舞蹈作品时间上的长短等。其二，则是舞蹈作品在反映内容、事件及情感变化时间上的概念，如季节性的时间概念——春、夏、秋、冬，年代时间概念——古代、近代、现代、当代等。其三，便是舞蹈表现中情感变化的时间概念，如舞蹈表演上的或狂喜、或盛怒、或悲痛的情感表现等等。”[①] 上述三类时间梳理分析，基本上还是根据时间的流动性、延绵性和一去不返性的线行性特征，以及阴阳交替、循环往复、周而复始的周行性规律来进行类型划分的。专业化舞蹈作为一种剧场艺术，为了强调视觉表现力的丰富性和内容性，通过打破连续性流畅动作的时间序列，即对舞动身体的具体表现，有些动作处理得相对快些，有些动作展示得相对慢些，一方面用突然、快速、顿挫的动作打破时间的均衡，另一方面放慢速度将身体动作沉溺于时间，通过这种快与慢、长与短、急与缓不规则运动所占有的时间，表现出一种不同平常的视觉张力，用来左右观赏者的情绪情感。如时间的缓与慢常常体现的是一种平静宁和的状态，时间的快与急呈现的是激情四射、奋发昂扬的气氛，舞蹈者就是通过对舞动时间的把控，表现舞蹈形象的狂喜、盛怒、暴躁、悲伤、平静的情绪，以及开朗、粗犷、拘束、洒脱、谨慎、温顺的性格。

业内对于舞蹈时间的认知，主要是通过对舞蹈音乐的感受来实现的，每一曲音乐都占有一定的时间，都有一个特定的时长，这也是音乐被称为“时间性艺术”的原因。“音乐发声体在空气中振动，作用于人的听觉器官，造成听觉印象，这种物理振动可以采用物理时间加以计量，在这个意义上，音乐的各种要素都必须在物理时间中形成和体现出来，例如，节奏是音的长短交替（长和短是以物理时间来衡量的）；速度是节奏的频率，即音的长短交替的频率（所耗费的物理时间越少，速度就越快）；音高和音程似乎不受时间限制，但实际上只要音一出现就必然有一个物理时间过程，力度和音色是

① 金秋主编:《舞蹈编导学》，高等教育出版社 2006 年版，第 138 页。

以上诸种要素的音质属性，它们是依附于这些要素而存在的，因此也间接地存在于物理时间中。”[①] 一般来说构成音乐的三大要素为节奏、旋律与和声。舞蹈的时间体现，主要是根据舞蹈音乐的旋律和节奏的时长来感知的，尽管一段时期内音乐在舞蹈当中的较高地位（如音乐是舞蹈的灵魂的表述）被业内很多人士质疑，但是通过音乐的旋律和节奏感知舞蹈的时间，是一个基本上无须讨论的话题。即便一些现代舞者强调舞蹈就是舞蹈，而不是其他，在一些实验作品中完全抛弃音乐，将舞蹈的纯粹性做到极致，但这只是极为个别的，因为离开了音乐的舞蹈，观众也不接受。

对于舞蹈与音乐的关系，贾作光在《舞蹈演员要加强音乐听觉和舞蹈视觉的记忆能力》一文中写道：“舞蹈是不能离开音乐的。它是由每个单一动作连续成为表现感情的组合，它是在音调的高低，节奏的长短、强弱，速度快慢中进行的。旋律除了形式上所表现出来的技术性，主要表现在旋律塑造舞蹈形象上，音响表现在思想感情上，如强烈、高亢、激动时音区便显得高，节奏变得也较快，那么舞蹈动作也必然随之变快，也就会出现大幅度的动作。如果低沉悲壮，闲适恬静的调子，一般的规律在音乐的速度和节奏上表现就比较缓慢，当然也不是绝对的。……舞蹈演员必须牢记舞蹈音乐的各种旋律和节奏。如在情节结构中的前奏、开端、发展、高潮、结局的整个布局里所出现的各种变奏、快板、慢板、行板等，这一连串的音乐、旋律、节奏均是体现舞蹈形象的感情色彩，也是演员掌握舞蹈动作的符号，更确切地说，音乐是激发舞蹈演员感情的钥匙。”[②] 贾作光老师的论述实事求是，舞蹈演员学会听音乐、记音乐，一方面是通过记忆感知音乐的内涵进行符合作

---

① 赖勤、李立：《音乐中的时间和空间》，《民族艺术研究》2001 年第 2 期。

② 闻章、鲁微、关正文编：《贾作光舞蹈艺术文集》，文化艺术出版社 1992 年版，第 53—54 页。

品最初设计的有效表达，另一方面是通过音乐感受和把控舞动时间的长短，以及怎样舞动、如何舞动。暂且不讨论音乐内涵的有效表达，对于舞蹈音乐而言，每一首音乐都会有起、承、转、合或开始、发展、高潮、结束的结构框架，这种结构框架体现的是时间的长短，即它的线行性特征，毕竟每一个舞段、每一个舞蹈或每一部舞剧都会有可计量的时长，2 分钟、8 分钟或 90 分钟等。同时每一个舞段、每一个舞蹈或每一部舞剧也都会有特定的节奏，舞蹈节奏大致有两层含义：一是指“时值”，一是指“节奏型”，“节奏型”作为一种轻重缓急有规律的舞动模式，重复性和再现性是其主要特质，体现的是时间的周行性规律。

为了凸显舞蹈的自律性，舞蹈的时间不等同于音乐的时间，舞蹈的节奏不等同于音乐的节奏，成为专业化或剧场舞蹈从业人士代表性的观点，如：“节奏是按时间划分的：年、月、日、昼、夜、小时、分秒。音乐的节奏则是将音乐的时间划分为乐句、小节、拍，以及拍子中各种的细分和综合。而舞蹈的节奏则是在与音乐节奏相结合的基础上，将时间划分为速度、力度、幅度（动作的强弱、快慢、高低、大小等）的变化和对比，但绝不是必须与音乐节奏相同的时间节奏概念。”[①] 该观点对于“为艺术而艺术”的专业剧场舞蹈来说并无异议，但是对于中国民族民间传统舞蹈而言，因其具有“乐舞一体”的特性，音乐的时间本身就是舞蹈的时间，音乐的旋律、节拍、节奏影响着舞蹈的风格特点，其一段体、两段体、三段体、多段体、循环体、变奏体、联曲体的曲式，也是各民族地域民间舞蹈段落构成的结构框架，音乐风格决定了舞蹈如何表现，音乐时长决定了舞蹈何时开始、何时结束。例如

① 金秋主编：《舞蹈编导学》，高等教育出版社 2006 年版，第 139 页。

藏族的《弦子》(毕旺谐)，民间表演形式就是一首歌一支舞，在一些艺术院校藏族舞蹈教材中起名为《斯玲玲桑琅琅》《公公》《孔雀吃水》《古来亚木》《尤子巴母》的传统舞蹈组合，本身就是藏族康巴地区的民歌歌名，民歌的时长就是舞蹈组合的长短，民歌曲式的特点也就是具体的舞蹈段落结构。

还有，东北秧歌最具代表性的“辽南高跷”,《句句双》《鬼扯腿》《柳摇金》《满堂红》《摘黄瓜》《小磨房》等是舞蹈的伴奏曲牌，秧歌队“踩街”(街蹚子)和“撂场”(大场、小场或清场)表演，都会有代表性的曲牌音乐为之伴奏，跳什么舞奏什么乐，奏什么乐跳什么舞，舞蹈者与演奏者合作水乳交融、无缝衔接，很多民间艺人本身就能吹、能打、能歌、能舞。朝鲜族舞蹈也是，在一些艺术院校被称为《古格里》《扎津古格里》《它令》《安旦》《阳山道》《噔嘚宫》《挥毛利》的等具有代表性的舞蹈组合，本身就是朝鲜族不同音乐“长短”的名称，这些不同的音乐“长短”，铸就了不同风格特色的舞蹈组合。在中国民族民间传统舞蹈中，其物理时间的具体体现，主要是指在空间中舞动身体位移所占有的时间，这种时间也是与之伴生的舞蹈音乐的物理时间，它分为两种表现形式：一种是线行性的时间流程，主要通过舞蹈从开始到结束的时长来体现，当然也是与之共生、为之伴奏的舞蹈音乐的时长；一种是周行性的时间流程，主要通过轻重缓急、有规律的舞蹈节奏——当然也是一种音乐的节奏、节拍——和代表性音乐旋律的重复，或者本身就是循环体曲式的音乐来体现的。

二、生态时间

(一)生态时间的概念

生态时间与物理时间不同，物理时间可以被认定为一种可测量的、能计算的、能被记录的、客观的钟表时间，是一种较纯粹的自然时间，而生态时间则加入了人和所处的生态环境因素，某种程度上是人类学家建构出来的一个概念。当马林诺夫斯基将其在太平洋特罗布里恩德群岛上的发现，即该岛屿的人使用的是一套与西方完全不同的、非标准化的钟表时间写入著作时，他的学生“受到了功能主义和结构主义影响的埃文斯－普理查德（Edward Evan Evans-Pritchard）将其长期研究的对象努尔人的时间分为两类：‘生态时间’（oecological time）与‘结构时间’（structural time），‘生态时间’来源于对环境的认知，周期是 1 年，‘结构时间’则是社会结构的彼此关系”[①]。埃文斯－普理查德在其被誉为人类学史上最著名、最具有代表性的典范作品之一的《努尔人》中明确提出，努尔人的时间观念与西方不同，不能用西方时间的概念来理解，同时强调社会结构对时间的决定关系，他的这种双重强调成为后来人类学时间研究的范本。

埃文斯－普理查德提出的“生态时间”，与马林诺夫斯基在《西太平洋的航海者》一书中提出的“计时系统”（a system of chronology）概念基本类同。例如：“从功能性出发，马林诺夫斯基得到如下结论：每一个文化都需要一个计时系统，人类群体用以组织行动、约定和协调日期、回忆以及时间跨度的测量计算。在详细的论述中，以特罗布里恩德岛人界定时间要素的三大来源‘天文’‘气象’‘文化’，论证了‘计时系统’与自然环境，乃至与天文活动相关的神话和传说的联系。”[②] 埃文斯－普理查德“生态时间”反映的也是当地人跟环境之间的关系，“生态时间”的年度循环周期，是依照天体、气候以及当地人的生计活动而划分的。如果对“生态时间”进行定义，

---

① 胡馨月：《西方人类学“时间”研究的主题与启示》，《原生态民族文化学刊》2021 年第 1 期。

② 胡馨月：《西方人类学“时间”研究的主题与启示》，《原生态民族文化学刊》2021 年第 1 期。

可以得出以下认识："从一般意义来说，'生态时间'被我们理解为自然界现象的变换与交替建构的时间类别。具体来讲，人们充分理解并且掌握了自然现象的转换规律，进而建构了一套为本群体共同接受并遵循的计算时间的准则，这种时间可以是'生产时间''作息时间'的指称，其特点在于它代表了一种地方性时间体系，并且表达着独特的地方化意义。"①

可见，"生态时间"指的是人对其高度依赖的生态环境有所认知后的产物，是一种受生态环境影响和制约的时间表达法，它的最大单位为年，反映的是天体运动所造成的周而复始的节律（四季循环、昼夜交替、物生物亡），与人的生产、生计、生活之间的关系，自此"自然秩序""季节时间""社会节奏"进行了有机衔接，一种反映一年四季、物质生产、日常作息相结合的极具地方化特点的计时准则诞生了，因其弱化了人的主观能动性，偏重生态环境决定论的特点，因此被划归在自然时间的范畴。如："景颇人、载瓦人的山居生活，他们的时间体验源于两方面：一是日出日落、旱季雨季、年复一年的自然节奏，二是从生到死不可逆转的生命历程。因此，配合自然的律动，他们在雨季生产'做活'，在旱季忙着'做人'（结婚、联姻、盖房、殡葬、过节），以此模式建立时间的价值。"②"时节"对于中国各民族来说，是一个异常重要的"生态时间"概念，从词汇上分析，"时节"意指季节、时令、时光、时候，中国"时节"的特点是透过气候、地形和地貌显示出来的，且每个"时节"都有不同的活动，如《礼记·月令》所云："凡举大事，毋逆大数，必顺其时，慎因其类。"早期践行非工业化生产生计方式的中国古代先民，根据每个"时节"不同的特点进行多样化的生产，并通过"时

① 房静静：《人类学视域下的时间与仪式》，《内蒙古民族大学学报（社会科学版）》2019 年第 4 期。
② 房静静：《人类学视域下的时间与仪式》，《内蒙古民族大学学报（社会科学版）》2019 年第 4 期。

节”调适自我、顺应自然，与万物和谐共生，追求一种“万物并育而不相害，道并行而不相悖”的“天人合一”的理想生活。

“时节”作为一种极具代表性的“生态时间”，它体现的是“地方性知识”或民间智慧，中国各民族、不同地域，直到今天还依照不同的“时节”过日子，“时节”依旧是很多山区、农区、牧区百姓雷打不动、始终坚守的社会生活时间，人们一如既往地按照季节变换和农牧渔猎活动的周期来安排生计和生活。如陕西户县一带民间有：“‘四月芒种不见田，五月芒种刚下镰（指农历割麦时间）’；‘有钱难买五月旱，六月连阴吃饱饭’；‘过了冬至，长一枣刺，过了腊八，长一杈把，过了年，长一椽（指日影长短）’；‘冬上金，腊上银，正月里上粪白费神’；‘谷雨前后，种瓜种豆’；‘枣茅发，种棉花’；‘七大八小九独独（种蒜的时间）’等等。”[①] 对农耕社会来说，当地最为基本的生活节律便是农闲与农忙的交替，从这些凝聚了民众智慧的谚语里，我们既能够看到阴历、二十四节气和农时、农事的关联，也能够看到人们对于季节、岁时和自然界运行节律的细致观察，即便当下有一个世界范围内通行共用的时间制度（公历），人们也不会完全遵循、屈从，依旧会按照既有的时间制度生产、生活，自此大千世界形成了诸多特色鲜明、构成迥异、与西方公历很不相同的时间制度。

（二）生态时间与舞蹈

在中国民间，为了获得尘世诸事的顺利，以及祷告祈求的灵验，人们酷好在特别的时间里，择时、选日、设年节，而最理想的良辰吉日，一定是与

---

① 周星：《关于“时间”的民俗与文化》，《西北民族研究》2005 年第 2 期。

“时节”息息相关的日子，一方面能与宇宙的运行规律“天时”（时令、气候）节律合拍，另一方面能与自然的“地利”（地形、地貌）环境适宜，所以中国民间会有“法天”“法地”“法四时”，举事必顺其时，不违天道，“顺时”安排一切的取向。而这些在与农事、历法、节气相关的“生态时间”中选出的重要日子，也是各民族、各地域歌舞活动最为频繁的时刻，如：“云南民族的节祭活动，也保留了许多类似的内容。白、汉等族的立春祭、鞭春祀芒牛、打春牛、插柳节，哈尼族的‘胡息俄及’（意为‘新春之雷’，时在立春日），纳西族、白族等的立夏节，彝族的立秋节（又叫‘赶秋街’）和冬至节（又叫‘水牛节’），彝、苗、傣、纳西、白族的冬至节、哈尼族的‘托姿’（时在冬至日）……这些节气之祭，大都伴有歌舞等活动。为避繁杂，这里，仅举‘春之祭’为例：鹤庆白族立春日的‘打春牛’活动，生动地再现了古代‘迎气’的风俗。所谓‘打春牛’，是将一彩塑泥牛在立春前一天，抬入专设的彩棚供祭。在立春这天，又将春牛迎抬到县城东门外的香亭旁捣毁，将其泥土争抢了拿去放进各家田里，祈求五谷丰登。立春日，春倌穿红着绿，坐上八抬大轿，令人抬上春牛，游街而行，各村村民敲锣打鼓，唱着白族调，跳着民族舞，欢送春牛。”①

对于以“时节”为代表的“生态时间”而言，即便“天不变其常，地不易其则，春秋冬夏不更其节”，但是对于幅员辽阔的中国而言，地形、地貌的多样性，大环境与小气候的特殊性，致使全国上下、全省上下，甚至全县上下、全区上下的生态，都会呈现出不一致的现象。如在江南及其他一些地区，二十四节气里体现的季节感，可能多少也会存在与当地的天候气象

① 周凯模：《祭舞神乐——民族宗教乐舞论》，云南人民出版社 2000 年版，第 46 页。

不尽吻合的现象，所以各地与“时节”有关的节庆，人们尽情歌舞的时间也不尽相同。以山西民间春祈秋报迎神作戏活动为例：“在以农业为主的社会中，农事基本靠天吃饭，所以山西各地都非常重视春祈秋报的举办，届时演剧也是必不可少，以此来祈丰年报天功。清道光十年（1830）《大同县志》二十卷载：‘其农人尤虔祀龙神，春祈秋报，必醵钱献牲、演戏。’因各地气候条件不同，农事安排时间不一，春祈秋报的时间也不一致。”“广灵县以‘二、三月春祈，八、九月秋报，在神庙前，扮乐享赛。’寿阳县‘三月一日起，乡赛以祈谷实雨泽，具备肴馔，演杂剧，费辄不赀。’崞县为‘四月八日，各村多迎神作戏，以祈年。东南乡多办社火，合数十村，各妆演故事，观者如堵，大约仿角抵戏云’。‘六月十三日，城关迎神报社，扮抬阁妆伞，城关各演戏三日。’永宁州‘七月、社日，各乡赛社，有演戏致祭，以报秋成；然亦有不拘社日而祭者。’长子县‘（八月）社日（立秋后第五戊日为社日），是时西成将告，士女出游，谓之“走社”。乡人张乐赛神，曰“结秀”’。和顺县‘是月（九月），各社择吉演戏，报土功。’榆社县‘十月终，各乡祭赛，亦有演戏剧者，曰“谢农神”，即秋冬报赛之遗意也。’闻喜县‘“赛神”麦秋已过，仓箱既盈，稍大之村皆演戏酬报……不赛神之村，无几也’。在临汾周边一带如霍州、襄汾、乡宁等地皆‘岁时社祭，夏冬两举，率多演戏为乐。’”①

选定“时节”中特殊的日子进行歌舞祭祀，在中国民族民间传统舞蹈中异常普遍，令人难以置信的是，许多民族还有专属对应的歌舞，表现“时节”或“生态时间”的象征性内容。以彝族纪日十二兽舞蹈为例：“彝族

① 陈美青：《质野流芳：山西民间小戏研究》，中国戏剧出版社 2017 年版，第 193—194 页。

太阳历以十二属相循环纪日。十二属相每月三转，共三十六日，积三十支（转）为一年，均分为十月，称为十个‘时节’。这十个时节不以序数来记，而是各有一定的名称，以土、铜、水、木、火五种元素分别配以公母来表示。即一月为土公，二月为土母，三月为铜公，四月为铜母，五月为水公，六月为水母，七月为木公，八月为木母，九月为火公，十月为火母。彝族太阳历还以十二属相纪年，分别称为鼠年、牛年、虎年等。以十二年为一轮，循环使用。更大的周期则以十二属相与‘五种元素’或‘五行’（土、铜、水、木、火）加公母相配合，构成六十个数的纪年单位，类似汉族的六十甲子。”“以十二属相纪日纪年和以五行阴阳（公母）纪月纪甲子，是一种渊源古老的形象计数的象征方式。这种以‘象数’计算时间单位的方式，与远古人类思维的具象性（所谓广义的‘形象思维’）有关。它便于人们记录、记忆和传诵，也便于做形象化的操作——例如彝族纪日十二兽舞蹈，便是用化装舞蹈的方式，将纪日的方式形象化地给予‘说明’。”[①] 彝族史诗《阿细的先基》也唱道：“腊月的时候，该祭天神了，一年有十二个月，一年有三百六十天，这最后的日子啊，要让神欢欢喜喜的……”[②] 为让天神“欢欢喜喜”的，人们便要设坛祭神、歌舞娱神，通过祭祀来纪日，在祭祀中表演纪日十二兽舞蹈或与纪日相关的象征性乐舞，这种舞蹈形式在其他民族中也存在。

傣族的民间歌舞《十二马》就是其一。《十二马》由六男六女组成的十二个表演者，戴上由白绵纸和竹片制作而成的道具马，一手拿扇子，一手拉马缰，脚下跑半脚尖碎颠步，模拟骑马行进的舞蹈场景，在扬鞭策马的过

---

① 周凯模：《祭舞神乐——民族宗教乐舞论》，云南人民出版社 2000 年版，第 48—49 页。

② 周凯模：《祭舞神乐——民族宗教乐舞论》，云南人民出版社 2000 年版，第 34 页。

程中，起舞歌唱名为“十二马”的月歌（“十二马”月歌共有十二首，每一首对应傣历一年中的一个月）。在傣族文化语境中，“十二马的意思就是用歌舞表现十二个月的农事。‘整首歌长二百五十余行，通过男女对唱形式，按照时间顺序，从一月唱到十二月，将生产知识、社会习俗和男女之间的爱情融汇在歌里。’‘……第二部分是十二马的主体和核心，主要是按时间顺序、叙述每个月的气候变化，生产项目和所应遵守的生产生活习俗；第三部分是尾声，又称为结束歌，主要是强调歌里所表述生产知识的重要性，要求听众不要忘记。若忘记了，生产就搞不好；若不忘记，就会获得丰收。’十二马将一二三月列为备耕时间，在这段时间里，主要是喂好耕牛和其他春耕准备工作。‘到了四月雨水天，青蛙叫得欢’时，阿哥就要‘扶犁把田耕’了。如此一个月一个月地唱下去。每个月的气候变化，农活特点和劳动情景都叙述得十分清楚明白”[①]。《十二马》呈现的是傣族地区一年四季万物变迁的“生态时间”，也包含了不同时节农忙生产的指导意见，每个月该做些什么，以及什么才是最合适的生产方式，与最合理的生产经验都一一传授，这种反映当地“生产时间”与“作息时间”的民间歌舞，表达的是一种地方性时间体系，以及独特的地方性文化知识，想要了解相关舞蹈的形式与内涵，必须掌握这种不同于西方历法的“生态时间”（各民族历法，如彝历、傣历），否则就会说不清、道不明舞蹈发生的内在机制。

① 刘金吾:《中国民族舞蹈与稻作文化》，云南人民出版社 1997 年版，第 12—13 页。

第三节　社会时间

一、社会时间的特质

（一）社会时间的概念

“人类对于时间的理解，基本围绕着两个方面：一是自然界秩序的变化，例如日夜交替、季节变换、生物的生死世替，基于此形成了线性（linear）和循环（cyclical）两种建构时间的基本法则，人类群体如何理解这一套自然现象的转换与韵律，进而构建一套为群体所共同接受与遵行的计算时间。二是社会的形成需要其自成的节律，如何在个体与集体之间形成平衡，并且试图通过社会时间的建构来超越自然的束缚，达到理想的社会。实际上着重的是自然时间（natural time）、社会时间（social time）以及个体时间（individual time）三者之间的关系。”[①] 事实也如此，当下人们使用的时间，除了反映宇宙的基本法则、自然界秩序的规律性变化，不以人的意志为转移的“自然时间”外，还有一种是为了打造理想、有序、和谐、稳定的社会秩序，以及活力、高效、便捷、共享的社会生活，人们在如何看待自己的生活世界，如何组织安排自己的生活规律和节奏，如何在不同的时间节点上连接和延续个体的生命历程等问题的基础上，人为建构的时间体系。这种新的“时间设置”不仅使时间概念本身发生了质的变化，也将自然时间与我们的现实生活进行了有机衔接，使其成为一个可以进行意义分析和文化表达的有价值的社会文化命题。

① 胡馨月：《西方人类学“时间”研究的主题与启示》，《原生态民族文化学刊》2021 年第 1 期。

“很多文化都给生活的不同时间段分别赋予了不同的价值，其中有些时间往往被认为其价值高于其他一些时间。这可能是因为任何文化、任何社会都必须为生活创造出某种节奏感来，而通过赋予时间以不同的价值或重要性，也就可以很容易地产生出类似于‘平常’时间和‘非常’时间相互交替那样的节奏了。也许时间在宇宙学家和物理学家们看来，其自然的本质是具备同质性的，但它被文化所认知，被人群所理解，被历法所编制，被社会所实践的形态，又是非常具有多样性的。这里就涉及自然节律和文化节律的关系问题了。一年四季的交替确实是自然节律，但是它被‘文化化’之后，人们的岁时节庆却又是文化节律了。类似节日那样的文化节律，总是能够为它们各自的文化或社会创造出独特的生活节奏来。”[①] 在非工业化传统社会中，人们时间观念的确立，更多与自然规律及生命周期相连，但是这种连接不仅仅是模仿自然经验的周期，而且包括根据社会的现实需求、客观需要建构的“社会时间”(或者说“文化时间”)。这种“时间”将集体与个体生活的节奏和天体运行的原则、宇宙运行的规律有机衔接在一起，使得“时间与文化”无法切割，自然秩序与社会节奏关系紧密，成为人类学家眼中一把理解社会结构和文化形态的钥匙，自此，人类学对于“时间”的关注从人与自然的关系延伸到对社会文化建构的反思。

首次提出“社会时间”概念的是法国社会学家涂尔干，他在被社会学、人类学奉为学科经典的《宗教生活的基本形式》一书中，从对原始宗教的分析中，归纳出时间制度的建构来源于社会，是一种社会集体的时间表征，社会决定时间，同时时间也支配社会，保证规律性集体活动的功能发挥。如：

---

① 周星:《关于“时间”的民俗与文化》,《西北民族研究》2005 年第 2 期。

"时间的概念或范畴不仅仅是对我们过去生活部分或全部的纪念，还是抽象的和非个人的框架，它不仅包含着我们的个体实存，也包含着整个人类的实存。它就像一张无边无际的图表，所有绵延都在心灵之前展开。所有可能发生的事件都可以按照固定的、确定的标线来定位。据此安排的时间并不是我的时间，而是普遍的时间，是同一个文明中的每个人从客观出发构想出来的时间。这足以暗示我们：这种时间安排应该是集体的。事实上，观察已经证明，这些必不可少的标线，这些所有事物据此被作出时间定位的标线，都来源于社会生活。日期、星期、月份和年份等等的区别，与仪式、节日以及公共仪典的周期性重现都是相互对应的。日历表达了集体活动的节奏，同时又具有保证这些活动的规则性的功能。"[①] 在他看来，时间范畴产生的基础是社会生活的节奏，是社会集体生活的节奏创建了社会集体时间，"社会时间"作为有知觉的人类所理解的一种现象创造，表现为一种周期性的仪式、节日以及公共仪典，或者说是与之对应的由社会活动、社会事件组成的社会表征（social representations），"社会时间"就是人类体验社会事件的另一种形式。

时间的表现本质上是有节奏的，时间的节奏不仅仅是模仿自然经验的周期，而且由人们的活动和社会的活动规律性实践所铸就，因为社会本身就有对应的手段来建立节奏，节奏性成为时间社会性表现的关键，它决定了对既定日期的无限重复，也决定了对表现为周期性仪式、节日以及公共仪典的时间表征的强化。如一年十二个月本属于自然规律的更迭时间，但是当人们在不同的时间节点上设置了不同的祭祀仪式或年节活动时，这些时间便具有了

---

① [法] 涂尔干:《宗教生活的基本形式》，渠东、汲喆译，上海人民出版社 2006 年版，第 9 页。

文化的功能和特点，成为一种有节奏的“社会时间”，因为在这个时间点上不仅社会生活的节奏和宇宙运行的节奏紧密相连，而且根据时间周期性或者循环性特点，在不断重复中逐渐强化了集体时间的重要性。当然现实社会中人们是经常穿梭于不同的时间观念或时间制度之间的，某种意义上讲，人们对时间的认识和描述是随着社会形态的不同、社会生活的不同而千差万别的，不同的文化系统和社会结构，会产生对时间的不同理解和运用。《节奏的分析要素：节奏分析知识导论》的作者列斐伏尔（Henri Lefebvre）认为：“节奏是时间、空间和日常生活的统一体，以节奏为起点，以身体为工具，对社会现实进行分析。节奏具有双重隐喻，一方面，节奏是一切事物的基本属性；另一方面，一切事物都体现为各种异质性节奏，节奏的分类多种多样。”[①] 可见，所有的生活行动都不会受自然时间表的控制，它是一种顺应自身实际内化的结果，即“社会时间”从个体对应到社会，已经脱离了自然节律的规则与束缚，人们依照自身生活来解释自然的运行，按照自身的生活节奏设计着周期性的仪式、节日以及公共仪典的季节性发生，表现出一种多姿多彩的文化特征。

（二）社会时间与舞蹈

“几乎所有的民族或者文化，都通过设置年节之类的方法来把时间分类为俗凡的和神圣的，这是一个非常普遍的方法。因为任何社会或文化都没有例外地需要某种生活的节奏感，而设置年节，把时间分类，正是创造出节奏感的最通常和最简便的方法。对某些民族来说，某些节日是神圣的，区别

① 胡馨月：《西方人类学“时间”研究的主题与启示》，《原生态民族文化学刊》2021 年第 1 期。

于日常的时间，人们在哪段时间过节狂欢，什么时候穿新衣服和举行‘尝新祭’，什么时候举行成年礼等等，如此这般就把日常和非日常的时间区分了开来，于是，生活有了节奏，又因为节奏甚至还生发出一些特别的意义来。由传统节庆产生的独特的社会生活的周期感及节奏感，将是我们中国人很难割舍的。当然，文化用来形成周期感或节奏感的方法很多，除设置节庆之外，例如还有人生礼仪的方式。”①可见，“社会时间”的表现本质上是有节奏的，作为一种有节奏感的时间制度，它是通过“平常”和“非常”、“凡俗”和“神圣”的划分，将时间定义为“仪式时间”和“实际时间”、“神圣时间”和“世俗时间”、“活动事件时间”和“钟表时间”、“系谱时间”和“物理时间”等，因此，时间的社会文化意义不仅建立在以自然节律为基础的自然时间上，也建立在以人的时间经验为基础的现象学时间上。现象学时间作为一种“非常”与“不平凡”的时间，像一个个有别于“平常”时间的关键节点，在周而复始、循环往复的运行中为“社会时间”创造出一种节奏感，也为实践它的人们创造出节令岁时、年中行事、春祈秋报、人生礼仪、择吉顺时等民俗事象的年节体系和时间框架。

依照涂尔干“社会时间”就是人类体验社会事件的另一种形式的观点，社会时间某种意义上就是一种社会事件表达的时间，如清明、端午、中秋、五一、八一、十一、圣诞节、母亲节、情人节等，这些非常的社会时间一定对应的是特别的社会事件。“社会时间”是如何与社会事件相结合进行文化叙事，以及实现自身特定的社会价值的？一个最为明确的答案就是“仪式”，是通过“仪式”来完成特定的意义表达和价值实现的。“纵观社会时间的定

① 周星:《关于“时间”的民俗与文化》,《西北民族研究》2005 年第 2 期。

义，我们可以总结出社会时间离不开社会事件的意涵。时间作为排列事件顺序的形式，是如何跟空间结合并安放在社会生活中来表达社会价值的呢？无疑，仪式提供了一个表达的侧面。莫尼卡·威尔逊（M. Wilson）指出：'仪式能够在最深层次揭示价值之所在，人们在仪式中所表达出来的是他们最为之感动的东西，而正因为囿于传统和形式，所以仪式所揭示的实际上是一个群体的价值。'正如威廉·A. 哈维兰（William A. Haviland）提出的：'仪式不仅是强化群体纽带和缓解紧张的一种方式，而且它也是庆祝许多重要事件的方式。'"①

对于人生礼俗、时令年节、宗教祭日、社会事件等性质不同的"社会时间"，以"仪式"为叙事载体，从这些不同类型的"社会时间"角度分析不同情境下仪式与社会事件的关系，不仅能完美呈现出社会秩序的创造过程，也能挖掘出其内隐的社会文化意义，因为"不同层次的时间叙事表明：时间功能的实现来自仪式符号以象征的形式与日常生活实践的相互建构。时间制度的划分一方面围绕农事劳作的安排；另一方面则以一定时期举行相应的仪式来处理人与自然、人与人、人与鬼神、人与祖先的关系，从而使本群体的生活秩序化"②。对于在一定时间处理一定社会事件的仪式来说，仪式符号与仪式表演是其内在构成的核心，诗以言志、歌以咏言、舞以尽意，能言志、宣情、达欢的乐舞一定是仪式表演最为主要的内容，中国民族民间传统舞蹈基本上都是在不同场域下的仪式中展演，自然也在不同的"社会时间"中展演，例如："哈尼族民间舞蹈通常在以下几种场合下进行：第一是在宗教祭祀性活动中进行。哈尼族至今还保留许多原始宗教形式，这些宗教祭祀活动

① 房静静：《人类学视域下的时间与仪式》，《内蒙古民族大学学报（社会科学版）》2019 年第 4 期。
② 房静静：《人类学视域下的时间与仪式》，《内蒙古民族大学学报（社会科学版）》2019 年第 4 期。

直接影响着哈尼人的社会生活。哈尼族通过舞蹈来倾诉对神灵祖先、图腾对象的崇敬和希望神灵保佑村寨平安、五谷丰登的朴素愿望。每年农历二月或十一月间，举行‘奥玛妥’祭神活动，意在追念哈尼先辈安寨的艰辛和业绩，同时祭祀寨石、神树，是一次盛大的歌舞庆典。第二是在传统的喜庆节日进行。哈尼族民间节日很多，主要有扎勒特（十月年）、吃新米节、祭母节、老人节、龙巴门节、竹笋节、播种节等二十余个，其中以十月年和六月节最为隆重，盛装酒宴对歌舞蹈。第三是在婚娶空间。哈尼族举行婚礼时，平时相好的女伴要与新娘吃告别饭、唱别离歌。新娘出嫁的头天中午，全寨青年男女相邀，陪伴新娘在山林中相会，对歌跳舞。新郎家来接亲的队伍与新娘家陪送的队伍要对歌比舞。‘龙纵舞’、‘酒米舞’是婚礼上必跳的舞蹈。新平县哈尼族在婚娶的第二天，新娘被背至歌舞场，以歌舞庆贺。第四是在农事、农闲、盖房和‘串姑娘’等时候进行。”①

“人类学真正将时间表达为一种自然联系，并且从客观上对本身的物理特性和社会属性进行阐释。如果说社会学的时间研究强调的是社会事件、社会变迁、社会进程与时间的复杂动态关系，以及社会生活在时间的演进过程中以什么样的生产方式表现社会结构和社会关系，那么人类学则关注‘日常生活的重要时刻’‘特殊事件发生的时间’‘微观层面个体生命历程的时间表达’，最终理想是总结时间在生命、社会生产、日常生活等方面体现的价值和意义。”② 对于中国民族民间传统舞蹈而言也是如此，作为一个数量庞大、累以万计的舞种，不仅传承的民族众多，分布地域广博，舞蹈结构也很复杂，在各民族交流互动中，致使很多民族、地域舞蹈你中有我、我中有你，

① 陈雪飞:《民间舞蹈》，学苑出版社 2015 年版，第 138 页。
② 房静静:《人类学视域下的时间与仪式》,《内蒙古民族大学学报（社会科学版）》2019 年第 4 期。

文化变迁涵化杂糅的现象明显。以舞蹈“时间”为研究焦点，探究其在人们的生命、社会生产、日常生活等方面产生的文化意义，观察和分析各民族、各地域的舞蹈方式以及变迁过程，研讨它们内在构成的复杂性和多元性，是非常有研究价值的学术思路，也有着颇为宽广的学术空间。因为如果研究一个民族地域舞蹈的本质和较为核心的部分，就应该深入到舞蹈实践者或承载者的世界观和宇宙观中去，弄明白他们是怎样看待自己的生活世界，如何编排自己的社会生活，如何创造出自己的生活节奏和意义的，想要弄清和理解这些问题，就得研究“时间”或“时空设置”等相关的社会文化问题，研究时间成为深入了解和认知一个民族地域舞蹈很好的出发点。

当前将“社会时间”与研究舞蹈结合起来加以分析的，或者说通过对“社会时间”的研究，分析和阐释在这些特定时间中展演的仪式舞蹈的性质和特征，以及它们在仪式中的功能和作用的，被越来越多的研究者们所关注，如：“据民俗专家的研究：‘岁时源于古代历法，节日源于古代季节气候，简单地说是由年月日与气候变化相结合排定的节气时令’、‘节日由于性质不同可以大致分为单一性质节日和综合性质节日’、‘从节日的主要内容考察，粗略可分为农事节日、祭礼节日、纪念节日、庆贺节日、社交游乐节日等五类。’我国各民族的节日文化丰富多彩，在众多的节日中都有歌舞事项。比如景颇族《目瑙纵歌》即是。……此类舞蹈的特点是与节日联系在一起，是节日中的一个事项，是因节日的目的而具有意义。因此，在分析节日舞蹈时，要将舞蹈置于节日背景中，通过分析节日与舞蹈之间的关系，研究舞蹈在节日中的作用。”[①]“社会时间”作为一种人文时间，既是观察时间的工具，

---

① 朴永光：《舞蹈文化概论》，中央民族大学出版社 2009 年版，第 119 页。

也是体验时间的手段，此时的研究者一方面可以通过观察外部世界（自然界或物理世界），以及观察社会现象或人文事件包括所展演的舞蹈来获得时间感；另一方面可以参与到展演的仪式舞蹈中，亲力亲为，感知舞蹈的方方面面，身心合一地体验舞蹈的仪式流程和展演活动而获得时间感，具体应用中研究者需将两者有机统一、均衡感受，不可厚此薄彼。

历史时间作为人文时间的组成部分，本身也是“社会时间”研究的内容，从历史时间切入进行相关的舞蹈研究，是舞蹈史论专业研究特别是古代舞蹈史研究的重要选题，如：“时间分类，按历史时期、年代的历史性分类。例如，将中国舞蹈发展的历史通常分为：夏、商、西周、春秋战国、秦、汉、魏、晋、南北朝、隋唐、宋、元、明、清、中华民国、中华人民共和国时期的舞蹈。另外，也分为古代、近代、现代、当代舞蹈。”[①] 对于中国民族民间传统舞蹈来说，追溯一个舞蹈发生与发展的历史脉络，本身也是研究的一部分，特别是通过“断代”进行相关的舞蹈研究，类似的案例也客观存在，但这样的情况并不普遍，一般多为专题研究或者说一个特别着重的章节研究，大多数情况下研究者们不会在这方面过多投入的。因为中国民族民间传统舞蹈具有活态性特点，对它的研究一般不会像古代舞蹈研究一样对历史时间进行精确分析、严谨考证，历史时间只是作为人文时间或文化时间的重要组成，被看待为必要知识正常处理了，而不像古代舞蹈史那样强调“断代”是研究的基础，所以中国民族民间传统舞蹈研究，更倾向于人生礼俗、时令年节、宗教祭日、社会事件等周期性循环发生，对当下产生实际意义的性质不同的“社会时间”的探讨，刻意在这个维度上进行深究细研是常态。

---

① 朴永光：《舞蹈文化概论》，中央民族大学出版社 2009 年版，第 26 页。

二、社会时间的类型

（一）人生礼仪时间

任何人的一生都像一根毛竹，并非平直顺畅、一竿到底，中间会有很多“节”，每一“节”寓意着一个阶段，人的一生就是从这“节”到那“节”，即从这个阶段到那个阶段，最终走向终点。这一个个的“人生之节”就是最为重要的“社会时间”，它不像生产时间那样与自然历法紧密相连，因为一个人的出生入死是无法预测的，所以这些个人化的纪念日也无法被纳入公共性的年历中去，但是它们却是我们社会生活里最不能忽视的客观现实，作为一个特殊的时间追求，对于个人而言，它或许比一些公共性的节日更引人注目、更受追逐。人生礼仪或人生礼俗、人生仪礼，“是指人在一生中几个重要环节上所经过的具有一定仪式的行为过程，主要包括诞生礼、成年礼、婚礼和葬礼。此外，标明进入重要年龄阶段的祝寿仪式和一年一次的生日庆贺举动，亦可视为人生仪礼的内容。人生仪礼是社会民俗事象中的重要组成部分。每一个人之所以经历人生仪礼，决定因素不只是他本人年龄和生理变化，而且是在他生命过程的不同阶段上，生育、家庭、宗族等社会制度对他的地位规定和角色认可，也是一定文化规范对他进行人格塑造的要求。因此，人生仪礼是将个体生命加以社会化的程序规范和阶段性标志。人生仪礼与社会组织、信仰、生产与生活经验等多方面的民俗文化交织，集中体现了在不同社会和民俗文化类型中的生命周期观和生命价值观。”①

人的一生从一个阶段进入另一个阶段需要借助于特定的仪式，这些仪式

① 钟敬文主编：《民俗学概论》，上海文艺出版社 1998 年版，第 156 页。

被称为“人生礼仪”，因此“人生礼仪，又称‘通过礼仪’（rites of passage），主要指围绕着人的生命历程中的关键时刻或时段而形成的一些特定的仪式活动。仪式的主要目的是标记或帮助人们成功或顺利地度过这些关键时刻，完成人生角色的转换。人生中的重要礼仪包括出生、成年、成婚、入会和死亡等。除此之外，还有很多礼仪活动，如满月、百日、周岁、生日、职位升迁、毕业典礼等也都属于人生礼仪的范畴”①。每个人生命历程中的关键时刻或时段，即生命阶段不同轨迹的刻画是以仪式的形式来体现的，如生育仪式、成年仪式、婚姻仪式、贺寿仪式、丧葬仪式等。人生礼仪时间可以被定义为与个人的基本生存密切相关的“社会时间”，因为人生礼仪作为从这一阶段走向另一阶段的过程，本身也是个人的身份、地位和角色不断变换的过程，在这些不同阶段的转换过程中，个人必须接受他所生存的社会为他拟定好的价值观念和行为准则，以此来重新确定自己的身份、地位、角色及与之相应的责任、权利和义务，这一过程可以被称为个体“文化化”（enculturation）或社会化的过程，人生礼仪时间也可以被理解为个体“文化化”或社会化的“社会时间”。

无论是宗教还是其他形式的仪式表演，不同形式的乐舞、戏舞、歌舞一定是仪式表演的核心内容，对于人生礼仪而言也是如此，在这些不同的人生大事中，载歌载舞或以歌舞助力助兴添丁入口、庆生祝寿、娶亲嫁女、祭奠送亡成为其仪式展演的重要内容。以“以歌舞演故事”的民间小戏与人生礼仪的关系为例：“在人生仪礼中的演剧可以说贯穿了‘人’的一生，从出生到死亡的一系列重要阶段都有。（一）出生。‘不孝有三，无后为大’的家族

---

① 王娟编著：《民俗学概论》，北京大学出版社 2002 年版，第 180 页。

观念在中国根深蒂固，民众无子时通常的做法是向有关神灵祈请并许诺，待愿望实现后演戏以报答神恩。……（二）冠礼。冠礼，古时男子二十岁的成年仪礼。后世山西民间多在孩子十二岁举行仪礼，是古冠礼的一种遗留……演戏数日，酬谢后土（后土庙），谓之‘还愿’。（三）婚礼。……张筵演剧，富家率以为常，无复古者婚不举乐之意。（四）寿礼。……诞辰，陈设酒席款待拜寿之客……演唱秧歌者甚多……（五）葬礼。……‘灵魂不灭、视死如生’……‘演戏以娱尸’……（六）祭祖……惟大族祠庙，多建戏台，祭祖日恒演剧……”[①] 又如纳西族的东巴教，作为一种世俗化的宗教，与纳西人生活的各个方面有着极为密切的关系，东巴教的仪式系统中包含了各种人生仪礼，如：“在白地，如果村民在遇到现实困境时都会去白水台烧天香或找东巴替他们消灾禳祸，人生礼仪更是少不了东巴的参与或主持。一年之中，白地纳西人的节日很多，而祭祀活动更加频繁。全年每月几乎都有各种大小法事，凡生、丧、嫁、娶、老、病、耕、种乃至立木动土、出门归家等大小事情都要请东巴择吉日、卜吉凶、定取舍，进行各种颂、祭、禳、解等宗教活动。可以说，东巴文化是三坝乡纳西民众的一种生活方式。”[②] 在东巴教的各类仪式中，除了“祭天类”的祭祀道场外，其余皆要跳东巴舞的特点来看，纳西人的人生礼仪时间，某种程度上也是各类东巴舞蹈的展演时间。

在中国民族民间传统舞蹈中，除了在人的生命历程中的关键时刻或人生大事上提供不同形式的乐舞、戏舞、歌舞助力助兴外，不同民族、不同地域还有在不同人生礼仪时间上展演的专属舞蹈。如《宴席舞》就是回族在婚礼

① 陈美青：《质野流芳：山西民间小戏研究》，中国戏剧出版社 2017 年版，第 198—202 页。

② 冯莉：《纳西族东巴舞蹈传承人调查——以香格里拉三坝乡为例》，载石裕祖主编《民族舞蹈文化传承发展论纲》，云南大学出版社 2010 年版，第 54 页。

上表演的专属舞蹈："《宴席舞》，顾名思义，是宴席中表演的一种舞蹈形式，其中当然包括婚礼宴席。西北地区回族群众把日常生活当中为儿女嫁娶、操办婚姻这一人生之礼称之为‘办宴席’、‘吃宴席’或‘有宴席’，因此凡在婚礼宴席场合表演的歌曲通称为宴席曲，表演的舞蹈也自然称之为《宴席舞》。‘“宴席”是当地方言对婚礼的别称，宴席曲是回族人民在举行婚礼时邀请民间歌手前来演唱的说唱曲调，因此得名。《宴席舞》是以歌唱为主、舞蹈为辅的艺术形式，人们从音乐角度称它为《宴席曲》，从舞蹈角度称它为《宴席舞》，在民间俗称《宴席曲》。’"[①] 专门的婚俗舞蹈在其他民族中也有很多，如四川彝族的《喜希苏且》（婚礼舞、披毡舞），云南彝族的《哈芝雅蹉》（新婚舞），贵州彝族的《阿媚恳》（嫁姑娘、酒礼舞）、《阿买戚托》（嫁女舞）、《扯噶摸多》（祝酒舞）、《直都》（敬酒舞）某种意义上都是彝族的婚礼舞蹈。以贵州赫章县彝族的《阿媚恳》（嫁姑娘）为例，"阿媚恳"中的"阿媚"特指当地未婚女子，"恳"有"歌舞""跳舞"之意，歌词联系起来意指出嫁歌舞。"该歌舞是在新娘出嫁前一天晚上进行，女方家人参加。歌舞共分七个部分：第一，歌舞仪式。第二，盘歌，以歌为主，舞蹈辅之，歌舞者手牵着手，载歌载舞。第三，撒麻舞，以舞表现劳动生产的过程。第四，量布舞，表现为新娘做嫁衣。第五，赠披毡。第六，哭嫁。第七，金凤鸟。"[②]

作为与幼子养育习俗相结合的成人礼仪，是过渡仪式的一种，指的是从幼年向青春期或成人阶段过渡的全部礼仪、仪式及实践活动。中国古代男

---

① 马盛德：《西北地区回族、撒拉族、维吾尔族民间婚俗舞蹈比较研究（连载）》，《西北民族研究》2001年第1期。

② 朴永光：《舞蹈文化概论》，中央民族大学出版社2009年版，第120页。

子“冠礼”与女子“笄礼”是汉民族实行的最为普遍的“成人礼”形式，四川凉山彝族少女的换裙仪式也是比较有特点的“成人礼”，举行换裙仪式后，女子可以进行社交、谈婚论嫁。几乎所有民族的服饰、发式都有成年与未成年、男性与女性的区分，当一个人开始穿戴有性别区分的成人服饰、改变发式时，意味着他或她进入成人阶段，成为社会正式成员。成人礼仪也有专属的舞蹈，广东瑶族的少女仪式舞蹈《舞火狗》、云南瑶族男少年的《度戒舞》就是在这一特定时间传跳的舞蹈。以广东瑶族少女成年礼仪式舞蹈《舞火狗》为例：“每年中秋之夜，称‘团圆节’，瑶乡以村寨为单位，举行舞火狗活动，以资纪念，同时也是少女的成年礼仪。届时，各村男女青年上山割藤条和黄姜叶，到了晚上，未婚少女开始扮演火狗，由村寨中年长、多子女的中老年妇女为其妆扮。姑娘们每人头戴草笠，手臂、腰、腿部用藤条捆满黄姜叶，并从头至脚遍插点燃的香火，然后排成一队在夜空中舞动。队伍连成一串，似一条长长的‘火龙’，绕着各家厨房和菜园行进，载歌载舞。男青年们则在旁边燃放鞭炮助威。最后，邻近各村的火狗队汇集到村外溪旁，将草笠和身上捆着的藤条、黄姜叶及香火扔到水中，并用溪水濯洗手脚，相互泼水象征沐浴全身，祛除邪恶。之后，姑娘们上岸与男青年对歌欢娱，挑选意中人，直到深夜。按当地民俗，瑶族少女必须参加过三次舞火狗活动才算成年，才可以出嫁。这种舞火狗活动，带有成人礼的性质，后来又逐渐发展成为男女青年的节日社交活动。”“女青年舞火狗时，男青年们总是拿着长香火把，尾随而行。”①

丧葬礼仪，即人故去后，由亲属、邻里、友人等进行哀悼、纪念、评价

① 黎国韬：《珠三角地区传统舞蹈研究》，中山大学出版社 2016 年版，第 8—9 页、第 184 页。

的仪式，同时也是殓殡祭奠的仪式。在对于死亡的认识中，无论国内外都有一种不认为死亡是生命的终结，只是开启了另一段人生旅程的认知（如上天堂、去阴世、回祖先故地等），人故去之后就意味着踏上了一个新的旅途，开始了一种新的生活，所以丧葬仪式也被称为送葬仪式或送亡仪式。出于对生命的珍爱，丧葬仪式被所有民族、所有地域、所有阶层重视，与之相关的丧葬舞蹈比比皆是，只不过有些民族将其归属于宗教舞蹈，有些民族则更为独特一点，或者说该舞蹈只能用在丧葬礼仪。如土家族的《跳丧鼓》或《撒叶儿嗬》就是典型的专属丧葬礼仪时间展演的舞蹈："土家族山寨里，凡是老人正常死亡一定跳丧，死者年岁越高，跳丧者越多，不仅其亲属前往吊唁，而且邻里乡人也踊跃参加。《秀山县志·礼志》'丧礼'记载：'至于山野小户，则村氓竖击鼓为畛歌，次并失礼之尤。'土家族地区常有'一听丧鼓响，脚板就发痒'；'打不起豆腐送不起情，跳一夜丧鼓送亡人'的说法。当地人将这种为亡人办理丧事活动所表演的风俗歌舞称为'跳丧鼓'、'打绕棺'或者'撒叶儿嗬'。跳丧舞是在土家族传统丧葬仪式上表演的舞蹈。在灵前，由一司鼓的歌师击鼓喊歌，一般是二人相邀入场对跳，踩着鼓点边歌边舞，众合而歌之。气氛高亢热烈，曲调激越明快，人们展颈扭腰，手舞足蹈，呈现出一种'伤而不悲'的情境。舞者手执乐器，和歌而舞，曲调有'摇丧'和'将军令'等，以哈腰屈膝及摆胯绕手为基本动作，舞姿或古朴刚健，或诙谐粗犷，动作和队形极富变化。跳丧的主要目的是哀悼、怀念死者，安慰生者，其歌词内容繁多，主要包括民族图腾、渔猎经济生活、民族历史，甚至有反映世俗风情的民间笑话、谚语、民间故事等。跳丧动作以对称为要，根据节奏变换舞步，手、脚、胯等均是‘顺边’的同向运动。”[①] 与此类似的舞蹈还有很多，如四川彝族的《瓦孜嘿》、海南黎族的《打柴舞》、云南景颇族的《金再再》、贵州仡佬族的《踩堂舞》等，都属于这一类。

（二）岁时节日时间

“岁时节日由来已久，岁时源于古代历法，节日源于古代季节气候，简单地说是由年月日与气候变化相结合排定的节气时令。”[②] 可见，岁时节日一是反映了一个民族对自然时间及其变化规律的认识，他们依据自己的历法制定和对时间的计算设计节日；二是反映在以农耕生活方式为主的社会，其节日大多都发生于自然界中各种节气、季节和年轮转变的关键时期，围绕着季节和年轮转变的关键时期设置安排节日。中国长期以来以农业立国，传统的农业生产生活必然受气候变化的影响，所谓一年四季各有其时，社会活动有序地分布于受自然节律影响的时空之中，所以相关的岁时节日系列中，节气的选择与确立是以天文、历法的知识为基础的，如：“二十四节气是我国古代历法的重要组成部分。它客观上反映了四季中天象、物候的变化，成了我国古代农业社会安排生产生活的主要依据。节气虽然并不等于‘节日’，但节气使一批‘常日’被特别地突出出来，为了节日的产生准备了条件。如立春、清明、夏至、冬至，与后来形成的有关节日关系至为密切，特别是‘清明’，后来从节气演变为很重要的传统节日‘清明节’。”[③] 依照天时、物候的自然节律形成的时间节奏，来设计相关节日，安排特定社会活动的，在其他

① 刘卫红、彭小希、况成泉：《寻根传舞：重庆舞蹈文化遗产的保护与传承》，北京理工大学出版社 2015 年版，第 47—48 页。

② 乌丙安：《中国民俗学》，辽宁大学出版社 1985 年版，第 292 页。

③ 钟敬文主编：《民俗学概论》，上海文艺出版社 1998 年版，第 134—135 页。

民族文化中也是一种常态。以四川凉山彝族美姑地区的固定节日为例："根据当地的气候特点把每年的季节划分为春、秋、冬三季，而每年固定的、普遍举行的季节仪式活动就有'晓补'——春季反咒、'吉觉'——秋季转咒和'伊茨纳巴'——冬季招魂的三大仪式，这是美姑彝族村村寨寨、家家户户年中行事中必须举行的三个仪式。在十月太阳历通行的历史时期，形成了彝族两个重大的传统节日：一个在冬季，叫'彝历年'，又称'十月年'，彝语称'测勒觉'，即转十月；一个在夏季，叫'火把节'，也叫'星回节'。不论十月年还是火把节，都是从彝族古老的原始宗教信仰体系中发展、演变而来的，彝历年以祭祖为中心事件；火把节则以照岁祈年为主要特征。"①

"'节'是植物茎上长叶或分枝的地方。最明显的例子就是竹节。'節'字以'竹'字头作形旁，恐与此有关。'节'在植物茎上是个特殊部位，'节日'与平常日子相比，也是个特殊日子。因此，可以把'节日'简单定义为具有特殊意义或活动的日子。在过去的历书中，在当代的年历、月历及日历上，都特别标出这些特殊的日子，以提醒人们注意。稍为复杂点讲，节日是具有群众性、周期性和基本稳定的活动内容的特殊日子。"②节日的成因是多种多样的，有的来源于宗教，如维吾尔族的肉孜节（开斋节）、古尔邦节（宰牲节），傣族的关门节、开门节、泼水节（浴佛节）等；有的来源于历史事件或历史人物，如中国传统的寒食节、端午节，伊斯兰教的阿舒拉节、法蒂玛节（姑太节）等；有的来源于政治运动的纪念，如五四青年节、五一国际劳动节等；有的来源于人们特殊的生产、生活和交流方式，如藏族的望果节、景颇族的新米节、苗族的跳花场、侗族的姑娘节等；有的来源于人们的

① 杨曦帆：《藏彝走廊的乐舞文化研究》，民族出版社 2009 年版，第 135 页。
② 徐万邦、祁庆福：《中国少数民族文化通论》，中央民族大学出版社 1996 年版，第 305 页。

文化游乐，如藏族的雪顿节（藏戏节）、林卡节，苗族的龙船节、赛马节，壮族的歌圩节（三月三歌节）等。可见，节日是一种十分复杂的民俗事项，它的形成多种多样，并具有极其丰富的文化内涵，据统计，“我国56个民族从古到今有节日1700多个，其中少数民族民间节日有1200多个，汉族节日500个左右”[①]。岁时节日是这些民族节日中的一类，“主要是指与天时、物候的周期性转换相适应，在人们的社会生活中约定俗成的、具有某种风俗活动内容的特定时日。不同的节日，有不同的民俗活动，且以年度为周期，循环往复，周而复始”[②]。

岁时节日作为自然规律对人类生活的制约，以及人通过对自然的适应与把握而形成的时间设计，基本上定位在自然界中各种节气、季节和年轮转变的关键时期，它的构成有相对固定的节期，并且节期中有特定的民俗仪式活动，而舞蹈则是岁时节日民俗仪式活动中不可缺少的组成部分，可以说是无处不在、形影不离，甚至成为节日活动的主导与核心，作为岁时节日民俗仪式活动中重要的文化载体，有一种“无舞无歌不成节”的社会共识。“根据考古学和原始社会史的研究，节日很早就同舞蹈相结合，有节就有舞，舞又以歌来伴和节奏，歌舞由娱神的目的出发，逐渐起到劳动者自己松弛、休息和娱乐的作用，后来又发展为节日礼仪，并发挥出加强及调解人际关系的效益。”[③]以苗族新年为例：“苗年开始。新年第一天。苗年后第四天（猴场天）开始跳芦笙（舞蹈出场），一般跳九天。踩鼓、跳芦笙是鼓藏节的重头戏。新年代表新的开始，苗年是在鼓藏节祭祀完祖先后开始的，即新的一切都需

---

① 徐万邦、祁庆福:《中国少数民族文化通论》，中央民族大学出版社1996年版，第306页。
② 钟敬文主编:《民俗学概论》，上海文艺出版社1998年版，第131页。
③ 徐万邦、祁庆福:《中国少数民族文化通论》，中央民族大学出版社1996年版，第315页。

要祖先赐福才开始。这和汉族的新年的季节性不一样，汉族新年顺季节走，新年之后，基本上春天就来了。苗族新的开始是祖先赐福以后，祖先代表新的希望、新的开始。”①

岁时节日时间中展演的中国民族民间传统舞蹈，与其他“社会时间”展演的舞蹈在形式上既有重合也有区别，一般情况下，敬神祭祖、驱鬼逐疫、祈丰保平、消灾免祸、求福纳祥、备耕备产是其展演的核心内容。以巴渝地区岁时节日中展演的民俗舞蹈为例：“岁令节庆拜神祭祖也是巴渝地区年节的重要民俗，年节祭祀型舞蹈就是巴渝节庆民俗的一大特色。摆手舞是渝东南地区土家族在正月期间的舍巴日中祭祖庆典演出的歌舞，是既祭神娱神又自娱交流的舞蹈，是古代巴人歌舞的遗存。舍巴日是土家族祭奠祖先的一种特殊仪式，是一种称为‘舍巴’或者‘摆手’的民族集体祭祀活动，主要包括：舍巴祭、舍巴歌、舍巴舞和舍巴戏（茅古斯舞）等多项祭祀活动。在这些祭祀活动中，‘舍巴舞’是其中最为重要的内容。‘舍巴舞’也称为摆手舞，摆手舞分为‘大摆手’和‘小摆手’。……除了摆手舞以外，在节令期间，巴渝地区还要表演一种祭祀舞蹈——傩舞。重庆市舞蹈文化遗产——璧山大傩舞，展现了巴渝傩舞的宏大气魄。大傩舞一般在立春、端午、元宵期间举行，是岁令节庆期间表演的驱邪除鬼、乐神娱人、祈丰安岁的祭祀舞蹈。”② 在新年伊始索室逐疫、驱强鬼、保太平的“跳傩”，也是江西、湖南、湖北、广西等地农村广为流传的民俗舞蹈：“傩戏又叫‘大傩’‘跳傩’‘傩舞’，俗称‘鬼戏’或‘跳鬼脸’，它是中国地方戏曲剧种之一，渊源于上古

---

① 王唯惟、徐浩：《舞蹈与文化：贵州苗族舞蹈的身体叙事》，人民出版社 2016 年版，第 53 页。

② 刘卫红、彭小希、况成泉：《寻根传舞：重庆舞蹈文化遗产的保护与传承》，北京理工大学出版社 2015 年版，第 41—42 页。

氏族社会中的图腾信仰，为原始文化信仰的基因，广泛流传于各地的一种具有驱鬼、逐疫、祭祀功能的民间舞，是傩仪式中的舞蹈部分。一般在大年初一到正月十六期间表演，舞者戴形象狰狞的面具，扮成传说中的‘方相氏’，一手持戈、一手持盾边舞边‘傩、傩……’地呼喊，奔向各角落，跳跃舞打，搜寻不祥之物，以驱除疫鬼，祈求一年平安。”①

此外，祈祝风调雨顺、人畜平安、五谷丰收，也是岁时节日时间中展演舞蹈的核心内容。以彝族的“火把年节”为例，彝族十月太阳历将一年分为两部分，1—5 月为阳年，6—10 月为阴年，十月太阳历是观察太阳到达北、南回归线的间隔（时间）并将其作为历法拟定的依据，分别以夏至日、冬至日作为阴年和阳年的开始，致使彝族一年过两次新年，又以大寒、大暑天文点来确定过年时间，即大寒附近过“十月年节”，大暑附近过“火把年节”。在西南地区无论何地，彝族过“火把年节”，以火熏田除祟、逐疫去灾、灭虫保苗、催苗出穗、祈求丰年，保佑全家平安、五谷丰登、六畜兴旺都是节日活动的核心，如：“节庆期间，家家门口要竖一个火把，村口竖一个高四五丈的大火把——通常选一松柱，拿松枝和干柴层层围成巨大的宝塔，上面插满鲜花、水果，有的还插着写有‘五谷丰收’、‘人畜平安’字样的红绿彩旗，煞是壮观。晚饭后，锣声、号声一响，男女老少带着米酒、炒豆等食品齐集立有大火把的广场，由一个精悍的小伙子爬到火把顶端将火把点燃，众人纷纷用准备好的松香粉扑撒火把，顿时火焰冲天，欢声四起。乐队用唢呐、三弦奏起民间曲调，年轻人围着火把翩翩起舞，纵情歌唱，老人们举杯畅饮，说古道今话年成。夜幕降临后，人们挥动火把，成群结队绕村

① 韩丽：《非物质文化遗产贵池傩舞的社会文化功能与传承研究》，《阜阳师范学院学报（社会科学版）》2016 年第 1 期。

串寨，翻山过田，互相往对方的火把上撒松香粉，打火把仗，漫山遍野照耀得如同白昼。”[①] 当然岁时节日期间用载歌载舞的形式反映春耕备产内容的舞蹈也有很多，如各种《春牛舞》《迎春牛》《打春牛》等。

除了岁时节日时间有特定的舞蹈展演外，在中国民族民间传统舞蹈中，还有一种跟历法密切对接的舞蹈形式，即一年十二个月，月月都有对应的乐舞、歌舞或戏舞，或某一个舞蹈就是专门表现一年十二个月或一年四季的，这类的表演形式，在民间某种程度上是由类似“戏班”这样的职业或半职业的演出团体来执行的。如江西民间的《赣南采茶》，有“十二月戏名习俗”之说，即每个月表演的戏都会有特定的名称代指，如“在宁都演出，正月称花灯戏或新年戏；二月称花朝戏；三月称太子戏；四月称禾苗戏；五月称龙船戏；六月称关帝戏或老官戏、老郎戏；七月称灵官戏；八月称真君戏；九月称斗方戏；十月至十二月都称赌博戏。”[②] 可见，每月展演的剧目都与当地日常的生产生活紧密相连。除此之外，《赣南采茶》还有一种“十二月采茶”的歌舞表演，该表演以“采茶灯”歌舞表演的形式出现，由姣童扮成采茶女，每队八人或十二人，另有少长者二人为队首（男），手持花篮，边歌边舞，表演从正月（一月）到十二月当地符合时令的生产生活内容。随着后续的发展，该表演改变为《赣南采茶》戏曲的经典样式，即二旦一丑“三角班”的表演，姐妹二人表演上山采茶，手持茶篮，边唱边舞，唱着“十二月采茶歌”（每人轮唱六个月），扮丑角的手持纸扇在中间穿插打趣。

“十二月采茶”表演主要有三种形式：一是“顺采茶”，从正月唱到十二月；二是“倒采茶”，从十二月唱到正月；三是“四季茶”，则唱一年的春夏

---

① 刘稚、秦榕：《宗教与民俗》，云南人民出版社 1991 年版，第 73—74 页。

② 赖丹、赵元泽：《赣南采茶舞蹈研究》，中国社会科学出版社 2020 年版，第 137 页。

秋冬。“倒采茶属于茶篮灯的种类，就是从 12 月唱到 1 月，这种从年尾 12 月唱到年头正月倒过来唱的采茶形式，叫‘倒采茶’。从正月顺次唱到 12 月叫‘顺采茶’，唱春夏秋冬的叫‘四季茶’。表演形式与茶灯舞相似，都是以宝伞、花灯、扇子、帕子为主要道具，舞动变化成舞姿造型，并以矮子步、采茶步、十字步、滑步、铲步、碎步、摇步等为主要步伐。有艺诀：‘左手举灯不偏斜，交叉踮步手帕花；步轻如云走，扭动风摆柳；跳起如虎，蹲下如鼠；站四方走对角，上下调换穿篱笆。劳动生活入歌舞，围绕宝伞唱采茶。’……客家茶篮灯有两大表演体系：一种是手举茶篮灯进行表演，一种是肩挑茶篓花灯载歌载舞。”[①] 人们不仅在岁时节日时间中载歌载舞，还会有专门的岁时节日舞蹈，同时也有把岁时节日或者历法植入舞蹈中，在舞蹈中欢庆节日展演历法，传授一年十二个月或与四季相关的生产生活知识的舞蹈类型。

（三）宗教祭祀时间

所谓人力不及必信神：“宗教的产生主要有两方面的根源，一是社会根源，二是认识根源。在原始社会中，人们的社会物质生活条件很差，处处受到自然界的威胁和压迫。当人们认识到自然现象与人的经济生活密切相关时，便产生了对许多自然现象的希冀，希望能得到它的帮助、庇护，并能通过某种方式来控制自然，以便达到改善生活的目的。……他们把给人带来好处的自然物和自然现象当做善神；把不利于人的自然物和自然现象当做恶魔。这正是当时人们在这些自然物和自然现象面前显得软弱无力，并感到

① 赖丹、赵元泽：《赣南采茶舞蹈研究》，中国社会科学出版社 2020 年版，第 186 页。

恐惧的反映，是人们在自然力面前不知所措，并抱着依赖和侥幸心理的表现。于是，便对被神化了的自然力采取祈求、讨好、献媚、取悦、膜拜的态度，因而产生了祷告、礼拜、献祭、巫术、娱神等宗教节日、仪式、舞乐、禁忌。”[①] 民俗作为世人在日常物质生活和精神生活中世代沿袭与传承的习惯性行为模式，它的形成与发展受多方面的影响，但对其影响最为广泛与深刻的还是宗教，几乎所有的民俗都或多或少地与宗教发生着关系，很多民俗就是由宗教仪式演变而来的，在民俗学中有“民俗是退化了的宗教”之说，尽管有些夸张、片面，但民俗的形成与宗教有着千丝万缕的关系却是不争的事实。“在中国广袤的土地上，几乎每个角落都有寺院、祠堂、神坛和拜神的地方，寺院、神坛散落于各处，举目皆是，表明宗教在中国社会强大的，无所不在的影响力，它们代表了一个社会实在的象征。”[②]《中国民族民间舞蹈集成》副主编陈冲先生在《民间舞蹈知多少》一文中，也发出了“集成”普查到的宗教祭祀舞蹈占据一半以上，个别少数民族的宗教祭祀舞蹈甚至占据百分之八九十以上的感叹。

何谓宗教？人类学家爱德华·泰勒（Edward Telle）的定义是：“对于精灵实体的信仰。”“詹姆斯·弗雷泽（James Frazer）：‘对被认为能够指导和控制自然与人生进程的超人力量的迎合或抚慰。’”“威廉·詹姆斯（William James）：‘一个人在他孤单的时候，由于觉得他与任何种他认为神圣的对象保持关系所发生的感情、行为和体验。’”“涂尔干（Émile Durkheim）：‘是与神圣事物有关的信仰和实践的统一体系。就是说，事物单独放置与受禁忌，

① 徐万邦、祁庆福：《中国少数民族文化通论》，中央民族大学出版社 1996 年版，第 265—266 页。

② 金耀基、范丽珠：《研究中国宗教的社会学范式——杨庆堃眼中的中国社会宗教》，《社会》2007 年第 1 期。

将这些信仰和行为统一于单独的被称为“教堂”的道德集合体，以及依附于它们的所有事物。’”“保罗·拉丁（Paul Radin）：‘它包括两部分：第一部分容易定义，可以称之为非细致的特别情感；第二部分是与这种情感有关的某种行为、习惯、信仰和概念。与具体情感不可分割、密切联系的信仰，是对于外在于人类精神世界的一种信仰，它被认为是比人类更具有威力，控制人类最为重视的所有生活内容。’”“安东尼·华莱士（Anthony Wallace）：‘一系列由神话提供合理解释的仪式，为了获得或者阻止人类和自然界变迁而运用的超自然的力量。’”[①] 从上述引文中，宗教是一种信仰、某种行为、超自然的力量、与神圣事物有关的信仰和实践的统一体系的表述，可以得出宗教世界不同于凡俗世界，是“神圣”和“世俗”的二元对立。所以宗教时间或者宗教祭祀时间与世俗时间并不相同，作为一种“神显的时间”，是一种与“日常”（normal）时间相区别，可以揭示超自然存在的“神圣”（sacred）时间。

涂尔干对于宗教现象的构成分析道：“宗教现象可以自然而然地分为两个基本范畴，信仰和仪式，信仰是舆论的状态，是由各种表现构成的；仪式则是某些明确的行为方式。这两类事实之间的差别，就是思想和行为之间的差别。”[②] 当信仰和仪式共同构成宗教现象时，仪式的时间会与宗教相联结，宗教祭祀时间的安排会主动嵌入仪式情境之中，成为一种“仪式的时间”。“无论哪一个民族的宗教节日，都有一套固定的祭祀程序和仪式。在这里，本民族宗教世界里的各种神祇都按其地位的尊卑、司职分类占有一席之地。

---

① [美]杰克·大卫·艾勒:《宗教人类学基础》，刘勇、杨公卫、刘源译，民族出版社2017年版，第9—10页。

② [法]涂尔干:《宗教生活的基本形式》，渠东、汲喆译，上海人民出版社2006年版，第33页。

人们诚恐诚惶地请它们光临盛典，享受供奉。在节日里，人们挖空心思，千方百计地取悦、讨好神灵，不仅把最好的食物献给它们，还为之歌、为之舞、为之祝颂，来时请，在时敬，去时送，毕恭毕敬。但归根到底，人们敬神、娱神是出于自身的功利目的，即祈神赐福禳灾，保佑安康。通过各种祭祀，众神皆大欢喜，而参加节日的人们也在浓烈的宗教氛围中接受了一次洗礼，心理上得到了安慰和满足，鼓起勇气，迎接新的生活。”①可见，“时间并不空洞，它拥有丰富的仪式内容，时间的核心意义通过仪式得以体现；如果省略某一时间叙事中的仪式，那么时间就会变成一个计时单位，与平常时间并无区别。因此，时间在叙事过程中，只有依赖一系列象征物、符号、仪式行为才能表述意义、展现价值、表达情感”②。而各民族、各地域与之相关的舞蹈，是宗教节日和祭仪时间最为常见的仪式行为，是其表述宗教意义、展现宗教价值、抒发宗教情感最为有效的手段。

以福建泉州迎神赛会的宗教祭仪时间为例：“泉州的寺院多，做佛事也多，一年到头几乎没有间断。尤其大型佛生日，凡街市里巷、山野乡村都要由辈分高的老者出面组织各种庆典活动。其中仅游佛一项，每次都要四处雇请民间舞蹈‘阵头’参加，舞蹈的形式不限，有《舞龙》《舞狮》，有《纱船》《高跷》，有《拍胸》《火鼎》等等，多时可达几十个乐舞队伍。这种游佛踩街队伍中的和尚队伍、尼姑队伍后来也逐渐被民间纳入舞蹈的范围，形成了后来泉州地区的《尼姑下山》《跳铎铎》《大头和尚弄狮》等佛教题材的民间舞蹈节目。泉州南音中保存有《南海观音赞》和《普庵咒》二套佛曲，一般在做佛事、祭祀等活动中使用。尤其是《南海观音赞》，每年只在农历

① 刘稚、秦榕：《宗教与民俗》，云南人民出版社 1991 年版，第 69—70 页。

② 房静静：《人类学视域下的时间与仪式》，《内蒙古民族大学学报（社会科学版）》2019 年第 4 期。

二月十九、六月十九、九月十九‘观音生’——观音生日、成道日、涅槃日演唱。”[①] 福建泉州作为一个多教并存的“众神之城”，随着各种宗教祭祀活动的不断丰富和发展，在宗教节日各类迎神赛会中展演的民间舞蹈，可以划分为以下几种类型：“一是仪式类的舞蹈，即某种赛会活动约定俗成的必须使用的舞蹈仪式，如端午节禳灾退邪跳《唆啰连》《采莲舞》，贺寿封爵跳《跳加冠》等；二是巫傩类的舞蹈，如城隍出巡、王爷出巡要戴假面装扮小鬼、判官、无常、巡逆舞傩，‘割香’消灾驱疫要请童乩、神姐‘上神’跳巫舞等；三是欢庆类舞蹈，如《踢球舞》《骑驴探亲》《公背婆》等；四是自娱性舞蹈，如《跳火群》《造塔仔》《童谣舞》等。”[②]

各民族、各地域在特定的宗教仪式时间中展演的舞蹈形形色色、不尽相同，如：“‘棒棒舞’已成为土族人独有的在神会上表演的舞蹈形式。‘棒棒会’每逢农历二月初二、三月初二、四月初八、腊月初八、正月二十，在互助地区的东沟乡姚马、大庄，东山乡大庄、寺尔，丹麻镇东家村、索卜滩、索卜沟村等地进行。法师身穿黑色长袍，领上系有彩色的哈达，头戴箭式的经帽，手持羊皮鼓作为法器，用芨芨草拧成并用羊皮包着的鼓棒，以男扮女装的形式口诵咒语，跳起法舞。表演时会在东、南、西、北四个方位分别进行，动态体态有空中取雨（意为求雨，表演该舞段时不戴帽子）、朱雀衔物（意为压口舌）、立马庄（意为压地杀气）等。法师在乡村的麦场地舞蹈，地面虽然不平整，动作却熟练自如，有的旋转和跳跃动作让人耳目一新。……‘棒棒会’中的‘法舞’部分目的是驱瘟除邪，认为敲击打出的‘棒棒’声

① 蔡湘江：《泉州民间舞蹈》，福建人民出版社 2006 年版，第 72—73 页。
② 蔡湘江：《泉州民间舞蹈》，福建人民出版社 2006 年版，第 68—69 页。

会保佑族人安康、祈求来年丰收。”[①]

还有始于南诏，每年农历四月二十三日至二十五日，大理白族百姓穿红戴绿，弹着三弦和月琴载歌载舞的“绕三林”，也是类似的宗教祭祀活动。“绕三林”又称“绕三灵”“逛桑林”，“三灵”是指洱海西岸三个神灵象征，他们是白族特有的“本主”崇拜和传入大理地区的佛教神祇，供奉他们的庙宇分别被称为“佛都”（大理崇圣寺）、“神都”（大理庆洞本主庙）和“仙都”（河涘江洱河神祠），“绕三灵”主要是串游这三个寺庙，即通过娱神和娱人的歌舞盛会，祭祀本主、祈雨求丰。作为一种祭祀性质的歌舞盛会，“参加者每次都是成千上万，在30余里的行进过程中，始终贯穿着歌舞活动，舞蹈表演有霸王鞭、八角鼓和双飞燕；有单项表演，也有男女交错、旋转对舞。随着鞭、鼓在身体不同部位的击打，双膝微颤，肩、胸、腰有节奏地晃动，表演到高潮时，动作幅度增大，穿插热烈，队形多变，令人目不暇接。然而这载歌载舞，热闹非凡的节目，最初都是表演给神灵看的”[②]。在特定的宗教祭祀时间中载歌载舞，在既定的宗教仪式中展演固定的舞蹈，成为很多宗教仪式比较普遍的文化现象，通过研究宗教祭祀时间，以此确立宗教仪式内容，最终了解和认知仪式中展演的相关舞蹈，不失为一种有效可行的研究策略。

（四）生产生计时间

早期人类以食物为主的物质生产和人口自身的生产是社会生活的主旨，

---

① 牟英琼：《青海宗教仪式中的乐舞动态刍议》，载江东主编《集思·广议：中国非物质文化遗产传统舞蹈保护文集》，文化艺术出版社2020年版，第189页。

② 刘稚、秦榕：《宗教与民俗》，云南人民出版社1991年版，第178页。

有些学者将“食”与“殖”定义为工业文明之前社会的两大核心任务，当较简单的文化比发达的文化更容易受生态环境制约时，为了丰衣足食、繁衍生息，人们必须依赖和珍视自然环境。农业生产作为一种根据节气、物候、气象等条件而进行的具有强烈季节性特征的劳作活动，只有“顺天之时，约地之宜，忠人之和”，根据自然界的四季变换规律安排生产，才能有所收获，所以传统农业民族一年时间的文化构成，既是一种依循自然时间的生产活动，又是一种借助超自然力建构新的“社会时间”的活动，而这种“社会时间”与当地的生产生计活动息息相关，某种程度上可以等同于“生产生计时间”。以哈尼族的节日为例：“哈尼族的节日大多与农事节令有关，某一个节日不仅标志着上一个农事活动的结束，也预示着下一个农事工作即将到来。例如，哈尼族最隆重的节日‘扎勒特’（十月年），它是秋收的结束，人们可以欢快地与亲人团聚，享受丰收的成果，同时也预示着新的一年即将开始。节日中大家敲响铓锣跳起舞蹈来感谢大自然的赐予，祭拜祖先和神灵，这一切都与农事活动有着密切的联系。‘苦扎扎’（六月年）标志农耕栽种刚刚结束，梯田一片葱戎翠绿，人们可以忙中偷闲，并在此间祭祀始祖宗神‘阿波威嘴’，以求辛勤的劳动能够得到好的收成。‘新米节’则又是丰收在望之时，请先祖品尝一年劳动成果的节日，祈求祖先保佑粮食能够顺利归仓。凡此种种节日，无不体现着哈尼族从根本上从属于农事耕作的事实，通过这些节庆祭奠来充分展示和承载自己的文化。”①

“不违农时”是世代从事农事活动的民族恪守的准则，根据农时安排，人们创造了大量与之相关的岁时节令文化，根据有些学者的研究，“与农事

① 张谛：《哈尼族舞蹈生态学研究》，民族出版社 2016 年版，第 88—89 页。

相关的节日亦占整个民族节日的三分之一左右”[①]。这类与生产生计方式紧密相连的“社会时间”，也是农事祭祀时间，因为人们在不能完全掌握自然、支配自然的情况下，只有祈求神灵的庇护、祖先的保佑，所以人们祭天、祭祖、祭龙、祭寨神、祭本主……祈求风调雨顺、五谷丰登、六畜兴旺，成为“生产生计时间”仪式活动中最本真的诉求，因为与其使用无力的生产方式抗拒“天力”，不如使用特定的宗教手段求天庇佑，这也成为农业民族相关祭仪活动的定式。“无论是春祈还是秋报，自然经济中的‘自然民族’的祭礼活动，主要还是与自然打交道。与春种秋收一样，他们的春祈秋报，是顺应于自然节令和物候变化的合‘逻辑’行为。它的基础，是在自然经济所依赖的自然条件之上；它的时间，是依循作物生长规律及农耕文化惯例的时间（其时间的文化构成，用以一年为单位的农耕生活节律为依据）。在这个意义上，我们不难看出，再复杂多变的农事祭祀乐舞，在实际上都是按自然的节律和农业民族传统生活的节律而演出的。在依循自然的运作中，传统的农业民族形成了自己习惯的生活的机制或自然经济结构。”[②]在地域广博的中国，民间因其信仰混杂的泛神崇拜，上山敬猎神，下田供地母，吃饭奉灶君，花钱求财神，道教的八仙、佛教的观音、基督教的上帝等，都可以成为祈求风调雨顺、五谷丰登、六畜兴旺、人寿年丰愿望实现的受托者，所以祭祀仪式的形式是多种多样的，祭祀仪式的内容也是丰富多彩的，春祈秋报的仪式中，甚至有以人、牲血祭地力之神以求丰产的做法，云南西盟、沧源等地的佤族《猎头舞》，就是旧时砍人头祭谷的原始遗俗。

在“生产生计时间”中展演的不同类型的中国民族民间传统舞蹈，基本

① 徐万邦、祁庆福：《中国少数民族文化通论》，中央民族大学出版社 1996 年版，第 309 页。

② 周凯模：《祭舞神乐——民族宗教乐舞论》，云南人民出版社 2000 年版，第 82—83 页。

上也都遵循“顺天应时”的准则展开，一般情况下，只有在收割后、农闲时或播种前，人们才能举行祈年求丰、祭祀保平、悦神娱人、歌舞谢神等活动，尽管不同民族、不同地域因气候、地理生态环境的差异，其活动时间各有不同，但“不违农时”却是不同民族、不同地域无条件遵循的不变法则。“综观苗族有关舞蹈活动——节日聚会，几乎都是结合农业生产进行的，或组织春耕，或预测丰歉，或欢庆丰收。其时间均安排在农事轻松的日子。黔东南舟溪甘囊香芦笙节，到了正月二十，就由有威望的老人插草标宣告结束，芦笙顿时音息，严禁歌舞，大家专事农活。而秋收之后秋种之前举行的九月廿七谷陇芦笙会，虽然是欢庆丰收，但也有监督和动员生产的作用。三天节期过后，大家又投入紧张的秋种。在此节日到来之前，这一带的苗族必须把所有作物收割回家，如若不然，别人割去或牛踩马踏，主人不得多言，并且受世人讥笑。”[①] 傣族对应的相关节日，也遵循同样的法则：“所谓‘谷子黄，傣家狂’，就是丰收时节，全村男女老少狂舞三天三夜。所舞的舞蹈叫‘嘎光’，直译为‘跳鼓’，意译为集中在鼓周围跳的舞蹈。此种舞蹈动作简单，并不复杂，但为何能跳三天三夜？假如没有‘谷子黄，傣家狂’的体验，那真是无法理解。傣历的九月十五日至十二月十五日（相当于汉族旧历六月至九月），是傣族的‘关门节’和‘开门节’。傣语称‘好瓦门’，意即‘进入雨季’，‘奥瓦门’，意即‘出雨季’。关门节里须停止一切娱乐活动，意即雨季到了要集中精力投入春耕生产。但每到傍晚，村边大青树下，却会聚集一群年青小伙子，兴致勃勃地跳象脚鼓舞，鼓声随着晚风，飘进每座竹楼，火塘边吸烟的老人，纺线的妇女都在静静地聆听。人们说：‘打一槌鼓，

① 杨鹍国：《苗族舞蹈与巫文化——苗族舞蹈的文化社会学考察》，贵州民族出版社 1990 年版，第 133—134 页。

谷子饱满一截’。这鼓声凝集着傣家人的祝愿和理想。”[①]

除了载歌载舞进行农事祭祀是“生产生计时间”中舞蹈展演的特色外，在这一时间中还会有特定的代表性舞蹈。以最早流行于西藏雅鲁藏布江河谷地区，后广泛分布在西藏的农区及林区，如拉萨、山南、日喀则、林芝、昌都、阿里等地的“望果节”为例，“望”指庄稼，也有学者转译为“农田”，藏语叫“望卡”或“兴卡”，“果”是转圈的意思，即绕着丰收在望的庄稼或农田转圈，该节日是藏族农民欢庆丰收的民俗节日。作为“收地气、求丰收”的大地祭祀仪式或土地神祭祀庆典，“望果节”没有固定的日子，一般在谷物成熟时举行，“果谐”就是该节日庆典中最具代表性的舞蹈。“‘果谐’舞蹈文化艺术深受农耕文化的影响，是藏族先民在漫长的历史生活中创作发展起来的农业文化。究其原因，其一，‘果谐’流传的地域主要是农区；其二，西藏的农区有一个隆重的传统节日叫‘望果节’。‘望’是‘农田’的意思，‘果’是转山之意，‘望果节’的本义就是转田间村头的意思，这个节日是藏族人民庆贺当年硕果累累，祈求丰年五谷丰登的原始祭礼活动，在这个活动中，‘果谐’舞蹈是不可缺少的传统重头戏之一。‘果谐’舞蹈是与西藏农村生活和农业生产相伴而兴起的舞蹈。‘果谐’的表演常常出现在农区春季耕田播种、秋季收割打麦生产活动中，以及各种传统节庆，婚丧嫁娶，亲朋欢聚，乔迁新居等活动中，它也是藏族人民自娱自乐的表演性很强的古老传统民间歌舞类型之一。”[②]

独龙族的剽牛舞也是其中极具代表性的舞蹈，每年农历十一二月间，秋收之后，独龙族便要举行一年中唯一的也是最盛大的节日“卡雀瓦”（独龙

---

① 刘金吾:《中国民族舞蹈与稻作文化》，云南人民出版社 1997 年版，第 40 页。
② 罗旦:《西藏民族民间舞蹈文化》，上海音乐出版社 2020 年版，第 43 页。

族新年），剽牛舞就是“卡雀瓦”中“剽牛祭天”仪式中的舞蹈。“剽牛舞”独龙语为“怒哇德噜拉姆”，“怒哇”指“剽牛”，“德噜”意为“召集全体氏族成员聚会”，“拉姆”为“舞”的意思。“‘剽牛祭天’仪式在巫师的主持下进行，共分为四个程序，剽牛舞贯穿于这四个程序中。首先要举行的是‘开门仪式’。第二，是‘插木桩仪式’。第三，是‘牵牛绕房仪式’。第四，便进入到‘剽牛仪式’。剽牛祭天仪式一般要进行三天，如果是属于集体共献数头牛的祭祀仪式，可达七至九天。期间，剽牛舞一直贯穿始终。”[①] 从主持“剽牛祭天”仪式的巫师带领大家歌颂的祭词中，可以感知到剽牛舞的文化功能，如：“广阔祭坛里，木柱插入云，我们祈丰年，盼望天神临。冰雹雾霾散，江鱼祭天神；和风细雨降，野牛奠天神。山上野兽肥壮，多谢慈武的猎灵，地上草木茂盛，多谢善良的地灵。粮食丰收装满仓，多谢娇妍的谷灵；鱼群浮出投罗网，多谢美丽的水灵……”[②] 可见，剽牛舞作为农事祭祀活动中的“报祭”舞蹈，目的是报答或酬谢庇佑当地风调雨顺、草木茂盛、粮食满仓的各路神灵，作为农事祭祀活动中的专属舞蹈，在秋天“报祭”中承担的文化功能，类似“祈丰”的春之祭一样重要。早期人类甚至会有以活人血祭的“报祭”行为，独龙族的杀牛“报祭”应该是一种除人祭之外“最高规格”的“报祭”行为了，与之对应的剽牛舞无形中具有了一定的神圣性，其舞蹈展演必须在秋天的“报祭”活动中，其他场合一概不被准许，否则会遭到神灵的惩罚。

---

①《中华舞蹈志》编委会编：《中华舞蹈志 · 云南卷 · 下》，学林出版社 2007 年版，第 778—780 页。

② 周凯模：《祭舞神乐——民族宗教乐舞论》，云南人民出版社 2000 年版，第 79—80 页。

（五）其他类型的社会时间

“社会时间”特指一种与自然时间或日常时间不同的“人文时间”，某种意义上说它是一种“文化时间”，这种“文化时间”被人类学家定义为与“实际时间”不同的“仪式时间”，对人类而言，任何重要的事情都可以形成一种特定的“文化时间”或“仪式时间”，所以它的构成是多种多样的。以“节日时间”分类为例：“我国少数民族的节日，大致可分为宗教、农事、纪念、商贸、文体游乐（包括旅游）、庆贺、生活社交等七类。”[①] 可见，许多民族的节日设置是多元的，宗教信仰、政治经济、生产生活、文化艺术、社会交往等都可以产生相应的节日，或者说特定的“社会时间”。如：“布依族的民间传统节日丰富多彩，这些节日可分为‘独有’和‘共享’两类。布依族独有的节日，如‘三月三’‘六月六’‘赶秋桥’‘赶秋坡’‘赶查白’‘赶干洞’‘尝新节’等。‘过大年’、元宵节、清明节、‘四月八’、端阳节、‘七月半’、中秋节、重阳节等为与其他民族共享的节日，但其中的内容和活动形式，却有浓郁的布依族特色。我们可将布依族传统节日分为，宗教信仰节日、祖先崇拜节日、生产性节日、年节、文娱性节日、纪念性节日五类。”[②] 在其他民族中节日形成的原因多元，类似的情况很多，以蒙古族为例，相关的节日有：蒙古族春节、蒙古族祭星、麦德尔节、蒙古族涅槃节、观音会、祭祀成吉思汗陵宫、兴畜节、蒙古族鲁班节、祭雷、塔克勒根节、猎日、其本哈尔、祭敖包、祭地母、那达慕大会、蒙古族祭天、蒙古族祭海、秋祭、马奶节、祖鲁节、蒙古族灯节、蒙古族小年。[③] 可见，除了与宗教祭祀时间、

① 徐万邦、祁庆福：《中国少数民族文化通论》，中央民族大学出版社 1996 年版，第 307 页。
② 彭娜娜、吴秋林、姚丹：《册亨布依族转场舞人类学研究》，中央民族大学出版社 2017 年版，第 29 页。
③ 参见高占祥主编《中国民族节日大全》，知识出版社 1993 年版，第 123—134 页。

岁时节日时间、生产生计时间等相关的节日外，“祭祀成吉思汗陵宫”“那达慕大会”“马奶节”都是另类性质的节日，也是性质不同的“社会时间”。

以每年藏历四月十日至二十八日西藏藏北草原上举行的“达玛节”为例，“达玛节”也称“赛马节”，其核心内容是跑马射箭。这一天人们通过赛马娱乐身心、欢庆丰收，显示年轻人的勇敢与剽悍，同时祭祀大地神和雪山神，所以“赛马节”上不仅有展佛轴画（唐卡）、跳神、角力、跑马射箭、抱石头等活动，更有物资交流、歌舞社交、林卡郊宴等内容。该节日类似蒙古族的“那达慕大会”，娱乐和游戏是节日的主题，尽管也有相应的宗教活动，但这时的宗教活动，更像是象征性的点缀，“文体游乐”统辖着节日时间的全过程，《卓果谐》就是该节日展演的代表性舞蹈。“卓果谐是盛行在藏北草原上的一种欢腾热烈、豪放，为广大牧民喜闻乐见的歌舞。主要流传在那曲、阿里、昌都等广大牧区。逢年过节，特别是举行‘达久’即赛马节（牧区一年一度最隆重的节日）时，人们穿上节日的盛装，带上自酿的青稞酒和肉等食品从四面八方汇集在一起，白天举行隆重的赛马仪式和物资交流会。傍晚来临，人们成群结队涌向全场，舞台中央的篝火照亮了全场，增添了节日气氛。火堆既能照明，又能取暖，还可热食品，人们边吃、边喝、边舞，通宵达旦，尽兴而散。这时也是青年男女谈情说爱的好时机，他们在这歌舞活动中挑选自己的意中人。因为牧民们一年四季到处游牧，一年中只有节日的机会才能聚会一次，所以他们有说不完的心里话，唱不完的歌，跳不尽的舞，而且可以找到终身伴侣。因此，他们跳几天几夜也不感觉疲劳。此外，在结婚典礼或亲朋好友聚会时也常跳卓果谐来表示祝贺和助兴。”[①]

---

① 中国民族民间舞蹈集成编辑部编：《中国民族民间舞蹈集成（西藏卷）》，中国 ISBN 中心 2000 年版，第 41 页。

如果说文体游乐是藏族“达玛节”形成的原因，或者说它是一种文娱性节日，那么贵州黔东南台江苗族的“姊妹节”则是“生活社交”的节日。“台江施洞的姊妹节，苗语为‘浓嘎良’，直译的意思是‘吃送过来的礼物’。于每年农历的三月十五日至十七日，在清水江沿岸村寨进行，它是以苗族青年女子为中心，以邀约外寨青年男子一起游方、对歌、吃姊妹饭、跳芦笙木鼓舞、互赠信物、订立婚约等为主要活动内容的节日。节日过程大概是：（1）农历三月十三，苗族村寨的青年姊妹们上山去采撷南烛草、姊妹花等花草树叶，制作成红、黄、蓝、绿、白五彩糯米饭。（2）三月十四上午，大家到田里去捞鱼捉虾，下午每人凑钱买鸭、肉和鸭蛋，所有东西备齐之后，集中到一户没有男孩子或兄弟还很小的人家，以便接待外寨的男青年们。（3）十五、十六日，姑娘们梳妆打扮，穿上最漂亮的衣裙，佩戴最华丽的银饰与小伙子在笙鼓场上跳踩鼓舞（舞蹈此时才得以出现）。晚上，相聚游方场上对唱情歌，谈情说爱。（4）节日结束后，姑娘们用竹篮盛着糯米饭，饭里藏匿着松针、椿芽、辣椒等爱情标识，把自己的心思和爱情一起送给与她们共吃姊妹饭的男青年们。第二年姊妹节，青年男子们又集体筹钱买些绣花丝线、绸缎等放在竹篮里反送给姑娘们，经过多次的你来我往，有相互倾慕者，最终走向结婚的殿堂。节日的最终目的得以实现。”[①] 苗族“姊妹节”作为一种特定的“社会时间”，它是以社交求偶、婚恋为主因构建的节日，与其他节日不同，它以青年未婚女子为中心，以展示歌舞、服饰、游方，吃姊妹饭和青年男女交换信物为主要活动内容，尽管也是社区内人们走亲访友、文化娱乐、社会交往的时间，但其最重要的内容是未婚青年女子与

① 王唯惟、徐浩：《舞蹈与文化：贵州苗族舞蹈的身体叙事》，人民出版社 2016 年版，第 193 页。

其他寨子的小伙相约寻找意中人谈情说爱，它的成因与其他类型的节日不尽相同，可以归纳为另外一类。

无论何种原因形成的“社会时间”，它作为一种“文化时间”或“仪式时间”，本身就具有“文化时间”或“仪式时间”的相关属性，以维克多·特纳为首的人类学家将仪式的过程分为“阈限前（日常状态）—阈限期（仪式状态）—阈限后（日常状态）”这三个阶段，这三个阶段分别对应“结构—反结构—结构”的社会性质特征。正常的“社会结构”是一种有秩序的社会，即有阶层、地位、贫富差别的体制，“反结构”则是没有等级之分、长幼之别、贫富差异、男女区分的时空。很多节庆仪式中不仅有对结构的肯定，也有对结构的否定，如节日期间时常会出现不分地位高低，不分富贵贫贱，不分年龄大小，大家都能平等相处、同歌共舞的行为，如同酒桌之上无大小一样，这种反常的行为在节日中是被允许的，因为它有利于消除人与人之间的隔阂与紧张，促进人际关系的和谐，“反结构”的阈限期类似安全阀，起着消除不满和发泄情绪的功能。例如：“在大理，当地的白族人习惯称自己是有‘两个太阳’的民族。‘两个太阳’一个指的是天上的太阳，另一个是‘人性的太阳’，即白族的‘绕三灵’仪式。之所以称其‘人性’，那是因为每逢‘绕三灵’这一天，男男女女可以不受家庭、亲友、配偶的约束，与自己心爱的人约会三日。‘绕三灵’作为白族的歌舞盛会，亦名‘绕桑林’，白语称‘逛桑览’，究其本意，乃古社祭遗风，桑林之舞或喧哗桑林而求雨，其历史悠久，起源于古代宗教祭祀仪式，后逐渐演变成青壮年的歌舞郊游。”[①] 这样的反结构行为在很多民族、地域的仪式舞蹈中都存在，宗教

① 孙淼：《白族“霸王鞭舞”调查与研究》，载石裕祖主编《民族舞蹈文化传承发展论纲》，云南大学出版社2010年版，第93—94页。

乐舞中唱“情歌”、丧葬仪式中跳“两性舞蹈”都属正常，所以很多“社会时间”中展演的舞蹈，其内容既是结构的又是反结构的。

中国民族民间传统舞蹈展演的时间是多种多样的，这些不同于日常的“社会时间”为不同类型的舞蹈展演提供了保障，许多舞蹈都是在一定的季节、节日或特定的时间里跳的，反映出人与自然、人与社会、人与人之间不可分割的互动关系。“社会时间”作为不同民族、不同地域约定俗成的一种规定性和阶段性时间，具有历史性、公共性、生活性和集体性特征，它一方面是集体活动的公共时间，具有一定的开放性，即在这一特定的时间中，来者便是客，允许外人参与；另一方面也是族群文化仪式展演的专有时间，这个时间为族群内部人员的交流互动提供了平台，为族群内部的团结和谐提供了保证，使大家不至于因长期不进行公共活动而疏远，从而失去族群的向心力和凝聚力。正是因为“社会时间”的功能性特征，保证了各民族、各地域舞蹈的有序传承与合理发展，因为这些时间既是按各民族、各地域文化程式举行不同仪式的时刻，又是人们欢喜若狂、耽于声色、纵情歌舞的日子，所以，没有“社会时间”的铺垫，就没有舞蹈展演高潮性的节点出现，因为舞蹈作为一种仪式化的生活，是嵌入社会生活本身的一个片段，平日生活的琐碎、社会结构的对立、男女性别的顾忌、人与人之间的隔离，只有在特定的“社会时间”才会消解，解除一切束缚的人们，才可能解放天性、释放压抑、尽情舞蹈，所以研究时间是了解中国民族民间传统舞蹈很好的出发点，因为各民族、各地域最具代表性的舞蹈，总是与已经形成的“社会时间”息息相关。当然不同的文化系统和社会结构，会对时间产生不同的理解和运用，而在不同的时间节点上展演的舞蹈，会有特定的展演形式和意义表达，研究者需要在时间的多样性上去理解舞蹈的发生、发展，以及存在现状和未来走向。

第五章

中国民族民间传统舞蹈空间

第一节　物理空间

一、舞蹈身体空间

（一）舞蹈空间概念

“空间：（1）广义上指宇宙空间。包容所有物质［包括天体（含地球）及其运动在内］的三维空间容积。（2）特定意义上指太空、外层空间。（3）在哲学上与‘时间’一起构成运动着的物质存在的两种基本形式。空间指物质存在的广延性；时间指物质运动过程的持续性和顺序性。空间和时间具有客观性，同运动着的物质不可分割，没有脱离物质运动的空间和时间，也没有不在空间和时间中运动的物质。空间和时间也是互相联系的。”[①] 空间作为一种与时间相对应的物质存在形式，人们对于它的认知，是通过对特定的对象进行明确定位而获得的一种间接式的体验，即是以运动的物质为前提的，物质的不同存在形式、运动状态，物与物的位置差异度量构成了空间，从某种程度上来讲，人的任何一种行为都具有空间性。空间是由长度、宽度、

① 辞海编辑委员会编：《辞海（第六版）》，上海辞书出版社 2010 年版，第 1041 页。

高度、大小表现出来的，通常指四方（方向）上下，所谓东、南、西、北、中、上、下、前、后、左、右等词语可以帮助我们具体、准确地标明物质所处的位置和方位。当然也可以根据物质存在的性质、认知分析的角度，将空间划分为固定空间与可变空间、静态空间与动态空间、封闭空间与开放空间、共享空间与独立空间，以及宇宙空间、网络空间、思想空间、数字空间、物理空间，等等。本章谈论的物理空间主要是基于时空角度，从地理位置至时间间隔来综合考虑的，可以将其定义为一种比较开放的外部空间：外部空间“是从在自然当中限定自然开始的。外部空间是从自然当中由框框所划定的空间，与无限伸展的自然是不同的。外部空间是由人创造的有目的的外部环境，是比自然更有意义的空间。所以，外部空间设计，也就是创造这种有意义的空间的技术”①。与人类学早期将空间当作死的、固定的、非辩证的、不动的东西来对待，更倾向于对时间的研究（古典进化论）不同，舞蹈学起始就热衷于对时空的探讨，并将其定位成舞蹈艺术存在的形式。

在舞蹈学者眼中，舞蹈就是典型的“时空艺术”，或者说是存在于时间和空间中的有节奏的运动人体，所以对于时间、空间的探索贯穿于整个舞蹈学研究的始终，如：“时间与空间是运动存在的方式，也是舞蹈艺术存在的形式。舞蹈家的运动给某个特定的时空注入生命，生命的形式在这时空中呈现，变幻出种种人生幻象，叠置并绵延着种种心理镜像。运动与空间不可分割，没有无运动的空间，亦没有无空间的运动。我们所面对的动作和全部舞蹈形式都受到时空的限制，但这时空又不受物质世界的限制。它可以被想象到，但不能被触知；它能够被意识到，但又是非现实的；它是真实的，又不

① [日]芦原义信:《外部空间设计》，尹培桐译，中国建筑工业出版社 1985 年版，第 3 页。

是实体的。如何运用时间和空间？如何建构运动的形式？舞蹈家如何才成为空间的灵魂？舞蹈如何在时间与空间中建构起只有自身才拥有的形式？认识空间——是舞蹈教育与舞蹈创作的基础。因为空间是舞蹈产生的条件，舞蹈家要发展自身的动作潜能，要提升其驾驭动作在空间运动的能力，就必须熟悉它。”[①]“哲学中的空间概念即：‘空间’是具体事物存在的形式，是具体事物具有的一般规定和组成部分。因为每一个具体事物都处在一定的空间位置之中，无论是个别具体的物体还是具体的宇宙都是有空间位置限制的，是有空间边界的。不具有空间位置规定的具体事物是没有的，也是不可理解的。同理，没有空间就没有舞蹈。换言之，空间决定舞蹈呈现。舞蹈的空间是多维空间，是由动作、运动方位、运动路线和构图画面构成且包含着时间的意象空间。舞蹈空间的处理决定动作的幅度、力度，决定身体的运动形态和舞蹈意境的生成。因此对舞蹈‘空间’的把握，也需要像对舞蹈‘动作时间’的单独训练一样，专门进行。”[②]

从上述的引文中可以得知，舞蹈学对空间的研究主体认知还是聚焦在物理空间上，这是受现代人体动作科学建立的影响。捷克斯洛伐克舞蹈科学家鲁道夫·冯·拉班（Rudolf Von Laban）在前人研究的基础上，从人体动作的内容与形式两个方面对人体动作进行了深入的探析，创造性地提出了“力效”（effort）学说，拉班的“‘力效’由4种基本要素构成，即重力、时间、空间和流畅度。其中，重力是由于地心引力作用于人体，使人体动作在空间运动中显现出强、弱、轻、重的质感。”[③]空间是指人体动作与外部世界之间

① 刘青弋:《现代舞蹈的身体语言》，上海音乐出版社2004年版，第65—66页。
② 袁禾:《舞蹈基本原理》，上海音乐出版社2015年版，第43页。
③ 刘青弋:《西方现代舞史纲》，上海音乐出版社2004年版，第40页。

的关系性，时间是动作发生过程的秩序和持续时值，流畅度与空间关系对应，揭示出人体动作在运动过程中的自由度。拉班建构起的科学探析人体动作的“人体动作科学”（也称“人体动律学”），核心内涵就是证明了舞蹈是属于时、空、力的艺术，自此舞蹈的“空间”要素备受研究者的关注与推崇，甚至有学者将其比喻为打开通往人体动作这一奥秘世界的钥匙。师承拉班衣钵的德国舞蹈编导家玛丽·魏格曼在《空间理论》一文中提出：“只要舞蹈家处于空间之中，他的身体就是中心、高与低、前与后，平行的右与左，对角线的右与左、前与后等各方面从身体的中段这个中心放射进空间。每个方向的特点是通过其自身的动作表现力来传达的。”[①] 可见，基于自然科学发展起来的“人体动作科学”，探讨的是舞蹈动作的物理空间，是一种关于物理空间的人体动作研究，因此舞蹈创作特别是现当代舞学者讨论的舞蹈空间，基本上都是基于此。这一研究成果也被不同舞种借鉴，包括被称为职业化、专业性、学院派舞蹈或剧场艺术的中国民族民间舞蹈，尽管中国民族民间传统舞蹈有其自身的特殊性，但对研究分析具体动作、阐释说明表演空间，这一理论同样有效。

（二）舞蹈身体空间

舞蹈是一种以运动的人体为媒介的在时空中穿梭的艺术形式，或是“一种表情性的时空艺术”，在相关的舞蹈研究中，为了更为清晰准确地分析和认知舞动的人体，业界对于舞蹈空间的认识主要在两个维度上进行：一种是以人体结构为中心的空间研究，另一种则是关注于人体结构以外的空间研

---

① 刘青弋：《西方现代舞史纲》，上海音乐出版社 2004 年版，第 128—129 页。

究。这两个维度的空间研究，分别与“三维空间研究”和“四维空间研究”，或者“静态空间研究”和“动态空间研究”有关，因为以人体结构为中心的空间研究，强调的是人体对空间的占有，类似三维空间的雕塑，它是立体空间中静止的动作姿态造型，为了充分解释和说明某一动作的特质，需要将时间进行切割和停顿，将运动的人体变成一组相对静止的舞姿，以此为基点进行分析和论证。以人体结构为中心的空间研究，主要是在长、宽、高层面上展开三维空间或立体空间研究，作为一种刻意的静态空间，它是在以多面体、球体、椭圆体、圆柱体和圆锥体形态为代表的三维空间上展开的研究，因此也可以将其定义为舞蹈的身体空间研究。

人体结构以外的空间研究，主要是对舞台空间或动态空间的研究，因为任何舞蹈不可能只在一个固定位置上展开，静止是相对的，而运动却是绝对的，它必须在一定空间里进行朝前向后或由左向右运动，以及各种不同形式的线形运动、弧形运动。舞动的身体在舞台上，或在相关的展演场地上，通过平行运动、斜行运动、折行运动、弧形运动占有空间，以及像音乐交响化一样组织空间，同时利用舞蹈表演技巧，以及舞台或相关展演场地上的一切可用手段（诸如布景、灯光、道具以及多媒体表现方式等等）营造空间，使观众视野里的舞蹈构图丰富、复杂、多变，以此调动观众的思维和想象，更好地演绎和表现相关的舞蹈展演文本，这种空间被称为人体结构以外的空间。它作为舞动的人体在舞台上调度、运动、塑造人物、表达情绪、演绎情节的空间，以及“四维空间”（即长、宽、高加时间）的物理属性，时常也被定义为舞蹈的展演空间。

以人体结构为中心的空间研究或舞蹈的身体空间研究之所以能够开展，与拉班创建的“人体动作科学”息息相关。这一被西方舞蹈界拿来与爱因斯坦的“相对论”作比，被誉为发现了小宇宙（人体宇宙）的运动规律学说，囊括了力效学说（effort）、空间和谐理论（space harmoney）、拉班舞谱（labanotation）、动作分析理论（movement analysis）、舞蹈创作表演理论（choreography & mastery of movement on the stage）、动作教育理论（movement education）等多方面内容。关于“动作空间”（kinesphere）或“个人空间”的认识：“拉班在研究中发现，人们无论静止还是运动，都会占据一定的空间且被空间围绕。这里出现两个‘空间’概念，它们的含义并不相同，前者为身体能达到的空间，后者是普通意义上的空间（绝对空间）。为了明确区分这两种不同的空间，拉班界定了‘个人空间’：个人空间是指一个人单脚在固定点不移动，肢体所能达到的身体周围的最大空间。受到人体生理结构的影响，动作者的个人空间近似3/4的椭球形，这也是拉班用‘-sphere’作为术语后缀的主要原因。”[①] 这一关于人的身体能达到的空间的认识，成为拉班著名的“球体空间”理论产生的原因，或是“人体动作科学”研究对人在空间中运动的理论总结，“这一理论把人体运动的空间视为一个立方体，而任何一个立方体都具有三个维度。人体实际上是在一个二十面体的几何形式中运动，是在‘一个由12个点相交的20个等边三角形组成的完美的多面体’中或以离心力的动作向外放射运动，或以向心力的动作向内回归”[②]。

“球体空间”是对人体运动的“三维空间”或相对静止的立体空间的探讨，如：“拉班认为人体动作可以参照两种‘三个平面’展开：第一种为‘立体式三平面’，即‘门平面’（door plane）、‘轮平面’（wheel plane）和‘桌平面’（table plane），人体中三个平面组合在一起，分别以‘门平面’作为YOZ面，以‘轮平面’作为ZOX面，以‘桌平面’作为XOY面，正

① 辛明：《鲁道夫 · 拉班动作理论体系定律研究》，《当代舞蹈艺术研究》2021年第2期。
② 刘青弋：《现代舞蹈的身体语言》，上海音乐出版社2004年版，第66页。

好构成以身体中心为原点的空间直角坐标系；第二种三平面为‘横切式三平面’，即‘低平面’（low plane）、‘中平面’（medium plane）和‘高平面’（high plane）。将‘立体式三平面’与‘横切式三平面’交合，则前者的‘桌平面’与后者的‘中平面’重合。此时，高、中、低平面均可看成‘桌平面’，均有前后左右方位，以‘中平面’为例可继续细分为八个方位。同理，‘门平面’与‘轮平面’以及两个斜角平面，在高、中、低平面的交切中，每个平面也均可继续细分为八个方位。因此，两种‘三个平面’合成后，便得到人体空间中特殊的‘27 个点’，再添加前后左右立面，就形成了立方体空间，精确体现相对于中心的 27 个特殊方向。至此，建构起齐备 27 个特殊方向的‘人体运动立方体空间’，为人体动作在立方体空间中建立起直角坐标系，找到 27 个参照点，故能对其进行精准定位与量化分析。这对于精确描述动作、分析动作、记录动作乃至传承动作，无疑意义深远。”[①]

拉班的“球体空间”以及“人体空间内部和谐”理论，使得研究者对舞蹈身体空间或舞蹈动作物理空间科学量化解析成为可能，因为“舞蹈者不仅在想象的空间中移动，亦可在实际的空间中移动。动作的设计不只在想象的空间进行，亦在物理的空间进行。动作空间分析揭示了人体动作的局限，亦揭示了人体动作在可能性范围内的丰富变化，为舞蹈的创造提供了有效的方法。同时，为舞蹈记录术的科学性、准确性提供了依据”[②]。拉班创建的“人体动作科学”，特别是他在《空间和谐》（*Choreutics*）和《舞台动作探究》（*The Mastery of Movement on the Stage*）著作中关于空间的论述，对于分析和阐释舞蹈动作物理空间的丰富性、复杂性与规律性有着极其重要的作用，

① 王晓茹：《舞蹈动作物理空间的数学解析》，《舞蹈》2022 年第 2 期。
② 刘青弋：《现代舞蹈的身体语言》，上海音乐出版社 2004 年版，第 68 页。

尤其是在三维空间中分析身体、表述身体、解释身体，让难以言表的身体运动轨迹变得清晰、明确、可捕捉。在中国民族民间传统舞蹈对于舞蹈身体空间的论述中，尽管不同民族、不同地域都有自己特定的“地方性知识”，但借鉴吸收使用成熟、有效、通用的空间理论，能够帮助我们更好地揭示各民族民间舞蹈动作本身，以及动作发生的规律和运动模式，它是一种对舞蹈动作研究深层次的思考与表达，是舞蹈研究开启科学之路的学术必然。

二、舞蹈展演空间

（一）舞蹈表演空间

就舞蹈的物理空间进行分析，除了以人体结构为中心的舞蹈身体空间（动作空间）外，人体结构以外的空间即舞蹈的展演空间，也是其研究的重点。作为一种时空艺术，任何舞蹈表演都需要一个演出场所，这种场所无论是室内还是室外，无论是剧场还是庭院，无论是人为搭建的舞台还是自然环境场地，它都需要一个特定的舞蹈活动空间。这种与舞蹈活动不可分割的物理空间就是舞蹈展演空间，它分为两种：一种是舞蹈表演空间，另一种则是舞蹈表现空间。舞蹈表演空间和舞蹈表现空间本身是在一个时空维度上的存在，只不过两者强调的内容不同，舞蹈表演空间主要讨论的是舞蹈表演的场地，而舞蹈表现空间讨论的是场地里的舞蹈表演。科学分类能够反映事物的本质，有利于分门别类地对研究问题进行深入的分析和讨论，对于中国民族民间传统舞蹈而言也是如此，在什么空间里表演，在特定的空间里表演什么、怎么表演都有一定的说法。如在平地与高空表演，在街道与场院表演，在洞里与洞外表演，表演场地不同，呈现的艺术效果、达成的表演目标肯定有所不同，为了清晰准确地说明其中的差异，必须分类论述。业内以此展开的相关讨论也是比较常见的，如：“从本质上来看，舞台空间和舞蹈空间是同一空间身体占有形式的两个不同视角，其中舞台空间的本质是观众的欣赏视角，而舞蹈空间则是演员的表演视角。由此不难看出，无论是舞台空间抑或舞蹈空间的展现，其本质上都是对空间的一种特定占有形式。”[①]

舞蹈表演空间主要讨论的是舞台空间或者舞蹈的表演场所，因为空间制约和影响着舞蹈的呈现。“舞台空间是人为限定的为表演所设置的一种艺术空间，它自身是没有任何情感和意识的，但是因为舞台是用来展现艺术的时空，要求在舞台上表现作品的主题思想以及人物的情绪变化。导演通过舞台音乐、天幕、布景、灯光还有舞蹈肢体语言的设计，就会表现出舞台空间整体环境的情感色彩。对于舞台整体环境来说，营造出一种人物的情感色彩，或者说自己情绪宣泄的内心情感色彩，都能够使舞蹈作品更具有感染力，所以舞台空间的整体环境情感是通过导演、舞美设计、音乐设计等一系列艺术家共同创造的一个整体环境情感，这个整体环境情感对于舞蹈本身是有很大意义的。舞蹈作品要表现一个故事情节、塑造一个鲜明的人物形象，不仅需要舞蹈编导和演员来抒发自己的情绪、情感，而且还需要舞美中的化妆、服装、道具、灯光等必要条件来共同创造一个整体情感环境。如果舞台整体情感环境营造好了，对于舞蹈作品的主题深化，情感表现都会起到事半功倍的作用。”[②] 在具体的舞蹈创作和表演中，对舞台空间进行恰当合理有效的编排、设计、利用，能够突出动作的空间层次感和视觉表现张力，方向、位置、距离，高、中、低等相关参数，确定了舞动人体的空间状态，也规划了舞蹈形式的表现可能，空间想象性的开发以及虚实结合的运用，能够创造视

① 李文琼：《探究舞台空间在舞蹈艺术中的作用》，《戏剧之家》2022 年第 3 期。
② 金秋主编：《舞蹈编导学》，高等教育出版社 2006 年版，第 128 页。

觉饱满、意象万千的舞蹈形式及内容。

对于剧场舞蹈而言，舞蹈构图（画面）的形成与舞蹈情境的营造，是靠舞蹈调度（人体的运动、位移）来实现的，学习掌握空间使用技术，本身就是舞蹈的编舞技法之一。如："我们现在所创作的舞蹈，通常是要通过舞台传达给观众的，也就是在剧场演出的舞蹈。此外，还有不通过舞台的舞蹈，如体育场馆的舞蹈、广场群众性舞蹈、影视舞蹈等。正因为舞蹈主要是通过舞台传达给观众的，我们在舞蹈创作中就不可避免地会遇到舞台空间的运用问题。编排一个或多个演员舞蹈的位置、动作朝向、运动路线，就叫做'舞台调度'，也就是舞蹈动作和它所在空间的关系。"① 在既定的时空中完成自由的言说，成为剧场舞蹈创作的核心诉求，因此，将整体舞台分隔成不同区域，了解不同区域的表现特点和视觉张力，是舞蹈创作必须掌握的基本知识。"在物理状态下，舞蹈的舞台是长度、宽度和高度的统一体。由平面和立体空间构成。平面空间有不同视角的划分方式，最为普遍的是把舞台分为'九块方格式'，也就是把舞台分为九块。方块〈1〉(舞台中心）一般作为整个舞台的最突出位置；方块〈2〉、〈3〉、〈4〉(舞台前区）是暴露的完全面对观众的位置；方块〈5〉、〈6〉(舞台中区两侧）处于上述四块方格稍弱的位置，在舞台中区的两侧；方块〈7〉、〈8〉、〈9〉(舞台后区）的位置在舞台最后方，相对前面所有的方块，这些位置表现力度更差些。这样，在观众所面对的物理空间中，舞台的九块方格本身就客观存在着远近、强弱、明暗的视觉效果，但它决不是一成不变的。九块方格为舞蹈调度提供了基本的物质条件，不同方格位置上的调度所产生的艺术效果是截然不同的。"② 可见，不同

① 孙天路主编:《中国舞蹈编导教程》，高等教育出版社 2004 年版，第 20 页。

② 刘建:《舞蹈调度的形式陈说》，上海音乐出版社 2012 年版，第 18—19 页。

的舞台区域会先天形成特有的艺术表现效果，合理地安排设计利用不同的舞台区域，对舞蹈形象塑造、情感表达、情节叙事能够起到事半功倍、立竿见影的效果。

对于中国民族民间传统舞蹈而言也是如此，表演空间的分析和探索对助力舞蹈的研究深入和整体认知有益，因为它不仅是舞蹈表演的一部分，更制约和影响着不同民族、不同地域舞蹈的表演风格和表演形式。以流行于重庆市秀山土家族苗族自治县的《秀山花灯》为例："巴渝地区的地貌特征和'干栏'式的建筑决定了村镇难觅宽敞开阔的平地，多数房屋的庭院空间狭小，这些都对重庆地区民间舞蹈的表演形式产生了影响。狭窄的空间使得三峡地区的民间舞蹈形式以小型化居多，常常两人或者三人表演；在表演空间上向上发展，以农家吃饭的方桌或者方桌重叠搭建的高台为舞台进行表演。如高台舞狮、高台花灯表演；舞蹈动作通常以'原地崴动、走圆场、擦身换位'为主，以适应狭小的表演空间；由于表演场地狭窄，演出者与观众几乎没有隔离空间，舞蹈表演相应增加了丑角逗乐，轻松与观众互动，营造和谐的演出氛围。"[①]《秀山花灯》作为一种入户或入寨表演的花灯歌舞，表演场地并不讲究，只要有一个十多平米的场地即可，但对于主要是山区丘陵地形的巴渝地区村寨而言，找到一处平整的大型表演场地近乎奢望，在院坝、堂坝、堂屋、土台、方桌上表演的《秀山花灯》只能向小型化发展。

因此，《秀山花灯》很少有像北方的秧歌一样少则十余人，多则数十人、上百人的舞蹈规模，它基本上以"一旦一丑"的双人表演为主，规模再大也就 4—6 人，不会再多。《秀山花灯》舞蹈表演基本形式为"门斗转"，即旦

① 刘卫红、彭小希、况成泉：《寻根传舞：重庆舞蹈文化遗产的保护与传承》，北京理工大学出版社 2015 年版，第 44—45 页。

角幺妹子是“斗”，丑角花子是“门”，丑角表演围着旦角转被形象比喻为门围着斗转。同时，“秀山的花灯舞蹈还具有典型的单边动律特征，即动作往往是在一边摆动后又回到正身的体态上来。‘单摆柳’‘单推磨’是秀山花灯单边动律的典型动作，突出了身体向单边前倾斜和后仰的来回摆动。这主要是由于传统的花灯舞蹈是在一张农家吃饭的方桌上表演的，为了在这样小面积的舞台上完成舞蹈动作，需要演员一步变换一个方位，谨慎移动重心；同时，为了方便观众欣赏舞蹈，经常需要两人相互换位，在互相擦身让步中完成舞蹈动作，形成每个角色自己单边来回摆动的独特动律”[①]，表演场地的狭小，促使《秀山花灯》形成了自己独特的舞蹈形式，以及排他性的表演风格，甚至还形成了类似杂技高台表演的被称为“跳宝塔”的表演技巧，旦、丑两人在下面叠放了几层、最顶端不满一平米的方桌上表演，没有一定的功夫肯定是无法完成的。

与以山区丘陵地形为主、人口稠密、土地稀缺的巴渝地区民居相比，地广人稀的新疆南疆地区的维吾尔族民居呈现的却是另外一番景象。对于能歌善舞的维吾尔族而言，歌舞是日常生活的重要组成，不仅节日庆典中载歌载舞、歌舞升平，日常家庭聚会上也是纵情歌舞。歌舞民俗的日常存在需要相应的表演空间，而受相关的设计和建筑材料的影响，新疆南疆地区传统民居室内空间都不算太大，承载不了太多的人，因而歌舞活动通常都在室外进行，因为无论是乐队伴奏还是群众跳舞，或是歌舞活动中的间歇休憩，都需要有一个足够大的空间，设计一个既能坐、又能躺、还能舞的空间，成为新疆南疆地区维吾尔族民居的建筑风格，即室内空间与半室外空间共同构成新

---

① 刘卫红、彭小希、况成泉:《寻根传舞：重庆舞蹈文化遗产的保护与传承》，北京理工大学出版社 2015 年版，第 46 页。

疆南疆维吾尔族民居的建筑主体。冬季当地人的家庭生活主要集中在室内，春夏秋三季则多在半室外空间进行，加之维吾尔族的节日大都集中在春夏秋三季，届时在半室外空间进行歌舞娱乐活动，会有充足空间让人们既能尽情又能尽兴，而在户外进行相关的歌舞民俗活动，又直接影响了民居半室外空间的布局设计，因为它满足了“乐”与“舞”、“观”与“演”之间的内生需求。“歌舞娱乐行为应分为‘观’与‘演’两部分，因而空间载体也是由两部分构成。‘观’，是指歌舞娱乐中间歇休憩、观赏他人的部分，其空间支撑是静态的炕所限定的空间；‘演’，是指参与其中的歌舞活动部分，其空间支撑是作为舞池的活动‘空地’。观、演空间这两大基本组成成分满足了日常歌舞行为的风俗习惯，而两者的组织方式则受地域、气候、文化、宅基地、家庭财力等诸多方面的影响，因而有多种类别。”①

新疆南疆地区的维吾尔族舞蹈场地都很大，因为在一望无垠的戈壁、荒漠找一块平地不是什么难事，即便是绿洲乡村的普通家庭民居，庭院面积少则半亩、多则数亩的也比比皆是，乡村的晒麦场和清真寺前的广场容纳数百人舞蹈都属正常，喀什艾提尕清真寺前的广场，节日期间会有上千人舞蹈上万人围观，因为人口较少，一般表演场地不会刻意强调规模。宽敞、充足的表演空间使得维吾尔族舞蹈形成了自己特定的风格：首先“歌”“舞”“乐”为一体的综艺表演形态与其他民族有别。在新疆南疆地区的维吾尔族乡村，每个村落都能轻易凑足少则七八人、多则数十人的乐队专门为舞蹈伴奏，舞者不歌、乐者不舞，成为其一大表演特色，因为充足的“观”与“演”的空间，为“乐”与“舞”的并行提供了可能，当然更多是古西域乐舞的遗存。

---

① 范峻玮、塞尔江·哈力克:《南疆民居习俗观——基于习俗与空间关系的人类学解读》,《建筑创作》2020 年第 2 期。

其次，以双人对舞的形式大规模多人共舞，是新疆南疆地区维吾尔族舞蹈的特点。以维吾尔族的赛乃姆为例，尽管独自曼舞、双双对舞、多人同舞在赛乃姆中同时存在，但礼貌性地邀请他人、与被请者共舞是舞蹈呈现的主要形式，当然也会有围圈而舞的形式存在。两人相对即兴而舞时，舞者根据对方的身体表现做出反应，当然也会有模式化、固定化的套路，但更多的是一种你问我答式的即兴表演。双人对舞性别不限、年龄不限、身份不限，只要被邀请者接受邀请下场共舞，舞蹈就可以进行，唯一不变的是双方身体不能接触。没有空间的限制，一个舞场上数对、数十对多人共舞的现象比比皆是，舞蹈动作在运动幅度和场地流动上也是非常自由的，呈现出一种洒脱自然、毫无拘束的美感。

（二）舞蹈表现空间

舞蹈表现空间与强调物理空间特性的舞蹈表演空间不同，它是一种人为表演、表现或创造出来的一种有意义的空间。舞蹈编导在创作过程中，着意安排舞者定位、合理变化舞蹈构图、充分进行舞台调度、创新运用相关科技，在塑造人物角色、表现情绪变化和推进情节发展的同时，也在建构一种“有意味的空间”或“意义表达的空间”，以此更好地演绎作品满足观众审美期待。舞蹈表现空间注重的是舞蹈作品里所应呈现的多元空间，它是在舞台上或相关演出场所，通过舞蹈表演以及舞台装置、布景、灯光、多媒体等手段，人为建构的与作品展演文本息息相关的人物生活空间、剧情发展空间、人物心理空间、往事回忆空间等，是一种虚拟的时空表现。“舞蹈空间不只是具备真实的表现空间，还具备虚拟空间表现，虚拟空间即是人物的内在心理活动，是由于观众的各种情感而生成的空间形象。人们常说的虚拟，是真实反映在人们脑海中的一种客观思维过程，这也是人们根据心理作用实行的体会和感知。舞蹈是将人物作为主体的一种艺术活动，不同人物针对客观现实均会呈现出不同表现与不同艺术反映，在舞蹈编导的教育进程中需要应用特殊、个性化的空间形态来实行形象的全面描述，使观众能够高效地进一步探究空间心理具有的形态和动作。观众在对舞蹈实行欣赏的过程中就是将观众带入到一个多维的空间中，在舞台中展开环境氛围的融合应用，在其他空间领域上实行有关的对比和重复，如此就能够具有对应的象征意义，呈现出特定、个性化的舞蹈造型，对人物存有的内心活动展开空间想象。”[①]

解释得再直白一点，舞蹈表现空间就是在舞台或相关舞蹈表演场所物理空间基础上，创建出来的一个与作品人物形象、剧情发展走向、既定场景设置息息相关的虚拟空间。它是一个战场或是一座祠堂，是一片草原或是一个村寨，是剧情中远足的山坡或是乘船摆渡的河道，是一种在真实的舞台空间上人为创建的舞蹈作品所应呈现的空间，即舞蹈作品文本应该表达或期望表达的空间。有些学者将舞蹈表现空间定义为“艺术空间”、“作品空间”或“文本空间”，作为一种虚拟的空间或意象的空间，它是通过舞蹈动作表演以及舞台空间设计而创造出来的空间，尽管这种空间虚幻，但可以被感知、意会，是舞蹈表演者、创作者运用艺术表现手段虚拟性表演或赋予固有物理空间全新意义的空间。这种在舞蹈表演中能够产生艺术张力的空间，不仅能够更好地诠释和演绎舞蹈作品的表达，让观众感悟舞蹈作品所应传达或所要表现的内容，也能清晰明确地感受到舞蹈编导、作品文本本身的创作动机和目标构想。对于中国民族民间传统舞蹈而言，这种空间也是一种具体的客观存在，其表现形式与剧场舞蹈类似，一是通过舞蹈者的虚拟化、程式化表演，

---

① 徐小涵:《分析舞蹈编导对空间的表现及运用》,《艺术评鉴》2021 年第 2 期。

依照“舞台艺术的真实，只能是假定性的”[①]的表现规律，将作品文本所创设的表现空间演绎出来；二是通过近似舞剧的根据剧情发展走向设计不同空间场景的做法，来呈现舞蹈作品文本所应表现的空间。

就第一种舞蹈表演者通过虚拟化、程式化表演所演绎的空间来看，中国民族民间传统舞蹈中，“以歌舞演故事”的民间小戏将这一点体现得淋漓尽致，如：“在中国的戏曲艺术中，具体的时空概念完全是依据舞台上不同人物的规定情境变换而转化的，而这种变化又是凭借着演员们那一招一式的表演具体展现出来的。因而，中国戏曲表演有着极其自由的创作天地，并表现出与西方戏剧完全不同的虚拟性。这既是中国艺术的古老传统，也是东西方艺术之间的巨大差异。戏曲在编排和表演中是有整套程式构成表演艺术动作的，这也决定了戏曲表演具有虚拟性的特征。如在戏曲表演中，开关门、上下楼等具有生活气息的表演动作，都采用虚拟的方法来表演。另外，在戏曲表演中，往往会以鞭代马、用桨代舟，运用一定的虚拟动作和道具来引发观众的想象，使得观众能够透过这些舞台动作联想到生活当中的实际内容。但是虚拟化的动作表演必须做到准确和恰当，否则会让人感到虚假，只有将虚拟化特征运用准确得当，才能突出演员的动作，感受到生活之美。”[②]中国戏曲这种通过演员逼真而又丰富的虚拟性、程式化表演，把假定性的生活空间运用夸张、模拟、美化、虚拟等艺术手法表现出来，使观众从表演中感受到真山真水、真车真马、真楼真门的存在，所谓“两三人千军万马，五六步万水千山”，成为戏曲表演区别于其他写实艺术最为显著的特点，也成为民间小戏最为精彩的表现技巧。

---

① 阿甲著，李春熹编选：《阿甲戏剧论集》，中国戏剧出版社 2005 年版，第 167 页。

② 张成：《谈戏曲表演的虚拟性与程式化》，《戏剧之家》2017 年第 4 期。

民间小戏没有太多布景和道具，剧目中设定的时间和空间主要是依靠演员的表演和动作来完成，通过化繁为简、抽离时空、虚实结合的艺术手法，在较短的时间和相对狭小的空间处理生活现实繁复与舞台时空有限的矛盾，给予了演员极大的创作自由和表演空间，使之能够最大限度地发挥自己的想象力和创造力描人拟物、言情叙事、表达主题，让观众产生身临其境、感同身受的体验。如："昆曲《思凡·双下山》中表现小尼姑下山的一段就是主要靠虚拟的动作和表演来交待情节、刻划人物形象的。这一段戏主要刻划小尼姑不甘心在青灯古庙里虚度青春，开始向往美好的爱情和自由的生活。经过一番思想斗争之后终于冲破清规戒律的束缚，决定逃出尼姑庵。戏曲细致地刻划了小尼姑在往山下逃跑的过程中经过崎岖不平的山路，一路颠簸的情景，表现了她在逃跑过程中紧张、惊慌又充满喜悦的复杂心理。这一段舞蹈动作采用了一系列的园场、搓步、云步、倒步来表现人物行走于崎岖山路的动作，虚拟出了场景的氛围，给人以无限的想象空间。"①这种将繁杂的表现内容浓缩到这方寸舞台之上，"以少胜多、以点带面"，用"虚"表现"实"的做法，让观众相信演员的所做、所为都是真实的，很考验演员的表演功力，因为民间小戏中的时空和景物都是"带"在演员身上的，需要演员通过表演呈现出来，高超的表演技巧是塑造舞台真实的基础，对演员表演技巧的"品评"也是观众的审美期待，当情节内容烂熟于心时，欣赏演员的"演"注定超越戏曲文本的"读"。

在中国民族民间传统舞蹈中，民间小戏这种用虚拟化、程式化表演演绎空间的做法，也被很多民间舞蹈效仿，或者说它们本身就是从民间小戏

① 李顺阳:《戏曲舞蹈动作的叙事化构成》,《吉林艺术学院学报》2005 年第 3 期。

中独立出来的舞蹈小品。以流行于福建泉州鲤城、晋江、石狮一带的《纱船舞》为例："《纱船舞》总体上与我国北方广泛流行的《划旱船》《陆上行舟》基本相同，也是由一人或二人在腰间系挂一条以竹篾编扎、以薄纱绸绷围的'纱船'来表演。'纱船'的船底离地约0.3米，以细软蓝纱打褶围起，作'海水'，并用以遮住演员走动的脚。表演时，演员来回走动，观众则看见'彩船'在荡漾起伏的水面上飘动划行。泉州的《纱船舞》与北方《划旱船》不同的是，《纱船舞》表演时，在演员的腰部下还要装上二条假腿，配上服装，使观众乍看之下像是一个真人正盘腿坐在船上；若由二人表演，则装上二双假腿成一前一后盘腿而坐。《纱船舞》表演时，演员旦扮大家小姐'盘腿'而坐船上，随着飘荡的彩船一路观赏两岸的景色，做各式各样的身段动作，如看岸边花灯、鳌山、妆人、放炮等等。有的还边舞边说边唱，把表演和周边的景物联系在一起。若是二人表演，则由一男性演员丑扮老艄公，一路悠然举棹划桨。一女性演员旦扮乘船游春的小姐，二人都'盘腿'坐于船上，老艄公一路慢悠悠划船，一路绘声绘色地给小姐介绍两岸的景物和热闹的景象，小姐则做出各种表情动作，一路与老艄公交流问答，二人互相配合，把一段《陆上行舟》的舞蹈表演得惟妙惟肖，令人信以为真。"[①] 这种通过虚拟化、程式化表演表现假定性空间的舞蹈还有很多，民间社火中的《跑驴》《蚌壳舞》《竹马》《鲤鱼灯》等都是类似的舞蹈。

这种用"虚"表现"实"的手法，在一些宗教仪式舞蹈或送葬舞蹈中也经常出现，以傈僳族的丧葬舞蹈《诗得德》为例："傍晚开始举行的诗得德，首先由死者的亲属独舞'腊得美'（意为背背箩）。舞者背一个竹制篾箩，箩

① 蔡湘江：《泉州民间舞蹈》，福建人民出版社2006年版，第161—162页。

内装有死者生前的生产、生活用具和食物（男性为一杆秤、一把犁头、一根驾驭牛的牛脖绳和牛抬杠绳、一把草烟、一瓶酒；女性为织麻用的纺织机、梭子、镰刀、梳子和生活物品）。舞者边舞边向死者交代诸事，大意为：生前你是犁地的，到了阴间你照样耕种，活着你是做买卖的，死后你还要做生意等等。舞者在口弦的伴奏下，按逆时针方向围棺边说边舞三圈后，把篾箩放在棺旁，意为把死者的东西送到了亡灵所归宿的地方。尔后，又按顺时针方向跳四圈，意为舞者从阴间返回阳世。接着，乡邻亲友们便拉手围棺舞蹈，用舞蹈来哀悼死者，寄托人们对死者的怀念之情，同时也送死者顺利归宗。"[①] 在西南少数民族中丧葬仪式中，用舞蹈来演绎神秘空间，将亡魂送至类似苗族的"东方"、氐羌民族的"祖先之地"的做法比比皆是。以纳西族的丧葬仪式为例，出殡当天不仅有东巴带领死者家属亲友举行送魂开路仪式，跳《哦忍仁》（也称《哦热热》《仁美蹉》，一种专门守护死者尸体的舞蹈），以及念经作法超度死者亡魂指引其回归祖地，还有一种专门用于丧葬和超度亡灵仪式的长卷绘画《神路图》，当地人称它为登天路图，描绘的是人死后其亡灵从地狱在东巴祭司的引导下来到神界和三十三层天上的一条漫漫长路，东巴依照《神路图》指引的路线跳舞送亡，表示将亡灵从地狱逐层向上超度，使其升级回归神界，表演严格依照规定的程式展开，一步不能错。

尽管中国民族民间传统舞蹈非常擅长通过舞蹈者以"虚"带"实"的表演，将一些登山涉水、上天入地、骑马坐轿、乘车泛舟等演出文本设定的假定性空间真实地表现出来，使文本叙事连贯顺畅、活灵活现，让观众产生身

---

① 《中华舞蹈志》编委会编：《中华舞蹈志·云南卷·下》，学林出版社 2007 年版，第 551—552 页。

临其境的感受，但通过设置不同的空间场景，呈现演出文本所应表现的空间，类似舞剧演一幕换一景表示时空转换，这样的空间表现方式也不在少数。例如在一些地方赛祭中进行酬神许愿、驱疫逐邪、祈福禳灾活动表演的乐舞或队戏，就经常使用这样的方式，正队戏中的关公戏剧目《过五关》或《五关斩将》就具有这样的空间表现特点。“队戏还有一个特点，这就是它演出的场所不限在舞台，而且不限于一处，可以随着内容的变化改变演出地点。今天上党地区农村仍然保存着这古老的表演形式。比如《过五关》的演出，就是由村民装扮成关羽、甘、糜夫人、部将等人物，骑马乘车，沿路表演。每到一‘关’，即上舞台与敌将对垒开打，然后又车骑驱驰，再到另一舞台。如此路上台上往复表演，直至过了五关斩了六将才告结束。”[①]不仅关公戏如此，很多地区的秧歌也是从进村到出村一直都在换着不同场地进行表演，如山东胶东半岛地区的《海阳秧歌》会在“乐大夫的统一指挥下，仪仗前导，乐队伴奏，舞队载歌载舞，完成‘拜进’、‘串街’、‘走大阵’、‘耍小场’、‘走阵式’、‘演场’、‘拜出’七个表演步骤”[②]。其中“拜进”又称“三出三进”，是在东道主村的村头进行的，表示秧歌队上门拜访，行拜见之礼；“串街”是秧歌队向表演场地推进时的表演形式，在村中步道上行进的同时进行秧歌队表演实力的展示；“走大场”“耍小场”“走阵式”“演场”是在东道主村规划设置好的主场地进行的，表演《海阳秧歌》最为精彩的诸项演出内容；“拜出”也叫“收场子”，即乐大夫率队离村时的表演，也是秧歌队演出结束时对东道主村行的告别礼，边拜边出结束表演，离村返回。

① 容世诚：《戏曲人类学初探：仪式、剧场与社群》，广西师范大学出版社 2003 年版，第 17 页。

② 于春华：《中国海阳大秧歌探索与研究》，中国文联出版社 2004 年版，第 164 页。

三、地理生态空间

（一）地理生态空间与舞蹈生成

无论是人类学还是舞蹈学，都不约而同地关注到地理环境与社会文化的关系，或者生态环境（自然生态、社会生态）与文化的关系。美国人类学家朱力安·海内斯·斯图尔特（Julian Haynes Steward）是首次提出“文化生态学”（Cultural Ecology，1955 年）概念的人，并“认为人不是这一生命网（传统生态学视自然环境为总生命网，人是这一生命网的组成部分）的被动部分，因为人类创造了文化这一超有机体因素。因此，文化生态学要研究生态环境、生物有机体与文化要素三者之间的关系，而不是像传统生态学那样仅研究自然环境与生物有机体之间的关系，文化生态学认为，文化在人类与其生态环境之间起着举足轻重的作用，人类通过文化认识到能源或资源，同时又通过文化获取、利用能源或资源。因此，他非常强调文化与环境之间的相互作用和相互关系”[①]。在“文化生态学”的视域里，社会文化与自然环境之间相互影响、相互作用、不可分割，特别是地形、地貌、气候、土壤、植被等自然条件的影响，会给文化的产生和发展提供特殊的、独一无二的场合和情境，相似的自然生态会造就相似的人类文化。“文化生态学”作为一门交叉学科，一是研究自然环境对社会文化的影响，二是研究社会文化对自然环境的反作用，主张将文化放到一定区域的整体环境中去（包括自然环境和社会环境），从人、自然、社会、文化的各种变量的交互作用中研究文化产生、发展的规律，用以寻求不同民族文化发展的特殊形貌和模式。

① 夏建中：《文化人类学理论学派：文化研究的历史》，中国人民大学出版社 1997 年版，第 228—229 页。

在国内，把舞蹈和生态学结合起来研究中并著书立说的是资华筠，她在《舞蹈生态学导论》“绪论”中写道：“舞蹈生态学是一门研究自然和社会环境与舞蹈的关系的科学。它把舞蹈置于相互联系、相互作用的系统中进行宏观的、多维的综合考察，确定自然的或社会的诸多因素中哪些影响和制约了舞蹈，以及它们以何种方式、何种程度影响和制约着舞蹈的发生、发展及表现形式，以期通过这些探讨，对纷繁复杂的舞蹈现象进行解释，揭示舞蹈自身的规律。”① 对于“舞蹈生态学”而言，影响舞蹈形态、功能、源流、播布区的主要因素是自然环境和社会环境，以舞蹈与环境关系为出发点，把舞蹈置于一定的环境中研究、分析、阐释，总结概括出舞蹈的发生、发展规律，是其研究的原理。与“文化生态学”强调的越是简单、原始的生产技术（包括社会）越是更多受环境（自然环境）的制约不同，“舞蹈生态学”更注重舞蹈文化与社会生态的关系，如：“舞蹈生态学把舞蹈这种人类行为作为研究的‘核心物’，社会文化环境则是这个核心物的主导性生态环境，至于自然环境一般只起‘外围’作用。舞蹈与生态环境之间的交互作用常常是通过心理机制。凡此种种，大大增加了问题的复杂性。譬如，通常生物生态学家关心的是在环境影响下生物实体的生存或繁衍，而舞蹈生态学的研究要考虑到更多、更高层次的现象，并不仅限于舞者这一实体。”②

除了“文化生态学”和“舞蹈生态学”从自然环境与社会文化的交互作用展开研究，用来解释和说明文化（包括舞蹈）适应环境的过程，以及两者之间的交互作用如何影响文化的形成和产生，并发展成不同的文化类型和文

① 资华筠、王宁、资民筠、高春林：《舞蹈生态学导论》“绪论”，全如瑊审订，文化艺术出版社 1991 年版，第 1—2 页。

② 资华筠、王宁、资民筠、高春林：《舞蹈生态学导论》“绪论”，全如瑊审订，文化艺术出版社 1991 年版，第 5 页。

化模式外，也有学者从地理环境对民族民间舞蹈文化的影响和制约入手展开探索，如："事实上，从我们看到的众多的各民族的民间舞蹈中，可以明确地知道，无论是哪个时代的民间舞蹈，无论发育的程度如何，也无论是哪个民族或地区的民间舞蹈，都蕴涵着大量的自然地理特征给予的信息，各民族民间舞蹈的风格、动律、姿态、步伐等，无一不在一定程度上反映着其生成的自然地理环境的基本特点。或曰，各民族的民间舞蹈，都以各民族特有的表达方式，表现着其舞蹈生存环境赋予的自然的特点，并且这些特点是每个民族的舞蹈文化中所特有的，是标志性特点，标识着该民族的舞蹈文化。"[①] 在李雪梅看来，自然地理环境对于一个民族舞蹈的发生、发展有着至关重要的影响，因为自然地理环境的种种差异，决定了在该环境中生存的人类群体的生物性特征，以及他们创造的物质文化和精神文化的特有类型，所以有什么样的生存环境，就会产生什么样的舞蹈，一个民族舞蹈的产生与发展是适应自然地理环境的结果。

就中国民族民间传统舞蹈而言，"民族地域性"是它界定自身舞种属性的根本特征，离开了这个特性，它基本上与其他舞种并没太大区别，有些舞种自身承载的内容较少，舞种呈现的同质化特征明显，所以对于空间的探索，只需关注舞蹈展演的物理空间即可。中国民族民间传统舞蹈自身庞大、复杂、多元，只研究舞蹈的物理空间不能说明一切，还需从它生长的自然环境、社会环境入手进行分析、探索，因为不同民族民间舞蹈风格的形成，与其所处的自然地理生态环境密切相关。"自然和文化之间的这种对应依存关系不只在音乐中，在其他文化事象中也同样存在。舞蹈和音乐一样都有依自

---

① 李雪梅等:《地域民间舞蹈文化的演变》，文化艺术出版社 2004 年版，第 23 页。

然区域之变化而相异的特点，自然生态之所以会引起舞蹈生成与传承的差异性，是因为人类的活动时时刻刻都离不开自然生态。自然生态中的山水草木、飞禽走兽不仅是舞蹈拟象的不竭之源，而且给舞蹈提供了呈现的活动空间，同时又形塑着舞蹈的表现形态。换言之，自然生态是民族民间舞蹈产生、变异与发展的依托，它既孕育了丰富多样的舞蹈形态，又在历史发展中使文化渐趋定型，打上鲜明特定的自然区域烙印。”① 所以除了物理空间研究之外，对于地域性特征的强调，或者对一种舞蹈地理生态空间的关注，成为中国民族民间舞蹈研究者关于空间研究达成的共识，甚至还发展成为一种学说（如舞蹈生态学），一种具有独特研究视角的方法论。不同的地域环境会产生不同风格特征的舞蹈，而这种差异和不同恰好是中国民族民间传统舞蹈各美其美、美美与共的根本，民族性历时态的纵向传承与地域性共时态的差异形成的合力，共同铸就了中国民族民间传统舞蹈文化多元、风格迥异、形态万千的舞种特质。

因此，关注和强调舞蹈地理生态空间研究，成为挖掘与发现中国民族民间传统舞蹈排他性特征的根本，也成为鉴定和划分舞蹈文化类型的依据，如：“民间舞蹈形态特征的形成受生存环境影响的观点已成为人们的共识。而这里的环境主要指的是自然环境，如地势、气候。有人对中国民间舞蹈作比较时指出：‘总体来说，有南柔、北刚的区别。北方寒冷，人们跳舞时的动作必定得激越、强烈，正是隆冬季节的元宵节，在室外舞蹈，必须不停地动、快速地甚至是激烈地跳，才可增加热量，这就是北方舞蹈又一大特点’，而‘长江以南的舞蹈尤显秀丽灵活，这与南方气候炎热潮湿有关，南

① 石裕祖、秦莹：《云南民族民间舞蹈文化传承规律及其发展趋势综合研究》，载石裕祖主编《民族舞蹈文化传承发展论纲》，云南大学出版社 2010 年版，第 311 页。

方人的性情较温和，与山清水秀的环境、柔和的语言、单薄而多彩的衣着均有关，舞蹈时不大使力气，动作显得自然流畅’。也有人认为，长期居住在高山地区的民族舞蹈，呈现‘一顺边’的动态，其成因在山里劳作的布依人为减轻爬山时挑担的重负，习惯用同脚同手向同方向用力，使担子在惯性作用下，有规律、有节奏地颤悠以减轻负荷，这也适用于缓和下山时的冲力，使身体与担子协调摆动，于是，在蜿蜒崎岖的陡峭山路行走中形成了轻盈洒脱的‘一顺边’动律。”[①]罗雄岩老师对中国民间舞蹈“五种文化类型”的划分，就是依据中国不同的地理生态环境，以及在这些不同地理生态环境中居住的民族自身所承传的代表性舞蹈，进行的中国民间舞蹈分布特征的划分，并在其基础上进行了不同文化类型舞蹈一般性特征的归纳与总结。

（二）地理生态空间与舞蹈风格

就地理生态空间与舞蹈风格的关系，资华筠老师在《舞蹈生态学》一书中写道：“在漫长的历史演进中，为高山大海相隔相阻又借助各种环境因素相互联系、相互影响着的广袤世界，孕育出难以尽数的各种民族舞蹈。因其各自固有的、相对稳定的生成环境而具有独特性；又在世代传衍中随着社会发展、人类交流，悄然变化着。对其直观感受所及的特色，我们通常称之为‘舞蹈风格’。任何一种民族舞蹈，在个体或群体性的传承、发展中，必然也必须注重对其‘风格’的学习、继承与凸显。所谓‘风格’，并非只限于外部形体动作，它蕴含着一个民族的社会生活、风俗习性、性格意绪、审美取向……是民族文化特异性最凝练、最鲜明的体现。所以人类学家把民族舞

① 朴永光：《舞蹈文化概论》，中央民族大学出版社 2009 年版，第 101 页。

蹈当做民族的标记，有所谓‘请你跳舞给我看，我好知道你是什么人’的说法。”[①] 风格作为排他性的体现，它的形成是由多重因素造成的，对于中国民族民间传统舞蹈来说，“十里不同天”的自然生态，一定是引起“百里不同俗”舞蹈差异的重要原因。中国面积广大，地形多种多样，全球陆地上 5 种基本地貌类型在中国都有分布，加之山区面积广大，占据全国面积的 2/3，同时气候类型复杂多元，热带雨林气候、热带季风气候、亚热带季风气候、温带季风气候、温带大陆性气候和高山高寒气候在中国均有分布，可以说每一个省份、每一个地州，甚至每一个县市都会分布着不同的自然生态环境。

加之过去不同地域之间交通不便、沟通不畅的客观事实，使得许多地处边陲在荒漠戈壁、高山林海、峡谷沟壑中生存的人们，基本上与外界处于隔离状态，多变复杂的地形地貌给各民族之间的互动交流带来不便，同时也为各民族之间的文化独特性筑起了一道天然屏障，因此保留了许多历史上承传下来的传统民族风俗舞蹈，有了传统或历史形态舞蹈的加持，不同民族、不同地域的民间舞蹈少了些许近似感，多了具有断然性差别的排他性风格。当然任何事情都是相对的，所谓“一步一风景，十里不同天”的复杂地形地貌会阻碍各民族之间的交流与交往，但是人类进步的基础在于思想和精神上的交流，以及文化和物质上的交换，所以任何艰难险阻都不可能阻止不同民族之间的来往互动，历史上的丝绸之路、茶马古道都非畅通无阻的平坦大道，商旅长途跋涉、翻山越岭，面临的各种风险远远超出想象，即便如此，也不妨碍其穿行千年。完全隔绝各民族之间的交流互动是不存在的，再加上中国各民族大杂居、小聚居的分布特点，且很多民族本身就生活居住在被誉为文

① 资华筠、王宁:《舞蹈生态学》，文化艺术出版社 2012 年版，第 9—10 页。

化交流“十字路口”的交通要道上，各民族民间舞蹈在物理生态空间中进行横向生态文化的互动，你中有我、我中有你的互学互鉴成为一种必然。通过与区域外民族的交流，同时与区域内其他民族的互动不断变革更新，一个民族舞蹈吐故纳新的运行机制得以形成，在文化涵化的作用下，不同民族、不同地域的民间舞蹈在肯定与否定、拒绝与接受、学习与排斥的双重价值规范中发展传承，由此形成了水无常势、兵无常形、事无常规、常演常新的舞蹈风格。

如美国哲学家约翰·杜威（John Dewey）所言：“不知道土壤、空气、湿度与种子的相互作用及其后果，我们也能欣赏花。但是，如果不考虑这种相互作用，我们就不能理解花——而理论恰恰就是理解。”[①] 所以想要完整深入地了解一个舞蹈，需要从整体观的视野来研究，将其放入影响和制约该舞蹈发生和发展的整个系统中去考察，将舞蹈从系统中抽离出来进行单向性分析肯定是不行的。物理生态空间因素不仅在舞蹈生成中起了很大的作用，而且在其排他性风格特征的固化定型中也产生了非常重要的作用，因为：“一方面，自然环境相对封闭的地方，地理环境的文化隔绝机制较强，民族民间舞蹈就容易在这样的环境中传承下去并保持原始质朴的成分。如身居阿佤山的佤族，由于崇山峻岭的隔绝，和外界交流较少，民间舞蹈绝大部分带有浓厚的原始性和祭祀性……另一方面，一些居住在平坝地区的民族，如白族、傣族，由于缺乏天然的保护屏障，文化交流频繁，文化融合变迁的态势也较强，其舞蹈形态中往往借鉴了一些其他民族舞蹈的表现形式。当今，由于交通和传媒的发展，打破了自然生态的封闭与阻隔，艺术交流不仅成为可能而

① ［美］杜威：《艺术即经验》，高建平译，商务印书馆 2005 年版，第 11 页。

且越来越频繁密集，在民族民间舞蹈的传承中人为选择的优势远远胜于自然选择。另外，正因为人们对不同自然生态求新求异的审美需求使然，推动了民族民间舞蹈在旅游业中的传承，独具风情的民族民间舞蹈艺术和美好的自然生态两相呼应，相得益彰。”[①] 可见，不同的地理生态空间可以保持一个民族舞蹈的纯正，也可以推动和促进其快速地变异，对地理生态空间的研究，是研究一个民族地域舞蹈在文化传承过程中变与不变以及如何变、怎么变的关键因素，当然这种研究不能只是定位于相对静态的自然生态环境，也要关注在既有的物理空间中动态的人文交流，只有这样才能比较准确、客观地把握一个民族舞蹈风格形成的全部因素。

地理生态空间的差异不仅会造成不同民族、不同地域舞蹈风格的差异，也会造成同一民族、同一舞蹈的差异。以云南大理白族的《霸王鞭》为例：“由于生活在大理坝的白族，背靠苍山，面临洱海，加之历史上的南诏国、大理国又曾在这里建都，故长期受到汉文化的熏陶，因而民族的文化素质较好，心理因素和精神状态都比较开朗轻松，所以大理的《霸王鞭》表现热情奔放，动作之间转换灵活，显出流畅自如、豁达大方的风格。洱源县虽位于茈碧湖周围的坝区，但不属于交通枢纽，故洱源一带《霸王鞭》的打法也与大理坝不同。其风格比较平和、节奏变化小，基本保持中速，动作起伏不大。剑川县的石龙村《石龙霸王鞭》，因地处山区，故以稳沉见长，节奏感特别强，舞蹈缓慢质朴。云龙顺荡的《霸王鞭》由于地处高寒山区，空旷平地极少，不适合集体性大场面表演，一般是节奏慢的男性二人舞或独舞较多。地理位置导致的差异还表现在舞蹈用的道具上。大理地区的《霸王鞭》

① 石裕祖、秦莹：《云南民族民间舞蹈文化传承规律及其发展趋势综合研究》，载石裕祖主编《民族舞蹈文化传承发展论纲》，云南大学出版社 2010 年版，第 312—313 页。

集体性强，要求道具的长度必须适中，以便在连续均匀地颤动中完成灵活多变的动作，所以，霸王鞭的长度大都在60厘米到80厘米之间；洱源的霸王鞭舞在点地时两脚交替踢拨鞭的一端，这种体态舞姿必须有与之相适应的鞭的长度，故霸王鞭的长度都在120厘米左右。云龙的霸王鞭舞，由于动作简单缓慢，表演规模小，长度都在140厘米左右，鞭的长度与表演者肩齐，是白族霸王鞭中最长的一种。”①

又以流传于云南滇南地区个旧、石屏、建水、蒙自、开远、通海、元江等地的彝族聚居区的烟盒舞为例，石屏县的烟盒舞除了有正弦和杂弦之分外，还分为山派与海派，山派就是山区的烟盒舞，主要分布在龙朋、高大、铁索、甸尾一带，以龙朋为代表，海派就是坝区异龙湖畔的烟盒舞，以异龙湖畔的坝心等镇为代表。山派和海派的区别表现在以下几个方面：“首先，山派烟盒舞以跳圆圈舞为主，海派则不跳圆圈舞；其次，山派烟盒舞的人数不限制，多少都可以跳，这与其他地区的四弦舞相似。而海派的人数受到限制，很多套路只能两个人跳，多一个人都不行。民间艺人王保德认为，这是因为古代彝族烟盒舞是在玉龙湖畔的船上跳的，地点相当窄，无法多人同时进行跳舞，所以只能有两个人跳。当然有的套路也要求很多人跳，如棠梨花、石屏干腌菜等都要求很多人跳；第三，山派的双手上下起伏，像飞鸟一样，也称之为‘韧脚弦’，动作上适合跳集体舞。海派的特点是两角左右摆动，两手似游泳动作，也称为‘崴脚弦’。海派舞蹈有八大要素：走、扭、转、卷、登、提、退、崴，起跳时身、手、腰、脚同时动作，大臂抬起前后滑动。”② 可见，即便是同一个民族、同一个支系的同一个舞蹈，因地理生态

---

① 郭田编著:《云南白族哈尼族舞蹈研究》，中央民族大学出版社2015年版，第82页。

② 李永祥:《舞蹈人类学视野中的彝族烟盒舞》，云南民族出版社2009年版，第76—77页。

空间不同，也会产生表演风格上的差异，这样的案例还有很多，如云南傣族因分布地区的不同，有傣泐、傣那、傣亚、傣绷、傣端等自称，以及旱傣、水傣、花腰傣、黑傣等他称，这些他称表述了傣族各支系居住在不同生活空间的客观事实，所以这些不同支系的傣族不仅跳的舞蹈不同，即便是跳同一种舞蹈，其表演风格也不尽相同。

第二节　文化空间

一、广义文化空间

（一）广义文化空间概念

物理空间是指物质存在的一种客观形式，与表现为抽象空间的数学空间不同，它是一种存在于现实世界中的真实空间，由长度、宽度、高度表现出来，由于任何一处自然地理环境都会有长、宽、高及四方上下，所以也可以划归在物理空间范畴之内，只不过表现出比物理空间更丰富的内容，如包括地形、气候（气温、降水、热量、光照）、土壤、植被、河流等要素。然而对于人类生存活动的具体空间而言，仅仅从物理空间或物质空间层面来理解“空间”是远远不够的，它本身还负载了人类文化建构的诸多要素，呈现出较为清晰的文化意义指向。在这里空间既是物理空间或自然世界的组成部分，也是人类“自我呈现”的表述、组织和建构，所以它不再是作为简单的物理空间而存在，某种程度上是一个民族、地域文化的外显表征。因为对于人类而言，“空间建构的能力不仅体现在有形的空间，也体现在精神空间”[①]。所以对于人类建构的不同类型的空间景观，除了从物理空间层面进行分析认知外，还需从精神层面或文化层面加以理解，因为“文化空间是物理的空间和文化的内涵特性共同组成的复合体，文化空间通常蕴含着物质和精神空间的双层统一”[②]。加之文化空间总是透过具象的内容而不是抽象的符号来传达信息，因此了解文化空间的途径是基于感性的“理解”而非逻辑的“臆测”，文化空间的研究就是视觉表征的文化意义研究。

作为物理空间或物质空间与精神空间的统一体，文化空间与物理空间的不同之处在于，它特指具有一定“空间意指”的空间。“所谓空间的意指，就是对自然空间赋予精神和文化意义，或将现成自然物象置于某种特定场域中，通过新的人为‘编码’而赋予视觉形式之所指意义；从而使可见的自然空间具有文化的内涵，并让不可见的心理之象呈现，形成特定的能指符号，如天文观象及其意蕴玄迷的星相，地理脉象及其风水感应的舆图等。另外，利用某些现成物象建构具有精神性、人文性意义的空间，也是一种空间意指的文化行为，它们包括在自然空间营造的文化空间，在世俗空间幻化的神圣空间，在此世空间通连的彼世空间，等等。”[③]文化空间是一种有精神、有内涵、有意义且具有人文特质的物理空间或物质空间，通过物体空间关系的改变，进行文化—心理场域的建构，表达其特定的文化意指，突出具有精神性意义的内涵和文化符号的标示功能。以昆仑山为例，在现实社会中，昆仑山脉就是指位于青藏高原北缘，西起帕米尔高原东部，东到柴达木盆地上游谷地的一座横贯中国西部的高大山脉，在山地面积占据 2/3 的中国，有过之

① 甘满堂：《村庙与社区公共生活》，社会科学文献出版社 2007 年版，第 136 页。

② 转引自唐俊、徐祖祥《空间表征与象征秩序：桂西南壮族乡村治理中传统文化的现代价值重塑》，《云南民族大学学报（哲学社会科学版）》2022 年第 2 期。

③ 邓启耀：《视觉人类学视阈下的空间意指》，《民族艺术》2015 年第 3 期。

而无不及的高山比比皆是，但是在华夏民族心目中，能替代“昆仑”位置的山脉并不多。因为它是《山海经》《竹书纪年》等涉及大量神话故事的典籍中的神山，是离天最近的神仙的居所，是元始天尊、西王母的道场，是通向天界的门户，是人神交会之处，作为中国古代最为重要的地理与文化空间符号，甚至被认为是炎黄子孙的发源地。自此，“昆仑”一词之意已不再是全长 2500 余千米，南北最宽处在东经 90°（达 350 千米），最窄处在东经 81° 附近（为 150 千米）的那座山了，空间的神圣性建构及其文化象征意涵使之成为“万山之祖”，中华文明的重要象征之一，它既是静态的自然地理，也是动态的人文空间。

对于中国民族民间传统舞蹈而言，与剧场舞蹈不同，其展演主要是在物理空间与精神空间合而为一的文化空间中进行。以分布在全国广大地区，一般在农历新年、元宵节、二月二龙抬头等节日举行的“庙会”为例，作为民间歌舞、戏曲、杂技、武术、滑稽表演等乐舞百戏、诸般杂耍最为集中的展演空间，其展演场地多设在寺庙及其周边场所，此时的庙宇不只是容纳、摆设神像的物理空间，也是精神信仰的文化空间，人们乐此不疲地“扑舞殿庭、逞技寺内”，本身就是对寺庙的敬畏和认同，因为“乡村庙宇所代表的是一种‘传统信仰文化空间’，该空间具有三个不同的层次，分别是物理场所、制度仪式以及信仰精神。物理场所是指文化存在与展现的物化形式，比如村庙、社庙和宗祠等具体物态的物理性场所。制度仪式是指村民在这一文化所认定的具体物理性场所中进行规律性的信仰仪式活动，例如祭祖、庙会、游神等。信仰精神则包括了祖宗崇拜信仰和社区神崇拜信仰等观念、行为以及传统。乡村庙宇内的信俗文化与五大宗教不同，是一种泛化的信仰，一种非制度化的信仰，正是由于缺少相关的规章制度，所以这一信仰对于物理空间有着高度的依赖性，依赖空间对其进行规制”[①]。人们围绕寺庙的物理空间进行制度仪式的展演，虔诚表达自己的精神信仰，祈求神祇消灾解厄、增福转运、逐疫祛病、平安纳祥，成为社庙信仰仪式活动长盛不衰的原因，也成为迎神赛社中各种娱神兼娱人的民间歌舞、小戏、杂耍世代永存的关键。

又以广大乡村进行歌舞、小戏展演的戏台为例，在民间，民间歌舞或小戏展演很少有完全独立的表演场所，大多附属在某种有着一定祭祀功能的主体建筑之中，如遍布全国的关帝庙、城隍庙、东岳庙、火神庙、药王庙以及宗祠、宅院等，这些祭祀各路神祇和家族祖先的地方，本身就是与世俗空间有别的神圣空间，在这些祭祀场所设置的戏台，某种程度上是以乐舞百戏酬神的祭台。“戏剧学界普遍认为，现代意义上的戏剧，是脱胎于以歌舞形式所进行的原始祭祀仪式，而当时任何一个进行歌舞仪式表演，在地理位置上高出地面之台的场所，称之为‘祭台’（祭祀之台）、‘献台’（奉献之台）、‘月台’（祭拜日月之台）等，类似于现代戏剧的剧场舞台。‘戏剧发生的逻辑起点既定在先民对神灵的崇拜祭祀信仰，则祭拜仪式即是最原始胚胎期的戏剧表演，祭祀地点即是最早的神庙剧场。’”[②] 由于戏台展演空间的特殊性，戏班来此演出通常都要进行祭台或扫台活动，特别是在新建的戏台或重修后首次演出的戏台，必须要进行打台或破台仪式。打台也叫镇台、祭台、破台、踩台、洗台，是传统戏曲特有的一项信仰习俗，即在正式剧目开演之前要进行“祭台祛邪”仪式，表演一出类似除煞祈福的“破台戏”。届时不但

① 林昊民、甘满堂：《社庙物理空间修复与信俗文化传承——基于山西晋城社庙的实地研究》，《福州大学学报（哲学社会科学版）》2022 年第 5 期。

② 曾澜：《民间傩仪式的空间特性与傩艺人人神角色的偏移——傩艺人身份的艺术人类学探究》，《兰州学刊》2010 年第 10 期。

要准备好礼器、祭品，焚香点蜡拜三方，还要杀鸡泼酒祭全台，破台仪式的表演者多为剧团的“台柱子”或当家花脸，破台前必先净身、净手，保持干净，扮演戏曲中净行（戏曲表演行当俗称花脸）的重要人物角色，进行“祭台祛邪”仪式表演。戏台作为请神、祈神、酬神、谢神的神庙剧场空间，有很多类似印度古典舞不能穿鞋上台表演一样的文化禁忌，如只要开始表演，戏便不能停，所谓“戏已开腔，八方来听，一方为人，三方为鬼，四方为神明!”特别是以宗教故事“目莲救母”为题材的《目连戏》，因舞台场景阴森恐怖、故事情节神秘诡异、剧中角色鬼气十足，为了不给演员造成福祸难料的意外伤害，从开演到结束都会有一系列的禁忌伴随。

（二）广义文化空间与舞蹈

对于空间，传统的哲学理论往往会把空间理解成为一种对象化的空间（the objective space），而《知觉现象学》的作者法国哲学家莫里斯·梅洛－庞蒂（Maurice Merleau-Ponty），却提出了体验性空间（the lived space）的观点。他与德国存在主义哲学家马丁·海德格尔（Martin Heidegger）在空间问题上的认识的不同在于“身体性”，海德格尔否定了通过“身体性”来理解空间性的进路，“而梅洛－庞蒂则认为没有身体就没有空间，我们是借助身体来把握外部空间的，身体图式是我们进入空间和获得空间认识的方式，‘身体性’在空间性的本质建构中具有源始的和奠基的地位”[①]。在梅洛－庞蒂看来，身体对于人和他生活的世界来说具有首要意义，离开了身体的概念，空间则无从谈起，并认为源始的空间（最本原的空间）只能通过身体和

---

① 张浩军:《空间性与身体性——论海德格尔与梅洛－庞蒂空间之思的现象学差异》,《河南师范大学学报（哲学社会科学版）》2008 年第 1 期。

身体性概念来揭示，身体空间相对于数学或物理学的空间而言具有优先地位。他这里谈论的身体不仅仅是作为生物性的肉体，甚至也不能简单地理解为“肉身与心灵的统一体”，他论述的是“作为整体的人的存在”，即一个物质存在与精神存在的交织体，一个“肉身主体”与“在世存在”完整的人。

梅洛-庞蒂认为传统的空间除了可以表述为“被空间化的空间”（espace spacialisé ）与“使空间化的空间”（espace spatialisant）外，还有第三种存在方式，即“身体本身的空间性”，这种不同于外部物体的空间性或“空间感觉”的空间性，不再仅仅是一种“位置的空间性”（une spatialité de position），而是一种“处境的空间性”（une spatialité de situation）。在这里身体不是如同物体一样只是占据了一定的空间位置，成了纯粹的广延物堆积在那里，而是身体自身对于方向和位置的辨别具有构建性作用，身体本身的空间性决定了具体的空间场景，直白点就是空间是在“肉身主体”的“身处于”中展示出来的，他的那句名言“我的身体对于我而言远不是空间的一个部分，如果我没有身体，对我来说也就不存在什么空间”①说明了一切。可见，在他眼中，身体的空间性不是几何学或物理学的空间性，而是一种“肉身主体”处境（身处于）的空间性，身体的空间性是在人的行为活动中实现的，正是人的行为活动使得身体的空间性处境化了。因此，作为一种具身化（embodiment）的空间认知理论，梅洛-庞蒂的观点强调对空间的认知过程根植于身体，身体寓居于空间之中又与空间产生互动，此空间是身体与外部世界互动产生的知觉空间。

身体是梅洛-庞蒂具身认知思想的核心，此处的身体不仅仅是客观意

---

① [法] 梅洛-庞蒂:《知觉现象学》，杨大春、张尧均、关群德译，商务印书馆 2023 年版，第 150 页。

义上的躯体，更是现象学意义上的身体，空间认知过程离不开对身体的感知，任何对空间的感知都是在外部空间和身体空间的双重界域上显现的，在这里人和空间不再是泾渭分明、彼此对立的，因为身体的空间性，人总是置身于某个空间中的人；而空间总是在人的身体知觉场中呈现出来的空间，从知觉现象学来看，人和空间是共生共存、不可分离的。对于中国民族民间传统舞蹈而言，其与文化空间的关系也是如此，没有舞蹈和展演舞蹈的表演者参与，文化空间也不能被称为文化空间，只能是“在世界之中存在”的物理空间或物质空间。以现存于中国诸多省份广大农村遗存的傩舞为例，傩舞又称“跳傩”“鬼舞”“玩喜”“鬼戏”，在民间多以傩仪与傩戏的形式出现，主要是在作为文化空间的傩庙中表演。在具体的“跳傩”活动中，傩庙不仅是祭祀神祇的仪式空间或神圣空间，也成为跳傩表演之酬神娱人的展演空间，没有跳傩、舞傩的表演者或傩仪、傩戏的出现，自然就不会有作为仪式空间或神圣空间的傩庙存在，因为它是跳傩，舞傩，展演傩仪、傩戏的庙宇，所以才被称为傩庙，此时的傩舞和傩庙成为不可绝然分隔的共生体，傩庙的空间属性是由傩舞表演者和其展演的傩仪、傩戏成就的，同时傩庙的存在也使所跳的傩舞具有了与世俗性舞蹈相区隔的神圣性。

傩庙神圣的文化空间是由傩舞表演者的身体行为，以及具体展演的傩仪、傩戏建构的，表演者的角色意识也会随着神庙—戏台空间位置的转移而发生间断性偏移，所谓在傩庙戏台上“戴上面具”即成为神，下台后“卸下面具”则还原成人，在扮演之神与普通之人之间的角色转换中，夯实了傩庙作为仪式空间或神圣空间的存在，因为“对于跳傩艺人自身而言，他们对于人与神的角色意识体认并不是戴上或卸下面具这一简单行为表象所显示的。他们对于人神角色意识的体认，如‘眨眼’一般，是具有情境性的，而这种情境性首先就体现为仪式进程的空间属性变化。跳傩艺人自身对于人神沟通者身份中人与神之意识的体认，会因为其所处仪式进程位置的空间属性而发生微妙的变化，当跳傩艺人置身于神庙的不同位置如傩神像与戏台时，体认是不同的：傩神像的存在赋予空间一种神圣性，神像面前的仪式也是庄严、神圣的，因此跳傩艺人体认更多的是属神的意识；而戏台本身是世俗的，戏台潜在的娱人性质能够让跳傩艺人意识到自己的扮演行为而从神性的体认中退出，回到世俗性的人的体认之中。即使是他们处于同一位置，这一位置在仪式的不同阶段也可能具有或神圣或世俗之不同属性，从而改变他们对于身份中人与神之意识的体认。这样，傩艺人身份意识的变化实际上与空间属性不可分割，空间属性的变化以及由此带来的情境性氛围和认同，使得跳傩艺人能够意识到不同仪式场景中角色的变换以及由此变换所应该达到之不同体认效果”[①]。跳傩艺人的身份认同隐含着一种复杂的空间位置感，而这种神与人之间的身份认同转换是通过不同的空间位置实现的，正是跳傩艺人在不同空间位置中扮演的角色和舞蹈行为，让人们感知到仪式空间的场景效果，傩庙神圣空间的界定在某种程度上是“演”出来的。

又例如哈尼族的寨门同其他民族的寨门有所不同，即便是用竹木或石头搭建的极为简陋的建筑，或者就是两三根拦不住任何东西的门框，它也是神圣不可亵渎的，因为它是人与鬼、内与外分界的重要标志。在哈尼族的宇宙观中，世界分为三个层次即神界、人界、鬼界，神界是天神“莫咪”和诸神以及先祖们生活的地方，地界是人、畜生活的地方，鬼界是鬼魂、妖魔生活的地方，对哈尼族来说，寨门是人界和鬼界的分界点，寨门外的世界是危险所在，寨门是庇佑族人不受伤害的安全门，是由寨门神“老扛神”（哈尼语

---

① 曾澜：《民间傩仪式的空间特性与傩艺人人神角色的偏移——傩艺人身份的艺术人类学探究》，《兰州学刊》2010年第10期。

“勒扎米坑德”）守卫的地方，寨门神的喜怒哀乐直接关乎全寨人的命运，所以每有重大节祭活动必须祭祀。祭祀寨门神是一项重大又严肃的事情，祭祀之时，“哈尼族认为，人来到这个世间的时候是干干净净的肉身，祭寨门神也是要干干净净地祭祀，为了不染上不干净的东西，避开邪魔的邪气，就要在身上涂上这些驱邪的泥料，这样才能诚心地敬奉神灵。在祭祀寨门神的时候，他们（只有男性）表演的舞蹈是传统的铓鼓舞，舞者怀着敬畏之心，以庄严肃穆的舞蹈，求门神护佑全寨人畜平安。整个舞蹈以寨门为中心，人们时而跪拜，时而围着寨门跑动，时而集聚于寨门之下，时而分散到寨门四周，‘最玛’（祭师）口中念念有词：‘门内是人在的地方，请老扛神不要把山间野鬼放进来，不要把灾难放进来，不要把瘟病放进来，把它们全部拦在门外边，保佑寨子里的人无病无痛，保佑全寨平平安安！’”[①] 作为文化空间的寨门，是通过哈尼人虔诚的日常行为和祭祀舞蹈被感知的，没有这些虔诚的日常行为和祭祀舞蹈，也不会感受到其所代表的人与鬼分界线的文化表征，可见，文化空间与舞蹈之间的关系是互动的、不可割裂的，它们是一种互为依托、相互佐证、彼此成就的关系，对于寨门而言，没有虔诚的日常行为和祭祀舞蹈，就没有它作为神圣文化空间的存在，人们是借助身体和舞蹈来认知和把握相关的文化空间的。

① 张谛：《哈尼族舞蹈生态学研究》，民族出版社 2016 年版，第 46 页。

二、狭义文化空间

（一）狭义文化空间概念

广义的“文化空间”，作为物理空间或物质空间与精神空间的统一体，特指具有一定“空间意指”的空间，即一个具有文化意义或性质的物理空间、场所、地点。狭义的“文化空间”与之不同，它是联合国教科文组织在保护非物质文化遗产时使用的一个专有名词，特指非物质文化遗产中的一种形态和样式，其本身就可以成为世界非物质文化遗产代表作。“《联合国教科文组织宣布人类口头和非物质遗产代表作申报书编定指南》中，‘口头和物质遗产的种类’一节中明确写道：宣布人类口头和非物质遗产代表作针对的是非物质文化遗产的两种表现形式。具体而言，一种表现于有规可循的文化表现形式，如音乐或戏剧表演，传统习俗或各类节庆仪式；另一种表现于一种文化空间，这种空间可确定为民间和传统文化活动的集中地域，但也可确定为具有周期性或事件性的特定时间；这种具有时间和实体的空间之所以能存在，是因为它是文化现象的传统表现场所。这一描述不仅把文化空间与各文化表现形式等量齐观，而且指出文化空间既可以‘地域’为主，也可以‘时间’为主，但两者都必须有符合标准的文化现象存在。”[①] 在这里，狭义的“文化空间”作为与语言、文学、音乐、舞蹈、游戏、神话、礼仪、习惯、手工艺、建筑术及其他艺术等非物质文化遗产表现形式并行的概念，不能仅仅理解为某个地点、场所或一个有“意指”的物理空间，它是一个集中举行传统文化活动的场所，也可定义为一段通常定期举行特定活动的时间，

---

① 向云驹：《论“文化空间”》，《中央民族大学学报（哲学社会科学版）》2008 年第 3 期。

这一特定的时间和空间之所以能够存在，是因为它们是非遗传统文化表现形式活动与展演的时空。

在具体的表述中，狭义的“文化空间”有时也被译为“文化场所”，两者阐释的对象和说明的意义是一样的。非物质文化遗产使用“文化空间”一词，最早见于联合国教科文组织发布的《宣布人类口头和非物质遗产代表作条例》，条例界定“文化空间”为非物质文化遗产的重要形态，并对其概念解释道：“在进行这种宣布的范围内‘文化场所’的人类学概念被确定为一个集中了民间和传统文化活动的地点，但也被确定为一般以某一周期（周期、季节、同程表等）或是以一时间为特点的一段时间。这段时间和这一地点的存在取决于按传统方式进行的文化活动本身的存在。”① 狭义的“文化空间”作为一个从人类学借鉴而来的概念，想要弄清其内涵实质，需对人类学“文化空间”进行解释和分析。“人类学的‘文化空间’和传统的‘文化空间’概念的区别，与非物质文化遗产和物质文化遗产之间的区别是类似的。所以，人类学的‘文化空间’就必然包括了一些截然不同的内容。比如，它既有一定的物化的形式（地点、建筑、场所、实物、器物等），也有人类的周期性的行为、聚会、演示，而且这种时令性、周期性、季节性、时间性的文化扮演和重复反复，才是一种独特的文化空间或文化形式。就是说，人类学的‘文化空间’，首先是一个文化的物理空间或自然空间，是有一个文化场所、文化所在、文化物态的物理‘场’；其次，在这个‘场’里有人类的文化建造或文化的认定，是一个文化场；再者，在这个自然场、文化场中，有人类的行为、时间观念、岁时传统或者人类本身的‘在场’。在某种意义

① 冯骥才主编:《中国民间文化遗产抢救工程普查手册》，高等教育出版社 2003 年版，第 218 页。

上，也可以说，有人在场的文化空间才是人类学意义的文化空间，才是非物质文化遗产的文化空间；反之，如果物是人非，此地空余黄鹤楼，那就只能是物质遗产（或曰狭义的文化遗产）。”[①]

可见，狭义的“文化空间”与“自然空间”或“物理空间”截然不同，“‘文化空间’不同于一般的空间观念，是因为它不是指自然地理或物理学意义上的空间，而是一个具有‘文化’涵义的独特概念，是指人的活动范围或一种生活‘样式’所在的社会空间。但它又绝不是单纯的‘文化’与‘空间’的结合体，不是某种文化存在和传播的载体、分布空间、群体或延续时间，也不是某种文化形式或文化传统。从诸多细则说明和定义来看，这一概念蕴涵着非常丰富的历史和人文意义。它既可以是一种艺术形式、一种传统节日，也可以是一种宗教信仰形式。它包括某种特殊文化形式存在或传承的时间与空间、与该文化相关的群体、连续性的文化习俗和传统、民居建筑、具有一定特色的节日和庆典活动、民俗礼仪活动，等等”[②]。当然它也与广义的“文化空间”不同，广义的“文化空间”强调的是“文化”与“空间”的结合体，而狭义的“文化空间”还包括了周期性的时间、在场参与的人、特定的传统文化活动等，它既是一个物理场，也是一个文化场，还是一个时间场，强调的是有一定物化空间、有一定周期性行为、有一定时间观念，以及包括人类本身的“在场”，所以它可以是文化节日、文化仪式、文化活动、文化群落、文化建筑，甚至是文化遗址，等等。

“日本学者认为‘文化空间’不仅具备历史性、风土性、地域性、民族性等特征，并且囊括了现有时空中实际生活运行的状态。‘文化时空’

---

① 向云驹：《论“文化空间”》，《中央民族大学学报（哲学社会科学版）》2008 年第 3 期。

② 陈虹：《试谈文化空间的概念与内涵》，《文物世界》2006 年第 1 期。

(cultural space and time)似乎在语义学上比‘文化空间’更为精确。因为，文化本身是纵横交织在时间领域（纵向性、历史性）和空间领域（横向性、地域性）之内的，任何事物的空间和时间都是一体的，文化也是如此。将空间性与时间性分割开来去谈文化，只能是抽象的、片面的现实文化。”[①] 狭义的“文化空间”作为来自人类学的概念，曾经被定义为“一个集中举行民间传统文化活动的场所”(a place in which popular and traditional cultural activities are concentrated)，在非物质文化遗产的借用中扩容、壮大，增添了诸多新的文化意指。它作为一个从“物理的存在”向“人文的存在”转换的概念，兼具空间性、时间性、文化性等多种特质，已非一般意义上的空间概念，它不但反映了某个民族的历史观、时间观，还关注其重大的历史事件或文化传统，同时该民族的生活节奏、民风民俗、节日庆典等也都囊括其中。

因此，狭义的“文化空间”可以是一个民族的民间节日，如藏族的雪顿节、望果节、赛马节，维吾尔族的肉孜节、古尔邦节，彝族的火把节、赛衣节、三月会，等等；也可以是一个民族传统的宗教祭祀活动，如蒙古族的祭敖包、苗族的祭鼓节、羌族的皮鼓祭、汉族的谒庙、满族的“春秋大祭”等；还可以是一个民族不同类型的民间歌会、闹场，如壮族的赶花街、歌圩，侗族的姑娘节、赴歌会，苗族的跳花场、赴秋坡，等等；一些宗教乐舞仪式包括它们展演的场所也可以涵盖其中，如藏族的《羌姆》、满族的《萨满》、汉族的《傩戏》、纳西族的《东巴舞》、羌族的《端公戏》等。遍布在各民族、各地域中多不胜数的宗教信仰仪式、传统节庆活动、庙会、歌会、花儿会、歌圩、赶坳、集市等，不仅是人们在相对固定的时间和空间里，进

① 陈虹:《试谈文化空间的概念与内涵》,《文物世界》2006 年第 1 期。

行传统文化表现形式集中展现的场合，也是最典型的具有民族特色的文化空间，更是中国民族民间传统舞蹈展演的平台，中国民族民间传统舞蹈作为在这个特定时空中展演的传统文化活动，与狭义的“文化空间”的关系是相互依存、互为依托、紧密相连的，狭义的“文化空间”（这段时间和特定地点）的存在，取决于中国民族民间传统舞蹈和其他传统文化活动本身的存在，而这段时间和特定地点（狭义的“文化空间”）又决定着中国民族民间传统舞蹈的存在，或者制约和影响着中国民族民间传统舞蹈演什么、怎么演、谁来演、为什么演的舞蹈构成，如同过春节和扭秧歌的关系一样，两者互为前提，不可分割。

（二）狭义文化空间与舞蹈

有学者对世界前三批列入人类口头和非物质遗产代表作的 10 项“文化空间”形态进行分析，总结归纳出以下基本特征：“是一个独特的地理区域，或为广场，或为村落，或为海岛，或为牧场；有独特的自然环境和指定地理空间与范围；这个地理空间中的所有文化都被纳入代表作，但是有时可能是以其中的一种最重要、最醒目的文化为典型；往往有独立的民族群体、社区以及独特的语言和历史；等等。总之，文化空间从其自然属性而言，必须是一个独在的文化场，即具有一定的物理、地理空间或场所，这个场所有时具有文化景观遗产那样的景观价值，有时只是普通的场所，有时是神圣的场所，有时甚至是不固定的场所（如游牧民族的居无定所），但是有固定的时间和随意的场所相结合。文化空间从其文化属性看，则往往具有综合性、多样性、岁时性、周期性、季节性、神圣性、族群性、娱乐性等等。文化空间的自然属性的表现形式是：文化广场、广场文化、宗教场所、古村落、海岛、集镇中心、‘大房子’、庙宇寺观教堂、神山、圣山、湖泊等等；文化空间的文化属性的表现形态则有：岁时性的民间节日，神圣的宗教聚会纪念日，周期性的民间集贸市场，季节性的情爱交流场所，娱乐性的歌会舞节，盛大的祭祀礼仪及其场所，语言，族群的各种独特文化，独特的历史传统，等等。综合自然属性和文化属性的文化空间，就成为活态的生态的文化遗产，是非物质文化遗产最为集中、最为典型、最为生动的形态和形式。”①

狭义的“文化空间”或作为非物质遗产代表作的“文化空间”，一方面强调的是某个民间和传统文化活动集中的地区，另一方面关注的是一段通常定期举行特定活动的时间，与一般意义上的空间概念（物理空间）相比，会给人一种无所适从的感觉。在这里，时间与空间不可分割，同时时间、空间又与传统文化活动互为表里、相互依存，其“混沌、关联、综合”的特性，导致不能孤立、打碎、割裂地看问题，任何不从整体观出发的认识都是片面的。因此，非物质遗产代表作“文化空间”的具体形态会呈现出多样化的形态：“有些文化空间以地域和族群为核心，是一个独特地域独特人群创造和使用的独特文化；也有一些文化空间以族群与时间为核心，是一个独特的人群在独特的时间表现的一种独特的文化。族群与时间相结合表现出的‘文化空间’，就是前述教科文组织‘文化空间’定义中的‘但也可确定为具有周期性或事件性的特定时间’的文化空间（即只注重时间的所谓文化空间），是‘具有时间的空间’。”② 狭义的“文化空间”或者作为非物质遗产代表作“文化空间”概念的界定，给中国民族民间传统舞蹈研究带来很大启发，某种程度上中国民族民间传统舞蹈展演的时空，很多时候也表现出一种“混沌、关联、综合”的特性，特别是当下许多传统民族民间舞蹈展演，并非都

① 向云驹：《论“文化空间”》，《中央民族大学学报（哲学社会科学版）》2008 年第 3 期。
② 向云驹：《论“文化空间”》，《中央民族大学学报（哲学社会科学版）》2008 年第 3 期。

在固定的时间、固定的地点进行程式化的表演，即便是很多仪式性舞蹈，也会时常移出固有的表演场所，或在非特定的时间中展演，因此，就制约和影响中国民族民间传统舞蹈演什么、怎么演的文化时空，需要根据具体的演出场景来界定，从狭义的“文化空间”入手，可以发现该舞蹈新的意义表达和由此衍生出来的不同以往的表现形式，以此丰富和完善相关的研究。

当下的人类学研究有一种“多模态转向”。“模态指人类通过感官（如视觉、听觉）与外部环境（如人、机器、物件、动物等）之间的互动方式。用单个感官进行互动的叫单模态，用两个的叫双模态，三个或以上的叫多模态。区分的关键在于有几种感官参与。多模态与现代脑神经科学的‘感官模态系统’（sensory modalities）有关，是指多个感觉器官加上处理各自信号的神经系统。强调多感官感知，视觉、听觉、味觉、嗅觉、触觉、动觉，以及各种感觉系统间的联觉，是多模态研究的重要学术路径。在人类学家眼中，‘感觉既是身体行为，也是文化行为：视觉、听觉、触觉、味觉和嗅觉不仅是理解物理现象的手段，也是传递文化价值观的渠道’。多感官人类学正是在此意义上的探索。”[①] 狭义的“文化空间”在综合性、场景性、互动性、交感性上与之有着异曲同工之处，因为在其中，物理或地理空间、周期性或事件性的时间、以传统方式进行的文化活动、人类本身的“在场”等，几者之间的相互作用、相互影响，共同构筑了狭义的“文化空间”，多维度、综合性、互动性的探索正是此概念的价值所在。

人类学“多模态转向”的一个重要原因就是对科学主义分科“纯化”研究的规避，因为“科学主义观念处于一统天下时，理念与情绪情感、视觉与

---

① 王建民、曹静：《人类学的多模态转向及其意义》，《民族研究》2020 年第 4 期。

其他感知形式、文字与图像等往往被切割成相分离的，甚至可能对立的领域。人类的文化感知和表达传递通常并非仅利用单一感官、单一媒介，而是通过不同的交流渠道、感官感知方式、具体表达模式的交融和混杂运用来进行的。人脑并非是将世界感知为碎片化的且相互分割的图像、声音等，而是通过不同感官通道接收信息，整合同一和不同感官通道的各种信息，形成整体的知觉。某个感官通道信息缺失或不协调就会影响整体的知觉体验”[①]。对于中国民族民间传统舞蹈研究而言也是如此，空间是制约和影响舞蹈形成和发展的核心要素，如果只是将其定位于物理空间，本身就会丧失对空间所蕴含的文化意义的理解，如果将时间、空间、其他文化活动与舞蹈对立，得到的信息一定是碎片化的、不全面的。以彝族火把节这一文化空间为例，每年一到彝历“虎月”（阳历七月），人们就会在各村各寨选定的地点竖立起大火把，各家门前竖起小火把，入夜之后，人们点燃小火把绕村寨、田间游巡后，便集中在寨中的大火把周围，弹唱、跳舞，彻夜不息。妇女跳的《都火》（也称“朵洛荷”）作为火把节的特定歌舞，对它的理解和认知是不能脱离彝族火把节的时间、地点，以及伴生的赛马、斗牛、射箭、摔跤、拔河、荡秋千、选美等其他文化活动的，因为《都火》在火把节中不是以独立或分化形式存在的，它以文化丛、文化综合的形式呈现，将其放在非物质文化遗产视角下的“文化空间”概念中理解，相信能获得更多、更精彩的文化信息，因为火反映的是彝族的价值观念和审美信仰，年复一年地重复，周而复始地演绎，强化的是民族的集体记忆和文化认同。

又例如，云南大理本主节的祭祀活动，作为极具代表性的非物质文化遗

---

① 王建民、曹静：《人类学的多模态转向及其意义》，《民族研究》2020 年第 4 期。

产“文化空间”，“在本主节的祭祀活动中，以‘娱神’的名义开展着各种不同的艺术活动，凡是集体性的本土祭祀活动，都明显带有娱乐性。本主节时，莲池会、洞经会，及本主所在村落的村民，都会牵头举行祭祀仪式，村民们念经送佛，耍龙舞狮，对白族调，唱大本曲，奏洞经古乐，表演白族歌舞，家家户户杀猪宰鸡，接本主出巡或到本主庙进贡三牲、果品等。其艺术文化的发展也跟随本主节延续至今，很多古曲、小戏、舞蹈、对唱，就是在这样的民间信仰环境中得以保存延续下来，并发展传承至今。白族艺术文化的造诣及成就极高，其中白族民居建筑、绘画、手工艺蜡染、银饰、古乐、大本曲、民间舞蹈等方面都已经系统化。本主节作为白族的主要节庆祭祀活动，每逢本主节，都有专门的表演队伍来表演白族舞蹈，以达到娱神娱人的目的。‘霸王鞭舞’‘八角鼓舞’‘双飞燕舞’这三种白族典型的代表性舞蹈，从古至今始终贯穿于白族的整个祭祀仪式中”[①]。可见，研究白族《霸王鞭》《八角鼓》《双飞燕》这样的民间舞蹈，真不能就舞蹈谈舞蹈，需要将其放在狭义的“文化空间”中阐释分析，因为它们是在特定的时间、特定的空间、特定的仪式中，与其他文化活动一同以文化丛、文化综合形式集中呈现的，想要深入全面地了解和认知，就不能将其独立、分化或单拎出来，因为它们与仪式中的其他要素是一体的，互为依存、相互制约，以彼此存在为前提，只有将其放在整体性的文化场域中理解，才能明白它的发生、存在和在仪式中的文化功能。

① 郭田编著:《云南白族哈尼族舞蹈研究》，中央民族大学出版社 2015 年版，第 67 页。

三、仪式象征空间

（一）仪式象征空间概念

人类学家维克多·特纳将仪式描述为："用于特定场合的一套规定好了的正式行为，它们虽然没有放弃技术惯例，但却是对神秘的（或非经验的）存在或力量的信仰，这些存在或力量被看作所有结果的第一位的或终极的原因。"[①] 波比·亚历山大（Bobby Alexander）从仪式的表演和转换角度谈道："就最一般的和最基本的方面说，仪式是按计划进行的或即兴创作的一种表演。通过这种表演形成了一种转换，即将日常生活转变到另一种关联中。而在这种关联中，日常的东西被改变了。"[②] 无论是宗教祭仪还是结婚典礼，无论是出生满月还是送终葬礼，任何仪式的展演环节都是在不同场地、不同空间中转换完成的，仪式空间作为仪式过程的关键要素，具体表现出两方面特征：一是在仪式期间会从世俗空间中隔离出来或建构出来特定的空间，成为专门的仪式空间，或选择在与世俗空间有别的空间中举行仪式活动，如寺庙、教堂、祭坛、洞穴、墓地等，它们与仪式空间有着密切的关系；二是通过仪式的行为活动设置或展演出来特别的文化空间，如丧葬仪式中的阴间和阳间，其他祭祀仪式中涉及的俗世和神界两种不同性质的空间等，这类空间并不都是固定常设的，很多都是动态临时的。仪式空间既是自然世界的组成部分，也是人类建构出来的文化要素，无论哪一类仪式空间，都有着丰富的文化内涵，它是镶嵌在民族地域文化中的多层次、多维度的空间建构。当然不同类型仪式的空间建构，会有较大的差别，有些仪式是在世俗的空间举

---

① [英] 鲍伊：《宗教人类学导论》，金泽等译，中国人民大学出版社 2004 年版，第 176 页。
② [英] 鲍伊：《宗教人类学导论》，金泽等译，中国人民大学出版社 2004 年版，第 176 页。

行，有些仪式则在神秘或者异化的空间展演，不同仪式类型会涉及不同性质的文化空间，类似萨满、东巴、端公、毕摩这样的“仪式主持人”，会利用各种可能、不同手段来沟通、调和贯穿“两阈”（凡俗阈和超凡阈）之间的对立关系。

“仪式本身是视觉性的，无论空间、路线、程序的设置，还是服饰、动作等方面的强调，都给参与者带来丰富的‘场信息’，不过，对于参与者来说，重要的不只是了解仪式带来的知识，而是在仪式空间中感受到的意义指向。”[①] 仪式空间作为视觉化的文化表征，关注仪式空间的视觉性要素，不仅可以发现其文化的表述系统，还可以理解其背后的意义指向，如：“当人们用石头、泥土或树木为死者建造一个墓地的时候，关于生者与死者、肉体和灵魂处于两种空间关系中的意识就产生了。在石器时代的一些墓葬中，死者被安放在按照一定方式堆砌的石头中间，这体现了人们将死者安置于现实环境之外特定空间的一种区隔方式。经由这种区隔，人们得以确认生命和死亡，并将自己和死者区隔开，让各自归属于地上和地下，从而恢复阳世和阴间的古老秩序和平衡。这是人们为死者营造的安息之地，即所谓‘阴宅’。在民间信仰中，经由此世空间中丧葬仪式对亡魂的导引和墓穴的区隔，死者将在另外一个维度的彼世空间存在。这两个空间既是隔离的又是可能互动的，安抚不到位的亡魂会通过梦境、魇魅等方式骚扰生者，对墓穴风水的选择和祭祀的质量，也会感应在后人身上，影响其运程。”[②] 人们用石头、泥土、树木和其他物象建构一个在此世空间的彼世空间，对于丧葬仪式而言，该空间被赋予了特定的象征意义，大多与宗教相关的仪式空间本身就是阴阳

① 熊迅：《空间建构与认同表征——古永傈僳族仪式体系的视觉人类学考察》，《民族艺术》2017 年第 4 期。
② 邓启耀：《视觉人类学视阈下的空间意指》，《民族艺术》2015 年第 3 期。

相交、圣俗叠合、模棱两可的，它被认为是介于神界与凡间或凡间与阴间之间的一个特殊场所。它们不仅成为亡魂的归宿或彼岸世界的入口，也形象化地象征着通往理想宇宙（如被译为“坛城”的“曼陀罗”）的道路，仪式空间神圣/世俗、神界/凡间、凡间/阴间的分类，营造出一种泾渭分明的空间区隔的界限，人们可以通过对空间的区分来认识空间，呈现出一种人与自然、人与人、人与神鬼之间各自安好的秩序化世界。

英国人类学家罗德尼·尼达姆（Rodney Needham）认为：“所谓象征，就是以一事物代表另一事物，就像王冠代表君主制、鹫代表美利坚合众国一样。”他还提出：“象征文化具有两方面的必要性：一是明确指出什么是社会的重要事物，二是使人们认同社会生活的价值并遵循价值规范。”[①] 对于仪式除了将之认定为人们在特定的时空环境中的一种行为方式或一种宗教活动外，其适用范围还可以延伸得更广，可以说生活之中到处都是仪式的存在，从年节礼仪到婴儿出生，从老人贺寿到学生毕业、工作升职等等，类似的活动都可以构成仪式，仪式的定义已经扩展到更为广泛的象征性行为上。“仪式是一种文化地建构起来的象征交流的系统。它由一系列模式化和序列化的言语和行为组成，往往是借助多重媒介表现出来，其内容和排列特征在不同程度上表现出礼仪性的（习俗），具有立体的特性（刚性），凝聚的（熔合）和累赘的（重复）特征。”[②] 可见，仪式不仅被看作规范化、程式化的行为，它也象征或表现了某种东西，或者必须“意味着”某种东西，象征在仪式中的作用在于，它保证了某种情感的宣泄，满足了构成社会的大多数个人的需求并支持着社会的主要制度。“仪式是一个完整的、公开的、在特定时

---

① 何星亮:《象征的类型》,《民族研究》2003 年第 1 期。

②［英］鲍伊:《宗教人类学导论》，金泽等译，中国人民大学出版社 2004 年版，第 178 页。

空环境中综合展现出来的群体性行为。由于仪式是非实用、非常态的表现行为。因此，表演是构成仪式情景的行为基础。格尔兹就称仪式是一种‘文化表演’（culture performance）。当说到表演的时候，便隐喻着‘虚拟性’特征。仪式的虚拟性特征，除了仪式行为方式（即表演）的虚拟性外，还体现在仪式场景的虚拟性上。大凡与信仰有关的仪式表演，并不是对现实世界的摹拟，而是对神秘世界的虚拟。”①

仪式作为一种象征性行为，它的空间本身就是象征的空间，因为“人们对空间的认知是人类凭借强大的精神力量对自己所处的空间进行描述、阐释、想象的结果，人们往往把空间看作对某个观念、某种意图或某种意象的显现。每一种民族文化关于空间的认知都有一套独具民族特色的基本模式，这一模式不但长期延续，而且体现在大到宇宙，小至芥子，实到疆域，虚至幻境的一切空间类型的认知上，因而这个模式就有了如同语言中的语法规则一样的性质：有时会自我言说，更多时候则是潜藏在空间符号的背后，成为一种思维机制，虽然隐而不显，却成为最终决定符号含义的力量。要把握一种文化的空间观，就要把这种文化最根本的空间句法找出来”②。

作为一种“仪式化生活”的中国民族民间传统舞蹈，无论是歌舞、乐舞还是戏舞，都可以被认定为一种仪式乐舞，因为这些舞蹈本身就是在特定文化时空中展演的仪式的组成部分，其展演的空间本身就是仪式空间或仪式象征空间。例如：“传统的摆手舞活动地点一般在‘摆手堂’‘摆手坪’或‘土王庙’举行。凡百户之乡，皆建有摆手堂，有的还建有排楼、戏台等。……

① 刘滕：《仪式行为象征空间对建筑艺术构形的影响——以藏族叩拜、转经仪式行为为例》，《西南边疆民族研究》2016年第1期。

② 宋卫红：《藏文化的空间句法——视觉人类学视野下的藏族空间观念》，《民族艺术》2016年第1期。

清乾隆二十八年编修的《永顺府志·风俗篇》载：‘各寨有摆手堂，又名鬼堂，谓是已故土官阴司衙署。每岁正月初三到十七日止，男女聚集，跳舞唱歌，名曰摆手，此俗犹存。’清代光绪年间《龙山县志·风俗志》载：‘土民祭土司神，有堂曰摆手堂，供土司神位，陈牲醴，至期既夕，群男女并入，酬毕，披五花被，锦帕裹首，击鼓鸣钲，跳舞鸣歌。……歌时男女相携，翩跹进退，故谓之摆手。’可见摆手舞是有相对固定的表演时间和场地的。”[①] 摆手堂对于土家族来说，不仅是一个跳摆手舞的场地，也是一个具有神圣性、异质性的仪式象征空间，它是鬼堂、已故土官阴司衙署的象征，也是土民祭土司神、祈福纳祥的地方，所以在此跳舞最灵验。又以贵州贵阳花溪区高坡乡杉平、甲定两村苗族茂饶支系群众的“跳洞”（苗语称“逗摆”）为例，“跳洞”也叫“悼洞”，是每年农历正月当地苗民都会举行的祭祀祖先仪式，届时人们身着节日盛装，在宽敞干燥的山洞里芦笙齐奏、歌声缭绕、载歌载舞，在祭奠祖先的同时祈求祖先大显神通，庇佑族人安康无患、人寿年丰。当地苗民认为“跳洞”仪式的“洞”是祖先的墓地，后人跳“洞”就是为了祭奠祖先，此时“洞”不再是普通的山洞，而是一个具有了神圣性、隐喻性与超时空性的仪式象征空间，同样的歌舞在洞里与洞外呈现出完全不同的表演风格，如：“贵阳花溪高坡‘跳洞舞’，本因洞葬习俗，在停放祖先灵柩的山洞中围圈而跳的舞蹈，气氛凝重肃穆。但同样的舞蹈，同样的舞者、同样的舞曲等，其他场域性要素都相同，只要场地不同，将其移到洞外不过百步之遥的场地，舞蹈却是欢悦的娱乐性舞蹈。由此可见场域对舞蹈的

① 刘卫红、彭小希、况成泉：《寻根传舞：重庆舞蹈文化遗产的保护与传承》，北京理工大学出版社 2015 年版，第 179 页。

决定性作用。”[①]

（二）仪式象征空间与舞蹈

在人类学的视域里，神圣空间离不开祭祀仪式的充实，当然祭祀仪式与祭祀人的行为也不可分，所以“仪式空间”或“仪式象征空间”本身就是仪式行为的空间，因为“仪式空间是在实体空间基础上通过仪式场景的布置、仪式行为的圈定及行为者的心理时空虚拟出来的一个空间范畴。在其中，任何物质的空间装置都是配合着仪式行为而来，仪式行为可以说是使空间圣化的行为。仪式行为使得空间从实境向虚拟转变，从而获得神圣性，与世俗空间相隔离，朝向宇宙起源的原初价值。例如，一个空旷的广场，有了人的仪式行为，如：跳祭舞或祭拜，就能成为圣坛”[②]。可见，在仪式展演过程中，仪式的行为对空间有塑造作用，正是仪式的行为构拟出的虚拟之境，让人体验和感知到与世俗空间不一样的象征空间或神圣空间。如“白、彝、哈尼等民族的送魂舞和送阴歌，是用巫术化的‘艺术方式’，把亡灵送入一个超越于人世和今生的神秘时空里；景颇族‘目瑙（纵歌）节’里全民共同跳的‘目瑙舞’，使活着的人仅仅通过象征性的回旋舞步，便从‘当前此地’回到祖神经历过的‘从前彼地’的另一种神秘时空之中”[③]。人们通过对空间的布置以及具体的展演行为，赋予了自然空间或物质空间一定的意义，将其从世俗空间中隔离出来，幻化为一种神秘的“超然空间”，让人体验到与世俗不一样的神圣氛围的同时，也营造了此世空间与彼世空间的区隔。

---

① 王唯惟、徐浩：《舞蹈与文化：贵州苗族舞蹈的身体叙事》，人民出版社 2016 年版，第 15—16 页。

② 刘朦：《仪式行为象征空间对建筑艺术构形的影响——以藏族叩拜、转经仪式行为为例》，《西南边疆民族研究》2016 年第 1 期。

③ 周凯模：《祭舞神乐——民族宗教乐舞论》，云南人民出版社 2000 年版，第 25 页。

“中国的仪式活动自远古时期就和乐舞相结合，形成了以舞蹈为重要手段的仪式传统。这一传统至今仍然盛行，并深刻地影响着人们的生活。当我们去关注中国不同民族地区各种世俗与宗教仪式时，可以清晰地发现，用人的肢体语言来表达内心情感的舞蹈艺术在仪式活动当中发挥着重要的作用。大凡公开的仪式，很少是静止不动的，仪式过程大都贯穿着动作等表现形式。几乎所有人类重大的民俗活动和仪式都离不开舞蹈，仪式和舞蹈是紧密相连的。”“与仪式相关的舞蹈，我们统称为仪式舞蹈。具体来说，仪式舞蹈在形式和风格上与特定仪式的环境、情绪、目的相吻合，可对仪式参与者产生生理和心理的效应。”[①] 舞蹈作为仪式中不可或缺的组成部分和展演传统，一方面通过舞动的身体展演着仪式所承载的宗教信仰、祖先崇拜、历史记忆与集体认同，或表达着一套隐藏着当地宇宙观、价值观、时空观的符号体系；另一方面则通过身体具身化的象征行为，建构一种具有精神性、人文性意义的仪式空间，包括在自然空间营造的文化空间，在世俗空间幻化的神圣空间，以及与此世空间通连的彼世空间。以康巴藏区的卓舞为例：“在藏族人看来，卓是与天地同时形成的，是最古老的歌舞，如昌都的卓《第一个卓》：‘第一个卓从何而来？是从上面天界来，拉青仓巴嗄布也驾临。第二个卓从何而来，是从中间人界来，念青格拉也驾临。第三个卓从何而来？是从下面龙界来，祖纳仁青大驾临。’在玉树的卓《宇宙的形成》中也这样唱道：‘宇宙最初形成，在上界佛界形成，拉青仓巴嗄布喜爱卓，今天献上卓舞。宇宙最初形成，在中界人间形成，念青格拉喜欢卓，今天献上卓舞。宇宙最初形成，在下界海界形成，祖纳仁青喜爱卓，今天献上卓舞。’在藏传

① 马盛德：《仪式与舞蹈》，《文艺研究》2010 年第 9 期。

佛教中认为宇宙是由天界、人界和海界三界组成，拉青仓巴嘎布、念青格拉、祖纳仁青是三界的大神，被认为是卓神，藏民用卓舞来对他们进行赞美。”[①] 自此卓舞与藏传佛教宇宙空间的形成紧密联系在一起，跳起卓舞，一方面展演和呈现着藏传佛教宇宙的“三界空间”，另一方面则感知和体验着藏传佛教宇宙的“三界空间”。

又例如，在云南省怒江傈僳族自治州，“兰坪县境内的白族拉玛人，认为死不是生命的终止，而是灵魂离开肉体转到由鬼魂构成的世界，一个叫‘木绒丁’的地方。那是一个神秘的去处，灵魂走入‘里面’，就不可能回头。为了把亡灵‘送’入这一世界，拉玛人在丧俗中，就极重视为亡灵举行‘引路’和‘送魂’的仪式。这个仪式主要以歌舞为主，叫‘望空’。‘望空’有歌与舞，歌词为两句七言一句五言的传统样式，例如：‘火烟冒处人聚汇，人聚汇处声相合，送（死者）到“木绒丁”’，‘最可恶的“木绒丁”，弃儿抛女走里面，不见回头的’，‘明天“木绒”（泛指广灵）要回家（祖灵居住的地方），青马（亡灵的坐骑）拴在大门外，想走要不舍。’舞蹈有刀舞、集体圈舞、哭灵舞、出殡舞等，有为亡灵开辟通往‘木绒丁’世界和祖先神灵居住地‘傲宗丁’的道路，驱邪逐怪，保护和怀念亡灵的意思。值得注意的是，鬼魂世界‘木绒丁’和祖灵居地‘傲宗丁’似乎分属不同的‘空间’，‘望空’不仅要为亡灵开辟通往最终的鬼魂世界‘木绒丁’的道路，还要使亡灵沿着历代祖先神灵居住过的地方‘走’上一遭。这与许多民族祖地就是灵魂最终归宿的说法有所不同。它或许包含有更多的两世（人生此世与彼世）三界（天界、人界、冥界）的‘超然时空’观念”[②]。白族拉玛人鬼魂世

---

① 嘉雍群培：《康巴藏族歌舞“卓”的风采》，《民族艺术》1998 年第 1 期。

② 周凯模：《祭舞神乐——民族宗教乐舞论》，云南人民出版社 2000 年版，第 21—22 页。

界“木绒丁”和祖灵居地“傲宗丁”的彼岸世界，是通过《望空》的歌舞仪程演出来、唱出来的，少了《望空》歌舞也无从认知那个神秘超然的世界，“木绒丁”“傲宗丁”这两个具有文化意指的“仪式象征空间”，是通过《望空》歌舞行为建构的，相关的案例很多，不一一列举。

除了整个舞蹈外，舞蹈者的身体也参与了“仪式象征空间”的建构，“仪式象征空间”的构成与舞蹈者的身体行为密切相关，如果说“仪式象征空间”是一个兼具实体与虚拟的整体性空间范畴，那么自然空间或物质空间及舞蹈者的身体行为共同构成“仪式象征空间”的本体论基础与性质，是自然空间或物质空间及舞蹈者的身体行为共同建构的具有象征性的“仪式空间”。以青海玉树的白龙卓舞为例，白龙卓舞的身体动作空间展演的基础源于康巴藏区人的宇宙空间秩序：“在藏民族的空间意识中，最高层为天神、佛陀等居住的地方，中层乃芸芸众生活动之场所，最下层则住鬼怪魔障等。藏族民居亦有‘一楼关牲畜、二楼住人、三楼住神灵’的说法。佛堂在民居的最高层，二楼房间是灶房、客房、卧室，一楼则是畜圈和放杂物的储藏室。卓舞构建出的空间同样体现出‘三界’的垂直度空间意识。就卓舞的大部分身体动作来讲，都处在二度空间（平面）。没有腾空跳跃的三度空间（空中）的使用，也没有伏地的一度空间（地面）使用。然而，在卓舞中，袖子的使用很好地起到了沟通三度空间的作用。卓舞中袖子的典型使用是双袖上撩或向下摔出。‘上撩’表示用加长的袖子作为身体的延伸，把身体寓意供奉给天界的神灵或至高无上的佛法；‘双臂下放’则代表将祈请的福祉洒向人间；左袖搭肩，重心放低，右袖用力下摔，则表示将下三道的疾病和妖魔驱逐走。其次，在空间方位上，藏传佛教认为：佛无处不在，并以宇宙中心为坐标，分东、西、南、北、中五方佛。在跳卓舞‘顶礼’时要先向中间双袖撩起祭拜，表示迎请中间的大日如来，‘中间的五方佛到我们这里’，并由于东方是太阳升起的地方，世间万物的生命因为太阳才得以延续，因此从东开始祭拜东南西北各佛。同时，佛的法体颜色和歌词以及动作方向是一致的。”①

仪式舞蹈动作行为从表面上看是一个重复性的物化动作，然而任何具体动作背后都有对应的文化意涵，带有象征隐喻的舞蹈动作在进行情感、意义表达的同时，也在建构着舞蹈行为的物理空间和舞蹈仪式的象征空间。舞蹈“仪式象征空间”也可以理解为“身体本身的空间性”，是从舞蹈者肉身主体的“身处于”中展示出来，因为“仪式象征空间”的界限由舞蹈者身体运动轨迹决定，其空间性的特质自然由舞蹈者身体的处境（“身处于”）来得以感知，舞蹈者的身体对“仪式象征空间”具有建构性作用，同时“仪式象征空间”也制约和规定着舞蹈者身体的运动方式和运动轨迹。例如：“同样是《铓鼓舞》，流传在红河哈尼族彝族自治州红河县洛恩乡草果村和架车乡合莫村的表演方式却与普洱市墨江县克曼、大田等地大相径庭。架车、洛恩一带直接将鼓置放于地上进行表演，这与他们的天、地、人三位一体的宗教观相一致。他们认为，天上住着天神和祖先的神灵，地上居住着哈尼子孙，‘我们把鼓搁在地上，是为了接地气’，这样才能把子孙的‘心愿’传到天上，祖先才能听到他们的声音。他们对族群的人丁兴旺抱有极大的祈盼，族人认为，铓鼓就像女人的肚子，鼓槌就像男人的阳具。在舞蹈过程中，有很多模仿性交的动作，其目的就是希望通过这种形式，传达他们的‘人丁昌盛’的愿望。”② 可见，“仪式象征空间”构成与舞蹈者的身体行为表现相互制约、

---

① 贾亚平：《青海玉树白龙卓舞的形态和变迁》，载朴永光主编《民族舞蹈学研究》，中央民族大学出版社 2015 年版，第 20 页。

② 张谛：《哈尼族舞蹈生态学研究》，民族出版社 2016 年版，第 139—140 页。

彼此依存，分析和阐释各自的文化特质时不能决然分割，需要从对立统一的辩证关系中认知彼此。

第三节　社会空间

一、社会空间概念发生

“社会空间”（social space）是一个人类学或社会学概念，它的产生有其自身发展脉络，一定程度上是在20世纪中后期西方一批著名的社会学或人类学理论大家共同推动下形成的，是后现代主义思潮影响下产生的概念。“相对于时间，空间似乎在此之前受到过长期的忽视。福柯在其著作《知识/权力》中曾表达了他对时间长期占有的优势地位所持有的异议：‘空间总是被当作死的、固定的、非辩证、不动的东西来对待。而另一方面呢，时间则代表了富有、丰饶、生命、而且是辩证的……’然而三十年河东、三十年河西，空间的时代悄然到来：‘空间范畴和空间化逻辑主导着后现代社会，就像时间主导着现代主义世界一样’。”①人类学或社会学早期的空间认知与舞蹈学一致，由于空间现象是可以直观的，同时又能够被度量，加之牛顿从物理学出发对空间给出的经典定义，致使一段时间人们习惯于从物理学的角度看待空间，“自然空间”、“物理空间”或“客观环境论的空间”是人们当时对于空间的主体讨论，即便会有“思想空间”“精神空间”“语言空间”等相

① 宋奕：《人类学空间视角的文化遗产研究》，《中国名城》2009年第7期。

关的概念，但其中表述的“空间”可以被理解为对物理空间的挪用，用来形容思想、精神、语言等概念也有其内在的结构、间距和范围。

“空间”不应该被认定为没有意义的“空洞场所”，它有其自身的社会内涵和文化意义，从社会决定论视角阐释“空间”社会性特质的是涂尔干，他在《宗教生活的基本形式》一书中说道：“假如我们不像对待时间那样去划分和区分时间，那么空间也就不能成其为空间了。不过，这种具有根本意义的区分又是从何而来的呢？空间本没有左右、上下、南北之分。很显然，所有这些区别都来源于这个事实：即各个地区具有不同的情感价值。既然单一文明中的所有人都以同样的方式来表现空间，那么显而易见的是，这种划分形式及其所依据的情感价值也必然是同样普遍的，这在很大程度上意味着，它们起源于社会。”[①] 在涂尔干看来，人们不仅仅是活动在一个作为物理环境的空间里，也是生活在一个被文化建构的意义空间中，就如同左右、上下、南北之分的空间方位划分，它们不只是一些冰冷、无内涵、抽象化的物理参数，相反它们是具有特定的社会情感价值的，所以空间的各个部分不是同质的，空间的形象只不过是特定社会组织形式的投射。由此可见，“他区别了物理空间和社会空间，将社会关系和价值观投射到空间的理解中，称其为社会空间。并把人类社会对空间的认识归结为社会层面，在象征人类学和认知人类学的探讨中，开始使用身体空间、象征空间等概念来描述空间的文化意义”[②]。

尽管德国社会学家格奥尔格·齐美尔（Georg Simmel）、美国社会学家欧文·戈夫曼（Erving Goffman）等人，在“空间社会学”研究中都迈出了十

① [法]涂尔干：《宗教生活的基本形式》，渠东、汲喆译，上海人民出版社2006年版，第9页。
② 熊迅：《空间建构与认同表征——古永傈僳族仪式体系的视觉人类学考察》，《民族艺术》2017年第4期。

分重要的一步，但真正开启人类学或社会学空间研究转向的法国马克思主义批判哲学家、城市社会学理论的重要奠基人亨利·列斐伏尔无疑是最具影响力的先驱之一。他在《空间的生产》一书中，创造性地选择空间作为其理论切入点，运用生产力、生产资料、生产与再生产的社会关系等一系列范畴来分析“社会空间”和其中潜藏的空间生产机制，他提出的“社会空间”是一种可以被使用和消费的产品及生产方式，它包含着生产资料、充斥着各种意识形态，同时具有使用价值并能创造剩余价值的“社会空间”。“列斐伏尔认为，20世纪中期以来，城市化的问题日益凸显，城市的生产已经成为工业生产的目标和意义，以至于在发达资本主义的社会中，空间的组织在支配性的社会关系的再生产中发挥着主导的作用，而支配性社会关系的再生产已经成为资本主义生存的主要基础。由此，列斐伏尔着手建构起一个空间本体论的社会理论框架，从而与福柯等人一同开启了一场社会理论和社会学的空间转向。”[①] 列斐伏尔提出的“社会空间”是这样一个概念，即它不是一个实在的“物质空间”，而是一个不同力量或多方势力之间的关系组合，是一个暗指、包含及掩饰了多种社会关系的场所，在这个场所中，“空间”不仅被社会关系所支持，也被社会关系所生产。

在引领“空间转向”的社会学家们看来，空间不仅是人们日常感受到的自然的地理形式和环境，而且充满了人为建构的社会关系和秩序，因此空间更多地被理解为“社会空间”。正是由于这样的认识，列斐伏尔把空间研究的关注重点放在了空间形成和发展过程中的各种条件之上，而非仅仅是关于空间本身的本体论追问上，“他的任务之一就是要发现一种比较方法，不仅

① 郑震：《空间：一个社会学的概念》，《社会学研究》2010年第5期。

分析空间里的东西，而且分析空间本身，关注发现嵌于其中的社会关系”[①]。在明确了空间的社会性，以及社会空间是社会的产物，是由社会实践造就的道理后，“列菲伏尔针对流行的二元空间观念，提出了三元空间的理念，对社会空间的内涵做了进一步的深化。二元空间观念是现代性的各种二元对立的产物。二元空间观念关注物质性的第一空间（真实的）和观念形式的第二空间（想象的）。除了这两类空间，他还提出了一种‘鲜活的空间’。苏贾说：‘鲜活的空间，普遍认为是真实的和想象的两者不同剂量的单纯结合或者混合。’这类‘鲜活的空间’就是第三元空间，它是社会实践的空间，是整合了精神与物质的空间。列斐伏尔将三元空间归纳为：空间实践（感知的空间）、空间的再现（构想的空间）、再现的空间（实际的空间）。因此，列斐伏尔的社会空间就兼具三种空间性，即感知的、构想的和实际的，三者平等地结合在一起，构成了开放性的多维社会空间”[②]。

列斐伏尔表述的“第三元空间”或“社会空间”，构成的“三要素”或“三种空间性”，有些学者也将其翻译为空间实践（spatial practice）、空间表象（representations of space）和表现的空间（representational spaces），以及“空间实践”“空间表征”“表征空间”。其概念内涵解释如下：“空间实践：空间的感知层面，包括对空间的掌握与使用，社会空间的生产与再生产，空间主体如何通过实践（包括对空间的设计、占有与使用及其空间配置，人与人、人与空间的关系）来生产空间。空间表征：空间的构想层面。人们对空间的认知与想象，具有一种实践化效果，是概念化的空间想象。它们介入（以建构的方式）或修正被有效的知识与意识形态所形塑的空间结构。空间

① 宋奕：《人类学空间视角的文化遗产研究》，《中国名城》2009 年第 7 期。
② 邓万春：《时间、空间与社会理论重构的谱系》，《人文杂志》2013 年第 7 期。

呈现在空间生产中具有一种真实的角色与特殊的影响。表征空间：空间的生活层面或经验层面。这是一个生活性的空间，是实践与认知互动的场所。体现了空间的配置、使用与人的空间认知和想象之间的冲突与矛盾。列斐伏尔认为每一社会空间都包含了这种三位一体的空间架构。”[①] 尽管列斐伏尔强调“社会空间”既不等同于“心理空间”，也不等同于“物理空间”，一定程度上对“社会空间”的“客观环境论”和“主观空间论”展开了批判，但他并没有否定“自然空间”或“物理空间”的价值，并认为“社会空间”的最初基础是自然的或物理的空间，如：“社会空间是以自然空间为原材料生产出来的，自然空间正面临着被消耗殆尽的危险。社会空间作为一种社会性的产品，是以自然空间作为资源、原材料，按照不同社会、不同阶级的要求，以追逐交换价值最大化为目的而加工、生产出来的。自然空间是各种社会空间生产的共同基础和起点。”[②]

列斐伏尔《空间的生产》问世后不久，米歇尔·福柯（Michel Foucault）通过对人类身体、空间布置以及建筑的分析触及了社会控制的空间策略问题，从空间中发现了权力与知识的关系，从而揭示了权力、知识与空间的三元辩证法。大卫·哈维（David Harvey）在继承列斐伏尔三元空间划分思想的基础上，将空间划分确定为“物质空间”、“空间的表征”和“表征的空间”，在他那里，“物质空间是经验感知的空间，空间的表征是指符号化、概念化的空间，表征的空间是指‘溶入我们日常生活方式中的感觉、想象、情感和意义的生存空间’，是社会生活与实践的空间”[③]。在《后现代地

① 尤小菊:《略论人类学研究的空间转向》,《西南民族大学学报（人文社会科学版）》2010 年第 8 期。
② 潘可礼:《亨利 · 列斐伏尔的社会空间理论》,《南京师大学报（社会科学版）》2015 年第 1 期。
③ 邓万春:《时间、空间与社会理论重构的谱系》,《人文杂志》2013 年第 7 期。

理学——重申批判社会理论中的空间》中，爱德华·W. 苏贾（Edward W. Soja）对空间做了唯物主义的解释，认定空间性是由社会生产的，打破了此前仅从物质和心理角度理解空间的传统，并提出“第三空间”的学术概念。皮埃尔·布迪厄（Pierre Bourdieu）认为社会空间是一种“关系的系统”，他把社会空间比拟为不同“场域”在社会这个整体空间内划分的地理空间，行动者在空间中的位置取决于他们的资本总量及不同资本的比重，从静态角度来看，空间即场域，其与“惯习”存在建构与制约的双重关系。上述学者无论从何种角度，进行空间的社会理论重构，论述空间的社会性、空间与社会关系、社会实践的联系，以及分析当代社会空间存在的矛盾、问题等，一个显著的共性特征就是：“以上无论是哪种区分方式，重点最终都落在了‘人’之上。空间成为一个‘被生活’和‘被经验’的客体。在与空间的关系之中，个人本身也成为一种空间。这个空间除了物理和生物性的身体之外同时也被当作一种生活经验、一个能动性的聚集点以及对周遭世界发言及行动的场所。在个体以及由个体构成的群体（本身也是空间）与其所处的各种空间的复杂互动之中，空间得以成为动态的、多维度的、被生活的空间。从地点到空间的转换使我们看到了一个注入生命的过程，同时也看到了一个由地理学向人类学视角转化的可能。”[①]

---

① 宋奕：《人类学空间视角的文化遗产研究》，《中国名城》2009 年第 7 期。

二、社会空间概念内涵

(一)列斐伏尔的社会空间

对于空间来说，之所以能衍生出如此多的概念，是因为空间使用范围广泛，诸如乡村、城市、亚洲、欧洲乃至地球都可以视为一个空间。除了具体的地理空间外，人们还创造了类似“一维空间”“二维空间”“多维空间”这样的将物理空间进行抽象化的“数学空间”，以及非欧几里得的空间、弯曲的空间、构造的空间这样的其他类型空间，当然还有文学艺术的空间、意识形态的空间、梦的空间这样的“精神空间”和休闲空间、工作空间、娱乐空间、运输空间、经济的空间、人口的空间、政治的空间、商业的空间、国家的空间等应有尽有、形形色色的空间。以列斐伏尔为首的社会学家谈论的“社会空间”与之不同，它强调的不是“一块空的地域”(an empty area)这样单纯的物质空间，也不是亚里士多德讨论的哲学意义上的范畴学空间，而是一个有“空间性实践”的真实地发挥着作用的空间，在其中，“生产方式及其生产关系”决定着每一种特定社会空间的存在。

“社会空间是一种物质的存在，也是一种形式的存在，一种社会关系的容器。就微观上而言，列斐伏尔的社会空间从社会关系着眼分析空间本身。社会空间‘是从主体开始的’，‘将主体和空间结合起来，主体在空间中，并作为空间的生产者。’历史上关于空间的理论要么将空间作为一个静止的舞台，一个剧院，成为一个物质空间，作为空间实践的场所；要么与人的精神联系起来，成为精神性空间，具有认识论意义，被赋予了精神象征性，空间本身的情况无人关心。二者都只是对空间的一个方面的抽象化、扩大化，使空间的物质属性与精神属性形成一个不可跨越的鸿沟。列斐伏尔跳出这两种演绎方式，将空间放到社会关系中去理解。他说：‘社会关系的存在模式到底是什么？它们是物质的，自然的还是绝对抽象的？空间的研究提供了一个答案，据此，社会关系的生产是从社会性存在到空间的存在过程。它们把自己影射进空间，并在空间里相互连接，在这过程中生产空间本身。'"[①]

列斐伏尔提出被称为“三元空间理论”的“社会空间”理论，是整合了物理空间（自然、宇宙）、精神空间（逻辑的、形式的抽象概念）和社会空间的理论，即这三类空间相互交织，相互缠绕，缺一不可，在他看来，真正的空间的知识应该是将物质的空间、精神性空间和社会空间相互连接起来的，既是一个“逻辑—知识论的空间”，又是“社会实践的空间”，同时还强调这个空间是由“感官现象”所填充的。他的“三元空间结构”给予我们一种看待和理解社会空间的视角：“这一结构强调：每一种生产方式都生产自己特定的社会空间，而每一种社会形态也因此拥有自己特定的空间性聚落。这提醒我们，每一种空间场所都有生产其自身社会空间的力量，也因此每一种空间场所都有其自身的社会空间，其中的社会关系也直接地与这一场所本身有关。如若观察街道与人的关系，便应当看到街道作为场所本身与人发生的关联，而不是仅将这街道当作一个盛装着资本、权力和关系的容器。”[②]

每一个社会空间都产生于一定的社会生产模式，都是一个社会过程的结果，“社会空间由社会生产，同时也生产社会”成为列斐伏尔社会空间理论的核心内涵。用这套理论范式反思中国民族民间传统舞蹈，历史上采集渔猎、农耕、游牧等不同的生产方式会产生不同的社会关系，不同的社会关系

---

① 牟娟：《简析列斐伏尔空间理论》，《青年文学家》2009 年第 11 期。

② 林叶：《城市人类学再思：列斐伏尔空间理论的三元关系、空间视角与当下都市实践》，《江苏社会科学》2018 年第 3 期。

又会生产特定的社会空间，不同民族、不同地域的舞蹈展演的时空，某种程度上体现着这些民族、地域不同的社会生产方式、社会关系是由不同的社会生产出来的。例如，一些定居民族、生产力水平高的社会，会制造出一些宏伟、壮观、精美的表演场所，一些居无定所、漂泊不定的群落部族，其舞蹈展演场地就会非常简陋，很多时候一块平地就是整个展演场所，业内一些学者有时会将在有屋顶的地方跳和在没有屋顶的地方跳，作为评判一个舞蹈是雅与俗、专业与非专业、民间与宫廷的区别标准，所以对于中国民族民间传统舞蹈而言，“社会空间是社会的产物，是实践性的，社会实践造就了社会空间”的立论是成立的。

此外，就列斐伏尔看来，每个社会空间都在社会关系串和关系群中得到真实具体的被认识，社会空间是社会关系的存在。“空间也是一切社会活动、相互矛盾的各种社会力量密切纠缠在一起的场所，是社会的‘第二自然’。随着各种因素自身的变化和各方力量的消长，各因素之间组合的变化，社会空间必然随之发生的变化，甚至会远远超出原来存在的目的和状态。社会空间本身是强有力的，是一个充满活力的变动的因素，也是一种新的社会生产模式，社会连续性再生产中起着绝对作用。”① 对于中国民族民间传统舞蹈展演场所而言，其本身也是一个社会关系场，即多方力量汇聚、角力最终达成平衡的地方。诸如出资人或邀请方投资的力度、观众娱乐审美的喜好、政府相关的文艺政策、演出团体或表演者个人的态度，会决定具体的演出场所在室内还是在室外，是奢华还是简陋，是铺张还是节俭，以及表演剧目演什么、怎么演、多少人演等具体的演出呈现。相关研究中，缺少社会关系维

---

① 牟娟:《简析列斐伏尔空间理论》,《青年文学家》2009 年第 11 期。

度的探讨，获得的舞蹈信息是不完整的，一个特定的舞蹈展演时空，演了什么、为什么演不完全是由舞蹈表演者或观众决定的，将多方力量、各种社会关系梳理清楚，能清晰明了地回答所研究舞蹈的各种“为什么”。

（二）布迪厄的社会空间

对中国舞蹈界影响最深的，或者说愿意借用“社会空间”理论进行舞蹈阐释研究的，不是列斐伏尔而是布迪厄讨论的“社会空间”。与列斐伏尔相似，布迪厄阐述的“社会空间”，也是建立在对传统空间主客观二元对立论的超越上的，与之不同的是，他是对马克思和韦伯阶级理论的批判与继承，在他看来，“社会空间”是资本不平等分配的等级产物，是根据资本总量、资本结构与阶级轨迹构建的具有三维特性的“社会空间”。“他认为社会空间是一种‘关系的系统’。在社会空间里位置上接近的行动者，拥有更多的共同属性，群体与阶级以此为基础得以建立。而行动者在空间中的位置取决于他们的资本总量及不同资本的比重。”[①] 依托“社会阶级的空间”视角，布迪厄将“社会空间”作为社会分析的工具，将社会划分为统治阶级、小资产阶级和大众阶级，并在此基础上以一种动态的视角研究了社会流动与再生产，描述社会阶级在社会空间中的位置变化。布迪厄讨论的“社会空间”是一个差异化系统，所有行动者和行动者群体都由他们在空间中的相对位置来定义，阶级位置或是阶级情境上的差异，都会变成显著性的标志，转化成象征性的上、中、下阶层的区分。

布迪厄讨论的“社会空间”是由不同资本构建而成的，所以资本作为竞

① 邹阳:《布迪厄的空间理论——读〈社会空间与象征力〉》,《河北理工大学学报（社会科学版）》2011 年第 2 期。

夺“社会空间”位置的关键，成为该理论建构的核心。尽管资本的概念隶属于经济范畴，但他并未将其聚焦定位在经济维度上，而是将资本发展成为一种启发式概念，阐释更多的权力结构。如他将资本区分为四种类型：“经济资本：包括不同生产要素（土地、工厂、劳动）和所有的经济资产（例如珠宝、股票和债券等）。当然也包括收入，因为收入保障了一定的生活水平，也构成了财产的一部分。文化资本：与所有的知识资质相对应，由学校系统产出或由家庭传播。这种资本可以有三种存在形式：整合状态，作为人体内的长期配置存在（包括知识、技能、言语形式等，例如在公共场合能够自如表达）；客体状态，作为文化财产存在（例如拥有名画或其他作品）；制度化状态，即一些机构的社会认可（例如学历、头衔等）。社会资本：主要被定义为个人和群体所拥有的社会关系。一个特定行动者所拥有的社会资本总量取决于其可以有效动用的关系网络的范围，以及他与之关联的行动者所拥有的资本总量（经济资本、文化资本和象征资本）。拥有这项资本意味着需要有利于建立和维持关系的工作，也就是社交性活动，如相互邀请、共同娱乐等。象征资本：在赋予行动者合法性上发挥着非常特殊和不可替代的作用。合法性即我们称之为权威、声誉、名望等无形却又具有决定性的性质。但是只有在其他人愿意承认行动者拥有这些性质的情况下，象征资本才得以存在。一旦被承认，象征资本就会帮助增强行动者的权力和统治，并增加其拥有的经济资本、文化资本和社会资本总量。因此，体现荣誉准则和良好行为准则的要求不仅是社会调控所必需的，而且形成了具有实际后果的社会利益。”①

---

① 郭一帆：《布迪厄的“社会空间”理论》，《人文新视野》2021 年第 1 期。

除了资本概念外，布迪厄又提出了场域（field）和惯习（habitus）等概念，在他看来，“社会空间”概念之间本身就存在不可分割的关联性，即“对社会空间的分析离不开‘场域’、‘惯习’与‘资本’等概念，空间是场域的空间，并受惯习影响。空间中位置的不同则又取决于资本。惯习导致象征力并在场域中发挥作用，同时又受到场域的制约”①。布迪厄讨论的场域不是一个物理空间，或者通常所说的某一领域，而是一个多方力量交织在一起争夺有价值的支配性资源（资本）的“名利场”或“社会战场”。“从分析的角度来看，一个场域可以被定义为在各种位置之间存在的客观关系的一个网络（network），或一个构型（configuration）。正是在这些位置的存在和它们强加于占据特定位置的行动者或机构之上的决定性因素之中，这些位置得到了客观的界定，其根据是这些位置在不同类型的权力（或资本）——占有这些权力就意味着把持了在这一场域中利害攸关的专门利润（specific profit）的得益权——的分配结构中实际的和潜在的处境（situation），以及它们与其他位置之间的客观关系（支配关系、屈从关系、结构上的对应关系，等等）。”② 在布迪厄看来，场域是社会空间所构成的宏观世界的一个缩影，社会是所有场域（小的社会空间）的集合，这些场域是具有相对独立性的社会空间，相互独立性既是不同场域相互区别的标志，也是不同场域得以存在的依据。特定行动者在社会空间中的位置可以通过行动者在不同场域中占据的位置，亦即在每个场域中起作用的权力分配来定义，由于社会行动者在一个场域中的位置取决于他们在社会空间中的位置，所以社会结构与社会场域之

① 邹阳：《布迪厄的空间理论——读〈社会空间与象征力〉》，《河北理工大学学报（社会科学版）》2011年第2期。

②［法］布迪厄、［美］华康德：《实践与反思：反思社会学导引》，李猛，李康译，邓正来校，中央编译出版社1998年版，第133—134页。

间存在同源性。

“Habitus 原为拉丁文，指人的仪表、穿着状态及生存方式，后来派生出了‘体格’、‘气质’、‘性格’、‘性情’、‘禀性’等含义。由于这个词与习惯（habitudo）有相同的词根，故 habitus 常被用来表示在外在行为、教育和个人努力的影响下，而固定下来的行为方式、生存方式和持久禀性。”[①] 对于惯习，布迪厄认为：“习性是历史的产物，按照历史产生的图式，产生个人的和集体的、因而是历史的实践活动；它确保既往经验的有效存在，这些既往经验以感知、思维和行为图式的形式储存于每个人身上，与各种形式规则和明确的规范相比，能更加可靠地保证实践活动的一致性和它们历时而不变的特性。”[②] 惯习作为一种人们后天所获得的各种生成性图式系统，“它是被建构化的结构（structured-structure），它寄寓着个人接受教育的社会化过程，浓缩着个体的社会地位、生存状况、集体的历史、文化传统；惯习从内在的生成性而言也是建构中的结构（structuring-structure），它下意识地形成人的社会实践。惯习作为一种依靠个人自身努力或者经由他人灌输而来的惯习行动的产物，通过个人或集体的生活史被身体化与内在化了。因此，什么样的惯习结构就代表着什么样的思想方式、认知结构和行为模式，个体行动者只有通过惯习的作用，才能产生各种合乎理性的常识行为”[③]。

场域与惯习之间的关系，在布迪厄看来，主要表现在以下两个方面：一是相互制约，二是相互建构。一方面，特定的社会位置形塑了不同的惯习，

① 胡春光：《惯习、实践与社会空间——布迪厄论社会分类》，《重庆邮电大学学报（社会科学版）》2013 年第 4 期。

② [法] 布迪厄：《实践感》，蒋梓骅译，译林出版社 2012 年版，第 76—77 页。

③ 胡春光：《惯习、实践与社会空间——布迪厄论社会分类》，《重庆邮电大学学报（社会科学版）》2013 年第 4 期。

场域中居主导性的支配原则确立和区分惯习的高低贵贱，资本的数量、构成和变化标示着惯习在场域中的变化轨迹，在特定场域中，惯习作为场域的固有属性使此场域与彼场域相区别；另一方面，由于惯习可以生产那些可用来分类的、客观分化了的实践和表征，对此，惯习有助于把场域建构成一个充满意义的世界，一个被赋予了感觉和价值，值得社会行动者去投入、去尽力的世界，当然这些实践和表征只能被那些拥有符码和解码能力的行动者了解。对于中国民族民间传统舞蹈而言，任何一次展演活动，都是在一定的“社会空间”中展演，在这个“关系的系统”中，资本、场域、惯习彼此互动、互相“博弈”（game），是一个占有不同资本的力量竞争角逐的过程。以主办方、投资人、表演团体、表演者、政府官员、观众等为代表的多方力量，聚集在同一个舞蹈展演时空，彼此竞争、各自占据不同的空间位置，如中心与边缘、台上与台下、前排与后排、主演与配角等，同时，演什么、怎么演、谁来演、在哪演、什么时间演，也是占据不同位置的不同行动者之间争夺的结果，所以借助“社会空间”能让具体的舞蹈研究更深入、更全面、更系统。“如是的舞蹈实践文本现象，作为可感知的实践过程或形态文本，均呈现于舞蹈实践的‘场景’中。所有的舞蹈实践都是在一定‘场’中的实践，由此形成舞蹈实践的‘场景’。因舞蹈实践的‘场’不同，舞蹈实践的过程和实践的形态也有别。因此，对舞蹈实践过程和舞蹈实践形态文本的研究，需要在‘场景’语境下展开。”①

① 朴永光：《“民族舞蹈学”建构再思考》，《北京舞蹈学院学报》2021 年第 1 期。

三、社会空间与舞蹈

“空间维度。‘空间’也为多维度存在，既有物理空间，即舞蹈实践的物理场所，如广场、田野、教室、舞台等；也有文化空间，即舞蹈实践的文化场域，如民俗空间、演艺空间、教育空间、传播空间等；还有社会空间，即舞蹈实践的社会界面，如民族的民间舞蹈和民族的宫廷舞蹈，此为社会学视野下对古代民族舞蹈实践和存在进行区分的社会界面；也如当下民族舞蹈在专业和非专业社会界面的实践等。舞蹈实践的文化生境，包括生产方式、生活方式、习俗信仰、社会关系、意识形态、上层建筑等。民族舞蹈实践是在不同属性空间中的实践，因此应从不同空间维度展开对民族舞蹈实践的研究。”① 中国民族民间传统舞蹈作为在“多维空间”实践的舞蹈形态，在具体研究中，一方面需要依照特定的研究问题，就事论事地选择不同的空间类型进行分析、研讨与论述；另一方面则需要从以往的“地点”分析向当下的“空间”研究转换。转换中不仅要做到“自然空间”与“人文空间”的兼顾，还要理解“物理空间”与“社会空间”的不同，特别是需要将“社会空间”和“空间生产”的视角引入研究，因为不同的个人主体与利益群体在舞蹈空间竞争博弈过程中，在确立各自位置、主权和地位的同时，也在塑造空间意义的多样性（diversity）和异质性（heterogeneity），生产着类似高雅与世俗、官方与民间、专业与业余等不同类型具有阶层特质的“社会空间”。只有关注到参与不同空间生产的各方互动，并对动态的、相互交织的、包含权力关系的空间生产机制进行全面性的分析，才能深入理解和认知所研究舞蹈空间

---

① 朴永光:《“民族舞蹈学”建构再思考》,《北京舞蹈学院学报》2021 年第 1 期。

的真实，使之不会在相关的讨论中被弱化、扭曲、忽视或遗忘。

当下借助布迪厄“社会空间”理论进行不同民族、不同地域舞蹈研究的案例越来越多，如：“苗族舞蹈的生成是在一定的生活场域内各种关系之间互动共生的结果，是一个由踩鼓坪/花场、鼓或芦笙、舞者（族群成员）、苗族服饰等构成的关系域，各个要素之间的互动共生就形成了苗族舞蹈。……场域具有相对自律性，是一个按照自身法则运行的自律性空间。贵州苗族多呈分散的小聚居格局，支系本身的分化（包括苗语方言的分化、服饰的分化等）、地域本身的阻隔等，致使苗族舞蹈生成的具体场域不同，在各种不同场域中就出现了各种带有地方性知识的舞蹈。”[①] 可见，曾经那种以西方现代艺术体系为蓝本，以艺术自律性诉求为视角，将一个民族舞蹈从其生成场域中抽离出来进行研究、分析、讨论的做法，以及将经过提炼、加工、整合、改造过的在舞台上展演的剧场舞蹈，等同于原生态民族民间舞蹈本身的研究开始受到质疑，因为对于“为人生而艺术”、非专业化的各民族民间舞蹈来说，它们自身的魅力就在于其不可替代的场域性所体现出来的地方性、本土性、民族性，只有将其置于具体的生活场域中，对它们的认识才不会偏颇。所以，在具体研究中，需要引入“社会空间”理论，或者说在具体的民族民间舞蹈研究中，不具有“社会空间”的研究意识，那么对某一民族、某一地域舞蹈的认知和理解是不全面的。

在相关的舞蹈研究中，“社会空间”作为一个争夺的空间，一个被构建为位置结构的空间，以及占据不同位置的不同行动者之间的斗争空间，其“位置空间”（a space of positions）权力关系建构生产机制也被引入，有些学

---

① 刘剑：《贵州苗族舞蹈的场域性和生态性》，《北京舞蹈学院学报》2015 年第 2 期。

者使用“社会空间”的空间隔离凸显权力地位的理念，进行苗族《反排木鼓》“鼓社”权力结构的分析，如：“血缘上的亲疏浓密成为鼓社空间分布的逻辑与准基。而集‘鼓社’之精华要义的‘鼓社祭’，其祭仪中的视觉文本在空间中的运行规律和分布逻辑更是集中展现了‘鼓社’这一宗族组织的秩序逻辑在文化体系中的显现要理。‘祖宗鼓’作为宗族祭祀的核心主题和祖宗圣灵在场的标记，以占据圆心空间态势来夺取了至上的权力隐喻；而代表行使鼓社权力，制定鼓社规矩，维护鼓社秩序，组织族人实践宗族礼仪的‘鼓社组’成员（五个鼓主、礼师、祭师），都是当地享有德义及家境完满的男性，他们在获得当地名誉和威望的同时也就化为当地人心价值准据和行为规范的活体标记以及反排世界的分类逻辑的整体模拟，并按整体抽象的权力关系暗语进行排序：鼓社组员作为宗族集体社会的代言，应环绕居于中心的祖宗鼓，铺设神圣与世俗、整体与部分的分距，体现权利在当地的分化、中心与边缘的布局关系。但所有的符号联句都离不开祭祖这一终极命题，祖上的‘规矩’和祖宗的‘脾气’成了一切秩序分类的准据，尽管在鼓社组的成员职能各不相同，但都遵循祖宗的意志来安设自己在宗族中的位序。所以都是以辅佐和伺候俗世祖宗的代言——第一鼓主来定义，并在与第一鼓主的差异性互动中，烘托出祖宗核心至上的位置和化显出神圣凡俗的距离。”①

除了以行使“鼓社”权力的“鼓社组”成员“位置空间”的不同凸显“屈尊策略”（strategies of condescension）外，在苗族《反排木鼓》“踩鼓场”上的舞蹈者，也会象征性地否定他们与其他人的距离来强调某种权力和获得某种利益，如：“鼓场的舞者在布局上有一种人员之间不同的权力关系和秩

① 刘柳：《短暂与永恒　世俗与神圣——贵州省台江县“反排木鼓舞”的结构与实践》，载朴永光主编《民族舞蹈学研究》，中央民族大学出版社 2015 年版，第 171 页。

序关系。木鼓或铜鼓置于鼓场正中央，踩鼓时，男性老人踩走在离鼓最近的内圈上，离鼓最近，就是离祖先最近，活着的人只有老人离祖先最近，他们最老，也是即将成为祖先谱系新成员的人。同时，不是女性老人离鼓最近，这是男女尊卑在踩鼓上的体现。第二圈才是中年妇女或女性老人。第三圈才是未婚姑娘。舞者在鼓场上的空间关系就是一种社会关系的秩序化。仪式艺术具有本雅明说的'此时此地性'，鼓场在物理空间上限定了它的'此地'，节日在时间上限定了它的'此时'性，仪式艺术的'膜拜价值'被各种秩序和规定（包括禁忌）建立起来。比如外村姑娘想要加入踩鼓舞群，必须以毛毯、花、毛巾之类的礼品献祭给鼓（即祖先）才能上鼓场，似乎由此讨得祖先欢欣同意才能跳。这种禁忌以祖先的名义保证了鼓的神圣性和权威性。各种因素都使得跳舞时的整个场域和空间显得庄严肃穆。"① 可见，苗族《反排木鼓》"踩鼓场"的舞蹈空间是依照一定的"差序格局"进行排列的，跳舞的老人、孩子，男人、女人，自己人与外来人，都被依照传统的规矩、已有的惯例区隔在不同的次序空间，空间上的前后差异和左右位序以禁忌和规定的形式，变成一条神圣不可亵渎的象征边界被固化下来，位置上越接近边界的舞蹈者拥有更多的共同属性。

在布迪厄看来："社会阶级的空间是三维建构的。第一个维度是行动者拥有的不同的资本总量；第二个维度是资本的结构，也就是说在资本总量中，经济资本、文化资本等所占的相对权重；第三个维度是社会轨迹，即资本总量和结构随时间的演变。"② 所以谈论"社会空间"理论，就不能忽视阶级之间基本的差异，尤其是经济和文化上的差异，因为阶级的形成以及行动

① 王唯惟、徐浩：《舞蹈与文化：贵州苗族舞蹈的身体叙事》，人民出版社 2016 年版，第 14 页。
② 郭一帆：《布迪厄的"社会空间"理论》，《人文新视野》2021 年第 1 期。

者在空间中所占据的位置，取决于他们的资本总量和不同资本的比重。在中国民族民间传统舞蹈展演过程中，观众在舞蹈展演空间所处的位置，一定是与他们拥有的资本总量和不同资本的比重息息相关的，最佳的观演位置永远是留给最重要的人，这些最重要的人要么是权力的拥有者，要么是给表演赞助最多的人，要么是当地最具名望的人。具体的演出中也是，男女主角、男女配角与龙套在舞台空间中的呈现，也与表演者拥有的资本总量和不同资本的比重有关，形象俊俏、技术过硬、表现能力强的演员，理所应当地处于舞台中心位置表现核心角色，形象不佳、能力较弱、表演力不强的自然会屈尊落于次等位置表演次要角色。例如，“行当”作为一个戏曲演员专业分工的类别，剧中人物角色的扮演分类，戏曲人物艺术化、规范化的形象类型，一定程度上也是对舞台表演空间位置的分类和确认，当然拥有其他资本的演员也会获得空间位置优先配置的权利。

布迪厄的“社会空间”理论的另一个核心观点是资本并非一成不变，一方面不同的资本之间可以相互转换，如文化资本可以随着时间的推移转化为经济资本，象征资本也可以转化为社会资本或文化资本，一种资本会向另一种资本转换，致使“社会空间”是“横向”流动的。另一方面阶级也不是一个封闭的系统，阶级之间的界限并不是不可跨越的，阶级结构始终是流动与再生产的。具体的流动方式有两种，一种是代内流动，一种是代际流动。代内流动是平行流动，多指个体在同一代中从一个阶层到另一个阶层的流动；代际流动则是指跨代流动，分为垂直向上流动（社会地位上升或社会等级升迁）和垂直向下流动（社会地位下降或社会等级衰退）。对于中国民族民间传统舞蹈而言，无论是舞蹈表演者还是欣赏者，都会存在这种“社会空间”位置的流动，诸如表演者从主角变配角，或从配角成主角的现象持续地发生，表演团体展演的空间从中心到边缘也在始终调整，舞蹈者上场的顺序从前到后或由后向前也一直在变化，这种“社会空间”的流动成为中国民族民间传统舞蹈表演热衷于竞技、斗舞、打擂台的原因，谁跳得好看，谁跳的花样多，谁的动作漂亮，谁就能获得“社会空间”位置的变迁，产生一种新的“社会空间”流动，舞跳得好，不仅可以为所代表的村镇赢得声誉，也会给舞蹈者个人带来名利和荣誉。如同格尔茨对巴厘岛斗鸡深层游戏的分析，斗鸡游戏的输赢，真正重要的不是物质性的获取，而是名望、荣誉和尊严，“地位”对于巴厘岛的民众来说是意味深长的词，它是对声望的确认、维护和赞颂。所以对于中国民族民间传统舞蹈，许多表演团体包括舞蹈者个人不计回报、倾情投入、拼命表现，使出浑身解数力压群雄，完成一场精彩绝伦的舞蹈表演，其内生动力即源于此，目的是对“社会地位”的确立，对“社会空间”有利位置的追逐或维护。

第六章

中国民族民间传统舞蹈仪式

第一节　仪式的概念与内涵

一、仪式的概念

“在英语中有二个词汇来表述仪式，一为‘ritual’，二为‘rite’。二个词汇可以理解成前指‘仪轨’，后为‘礼俗’，即强调规范、秩序与强调具体实践之间的细微差别。在1771年第一版的《不列颠百科全书》（*Encyclopaedia Britannica*）中把‘ritual’定义为‘一本指导秩序和方式的书，它见之于正在特定的教会、教区或相似地点举行的庆典和礼拜’。‘rite’则是‘指举行礼拜的特定方式，它在各地的乡下举行’。到1910年第十一版《不列颠百科全书》时，有关仪式的现代定义才问世，它综合了泰勒、兰格、弗雷泽等的观点。阿萨德（Asad）认为，‘仪式（ritual）被看作规范化行为的一个类型，它象征或表现了某种东西，而且由此与个人意识和社会组织形成了不同的联系’。”[①] 随着时代的发展、仪式研究的深入与应用的广泛，特别是各行其是、主张不同的研究仪式的人类学神话—仪式学派、心理学派、结构—功

① 彭文斌、郭建勋：《人类学仪式研究的理论学派述论》，《民族学刊》2010年第2期。

能学派、现象学派、实践—表演学派等应运而生，这些学派研究者不仅从各自的角度对仪式展开了个性化的理解与阐释，也开始站在各自的立场、选择差异的视角、应用不同的态度对之进行定义，加之仪式涉及的活动范围极为复杂、多元、宽泛，导致各执一词、各执己见、众说纷纭的概念定义被源源不断地创造出来。

例如，布迪厄认为："仪式是以自身为目的的实践活动，在自身的实现中得以实现；它们是人们因为'应该做'或'需要做'而做的行为，但有时也是人们因为非做不可而做的行为，就像葬礼上的虔敬行为，并不需要知道为何而做和为谁而做，也不需要知道它们有何意义。"① "仪式这个词，从广义上来说，可以定义为社会中的各种礼仪，也可以被认为是人际交往中的行为与规范；狭义的仪式，则专门指代宗教的祭祀与礼拜仪式。"② 薛艺兵就仪式谈道："仪式对于仪式行为者来说，同样因为有'意义'才行为，但其'意义'绝非日常的实用性意义，而是精神领域的意义。仪式行为者正是通过行动、姿势、舞蹈、吟唱、演奏等表演活动和物件、场景等实物安排构拟出一个有意义的仪式情境，并从这样的情境中重温和体验这些意义带给他们的心灵慰藉和精神需求。在仪式的整个过程中，表演活动和场景、实物都是表达或表现意义的手段。一个仪式，就是一个充满意义的世界，一个用感性手段作为意义符号的象征体系。"③ 郭于华则将仪式定义为"通常被界定为象征性的、表演性的，由文化传统所规定的一整套行为方式。它可以是神圣的也可以是凡俗的活动，这类活动经常被功能性地解释为在特定群体或文化中

---

① [法]布迪厄：《实践感》，蒋梓骅译，译林出版社 2012 年版，第 25—26 页。

② 肖路：《论西方人类学理论中的仪式研究及其意义》，《法制与社会》2017 年第 8 期。

③ 薛艺兵：《神圣的娱乐：中国民间祭祀仪式及其音乐的人类学研究》，宗教文化出版社 2003 年版，第 32 页。

沟通（人与神之间，人与人之间）、过渡（社会类别的、地域的、生命周期的）、强化秩序及整合社会的方式”[①]。

从以上中西方学者对仪式的定义中可以发现，他们对于仪式的认知与理解彼此之间存在相当程度的差异，不仅概念的界定形形色色、各有千秋，定义的界说也是众说纷纭、迥然相异，大家在不同的维度上构建着自己的仪式概念和定义，这种各持己见、差异分类、区别定义的做法有利于研究的深入。例如以涂尔干、维克多·特纳等为代表的早期人类学家，通常把仪式与宗教活动紧密联系在一起，不仅强调宗教现象的两个基本范畴是信仰和仪式，还特意指明仪式欢庆或纪念的是一些超人的神祇，并把宗教仪式基本要素分为“祈祷忏悔、音乐歌舞、生理控制、告诫传教、诵念圣典、作法施术、持戒修行、宴会、祭祀（奉献牺牲）”[②]九类，如此以便更好地通过宗教仪式研究宗教。随着时代的发展、仪式研究范围的拓展，仪式的概念也呈现出复杂多元的情况，从新生婴儿百天纪念，到成人婚礼、生日聚会，从新生入学到毕业典礼，从晋级升职到参加党派、社团等，人们随时随地都在举行仪式，自此仪式从单一的宗教范畴扩大到整个世俗社会，甚至涵盖了社会生活的大部分内容，因为人们在衣食住行、生老病死等生活的各个层面都在举行仪式和礼仪，自此仪式成为一种极具包容性（inclusive）和拓展性（extension）的研究视野和分析工具。当然，尽管认识不同、关注差异、理解有别，却不妨碍人类学家们在对仪式的认识上能够达成共识，如：“在人类学研究范式下，至少在以下几个方面具有一致性：第一，仪式行为是一种特殊的、正式的、结构化的行为方式，而日常生活场域的行为并不被

① 郭于华：《仪式与社会变迁》，社会科学文献出版社 2000 年版，第 1 页。
② 陈锦均：《人类学宗教仪式研究评述》，《民族论坛》2013 年第 6 期。

视为仪式。第二，仪式是由文化建构的，由传统维持的，这意味着仪式背后具有丰富的文化意蕴。第三，仪式是在特定的时空，通过象征符号进行重复性、程序化的行为。第四，仪式的外延是指宗教背景下正式的、非功利性的活动。”[①]

在人类学家视野里，仪式被看成是所有已知社会中都会展现出来的一种社会行为，一类表述活动，一份“行动中的信仰”（belief in action），一套具有既定模式的文化传统，一个承载民族文化的“有形储存器”，一扇回望历史、认知世界的窗户，一个高度浓缩的“微型象征社会”，它通过一系列的行动，即做了什么，说了什么，展示了什么，来叙述社会的结构，呈现文化的意蕴，反映人们的关系，宣示传统的法则，映射内部的权力斗争和意识形态冲突，因其具有明确的叙事功能、实践目的和政治诉求，成为人类学家可以系统阅读、具有公共性特征的社会文本。“仪式一直被人类学家当作观察人类情绪、情感以及经验意义的工具，成为民族志研究者阅读和诠释社会一种不可多得的‘文本’。……比起日常生活中的‘秘而不宣’‘未充分言明’以及缄默的意义而言，仪式是较为集体性和公开性的‘陈说’，具有经验的直观性。仪式的这些特征都使得人类学家们热衷于将它作为一种思想和民族志范本的重要对象。”[②] 此外，仪式作为建立在既有的或者传统的行为规则之上的社会行为，具有极强的社会控制性质和能力，或者说仪式本身就具有一种权力和权威，它作为一种特殊的社会强制活动和形式，其自身就是社会控制的有效力量。

“仪式的强制性包含了以下基本的内容：其一，仪式属于某一个或某一

① 邓志强：《“仪式”的多维学科诠释》，《青年学报》2019 年第 2 期。
② 赵翔宇：《传统的发明与文化的重建：土家族摆手舞传承研究》，《贵州民族研究》2014 年第 4 期。

些社会历史选择和约定俗成的规范性行为活动，只要属于同一个社会（社区）的成员，就必须参与和参加这些仪式。所以，仪式被贴上了社会标签的形式，人们几乎很难脱离一个社会规范而独立生活。其二，特定的社会化仪式活动，会产生精神或人格上的特权和权威，会经常被赋予特殊的精神或神圣的力量。无论是在场的人、器物，或是获得与神交通的特殊能力，或是拥有了情境中的神灵性，或是神圣与世俗的媒介等，因而具有常人所无法企及的意志力，不容抗拒。其三，仪式一经形成并得以流传，往往与社会机构相辅相成，构成了社会机制的一部分。一方面，它成为社会控制的有效力量，另一方面，仪式的形式本身也转化成为一种权力。”[①] 仪式的如上特征，使其一方面作为一种习俗或者一种传统，一套重要的知识谱系和表述范式，一出特定民族、国家、宗教、族群甚至氏族的“历史剧”，成为导入和破解该社会可以系统阅读的文本；另一方面，作为观察分析一个民族或群体情绪、情感以及经验意义的有效工具，其自身还具有一种社会区分功能，即接受哪一种仪式自然就从属于哪一个群体、哪一种文化、哪一个阶层，实践某种仪式就是表达一种认同，一种对社会、族群、宗教、历史、文化、政治的认同。

二、仪式的内涵

对于仪式内涵意义的解释，如同仪式的概念一样，也是仁者见仁、智者见智，不同学者从各自立场出发，尽其可能地阐发自己的观点。如：“随着仪式越来越广泛地进入到社会的各个领域和学术研究的视野，人们以各种各

① 彭兆荣：《人类学仪式理论与实践》，陕西师范大学出版总社有限公司 2019 年版，第 66 页。

样的态度、角度、眼光、方法对仪式加以训诂和解释，使仪式的意义变得越来越复杂。今天，若不加以基本的框限，就很难对仪式的边界加以确认。它可以是一个普通的概念，一个学科领域的所指，一个涂染了艺术色彩的实践，一个特定的宗教程序，一个被规定的意识形态，一种人类心理上的诉求形式，一种生活经验的记事习惯，一种具有制度性功能的行为，一种政治场域内的谋略，一个族群的族性认同，一系列的节日庆典，一种人生礼仪的表演，等等，不一而足。大致梳理，仪式主要有以下几个方面的意义：（1）作为动物进化进程中的组成部分；（2）作为限定性的、有边界范围的社会关系组合形式的结构框架；（3）作为象征符号和社会价值的话语系统；（4）作为表演行为和过程的活动程式；（5）作为人类社会实践的经历和经验表述。”①“仪式是指按一定的文化传统将一系列具有象征意义的行为集中起来的安排或程序。‘仪式是正式的行为，通常以习俗为基础，具有一个已定的模式或脚本。’……仪式行为是不同于生活常态行为的一种超常态行为。‘超常’并非反常和失常。仪式行为有别于日常生活行为，第一，仪式是定期举行；第二，仪式是表达某种精神价值的需要，其实用性退居其次。仪式的主要行为方式是一种表演，隐喻着仪式的虚拟性。仪式是由‘象征符号’、‘象征意义’和‘象征方式’三个方面有机地组织起来的一个结构体。”②

以上无论是将仪式表述为一系列象征性行为而展开的社会活动，还是定期举行隐喻着仪式虚拟性的文化展演活动；无论是一种不同于日常生活状态的一种超常态行为，还是一种群体性、规范性行为的表述方式，等等，都给我们提供了一个再现过去历史形貌和知识谱系的可能，以及一个得以洞察和

① 彭兆荣：《人类学仪式研究评述》，《民族研究》2002 年第 2 期。
② 邓志强：《“仪式”的多维学科诠释》，《青年学报》2019 年第 2 期。

解释当下人类现实社会生活的机会。今天，仪式不仅嵌入社会生活的方方面面，成为一种普遍的、正式的、习俗的、超常态的社会行为，还因其在实践过程中规范化和制度化的实现，成为一种行为准则和社会规范，即便发生了从最初的宗教仪式或祭祀仪式向政治仪式或日常生活仪式的转变，但其中蕴含的内涵特质却始终如一。它是一个中介，人们可以通过仪式与神圣发生关系，经由象征性的活动沟通人神；它是一种聚集，是一种社会关系的聚集与整合，人们在这种聚集与整合中找到认同，也找到归属；它是一种秩序，一种从无限宇宙贯通到人间烟火的秩序，在这套象征秩序中，分清了神圣与世俗，也规定了高与低、远与近、中心与边缘的社会人伦，使得整个族群、社区和组织合理有序可持续性地运行；它是一个"庆典"，也是一种"规定"，是一种必须遵守的法则和可重复性的程序，也是必须按传统惯习规定的顺序进行的一整套或一系列的活动；同时它还是一个身体必须参与和经历的过程，在这个过程中参与者必须亲身入场，没有亲身到场，就难以表示对群体的参与，也难以确定一个人的群体成员身份；等等。如兰德尔·柯林斯（Randall Collins）所言："仪式是通过多种要素的组合建构起来的，它们形成了不同的强度，并产生了团结、符号体系和个体情感能量等仪式结果。"①

可见，仪式内涵意义界定的多义性本身是可以理解的，它是多种要素的组合，强调其一不说其二肯定不完整，但方方面面都说清楚也不现实，这种多义性解释会始终存在，只要仪式的概念再生产，仪式的内涵意义也就持续地发酵延展。仪式作为一个很难界定的概念，其内涵意义也是一个很难说清楚的话题，与其绞尽脑汁发明一个标准答案，不如对仪式的构成和仪式的规

① [美] 柯林斯：《互动仪式链》，林聚任、王鹏、宋丽君译，商务印书馆 2009 年版，第 93 页。

定进行阐释，这样反而更能理解什么是仪式，以及什么是仪式的内涵意义。对于仪式的构成和功能，有学者阐释道："仪式形制是一个整体。仪式的整体性由许多不同的因素和要件所构成，大致包含了以下六个方面的构件：（1）仪式空间（ritual space）、（2）仪式对象（ritual object）、（3）仪式时间（ritual time）、（4）仪式声音和语言（ritual sound and language）、（5）仪式确认（ritual identity）和（6）仪式行动（ritual action）。依照于此，它展示了以下三种功能和三种各自表述范畴：展演功能（exhibitions）——表述范畴（展示什么 /What is shown）；行为功能（actions）——表述范畴（做了什么 / What is done）；指示功能（instructions）——表述范畴（说了什么 /What is said）。因此，从这个意义上说，仪式的社会化规约就是通过仪式活动核审、检验其规约机制的社会功能，以及实践过程和实现效益。"[①] 由此可见，仪式作为一个在特定时间、特定空间，由特定对象通过特定手段和行为，进行特定目的和诉求表达的社会活动，它是属于同一种文化成员间重复性展现的公共行为，对传承某种信仰以及观念问题有重要意义，同时对维系一个族群的社会关系具有重要价值，它通常被界定为象征性的、表演性的，是由文化传统所规定的一整套高度结构化的、标准化的行为方式。

也有学者以兰德尔·柯林斯"互动仪式"四大组成要素"一是两个或两个以上的人聚集在同一场所；二是对局外人设定了界限；三是拥有共同的关注焦点，且相互知道；四是分享共同的情绪或情感体验"[②] 为出发点，并结合众学科对仪式的定义，将仪式的构成要素归纳为："1. 亲身在场。仪式本质上是一个身体经历的过程。…… 身体缺席的仪式，虽然能够激发情感

① 彭兆荣：《重建中国仪式话语体系——一种人类学仪式视野》，《思想战线》2021 年第 1 期。
② [美] 柯林斯：《互动仪式链》，林聚任、王鹏、宋丽君译，商务印书馆 2009 年版，第 86 页。

体验，但与亲身在场的仪式不一样。……2. 时空场域。任何仪式均是在特定时空场域产生的，时空隐喻着仪式的特殊意义。……3. 象征符号。象征是仪式研究的基础性和关键性概念。仪式是一种裹缠在象征之网中的行为，仪式参与者总是通过象征观照世界和理解世界。任何仪式均具备一定的符号表征，且背后隐喻着特定的象征意义。……4. 结构化程序。仪式具有形式上的特质，具体表现为：结构化程序。仪式依循高度结构化和标准化的程序，有其特定的展演场所和时间，且这些程序和时空都具有特殊的象征意义。”[①] 可见，仪式作为在一定的时空场域下，社会成员亲身在场、亲自体验，通过象征符号进行的重复性、结构化的拟剧表演行为，参与者在其中一方面感知到我族与他族的区别，分享了共同的情绪与情感体验，以及“历史记忆的召唤”；另一方面通过象征性活动，以及背后隐喻着的象征意义体验，激发个体形成一种集体性情感，将个体与社会（组织）联结起来，使个体产生强烈的责任感和认同感，在提升组织归属感和社会认同感的同时，完成了“想象的共同体”的建构。因此，在人类学家眼中，“仪式”被视为观察人类情绪、情感以及经验意义的重要工具，被当作阐释社会的重要“文本”或“知识谱系”，就不言自明了。

三、仪式与舞蹈

对于仪式和艺术两者之间的关系，简・艾伦・哈里（Jane Ellen Harrison）谈道：“艺术源于一种为艺术和仪式所共有的冲动，即通过表演、造型、行

① 邓志强：《“仪式”的多维学科诠释》，《青年学报》2019 年第 2 期。

为、装饰等手段，展现那些真切的激情和渴望。表现俄西里斯的艺术和仪式，植根于同一种人所共有的强烈愿望，即大自然的生命力必将死而复生。正是这种共同的情感因素导致艺术和仪式在一开始的时候浑融不分。两者在一开始都涉及对一种行为的再现，但是，并非为了再现而再现，只有当激情渐渐冷却并被人们淡忘，再现本身才变成目的，艺术才变成了单纯的模仿。”[①] 在哈里森眼里，人类社会的早期艺术和仪式是连理同根的，一脉相承、不分彼此，离开一方则无法理解和认知另一方，她这一不同凡响的论断，为仪式研究带来了新的启示，在相互依托、互为彼此的基础上，仪式为艺术提供了展演的平台，艺术则为仪式提供了情感支撑，仪式通过艺术虚拟了神圣的世界，表演了信仰本身，仪式则为艺术营造出一种庄严、肃穆、不可亵渎的敬畏之感，所以，在具体研究中会发现，“大多数仪式行为都带有表演成分，而几乎所有的群体性公开仪式都毫无例外地伴随着一系列的表演项目。一个仪式的一系列行为组合，就是一系列的表演组合，因此可以说，表演构成仪式情境的行为基础，仪式情境就是表演的情境。格尔兹就把仪式称作是一种‘文化表演’（cultural performances），把宗教仪式看作是宗教表演，并从仪式的表演来解释了仪式表现宗教和塑造信仰的实质。他说，对仪式参与者来说，仪式的宗教表演‘是对宗教观点的展示、形象化和实现，就是说，它不仅是他们信仰内容的模型，而且是为对信仰内容的信仰建立的模型。在这些模型的戏剧中，人们在塑造他们的信仰时，也就获得了他们的信仰’”[②]。

对于仪式的展演特征，很多人类学家从不同角度展开了相关的论述，难

① [英] 哈里森：《古代艺术与仪式》，刘宗迪译，生活·读书·新知三联书店 2008 年版，第 13 页。
② 薛艺兵：《对仪式现象的人类学解释（上）》，《广西民族研究》2003 年第 2 期。

能可贵的是一些人类学家开始将仪式展演与身体表达联系在一起，如："在人类学的仪式研究视野中，仪式的展演无疑是重要的表述和表达范式。所谓'展演'（performance，即表演），指特定群体通过仪式的活动来展演自己、展现自己、展示自己，而仪式的展演羼入了特殊的文化符码。仪式的展演可以理解为一种特殊的身体表达，却又不是个体性的随意表达；仪式中的身体是被规定的，有规约的，群体性的。如果说有什么活动形式可以最具体、鲜活地表现一个民族、族群等群体性的身体表达，那只能是仪式了。"① 仪式作为亲身在场的身体经历体验的过程，致使身体成为仪式表达的关键，仪式的这些身体化实践和表演特征被维克多·特纳上升到了"表演理论"（Performance Theory）的高度，他用"社会戏剧"（social drams）的概念来描述社会冲突和危机的产生，并把仪式看作社会冲突表演的工具，仪式戏剧化了真实的社会，通过这种戏剧化展现，仪式完成了它应该完成的任务。他的仪式表演理论开启了人类学仪式研究的象征人类学路径方向，同时仪式研究中长期"被遗忘了的身体"重新获得发现、重视与关注，仪式中的参与性身体表达不仅被后来的研究者们所强调，甚至成为人类学仪式研究一道精彩独特的景观和民族志作者出新、出彩的写作议题。

对于仪式和身体表达的关系，有学者论述道："概而言之，仪式是一种独特的身体表达，同时也赋予了仪式身体的'文化指纹'。不同的文化通过仪式中的身体表达来传递特殊符码。无论社会变迁多么快速，产生多么强烈的震荡，'文化指纹'都不会发生变化。"② 舞蹈作为一种以运动的人体为媒介进行表达的艺术形式，它不仅是仪式展演身体表达的主要内容，甚至是仪

---

① 彭兆荣：《重建中国仪式话语体系——一种人类学仪式视野》，《思想战线》2021 年第 1 期。

② 彭兆荣：《重建中国仪式话语体系——一种人类学仪式视野》，《思想战线》2021 年第 1 期。

式身体化实践和表演的核心。“在一定程度上，几乎所有宗教类和民间类仪式都包含有‘乐舞’的因素，因为，大凡是个‘仪式’，就总离不开特定的吟唱、乐舞等表演。从宗教信仰角度看，乐舞就是仪式；从艺术角度看，仪式就是乐舞。所谓仪式就是人类试图通过种种‘礼’的仪式祈求神灵护佑的愿望，人们在长期的探求中找到了‘乐’这种最佳的语言形式，希冀以此成为沟通人与天地鬼神之间的桥梁和媒介，而祭祀乐师的作用恰恰就是这种媒介的承载者。”① 对于中国民族民间传统舞蹈而言也是如此，它不仅是所有“信仰”和“民俗”活动仪式的重要组成部分，即这些特定的仪式中都会有乐舞的形式存在，并且乐舞贯穿这些仪式的整个结构流程，如在献牲、祭献、娱神、迎神等具体祭祀仪式活动中，乐舞会伴随始终；而且还是某一种仪式本身，或者说这种仪式本身就是仪式乐舞。如闽台地区关帝祭典仪礼乐舞、青海黄南藏族自治州同仁的六月会乐舞仪式、梅山瑶族的“还盘王愿”仪式乐舞，以及流传在江西、湖南、湖北、陕西、四川、贵州、云南、广西、安徽、山西、河北等省（自治区）广大农村地区的“傩仪”（傩舞仪式或跳傩仪式）等，“舞仪互渗”是这一类仪式的特点，舞蹈渗透在仪式中，仪式贯穿在舞蹈里，舞蹈的名称就是仪式的名称，仪式的名称也是舞蹈的名称。

以非职业化、非剧场化、纯民间的苗族舞蹈为例：“对于苗族来说，舞蹈是一种魔法，利用它可以达到各种各样的真实目的和重要目的。显然，通过给予人的力量，增加有组织的和谐，它对个人和社会都有好处。有理由设想它可以达到其他一些有益的结果，如求神保佑，消灾免难，即使在目

① 杨曦帆：《藏彝走廊的乐舞文化研究》，民族出版社 2009 年版，第 271 页。

前，舞蹈仍是表现苗族自身的主要手段，因为其相当信鬼好巫。因此在苗族当中，宗教—巫术在生活中占的比重相当大。舞蹈不可避免地成为具有最高宗教—巫术意义的东西。去跳舞同时既是拜神，又是祈祷。现在我们还可以从‘吃牯脏’、‘跳丧’、‘跳花’、‘祭桥’、‘架桥’、‘芦笙会’等活动中看到许多为所有的生活中的重大行动提供宗教—巫术服务的东西——求子嗣，求婚姻顺利，求死后升天——也有求天下太平的（如跳花时的‘花场舞’所表现的），还有为免自然灾害（如水涝）而祈祷的。这一切，苗族现实生活中都有。为了生活中庄严的大事，春种秋收、夏耘冬藏、说爱谈情、婚嫁葬礼，以及战争和平，都有适合的舞蹈。我们经常在节日集会中看到的求雨、求子、求神、求祖灵等等，都不是直接祈祷，而是跳相应的舞蹈仪式来体现。在此活动中，神本身也是跳舞。”[①] 传统的或者纯民间的苗族舞蹈，不是源于生活而高于生活的“美的艺术”，而是现实社会生活的一部分，是一种被置于仪式架构之中的现实社会生活，是一种“生活”、“仪式”和“舞蹈”三者混沌交融的“仪式化生活”，因为“苗族舞蹈不是脱离仪式轨道的单科性艺术门类，而是仪式架构下的舞蹈，或者可以直接说就是‘仪式舞蹈’，不是‘艺术舞蹈’”[②]。

将中国民族民间传统舞蹈定义为“仪式舞蹈”或“舞蹈仪式”一点都不为过，因为仪式不只是体现在特殊的宗教活动中，也延伸、呈现在日常的生活里，当今天的仪式被定义为一种特殊活动，即包括特定的时间、特定的空间、特定的群体，根据特定的程序进行特定的活动时，只要与日常的平凡、

① 杨鹍国：《苗族舞蹈与巫文化——苗族舞蹈的文化社会学考察》，贵州民族出版社 1990 年版，第 90—91 页。

② 王唯惟、徐浩：《舞蹈与文化：贵州苗族舞蹈的身体叙事》，人民出版社 2016 年版，第 191 页。

普通不同的活动都可以成为一种仪式。自此仪式不仅是宗教信仰、历史记忆、政治事件的展演，也是节日寿诞、婚丧嫁娶、添丁满月、乔迁新居的人情往来，舞蹈作为这些仪式性事件和仪式化生活中的身体表达行为，是复杂的仪式过程中不可缺少的一个重要组成部分，在一些人类学家眼中，舞蹈起源于仪式，或者舞蹈就是仪式的一种形式。

在中国民族民间传统舞蹈中，舞蹈与仪式的关系主要体现在两个方面。一方面它是仪式中的重要组成部分或被业内定义为仪式中的"插舞"，即在具体的仪式活动中，展演的舞蹈并没有获得完全独立的地位，而是作为仪式活动的一部分而存在。以四川阿坝藏族羌族自治州马尔康、大小金川、理县等地的嘉绒锅庄为例："从文化事象要素来看，丹巴嘉绒跳锅庄是集歌唱、舞蹈、仪式与嘉绒历史文化观念为一体的综合性族群文化表述行为，并非单纯的民间娱乐性文艺舞蹈。无论在观念层面还是实践层面上，跳锅庄都深刻地嵌入嘉绒人历史与现实的生活事象和社会场景之中，密不可分。首先，嘉绒跳锅庄与渗透入嘉绒人日常生活的民间信仰系统及仪式实践紧密相关。从时间和场合来看，它通常在宗教节日以及日常相关仪式场合跳，如年节、庙会、丰收、婚礼、成年礼、房屋竣工等时候；从程序上来看，它往往与'秋烟烟'（即煨桑）、敬神、念经等仪式操演形成一条紧密的链条，联合构成某次特定仪式叙事的整体文本，很难断然截分；从内容与形式看，它与嘉绒人的神圣信仰体系有密切关系，比如在跳锅庄之前要喊山神，具有鲜明的嘉绒族群和区域文化特征。"①

嘉绒锅庄这种在不同的社会仪式中只展演单一舞蹈的形式比较少见，对

① 李菲：《嘉绒跳锅庄：墨尔多神山下的舞蹈、仪式与族群表述》，北京大学出版社 2014 年版，第 65 页。

于很多拜神、祭祖、祈雨、求太平的仪式而言，一个仪式中存在一组舞蹈，或该仪式展演中会有多个舞蹈的参与是常态，如无论是大理白族的“绕三灵”节祭仪式活动，还是吉林延边地区朝鲜族的“农事祭祀仪式”展演，以及像“天津皇会”和“湄洲妈祖庙会”等其他民族不同类型的重大祭奠仪式，都是如此，无一例外。以每年农历四月初一至十五和七月二十五至八月初一举办春香和秋香各一次的北京门头沟妙峰山娘娘庙会进香仪式为例，让廉在《京都风俗志》中载：“城内诸般歌舞之会，必于此月登山酬赛，谓之‘朝顶进香’，如开路、秧歌、太少狮、五虎棍、杠香等会。其开路以数人扮蓬头涂面，赤背舞叉；秧歌以数人扮陀头、渔翁、樵夫、渔婆、公子等相，配以腰鼓手锣，足皆登竖木，谓之‘高脚秧歌’；太少狮以一人举狮头在前，一人在后为狮尾，上遮阔布，彩色绒线，如狮背皮毛状，二人套彩裤作狮腿，前直上，后伛偻，舞动如生，有‘滚球’、‘戏水’等名目；五虎棍以数人扮宋祖、郑恩等相，舞棍如飞，分合中式；其扛香一人，扮幞头玉带，横跨杠上，以二人肩抬之，好事者拦路问难，则谑浪判语，以致众人观笑。凡此等会，以曾经朝顶进香者为贵。”①可见，妙峰山娘娘庙会进香仪式中展演的舞蹈并非一种，而是若干种，甚至北京地区所有的代表性民间舞蹈都会参与，这样的案例很多不一一列举。

另一方面，仪式即是舞蹈，舞蹈即是仪式，一些极具代表性的各民族民间舞蹈本身就是仪式，同时它们又显示出较为强烈的民间传统乐舞艺术特征，这一类“仪式舞蹈”或“舞蹈仪式”在宗教祭仪中体现得尤为明显，藏族的《羌姆》、蒙古族的《博》、纳西族的《东巴》、汉族的《跳傩》等都属

① 转引自高宇鹏《中国庙会文化》，上海文艺出版社 1999 年版，第 387—388 页。

于这一类。以在藏语中被称为“羌姆”，内蒙古地区叫作“查玛”，北京雍和宫命名为“跳布扎”，云南一些喇嘛寺庙称之为“麻聪”或“拔聪”，寺院的僧侣大多称为“金刚舞”，其他族群百姓喜欢叫“跳神”或“打鬼”，戴着面具展演的藏传佛教舞蹈为例，有些学者就直接将其界定为舞仪，如郭净：“我个人更倾向于把羌姆视为一种‘仪式表演’（ritual performance）。在仪式的层面上，它是藏传佛教密宗的一种修供仪轨；而在表演的层面，它不仅包括舞蹈，而且在某些场合穿插着哑剧和戏剧，并且广泛使用假面具。这些特征，已经由历史的积淀而融合在了‘羌姆’和‘金刚舞’这两个词汇中。”[①]可见，此时的“羌姆”作为一种乐舞艺术呈现出极为明显的两面性特征：一方面，它是藏传佛教密宗的一种修供仪轨，在其表演中总是和一定的教义内容紧密相连；另一方面，它又是一种宗教寺院乐舞艺术，作为藏地乐舞艺术，又不可避免地吸收了很多藏地传统民间乐舞艺术的因素。可见，“在原始信仰观念的作用下，人们既通过仪式来满足自己的信仰观念，也通过仪式来认识自己的世界。这类对人生具有重大意义的仪式，其外在表现形式必然地具有相应的模式化倾向，而这种模式化仪式中的华彩篇章便是乐舞，这一点，对于相对较为‘原始’的民间信仰而言具有普遍性。所以人类学家弗思说得好‘原始的宗教不是想出来的，而是跳舞跳出来的’”[②]。

四、仪式与禁忌

“禁忌是英语 taboo 和 tabu 的意译。指为避免招致惩罚，禁止同‘神

① 郭净：《心灵的面具——藏密仪式表演的实地考察》“序言”，上海三联书店 1998 年版，第 4 页。
② 杨曦帆：《藏彝走廊的乐舞文化研究》，民族出版社 2009 年版，第 112—113 页。

圣’或‘不洁’的事物接近，是以非理性和缺乏任何验证而区别法律的禁令。……在日常生活中，那斑驳离奇的禁忌俗，以一种准宗教现象的面目出现，给人类布下了无处不在的潜网。诸如婚姻禁忌、生育禁忌、生产禁忌、物禁忌、语言语汇禁忌等等。冥冥之中，赋人勇气，也伴随恐惧。……禁忌是人们日常生活中的一种习俗与行为的综合体现，所有的人都在自觉或不自觉地恪守、遵循着本群体固有的禁忌习俗，而很多禁忌习俗的流传都有着悠久的历史。”[①] 任何一个仪式都有对应的禁忌，仪式作为一种象征性的、表演性的、由文化传统所规定的一整套行为方式，其庄严、肃穆、神圣、不可亵渎的权威性，或者说仪式展演的有效性，是通过禁忌得以反映或加以体现的。人们在日常生活中选择什么样的穿着，进行什么样的行为，讲述什么样的话语，基本上是随机、随意、随性的，但是在重要的仪式性场合，穿什么、说什么、做什么都有一定的规定和约束，违反必受谴责和惩处，包括受到超自然力的惩罚。例如，云南楚雄彝族“在表演‘大锣笙’时，师公、师母不能开口说话，因而俗称‘哑巴’。据彝族学者诺海阿苏介绍，这是由于野兽不能做人语之故。因为，彝族人认为哑巴是可敬的，于是，在火把节的狂欢之中，有的青年人假作哑巴，以博得他人好感。因此，装哑巴也是对野兽的模拟和敬畏。此外，师公、师母是介于人神之间的角色，需秘密化妆，秘密卸妆，不能让观众识破谁是装扮者，所以不能开口说话。俗信认为，驱鬼的人身上必定也有邪气，故而一些可燃的驱邪用具要焚烧以辟邪”[②]。可见，禁忌是与仪式展演的神圣性和有效性联系在一起的，为了确保仪

① 刘稚、秦榕:《宗教与民俗》，云南人民出版社 1991 年版，第 91—92 页。

② 卞佳:《楚雄州双柏县法脿乡者科哨村彝族“大锣笙”考察报告》，载石裕祖主编《民族舞蹈文化传承发展论纲》，云南大学出版社 2010 年版，第 123—124 页。

式平安、顺利、无害地进行，人们必须严格管控自己的心绪，规范自己的行为。

“弗洛伊德把禁忌解释为人们在‘无意识’中对之有强烈倾向的任何被禁止的行为。认为禁令‘汝勿可’在原始人中激起了‘我想要，但我不敢’的反应。”① 所以仪式离不开禁忌，因为禁忌塑造了仪式的威力，特别是在一些宗教仪式中，各式各样的妖、魔、鬼、怪、精、灵、神、仙，都是具有特定意识、非凡能力，会根据自己喜怒爱好行事的能动者，所以无论是模仿表演它们，还是供奉祭拜它们，都必须毕恭毕敬、心存敬畏、不越雷池半步。如：“云南藏传佛教喇嘛寺庙的跳‘羌姆’‘跳神会’，已具有一整套极为严密的宗教传统仪式。其一，它以教规的形式规定：任何一个喇嘛寺庙必须配备专管跳神舞的喇嘛舞师‘筹奔’；其二，凡是担任跳神舞的喇嘛舞师或领舞者，必须在西藏或德格寺经过一定时间的专门的、系统性的修习，并取得相应的资格证书者才能担任重任；其三，喇嘛寺庙跳‘羌姆’‘跳神会’必须严格按照世传的藏传佛教跳神舞谱《抽布》《羌以》的规程行舞；其四，各类跳神舞的角色、服饰、道具、法器及其伴奏乐器均有制式规范可循。综观云南藏传佛教舞蹈，可以确信，它已在舞蹈的机构编制、舞谱舞制、教学制度、教材教程、资格认证、舞美化妆、服装道具、表演程序、节目音乐、内容形式、表演场所等，全方位地形成了一个极其完整的民族舞蹈艺术体系。这种极其完整的民族舞蹈艺术体系及其艺术现象在其他少数民族传统舞蹈中当是极为罕见的一个孤例。”②

① 刘稚、秦榕：《宗教与民俗》，云南人民出版社 1991 年版，第 96 页。

② 石裕祖：《云南藏族与其他少数民族乐舞文化的关联性》，载石裕祖主编《民族舞蹈文化传承发展论纲》，云南大学出版社 2010 年版，第 162 页。

仪式离不开禁忌的另一个原因是，禁忌塑造了仪式的神秘与神圣，因为“禁忌规定着圣俗之距，时空的秩序和人人的关系，是人与自然，人与神圣，人与人之间的度量器。它让混乱变得有序，让行为变得整一，让观念变得清晰，让宇宙和谐统一。社会分类体系和价值意义都在禁忌中展现无遗，它是守护和维持宇宙观和社会秩序的法杖铁律，是神圣的社会契约。总之，没有禁忌群体会丧祭掉神圣之意，群体的神圣永远离不开神圣的禁忌”①。以每年春节期间流传在陕西省汉中市洋县、佛坪、城固、留坝等县的《地社火》为例，作为春节期间“耍灯”仪式活动的主要表演内容，结束时要举行“送灯”仪式，“送灯”作为跑社火的尾声活动，“送灯时，社火队人员在灯头的带领下穿上所有的服饰，拿上所有的道具，来到事先选定好的野外一个空沟或空场地。在去的时候，人人可以说话、谈笑，敲锣打鼓。到了场地以后，每人点一炷香，敬一下灯神，在锣鼓声中跑三个神社火节目（或跑一阵‘太极图’），然后，把灯火统统灭掉，不准敲锣打鼓，也不准交头接耳，谈话说笑，每个人穿着服饰，必须悄悄地回家。第二天才收交东西，算账，结束整个跑社火活动。关于送灯有一个传说，由于跑社火敬的是庄王神，每年在组织跑社火队之前，除拜土地神外，还要由灯头在社火队的活动室内堂放一张供桌，为其立一个灵位牌，写上‘供奉灯神庄王之灵位’即可。庄王神是个耳聋眼明且爱热闹的神，开始不用敬，正月锣鼓一响，庄王神自动来凑热闹。而结束时不敬他，庄王神不走，会使人在新的一年里不得安宁，招灾害病。所以，敬庄王神并把他引到野外送走，结束时各自悄悄回家，庄王神听不到锣鼓和喧哗声，就找不着每个人的住处，也就不会再来纠缠，人在新

---

① 刘柳：《短暂与永恒　世俗与神圣——贵州省台江县“反排木鼓舞”的结构与实践》，载朴永光主编《民族舞蹈学研究》，中央民族大学出版社 2015 年版，第 155 页。

的一年里便会平安无事”[①]。严格的禁忌规范和完整的礼仪流程，是仪式展演不出任何闪失的关键，神圣的仪式离不开禁忌，禁忌使得仪式具有一种神秘而又神圣且无法抗拒的威力，人们严于律己、循规蹈矩地恪守禁忌，是为了避免无所不能、神通广大的超自然力，因“礼数不到圣不动”产生的愤怒不悦带来的灾祸，当然也有一份对历史、过去、传统的认同与尊重在其中。

在作为“仪式舞蹈”或“舞蹈仪式”的中国民族民间传统舞蹈中，禁忌是通过对已知范式的蹈袭和俯就来体现的，即舞蹈表演中呈现出按部就班、中规中矩、决不越雷池半步的程式化表现特征。“仪式都是有着固定的程式和行为要求，仪式行为‘正确’与否是执仪者和参与者衡量仪式是否有效的标准。仪式的固定程式是历史的沉淀和积累，代表着整个社区的集体认同，并不断在群众中重复和强化，违背了仪式的固定程式常常带来‘不敬’‘不祥’的评价。人们普遍认为，仪式的固定程式不仅仅影响整个仪式的效力，更会影响人们今后的生活。所以说仪式是严肃的、一丝不苟的、不容更改的。”[②]在中国民族民间传统舞蹈中，“舞蹈仪式”或“仪式舞蹈”的程式化表现相关的事例很多，例如在一些道观内，身着金丝银线道袍的道士，手持不同道教法器，吟唱着古老的曲调，在坛场里翩翩起舞，这就是被俗称为“道场”的道教“斋醮科仪”。其中的“科”就是科范，亦作“程”解的“格范”，“格范”就是程式，故“科”即程式；“仪”为道教法事中的礼仪、仪态、仪节、礼式、法式，强调展演“行礼如仪”，本着一定程序展演如仪，

---

① 吴珊编著：《秦风蜀韵羌楚影：秦巴汉水民间舞蹈概览》，中国社会科学出版社 2018 年版，第 334—335 页。

② 杨日：《彼岸之灵　此岸之舞——清江流域长阳县双龙村跳丧研究》，载朴永光主编《民族舞蹈学研究》，中央民族大学出版社 2015 年版，第 307 页。

按一定法事形式准则做道场，被称为“依科阐事”，或生活俗语中的“照本宣科”。道教“斋醮科仪”中不同法事都会有对应的“底本”，也被叫作“某某科仪”，如开坛法事的“底本”叫“开坛科仪”，荡秽叫“荡秽科仪”，等等，“依科演教”“照本宣科”成为道教法事展演按部就班、墨守成规的信条，因为“舞蹈、体育一旦走上神坛，人们参与活动的动机，便渗有被迫使的压抑感了。不以这种特殊的方式求神驱鬼，不仅自身的生存得不到保障，还会殃及五谷六畜。在某种意义上，能否参与这类赋有神圣意味的活动，还标志着能否成为氏族的正式成员。在这种肃穆而迷狂的宗教氛围中，参与者一举手一投足莫不战战兢兢，表演稍有差错，便意味着渎神犯罪而将遭到严惩”[①]。仪式作为一种功利性的表征行为，为了确保展演的有效性、神圣性，不仅有着各种各样的禁忌，更强调其中的程式性和规定性，一旦形成随即固化，轻易不会改变，“千年跳一舞，一舞跳千年”成为这类“仪式舞蹈”或“舞蹈仪式”的主体特征。

第二节 仪式的过程与结构

一、仪式展演的过程和结构

“‘结构’（structure）和‘过程’（process）是人类学著作中频繁出现的两个概念。尽管各个学派对这两个概念的理解各不相同，但一般而言，这是

① 刘稚、秦榕：《宗教与民俗》，云南人民出版社 1991 年版，第 204 页。

两个相对的概念：结构是一个空间概念，是指事物的构成形式或构成因素、构成层次之间的共时关系；过程是一个时间概念，是指事物的进行方式、进行阶段、进行顺序之间的历时关系。任何文化事件的实际存在，都离不开时间和空间这两个维度。仪式也不例外。仪式既有在空间中展现的稳定的结构，但它并非静态的结构，而是流动的结构；仪式即是在时间中展开的流动的过程，但它并非散乱的过程，而是结构的过程。无论我们把仪式看作是'结构的过程'，或是'过程的结构'，它的时、空存在实际上不可分离。"[①] 任何一个仪式事件的客观存在，都离不开时间和空间这两个维度，尽管前文的时间章节谈到，人类对时间的认识分为两类：一类是重复循环的时间观念（cyclic time），另一类是不可重复和逆转的线性时间观念（linear time），但在仪式展演的过程中，经常是将线性时间和循环时间融于一体，将物理时间与社会时间两者结合，将仪式时间和实际时间合二为一加以理解的，是一个在时间一维性基础上展开的流动的过程。

仪式作为一个在时间维度上展开的社会文化活动，"任何一个完整的仪式都是有始有终的，都是从开始到结束的一个连续性事件。仪式的过程，就是在这个由始到终的连续性事件中随时间流动而顺次展开的一个个程序（仪项）的程序。在这个过程中，时间始终流动，不会停留，而仪项则分阶段进行，一般不会始终一贯地、毫无变化地延续。既然我们从空间维度将仪项、仪式事件的稳定配置看作是仪式的'结构模式'，那么，我们也可以从时间维度把仪式事项分阶段、有变化、按次序进行的规定程序看作是仪式的'过

① 薛艺兵：《神圣的娱乐：中国民间祭祀仪式及其音乐的人类学研究》，宗教文化出版社 2003 年版，第 139 页。

程模式'"[1]。对于中国民族民间传统舞蹈而言，无论它是作为一种"仪式舞蹈"还是"舞蹈仪式"，都会有一个舞蹈展演的"过程模式"，即在时间维度上展开的从开始到结束的舞蹈表演过程，这个表演过程由一个个仪式活动或一个个具体的表演舞段组成，它们分阶段、有变化、按次序进行，由局部到整体地构成整个舞蹈仪式。

一般情况下，中国民族民间传统舞蹈的展演过程，会呈现出"开始—展开—结束"这样一个三步骤的"过程模式"，当中国民族民间传统舞蹈展演内容很多与宗教祭祀活动息息相关时，该"过程模式"时常与"请神—跳神—送神"加以对应。如："秀山花灯有着固定的演出程序，严格按照设灯堂、启灯（请灯）、跳灯、辞灯的顺序进行。外出跳灯前要设灯堂、安放花灯神位、请灯神等。跳灯结束后要烧灯，演唱《送灯调》、祭拜神灵、焚烧花灯和神位送灯神，将跳灯人的衣服从火上抛过，祈求来年平安。在历史的演进中，秀山花灯的祭祀任务逐渐演化为驱邪纳吉、带有宗教色彩仪式的秀山特有的春节民俗活动。"[2]安徽贵池的傩舞表演，也是严格遵循这种特定的仪式流程或"过程模式"："贵池傩舞的仪式主要有结构性仪式、表演性仪式。结构性仪式指根据一定的程序开展仪式，从'迎神下架'开始到'请阳神'，再到'设坛起圣'，直到最后的'送神上架'都按照一定的程序进行。"[3]

---

① 薛艺兵：《神圣的娱乐：中国民间祭祀仪式及其音乐的人类学研究》，宗教文化出版社 2003 年版，第 153 页。

② 刘卫红、彭小希、况成泉：《寻根传舞：重庆舞蹈文化遗产的保护与传承》，北京理工大学出版社 2015 年版，第 40—41 页。

③ 韩丽：《非物质文化遗产贵池傩舞的社会文化功能与传承研究》，《阜阳师范学院学报（社会科学版）》2016 年第 1 期。

一般的宗教祭祀仪式，除了遵循上述的三步骤外，还会表现为一种“多段体”的“过程模式”，如：“在祭祀仪式的各个仪项安排中，‘请神’通常是正式仪式的第一个仪项，‘送神’是最后一个仪项。这两个仪项一般都比较单纯，通常都是分别由一个完整的段落程序构成。‘祭神’的程序安排则与前两者有所不同，按‘三步骤’原则，‘祭神’应该是和‘请神’、‘送神’并列的一个仪程，但就其程序规模而言，祭神通常是祭祀仪式中由多个段落组合的一个仪项复合体。在这个仪项复合体中，每个相对独立的段落都可以是一个意义完整的仪项。整个祭神仪项就是由一系列仪项联结起来的一个‘多段体’程序。以‘多段体’程序组合展现的祭神仪程在大多数祭祀仪式中普遍存在，它是祭祀仪式另一个比较显著的过程模式。”[①]

在中国民族民间传统舞蹈中也是如此，无论是“舞蹈仪式”还是“仪式舞蹈”，都会表现出这种类似文章写作“凤头猪肚豹尾”的“过程模式”，即舞蹈开头精彩有力，舞蹈结尾意犹未尽，舞蹈中间内容丰富。以维吾尔族赛乃姆为例：“从总体来看，维吾尔赛乃姆的音乐结构如下：木凯迪满（散序）——歌舞曲——歌舞曲——歌舞曲……——区希尔给（尾曲），因此，可以将维吾尔赛乃姆分为散序、歌舞曲和尾曲三部分。（1）木凯迪满：赛乃姆的木凯迪满是节奏自由的、简短的开始曲调。木凯迪满不一定存在于所有的维吾尔赛乃姆中。比如：哈密赛乃姆、吐鲁番赛乃姆、喀群赛乃姆等赛乃姆中保留了木凯迪满，但在伊犁赛乃姆、库车赛乃姆等赛乃姆中就没有木凯迪满，而是直接从有节奏的歌舞部分开始。……（2）歌舞曲：‘木凯迪满’结束之后，按照 4/4 拍或 2/4 拍的赛乃姆节奏，开始进行‘舞曲’表演。即

① 薛艺兵：《神圣的娱乐：中国民间祭祀仪式及其音乐的人类学研究》，宗教文化出版社 2003 年版，第 155 页。

在每一套赛乃姆中，按照舞蹈要求和一定的规则连续表演特点相同的两种以上的歌舞曲调，呈现一环接一环的歌舞特点，形成整体和盛大的一种类型，歌与歌紧密相连，中间没有间奏曲，只有简短的前奏曲。一整套赛乃姆中的歌舞曲，数量不等，最少为 4 首，最多为 17 首。……（3）区希尔给（曲尾）：是指赛乃姆歌舞曲结束后，用于结束整套赛乃姆的总结性的短调。一般情况下由器乐演奏，无歌唱。”[①] 在很多中国民族民间传统舞蹈中，“乐舞一体”的特征，致使音乐的结构就是舞蹈的结构，从赛乃姆的开场曲、尾曲与中间的歌舞曲比较中发现，三者几乎不在同一个数量级，开头结尾一带而过，中间则呈现出复杂丰富的“多段体”特点。

“假如我们把一个祭祀仪式的稳定结构看作是一种结构模式的话，那么，这个模式则必然是随时间进程而延展的一个过程，是在过程中展现的一个流动的结构序列，或如维克多·特纳所说，是‘时间中模式化了的过程’（patterned process in time）。无论怎么说，结构和过程都是相依相随的、不可分割的一个整体。”[②] 仪式作为一种“结构的过程”或“过程的结构”，只谈其过程不谈结构是不合适的，仪式作为在过程中展现的结构序列，不仅要对其“过程模式”进行分析，也要对其“结构形式”进行探讨。仪式的结构如同仪式的概念一样，也是众说纷纭、各抒己见，有学者从二元分类立场阐释，有学者则从外显的结构形式和内隐的结构关系进行分析，有的从象征符号与结构的关系入手进行论述，可谓不胜枚举。对于中国民族民间传统舞蹈而言，一般情况下仪式的结构，是由仪式空间、仪式时间、仪式物件、仪式

① 阿曼古丽·牙生：《论维吾尔赛乃姆》，《新疆艺术学院学报》2012 年第 1 期。

② 薛艺兵：《神圣的娱乐：中国民间祭祀仪式及其音乐的人类学研究》，宗教文化出版社 2003 年版，第 152 页。

角色、仪式行动、仪式语言、仪式音乐等不同仪式要素构成的可观、可感、可知的舞蹈行为组合，即仪式的舞蹈行为结构来体现的，将其理解为在仪式现场展演的舞蹈文本也不为过。“仪式行为结构：即仪式的行为方式和行动安排。包括角色项、行动项、行为序三个事项内容。其中，角色项是仪式行为者在仪式中的角色分配及其身份、任务等，一般包括组织者、参与者、操纵者、表演者、服务者、观众等角色；行动项是各个角色的具体活动安排及配合，包括祭祀性活动（如宰牲、祭拜、祭献等）和表演性活动（如姿态、手势、舞蹈、歌唱、演奏等）两方面的内容；程序项是行动的程序和次序安排，此项内容既是行为结构，也是行为过程，它是联结结构与过程的中介环节。”①

以土家族的丧葬仪式舞蹈“跳丧”（也被称为“撒叶儿嗬”）为例：“跳丧舞一般分为七个程序，即待师、跳丧、摇丧、踐丧、穿丧、退丧、哭丧。……1. 待师。入夜，死者家属烧菜备烟买酒，升火点灯，铺排好跳丧场地。适时，主人请土巫师或道士给亡人‘开路’，死者子女、媳、婿、内侄都要穿戴五尺长的白布孝衣，脚穿草鞋。行礼时，每个孝子手握哭丧棒一根。为了表示谦虚和客气，在跳丧时必须等待巫师先跳，以便边跳边等待巫师临场指教。2. 跳丧。待巫师入场后，由另一巫师击鼓，跳舞者随着鼓点应声起舞。整个跳丧舞的仪程都是由击鼓者指挥跳丧人跟着鼓点的变换而变换仪程，跳的舞姿也随仪程而变化，时而绕臂穿肘，形似凤凰展翅，既而相对击掌，犹如幺姑子姐筛箩筛。……3. 摇丧。跳丧的人在舞蹈中进行‘穿花’，他们膝部松弛，含胸下沉，出跨，手脚不断颤动。所表现的内容多为其先民

① 薛艺兵:《神圣的娱乐：中国民间祭祀仪式及其音乐的人类学研究》，宗教文化出版社 2003 年版，第 142—143 页。

原始狩猎生活、古代军事战争、日常生活及农事生产劳动等。……4. 踋丧。跳丧的场所也是人们显示歌舞才能的舞台，同时也是土家族人传承文化的地方。跳丧者摇完丧后开始踋丧，踋丧能活跃气氛，其配合舞蹈与歌唱，伴以鼓、锣、钹等打击乐，气氛欢悦而热闹，乡土生活气息浓郁。5. 穿丧。死者的子孙在巫师的带领下，背披白麻布，不停的变换舞姿，犹如山中飞禽走兽，不时迸发出狂呼吼嚎，双脚踢跳，离地三尺，犹如猛虎下山，配以激人的鼓点，场面壮观、热烈。6. 退丧。巫师主持着祭祀，并收鼓送歌，将祭请来歌丧的歌郎歌娘送回仙府，为主人家解丧降喜。7. 哭丧。众亲属在灵堂前痛哭，哭颂老人生前功德，歌声低沉委婉，十分凄凉。前来祭奠的人都要在死者灵柩前烧香作揖，跪拜三下。”①

又以陕西省汉中市留坝、宁强、城固、西乡等地流传的《端公跳坛》舞蹈仪式为例：“端公有七十二坛法事的（三天三夜），三十六坛法事的，其中二十四坛‘正法事’，十二坛‘耍法事’，‘耍法事’的最后一坛被称为‘跳坛’。这些法事可归纳为设坛、开坛、庆坛，庆坛往往集说、唱、舞等于一体，而庆坛中的说唱一般叫‘文坛’，以跳为主的又叫‘武坛’。跳端公时，必须先做几坛‘正法事’，再做‘耍法事’，然后再接着作‘正法事’。做‘正法事’的顺序是：1. 请神咒水封禁（也叫‘立楼扎寨’）；2. 开坛发牌遍请；3. 请水参灶；4. 搭桥放兵；5. 迎神下龛；6. 叩师下马；7. 开坛虎词（这一坛包括‘安神落位’、‘立娘问卦’等五坛法事）；8. 买猪；9. 筑皇城造坛。二十四坛‘正法事’在跳端公时必须要做，而十二坛‘耍法事’便不一定要做了，十二坛‘耍法事’包括：1. 三朝九庆（其中包括三坛）；

---

① 熊晓辉：《土家族跳丧舞的表现形式与文化特征》，《湖北民族学院学报（哲学社会科学版）》2012 年第 2 期。

2. 挖路；3. 扫路；4. 晾路；5. 烧路；6. 砍路；7. 打朝财；8. 化良；9. 送神；10. 跳坛。跳坛又包括许多演唱小节目，据调查，大致可有近百个节目，其中许多节目属古代戏剧中的折子戏，如‘花亭相会’等。”[①] 秦巴山区“端公跳坛”这种祭祀性活动的“正法事”，与表演性活动的“耍法事”共同构成了“端公跳坛”的仪式行为结构，这种既祭又演或既拜又舞的行为结构模式，在中国民族民间传统舞蹈中具有普遍性，即在祭祀中舞蹈，或在舞蹈中祭祀，是大多与宗教活动有关“舞蹈仪式”或“仪式舞蹈”的主体性特征。

二、过渡仪式

对于仪式的过程和结构探索最早并建立理论的，当数法国民俗学家阿诺德·范·盖内普（Arnold van Gennep），他在《过渡仪式》（*The Rites of Passage*）一书中提出了著名的“过渡仪式”理论，尽管他始终认为自己是一位“民俗学家”，但他把仪式的本体研究引入人类学，并开创了人类学对仪式内部进程进行精细化分析先河的创举，使得他也被后人称为“人类学家”“社会学家”“法国民族志学创始人”等。就“过渡仪式”理论而言，在他看来：“人的一生并不是按照统一不变的方向生长的，人的一生同时也要经历很多重要事件，主要包括出生礼、成年礼、结婚仪式和死亡仪式等，这也称为‘生命危机仪式’，这一系列仪式的举行象征着一个人已经从一种状态向另一种状态发生了变化。正如他所说：从一个群体过度到另一个群体，从一种社会状态过度到另一种社会状态，都被看作存在之天经地义的事情，

---

① 吴珊编著：《秦风蜀韵羌楚影：秦巴汉水民间舞蹈概览》，中国社会科学出版社 2018 年版，第 87—88 页。

由此人的一生变成了由一连串有着相似终点和起点的阶段所组成：出生、社会性的青春期、结婚、为人父母、提升到更高的等级、职业的专门化、死亡。这些事件中每一个都有庆典，其根本的目的在于使个人离开一种确定的位置而转入另一种同样确定的位置。”[①]“过渡仪式”作为一种应对“生命危机”的特殊仪式，具有将个体或群体从一种社会地位或所处环境转移到另一种社会地位或环境的功能，所以它对于任何一个社会个体或群体都是极为重要的，因此，“绝大多数民族或部落都要为个人在经历这些人生关口时举行仪式，范·盖内普将此种仪式统称为‘过渡礼仪’，并从种类繁多的各民族仪式中洞察出基本的三段结构，即‘分离阶段’（Separation）、‘过渡或通过阶段’（Transition）、‘统合或组合阶段’（Reaggregation）”[②]。

范·盖内普将“过渡仪式”划分成“分离”“过渡”“重组”这三个不同阶段，后被维克多·特纳为代表的学者们用“阈限前”、“阈限”和“阈限后”（一个完整仪式的三个阶段）与之对应。“阈限”（liminality）一词源自拉丁文“limen”，是指有间隙性的或者模棱两可的状态，该词被人类学吸纳后，特指一种社会文化结构向待建立的社会文化结构过渡间的模棱两可的状态或过程。在人类学家眼中，阈限的时空具有模糊性、开放性、非决定性和暂时性的特征，并且具有在不同结构性状态之间转换的功能。范·盖内普在仪式过程分析中说道：“第一阶段（分离）表示个体或群体离开其先前在社会结构或社会阶层中的某一点。传统社会中，男孩子的种种成年礼仪统统是用强力把他与母亲及其权力范围（窝棚、炉灶、厨房）分离，送到仅供男人居住的地方，则意味着男孩与母亲和姐妹以及旧家庭的‘断裂’，为走向真

---

① 陈锦均：《人类学宗教仪式研究评述》，《民族论坛》2013 年第 6 期。

② 夏建中：《文化人类学理论学派：文化研究的历史》，中国人民大学出版社 1997 年版，第 115 页。

正的成年男子做准备。第二阶段（过渡）是从第一阶段向第三阶段的‘过渡’，受礼者进入了一种神圣的仪式时空，它处于一种中间状态或象征性地被置于‘社会之外’，不同于过去和未来那按照世俗生活准则构造起来的时空。这时，世俗的行为规范被抹去或黯然失色，取而代之的是某种奇异而神秘的东西。第三阶段（重组）表示受礼人精力充沛地回归社会，所涉及的一切失去了神圣的色彩，回复世俗生活的原态。但是，受礼人的社会角色或社会地位已发生了质的改变，如成年礼仪前的男孩现在已成为男人，单身汉现在已结了婚等。在这一阶段，常常要展示种种新生或再生的象征物，并举行洋溢节日欢庆气氛的庆典，这是庆祝秩序和生命力的胜利，也是庆祝旧的社会个体已死亡、新的社会个体已诞生。”①

无论是何种社会，人的一生中都需要进行多次生命仪式，仪式为人们提供了应对各种变化的文化方式，消除这种转换、变化带来的不安和忧虑，所以一个人从生至死都在参加各种仪式，目的是坦然地应对生命转折过程中出现的焦虑和困惑，经过了仪式的洗礼，受礼人不仅在社会角色或社会地位上发生了改变，还会在精神、气质上产生变化。中国民族民间传统舞蹈作为一种“拔高了的简朴生活”或“仪式化的生活”，当它渗透到一个民族、一个地域社会生活的方方面面时，也参与到具体社会个体从诞生到死亡的生命转折的全过程中，因为任何社会个体在“漫漫人生路，总要迈过关键的几步：诞生、成年、婚恋、死亡。为郑重起见，人们在不同的生活和年龄阶段一般都要举行相应的仪式和礼节，完成向下一阶段的过渡。这些仪式和礼节就是人生仪礼，或谓‘通过仪礼’，它们标志着不同的含义：诞生仪礼，表示婴

① 夏建中:《文化人类学理论学派：文化研究的历史》，中国人民大学出版社 1997 年版，第 115—116 页。

儿脱离母体来到人间；成年仪礼，标志一个男子或女子生理发育成熟，被接纳为社会的正式成员；结婚仪礼，表示社会承认一对男女所建立的配偶关系，这对男女同时也对家庭和社会承担一定的义务；丧葬仪礼，标志一个人走完了自己的生命历程，向社会告别。在现实生活中，一个人从生到死始终作为社会的一员存在于社会之中，有关的仪礼自然与社会的风情民俗相联系，形成一系列复杂的社会民俗事象"[①]。中国民族民间传统舞蹈在这些应对"生命危机"的特殊仪式中，不仅不会缺席，时常还大放异彩，因为这些生命转折仪式也是人们载歌载舞、酣歌醉舞的时刻，所以在从生至死的"过渡仪式"中，不仅有代表性的"仪式舞蹈"，也有对应的"舞蹈仪式"。

以云南瑶族的度戒舞为例，度戒舞作为云南瑶族男子成年礼"度戒"仪式中的舞蹈，把它理解为一种"舞蹈仪式"也没有错，因为在其中舞蹈与仪式交融在一起，难解难分，很难弄清它的实质和特性。依照云南瑶族各支系习俗，每一位云南瑶族男子通常在八九岁至二十二岁之间要举行一次"度戒"仪式，当地传统观念认为，男子未经过度戒就不算成年，不仅不能参加社会活动，也不能成家立业。同时，他们在宗教层面认为，未经过度戒的人，生前无神灵保佑，死后成不了仙，将沦落为孤魂野鬼，只有经过度戒者才可以通神，得神保佑，才有资格求神送鬼，死后则可以升天成仙，上香灵台享受供奉。"在仪式中，首先由戒师带领受戒的男子绕着度戒台舞蹈三圈后，爬到台上，边爬边舞边吐水，表示清洗干净度戒台。施公和道公在度戒台的楼梯两边，念咒语指引男子登上受戒台。其他师公和道公在度戒台下表演模拟狩猎舞，表示驱逐妖孽，保证男子度戒成功。接下来是翻滚仪式，由

① 刘稚、秦榕：《宗教与民俗》，云南人民出版社 1991 年版，第 22 页。

9 名成年男子在度戒台下拉开一张藤网，网上铺棉被。师公、道公手举法刀向天发誓，不杀人放火、不偷盗抢劫、不奸女拐姐、不虐待妇女，不做官欺人等。发誓结束后，受戒男子双臂抱腿蜷成一团，随着戒师的指令向后翻入藤网，若男子落入网中仍然紧紧抱成一团，则表示受戒成功。师公、道公的舞蹈伴随着整个仪式过程。舞蹈共有十四套组合，分别在请神、献神、送神仪式中表演。舞蹈动作幅度不大，多是双腿跳动，略带颤动，上身随着跳动左右摆动，节奏平稳。"①

又例如，婚礼也是人生"过渡仪式"中的大礼，历来都受到个人、家庭和社会的高度重视，不同民族、不同地域都有形态各异、花样百出的婚俗文化活动，也有林林总总、形形色色的婚俗民间歌舞。以撒拉族的婚礼仪式为例，它"主要由以下几个部分组成：第一，哭嫁。撒拉族女儿在出嫁前一个月跟奶奶、姨姨们学唱撒拉族哭嫁歌《撒赫稀》。出嫁时，至亲好友和左邻右舍都会前来陪道。他们一面细致入微地看长辈们给新娘梳妆打扮，一面专心致志地倾听新娘哭唱《撒赫稀》。《撒赫稀》由千千万万撒拉族少女的血泪凝成。随后，新娘在长辈二人搀扶下，哭唱着《撒赫稀》缓缓倒退出大门，在门前场院里绕场三匝，撒下粮食以祝娘家五谷丰登，并祈求去婆家能生根发芽，然后在众人簇拥下，登上骡马，直奔婆家。第二，'挤门'。当新娘到达新郎家大门时，村里的小伙子们挽袖露臂，进行'挤门'仪式（即阻挡新娘入门）。双方你冲我堵，兴高采烈，喊声震天。待新娘入新房后，年轻人纷纷起来，把新郎父亲、舅舅、哥哥等抓住，进行一番脸涂锅灰、头戴草帽，或乘骑牦牛转圈等的戏谑玩耍。第三，婚礼一般在黄昏举行。仪式开

---

① 刘丽：《云南民族舞蹈文化研究》，上海音乐出版社 2020 年版，第 207 页。

始，先由女方的长辈在庭院里给新郎戴新帽，系上绣花腰带。接着男方的亲属们一一上前，给新郎披红。然后新郎在伴郎的陪同下进入上房，面对阿訇坐在木凳子上，举行宗教仪式，念‘证婚词’。至此，婚姻正式准认，双方成为合法夫妻。第四，演出。参加婚礼的男女老少在庭院中央围坐一圈，观看《堆依奥依纳》的表演。演出使婚礼的欢庆活动达到高潮。在所有仪式中，《堆依奥依纳》的表演是整个婚礼仪式的核心，它起着结构性的作用，支撑着婚礼的过程。同时，它又是所有参加婚礼的人所热烈盼望的部分，是那一时刻许多人心中的‘最终目标’。它以歌舞的形式为婚礼添加了无数欢乐”[①]。

丧葬仪式作为人生礼仪中的又一大重要仪式，无论是“死者为大”的对故去之人的敬畏，还是“崇生”意识内驱力的强调；无论是出于对死者家属的慰问关怀，还是对“红喜要报，白喜要赶”族群情感的维系；无论是释放哀痛尽心尽孝，还是讲面子、铺排场赢得周围人的口碑，都使得丧葬仪式成为不同民族、不同地域异常重视的一种生命仪式。以哈尼族的《莫蹉蹉》为例：“‘莫蹉蹉’是哈尼族在最隆重的丧葬仪式时跳的祭祀舞蹈。直译为老人跳，意译为：为死亡的老人跳舞。但并不是任何老人死了都跳，而是必须具备以下条件者才能跳莫蹉蹉：第一，必须是正常死亡又无生理缺陷的老人。第二，必须是儿女双全子孙满堂的有福分的老人。第三，要有足够的祭物，至少要宰杀三头以上的丧牛。凡举办莫蹉蹉的人家，灵柩要在家中停留三至五个月，留置灵柩期间，每十二天举行一次隆重的守灵仪式，称为‘莫伤’。每次‘莫伤’的当天午餐，要杀鸡宰羊，请村中当家男子和外村近亲到丧家

① 马盛德：《西北地区回族、撒拉族、维吾尔族民间婚俗舞蹈比较研究（连载）》，《西北民族研究》2004 年第 1 期。

吃饭，并吟唱守灵古歌。具备以上条件举办莫蹉蹉的人家，要在老人去世前就商定好，一旦老人去世，全家老少即刻嚎啕大哭，同时，鸣放三声土炮向四邻村寨报告莫蹉蹉信息。送葬时，丧事办三天，第一天为祭祀，第二天下午至第三天上午为正式莫蹉蹉，第三天下午送葬路上，贝玛（祭司）唱着送葬歌，全村男女老少和外村来参加送葬的众多男女，身穿盛装，边摇扇子边跳着莫蹉蹉舞，先围着丧家房子转几圈，然后向村寨外走去。出殡期间，土炮声、长号唢呐声、铓鼓声、哭声、歌声、彩旗、花衣，哀伤伴着欢乐，直到把灵柩抬出寨门为止。……莫蹉蹉实际是送魂祭仪，把死者灵魂送回祖先居住的地方。送魂的路线，也就是哈尼族迁徙的路线；祖先居住的地方，是美好的地方，是哈尼族的发祥地。举办隆重盛大的莫蹉蹉，大家热热闹闹地送死者上路，让他欢欢喜喜地回去，否则，灵魂留下会变为恶鬼，作害子孙后代。”[①] 一个人从生至死需要参加多次生命转折仪式，而在这些应对“生命危机”的特殊仪式中，都会有对应的舞蹈与之伴随，诞生有庆祝诞生的舞蹈，成年有成年礼的舞蹈，婚姻有哭嫁或送嫁的舞蹈，死亡有送灵、送葬的舞蹈，这些舞蹈有些以单一的形式表演，有些则以组舞的形式呈现，可谓形态各异、千差万别，同时内容繁多、数量庞大、数不胜数，对此不一一列举。

三、仪式的结构与反结构

对于仪式的过程和结构研究最具影响力的非维克多·特纳莫属，他是国

---

① 刘金吾：《中国民族舞蹈与稻作文化》，云南人民出版社 1997 年版，第 172—173 页。

际人类学界公认的仪式研究大师，维克多·特纳仪式理论思想来源于范·盖内普，但他却进一步发展了范·盖内普的“过渡仪式”理论。“范·盖内普认为，过渡仪式具有三段式发展模式：分离、阈限和重新整合。其中，‘阈限’（liminary）是其创立的一个重要概念，即指仪式的参加者在仪式过程中处于一种门槛上的状态，不在任何一种社会形态或分类体系中。特纳在此基础上加入了新的视角，揭示了仪式过程中的‘结构与反结构’。特纳认为，任何仪式过程，首先在于将仪式参加者从原有的社会身份中剥离出来，将他们置于一种无差别的、身份混同的状态，是谓‘交融’（communitas）；仪式期间，原有的社会结构及人与人之间的关系消失，乃至被颠倒，即原来身份低下的人变得高高在上，而原来身居高位的人却表现得谦卑自抑，是谓‘反结构’（anti-structure）；仪式结束时，人们重新回到既定的社会身份秩序中。”[①] 在范·盖内普眼中，由“分离—过渡—融合”三个阶段构成的“过渡仪式”模式是线性的，维克多·特纳却将其作为一种结构性社会冲突的模型来分析，提出“结构—反结构—结构”的“阈限”理论。该理论将仪式过程中出现的社会结构空白期称作“阈限”，表现为参与主体在阈限过程中获得的一种“反结构”体验，即与日常生活规范、秩序相背离，在进行颠覆社会性和逆反仪式性的行为过程中，获得对社会结构的解脱性体验，某种程度上是在仪式过程中，对过于固化、严密、强大社会结构的即时反叛，以及对现实社会压力的短暂逃避。

尽管“阈限”的概念是范·盖内普在“过渡仪式”中提出的，但对仪式阈限的独到理解和新颖诠释却由维克多·特纳完成，在维克多·特纳眼

① 吴乔：《社会结构与过渡仪式——以花腰傣社会及其“月亮姑娘”仪式为例对特纳理论的检验》，《民族研究》2012 年第 6 期。

中，阈限作为一种介于社会文化结构之间的过渡性状态，被赋予了反结构特征，即一种在社会结构和文化分类中无法被明确或安排的边缘阶段（margin period），是现实时空和社会之外存在的一种模棱两可（betwixt and between）的状态，具有过渡性、边缘性、模糊性、平等性和反常性等特征。“在特纳看来，阈限期代表着平等，而其前后的阶段则代表着不平等，他后来从研究仪式的阈限期的象征特征进一步深入到试图去说明它的社会性。他首先将阈限前后的阶段称为‘社会结构’，它是社会关系和社会地位的一种体制，是一种有差别的体制，意味着等级制度和层层盘剥；他并且将社会结构等同于社会。阈限则被他称为‘人的特殊关系’，这是一种具体的、历史的、有特性的个人之间的关系，它出现在社会结构空白的地方，也是结构之间。然后，他将‘社会结构’与‘人的特殊关系’对立，认为社会生活是由这两者的二元对立构成的。最后，他指出，社会结构这一元的特征是：异质、不平等、有产、世俗、复杂、等级分明、高傲；人的特殊关系这一元的特征则是：同质、平等、无产、宗教、简单、一视同仁、谦卑。”[①] 在后来的研究中，维克多·特纳从仪式中的“阈限”研究中又引申出仪式的“交融”（communitas）和“共同体”（communion）等概念，在他看来，“交融”具有反结构的特点，“中心的虚无”（去中心化）是其最具代表性的特征；而“共同体”则是指在仪式中模棱两可的中介状态中的阈限者（仪式参与者）所组成的群体，这一群体具有高度的同质性，是一种无阶级、无贵贱、无差别，人人享有自由、平等的阈限者构成的群体。他的仪式理论包含着结构秩序和反结构的精心安排，在平等与不平等的社会结构之间寻求一个象征性的共通

① 夏建中:《文化人类学理论学派：文化研究的历史》，中国人民大学出版社 1997 年版，第 318 页。

互补机制，成为他仪式研究的理论逻辑。

在维克多·特纳的仪式理论体系中，除了仪式过程中具有“结构与反结构”的特征外，仪式还是一种通过文化展演形式把社会结构中产生的压力和紧张表达并展示出来的“社会戏剧”（social drams），通过仪式这种表演或游戏的宣泄，社会结构制造的紧张得以释放，社会阶层之间的对立得以舒缓，在化解冲突并且通过主导的价值凝聚社会团结的同时，使即将被结构性张力冲突打乱的社会系统重新恢复到先前和谐有序的状态。维克多·特纳把仪式看作社会冲突表演的工具，或人们社会生活的一种“转换器”或“减压阀”，社会剧场仪式的目的，是通过舒缓社会的紧张来减缓人们情绪的紧张，在“结构与反结构”二元对立的“两翼”中发挥着“平衡器”的作用。“在结构性社会中，过渡仪式起到了‘净化’结构的作用。通过仪式中身份的混同、结构的倒置及高位者的降尊，经过短时期的交融状态和反结构状态，社会得以重新整合人群，再次回到秩序和结构之中。特纳理论可以用一个公式来表述：结构→张力→过渡仪式，倒置结构→消解张力→维系结构。在这里，仪式被看作结构性冲突的产物，也是结构的反向平衡器。这也正是《仪式过程：结构与反结构》书名的含义所在。可以说，特纳开创了社会结构的‘结构动力学原理’。他还指出，结构和交融普遍存在于人类社会中，他甚至以此来定义‘社会’：‘……社会是一种过程——一种辩证的过程，其中包含着结构与交融先后承继的各个阶段。’概言之，特纳理论主要包括以下几点：对立的社会结构普遍存在，结构需保持动态平衡；过渡仪式与‘交融’、‘反结构’具有普遍性；结构性张力是产生仪式（过渡仪式）的原动力。”[①]

① 吴乔：《社会结构与过渡仪式——以花腰傣社会及其“月亮姑娘”仪式为例对特纳理论的检验》，《民族研究》2012 年第 6 期。

在中国民族民间传统舞蹈中，无论是“仪式舞蹈”还是“舞蹈仪式”，维克多·特纳这种“结构—反结构—结构”的“阈限”理论都极具解释力，并能使得曾经一些看似莫名其妙，实属荒诞怪异，甚至离奇古怪的舞蹈行为得到理解和解释。例如，在东西方文化中，葬礼都是庄严肃穆的，仪式中不仅要规范参加者的衣着穿戴，同时还有专门的禁忌约束送葬者的行为言辞，禁止大声喧哗、嬉笑打闹，遵循葬礼仪式的安排和指示，控制好自己的情绪，不做出格的事情，这是丧葬仪式中的一般常识。但在中国很多少数民族葬礼中，会把丧事当作喜事来办，不仅欢声笑语，还载歌载舞，热闹非凡，还有专门在丧葬仪式中展演的民族民间舞蹈，数量多到让人惊讶。以云南的一些少数民族丧葬仪式为例：“亲人去世，本是哀伤的事情，但在云南少数民族中则是另一番情景，往往是既有嚎啕大哭，又有欢声笑语；既有沉痛哀伤的哭诉，又有热闹欢喜的送灵；白天守灵吊丧，晚上谈情说爱以至上山野合……特别出殡期间，土炮声声，长号唢呐声、铓鼓声、哭声、歌声、笑声、舞蹈、彩旗、花衣……哀伤伴着欢乐，热热闹闹、欢欢喜喜把死者送出去。同时，在有些民族的丧葬活动中，舞蹈甚至是不可缺少的内容，其规模场面之大，参加人数之多，舞蹈时间之长，舞蹈形式之多样，令人惊叹。如彝族冷葬的十里嘎场、百人舞队，景颇族的布滚戈，傈僳族的芦笙舞，至少要跳三天三夜。瑶族的龙虫舞，壮族的纸马舞，基诺族的笋叶面具舞，佤族的竹竿舞，景颇族金再再中的拟兽舞及花鬼舞等等，都是丧葬活动中的热烈舞蹈。”①

除了在肃穆沉痛的葬礼中欢声笑语、载歌载舞营造开心愉悦、热闹非凡

① 刘金吾:《中国民族舞蹈与稻作文化》，云南人民出版社 1997 年版，第 194—195 页。

的气氛外，一些民族的丧葬仪式舞蹈中还会出现一些在日常生活中视为有悖伦理的行为，而这一切如同“酒桌之上无大小”“狂欢节上可放纵”一样被当地人默认和接受，如果没有一个能自圆其说的理论对之解释和说明，那这种做法一定是大不敬。如：“哈尼支系布扎人称莫蹉蹉为打莫蹉。第一天傍晚，四方寨子的姑娘和小伙子们来到办丧事的人家，他们除了向死者表示哀悼外，还可以按照历史上传下的规矩，得到自由幽会野合的机会。小伙子在村寨边用一块大红布撒在一个姑娘头上，如果姑娘不从布里钻出来，就意味着同意与小伙子相好。于是，两人顶着布到寨中一块固定的地方，小伙子唱‘哈巴热’表示爱情。以后，两人又离开村寨，到山上幽欢野合，第二天再回到寨中。在打莫蹉时，不仅未婚青年男女可以幽欢野合，已婚的男女也可以与自己过去的情人或其他男女上山野合，丈夫不得干涉妻子，妻子也不得干涉丈夫。更引人注目的是，当打莫蹉开始时，办丧事的人家要当众宣布：妻子、丈夫跟别人上山‘玩’（即幽欢野合），他们的丈夫、妻子不准闹事，闹事者要用皮条或链条锁起来。从而使葬礼活动呈现出一种奇特的现象：一面是主人家肝肠欲断的痛苦和令人心碎的哭泣，一面是人们重温旧情，寻求新欢。而沉溺于悲哀之中的主人必须杀猪或牛，摆起酒菜招待四方谈情说爱的人们。”①

这些看起来很矛盾，甚至是不可思议、有悖伦理道德的，可视为大不敬的事情，用维克多·特纳的阈限理论，可以得到很好的解释。阈限作为一个时空到另一时空的过渡状态，它是边缘性的、模糊的，也是模棱两可的，具有明显的反结构特征，这种反结构特征不仅使日常生活规范、准则受到挑

① 刘金吾：《中国民族舞蹈与稻作文化》，云南人民出版社 1997 年版，第 172—173 页。

战，同时还会以集体性的狂欢、压力的宣泄、行为规范的倒错，以及角色更新等行为方式颠覆原有的社会结构和秩序，在“反结构”或“无结构”的交融状态下，平日里积攒的结构性张力（戾气、不满、抱怨），得到尽情的宣泄和快速的释放，这种过渡仪式暂时性地倒置结构“泄压阀”式的做法，不仅不会使固有的社会结构崩溃，反而会强化原有的社会结构，甚至会激发生活要继续的新动力。用这套理论分析和解释哈尼族《莫蹉蹉》舞蹈中各种怪异的行为，可以客观、中立地找到为什么如此的现实原因，以及之所以这样的内生动力。“以上的一切，看起来似乎是矛盾的，甚至是不可思议的事情，然而这正是先民们生死观的反映。从先民们的生死观出发来观察人的生与死，与世间万物一样，死是不可抗拒的客观规律。‘小草生出来，枯草就死了’，‘老竹不砍，新竹不会发’，‘大树死了一棵，许多小树长出来’，‘老人死了，子孙发起来’……没有死就没有生，死就意味着生。甚至死了一棵，还可长出许多棵。因此，哀伤伴着欢乐，葬礼伴着歌舞，丧事伴着喜事（传统习惯，把婚丧联在一起，叫红白喜事），自然也就是合情合理的事情。……因此，丧葬仪式实质是生的欢歌。一人死，众人生，老人死了一个，子孙留下一大群，老人死了，子孙发起来。同时，人的生育感应诱发物之生育，特别是谷物的生长。死意味着生，人的生育感应诱发物之生育，特别是谷物的生长。死意味着生，人的生殖感应物的生殖，人口繁衍感应着五谷丰收，这就是稻作时期丧葬舞蹈的内涵与演化。”[①] 刘金吾老师的这番解释，给哈尼族《莫蹉蹉》舞蹈为什么如此找到了答案，无形中与维克多·特纳“结构—反结构—结构”的阈限理论有机地对应起来，悼亡是因为崇生，在“反结构”

① 刘金吾:《中国民族舞蹈与稻作文化》，云南人民出版社 1997 年版，第 195—196 页。

的交融状态下激励生的可能与生的冲动，再过界的行为也是可以理解的。

尽管维克多·特纳阈限理论具有相当普遍的适用性和解释力，但针对具体的个案还是需要从相对的立场谈论其理论的可行性，既不能全盘接受，也不能不容置疑，任何理论都需要在限定的结构框架下就事论事，特别是将其引入中国民族民间传统舞蹈的解释和分析中，借用的同时也要反思和验证，在修正、补充或证伪的过程中丰富和完善其解释力，应该是最合理可行的做法。有些学者在不唯上、不唯书、不唯众方面做出了很好的探索，如："维克多·特纳所提出的阈限阶段的一系列特征，在反排木鼓的仪式展演中表现并不太突出。按照特纳的观点，阈限是仪式中一种状态与另一种状态、结构与反结构之间的'模棱两可'（betwixt and between）阶段。这个阶段表现出来的个人与社会秩序的象征特征是模糊的，没有时间与空间的概念。反排木鼓舞仪式展演的第二第三种情景可以视为'鼓藏节'中的阈限阶段。在这一阶段中，祖宗灵魂由上界来到下界，与村民们一起同乐，受人们供敬和祭祀。可视为是对第一阶段的反结构，但并没有出现特纳所说的'混乱'与'反叛'，反而是对当地社区制度与阶序结构的一种强化。在这一场景中，仪式中的队形，谁领头、谁领舞、谁和谁搭手配合等等，可以反映出社区中的人际关系与集体分工；几位鼓主的次序与位置以及人们对他们的承认体现了一种社会等级与秩序。"[①] 该学者通过《反排木鼓》舞蹈案例，对维克多·特纳阈限理论进行了质疑和反思，可以说是一个很好的探索，当然相关的研究"反例"有很多，这些学者讨论的"反例"，未必是对过渡仪式、"交融"与"反结构"适用性的否定和批判，而是对其理论的解释力进一步的完善和补

① 陈正府：《反排苗族木鼓舞的仪式过程与象征表述——以舞蹈人类学为视角》，《贵州民族研究》2020 年第 4 期。

充。维克多·特纳自身也关注到阈限理论的局限，提出“交融”在“结构”大背景下的存在，“无结构”的交融状态无法长期单独存在，以及“交融本身会发展自己的结构”等客观存在的现实问题，所以对阈限理论的质疑和讨论，并不削弱其理论的有效性和解释力，反而进一步拓展其应用的广度、宽度和深度。

第三节 仪式舞蹈的类型

一、神话仪式舞蹈

“仪式研究从一开始就与神话有着不解之缘，无论就其发生、推原，抑或整理、分析都是如此。神话和仪式的鸡和蛋问题，一直就是早期学者们讨论的焦点。在这个问题上，人类学家的观点虽然不能说没有差别，但原则上相当一致，即将二者当作一个相互交融的体系。”[①] 可见，仪式研究从一开始就与神话有着密切的联系，人类学家认为两者在原则上是一致的，在人类学早期的仪式研究中，仪式的实践与神话的叙事往往是兼容在一起的，特别是人类学神话—仪式互疏学派，不仅将两者当作一个相互交融的体系，还认为神话和仪式相互印证，缺一不可，神话作为一种社会结构的符号表述形式，与仪式发生互动，两者之间具有一种协约性的关联，所以人类学对于仪式的研究无法抛开原始神话，与仪式一样，神话也是人类学知识谱系中的重

---

① 彭兆荣:《人类学仪式理论与实践》，陕西师范大学出版总社有限公司 2019 年版，第 36 页。

要内容。对于人类早期的仪式行为与原始宗教和神话传说之间存在密不可分的关联，一些学者解释道：“在人类社会发展的早期，原始先民的社会生产力极其低下，囿于当时人类的认知水平，我们的祖先在面对大自然无穷的威力和瞬息万变的无常时，无法解释其中的奥秘和根源。他们认为，这种超出人类自身力量和认知的现象背后，必定有一个神秘的力量在操纵。而这个神秘的力量所代表的世界是‘神’的世界，它以一种无形而神秘的方式存在，人们看不见摸不着，只能以某种神秘的宗教体悟或外在仪式来与之沟通。通常来说，早期人类对于‘神’在思想上的内在认知表现为神话传说，而在行为上的外在呈现则是仪式。”①

在神话仪式研究上，就“神话—仪式”这样一对关联概念的关系，类似先有鸡还是先有蛋这样孰先孰后、孰因孰果的问题，早期的人类学仪式研究者们也是七嘴八舌、争论不休，甚至还成为相当一段时期内人类学家对仪式进行研究和讨论时不可逾越的学术原点，如：“在最初‘神话——仪式’学派坚决支持这样的看法：神话是构成宗教仪式的根据，或者说，它是以另一种形式与崇拜相联系。即先有神话，才出现了仪式，仪式是针对于神话的一种表演方式。但随着对仪式研究的不断深入，有些学者开始认为仪式要先于宗教又或者说仪式先于神话而存在。即神话是存在于仪式之中的。这些学者认为仪式是一种行为，而神话不是一种简单的对自然界现象的解释，它代表着一种存在于仪式之中的观念。可以把神话理解为一种叙事形式，也可以看作是证明仪式合理性的一种方式方法。仪式在不断地重复发生、变化以至最后的消失，但从仪式中衍生的神话并不会随着仪式的消失而不复存在，它

① 杜鹏：《试论西方人类学仪式研究范式的现代性转换》，《西北民族大学学报（哲学社会科学版）》2018 年第 2 期。

会变成一种叙事体证明着仪式的存在，或真或假，众说纷纭。不考虑神话与仪式出现的先后，它们之间存在着一种相互依赖的关系，这种关系有助于对仪式的研究。”[①] 经过一段针锋相对、唇枪舌剑的激烈争论和辩驳后，学者们在坚持各自部分观点的基础上达成一个共识，那就是神话和仪式这两者是一个相互交融的体系，即神话与仪式彼此渗透、相互言说，神话包含了仪式，仪式也包含着神话，如：“英国象征人类学家埃德蒙·利奇（Edmund Leach）则认为，神话和仪式是一对原生性共存体，它们都是关于社会结构的象征性表达，都是对社会结构的一种隐喻，只不过是对同一文化事象的表达方式不同而已。”[②]

人类学对于仪式的研究无法抛开原始神话，或者说与仪式一样神话也是人类学知识谱系中的重要内容，是因为神话自身承载着人类社会早期的历史记忆与珍贵的文化信息，人类学家把神话视为对重要祖源性历史的表述，对神话的研究，为仪式提供了原理性、原生性的解释，在加深对仪式理解的同时，也拓展了人类学学科自身的历史维度。“尽管学者们对神话的界定不尽相同，但大家对神话中的一个性质则有共识，即叙事（narrative）。它可以是对未知事件的叙述，也可以是符号形式对具有神秘性质的事物做神秘的交通。它所叙述的内容经常并非可触摸的事和物，而是神话本身。叙事具有戏剧性的转化能力，叙事同时展示出某一族群的宇宙观。从叙事形式看，神话经常混杂着传奇或者民间传说等类型，它对事物或者未知世界的描述与历史或者‘伪历史’叙事不同，却从未妨碍过人类通过神话叙事了解历史的真

---

① 朱思锦：《浅析人类学视角下的仪式及其功能》，《世纪桥》2016 年第 1 期。

② 杜鹏：《试论西方人类学仪式研究范式的现代性转换》，《西北民族大学学报（哲学社会科学版）》2018 年第 2 期。

实。”[①] 神话具有“叙事”的性质，这种叙事既可以是以符号的象征形式与神秘事物进行沟通，也可以是对未知事件的叙述，所以在世界上任何民族的文明和文化的历史溯源中，仪式与神话都是最为重要的研究文本。如马林诺夫斯基所言：“神话总的说来也不是关于事物或制度起源的，毫无价值的一种臆测。神话绝不是幻想自然，并对其法则做出狂妄解释的产物。神话的作用既非解释，亦非象征。它是对非凡事件的陈述，那些事件一劳永逸地建立起部落的社会秩序、部落的经济活动，艺术、技术、宗教的和巫术的信仰与仪式，我们不能简单地把神话视为文学作品里的、活生生的、很吸引人的、虚构的故事。神话论述了寓于社会群体的制度与活动中的根本现实，它论证了现存制度的来龙去脉，提供了道德的价值、社会差别与社会责任，以及巫术信仰的可资追寻的模式。这一点构成了神话的文化作用。”[②]

涂尔干也发现仪式在其社会生活中具有明显的“集体效益”，研究者们可以通过研究对象的仪式内涵和表征及其与神话的历史关联，追寻到它们在远古时代的某种凭照和依据。“在人类学对神话的研究中，涂尔干认为神话是隶属于宗教的，它主要是用人类的语言来进行表达，而仪式则是人们行为的象征性表达，神话和仪式都具有反映和维持社会结构的功能。神话通过象征性的语言叙事来反映一定的社会结构，并借此传递某种社会信息和社会价值。涂尔干把宗教分解为‘信仰’和‘仪式’这样两个基本的范畴。他认为信仰是人们的思想和见解，而仪式则是信仰的物态形式和行为模式。由此，他区分了作为人类经验分类系统中的仪式与信仰，明确了仪式是信仰的基础

① 彭兆荣：《人类学仪式理论与实践》，陕西师范大学出版总社有限公司 2019 年版，第 30 页。

② 史宗主编：《20 世纪西方宗教人类学文选（上卷）》，金泽、宋立道、徐大建等译，上海三联书店 1995 年版，第 96 页。

以及它在人类社会生活中的整合作用。涂尔干认为，仪式实质上就是人类对社会结构的戏剧性展演。人们正是通过一系列仪式行为，运用相关的象征符号戏剧化地再现和强化社会关系，这就使得我们能够通过‘仪式’这一高度浓缩的微型象征系统更好地理解社会关系是如何‘被结构化’的。”[①] 对于作为“仪式舞蹈”或“舞蹈仪式”的中国民族民间传统舞蹈而言，无论是瑶族的《跳盘王》，还是羌族的《萨朗》；无论是哈尼族的《棕扇舞》，还是壮族的《铜鼓舞》；无论是景颇族的《目瑙纵歌》，还是基诺族的《大鼓舞》，都可以被划归为神话仪式舞蹈，特别是一些民族的图腾舞蹈，更是每一个都有与之对应的神话传说，一定意义上说，相当比重的中国民族民间传统舞蹈本身就是神话仪式舞蹈。在其中如同“神话—仪式”一样，神话和舞蹈之间也会呈现出一种不分彼此、相互交融的状态，即神话中包含了舞蹈，舞蹈又展演了神话，类似一个硬币的两面，彼此渗透、互为一体，神话作为言语性的文本，舞蹈作为行为性的仪式，神话通过叙事表述舞蹈，舞蹈则通过行为展演神话，两者具有交融性、同构性、互渗性。

以哈萨克族的《天鹅舞》为例，哈萨克族民间至今流传着这样一则神话传说：“在遥远的古代，有一位名叫卡勒恰哈德尔的年轻部落首领。他在一次战争中失利，身负重伤，再加上极度的疲乏和饥渴，生命垂危。突然，天空裂开了一条缝，飞下一只白色雌天鹅，它给卡勒恰哈德尔滴了几滴口涎，然后带他到蓝色的海边。卡勒恰哈德尔喝了水，精力渐渐恢复，伤病好像完全消失。顷刻间，这只白色雌天鹅变成了一位美丽绝伦的少女，于是两人结为夫妇。婚后生下一个男孩，为了纪念他们的奇异结合，取名‘哈萨克’

---

① 杜鹏：《试论西方人类学仪式研究范式的现代性转换》，《西北民族大学学报（哲学社会科学版）2018 年第 2 期。

（哈语为 kazak），意即‘白天鹅’。”①

哈萨克族名称的由来有很多不同的解释，有的说“哈萨克”一词是“美丽的姑娘”，有的说“哈萨克”一词本义为“骑士”，有的说该词可以意译为“胜利者”，但更多的学者将其解释为“白天鹅”，因为哈语“哈萨克”（kazak）一词由“克孜”（kaz 天鹅）和“阿克”（ak 白色）两个词汇构成，组合起来即“白天鹅”。可见，在这类神话里，白天鹅是作为哈萨克族的始祖母而出现的，这是一种十分典型的祖先崇拜观念或图腾信仰在神话传说中的反映，因此在族源认同上，哈萨克人把天鹅与民族源头联系在一起，认为天鹅为美的化身、美的源泉以及纯洁、忠贞不渝爱情的象征和伟大母亲的缩影，由此，为了纪念白天鹅，模仿天鹅舞蹈成为哈萨克族内在的审美诉求和精神皈依。“哈萨克人出生后就得知天鹅是他们最崇拜的图腾之一。天鹅象征着哈萨克民族如胶似漆的爱情、舔犊情深的亲情、吃苦耐劳的精神、天空翱翔的自由、成仁取义的勇敢、拔地参天的力量。哈萨克族崇拜天鹅、赞美天鹅、模仿天鹅、歌唱天鹅、信仰天鹅而从不伤害天鹅。所以在哈萨克民间流传的故事传说中，天鹅都以洁白无瑕、冰清玉洁、坚贞不屈、善良温婉的形象一代代被哈萨克民族传颂。”②

又以广西壮族的蚂拐舞为例，作为壮族蚂拐节的重要组成部分，它是由包括皮鼓舞、插秧舞、蚂拐出世舞、拜铜鼓舞、长坂敬蚂拐舞等 10 多个舞蹈片段构成的舞蹈系列总称。蚂拐舞也有两个与之相关的神话传说：“一是相传春秋战国时期，壮家有个叫东林的青年，在为母守灵时，因青蛙叫个不停，担心惊扰母亲魂灵，于是用热水烫死很多青蛙，从而得罪蚂拐女神，因

① 张昀：《哈萨克族原始信仰考略》，《新疆社科论坛》1998 年第 3 期。
② 任慧婷：《新疆哈萨克族天鹅舞的人文启示》，《喀什大学学报》2016 年第 5 期。

此蚂拐女神把灾难降临人间，后来他认识到自己的错误，向蚂拐女神道歉和祈祷，并邀请村民模仿青蛙动作为死去的青蛙送葬祈福，这些动作就是现在蚂拐舞的雏形。二是传说蚂拐神因人们的误解，导致蚂拐神显回原形而死，人们为了纪念蚂拐神，而每年举办一次隆重的蚂拐节祭祀活动，并在节日中跳蚂拐舞。”[①] 无论哪种传说中，人们都将蚂拐神化，并在每年举行一次盛大隆重的蚂拐节里表演蚂拐舞，本身就传递出某种重要的文化信息和社会价值，而这些为蚂拐舞的研究提供了最为基础的原理性或原生性的解释。

一些学者对蚂拐舞神话和舞蹈之间的同构关系解释道：“壮族先民把‘蚂拐’当成民族的保护神，通过各种仪式性献祭表达对神的崇敬和虔诚之心，取悦神灵，并把自己内心的诉求传递给神灵，祈求除祛人间灾祸，人畜平安，五谷丰登，隐喻着渴望摆脱对自然和不可预知的心理恐惧和焦虑含义。壮族蚂拐舞民俗文化发展的历史表明，它具有鲜明的时代特征和唯心主义思想，反映和记载的是原始人的世界观。而蚂拐舞活动内容里的各种舞蹈几乎均为模仿先民劳作活动技能创编而来，是壮族民族典型的文化符号之一，无论是仪式过程，还是舞者的道具和各种肢体动作都有其特殊的象征和诉求模型，如舞者头戴面具，模仿劳作技能，常伴随着蹲、跳、撂等蟹行状和蛙跳状，运行路线一般为曲折不定，展现的内容主要是先民劳动生产过程和日常生活场景，这些舞蹈活动表现为祭蛙仪式形式，宗教特征明显，神圣敬畏而庄重，融入了一定的鬼神元素，是早期壮族社会的记忆和原始文明的展现。”[②] 可见，神话作为对重要祖源性历史的表述，对其“隐喻性象征叙

① 胡江平、韦政海、向冬：《广西壮族蚂拐舞的文化传承与发展研究——基于河池市天峨县纳洞村的调查》，《当代体育科技》2022 年第 27 期。

② 黎年茂：《神话 · 仪式 · 景观——壮族民俗体育“蚂拐舞”现代转化人类学阐释》，《体育科技》2020 年第 1 期。

事”的“深描”，可以破解神话仪式舞蹈历史性存在的“事实”，以及隐藏在舞蹈结构中的象征性表达。

二、功能仪式舞蹈

人类学仪式研究有一种“仪式功能说”或“社会结构—功能学派”（social structural-functional analysis），如：“社会、功能、结构学派，关注的是仪式行为的社会属性，关心仪式是怎样推动社会组织与社会生活，即仪式的功能性，而不关注早期仪式的心理学派涉足神秘力量或情感，及其对个体心理认知的整合。该学派认为，仪式行为涉及以下的‘社会工作’：构建与维护建立人类社区的社会纽带（social bonds）；通过共同的价值观、知识与经验范畴的潜意识运作实现个体的社会化；舒缓和解决社会争端，巩固群体的团结；对支撑社区生活的社会和观念结构进行周期性的复兴或改革。”[①] 该学派把内涵有明确意义及喻指的仪式看成是一种社会行为，以此为基础进一步考察其在整个社会结构中的作用、地位和位置，这种与社会行为联系在一起的研究思路更多着眼于仪式中行为的社会属性，关心仪式如何推动社会生活与社会组织的功能性特征是其研究的重点。该学派认为仪式所具有的功能证明了它的存在并不是毫无意义的文化表演，而是对社会和人们起着相应作用的社会实践，具有实用主义特质的社会实践构成了仪式的基础性特征。例如马林诺夫斯基的功能主义仪式理论就带有鲜明的实用主义色彩，认为他所研究的土著居民正是由于现实社会生活的需要才如此相信神话和热衷于巫

---

① 彭文斌、郭建勋：《人类学仪式研究的理论学派述论》，《民族学刊》2010 年第 2 期。

术，可以说神话和巫术共同满足了他们某种实际生活需要的功能性诉求，因为仪式的功能可以减轻紧张、恐惧、疑惑或痛苦，或多或少满足了人们当时的某种心理或精神需求。

对于仪式社会功能产生的原因，有些学者分析道："仪式的社会功能之所以产生作用，它包含着两方面的特点：其一，社会和文化系统赋予某一种仪式以特殊的规定性。换言之，许多仪式的功能被事先规定的社会意义预设了；这些价值预设在相应的仪式以及它们的目的和目标上，或在名义上已经被附丽。比如礼拜仪式，无论它在世界各地的实际存在有什么差异，参加者、时间的规定、教职人员的礼节、诵经所使用的语言等等，都不会影响仪式本身所规定的意义。因为教徒和信众面对的是宗教规定、参加者认可的'神圣'。无论这种认可属于个人自愿还是带有集体强加性意味，礼拜仪式的意义在形式之中和行为之前已经铸就和确定。其二，仪式的权力和能量除了借助社会和文化系统所赋予和规定的意义、价值外，形式本身也起了重要的作用。如果有人说'上帝是至高无上的'——这一语言的使用又要被认可、被说明、被相信，那么，最基本的所指意思不可能脱离两方面的表现和表示：一方面是言说者相信或信仰，即宗教虔诚所致；另一方面，言说者必须（或多或少）参与特定的形式（比如仪式）以示表示和表达。仪式的形式性帮助言说者的'言说'通过某一种活动的'程序公正'得到社会公认和公证。"[①] 仪式作为一种社会文本（social text），本身就包含了社会实践的意思，仪式不但是参加者个人性实践知识的过程，也是集体性实践知识的累积和传承过程，作为一种集体传统价值（如增进社会团结、提升社会组织归属

① 彭兆荣：《人类学仪式理论与实践》，陕西师范大学出版总社有限公司 2019 年版，第 20 页。

感、同化个体成员等）的依附形式，实践之前已经确定了自身的功能性特征。“涂尔干在《宗教生活的基本形式》一书中对宗教仪式进行了深入研究，将仪式分为两类：积极的和消极的，功能则有正功能和负功能。消极的仪式可能通过仪式活动抗争主流文化或主流社会。社会学更注重分析仪式的正功能。第一，仪式具有增强集体情绪和社会整合的作用。第二，仪式是社会参与的情感调动器，可以激发社会成员的参与热情，进而提升社会资本。第三，仪式是一个文化体验，可以唤起历史记忆，仪式过程充斥着文化传承与发展。”①

对于仪式的功能，不同的学者进行了不同的分析与归纳，如有些学者将仪式的一般性功能归纳为：（1）仪式能够激发情感能量。（2）仪式能够协调社会关系。（3）仪式能够强化个体认同。（4）仪式推动义务转为习惯。（5）仪式能够表明身份转变。（6）仪式能够促进社会团结。②也有学者将仪式的功能及其表现特征归纳为：（1）仪式具有表达性质却不限于表达。（2）仪式具有形式特征却不仅仅为一种形式。（3）仪式的效力体现于仪式性场合但远不止于那个场合。（4）仪式具有操演性质但并不只是一种操演。（5）仪式操演的角色是个性化的，却完全超出了某一个个体。（6）仪式可以贮存“社会记忆”，却具有明显的话语色彩。（7）仪式具有凝聚功能，但却真切地展示着社会变迁。（8）仪式具有非凡的叙事能力，但又带有策略上的主导作用。③有些学者根据仪式的发生场域将仪式划分为宗教仪式、教育仪式、政治仪式、媒介仪式、日常生活仪式，根据仪式的目标诉求将其划分为技术

① 邓志强：《“仪式”的多维学科诠释》，《青年学报》2019 年第 2 期。

② 参见邓志强《“仪式”的多维学科诠释》，《青年学报》2019 年第 2 期。

③ 参见彭兆荣《人类学仪式理论与实践》，陕西师范大学出版总社有限公司 2019 年版，第 26—27 页。

的仪式、治疗与反治疗的仪式、社会控制的仪式、拯救的仪式、复兴的仪式，以及强化仪式与转换仪式等，这些类型划分本身就是仪式功能的差异性体现。由此可见，仪式的功能划分和确立也是一个因时制宜、因人制宜、因地制宜、因事制宜的事情，因为“仪式包含着多种功能，但它与不同的仪式类型有关。我们可以在不同的仪式中清晰地看到某些功能，比如在通过仪式中，人的自然年龄与社会身份的转化功能就非常明确和突出。然而，人们所认识的仪式功能经常并非与现场的实际功能相吻合，多数系通过历史文献或他者转述获得。所以，旁观者或非所属群体的第三者在了解仪式的功能时，与学者们在不同学术原则下的不同主张与归纳有关，比如在马林诺夫斯基那里，仪式的功能总会与生活的基本需求（basic needs）联系在一起，并被格外强调。在弗洛伊德那里，与图腾、禁忌相关的仪式总会与‘潜意识—性’的积郁和释放功能扯在一起。所以，仪式的功能至少包含了以下三种指示：其一，仪式在现实中的实际功能。其二，对仪式的功能的解释。其三，仪式的符号功能作为一种内在的表述能力，有着作为符号的两个基本的指示，即能指和所指。前者指符号的物质构造，后者则指它的概念”[①]。

作为“仪式舞蹈”或“舞蹈仪式”的中国民族民间传统舞蹈，其“为人生而艺术”或表现为一种“仪式化的生活”的样貌或形态，致使它一方面强调受宗教、政治、道德、法律、习俗等制约的艺术他律性影响；另一方面则强调把舞蹈作为有益于社会生活的东西，表现为与当地人生产、生活、生存息息相关的事物，充满着实用性和功利性目的。“在有关艺术活动的范围内，文明与未开化这种绝然对立的图式是不成立的。文化人类学中的艺术研究疾

---

① 彭兆荣：《人类学仪式理论与实践》，陕西师范大学出版总社有限公司 2019 年版，第 22—23 页。

速地打破等质、单调的‘未开化世界’这一陈腐观念，注目于令人惊叹的丰富多样的现象。它对于就‘艺术’所要考察的东西来说是富有魅力的景象，同时也是受到极大挑战的场所。在曾习惯地称之为未开化的社会，‘艺术之物’比在我们的社会远为广泛地渗透于生活之中，起着远为重要的作用。”①中国民族民间传统舞蹈在推动社会生活与社会组织方面起着非常重要的作用，作为一种为了满足人们日常生活的实际需要而产生的具有特殊含义和目的的社会行为，承载着目标明确的功能性诉求。以流传在云南南涧彝族自治县小湾东镇、无量乡、宝华乡、碧溪乡和公郎镇的《跳菜》为例：“在彝族村寨百姓的生活中，并不是什么时候都‘跳菜’，只有在遇到结婚庆典、新房落成、欢度年节、给老人祝寿、为老人送终等重大场合需要宴请宾客时才会跳这种原初形态的‘捧盘舞’：办婚宴，他们以‘跳菜’助喜；遇丧事，他们以‘跳菜’化悲；过年节，他们以‘跳菜’增庆；盖新房，他们以‘跳菜’庆贺；迎寿辰，他们以‘跳菜’添寿。这几种场合的‘跳菜’因为舞动的都是实实在在的菜，所以统称为‘席间跳菜’，其中以婚礼‘跳菜’居多，其他几种场合‘跳菜’只是偶有举办。”②

如同功能性仪式表现出多样性、复杂性一样，不同民族、不同地域的功能性仪式舞蹈也是形形色色、五花八门的，只要与早期社会生活有关的内容，无论是祭神拜祖还是祈丰求雨，无论是社交求偶还是驱邪逐疫，都会有代表性的舞蹈。甚至“仪式在满足人们心理层面上的需求方面也有着重要的作用，特别是在人类生活中的一些不可意料的事情上，比如生病、危险、生

① [日]阿部年晴：《文化人类学与艺术》，载李修建主编《国外艺术人类学读本》，中国文联出版社 2016 年版，第 41 页。

② 秦莹：《南涧彝族“跳菜”舞蹈传承的现状分析》，载石裕祖主编《民族舞蹈文化传承发展论纲》，云南大学出版社 2010 年版，第 15—16 页。

活变化等，仪式可以起到心理上的舒缓、化解转移等作用”[①]，例如在内蒙古科尔沁草原哲里木盟库伦旗最为盛行的《安代》，就是这样一种以“驱魔治病”为目的，以歌、舞、诗三位一体的艺术形式作为治疗手段的功能仪式舞蹈。传统的《安代》具体表现为：在《安代》表演场地中间立起“奈吉木”（一断轴车轮或木杆，意为镇妖避邪之物），参加者围绕四周呈圆圈状，双手握绸巾或扯起蒙古袍下摆，随领唱（领舞者）“踏步”“跺脚”“甩巾”，边歌边舞，病人尾随众人奋力而舞，直至大汗淋漓，病愈如初。这样以驱鬼、招魂、除病为目的的功能仪式舞蹈在其他民族中也有很多，如：“壮侗语族自古以来多信巫鬼，各个民族都有相关的巫术，其作用主要包括祈祷、治病、招魂、驱鬼等内容体现。西双版纳傣族人认为，人的鬼魂受到伤害或者离开了人体，人体的某个部位就会生病，严重的甚至死亡，一旦遇到这种情况，要用招魂仪式来把鬼魂召回，疾病才会痊愈，常见的有‘唤欢龙’、‘唤欢囡’、‘菲欢’和‘唤欢南朗’等81种招魂法。独龙族的‘跳鼓舞’是巫师在给患病者治病时所跳的舞蹈仪式，与鬼神交流后查明是什么‘恶鬼’缠附在病患者的身体，再以有针对性的舞蹈动作去震慑和驱赶缠在病人身上的恶鬼。越南的瑶族人在招魂或为病人祈求健康的时候要跳铜鼓舞蹈仪式祈祷；克木人遇到病、灾难等都要祭祀祖先，在祭祀过程中跳铜鼓舞，意思是敲醒祖先魂，促进民族或家族、家庭兴旺发达。云南彝族认为凶猛的野兽就是魔鬼，‘狼嚎’即‘鬼叫’，因而驱赶野兽也叫‘撵鬼’，彝族的铜鼓舞蹈动作粗狂强劲，显现了由驱赶野兽演变为驱鬼除妖的祭祀性舞蹈特征。”[②] 此外，

---

① 彭兆荣：《人类学仪式理论与实践》，陕西师范大学出版总社有限公司 2019 年版，第 26 页。

② 何茂：《铜鼓宗教舞蹈仪式的文化人类学解读与传承研究》，《齐齐哈尔大学学报（哲学社会科学版）》2019 年第 7 期。

汉族的《端公舞》、维吾尔族的《匹尔》、满族的《萨满舞》、朝鲜族的《巫舞》等，也都属于这一类舞蹈。

除了“驱魔治病”的功能仪式舞蹈外，很多民族中还存留着类似藏族《降鲁羌》（尼西情舞）、苗族的《牵羊》（跳花）、哈尼族的《乐作》等，这样以青年男女社交求偶为目的的功能仪式舞蹈，数量有很多。以彝族的烟盒舞为例：“烟盒舞中有很多调子和套路都表现出了彝族婚恋习俗，其中又分为几个方面：第一，舞场相遇与相邀跳舞。‘阿妮订朵’（和姑娘们订好日子）叙述的是姑娘、小伙子在某个地方相遇，互相羡慕不已，于是约定好跳舞的时间和地点。到了预定的时间，姑娘和小伙子就开始跳起舞来。……第二，青年男女互相赞美，也称为‘赞美调’。男女相互赞美被记录在烟盒舞的调子中，‘阿哥尼乍颇调’（阿哥尼乍郎）就是这样一个调子。……烟盒舞中赞美姑娘的调子一点也不比赞美男儿的少，‘方松若调’（赞方松若姑娘）就是赞美了一个叫‘方松若’的姑娘。……第三，难舍难分。舞蹈结束了，歌场上的姑娘和小伙子们即将分离，人们开始跳‘降夺哩涅若’（难分难舍谣）来表示难舍难分情景。‘抽白调’（俏姑娘抽白）描述的是‘抽白’这个姑娘，她长得很漂亮，在跳舞结束后，她不愿回去，但又不回去不行的心情。……第四，相恋结合。‘苏白能别若’（红色针线包）叙述的是这样一个美丽的故事：一对青年男女相爱，女子怀孕了，由于女方的父母不同意，小姑娘跑到了莫伸大山梁子上，小伙子追到了山梁，看到了姑娘掉在路边的红色针线包，知道姑娘就躲在附近，于是就弹起弦、跳起舞、唱起歌来。……第五，烟盒舞中还有很多描述著名歌场的调子，这些歌场是青年男女表示爱情的地方，是‘玩姑娘’、‘串姑娘’的重要场所。如‘哨书白莫克’（哨书大山上）中的‘哨书白’歌场，‘诺聂则此调’（大青树下）的‘大青树’歌场，‘苏白能别若’（红色针线包）中的‘莫伸着’歌场等。”[①]可见，烟盒舞有娱乐和社交功能，很多青年人跳舞是为了在歌场上找到心上人，这一点从古至今都没有改变过，民间有“汉族的姑娘喜欢打扮，彝族的姑娘喜欢跳舞”之说。

祭祀和祈雨的功能性仪式舞蹈，也是中国民族民间传统舞蹈的重要组成部分，以山东《海阳秧歌》为例：“海阳地处黄海之北，水之北为阳，故得名海阳。自古就有祭拜龙王的习俗，正月十三是龙王的生日。这一天，在虎头湾举行的祭海仪式是海阳地区最隆重的祭祀活动。须在龙王庙供奉猪、羊、鸡等祭品，一人执黄罗伞立于龙王神像左侧，左右两人执仪仗扇，另有4名武士手执斧钺、金瓜，两名长号手立于两侧，台阶两侧彩旗飘扬，书写着‘国泰民安’‘五谷丰登’‘年年有余’‘风调雨顺’等字，秧歌队集结到龙王庙前的海滩。祭时一到，鞭炮齐鸣，香烟缭绕，海浪声、锣鼓声融为一体，出现人海合一、天地合一的雄壮场面。受海洋文化影响，龙王崇拜痕迹处处可见，乐大夫脸颊部位画上鱼、虾、蟹等动物，以期得到龙王的保佑。祭海包括迎龙王、敬献祭品、上香、奠酒、诵读祭海文、恭行大礼、祭祀乐舞等程序，海阳大秧歌在其中起主导作用，且由乐大夫的表演推向高潮。”[②]关于祈雨功能仪式舞蹈，很多地区流传的“龙舞”就属于这一类，如：“泉州还有一种古老而又神秘的舞龙形式——《舞土龙》。据成书于明万历年间的《惠安政书》记载，《舞土龙》即在大旱三年，乡土之人为求雨行祷仪时使用。书载：‘亢旱请雨……以水日雩祭于社，而请雨行礼如祷仪，以土为龙，身皆黑而尾白，长九尺。’说为抗旱求雨，乡里人在水日举行祷雨仪

① 李永祥：《舞蹈人类学视野中的彝族烟盒舞》，云南民族出版社2009年版，第108—111页。

② 滕希望、郭玉成：《海阳大秧歌巫术祭祀仪式与武舞融合的人类学考察》，《体育学刊》2020年第2期。

式，特地制作了一条长约3米、身为黑色、尾为白色的土龙，专门用于祷雨祭祀时舞弄使用。又载：《舞土龙》时，则‘使丈夫八人，小儿八人，皆衣黑衣。丈夫舁龙，小儿欢呼曰：乌龙头，白龙尾，小童求雨天公喜。自北而南，又自南而北，乃归于社息焉’。男壮汉举着‘土龙’起舞，孩子们则跟随在一起欢呼、舞蹈，唱着求雨的歌谣。整个舞龙队要从村北舞到村南，再回头由村南舞到村北，最后回到村中里社。而且还要‘取五蛤螟其中而闭之’，等到下雨了，‘则谐社行谢礼’，若雨下不停至发大水，‘则萦朱绳于社，伐鼓攻之’，大家要敲锣打鼓，吓阻淫雨。最终等到雨停水消，再行‘得雨仪’。”[①] 表现为“仪式化生活”的中国民族民间传统舞蹈，几乎所有舞蹈都可以被认定为功能仪式舞蹈，本章节列举的神话仪式舞蹈、过渡仪式舞蹈、象征仪式舞蹈，本身也具有功能仪式舞蹈特征，其他类型的功能仪式舞蹈还有很多，因数量庞大、内容繁多，不一一列举。

三、过渡仪式舞蹈

人类社会的仪式种类繁多、复杂多样，但是生命礼仪却是其中最为重要的一环，毕竟任何社会、民族、群体无一例外，每个人一生中都会经历不同生命阶段的变化，如出生、青春期、就业、结婚、为人父母、死亡等，而每一次转变都离不开仪式，因为仪式之后社会身份就会发生转换，完成个体生命阶段转换仪式的目的，就是使个体能够从一个阶段过渡到另一个阶段，使个人离开一种确定的位置而转入另一种同样确定的位置。加之仪式本身具有

① 蔡湘江：《泉州民间舞蹈》，福建人民出版社2006年版，第180—182页。

神秘性和神圣性，个体生命阶段的转换需要在神圣与世俗的转换中完成，人们会倾向于用仪式来消除这种转换带来的不安和忧虑，以免个人和整个社会发生不幸导致灾祸，这就是范·盖内普讨论的“过渡仪式”。“根纳普在《过渡仪式》(又译作《人生礼仪》)一书中开宗明义：‘任何社会里的个人生活，都是随着其年龄的增长，从一个阶段向另一个阶段过渡的序列。’所谓‘一个阶段向另一个阶段过渡’，仿佛时间被人为地区分为有临界状态的‘阶段’。然而，这正是生命时间制度的另一种表现，或者说‘生命时间的社会性’。简单地说，如果没有一个特定的社会仪式将‘一个年龄’与‘另一个年龄’以特殊的方式分隔开来，便无从获得社会规范中的过程属性，这就像不举行成年仪式便无法步入‘成年社会’一样。仪式的生命过程具有‘凭照’(charter)的性质。”[①] 当然任何一个“过渡仪式”都有一个过渡性的过程，即：“仪式分为三重结构或三个阶段，即分离—过渡—混合或重聚(separation transition and incorporation)。第一阶段是清洁(purification)仪式，以死亡的象征来标志旧的身份结束，第二阶段是空间与日常生活的隔离期；第三阶段为新生(rebirth)。通过这几个阶段，参与过渡仪式的人被从日常的生活或群体中分离出来，处于隔离的空间，身份也不确定，经过相应的仪式以后再以一种新的身份重新回到社会。”[②]

范·盖内普的“过渡仪式”理论范式，具有较普遍的解释力，因为人类社会所有的重大仪式，如献祭仪式、入会仪式、祈求仪式、禳灾仪式等，无不具有开端、运动和变迁程序的特点。“过渡仪式”所具有的工具性操作价值使得仪式研究具备了“模型”化的分析范式，为仪式的动态性研究拟构奠

---

① 彭兆荣：《人类学仪式研究评述》，《民族研究》2002 年第 2 期。

② 彭文斌、郭建勋：《人类学仪式研究的理论学派述论》，《民族学刊》2010 年第 2 期。

定了一个良好的基础，特别是它将人的生理特征和生命阶段的社会化通过仪式的展演聚合到了一起，有助于解答作为群体行为的仪式及仪式中的个体行为是什么以及如何做的问题，也有助于从社会层面、心理层面、价值观和世界观层面对相关的仪式行为进行更深入的分析。这套理论范式对于解释中国民族民间传统舞蹈有着非常实用的价值，因为无论是生老病死，还是婚丧嫁娶，无论是辞旧迎新，还是加冠行笄等与人生有关的重大事项，都无法脱离范·盖内普讨论的“过渡仪式”，而在其中展演的舞蹈，本身就是仪式的一部分，或者自身就是过渡仪式舞蹈，将其从仪式中提拎出来单独研究分析，是说不清楚道不明白的。例如：“‘瓦孜嘿’是彝族丧事中一个重要的礼仪性乐舞。主要包括：丧葬（‘玛都合’），安灵（‘撮合’），超度送灵（‘撮比撮莫’）三个过程。‘瓦孜嘿’是在死者穿戴、停放完毕，先由家人和客人哭丧后，限男子二人（主客各一人）或四人（主客各二人）在屋内边说边舞。一般为男子双人起舞（在‘圣乍’地区舞者越多认为越隆重，在屋外院坝进行，队形为‘S’形）。舞者手持长刀并排或相对而立，神态庄重，由一人以‘尔比尔吉’（彝族格言、谚语）的形式，有节奏的韵白和说白领诵，合舞者跟诵，边说边舞。在节奏上，其句式以单音节为主。乐舞动作主要特征为屈膝、碎步前进并全身上下颤动，同时，持刀左右上下挥舞砍杀。显然，这表现了较为强烈的驱邪除魔的意思。彝族认为人的灵魂不死，‘在彝族人看来，死亡并不是生命的终结，而是灵魂离开躯体的结果。对于死亡者的灵魂，根据死者生前的好坏、死期、死因等，分为善灵和鬼魂。’鬼魂，彝称‘尼兹’，是造成人们苦痛、灾难的根源。所以，彝族的丧葬活动主要内容就是以乐舞配以韵白驱鬼，尽管乐舞动作较为简单，但以传统格言朗诵下与动作相合而成的语言节奏，仍具有较强的震撼力，韵白的内容反映了彝族的生死观。”[①]

彝族人的灵魂不死观，致使人死亡后必须将灵魂从一个阶段过渡到另一个阶段，或从一个世界送往另一个世界，否则就会给当下的现实世界或世俗世界的人们带来灾祸，因为世俗世界与神圣世界之间并不存在兼容，所以必须举行一个仪式，使得亡灵从此世界过渡到彼世界，自此人们的生活才能重新回归正常，死者的后代才能兴旺发达，所以乐舞配以韵白引领逝者返回故土（祖先之地）、保佑全家吉祥安康，成为《瓦孜嘿》舞蹈的核心诉求，因为“丧葬仪礼，是人生最后一项‘通过仪式’。如果说诞生仪礼是接纳一个人进入社会的话，丧葬仪礼则表示一个人最终脱离人世，它标志着人生旅途的终结。但在宗教世界中，死亡不是生命的结束而是生命的转移，许多生前没有做完的事，死后或来世也可以继续完成。当然，不同的宗教对死者有不同的理解和解释：灵魂不死之说，上天入地之说，转世投胎之说，等等。但不管是哪一种解释，其基本的出发点都是原始宗教关于灵魂和灵魂不死的观念。在宗教世界中，人死后即可获得一种超自然的力量，其灵魂既可造福于活人，也能降灾于生者。人死之后，宗教世界又会对其生前作为进行裁决，赏罚俨然分明，于是宗教为最寻常的自然现象——死亡增添了神秘、怨惧、敬畏的色彩。这样，丧葬仪礼在人生诸仪礼中成为宗教性最强的一种，甚至本身就是一种不折不扣的宗教仪式，从中可以窥见一个民族宗教信仰的基本内涵”[②]。类似的丧葬过渡仪式舞蹈在其他民族中也有很多，如：“凡村子里的老年人，不管男或女，死后人们都要跳丧葬舞。基诺族称‘托跻卡’，即敲舂米棒舞。舞之后，在死者家楼梯下面，栽一棵木桩，两边各放舂米棒四

---

① 杨曦帆：《藏彝走廊的乐舞文化研究》，民族出版社 2009 年版，第 233 页。

② 刘稚、秦榕：《宗教与民俗》，云南人民出版社 1991 年版，第 45 页。

根，两人或四人蹲于舂米棒两端，手握舂米棒相互碰击为伴奏，舞蹈者立于中间，双手抱住木桩，单腿轮换向舂米棒中间点跳。这是为了使死者的灵魂高高兴兴地回到祖先居住地去，好好地安息。补远乡就叫安息舞，基诺语叫‘司秋’，跳法略有不同，是晚上在死者家房内跳，男女各半分开拉手围圆，边唱边跳，感情深沉、缠绵，充满对死者的怀念之情。尸体停放几个晚上，就唱跳几个晚上，无伴奏。”①

成年礼作为承认年轻人具有进入社会的能力和资格而举行的“过渡仪式”，是一种在各民族中普遍存在的人生仪礼，当然展演形式会因民族不同而各具特点，如古时汉族男子成年实行冠礼，女子成年实行笄礼，西南少数民族普遍流行“穿裤换裙礼”，即通过改换服装来标志成年，举行完相关仪式后表示男女青年已经成人，可以婚嫁，并从此作为一个社会群体的成年人参加各项活动。马利亚苏塞·达瓦马尼将成年礼定义为：“成人节（initiation，包含‘入会仪式’的含义）通常是指庆祝和表演个人进入成人或成熟期、进入某个行会（fraternity）、秘密社团或者特殊的宗教行业的仪式。M. 埃里亚代将成人节仪式划分为三个类型：影响从儿童时代或者青春期向成年转变的集体仪式；那些表示加入某个行会或者神秘社团特征的仪式；以及当某人接受一个‘神秘使命’时所举行的仪式。”② 作为成年礼的“过渡仪式”，在中国民族民间传统舞蹈中，不仅有广东惠州蓝田瑶族少女的成年礼舞蹈《舞火狗》，以及云南河口瑶族的男子成年礼舞蹈《度戒》，还有许多其他不同类型的舞蹈，很多民族的成年礼都会彻夜放歌、不眠狂舞，以载歌载舞的方式庆祝成年。如库尔特·萨克斯对入社礼仪舞蹈的描述：“假

---

① 刘金吾：《中国民族舞蹈与稻作文化》，云南人民出版社 1997 年版，第 180 页。

② ［意］马利亚苏塞·达瓦马尼：《宗教现象学》，高秉江译，人民出版社 2006 年版，第 198 页。

如你问非洲奥英（Auin）地方的布须曼人在他们的发情期典礼中会发生什么事，他会告诉你，‘我们跳舞’。在所有的入社习俗礼仪中，舞蹈占有特殊重要的地位，不管这种仪式是割包皮、穿耳孔、锉牙或别的事情。”[①] 国内也是如此，通宵达旦的载歌载舞成为成年礼仪式的重要组成部分，如四川西北部的松潘县龙头村当地羌族称为“十三仪式”（十三岁成人）的成年礼，“仪式的最后，受礼者由大人领着去新近逝去的祖辈坟上祭拜。拜完后，回到家中拜家神。仪式结束，客人们开始吃饭。饭后，大家唱祝福和感谢的歌，跳与狩猎有关的舞蹈”[②]。绵阳市北川羌族自治县“祭山会”活动中的羌族男子成年礼，除了遵循羌族“男丁十五岁穿铠甲，枪打得好；二十岁在议话坪话讲得好，就算好小伙子”等习俗，进行以换装仪式为主体的各项成年礼内容外，还要“唱羌族古歌，表演‘盔甲舞’”[③]。

婚礼作为“过渡仪式”的另一项重要内容，一直以来都是人类学仪式研究的重点，当然也是民族舞蹈研究的热点，因为婚礼仪式作为重要的人生礼仪，其过程不仅能够集中反映一个民族的社会结构、宗教信仰、经济模式、婚姻观念等丰富的文化信息，还是一个民族代表性舞蹈集中展演的场合，依照库尔特·萨克斯的观点：“舞蹈是结婚庆祝活动的中心环节……生命的阶段会转化的观点，从德国的古老的习俗里的‘跳出个新娘来’——从未婚的少女中跳出来——可以看得非常清楚。”[④] 婚礼作为中国民族民间传统舞蹈展演最为重要的文化空间，不但有专门的婚礼舞蹈，还有在婚礼上展演的当

---

① [德] 库尔特 · 萨克斯:《世界舞蹈史》，郭明达译，恒思校，上海音乐出版社 1992 年版，第 58 页。

② 李正元:《川西北羌族成年仪式的调查研究——“十三仪式”的象征人类学分析》，《北方民族大学学报（哲学社会科学版）》2011 年第 4 期。

③ 马宁:《羌族成年礼探析》，《阿坝师范高等专科学校学报》2008 年第 2 期。

④ [德] 库尔特 · 萨克斯:《世界舞蹈史》，郭明达译，恒思校，上海音乐出版社 1992 年版，第 60 页。

地或本民族最具代表性的舞蹈。以彝族的婚礼歌舞《喜希苏且》为例："'喜希苏且'属彝族婚礼歌舞，是凉山彝族婚礼期间，在男方或女方居家屋内和院坝所跳的舞蹈，汉称'披毡舞'，普遍流行于四川各彝族地区。因各地方言不同，叫法各异，其舞蹈形式和动作特点则大同小异。彝族举行婚礼的时间，多在每年农历九月至次年正月。婚礼保持着古老的传统习俗，男家要搭迎亲棚，整个婚礼仪式中除跳喜希苏且外，还穿插背亲、泼水、抢树桩、抹锅烟、赛酒、对歌、摔跤等仪式活动。背亲是彝族婚礼中最隆重、最普遍的形式，场面非常热烈。喜希苏且以双人舞为主，其中女子双人舞居多，包括《阿嫫尼惹》《阿思莫莫左》《觉吃》《移使乌歌》《唱喜歌》《阿列瓦都史》《作》《阿莫阿尼》等歌舞段落。跳喜希苏且的地点、性别、人数，一般有一定的规定，但也有随意的。如《觉吃》是在男家跳的男子双人舞；《移使乌歌》是在男家由男家女性跳的双人舞；《唱喜歌》是送、迎亲时跳的男子四人舞；《阿嫫尼惹》《阿思莫莫左》《作》《阿莫阿尼》均为双人舞，不受地点或哪家人跳的限制，但男女不能混跳；《阿列瓦都史》则为男女同舞，人数不限，男女各半，但必须男女各站一排相对而舞。"①

"过渡仪式"除了"生命礼仪"或"人生礼仪"外，还可以拓展到一个民族的"年度性仪式"中去。"维克多·特纳在范·根纳普过度仪式研究的基础上进行了更深一步的研究探讨，将仪式分成了两大类：生命危机仪式和年度性仪式。其中生命危机仪式主要包括出生、青春期、结婚、死亡、地位提升和就职仪式。这些仪式既可以是个人性的，也可以说是集体性的，但是为个人而举行的可能性会更大些。而年度性仪式主要包括庆丰收、减灾仪式

① 杨莉、郝爽：《秘境之舞——四川少数民族舞蹈文化研究》，民族出版社2018年版，第151—152页。

和通过仪式。这些仪式几乎总是针对大型群体的，而且常常覆盖整个社会。同时，这些仪式通常在一年一度的生产周期之中规定的时候举行，以此来证实从缺乏到丰足，或者是由丰足到缺乏。”①维克多·特纳将“过渡仪式”中的结构与交融的辩证关系推而广之，扩展到一个群体甚至是整个社会层面，因为大型群体或整个社会也会出现“结构—交融—结构—交融”的往复循环，也需要在“交融”和“反结构”的过程中，消解社会结构中产生的张力，即通过社会结构的短暂性倒置，在“反结构”的混沌状态下，人们摆脱社会结构的束缚，尽情宣泄郁积许久的压力和不满，通过对结构性张力的缓释和消解，使得原有的社会结构重新达到平衡、有序、稳固，不至于引起更大的颠覆与破坏。例如：“欧洲和南美洲的人们都庆祝狂欢节，其中最富盛名的是巴西里约热内卢的狂欢节。人们过节的那四天，狂欢的热浪席卷整个城市，男女老少披红挂绿，浓妆艳抹，载歌载舞涌向大街。工厂停工、商店关门、学校放假，此时，全城上下不分高低贵贱，不分种族肤色，都沉浸在欢乐的海洋，真可谓‘谁也不属于谁，谁也管不了谁’。特纳将这种状态称为 communitas（译为交融、共同体、公共域、社域、社区共庆），这是他在研究小规模社会的仪式时提出的概念，指‘在阈限阶段出现的一种社会关系模式，这种模式在社会中没有组织结构或仅有基本的组织结构，相对而言缺乏彼此差别的社群或社区，或者也可能是地位平等的人们结成的共同体。’对于整个现代和后现代社会来说，狂欢节提供了一种交融的范式，是对现代社会的反结构。”②

这种大型群体或整个社会年度性的“过渡仪式”，在中国民族民间传

① 陈锦均：《人类学宗教仪式研究评述》，《民族论坛》2013 年第 6 期。

② 徐薇：《维克多 · 特纳与〈表演人类学〉》，《西北民族研究》2009 年第 4 期。

统舞蹈中比比皆是，以2006年被列为首批国家非物质文化遗产保护项目的《京西太平鼓》为例，在京西地区击打“太平鼓”象征着“太平安乐”，加之多在除夕时表演，所以也称“迎年鼓”。“京西太平鼓的舞蹈特色源于过去女性缠足形成的动作特点，如同以下口诀：‘左手持鼓右手鞭，边打鼓点边抖环。舞步重心在足后，抬脚后刨带颤肩。人随鼓点而舞动，要起鼓来要走圆。鼓缠身舞人不见，扭起身躯似柳弯’。‘颤’‘抖’‘缠’‘扭’‘弯’等动作描述保留了传统女性身体的特殊印记。早期太平鼓并未被人们看作是民间舞蹈艺术，而是女性的娱乐方式。太平鼓小巧，轻便，鼓面绘画艳丽有趣，‘玩儿鼓’被看作‘女人的游戏’，男性不参与。”① 旧时，因受到封建礼教的束缚，妇女平时基本上大门不出，二门不迈，更何况该舞蹈由缠了足的妇女表演，更是极为稀奇，但将其放入维克多·特纳的阈限理论中去理解，一切都可以得到解释，缠了足的妇女在辞旧迎新的新年节日中打“太平鼓”，本身就是年节“过渡仪式”阈限阶段的“反结构”表现：“京西太平鼓扩大了女性的活动空间。经常玩耍太平鼓的京西家庭大多具有一定经济条件，女性大多缠足，困于闺阁之中。她们日常从事繁杂、琐碎的家务劳动，缺乏文化交往交流。加之京西位于郊区，没有京城丰富多样的娱乐活动，当地女性的闲暇时间多、休闲方式单一，情感长期受到压抑，京西太平鼓为其提供了难得的排遣情绪的渠道，发挥了重要的休闲健身作用。特别是一年一度的春节，按照京西风俗，人们把馒头、豆包、凉菜、炖肉做好后放在房檐下冻上随时加热食用，省去了主妇每日做饭的时间。‘整天围着锅台转，劳累了一年的妇女们，每年只有到了这个时候才可以放松放松，出去和邻居家的

① 杨秀明：《性别视域下的京西太平鼓“记忆之场”研究》，《贵州大学学报（艺术版）》2021年第2期。

姐妹们一起玩耍一番。他们聚集在一起打太平鼓，可以一直玩儿到二月初一。’”[①] 在这个特殊的时刻，不仅“男主外女主内”的性别传统发生了倒置，缠足对女性的活动空间的限制也得到缓解，各种日常的规矩、社会的等级、性别的界限，在短暂性的倒置中都淡化了，进入维克多·特纳表述的等级、地位、财富、性别等无差别的“交融”状态，妇女们在这种模棱两可、不确定性混沌的时空中，通过舞蹈获得了集体性的狂欢、压力的宣泄、行为规范的倒错以及角色更新等超越时空的阈限体验。这种在“反结构”过程中，生命能量的“喘息”、释放与放飞，不但不会破坏原有的社会结构，还会增强个体对原有社会结构的适应力，有助于她们回归现实后更为清晰地认清自己的家庭角色和社会身份，激发生活还要继续的新动力。

四、象征仪式舞蹈

象征人类学是人类学仪式研究中非常重要的理论学派，维克多·特纳在《象征之林》(*The Forest of Symbols*)一书中，开宗明义地就仪式和象征符号之间的关系论述道：“我所用的‘仪式’这个词，指的是人们在不运用技术程序，而求助于对神秘物质或神秘力量的信仰的场合时的规定性正式行为。象征符号是仪式中保留着仪式行为独特属性的最小单位，它也是仪式语境中的独特结构的基本单元。”[②] 可见，在象征人类学家眼中：“仪式中充满了象征符号，或干脆地说，仪式就是一个巨大的象征系统。《象征词典》是

① 杨秀明:《性别视域下的京西太平鼓“记忆之场”研究》,《贵州大学学报(艺术版)》2021 年第 2 期。

② [英] 维克多·特纳:《象征之林：恩登布人仪式散论》，赵玉燕、欧阳敏、徐洪峰译，商务印书馆 2006 年版，第 19 页。

这样解释仪式的：‘基本上说，每一个仪式（rite）都是象征化并再生产出其创造性。所以，仪式与象征的机能紧密地联系在一起。无论是那些缓慢运动的仪式（ritual），还是所有个性化的仪式（ceremonies）都与超越运动的节奏联系相结合；同时，每一个仪式都属于一种聚合，即受到力量和类型的深刻影响，仪式的功能来自于不同的力量和这些力量相互交错所发生的权力表达。’”[①] 仪式这种通过“象征的力量”和“引导的思维”来表现知识系统的做法，致使任何仪式研究都不会放过对仪式中的象征符号的详细观察、深入理解和深度描述。依照马林诺夫斯基的观点：“对于社会结构和人际关系而言，仪式的一个基本原则和功能就是交流，展现了以下三种功能：（1）展演功能；（2）行为功能；（3）指示功能。也就是说，仪式在社会生活中的意义就是其功能在社会中的体现和程度。”[②] 仪式作为一种具有明确叙事功能和交流目的的社会文本，其本身就是一间富有意义的象征储藏室，象征符号作为仪式中的最小单位，或者一个最基本构成单位，是一个承载文化信息的“储藏单元”，总是在意味着什么或者表达着什么，在仪式表演中，仪式传授、表现或改变、获取的某种东西，时常借助象征而得以展现。

象征人类学的核心概念是“意义”和“象征”，二者之间是相互关联的，无论任何事物，一旦成为某种意义的媒介，那么它就成为象征，象征就是用具体的媒介物表现某种特殊的意义，与能让人一目了然明确知道其指代的是某种事物或某种具体含义的符号不同，象征是一种隐喻，同时具有多重含义，要想准确明晰地了解它，必须在特定的文化语境中以特定的视野，做进

---

① 彭兆荣：《仪式中的族群历史记忆——广西贺州地区瑶族“还盘王愿”仪式分析》，《百色学院学报》2015年第4期。

② 肖路：《论西方人类学理论中的仪式研究及其意义》，《法制与社会》2017年第8期。

一步的理解和阐释。对于仪式而言，仪式是由许许多多的象征符号编织而成的，它是构成仪式的基本单位，准确地理解一个仪式的功能、目的和表达，工具性的象征符号是实现这一目标的途径，即通过仪式符号象征能够精确详细地阐释仪式，一定意义上仪式就是象征或者说是一个巨大的象征系统。“我们不妨从这样一个角度来看待和理解仪式，即仪式是通过象征这样一个特殊的‘知识系统’来释放符码，解读意义的。当然，这势必引出另一个对象征概念的界定问题。德国学者恩斯特·卡西尔（Ernst Cassirer）认为，语言和象征作为人类文化的基本特征，可大致定位于人类作为动物性方面的语用符号与物质能力指示。所以，象征的指喻可以在人类的方方面面得到表述和理解，如在语言、历史、科学、艺术、神话和宗教等方面。在卡西尔那里，符号（sign）和象征（symbol）似是而非，相互关联，分别属于两个不同的类型：前者是属于物理的、物质的、操作者的；后者则属于人工的、设计者的，是人类意义的。利奇对二者的解释自成一格。他把符号和象征视为发生关系中的‘部分’之于‘全体’，不能须臾隔绝。真正意义的传送却由‘隐喻’（metaphor）来完成。从某种意义上说，仪式也就成了象征的隐喻性陈述。”①

对于作为“仪式舞蹈”或“舞蹈仪式”的中国民族民间传统舞蹈而言，依照“仪式就是象征”的立论，其本身也可以理解为一种“仪式象征舞蹈”或者“象征舞蹈仪式”。亨利·哈夫洛克·埃利斯（Henry Havelock Ellis）写道：“无论舞蹈有时受到流行风尚怎样的嘲弄，它甚至对那些似乎最不应受其影响的人都能产生一种深邃和永恒的吸引力，其原因就在于此。儿童双脚

① 彭兆荣：《人类学仪式研究评述》，《民族研究》2002 年第 2 期。

的欢快节拍与哲学家思想中的宇宙游戏都随着节奏的同一规律起伏上下。如果我们对舞蹈艺术感到冷漠，那么，我们就不仅无法理解肉体生命至高无上的表现，而且也无法理解精神生命的至高无上的符号。这样一来，广义中舞蹈的意义就在于：舞蹈只是一个普遍节奏最初的具体魅力，如果能够允许人们讲出我们受到的宇宙性影响的总合，那么，这个普遍节奏标志的就不仅是生命，而且也是宇宙。……据利文斯顿说，当人类中大班图人的一个部族成员遇到另一个部族的成员时，他会问到：'你跳的是什么舞？'一个男人跳的舞，就是他的部落、他的社会习惯与他的宗教，正如人类学家指出的：'一个野蛮人不会为了宗教祈祷，他为了宗教舞蹈。'"[①] 哈夫洛克·埃利斯说出了一个事实，即对于舞蹈如何认知的事实，当你将其定义为一种手舞足蹈的游戏，那它只能是一种能让人心情愉悦的身体运动，当你将舞动的身体与人类的精神世界联系起来，它就不仅是身体的舞动，也是人类思想和社会文化的另类表征，因为"舞蹈是极具象征性的人类精神文化现象，其通过人体符号，借由舞态、舞韵、舞序、舞段、舞目等言语表达方式来'无限衍义'舞蹈符号。正如鲁道夫·冯·拉班所言：'象征性的舞蹈动作属于舞蹈艺术的最高形式。'基于舞蹈艺术自身的特质，可知'身体是可以言说的，具有很强的解说力和阐释力。身体动态语言与影像一样，本身包含着丰富的应当深入挖掘的意义。'因此，'艺术研究理应注意艺术影像背后的象征物'。舞蹈艺术的象征由表层象征符号与深层象征意义集合而成，具有丰富的象征价值，体现着人类舞蹈文化的发展历史，所以，舞蹈象征研究在舞蹈基础理论研究中占据重要地位"[②]。

---

①［英］哈夫洛克·埃利斯：《生命的舞蹈》，傅志强译，中国社会科学出版社 1994 年版，第 33—34 页。

② 王莉：《符号、仪式、剧场：当代中国舞蹈象征研究的路径回顾》，《四川戏剧》2020 年第 10 期。

对于“仪式象征舞蹈”，可以将其理解为舞蹈作为仪式中的象征符号而存在，它是为仪式而服务的，同时也承载着仪式所反映的象征意义，舞蹈所涵盖的神秘意蕴，使得人们对仪式过程的神圣性深信不疑，舞蹈作为仪式构成的核心单元，为仪式的功能性发挥提供了保障。例如：“原始社会里，除了生产力，人的数量起决定性的，一个氏族势力的大小，取决于族群成员的数量，生殖崇拜由此产生。广西融水县苗族人的‘芒蒿舞’，舞蹈风格豪放古朴，表现出明显的生殖巫术象征，是流传久远的生殖器崇拜习俗舞蹈。在苗族人的神话传说中，‘芒篙’是负责管理生育的神灵；在‘芒篙舞’中，苗族青年男子戴木板雕成的怪面，把自己扮演成芒篙，巫师边舞边诵唱保佑子孙繁盛、民族兴旺的祭词，芒篙们则在铜鼓的伴奏下追逐女性，并做出各种象征性交的动作，舞蹈内容充满着原始的诉求和野性的呼喊，传说婚后多年不育的妇女参加了芒篙舞就会怀胎。苗人认为自己是鸟的传人，其远古先民模仿鸦鸽、锦鸡等鸟类求偶的舞蹈，创造了‘锦鸡舞’这一古老典型的生殖崇拜舞蹈。云南阿哲人每年农历二月初都会把自己打扮成原始人，在下身部位挂上夸张的生殖器模具或把生殖器画在身上，举行原始而神秘的祭龙活动，舞蹈有大量的男欢女爱，生殖繁衍的内容，体现了人们祈求生育繁衍诉求的生殖崇拜愿望。长期以种植水稻的壮族祖先很早就注意到青蛙具有强大的生殖能力，‘拟蛙舞’起源于‘蛙祭’仪式，人们崇拜青蛙，祈求‘蛙神’保佑种族也有青蛙一样强大的生殖能力，现在红水河流域上游的东兰县、巴马县、天峨县、南丹县等地每年的春节期间都举办‘蚂拐节’，围绕祭祀、埋葬蚂拐等一系列舞蹈仪式程序。”①

---

① 何茂：《铜鼓宗教舞蹈仪式的文化人类学解读与传承研究》，《齐齐哈尔大学学报（哲学社会科学版）》，2019年第7期。

又例如在陕西省汉中市西乡县境内，流传着一种佛教亡灵超度仪式舞蹈《莲花碗》，该舞蹈为手持、肩扛、头顶当地农村用的小土碗或用麻柳木、棕木雕刻成的碗状物，并在碗边贴一圈用粉红色纸剪成的莲花瓣，碗中点燃蜡烛、灯油作为道具来舞蹈。"'莲花碗'的表演在两种场合下进行：一是每年中元节在寺庙举办'盂兰盆会'时表演；二是在民间举行丧葬礼俗过程中表演。中元节即每年农历七月十五，系民间祭祀先祖的日子，俗称'鬼节'，当地又叫'鬼过年'。在民间流传的谚语中就有'七月半，鬼乱窜，要给亡魂烧纸钱'的说法。旧时，位于西乡县城东南牧马河畔的菠萝寺，每逢中元节都要举行大型祭祀活动。从黄昏起，殿内钟声、诵经声、木鱼声，声声不断，神案前香烟缭绕、烛火辉映，善男信女磕头烧香、虔诚拜神祭奠后，接着就要在大殿前表演'莲花碗'。入夜后，主事和尚身披袈裟，手持'引魂幡'，走在队伍最前面，导引着一群小和尚吹笙打鼓，领着'放河灯'（即用大筛子端着用木碗装着点燃清油的荷花形状小灯），双手端着荷花灯的僧侣，成群结队地走向牧马河畔，然后将莲花小灯一盏盏放入河中，让其顺水漂去，俗称'放河灯'。无数小灯在水面漂浮，就如繁星点点，似银河落地。此刻，牧马河两岸人群如山，都在观看这'放河灯'的夜色美景。"[①] 在很多民族与宗教相关的仪式中，现实世界的人与鬼神世界中的灵魂，构成一个相互对立的阴阳二界，而仪式和仪式中的舞蹈作为一种媒介，通过想象和象征的方式，实现灵魂世界与现实世界的沟通、精神世界与虚幻世界的交融，在这种超时空、超现实的象征世界里，人们通过舞蹈完成了对亡魂的悼念与哀思，也通过舞蹈给自己带回了平静与安宁。

---

① 吴珊编著：《秦风蜀韵羌楚影：秦巴汉水民间舞蹈概览》，中国社会科学出版社 2018 年版，第 76—77 页。

对于“象征舞蹈仪式”，特指舞蹈即是仪式、仪式即是舞蹈的那一类，整个舞蹈可以理解成一个承载着丰富的象征意义和文化内涵的大型仪式。以青海省同仁市年都乎村土族群众传跳的一种模仿老虎形体动作的拟兽舞蹈《於菟》为例：“每年的‘於菟’活动在农历十一月初八拉开序幕。仪式前由‘上贡’‘上秀’‘希拉’‘拉卡’四个部落分别在十一、十二、十三、十九日四天举行活动。八月二十日清晨，‘於菟’活动正式开始，法师及‘於菟’舞的表演者到山顶的二郎神庙进行‘敬奉二郎神，以煨桑，献猪油等贡品，以祈求神灵保祐。’‘於菟’由七名扮演者组成，该村画师用墨汁将表演者面部画成虎头状脸谱和虎皮斑纹；腿部上及上身画成豹皮斑纹；用写成的经文的白纸将头发扎成刷型，似虎状怒发。‘於菟’舞由 7 名男青年表演，舞者双手持约两米的木棍，其上端结有书写镇邪之意经文稿纸。‘於菟’表演在中午 2 时开始，白海螺鸣起，法师击羊皮鼓及铜锣，‘於菟’们肃穆蹲在殿前，面对二郎神像，静听法师诵经。然后，法师向‘於菟’们敬酒毕，‘於菟’以‘前端腿跳’动作跳出院门，在山门前围着煨桑台跳舞，待村民鸣枪，‘於菟’们闻声惊起地狂奔下山，进入村庄。凡有病之人在村巷小道上等候，舞者从他们身上跳过，则可以治病，舞者进入人家都要越墙而过，村民以手抓羊肉或青稞迎接；或者把即将烤的馍馍贴在‘於菟’身上，人吃了即可治病，表演者则从屋顶上挨家挨户进入家院，主人家热情欢迎，不敢怠慢。”①

《於菟》舞蹈仪式通过其所涉及的象征舞段及仪式过程本身，指涉其象征意义，自此象征舞段及仪式过程（包括仪式发生的时空）就成为一组象征

① 吴桂帆、石欢：《医学人类学视角下“於菟”仪式的功能研究——以青海省同仁县年都乎村为例》，《山西青年》2019 年第 14 期。

符号，或共同构成系列仪式中的象征符号系统，反映出文化持有者特定的文化模式，如：“‘於菟’从总庙中出发，总庙象征着村民精神世界山神信仰的核心（文化认同）；‘於菟’只在古城中穿行，古城象征着村落物质空间的核心（历史认同）；给扮演於菟人员进行涂灰、纹身、饮酒禁语的举措象征了从‘人’到‘於菟’的角色置换过程；‘於菟’绕行‘拉哇仓’象征了‘拉哇仓’的神圣地位；村民以面团擦拭身体或病灶部位，象征着病灾被沾染除去；被擦拭过的面团烧制成饼被‘於菟’带走和俯卧着被‘於菟’跨越象征着病灾从此远离个人和家庭；‘於菟’向水中抛掉棍棒和烧饼象征着不祥从此远离村民和村庄；河边洗去纹身并归途跨火，象征着从‘於菟’到‘人’的角色回归。”①

又以云南沧源佤族自治县流传的《拉木鼓》舞蹈仪式为例，木鼓作为佤族文化的表征，是一个象征综合体，承载着佤族的历史和文化，它象征着佤族原始宗教中的主体神木依吉，同时又是佤族生存繁衍的崇拜物，以木鼓为中心的一整套信仰系统和祭仪系统，共同编织成为一张意义之网，组成一个意义系统，成为佤族民族文化最具典型性的符号表征。“作为文化象征符号，木鼓不仅是佤族宗教祭仪的主轴，亦是人们在心理上建构的安全屏障。因此，木鼓在佤族的传统文化心理结构中并非只是普通的打击乐器，而是神圣的祭器，乃至神的表征，承载着丰富的文化内涵，故对其象征意义解读日愈受到人们的关注。目前，学术界就佤族木鼓的象征意义这一问题主要有如下解答：1. 木鼓是佤族人民用来驱邪逐鬼，召集部落成员，告急友邻，出征决斗时不可缺少的工具。2. 木鼓是佤族的一种原始的打击乐器，也是佤族的一

① 唐仲山：《仪式、仪式过程及民俗物的关系——基于象征理论的“於菟”仪式解析》，《青海民族研究》2008 年第 4 期。

种古老祭器，是‘通天神器’，是众人崇拜的吉祥物。3. 木鼓是佤族的一种有灵魂、有知觉、有感情的灵物。4. 木鼓是佤族文明的象征，佤族文化可名之为‘木鼓文化’。5. 木鼓是作为民族精神而存在的，凝聚着历史长河中一个民族的创世精神。6. 木鼓是佤族树神。7. 木鼓是佤族神物，是梅依格（即木依吉，又称莫伟）大神下到人间时依附的器物。8. 木鼓是万物灵性之源，‘生命源于水，灵魂求于鼓’（佤族格言）。9. 是世界乐器中留存至今的最原始、最独特、最神圣的鼓，是佤族部落村寨存在与兴盛的特有标志，是佤族古老文化与浓郁民族风情特色的标志。10. 木鼓是佤族的母亲象征，是佤族妈妈。”①

《拉木鼓》仪式一般在佤历格瑞月（相当于公历 12 月）间举行，仪式有两项最主要的活动内容：一是拉木鼓祭祀活动；二是以“木鼓舞”为核心的歌舞艺术展演。拉木鼓祭祀活动，反映了制作木鼓的全过程：选木鼓树—拉木鼓—迎木鼓—凿木鼓—跳木鼓房，这一过程成为佤族生活中一项重大的宗教祭祀活动。“《拉木鼓》：在每年阳历 12 月举办，是全寨性的拉木鼓活动，一般需要 10 天。先由头人、魔巴（祭司）到山林中选好制作木鼓的树后，此树即具有神力，全村人要去将两米多长的一段树杆拉回村中制作木鼓。木鼓拉到寨门外，一般要停留 2—3 天，待魔巴进行剽猪、剽牛祭祀，选好时辰后，才又拉木鼓树到木鼓房旁边的场地上，给工匠制作。拉木鼓的过程中有简单的舞蹈动作。同时，也是青年男女进行社交的歌舞娱乐活动。”②木鼓歌舞艺术从祭祀歌舞中发展而来，祭祀歌舞是一种将古歌谣和祭词与原始舞蹈结合起来的一种艺术形式，伴随拉木鼓的每一过程都要举行

① 李莲：《佤族木鼓象征与功能的文化解读》，《学术探索》2007 年第 1 期。
② 刘金吾：《舞蹈王国再探：少数民族舞蹈论文选》，云南民族出版社 2005 年版，第 220—221 页。

祭祀和歌舞，久之便产生出一整套的木鼓祭词、咒语、古歌、音乐和舞蹈等相结合的木鼓歌舞艺术。特别是《拉木鼓》仪式中会有围绕木鼓祭祀活动所产生的一组舞蹈，当地人称之为《木鼓舞》，也就是《木鼓祭祀舞》，整个木鼓祭祀过程可分为《拉木鼓》《跳木鼓房》《剽牛舞》《敲木鼓》《砍头刀舞》《迎头舞》和《送头舞》等多个舞蹈套路，或者说与木鼓有关的相对独立的众多小舞蹈共同组成了《拉木鼓》仪式舞蹈。

在具体的仪式实施过程中，《拉木鼓》仪式舞蹈会出现同一种象征符号因主体角色对象的不同而分别具有多种不同的象征意义的情况，即仪式象征多重性表现特征。“在云南佤族传统社会中，木鼓因其使用场合的不同而有着多种不同的象征意义和特殊价值。在举行宗教祭祀活动时，木鼓是沟通人神关系的祭器，通过敲木鼓来传达人们对神灵的虔诚信仰；在部落之间发生械斗的时候，木鼓成了传递军事信息的信号鼓，通过敲木鼓来鼓舞人们的斗志；在举行庆典的娱乐活动中，木鼓又成了特殊的乐器，通过敲木鼓以及跳木鼓舞来表达人们喜悦的心情。另外，木鼓还因其形状与女性生殖器相似而成为反映人们生育意愿的象征符号。”[①] 舞蹈作为一种能够传递信息和表达观念的象征系统，是由象征符号和象征意义两种要素组合而成的，通过对隐藏在舞蹈象征符号之中的文化信息和密码的破译，一个特定社会蕴含的精神信仰、文化模式、心理结构、社会秩序、行为规则，以及文化持有人的世界观、价值观和人生观等，都会在这种深度分析和详尽阐释中一一呈现，所以关注和研究“舞蹈仪式”或“仪式舞蹈”符号下的深刻隐喻与象征，可以由表及里地更好理解和认知所研究的舞蹈。

---

① 瞿明安：《论象征的基本特征》，《民族研究》2007 年第 5 期。

第七章

中国民族民间传统舞蹈功能

第一节　功能的概念与内涵

一、功能的概念、内涵阐释

“功能”一词在中国历史文献上很早就出现了，其词义有一个不断丰富发展的过程，最初指的是技能，后又发展为效能、功效，再后来又指代功绩、才能和能力。今天大多汉语词典中“功能”的释义接近于英语“function”，特指事物或方法所发挥的有利作用、效能，很多时候“功能”也被当作动词使用，意指起作用、运转、正常工作，即功能被认为是一种行为模式，通过此行为，某物实现了它的目的。《辞海》对“功能”的定义是：“与‘结构’相对。指有特定结构的事物或系统在内部和外部的联系和关系中表现出来的特性和能力。”[①] 这里的“功能”是指属于整体结构的一部分或总体活动中的某种活动，对整体结构或总体活动所做的贡献，反之某一事物或某一活动之所以能存在或持续地发生，是因为它对整体结构或总体活动是必不可少的。西方学术界“功能”一词，最初出现在生物学中，后来被引入

① 辞海编辑委员会编：《辞海（第六版）》，上海辞书出版社 2010 年版，第 599 页。

到社会科学，即将社会视为类似于生命有机体一样的物质，功能分析是建立在将社会同生物学中的有机体加以类比的基础之上的。如："斯宾塞是把生物学中的功能概念较早引入社会科学的早期社会学家。他首先把人类社会与生物机体相比较，认为两者有相当大的相同处，也有一些不同处，故称社会为'超有机体'。法国社会学年刊派的创始人涂尔干是早期重要的功能研究先驱，他的功能思想对后来的功能主义者影响很大。他把社会的各种制度看作是满足社会整体需求和必要条件的单位，其功能在于维持社会整体的正常生存和均衡一致。如果社会有机体中各项制度的功能正常，则社会是均衡的，反之则不均衡。1895 年出版的《社会学方法论》一书中，他将这一概念系统化，认为一种社会制度的功能在于使这种制度与'社会机体'之间相互整合，并形成一致关系。他在《宗教生活的原始形式》一书中，首次运用功能分析法分析原始宗教的功能。因此，他又被称为'功能主义之父'。"①

即便"功能"的概念被从生物科学借用到社会科学，并成为人类学和社会学一种重要的理论学派和解释方法，其理论的学术价值和解释效力不容置疑，但简洁、明了、详尽、准确地对这一概念加以说明却是相当困难的，因为无论是人类学者还是社会学家，对它含义的理解都不是十分确定和一致的，对于功能的定义和解释，更是林林总总、各式各样，可见学术界就其概念的认知从未达成共识。美国科学哲学家恩斯特·内格尔（Ernest Nagel）曾把"function"的主要用法归纳为以下六种："（1）用来指两个或更多的变量之间的依从关系。它相当于数学中的'函数'，当社会学家说

① 何星亮：《文化功能及其变迁》，《中南民族大学学报（人文社会科学版）》2013 年第 5 期。

某一社区的自杀率是那一社区凝聚（或团结）程度的 function 时，就是在这一意义上使用这个词的。这时，它表现了两类社会要素之间的关系，即一类中的某一部分都单独地为另一类中的相应部分所决定。（2）用来指一实体内部一组过程或者运作，并不涉及到这些活动对实体本身的影响。例如，生物学家说‘胃的发挥功能’，指的就是在胃这一器官中发生的肌肉收缩、酸性物分泌以及吸收水分等过程。社会学家说‘社会结构的发挥功能’，指的就是‘社会运行’‘社会的生活过程’。（3）为生物学家（社会学家在类比的意义上）用来指维持生命存在的必要功能，即生命有机体内部所发生的有机过程，如生殖、同化、呼吸等。尽管这些过程是同有机体某一特殊部分的运行有着密切联系的，但是，生物学家经常把它们视为是由整个有机体而非它的某一部分来维持它们的运行。这种功能是有机体所独具的特点，也是有机体生命的延续所不可缺的条件。……（4）用来指某一物品的可以识别的用处或功用，或者某一行为被期望的结果。在这种意义上我们可以说‘斧子的功能是劈柴’或者‘书籍在许多家庭中的主要功能是用作装饰’。在社会学中，有人也认为社会中的各种要素都是为了满足社会整体的一定需要的，因而它们分别具有各自的功能，如家庭的主要功能是生育。（5）用来指整体系统中某一事项或行为对该系统或属于该系统的各种其他事项所产生的一系列结果。在这种意义上，生物学家可以说‘肝脏的一项功能是储存躯体中的糖’。在这里，功能一词所指的不一定是为人们所预期的结果，也不一定对有机体是有用的，功能对体系的延续可以是有利的，也可以是不利的。社会学家可以在这一意义上强调各种社会现象的多重功能。（6）用来指某一社会事项对维持它所属的整个系统的一定特性所做的贡献。功能主义者就常常在这一意义上使用这一概念。如拉德克利夫 – 布朗就从生物学中引申并借用了这一概念。他认为，既然某些生命过程，如呼吸、消化等，可以被视为它对作为整体有机体所做的贡献，那么我们也可以认为在社会中一定的要素或行为同样为维持社会结构的延续做出了贡献，因而它具有着一定的社会功能，满足了某种社会需要。”①

国内也有学者对“功能”这个源自西方学术界的概念进行分析和梳理，并将其概念归纳概括为两大类：一是社会性的功能概念，二是结构性的功能概念。“1. 社会性的功能概念。是指从社会的角度定义‘功能’。马林诺夫斯基认为，文化功能就是满足人类生理上的基本需要，以及派生的各种社会需要。在他看来，文化是一个有机整体，每一部分的文化都具有满足人类需要的功能，他特别注重制度、风俗、用具和观念在满足个人的需要方面的功能。他说‘一种功能的意思……经常都是指满足一种需求’，而‘功能论根本上是把有机——即一个人——的需求转变成为文化上的必须的理论’。他在《社会科学百科全书》‘文化’条中论述功能概念时称：‘文化可以被分解为多个部分，如教育、社会控制、经济、知识系统、信仰与道德，以及创造与艺术表现的方式等。’每一部分都在满足人的需要。2. 结构性的功能概念。结构性的功能概念又可分为两类：一类是从文化元素与文化或社会整体的关系探讨文化的功能。有的学者认为文化的主要功能是维护社会体系和谐运行与延续。如英国著名人类学家拉德克利夫－布朗的功能概念与马林诺夫斯基不同，不是指满足人的需要，而是指满足社会结构稳定地运行和延续的需要。他把文化当作有机体，把文化的各个部分视为有机体的各个器官，各有其功能，并在机体中发挥作用。各种文化元素之间相互关联和依赖，不可分

① 李金：《社会学的功能分析方法评述》，《安徽省委党校学报》1989 年第 4 期。

割，每一种文化元素都在文化整体中发生作用。……他把功能看作是'属于整体的一部分的活动'对'整体活动'所作的贡献。……另一类功能概念是从文化元素之间的相互关系进行定义，认为文化功能就是文化元素之间的相互关联和制约。如费思与穆勒认为，形态上的功能与数学上的函数概念有着密切的关系：'与别的函数时相关联的一个变数量即可以用这种关系表明，或者说功能的价值即依靠此种关系。'E. D. Chapple 和 C. S. Coon 在他们合著的《人类学原理》(*Principles of Anthropology*)一书中说：'功能依靠'(functional dependence)即是'变数与变数之间的关系，其中若有一个数值发生变化，则其他数值也会跟着发生变化'。例如有的学者通过研究得出结论，在一个保留传统较多的社会中，如果法律和权威对行为制裁的力量较强，则巫术出现的可能较小，反之，如行为规范或制裁的力量不强，则巫术出现的可能性就大。"[①]

该学者又从文化性质与功能类型和文化结构与功能类型对功能进行了类型划分，如："从文化性质的角度而言，应把文化的功能分为三大类：生物性功能、社会性功能和心理性功能。1. 生理性功能。生理性需求是人类为满足人体各部分器官正常活动的需要，也就是人类'求生''求偶''求安'的需要。涉及人类生物意义上的生存性需要，有食物、衣服、住房、生命安全和种的繁衍等。为了满足生理性需要而创造的文化主要是物质文化，它主要体现为人与自然关系的文化。生理性需求是人类的本能需要，也是人类最基本的需要。随着社会发展水平提高，生物性需求也越高。……2. 社会性功能。社会性功能即满足人与人之间、人与社会之间关系的各种需求。社会性

① 何星亮：《文化功能及其变迁》，《中南民族大学学报(人文社会科学版)》2013年第5期。

功能可以分为下述五个方面。(1)教化的功能。……(2)规范的功能。……(3)整合的功能。……(4)凝聚的功能。……(5)适应的功能。……3.心理性功能。心理性需求即满足心理需要(如抚慰、尊重等)的各种信仰、制度和习俗等,由此而产生宗教、神话、艺术、伦理、道德等。心理性需求而形成的精神文化,是人类社会区别于动物世界的显著标识。……心理性需求包含多方面:(1)艺术的需求。……(2)尊重的需求。……(3)认知的需求。……(4)自我实现的需求。……(5)信仰的需求。……”从文化结构与功能类型可以将功能划分为:“1.正功能与反功能。正功能(eufunction)或译‘良功能’,反功能(dysfunction)或译‘负功能’。正功能即积极的功能,某一种事物,能维持他种事物的成长或生存,对他一事物来说,就是具有正面的、良好的或积极的功能。反功能即消极的功能,某一事物对他一事物而言,不但无助于成长或生存,反而具有妨碍其成长或生存的作用。……2.显功能与潜功能。显功能即该社会成员有意识地要达到的结果,亦即可预期的、可观察的功能。潜功能即无意识的结果。潜功能不像显功能那样容易觉察,往往要过一段时间才能发现。甚至有时当一事物不存在了,人们才发现它曾经完成某种潜功能。”①

尽管对“功能”概念的认知不尽相同,对其含义的理解和分析也不拘一格、各式各样,甚至一种概念范式被归纳总结出来之后,随后不久针对此概念范式的问题和不足,进行修正和改良的新的概念范式又被提了出来,似乎对其概念和内涵的探索永远都在过程中,很难达成一个有效统一的共识。该问题发生的原因,一方面说明了“功能”在社会科学事物分析中的不可或缺

① 何星亮:《文化功能及其变迁》,《中南民族大学学报(人文社会科学版)》2013年第5期。

性，可以将其认定为是人类学和社会学研究中的热点问题；另一方面也说明愿意涉足讨论该理论范式的学者之多，以及该理论范式自身的应用性之广。因为功能主义作为一种分析客观事物或社会现象的方法，无论它是聚焦满足人类生存的基本需要，还是作为一种文化元素在文化整体中发生作用；无论它是某一物品可以识别的用处或功用，还是表现两类社会要素之间的依存关系；无论它是指某一实体内部的一组过程或者运作，还是特指执行一种维持社会整体存在的必要功能，它都是客观事物或社会现象的重要属性，因为社会是一个有机的整体，整体对部分处于优先的地位，社会中的每一个事物和现象都执行着某种重要功能，代表着运行着的整体内部不可或缺的一部分，客观事物或社会现象作为社会的一个部分，对社会的存在与发展是必需的、有用的，舞蹈作为一种客观事物或社会现象，本身也具有着特定的功能，所以将其引入中国民族民间传统舞蹈研究中具有重要的现实意义：一是能够更好地认识一种舞蹈现象或行为在维持某个更大的系统中（如仪式）所发挥的作用；二是能够更为深入地分析和解释一种舞蹈现象或行为产生和发展的具体原因。

二、功能与舞蹈

如果说“美的艺术”概念下的舞蹈强调非实用、无功利，注重艺术的审美性，以提供纯粹的快感愉悦人的精神为首要目标，那么作为“仪式化生活”的中国民族民间传统舞蹈，其发生和展演的目的就是“有用”“实用”“管用”，其存在的核心价值在于它具有其他文化事项所不能替代的作用，尽管载歌载舞、沉醉愉悦独特的表现形式时常遮盖了其真实的目的，但在各民族地域文化中承担着重要职能，发挥着别具一格的文化功能，是它能反复展演、世代传承、久盛不衰的原因。如德国社会学家格罗塞在《艺术的起源》中的一段表述："狩猎民族的舞蹈通常仅由男子单独表演，同时，妇女们只作音乐伴奏。但是也有男女共同参加跳舞，这种舞蹈大部分无疑是想激动性的热情。我们更可进一步断言，甚至男子的舞蹈也是增进两性的交游。一个精干而勇健的舞蹈者定然可以给女性的观众一个深刻印象；一个精干而勇健的舞蹈者也必是精干和勇猛的猎者和战士，在这一点上跳舞实有助于性的选择和人种的改良。可是，在这里原始舞蹈的意义无论如何伟大，仍然不够证明没有其他的原始艺术如舞蹈一样有一种文化任务的重要性。"[①] 可见，在一个整合的社会统一体或系统中，每个舞蹈行为或事项都起到了一定的作用，扮演了一定的角色，也都具有专有的特性、能力和作用，如："地花鼓的节目很多，俗称'湖南花灯三百三'，就内容大致可分为以下几个方面：一、歌颂劳动，如《采茶》《打猪草》等。二、反映爱情，如《掐菜苔》《五想郎》等。三、讲古论史、传授历史及其他知识，如《小拜年》《十把扇子》等。四、反映某种生活情趣，如《放风灯》《放风筝》《下象棋》等。五、宣扬伦理道德观念，劝善惩恶，如《十月怀胎》《闹烟馆》等。六、祝贺佳节喜庆，如《接龙桥》《送财》等。"[②]

从发生学角度来看，舞蹈之所以在人类文化中不可或缺，与它在人的宗教信仰、生产生活、民风民俗、人生仪礼、知识传承、道德教化等方面起到不可替代的作用有关，即它是一种人类应对各种生存问题的手段和方式，因为在人类社会早期，舞蹈作为一种"拔高了的简朴生活"，会参与到社会生

---

① [德] 格罗塞:《艺术的起源》，蔡慕晖译，商务印书馆 1996 年版，第 170 页。

② 鲍明清:《试论常德地区的民间歌舞——地花鼓》，载中国民族民间舞蹈研究会湖南分会、湖南省群众艺术馆舞蹈工作室编《湖南舞蹈论文选》，1986 年第 9 期，第 168—169 页。

活的方方面面，几乎没有任何比舞蹈更具有重要性的事物。可见，“舞蹈并非是一种与社会生活无关紧要的纯艺术现象。它是社会生活的反映，对社会生活起着积极的、能动的、多样的作用。在整个人类社会发展中，有着多方面的功能，如认识功能、教育功能、审美功能、娱乐功能、社交择偶功能、强身御敌功能等等。这些功能因社会发展阶段的不同而有所侧重。在古代舞蹈中，主要反映了在生产力极低的状况下，人们为了求生存、求生息繁衍，传授在社会生产实践中获得的一些经验和知识，以及在求生存发展中的思想感情、愿望和理想。在这些舞蹈中，认识功能、教育功能、社交择偶功能、强身御敌功能就比较突出。进入阶级社会后生产力有了较大发展，人类自身力量增强，掌握了较多战胜自然的手段，舞蹈逐渐向娱乐方向发展，开始进入宫廷，因此，娱乐功能、审美功能日趋突出，其他功能逐渐减退”[①]。事实也如此，在人类社会早期，日常展演的歌舞活动无不是与自己的生存发展息息相关，在今天的民间依旧如此，一些名目繁多的歌舞活动及其仪式，并非为“审美无功利”的精神享受而生产，而是一种不可不进行或不得不进行的“生存活动”，在都市化的社会中，人们不唱歌、不跳舞、不诵诗不影响生活本身，在民间，放弃歌舞却会给自己的生活带来麻烦，甚至会影响到自己的生存，歌舞是一种有助于维持个体和群体的生存和延续的手段和方式。

舞蹈功能是一种行为模式，也是能够满足某种需求的一种属性，它被视为某一舞蹈行为或事项对维持它所属的社会有机体所做的贡献，这种贡献满足了某种社会期待与舞蹈人的需求，这种用舞蹈来满足社会与舞蹈人的需要的方式，或满足社会有机体需要的行为模式，就是所谓的舞蹈功能。中国

① 刘金吾:《舞蹈王国再探：少数民族舞蹈论文选》，云南民族出版社 2005 年版，第 50 页。

民族民间传统舞蹈作为一种倡导实用性、功利性的艺术形式，其“功能价值”或者说“有用”“实用”“管用”的作用，是其历久传承、永续发展的根本，从古至今皆是如此，从未更弦易辙。以祭祀功能为例，“无论是中国古代还是今天山区之少数民族，其乐舞表现场面多和祭祀礼仪相关，祭祀对古人是如此重要，以至于《左传》云‘国之大事，在祀与戎’。而每有祭祀也就必伴随有乐舞，所谓：‘巫以歌舞事神，故歌舞为巫觋之风俗也。’王国维也称：‘歌舞之兴，其始于古之巫乎？巫之兴也，盖在上古之世。巫之事神，必用歌舞。’祭祀巫术必用乐舞，大约是因为：‘乐舞之妙，在乎进退屈伸，离合变态，若非变态，则舞不神，不神而欲感动鬼神，难矣。’大凡祭祀活动，都有驱鬼敬神的意图，故此，乐舞在表现上也相应的具有驱鬼与娱神的功能。也正是因为其有娱神的一面，也为祭祀乐舞抹上了神圣性的光辉”①。苗族民间展演的各类鼓舞也是，具有不同的功能，如：“鼓在古代，无论是在音乐、舞蹈以及社会生活中，都占有重要地位，这是世界通例，中国古代也是如此，苗族更不例外。《礼记·学记》认为‘鼓无当于五声，五声弗得不和’；《楚辞·九歌·东皇太一》也说：‘扬枹兮拊鼓，疏缓节兮安歌’；《周礼·地官·鼓人》说：‘掌教六鼓四金之音声，以节声乐，以和军旅，以正田役，教为鼓而辨其声用’，大凡神祀、社祭、鬼享、军事、役事、宴乐，无不用鼓，所涉及的社会生活是非常广泛的。苗族生活中也有类似情况，如宋人朱辅《溪蛮丛笑》记载：‘鼓之节不一，有暗箭鼓，集人鼓，犒设鼓。飨客亦以此，远近听以为准。酒酣，少有参商，则声随变，终席无他者，名客鼓。’喜庆或节日交往走访时，‘击鼓迎客’，每到欢乐的高

---

① 杨曦帆：《藏彝走廊的乐舞文化研究》，民族出版社 2009 年版，第 277 页。

潮，‘击铜鼓、歌舞饮酒，穷昼夜以为乐’，或以（击）铜鼓为欢。随着喜庆气氛的发展，鼓声亦相应变换，持续不断，场面颇为热闹。至今，居住在湘黔边地腊尔山区的苗族人民，仍盛行这种能表意表情的鼓乐。其有坐堂鼓、邀请鼓、欢迎鼓、拜访鼓、新娘回门鼓等，但最热闹有趣要算‘拦路鼓’——苗语叫作‘卡’。”[①]

在民间展演的相关舞蹈除了具有祭祀功能、娱乐功能、教育功能、审美功能、传承功能、社交功能、健身功能、御敌功能外，还有一种类似谋生的功能。如在福建泉州民间早期流传着一种叫《摇钱树》的舞蹈：“《摇钱树》流传在泉州沿海各县市区，原是乞丐向人求乞时边唱念吉祥语，边踏跳的一种舞蹈。泉州在新中国成立以前乞丐众多，乞丐们白天四处乞讨，晚上多集中在破旧宫庙或祠堂里过夜，形成一个个‘乞丐营’。‘乞丐营’里有‘乞丐头’，各自划分势力范围，掌管大小乞丐，坐地抽头。泉州民间一年到头节日庆典、婚丧喜庆不断，乞丐们往往在‘乞丐头’指挥下前往乞讨。他们一拨又一拨，或单个，或三五成群，一边举着‘摇钱树’，将手中的‘摇钱树’舞弄得丁当响，一边唱着《摇钱树歌》：钱树摇得起，红凉伞、金交椅。钱树摇得好，人人都阿唠。一摇一兴旺，二摇二满堂，三摇三贵子，四摇四代两公孙，五摇五男二女，六摇六国都丞相，七摇七仙女送孩儿，八摇八仙朝国志，九摇九成仙，十摇十子十新妇。《摇钱树》舞蹈要一直跳到主人家忍受不了胡搅蛮缠，拿出赏钱，方才罢休。”[②] 流传在藏族康巴地区的《热巴》舞蹈也是，具有一定的谋生功能：“1. 周游卖艺谋生的‘热巴’。这类‘热巴’以家族为主体，远亲近邻灵活组队，结队而行，人数可多可少，表演技

① 杨鹍国：《苗族舞蹈与巫文化——苗族舞蹈的文化社会学考察》，贵州民族出版社 1990 年版，第 46 页。
② 蔡湘江：《泉州民间舞蹈》，福建人民出版社 2006 年版，第 186—187 页。

能穿帮接带，足迹遍布藏族聚居区及周边国家，以表演、卖艺谋生，形成了自成一派独有的传统家族世袭。这种‘热巴’舞蹈有高超的艺术水准，有精湛的演技，有丰富的高难度技巧，有特定齐全的服饰、道具，门类繁多的表演节目，跌宕起伏的故事情节，使之相近于专业民间‘热巴’团队。2. 表演为媒介的经商‘热巴’。这类‘热巴’舞蹈与藏族聚居区的大商人等人士合作，在进行招商引资、物资交换等活动中表演。这种‘热巴’是以家族兄弟姐妹和亲朋好友等自由组成，其中主体是助商推销商品，其次是表演‘热巴’。这种‘热巴’的表演不单纯是以买艺为手段，而是密切配合物资交易，召集顾客，烘托气氛，起到了宣传推介的作用。他们的表演内容丰富，服饰华丽、有奇特的气功节目和杂技，颇能吸引观众。其代表人物和组队自由灵活。”[①] 类似的案例还有很多，不一一列举。

对于中国民族民间传统舞蹈的功能研究，在业界为很多专家学者们所关注，并撰文进行相当篇幅的概括与总结。如朴永光将民间舞蹈的功能归纳总结为“娱乐功能”“教育功能（历史教育的功能、生产生活教育的功能、文化教育的功能）”“审美功能”“传承功能”“健身功能”五种。[②] 邓佑玲主编的《民族舞蹈概论》一书，第六章的标题就是“民族舞蹈功能论”，该章节通过以下几个部分进行民族舞蹈功能的分析：第一节“民族舞蹈的祭祀功能”，第二节“民族舞蹈的人际交流与族群认同功能（族际交流功能、族群认同功能）”，第三节“民族舞蹈的技艺传授与人格塑造功能［技艺传授功能、人格塑造（教化）功能］”，第四节“民族舞蹈的娱乐与审美功能（自娱

① 罗旦:《西藏民族民间舞蹈文化》，上海音乐出版社 2020 年版，第 93—94 页。
② 参见朴永光《舞蹈文化概论》，中央民族大学出版社 2009 年版，第 128—131 页。

功能、审美功能）”，第五节“民族舞蹈的强身健体功能”[①]，今天，将功能定义为引导中国民族民间传统舞蹈发生和发展的重要特质或关键要因，已成为业界达成的普遍共识，以功能主义理论视野解释和分析相关舞蹈的文化特征，也成为当下舞蹈研究一种惯常的做法，特别是将人类学功能主义学派的各家学说引入，论证解释说明所研究舞蹈的前因后果、来龙去脉、是非曲直，几乎等同于研究深入、全面、系统的必然。今天对功能与价值的讨论，不仅被认为是对一个舞蹈存在意义所在的探索，也成为对一类舞蹈分类的依据，例如根据舞蹈的作用和目的，可以将中国民族民间传统舞蹈划分为祭祀性舞蹈、自娱性舞蹈、节庆性舞蹈、礼仪性舞蹈等，一定意义上把握住一个舞蹈的功能价值，也就弄清了一个民族地域舞蹈发生的原因和存在的理由。

第二节 人类学功能主义学派

一、功能主义人类学简介

“西方人类学肇始之初，曾经历了进化论和传播论两个重要阶段。它们都主张一种源于西方启蒙运动的线性历史观，试图撰写一部从‘野蛮’到‘文明’、以欧洲为最高价值标准的‘世界史’。这种线性历史观遭到了后起的历史特殊论、结构功能论和社会决定论的批判，代之而起的是一种更为强调整体性、功能性、结构性的共时研究，这在当时以功能主义为主导的英

① 参见邓佑玲主编《民族舞蹈概论》，中央民族大学出版社 2022 年版，第 143—163 页。

国社会人类学界表现得最为突出。”[①] 功能主义学派的产生，一方面有学术发展、新旧交替、后来居上的内生衍进的关系，另一方面则是世界局势、现实环境发生变化的驱使。比如，第一次世界大战以后，位于欧洲的大英帝国在全世界的殖民地受到了民族运动浪潮的剧烈冲击，当殖民统治陷入危机、开始摇摇欲坠时，建构以欧洲为最高价值标准的“世界史”，自然不再是重点，为了满足与适应殖民扩张和实现海外统治的需要，对异族殖民地的政治、经济、社会和文化等方面进行深入、系统的调查研究，以制定相应的具有针对性的和有效的政策，维持和延续原有的殖民统治，成为西方社会关注的重点。当英国政府希望受其资助的人类学家能够提出适合各地情况的办法，以挽救危局、维持其殖民统治，自此，呼吁重视实证的知识和经验调查，并且在实证的基础上重视比较的方法和事物的功能研究便破土而出，功能主义就是在这一社会发展大势下产生的人类学理论学派，是把理论和经验相结合，试图通过实地调查，建立起一门基于民族志写作的科学，其主要特点可以概括如下：“（1）采取一种整体的视角，在概念上关注对结构和功能的分析；（2）追求一种稳定与平衡的取向；（3）主张社会人类学作为科学，要通过比较来获得对通则的认识；（4）关注社会整合与社会控制；（5）通过田野工作和案例研究，偏重于对地方社区内部各要素和机制的探讨。”[②]

前文谈到，人类学功能主义学派的渊源可以追溯到奥古斯特·孔德（Isidore Marie Auguste Francois Xavier Comte）和赫伯特·斯宾塞（Herbert Spencer），但是业界公认最先把功能作为社会学的一个重要概念提出来，并对功能概念解释社会现象的重要意义进行详细论述的是法国社会学家涂尔

① 刘海涛:《英国功能主义人类学与历史研究》,《广西民族研究》2008 年第 2 期。
② 李晋:《对功能主义人类学的超越——一个中西比较的视角》,《社会科学》2006 年第 7 期。

干，他的功能思想被20世纪两位最有影响的人类学家马林诺夫斯基和拉德克利夫－布朗继承和发展，两人共同扛起功能主义和田野民族志的大旗，开创了人类学的功能主义时代，其标志是1922年《安达曼岛人》和《西太平洋上的航海者》的出版。马林诺夫斯基与拉德克利夫－布朗尽管在学术主张和研究内容上有所差异，但是两者都具有功能主义学派的共性特征：“（1）强调文化整体论观念。功能主义学派的一个重要观点就是‘文化整体论’。马林诺夫斯基再三强调，‘人类学的主要研究对象是文化，而文化是一个整体’。在功能主义者看来，‘每一种文化中的各个文化因素不是孤立和处于游离状态的，而是彼此有着复杂的交互关系；如果把某一文化因素单独提取出来，使其脱离整个文化环境，断绝与整体文化的联系，则就不可能了解和认识这一文化因素的作用和意义’。……同马林诺夫斯基一样，布朗也强调整体观。他认为，社会生活的各方面，都密切地相互关联，结成一个整体。因此，在研究任何一个方面时，必须研究它与其他各个方面的关系，每一种社会活动都有它的功能，而只有发现它的功能时，才能了解它的意义。在研究任何‘风俗’或‘信仰’的功能时，必须把社区看作一个统一的体系，然后再确定它们在这个体系中所据的位置。……（2）研究的主题是事物的功能和意义。事物的‘功能’和‘意义’是功能主义学派研究的主题，和文化的整体观念相联系的，就是在整体之中对文化功能的考察。马林诺夫斯基认为，文化的意义就在文化要素的关系中，一切事情都互相关联，具有动态的性质，文化要素的动态性质揭示人类学要研究文化的功能。文化通过风俗、仪式、类别性称呼、宗教信仰、巫术等文化要素而发挥功能，因此对功能探究，能揭示出人和文化之间的多层面关系，这也是文化人类学研究的重要目标。总之，对文化整体性的强调，对文化功能和意义的研究以及对功能差异的关注，是功能主义人类学的主要特征。”①

在方法论方面，人类学引以自豪被视为看家本领的“田野工作”（field work），即经过专门训练的人类学学者亲自进入某一社区，通过直接观察、访谈、居住体验等参与方式，获取第一手研究资料的方法，就归功于功能主义学派。尽管亲临实地“以小见大”的社区研究不是功能主义学派最早开始的，但是将其作为一个学科核心研究的方法论，却可以溯源到以马林诺夫斯基为代表的功能主义学派：“在方法论方面马林诺夫斯基提出了整体性的田野作业。在此之前，社会人类学者如博厄斯和里弗斯已经开始了田野作业。当然，当时的田野作业方法很不成熟，人类学者在社区中的调查多依赖口译者，对被研究者的访谈往往十分简短，而且主要选择个别较有知识的当地人作为访谈对象，田野作业所收集的资料，也通常不是人类学者著作的主要内容，许多学者的研究依据是了解被调查社区传教士的材料。马林诺夫斯基的田野作业与以往的做法形成了鲜明的对照。他长期生活在一个社区，与社区中几乎所有成员都成为熟人，对他们的生活规律和细节了解甚为深入。正如他在特罗布里恩德岛所作的调查一样，马林诺夫斯基的民族志调查具有‘直接观察’（direct observation）、重视民间生活和民间知识、亲自参与（personal participation）等特点。他主张，人类学应当是深入地、具体地考察文化制度功能的一门学问。人类学的研究应建立在人类学家对某一地区的社会—文化制度的参与观察之上。这种深入调查的田野作业方式，成为后来社会人类学进行民族志调查和写作的规范，一直影响到今天，可以说，这是

① 卢卫红：《人类学理论在科学史研究中的应用——以功能主义理论为例》，《自然辩证法通讯》2012 年第 6 期。

马林诺夫斯基对社会人类学学科发展所作的最重要贡献。”[①] 这种深入实地获得文化理解的方法，不仅是社会学、人类学、民俗学等学科进行调查研究的基本方法论，也成为中国民族民间传统舞蹈的核心研究方法，是每一位中国民族民间传统舞蹈研究者必须掌握的基本功。

人类学另一种最为主要的研究方法“比较研究”也可以追溯到功能主义学派：“功能主义者对‘科学’的诉求，最为明显地反映在他们意图通过‘比较’来获得对‘通则’的认识。在功能主义兴起的年代，人们对历史规律的探寻已经失去了往日的兴趣，功能主义者所强调的实验、比较、归纳、通则等概念，都是希望通过对地方社会的探究，来获得对一般规律的认识。布朗质疑了19世纪的‘进化人类学’，认为他们并没有理解到进化的实质，‘社会进化’虽然伴随着组织的进步，但更重要的是，它首先是一个‘趋异’的过程。笔者认为，正是通过这种概念上的厘清（线性→趋异），人类社会的多样性得到了平等的承认，社会人类学的任务也随之出现转向（构拟历史→归纳通则），在某种意义上讲，一个以田野工作为基础的人类学的理论时代，也是以此为契机的。因此，功能主义者的研究思路是：强调具体的民族志研究，并希望通过地方社会的比较来获得对通则的认识，这一通则应该可以用来预测，或在更大范围内接受检验。”[②] 后期这种比较和归纳的方法受到挑战，学者们开始强调地方性的文化解释，思考文化表象的独特性与差异性，主张人类学应该用一种理解的视角，去取代解释的视角，应该追求特定的文化模式，而非一种通则。如后功能主义时代人类学的特点：“（1）转为一种个体的微观视角，关注对社会过程的分析；（2）打破功能主义的平衡取

---

① 范宇、庞倩华：《功能主义人类学的创立及其作用》，《黑龙江民族丛刊》2007年第1期。

② 李晋：《对功能主义人类学的超越——一个中西比较的视角》，《社会科学》2006年第7期。

向，开始关注社会中的紧张与冲突、各种结构性矛盾及其内在的动力机制；（3）转向一种文化上的理解和阐释，关注地方文化的象征性与解释性；（4）结构与行动并重，关注情境下的调试与选择；（5）超越从前的内部视角，转为一种开放的、内外互动的眼光。”[①] 但是对不同的文化、不同地区的社会进行比较，然后验证和修改自己的初步结论，最后得出具有普遍意义的规律和通则，成为人类学家对所研究文化正确理解的关键，因为文化的差异构成了人类学家研究的基础，而对差异的认识和理解是通过比较来实现的，对于中国民族民间传统舞蹈而言，比较也是其仅次于田野工作的核心研究方法，因为每一个民族地域舞蹈自身的差异与不同，是通过比较来鉴定和辨别的。

人类学研究方法大致可分为三类，即调查方法、统计方法和分析方法，一般情况下人类学家最常使用的分析方法有因果分析法、比较分析法、类型分析法和历史分析法，功能主义分析法作为不同于上述分析方法的研究方法，具有以下特点：“第一，功能分析强调系统优先于其组成部分，有机体系论乃是功能主义的基本分析框架。对功能主义者来说，一个系统要多于其组成部分的总和，系统也意味着它的组成部分之间的各种关系。功能分析的首要兴趣是探讨部分对维持系统（或导致系统解体）的作用。第二，系统的组成部分在功能上是相互联系的。作为一个有机体的社会，它是功能相互联系的各部分组成的一个系统，每一个部分如同一个器官，执行着一种对于系统的存在必不可少的功能。一个部分的正常运作须以另一个部分的正常运作为条件。第三，功能分两种。系统的每一个部分都有一种功能，或是积极的，即有助于那一系统的持续的运作；或是消极的，即造成系统的解体和变

① 李晋：《对功能主义人类学的超越——一个中西比较的视角》，《社会科学》2006 年第 7 期。

迁。功能主义的中心问题是分析这类作用，它们分为正功能和反功能，视其对系统的维持的作用而定。……第四，作为整体的社会是一个具有自我调节机制的相对稳定的结构，可以自发地调节被内部和外部力量的干扰，保持相对的稳定。这一涉及系统平衡与环境变化之关系问题的思想经历了三个不同的阶段。第一阶段的功能主义把社会视为一个有着模式化的互动或结构化的社会关系的稳定系统。根据这一观点，系统组成部分之间的基本关系很少变化，其强调的是诸如秩序、稳定、结构、整合等概念。在第二阶段，功能主义者力图克服规范的解释和社会不变性假设带来的困难，他们从基于生物学范式的目的论解释转向基于物理学范式的机械论的或因果的分析。他们提出了一种社会自动平衡论，即认为社会会暂时受到危机的干扰，但它能够自动地恢复到平衡状态。第三阶段，这种自动平衡论仍然被人批评是维持现状而没有根本的变革观点，面对这种批评，功能主义者引进了动态平衡的概念，意指一种'总结果的净平衡'的'最低限度的整合'。根据这一观点，变化是可能的，现状并不一定要恢复，新的平衡可以维持新的秩序。第五，社会系统的功能运作，取决于社会成员在共同目标及与社会基本需要有关的价值问题上观念的一致性。帕森斯认为，整个社会体系大大依赖于共享的价值标准，对一个社会系统的一致性要求是帕森斯的功能主义的核心问题。"①

从对功能主义学派的介绍中不难发现，功能主义无论作为一种调查方法还是分析事物的方法，都能为中国民族民间传统舞蹈的研究带来启示和思考。比如功能主义将社会视为一个有机的整体，整体对部分处于优先的地位，这一点对于中国民族民间传统舞蹈的研究和认知就有很大启发：在具体

① 李华：《功能主义的认识逻辑的来源与审视》，《社会科学家》2003 年第 4 期。

研究中不能就舞蹈谈舞蹈，要在导致它生成的社会现象和文化场域中去研讨其发生的原因和发展的动力，如果对制约和影响该舞蹈生成和发展的整体文化环境和具体社会事象不了解的话，那么对于整个舞蹈的认识也只能是一知半解、浮光掠影。又比如功能主义认为社会现象作为社会的组成部分，对社会整体的存在与发展是必需的、有用的，一个社会现象为什么能存在？在于它满足了社会整体的期待和需要，从社会现象在社会体系中所起的作用这个角度去分析和研究，能够得出更为合理的解释。如果我们将所研究的舞蹈当作一种社会现象，从它在整个社会体系中所起的作用这个角度去理解和认知它为什么存在，为什么发生变化，为什么不同民族、不同地域的舞蹈会有不同，为什么同一民族、同一地域、同一个舞蹈也会迥然相异等问题，功能主义可以提供一种全新的解释。此外，功能主义分析方法研究所涉及的内容也是很丰富的，想对一个舞蹈进行成功的功能分析，就必须对该舞蹈功能的主体、功能的客体、功能的内容和分类、功能的机制、功能建立的必要条件、功能的结构前提及功能的变迁等不同的研究内容，做出全面的分析和客观的解释，如此才能够把所研究的舞蹈问题说细、谈实、讲清楚，这对时常找不到头绪、无从下手做研究的舞蹈学者来说，是一个很好的示范。所以，借鉴和学习功能主义学派的方法论，尝试从功能主义视角提出相应的问题，并通过功能主义理论范式对这些研究问题进行分析、解释和说明，会对全面、深入、系统地研究中国民族民间传统舞蹈产生积极的作用。

二、不同学术主张的功能主义理论

（一）文化功能主义理论

“文化功能主义”，有些学者也称之为“功能主义”，代表人是马林诺夫斯基，他认为人类的任何社会现象、任何文化现象，首先是为满足某种现实的需要而存在的，文化存在的意义，就是它的功能，所谓“功能”指的是文化满足人的基本需要和派生需要的方式，需要促使文化的产生，文化又反过来满足需要。“文化是一种源自人类需要的工具性实体。人，首先是一种生物性存在，人类必须要得到七种基本生物性需要的满足，才能生存下去，即新陈代谢、生殖繁衍、身体的安全、舒适、运动、成长、健康。任一社会对于这些基本需求，都会有自己相应的文化措施，个人是以文化而非自然的方法来满足这些需要的。这样，人就为自己创造了一个派生的环境，这个环境就是文化（当然文化中还包括宗教、艺术等）。综上所述，人有两种需要：基本需要和派生需要。前者指人的生物需要；后者是派生的环境，即文化的需要，它要满足的是人类扩大其安全与舒适所做的各种努力。”[①] 由此可见，“马林诺夫斯基功能论的核心概念是‘需要’、‘文化’和‘功能’，他的理论被称为‘功能主义’。研究主题是生活史（包括家庭、经济和巫术），承接的是弗雷泽和韦斯特马克的主题，关键词是文化的制度和功能，强调的是文化制度对人的生物和心理需求的满足。……他在《文化论》中表明了功能派对这三个概念的立场：即文化是包括一套工具及一套风俗——人体的或心灵的习惯，它们都是直接地或间接地满足人类的需要。一切文化要素，若是我们的看法是对的，一定都是活动着，发生作用，而且是有效的。文化要素的动态性质指示了人类学的重要工作就是在研究文化的功能。同时，功能主义认为：文化历程是有一定法则的，这种法则包含在文化要素的功能中，任何将文化事项从文化中抽出来进行讨论或比较都是没有价值的，因为文化的

① 杨璐瑶：《试述功能主义学派的主要理论》，《中共郑州市委党校学报》2011 年第 1 期。

意义就在要素的关系中。”[①]

在马林诺夫斯基眼里，人是社会性的动物，从来没有一个人是独立活动的，所以人与动物的最大区别在于人的社会性，因此，文化的产生使得每一个个体转变为有组织的团体成员，也就要求每个人必须遵守法律秩序、道德规范，必须服从于社会传统习惯，从而不断地衍续和向前推进，正是在这种社会性因素的影响和作用下，文化便产生了次级的或衍生的条件，马林诺夫斯基将其称为“文化迫力”或“文化的手段迫力”。对于马林诺夫斯基而言：“‘文化迫力’，它是在满足人的机体需要的文化过程中形成的，包括器具和消费品的生产和保存方式，行为的规范如风俗、法律、习惯、道德等，文化传承所需要的训练、教育和知识，社会的权威形态和权威的执行方式。这四项文化迫力的发展，导致经济、社会控制、教育制度和政治的产生。文化迫力的作用，在于保障社会中的大多数人，使他们能够既满足自己的需要，又不会因为违背社会的意志而受到处罚。”[②]一切社会中存在的各种用具、物品、社会团体、观念、技术、信仰、风俗习惯等均属于这个范畴，它们间接地满足了人类的需要，也维持着人类的生存。当然，“马林诺夫斯基讲的‘文化迫力’与人类的生物本能即个人动机是两个不同的概念。这种‘迫力’就是一切社会团结，一切文化绵续和社区生存所必须满足的条件。个人的动机乃是社区分子（个人）所进行的自觉的直接的有意识的行为冲动（本能）。社会的正常秩序多以牺牲个人的本能为代价，社会和个人在这个层面上发生了矛盾。在这种情况下，需要一种整合的力量去消解人与社会的矛盾，这样就产生了‘思想及道德完整的综合迫力’，它包括知识、巫术、宗教和艺术，

---

① 范宇、庞倩华：《功能主义人类学的创立及其作用》，《黑龙江民族丛刊》2007 年第 1 期。

② 杨璐瑶：《试述功能主义学派的主要理论》，《中共郑州市委党校学报》2011 年第 1 期。

也包括闲暇时的游戏和游艺。由此可见，马林诺夫斯基的‘需要’是一个有层次、和谐的整体，文化为满足这些需要也在不同层次上发生着作用，维持着社会与个人的和谐发展”[①]。由此可见，尽管马林诺夫斯基把个人的需要看得很重要，将满足人的生物性需要看成是文化的最基本功能，但他并不排斥和否认人的社会性，以及社会带给人的“文化迫力”。

如果对马林诺夫斯基的“文化功能主义”进行归纳与总结，可以得到以下认识：“某一文化现象的功能就是它在一个大文化体系中所担任的角色，以及与其他文化项目共同维持这个文化体系为一个整体时所具有的关系，换一个角度说，也就是对人的生理、心理、社会三方面需要的满足。在他看来，所谓功能分析就是对文化现象的这些功能进行研究，在研究时不仅要看到这些文化项目在整个文化体系中所占的地位，更要注意它与同一体系中其他项目之间的关系，以及这个体系和外在自然环境之间的关系。可见，马林诺夫斯基实际上区分了功能分析的三个不同侧面和层次。这三个侧面是，对个人生理需要的满足，对个人心理需要的满足，对社会需要的满足；三个层次是，整个文化体系和自然环境之间的功能关系，文化项目和文化体系之间的功能关系以及文化项目之间的功能关系。”[②] 马林诺夫斯基的“功能主义”，除了强调需要与功能这两个核心概念，文化是需要和功能之间的桥梁外，还强调文化制度对人的生物和心理需求的满足，即特别关注文化制度的功能作用：“马林诺夫斯基从制度着眼研究社会，认为社会由一整套与人的现行需要相关的制度、机构构成，包括经济政治制度、教育、法律、宗教、科学、家庭组织等机构与制度。一种文化可以分析成制度，制度就是在共同的任务

---

① 范宇、庞倩华：《功能主义人类学的创立及其作用》，《黑龙江民族丛刊》2007 年第 1 期。

② 陆小伟：《功能分析方法管窥》，《社会科学》1987 年第 10 期。

中团结起来并受到特定环境制约的一个集团的人运用某些专门机构，遵从一整套法规。制度是文化的结构单位，只有研究了制度，才能了解文化内部社会组织的具体状况。”① 在他看来，为了满足人的基本需要和派生需要，人必须合作，必须建立一套秩序，必须提供组织和维持各种社会活动的方法，即建立某些制度以保证这些需要的实现，制度是满足个人的文化的需要，或是满足基本需要和派生需要的一套体系，例如获取食物需要一种经济制度，保障婚姻需要一套社会法规，维护信仰需要一套教义教规，无论是政治的、教育的、宗教的、科学的还是经济的等人类的各种社会制度，都是为了满足这些需要而设置的，这就是它们的基本功能。

（二）社会结构功能主义理论

“社会结构功能主义理论”也被称作“结构—功能主义”或“结构功能论”，学术代表人是拉德克利夫 - 布朗，该理论的核心概念是“结构”和“功能”，研究主题是亲属和政治制度，关键词是社会和结构，强调社会结构的平衡和人与文化对结构的适应。在拉德克利夫 - 布朗看来，满足社会的需要才是一切文化现象的根本，因此该理论强调对社会结构的研究，注重结构和功能之间的关联，探讨的是社会结构如何在时间的推移中保持自身的作用，是站在整体和社会结构的视角上阐述的功能主义，社会结构、结构形式、社会功能概念和“功能统一性”思想是其学术研究的核心内容。“与马林诺夫斯基一样，布氏很关注社会如何形成一个整体问题，但他是从主体的外在因素出发谈论社会，把社会当成自外部形成的、把个人溶化为群

① 杨璐瑶：《试述功能主义学派的主要理论》，《中共郑州市委党校学报》2011 年第 1 期。

体的系统。他主张社会人类学者的任务在于对社会的构成的不同类型加以分类。马氏的功能论，解释的是风俗如何满足个人的需要，而布氏的功能论，探讨的是社会结构如何在时间的推移中保持自身的作用。‘社会结构’在布氏的功能论中，指的是我们可以观察到并加以界定的社会制度的联结（articulation），或制度形成社会架构。所谓‘功能’，指的是某个制度社会整体中的延续起作用，犹如动物体的器官对动物体整体的作用一样。”①“社会结构功能主义理论”的形成是因为，“布朗的理论部分来自斯宾塞的社会机体论，但更多的是受杜尔凯姆（涂尔干）的‘社会分工论’影响。杜尔凯姆主张，研究社会现象，可以采用两种途径，即因果关系的探讨和功能的分析。因果关系的分析使我们可以理解社会现象如何起源，功能的分析则让我们对现存社会现象之间的关系和作用有所了解。从斯宾塞和杜尔凯姆二者的理论中，布朗发展出他自己的社会结构—功能主义理论。在他看来，社会是一个自我延生的机体或体系。个人生活在社会中，其行为受社会的规范和准则的制约”②。

强调社会或文化的整体性是功能主义人类学的普遍特点，拉德克利夫－布朗也不例外，他的“社会结构功能主义理论”的基础也是文化的整体观，唯一不同的是他讨论的“文化”与马林诺夫斯基所说的“文化”并不相同，这里论述的“文化”含义等同于“社会”或“社会结构”。“在他看来，文化不是具体实施，只是一种模糊不清的抽象。而人类学者在田野作业中可以观察到的、具体而正式的存在只是在特定时间内，由一些人结合起来，实际发生的社会关系，以及由这些社会关系构成的社会结构。因此，后期的布朗避

---

① 王铭铭：《功能主义人类学的重新评估》，《北京大学学报（哲学社会科学版）》1996 年第 2 期。

② 杨璐瑶：《试述功能主义学派的主要理论》，《中共郑州市委党校学报》2011 年第 1 期。

免使用‘文化’一词，他称自己为社会人类学家，并且认为社会人类学的基本问题是社会结构而非文化问题。他坚持认为，只有明确社会结构，才能真正找到构成这一结构各部分所起的功能作用。”[①] 他在相关的论著中对“社会结构”进行了阐释与说明，核心内涵如下：“（1）社会结构是指一个文化统一体中，人与人之间的关系，这包括人与人组合的各种群体及个人在这种群体中的位置。群体有阶层和类别两种形式，前者如贵族与平民、工人与农民；后者如男人、女人、家庭、家族等。（2）人与人之间的社会关系是由‘制度’支配的，所谓制度是指某些原则、社会公认的规范体系或关于社会生活的行为模式。具体讲，原则指的是群体形成的基础，比如在原始社会中，社会关系一般由亲属所决定，而亲属关系中的不同继嗣原则可构成不同的家庭关系，特别是父子、舅甥之间的亲属关系；社会规范和行为模式则是对某种关系中人的正常行为的固定，如家庭中父母对待女以及子女对待父母，都有社会公认的规范和模式。拉德克利夫 – 布朗认为：‘通过那些用来规定处于各种关系中人的正常的或被希望的行为的制度，就一定能描述社会结构。’（3）人与人之间的关系是变动不居的，因此，社会结构也是一个动态的社会现象，但是，社会结构的形式是相对稳定的。基于以上的看法，拉德克利夫 – 布朗将社会结构定义为：‘在由制度即社会上已确立的行为规范或模式规定或支配的关系中，人的不断配置组合。’强调结构，正是拉德克利夫 – 布朗功能主义的最主要特色，结构已基本取代了文化，或者讲，结构分析基本取代了文化分析。”[②]

因重视结构与功能的研究，拉德克利夫 – 布朗的“社会结构功能主义

① 范宇、庞倩华：《功能主义人类学的创立及其作用》，《黑龙江民族丛刊》2007 年第 1 期。
② 夏建中：《文化人类学理论学派：文化研究的历史》，中国人民大学出版社 1997 年版，第 122—123 页。

理论”在研究方法上特别强调共时性研究，在他看来：“文化人类学有两种研究，一种是历时性研究，另一种是共时性研究。前者研究的是文化的历史起源，是纵向性的研究；后者研究的是文化的本质、结构功能，是横向性的研究。他认为，历时性的研究存在三种缺陷：（1）历史资料残缺不全，特别是对那些无文字记载的原始社会，更难找到大量的确实可靠的资料。因此，对于以往历史事件和人类活动往往只能凭猜测，整个文化史的建立也往往是一种构拟。（2）得出的结论或提出的假设无法得到验证和证明。不少人类学家常常为某种文化起源的理论争得不可开交，这在他看来，都是没有意义的吵闹。因为任何有关起源理论的基础都是一种假设，无法加以验证。（3）因此，对无法确认的过去进行的构拟和在此基础上得出的结论，并不能真正解释任何事情，更不可能准确地推论或预测未来的发展。共时性的研究是不考虑文化的历史和起源，而是将文化看成一个整合的系统，在这个系统中，文化的每一个因素都扮演一特定的角色，都具有一种功能。因此，研究文化就是研究一种文化中各要素之间的关系，这种文化的整体结构、各文化要素在这个整体系统中对于外界调适和内部整合两方面所具有的功能，以及比较不同文化系统之间的异同点。”[①] 在拉德克利夫 - 布朗看来，社会人类学者的任务在于对社会构成的不同类型加以界定，功能主义分析的最终目的是通过比较不同的研究数据抽象出一套普遍的规律，为了将不同文化系统之间的异同点鉴别归纳出来，他把先前只重历史发展和心理推断的社会人类学变成了对持续变化的社会结构的比较研究，他的理想是希望发现人类社会一般规律的任何企图，都必须建立在对广泛不同的文化类型进行详细研究和比较的基础

① 夏建中：《文化人类学理论学派：文化研究的历史》，中国人民大学出版社 1997 年版，第 121 页。

之上，所以他倡导的社会人类学也被称为“比较社会学”，“比较社会学”即是社会人类学采用的一种比较研究的方法，当然采用归纳方法进行社会人类学的研究，也是其极为推崇和主张的。

（三）结构功能主义理论

“结构功能主义”（structural functionalism）是二战后在美国崛起的重要社会学流派，代表人物是美国著名社会学家塔尔科特·帕森斯（Talcott Parsons）和罗伯特·金·默顿（Robert King Merton）。“该学派从结构与功能以及二者的相互联系出发，深入分析和广泛探讨了有关社会系统的一系列重要理论问题。结构功能理论认为，社会是具有一定结构或组织化形式的系统；构成社会的各个组成部分，以其有序的方式相互关联，并对社会整体发挥相应的功能；社会整体以平衡的状态存在着，其组成部分虽然会发生变化，但经过自我调节整合，仍会趋于新的平衡。”[①]“结构功能主义”是在西方社会理论以往有关结构功能思想资源基础上形成和发展起来的，一定程度上是在孔德、斯宾塞、涂尔干、韦伯、拉德克利夫－布朗、马林诺夫斯基等学术大家建立的功能理论基础上总结、反省和批判的结果。“默顿对来自人类学的早期功能主义进行了‘审查’。他发现早期功能主义功能统一性、功能普遍性、功能不可缺少性三个假设的问题所在，如功能普遍性假设认为任一文化事项都是具有其功能的，这一假设不能解释残存物的存在。此外，默顿指出早期功能主义具有一种‘存在的即是最好的’假设，这导致早期功能主义往往只注重文化事项有用的、积极的一面，即只注意到正功能，而没

① 刘润忠：《试析结构功能主义及其社会理论》，《天津社会科学》2005年第5期。

有注意到其消极的一面，即负功能；对‘主观状态’与‘客观后果’没有很好地区分，使早期功能主义局限于显功能而忽视了隐功能；最后，默顿关于失范状态、替代功能选择、功能接受者、结构制约性的讨论，对早期功能主义进行了补充完善，但在客观上也揭示了其不足。”[①]“结构功能主义”理论不仅与之前的“功能主义”理论有所区别，帕森斯与默顿两人阐述的理论也不尽相同，甚至后者的理论是对前者理论缺陷的揭示与批评，正是这种互相批判、反思与补充，共同将“结构功能主义”理论推向了新的高度。

想要弄清“结构功能主义”理论，需要对两位学者的理论主张进行一一的分析：“在帕森斯的最具代表性的著作《社会体系》（1951）一书中，所谓社会结构，在他看来，是具有不同基本功能的、多层面的次系统所形成的一种‘总体社会系统’，包含执行‘目的达成’‘适应’‘整合’和‘模式维护’四项基本功能的完整体系。这个完整体系被划分为四个子系统，分别对应四项基本功能：‘经济系统’执行适应环境的功能；‘政治系统’执行目标达成功能；‘社会系统’执行整合功能；‘文化系统’执行模式维护功能。帕森斯认为，这是一个整体的、均衡的、自我调解和相互支持的系统，结构内的各部分都对整体发挥作用；同时，通过不断的分化与整合，维持整体的动态的均衡秩序（Parsons T., 1951）。在这里，结构表现为一种功能。帕森斯非常强调秩序、行动和共同价值体系在社会结构中的作用。他始终认为，研究社会结构就是研究秩序问题，并且势必涉及秩序中的人的行为，而研究社会秩序和人的行为又脱离不了行动者的思想情感的规范问题，‘价值是构成社会秩序的条件’。显然，关注这三者的连带关系，有助于我们更加明白帕

① 雷俊成：《社会学功能主义与人类学功能主义的比较》，《湖北函授大学学报》2017 年第 15 期。

森斯的结构观点。‘秩序问题，是社会通过互动协调稳定的本质，秩序在这里所指的，是行动者在某种规范准则下的动机整合问题’。帕森斯明确地将秩序作为结构的本质，并认为结构由‘行动者在一情景中彼此的互动而组成’（Parsons 1951：26；5–6）。在这里，结构又是一种互动关系模式。但是，帕森斯的着眼点是社会互动的稳定模式。为解释这一稳定模式，帕森斯用地位—角色作为最基本的分析单位，在他看来：‘地位—角色是社会体系中，最重要的互动过程所包含的个体之间的关系的结构……也是行动模式化的互动关系中的参与，是最重要的社会体系单位。’（Parsons 1951：25）显然，地位—角色在帕森斯这里是社会体系之‘结构的’组成部分，而不是其他。‘地位’为行动者所处的结构位置，‘角色’表达社会对这一位置的行为期望，它是社会与个人联系的中介，又是众人分享的象征（Parsons 1951：6）。这样一来，行动者的互动，就成了一连串具有地位—角色的行动者之间的互动，而互动中的个人不管怎样变化，角色互动作为社会模式化的准则则是相对稳定的，而社会结构，就成了一系列相对稳定的、模式化了的成分之间的关系。”①

帕森斯在前人基础上进一步提出的结构功能主义分析方法，把早期的功能分析方法发展到了一个新的阶段，他所创立的结构功能主义分析法主要包含两个要素：“一是结构分析的方法。结构分析方法本身又有两个侧面，一是对社会现象的构成即对它的结构单元进行考察。从这个角度出发，帕森斯将他的行为系统划分为社会系统、人格系统、文化系统和行为有机系统这样四个互相联系的子系统（或者叫作结构单元），其中每一个子系统自身又包

---

① 周怡：《社会结构：由“形构”到“解构”——结构功能主义、结构主义和后结构主义理论之走向》，《社会学研究》2000 年第 3 期。

含着更小的子子系统。结构分析的另一个侧面是对结构单元之间的结构关系进行考察。所谓结构关系是一组关系模式，指整体内各单元之间相对稳定的关系。就社会而言，其单元为行为者，社会结构就是行为者之间具有一定格式的社会关系系统。结构功能分析方法所包含的第二个基本要素也是最重要的核心要素是功能分析的方法。帕森斯认为，任何生命系统（社会是其中的一个）要得以生存，必须具备某些基本功能并满足某些基本条件，一方面是处理系统内部状态和对付系统外部环境，另一方面是追求目标和选择手段。在这个基础上，他进而指出行动系统具备四个基本必要的功能，这四个功能分别是由四个子系统执行的。它们是：适应性功能、目标实现功能、整合功能、模式维持功能。从上述四个方面对功能进行分析，这就是帕森斯所创立的功能分析方法的核心，简称 AGIL 分析模式。用这种方法来分析行为系统（相对于环境看）时，重点了解两方面的内容，一是系统对环境的作用，二是环境对系统的作用，研究系统本身时，重点了解各子系统之间的投入产出关系（即双向功能关系），研究子系统时，重点了解子系统内部各子子系统之间的投入产出关系。帕森斯对功能分析方法发展的第一大贡献在于，他首次把结构分析方法和功能分析方法真正紧密地结合了起来，将前者作为后者的一个有机的部分，从而使功能分析方法系统化了。就结构分析和功能分析的相互关系来看，功能总是社会结构中各个部分之间以及各部分与整体之间的相互作用，所以不搞清社会的结构，就无法对它进行功能分析，在这个意义上，结构分析是功能分析的前提。另一方面，结构和功能又是同一事物的两个侧面，结构指静态，功能指动态，前者是反复重现因而模式化了的功能，后者则是结构的展开，所以结构分析又有赖于功能分析的深化和补充。”[①]

帕森斯之后，默顿又进一步发展了结构功能主义方法，某种程度上是对帕森斯的结构功能主义理论和方法的改造和完善：“默顿早在帕森斯展开其宏大理论之前，就开始了对早期功能主义的反思。对拉德克利夫－布朗和马林诺夫斯基这两位人类学家的三个传统假设——‘功能统一性’‘功能普遍性’‘功能不可或缺性’进行了批判，并提出了新的挑战：我们不能假定完全和谐一致的社会；我们必须承认反功能和正功能一样是同一文化事项的结果；在任何一种功能分析中必须考虑功能交替的可能性。默顿认为人类学家的三个传统假设否定了社会中存在着不平衡和冲突，因此否定了社会变革的可能性。”[②]通过对已有功能主义理论缺陷的揭示和批评，默顿建立起了自己的功能分析范式，他的功能分析理论有如下突出特点：“是对‘显功能与潜功能’‘正功能与负功能’作了进一步的区分，同时提出了‘功能选择’概念，并强调必须高度关注社会文化事项对行动者（包括个体和群体）的影响后果。所谓显功能，是指那些有意造成并可认识到的作用后果；所谓潜功能，是指那些并非有意造成和未被认识到的作用后果。功能有正、负之别，有助于某系统或群体的整合与内聚的是正功能，也就是积极功能；而对某系统或群体具有拆解与销蚀作用的则是负功能，即消极功能。默顿还指出，在进行功能分析时，不但要根据功能后果的正负来考察社会文化事项，而且还应注意判别所分析的对象系统的性质与界限。因为对某个系统具有某种功能的事项，对另一系统则可能并不具有同样的功能。关于功能选择概念，默顿认为，就某一系统而言，如果它的某个功能项目被另外的功能项目所替代，

① 陆小伟：《功能分析方法管窥》，《社会科学》1987 年第 10 期。

② 曲贵卿、张海涛：《帕森斯与默顿的结构功能主义比较分析》，《通化师范学院学报》2008 年第 9 期。

这个替代者有时同样可满足该系统的功能需要。这就意味着，在对某一系统的维持和延存上，功能事项并不完全是一成不变的，有时也是能够加以选择的。默顿十分重视社会制度或结构对行动者的行为的影响，其中特别强调应该注意分析社会文化事项对个人和群体所造成的客观后果。他认为，社会价值观决定着社会追求的目标，社会规范规定着为达到目标所可采用的手段，一旦文化结构与目标同社会结构或制度化手段之间发生抵触或脱节，就会出现社会失范甚至导致越轨行为等后果。”①

默顿的功能分析理论无疑给早期功能主义理论存在的问题和不足提供了一个新的范式，他的功能分析方法与传统功能分析方法相比，包含如下内容和不同特点：“（1）找出具有功能的项目（如角色、文化模式等），确定观察哪些方面。（2）将主观意愿（动机、目的）和客观效果区分开来。（3）搞清客观效果究竟是正功能还是非功能，究竟是显功能还是潜功能。（4）弄清功能建立的必要条件。（5）找出能够满足功能的机理。（6）注意替代功能。（7）找出结构的具体内容。（8）注意社会动态学和社会变迁。（9）证实你所确定的功能。（10）排除分析中的主观因素，使分析尽量不受分析者本人主观意识的影响。与传统功能分析方法相比，以墨顿为代表的现代功能分析方法将功能分析提高到了一个新的水平。第一，它将动态分析首次引入功能分析，克服了传统功能分析的保守性。传统的功能分析方法由于受到其实质性理论的限制，将功能分析仅仅局限在静态分析的范围内，所要考察的仅是社会现象对社会稳定与和谐的贡献。现代功能分析方法，由于其实质性理论强调反功能的概念，所以在静态分析的同时，又应用了动态分析的方法，它不

① 刘润忠：《试析结构功能主义及其社会理论》，《天津社会科学》2005 年第 5 期。

仅考察社会现象的正功能如何维护了社会的稳定和谐，而且考察社会现象的反功能如何引起社会的变化，这是现代功能分析方法不同于传统功能分析方法的根本所在。第二，现代功能分析方法大大拓宽了传统功能分析的范围。传统功能分析主要考察社会现象的功能是什么，而这种功能又仅仅被看作是正功能。与此相比，现代功能分析不仅考察正功能，而且考察反功能、非功能、替代功能、显功能和潜功能，不仅考察社会现象的功能是什么，而且考察这种功能赖以实现的机制和赖以建立的必要条件是什么。第三，现代功能分析方法是功能分析方法最精致和最科学的发展。这一点突出反映在墨顿所制订的功能分析模式中。"[①] 默顿的功能分析理论突破了传统结构功能主义的"决定论"模式，并且突出强调了宏观理论与经验研究命题的结合，在修正原有结构功能主义理论问题和不足的同时，提出了一系列新的概念和研究视角，使得传统的功能分析方法从一团模糊的取向变成了可以用来指导经验研究的精确的概念范畴体系，为功能分析实现精确化、科学化奠定了基础，加之可操作性强，使用他的理论范式进行相关的功能分析为更多学者所青睐。

（四）新功能主义理论

"新功能主义"（neo-functionalism）理论，顾名思义就是在批判和继承功能主义基础上发展而来的一种不同于之前的功能主义理论，确切地说它是从后实证主义立场上试图重构帕森斯理论的功能主义思想，代表人是美国著名社会学家杰夫瑞·C. 亚历山大（Jeffrey C. Alexander）和德国著名的社会学家尼克拉斯·卢曼（Niklas Luhmann）等人。第二次世界大战结束至 20 世

---

① 陆小伟:《功能分析方法管窥》,《社会科学》1987 年第 10 期。

纪 60 年代中期，以帕森斯为主要代表的结构功能主义是美国社会学中占统治地位的理论流派，但因“60 年代，美国陷入越南战争的泥潭，国内学生、工人的骚乱、暴乱连绵不断，暴露了结构—功能主义夸大社会中均衡、秩序、和谐、稳定假说的保守性，从而招致越来越多的批评。其中的主要指责有：由于忽视冲突致使它在解释社会变迁时显得苍白无力；过分突出社会强制和规范决定对人的社会化作用，使人变成单纯听凭社会制度某种指令的客观结构，抹煞了作为社会行动主体的选择性和创造性；作为一种客观的巨型理论，过分抽象而无视个人和小群体之间的互动，故无法用它来研究微观社会，因此这种理论无法用经验事实加以检验”①。面对如此众多的批评与指责，结构功能主义失去了往昔的权威和尊严，一些社会理论家们在批判和抨击帕森斯理论的过程中，发展出一系列与之相对应的反结构功能主义理论，如冲突理论、交换理论、符号互动论、社会现象学、拟剧理论和本土方法论等。这些理论的兴起，一方面在 20 世纪 70 年代逐渐取代了帕森斯理论而占据主导地位，极大地活跃了社会学理论的研究范式；另一方面，由于这些理论在行动与秩序、冲突与稳定、结构与文化、主观与客观等问题争论中的大分裂，各家各派画地为牢、各执一端，暴露了其缺乏综合性的致命弱点。自此，强调理论整合的必要性，对传统的功能主义尤其是以帕森斯为代表的结构功能主义的继承，又是对传统功能主义的批判和发展的“新功能主义”诞生了。

在“新功能主义”理论建构中，“亚历山大试图在功能主义传统背景下对新兴的其他理论实行整合，通过重构帕森斯的行动理论综合微观理论，探

① 苏国勋：《新功能主义：当代社会学理论中的一种新的综合视角》，《国外社会科学》1990 年第 8 期。

索联结微观个体行动与宏观社会结构和制度的环节；在保持帕森斯‘规范秩序’的前提下，强调对权力、强制、冲突、战争等问题进行宏观分析的必要性，力图把社会变迁研究纳入帕森斯的‘分化’理论之中。此外，亚历山大对文化社会学给予高度重视，并力求在功能主义框架之内解决文化与社会、与人格系统的关系问题”[①]。可见，“新功能主义”之所以被称为“新功能主义”，主要基于以下两个方面的显著特点：“一是新功能主义既承认与帕森斯结构功能主义的学脉承续关系，又坚持从内部批判帕森斯理论。例如，他们试图以重新解释帕森斯理论的形式，来矫正所谓帕森斯理论中的反功能主义偏颇，亚历山大还要求在‘后实证主义’科学观的基础上，重建所谓多维度的理论框架。二是对 20 世纪 70 年代的各种反帕森斯理论流派，新功能主义抱持一种开放兼容的态度，力图在坚持结构功能主义理论传统的基础上，对之加以吸纳和整合。例如，一方面，对于符号互动论、社会交换论、民俗学方法论等的某些微观分析成果，新功能主义尽量将之吸收到重建帕森斯社会行动理论的过程中来，并试图在微观个体行动和宏观社会结构、社会系统等之间建立起某种联系；另一方面，对宏观社会学派的冲突理论，新功能主义则在坚持帕森斯结构功能理论的基本框架前提下，更加注重对于权力、强制、冲突等问题的分析，并对社会变迁问题作了更进一步的研究。值得一提的是，新功能主义还把理论视野扩展到 20 世纪 80 年代以来盛行的文化社会学领域，力图在功能主义框架内，进一步打通文化系统与社会系统、人格系统的关系。当然，新功能主义最终并没有真正形成自己成熟的统一的理论形态，即便在这一思潮的内部，尚存在许多不同的甚至是相互对立的观点。但

① 杨方:《浅析新功能主义》,《新西部（下旬 · 理论版）》2011 年第 15 期。

它的出现，毕竟在一定程度上体现了一种试图在不同社会理论之间建立所谓‘新的综合理论’的尝试。”[①]

与早期的功能主义比较起来，“新功能主义”不同于过去，或者扬弃和超越过去重构的主要表现特点在于：“1. 基本特征上的不同。新功能主义对功能主义的重构，首先表现为两者在基本特征上的不同，而这也恰好体现了新功能主义为发展功能主义所作的努力。2. 方法论上的转向。新功能主义的方法论基础是后实证主义，而传统的功能主义的方法论基础是实证主义。正如亚氏所指出的那样，实证主义方法论和后实证主义方法论在基本假设上是完全对立的。……3. 理论取向的转向。新功能主义与功能主义最显著的不同表现为：新功能主义是在功能主义提供的分析模型上对各种不同流派实行多维度的综合（宏观与微观，理性与非理性），而功能主义与此相反，即两者的理论趋向是不同的。这种不同在两者对行动和秩序的解释上表现得最为突出。……4. 其他。此外，两者的认识论基础不同，功能主义的认识论基础是传统的理性主义（不在场理性），而新功能主义的认识论基础是在场理性。而且，新功能主义还打破了帕森斯为社会学划定的只研究社会系统问题的界限，因而，对自 20 世纪 80 年代以来盛行的文化社会学给予了高度重视，并力图在功能主义框架下重新阐释文化、社会及人格系统的关系问题。”[②] 以亚历山大为代表的“新功能主义”学派在批判的基础上继承和发展了传统功能主义的研究领域和研究视角，为认识社会行动和秩序的关系提供了新视角，为功能主义的发展注入了新活力，为社会学开辟了新的研究视域和分析方法，拓展了新路径。然而，金无足赤、事无完美，“新功能主义”

① 刘润忠：《试析结构功能主义及其社会理论》，《天津社会科学》2005 年第 5 期。

② 高华：《浅析亚历山大的新功能主义》，《社会》2003 年第 11 期。

自身也存在许多问题，例如倡导者大都承认结构与行动之间的相互作用，但在许多实质性的具体讨论中，仍更多地侧重于探讨如何重新解释结构对行动的约束作用，而对于人们如何通过行动来建构社会这一点却缺乏足够的说明，以及“新功能主义”并不是一种成熟的理论，而只是一种理论取向，在其内部存在很多分歧，因最终并没有真正形成自己成熟的统一的理论形态，致使在使用时会因线头太多无从下手，所以在具体借鉴应用时，也需要对其理论中存在的一些问题有所认识。

本节对人类学功能主义不同理论学派的介绍，并非因为研究资料的不足而采借跨学科理论填漏补缺，而是希望通过对跨学科理论的介绍来反思和深化中国民族民间传统舞蹈的功能研究。今天回顾中国民族民间传统舞蹈功能研究，已有的研究成果基本上与“舞蹈的功能”论述差别不大，当“舞蹈的功能”被归纳总结为自娱自乐、抒发情怀，交流情感、增进友谊，增强体质、延长青春，欣赏愉悦、陶冶情操，了解社会、认知世界，宣传教化、团结鼓劲[①]，那么中国民族民间传统舞蹈的功能也只是在以上概念基础上的再解释，几乎没有超越以上认识的新见解，不言而喻，问题就出在功能理论研究的滞后。有学者将理论范式比作“探照灯”，其功能是帮助我们照亮看不到的地方，那么中国民族民间传统舞蹈功能研究缺乏自己的“探照灯”时，借鉴和学习其他学科成熟的理论范式、有效经验，不失为一种“好用、管用、实用”的解决之道。例如马林诺夫斯基功能主义强调文化功能就是满足人类生理上的基本需要，以及派生的各种社会需要；拉德克利夫－布朗将功能看作属于整体的一部分的活动对整体活动所做的贡献；帕森斯认为，任

---

① 参见隆荫培、徐尔充《舞蹈艺术概论》，上海音乐出版社 1997 年版，第 42—55 页。

何生命系统要得以生存，必须具备某些基本功能并满足某些基本条件，一方面是处理系统内部状态和对付系统外部环境，另一方面是追求目标和选择手段；默顿认为功能有“正功能与反功能”“显功能与潜功能”，以及“功能选择”和“结构性制约”等概念内容；亚历山大在对帕森斯流派的功能主义进行批判和发展中，形成了方法论基础、社会行动理论、社会结构理论、社会过程理论以及社会变迁理论等“新功能主义”理论范式。当学习和借鉴这些理论范式重新审视中国民族民间传统舞蹈功能时，相关的研究结论就不仅仅停留在一些司空见惯、习以为常的认知上，相信许多鲜为人知、闻所未闻、甚是精彩的功能特征将被挖掘出来。加之人类学功能主义理论范式、调查方法、统计方法、分析方法本身就非常成熟与完善，对其理论范式和研究方法的借鉴与学习，势必会对中国民族民间传统舞蹈功能研究的推动和提升起到积极作用。

第三节　中国民族民间传统舞蹈功能分析

一、祭神拜祖、求雨祈丰

（一）祭神功能

“《礼记·祭法》说：‘山林川谷丘陵，能出云，为风雨，见怪物，皆曰神。’又《论衡·祭意》说：‘群神，谓风伯、雨师、雷公之属。风以摇之，雨以润之，雷以动之。四时生成，寒暑变化，日月星辰，人所瞻仰。’因外界自然物自然力的变化莫测，所以敬畏之情油然而生，认为世界万物皆有某种主宰，从而对之崇拜产生神。神既是万物的主宰者，又是万物的创造者。故此《说文》乃言：'神，天神，引出万物者也。''引'即生发创造之意。"[①] 所谓人力不及必信神，当人的生死和命运不掌握在自己手中，自然会相信在物质世界之外，还存在着一种异己、神秘的超自然力量，因为恐惧必然产生相应的屈从和崇拜，人们祈求这种超自然力量，能给自己以及所属的群体提供呵护与庇佑，为了让这种神秘力量显灵，人们常常会采用一些娱神和媚神手段，而不同形式的歌舞就是宗教祭神活动中的重要手段，所以很多民族地域舞蹈不仅反映出宗教的重要内涵，其本身也能给人的心理带来安慰。"事实上，舞蹈是原始生活中最为严肃的智力活动。它是人类超越自己动物性存在那一瞬间对世界的观照；也是人类第一次把生命看作一个整体——连续的、超越个人生命的整体，这生命荣衰有期，取养于天。这样看来，舞蹈是在史前得到发展的就不足为怪了。这个过程就是宗教思想发展的过程。当宗教孕育了'神'化概念时，舞蹈则用符号表示了它。对于'神话意识'来说，这些创造出来的神是实际存在的，而不是符号。人们根本没有感觉到是舞蹈创造了神，是用舞蹈对神表示祈求，宣布誓言、发出挑战和表示和解，这要看情况而定。世界的象征，即用舞蹈表示的王国，就是这个世界。而跳舞则是人类精神在这个王国中的活动。"[②]

对于中国民族民间传统舞蹈而言，宗教祭神功能的舞蹈占有相当比重，萨满教、东巴教、藏传佛教等相关敬神、祭神活动都是通过舞蹈来完成的，同时从事这些活动的神职人员，本身就是能歌善舞者，学术界一般认为，巫

① 杨鹍国：《苗族舞蹈与巫文化——苗族舞蹈的文化社会学考察》，贵州民族出版社1990年版，第22页。
② [美]苏珊·朗格：《情感与形式》，刘大基、傅志强、周发祥译，中国社会科学出版社1986年版，第217页。

师就是最早的舞蹈家："艺术到底产生于有巫之前还是有巫之后，可能永远都是一个见仁见智的话题。不过，巫因擅舞而得名则是不争的事实。恰如东汉经学家郑玄在《诗谱》中所言：'古代之巫，实以歌舞为职，以敬神乐人者也。'于是，后人便将巫、巫术与舞蹈自然地联系在一起了。殷商时代发明了文字后，人们便把'舞'与'巫'变成了一个字的两种不同写法。文献记载，甲骨卜辞的'巫、無、舞、武'同字同形。在施行巫术过程中，巫是主体，舞（神）是被祭拜的客体对象，联结巫与神的对话、人与神之间沟通的载体便是舞蹈，由此不难得知古代的舞蹈与巫术的互补互渗作用。"[①]"云南少数民族的巫师皆能歌善舞，而且必须以歌舞悦神。纳西族东巴一般能跳数十种舞蹈，他们是本民族当之无愧的表演艺术家。这种东巴舞除言传身教外，还有专门的《东巴舞谱》加以记录。舞谱以直观象形的文符，或加标音用的字符，组成图画式的句型，详细准确地标示舞蹈名目、动作过程、次数、姿态、方位、造型、步法、技巧、乐器和道具的用法、化妆及上场人数等，其形象性、具体性、明确性和直观性，使东巴舞具有很强的规范性和传承性。东巴自幼宗此而行，代代相传，使许多很可能失传的古代舞蹈得以流传至今；历代舞技高超学识渊博的东巴还不断对舞谱进行改进增补，使东巴舞从内容到形式都日趋完美。"[②]在中国民族民间传统舞蹈中，祭神功能的舞蹈分为两种：一种是在祭神仪式中的舞蹈，例如云南大理白族"绕三灵"仪式中的《霸王鞭舞》《八角鼓舞》《执树舞》《双飞燕舞》等；还有一种是专门的祭神舞蹈，例如重庆合川地区流传的《架香童子舞》，作为一种源于佛

① 王景志：《蒙古族"安代"研究》，载江东主编《集思 · 广议：中国非物质文化遗产传统舞蹈保护文集》，文化艺术出版社 2020 年版，第 115 页。

② 刘稚、秦榕：《宗教与民俗》，云南人民出版社 1991 年版，第 190 页。

教（即“童子拜观音”）的舞蹈形式，由“拜门神”“朝正殿”“谢神”三部分组成，其功能是朝山拜佛祈求风调雨顺、国泰民安、五谷丰登、六畜兴旺、人和家兴。

（二）拜祖功能

“祖先崇拜可以被定义为一系列与在部族中某个神圣化了的死人，特别是在一个血缘群体之中的死人相联系的态度、信仰和实践。也存在着许多死人并没有被神圣化，而被认为我们必须满足其需要的威力强大的存在者的例子，这两种祖先膜拜的形式都设定祖先故人在死后仍以某种有影响的方式存活着，他们能够干预活人的生活因此必须得到抚慰，或者活着的人的自身的活动可以促使祖先故人在阴间生活得丰裕。区别开对祖先所表示的崇敬与将祖先作为神来崇拜，我们将祖宗崇拜这个术语的使用限定在后一种意义上。”①对于中国人来说，无论是古代还是今天，祭祀都是“国之大事、家之大事”，在以天神、地祇、人鬼（祖先）为对象的三大祭祀系统中，祖先祭祀无疑又是重中之重，因为“在中国的宗教中，祖宗崇拜是最古老的和起到重要作用的。在贵族社会里存在着一种信仰，祖先的神灵监控着人的命运，按照他们后人的善行和过失来实行奖赏或者惩罚，并要求其后人伺奉和服从于他们。中国人在重要时刻都要向祖先请教，并通过预测的方式来最终了解其祖先的意愿。在宗祠里人们献祭以表达对祖宗的敬意。在儒家思想中孝敬被坚信为是所有美德之首，我们真的偶尔遇见对祖先的葬礼、哀悼和献祭的精致的仪式。‘父母在世的时候，要按照礼节来侍奉他们；当他们死后，要

① [意] 马利亚苏塞·达瓦马尼:《宗教现象学》，高秉江译，人民出版社 2006 年版，第 68—69 页。

按照礼节来埋葬他们，祭祀他们。’”[①]

中国民族民间传统舞蹈中，以舞祭祖也是其中的一大特色。例如瑶族祭祀仪式中的《盘王舞》：“‘还盘王愿’的第二大部分中，主要请的是瑶族本族所信奉的神和祖宗家先，这期间的歌、舞、耍笑最为丰富。以舞祭祖的功能在长鼓舞中得到了充分的表现。首先是长鼓舞的来源：由于盘王追猎野羊不慎坠落山崖被泡桐树枝戳死。盘王的子孙为了发泄愤恨的情感，用泡桐木做鼓身，用羊皮做鼓面，用力敲打长鼓，以此举来表示为盘王报仇——子孙不忘盘王恨。其次，是‘还愿长鼓舞’的表现内容：用舞蹈详细叙述盘王来到深山后是如何开山、辟地、盖屋的整个过程，正是要表达子孙不忘盘王苦的思想感情。瑶族深信祖先虽然离开了他们，但灵魂长存，无处不在，永远都是与自己有着亲缘关系并庇佑自己的。跳长鼓舞的师公在彼时彼刻就是瑶族子孙的‘代言人’，用追忆祖先内容的舞蹈来告诉祖先：‘我们没有忘记，我们记得你的苦、记得你的功劳、记得你的好，我们还是如你在世一样地需要你，祈求你庇佑你的子孙后代。’”[②] 又例如：“苗族舞蹈的盛行不衰，在很大程度上应该说得促于祖先崇拜的情感意志。这不仅是神话传说中，舞蹈用的乐器芦笙、木鼓之类皆为祖先所创造，而且跳舞的普遍动因亦导源于祖先的神意。典型的例子如黔西北的‘打嘎祭祖’，湘西的‘椎牛大典’，都要跳舞以娱祖神。前者在开始招请祖灵时用鼓，其后只作吹芦笙时打拍子用，整个祭祀过程中的每个仪式都要吹舞芦笙。……在黔东南，则有庄严隆重的‘吃牯脏’。踩鼓时，要身背祖先‘央公央婆’跳舞。仪式开始之前，先请理老（即巫师）唱《醒鼓歌》，意在给祖先一个邀请的信息。然后

---

① [意] 马利亚苏塞·达瓦马尼：《宗教现象学》，高秉江译，人民出版社 2006 年版，第 70—71 页。

② 白雪静：《浅析“还盘王愿”仪式中舞蹈的功能》，《合肥工业大学学报（社会科学版）》2006 年第 2 期。

还须经过《砍鼓树》《凿鼓》《造鼓》《换鼓》等过程，于丑年或寅年某月吉日，大家都排队到大山洞里迎接‘央公央婆’来与子孙共庆同欢，即‘引鼓’。央公央婆的象征物是用杉木雕刻成的男女半身裸体象，平时都放在人畜罕至的‘鼓石洞’里，以免触动。在踩鼓的交媾象征表演中，要绕寨一周，表示祖先看望子孙繁衍。这时，各家都称是‘央公的家’，每个娃娃都说是‘娃娃央’表示人人都是央公的子孙。违者罚牛或猪一头，重祭祖先。”①

（三）求雨功能

求雨也是中国民族民间传统舞蹈的一个重要功能，中国作为很典型的传统农耕文明大国，自古以来就有以舞祈雨的习俗，早在先秦时期的重要典籍《周礼·春官·司巫》就有“若国大旱，则帅巫而舞雩”的记载，当时的“雩祀”即是以乐舞祭祀神灵以祈雨迎神的仪式，它以娱乐神灵的方式使神灵降雨。今天国内许多以农耕为主要经济来源的地区或多或少都流传着相关的祈雨舞蹈。以流传在陕西巴山区西乡县的一种民间祈雨活动《斩旱魃》为例：“斩旱魃又称‘斩旱魔’，顾名思义是斩除旱魔、祈求苍天普降喜雨、解除旱象、争取风调雨顺，以求连年丰收。中华人民共和国成立前，每逢正月十三民间玩灯时，民间社火舞队里常有‘斩旱魃’节目，进行巡回表演。表演时在锣鼓的伴奏下，一人扮旱魃鬼怪，其形象为青面红发、巨齿獠牙、面目凶煞、丑陋难看，让观众看之深感畏惧和厌恶。另一人扮武士，身着传统戏曲中武将盔甲，手执大刀，形象英武，扮相俊美。旱魃在锣鼓声中先上

① 杨鹍国：《苗族舞蹈与巫文化——苗族舞蹈的文化社会学考察》，贵州民族出版社1990年版，第127—128页。

场，运用‘马步’‘横跳步’‘跑步’‘蹉步’以及跑、转、跳、扭、摆等动作和姿态造型，表现出凶神恶煞的样子，妄图让地里的庄稼旱死，田里的秧苗枯萎。正当旱魃得意扬扬、忘乎所以的时候，场外鞭炮声响（或向天空连放几声铁铳），一英俊武生手执大刀上场，在场中不停地绕转挥舞大刀。表演时武士舞刀的技巧可按民间武术中的舞刀动作和传统戏曲中‘打靶子’的程式套路进行，以突出威武形象和矫健的气势。武士发现旱魃作乱，怒不可遏，挥起大刀追赶砍杀。经过一番追捕格斗，旱魃终于被武士的大刀砍死。武士高兴地挥刀起舞，围观的群众拍手称贺，以示驱逐了旱魃，将迎来一个风调雨顺的好年景。”[①]

在中国的神话传说里面，龙王是负责下雨的神仙，如遇大旱，除了去龙王庙和附近龙潭烧香祈雨外，还有就是舞龙祈雨，两者共同构成了民间祈雨活动习俗。当然不同地域舞龙祈雨仪式各有特色也不尽相同，如流传在陕西秦巴山区的汉中、安康一带颇为流行的《板凳龙》，就是比较独特的一类舞龙祈雨舞蹈。《板凳龙》“表演时将一条长凳两端装上龙头、龙尾，用红布将板凳面与板凳腿缠裹后，由三人身穿对襟彩服，白长布缠头，扎红布腰带和黑布裹腿，穿红缨麻草鞋的舞者，甩起长凳进行表演，故称‘板凳龙’。……旧时，每逢久旱或者端阳节，当地群众抬着‘板凳龙’进行祭神祈雨活动。他们用稻草或龙须草，加上柳树枝或竹叶、粽叶，在长木凳上绑扎起龙头、龙尾，又称‘草把龙’或‘水龙’。其中两人持龙头（各握一条板凳腿），一人持龙尾（握龙尾的两条板凳腿），袒胸露臂，头戴柳条帽，在强烈的打击

① 吴珊编著:《秦风蜀韵羌楚影：秦巴汉水民间舞蹈概览》，中国社会科学出版社 2018 年版，第 107 页。

乐中或做登山动作，或做下河祈雨动作，以求风调雨顺”[①]。

（四）祈丰功能

“在以农业为基础的中国，农业祭祀源远流长。在古代，神农氏为主要崇拜对象之一，他是传说中的帝王，据传曾教人以农耕。北京特设有祭坛，帝王即祭于此。每逢冬去春来，则举行隆重的春祈国祭，帝王率百官，躬耕于圣田，近臣与众臣继之。群众性的农祭则行之于乡里，即所谓的‘春祈秋报’以祭社神。可见中国农业祭祀的历史之久远与其影响之大。”[②] 在这种“春祈秋报”的祭祀仪式中，一定会有特定的祈丰祭祀舞蹈，只不过不同民族、不同地域展演呈现的代表性舞蹈不同。例如《中国民族民间舞蹈集成（云南卷）》收录的佤族“供头舞”“送头舞”就是这样一类非常有代表性的甚至是与众不同的祈丰祭祀舞蹈。“佤族传说，在很久很久以前，人类遇到了天灾人祸，人和牲畜大批死亡，谷子也长不好，人们用尽各种兽头祭祀鬼神求援，但没有效果，后来砍人头祭鬼才免于难，这一与宗教活动有关的民俗也就由此而代代相传。在古代每年 3—5 月是佤族猎人头祭谷的季节，届时以部落为单位举行猎头。也许是形象思维的结果，猎头时以能猎到长络腮胡的头为最佳，因为络腮胡子代表丰产。……猎到人头后，先把人头放在木鼓房前盛人头的竹箩上，由头人代表大家对猎到的人头说：‘我们这里酒美饭香，请饱餐一顿，希望你今后也把你父母和兄弟姐妹请到这里来饮酒吃饭，保护我们村寨安全，庄稼丰收。’祭祀时，在盛人头的竹箩下放些火灰，

---

① 吴珊编著：《秦风蜀韵羌楚影：秦巴汉水民间舞蹈概览》，中国社会科学出版社 2018 年版，第 173—175 页。

② 刘稚、秦榕：《宗教与民俗》，云南人民出版社 1991 年版，第 76—77 页。

让血水淋在火灰上，每家象征性地取一撮火灰，等播种时同谷种一起撒到地里，以祈求五谷丰收。”[①] 当下这种用以人牲血祭地力之神以求丰产的习俗已不存在，但是这种为了新的一年的丰收，盖木鼓房猎人头血祭掌管谷物生长的“司欧布”女神的舞蹈却存留了下来，在木鼓声中跳“迎头舞”“砍头舞”“供头舞”“送头舞”，虔诚期待着五谷丰登时节的到来，是该舞蹈最为核心的目标诉求。

此外，除了“迎春牛”“打春牛”“跑社火”“闹花灯”等一些比较普遍的与祈丰祭祀有关的舞蹈外，在一些少数民族中还有一种用人的男欢女爱祭祀祈丰的舞蹈，因为在他们的早期文化中，深信人的交媾行为能促使种子发芽、禽兽繁殖，人的性行为对于植物和动物有感应力，因此，在田间地头进行或模拟人的性行为的游戏或舞蹈成为促使土地肥沃、谷物丰产、牲畜繁殖的手段。对于该类型舞蹈发生的缘由，库尔特·萨克斯做了深度的分析：“一般说来，绝大多数的庆祝谷物丰收礼仪开始于庆贺人类本身的繁殖——难道会从别的途径开始？但是在一些个别的舞蹈里，我们很难确定它们具有这个特殊的主题。它们是表现部落的人口兴旺呢，还是表现能保证部落继续生存下去的食物丰收呢？回答这问题是徒然的。因为在原始社会人类的心目中，食物的丰产和人口的繁殖是统一体，不能作对比。在任何一种神秘莫测的意识里，这种区分总是糅合为一，任何旨在把它们隔开的分解将会把现代欧洲的思想方法强加于一个陌生世界，因而危害我们的知识。原始社会人类扎根于不可分解的大自然，他们受与陆地、海洋、树木和动物关系非常密切的命运的支配，不可能置身于他们的行动和思想之外。播种、交配、发芽、

---

① 刘稚、秦榕:《宗教与民俗》，云南人民出版社 1991 年版，第 80—81 页。

结实、收获和输送都处于同一法则支配之下。”[①] 今天，这种通过人的交媾游戏诱发种子发芽、茁壮成长、丰产丰收的舞蹈，依然在中国西南少数民族中存在：“景颇族每年春耕播种之前，要在山地里举行‘纳破’仪式。由一对青年男女首先破土点种，并跳一段生殖舞蹈后，全寨人才能破土点种。他们认为青年男女有旺盛的生殖力，谷物种子在青年旺盛的性力诱发下，将会茁壮生长。他们的春种生殖舞蹈为：男青年挂一根象征男根的长木棒，边舞边向将要下种的地里戳洞，象征男女交媾，诱发种子茁壮成长。”[②]

二、逐疫送亡、治病乞子

（一）逐疫功能

中国古代的祭祀仪式大致有两类：一为神祀，即对各种神的祭祀礼仪；二为镇魂，是对各种鬼怪的震慑礼仪，“跳傩”就是一种古老的逐疫纳吉、祈福免灾的民间宗教震慑仪式，或者说是沿袭古代驱鬼逐疫的仪式——“驱傩”演化而来的舞蹈。“傩是一种巫术礼仪，是初民用以驱除疫病的禳祭。初为民间习俗，后入宫廷为礼，遂有国傩；入于军，因有军傩；民间傩俗未废，因袭下来为乡傩。驱傩作为一种巫术礼仪，发轫极早，最早见于记载者为《礼记·月令》，有云‘命有司大难’（难音 nuó，后加单人旁为傩），这是宫中的驱傩礼仪。傩的主角是方相氏。《周礼·夏官》云：‘方相氏狂夫四人……蒙熊皮，黄金四目，玄衣朱裳，执戈扬盾，帅百隶而时傩。’熊为猛兽，有威，所以方相氏蒙熊皮以壮威。金，阳刚而有制，用为四目，以见刚

① [德] 库尔特·萨克斯：《世界舞蹈史》，郭明达译，恒思校，上海音乐出版社 1992 年版，第 56—57 页。
② 刘金吾：《中国民族舞蹈与稻作文化》，云南人民出版社 1997 年版，第 151 页。

明，能见四方疫病，所在无所不视。方相氏的妆扮，显示着浓烈的原始巫术气氛。傩作为一种民间风俗，长期流传在民间。宫廷的傩也作为国家的一种礼仪，一直延续到清代。”[①]“跳傩”包括傩庙、傩仪、傩神面具、傩舞、傩戏、傩符、傩服饰、傩兵器等，是一个由多种文化要素构成的复合体，在其中“傩舞”是最为重要的组成部分，因舞者戴着面具舞蹈，民间也将其称为“跳鬼脸”，指代的就是这种祭神跳鬼、驱瘟避疫、娱神悦人的巫术性质舞蹈。今天“驱鬼逐疫”的“跳傩”广泛流行于江西、安徽、湖南、湖北、贵州、广西等中国南方农耕文化地区，并且保存完整、传承稳定，以江西省抚州市南丰县的“傩舞”为例：“石邮、甘坊两地傩舞，历史悠久，宗教色彩浓厚，清规戒律繁多，礼仪威严、隆重。表演雄壮，保留傩舞所固有的刚劲、简洁、豪放、粗犷、威武、古朴的风格。舞步多为‘禹步’，舞时气势磅礴，情绪奔放开朗，节奏热烈明快，动作利索，扣人心弦。南丰石邮傩是最典型、最完整、最具有代表性的原生态传统傩舞之一。石邮傩祭过程，在每年正月初一至十六进行，包括‘起傩’‘跳傩’‘搜傩’‘圆傩’在内的一套完整而丰厚的古老祭祀仪式。石邮傩‘一面鼓，一面锣’。其鼓状如斗，一边蒙皮，鼓槌用老竹削片弯成弓形，以其背击鼓，声音洪亮，伴奏时犹如山呼海啸，惊心动魄。甘坊傩舞表演时，手不离‘香火诀’，较多保留了古代傩祭‘驱鬼逐疫’的原始状貌。”[②]

在中国民族民间传统舞蹈中，“驱鬼逐疫”的舞蹈是比较丰富的，很多民族都会有相应的代表性舞蹈，甚至一些耳熟能详看似不相关的舞蹈，其本身就是这类舞蹈的沿袭，如：“秧歌源起于上古人类驱鬼逐疫的傩祭舞蹈，

---

① 麻国钧：《驱傩、傩舞、傩戏——戏曲起源在民俗学上的认识》，《戏剧文学》1987 年第 9 期。

② 谢庆芝、张玉华、舒能贵：《江西南丰傩文化论析》，《江西社会科学》2007 年第 12 期。

这一论断给我们探索秧歌起源以全新的启示。沿着这一思路，我们还可以找出若干线索。比如，陕北丧礼中的‘起禓’，其实就是一种驱鬼的巫术，只不过服务的对象是死者罢了。王先生（王克明——引者注）认为‘起禓’应是‘驱禓’，其实在陕北方言中，‘起’就有‘起开’的意思，‘起开’就是‘走开’‘驱开’，因此‘起禓’就是驱开‘禓’、让‘禓’走开的意思，不必换作‘驱禓’。‘起禓’，也写作‘起氧’‘起殃’‘起阳’等，可见只是表述文字因人因地而异，程序内容则是一致的。清涧则把‘起禓’叫作‘扇殃’，由阴阳在出殡前手摇铜铃，念诵咒语，抽打公鸡，也是借巫术驱逐‘禓’鬼，好让亡人的灵魂能够免受其害，顺利上道。‘起禓’可以有不同叫法、写法，同样我们也可以认为，‘禓歌’‘秧歌’‘阳歌’等等，也只是同一种活动、同一种读音的不同文字表述，探讨其内容才是最主要的。”[①]又例如：“狮子舞还有一个非常古老的传统功能，那就是驱傩逐疫。至迟在唐代，狮子舞就被用于驱傩仪式之中，这有《南部新书》所载为证：‘《五方师子》本领出在太常，靖恭崔尚书邠为乐卿，左军并教坊曾移牒索此戏，称云“备行从”，崔公判回牒“不与阅”。傩日，如方镇大亨，屈诸司侍郎两省官同看。崔公时在色养之下，自靖恭坊露冕从板舆入太常寺棚中，百官皆取路回避，不敢直冲，时论荣之。’”[②]由此可见，《五方狮子舞》之进入傩仪中，应当是中唐以后的事了。在具体表演中，南派狮子与北派狮子的表演场所并不一样，其中北狮表演一般在舞台、广场或固定场所进行；南狮表演则穿街走巷、挨家挨户拜舞贺喜并采青，其目的就是讨取钱物和彩头，南狮这一特点，恰恰是古代民间傩仪的一个重要特征，所谓“逐除”，即指施行傩仪时

① 刘蓉：《陕北秧歌的原始性特征》，《延安大学学报（社会科学版）》2007年第6期。

② 黎国韬：《珠三角地区传统舞蹈研究》，中山大学出版社2016年版，第153—154页。

的逐疫除殃，而在这种仪式过程中，自古就有“求乞”的因素。

（二）送亡功能

“死亡，是人生历程的最后一站。然而，死亡却并不意味着‘人鬼之交’的结束。恰恰相反，葬礼依然不过是人生礼仪中的一个新的转折点，是生命或‘灵魂’从一种存在方式向另一种存在方式的过渡。正如有的人类学家所指出的：‘虽然死亡结束了社会现有成员的生涯，但各个原始社会，却并不认为死亡完全割断了一个人同家人或亲属的联系，几乎所有这些民族都相信死后某种生命的存在，结果丧葬仪式也就成了另一种过渡仪式。’正因为死亡不是人生的完结而是意味着一种新的开始，死者的灵魂不会寂灭而是将进入另一个世界（这个世界在送魂歌中往往被描绘成一个美丽的乐园），所以，丧葬仪式，几乎在所有民族中，都是一个极为重要的仪礼习俗活动。人们常常集其亲朋，毕其家财，歌之泣之，舞之祭之，不仅寄托哀思，更主要的是通过各种祭礼，让死者亡灵得到慰藉和安抚，并将亡灵送到它们应该去的地方。而在丧葬活动中所演奏和唱诵的‘安魂曲’‘指路歌’‘送灵调’以及跳的‘开路舞’‘送魂舞’等等，自然也就承担了极为重要的宗教的巫术的职能。”① 在中国民族民间传统舞蹈中，送亡舞蹈是很重要的一部分内容，因为它在葬礼中承担着对死者的悼念与缅怀，冲淡死亡的悲痛与哀伤，以集体的力量来帮助丧家渡过难关，用象征的方式将亡灵安于另一个世界（或阴间），因另类的聚会获得社群的凝聚与团结等具体的功能，致使这类舞蹈在很多乡村和山寨极为盛行，特别是西南少数民族地区，几乎每个民族都有其代表性

---

① 周凯模：《祭舞神乐——民族宗教乐舞论》，云南人民出版社 2000 年版，第 124 页。

的送亡舞蹈，有些民族还不止一个。

以景颇族的送亡舞蹈为例："布滚戈和金再再都是景颇族举行丧葬仪式时跳的舞蹈。布滚戈为人死后的当天晚上或是送魂前几天，寨内和邻寨亲友及青年男女在死者家中跳的舞蹈。金再再是景颇族举行送魂祭仪时跳的舞蹈。景颇族认为，送葬只是送走了人的躯体，人的灵魂还没有送走，因此送葬以后还要送魂，有的送完葬后就送魂，有的分开进行，可相隔几个月或更长时间。送魂时，除举行由董萨念送魂经、祭鬼词等仪式外，在跳布滚戈的最后一天，太阳西下时，即由两个男性装扮成一男一女满身画满花纹、裸露身躯的花鬼，装扮成男性者用一个吹涨的猪尿泡挂在胯下，为夸大和强化了男性生殖器，在两人陪伴下（也可装扮四个花鬼，由四人陪伴），由很多人用树条遮着他们，从埋葬老人的坟地回到村寨前的空地上，即开始跳此舞。群众在外围成圆圈观看。四人在场中，按规定路线，顺序舞蹈。花鬼手拿花棍，其他二人手拿盾牌，互相打斗，花鬼有时去逗引外围的群众，有时做一些滑稽的动作。这一段舞蹈的含义，一可理解为狩猎生活的再现和狩猎知识的传授，一是为祖先灵魂驱赶途中遇到的野兽和鬼魂。当经过了一段程序，外围群众注意力也相当集中了时，男鬼女鬼即当场躺下做性交动作，之后，人们给女鬼胯下套上一个篾箩，内装一只鸡或一块肉，然后再取下（表示生下了一个孩子）。这时即用树条打着男鬼女鬼到村边水塘中洗净身体，舞蹈即告一段落。片刻之后，又开始跳一段送魂仪式的舞蹈。一人拿木制老雕头、一人拿木制老虎头、一人拿木制麂子头、一人拿木制鸡头，套在头上，模拟起舞，群众在外围跳'龙洞戈'，跳一会后，分左右两路绕死者房屋，绕到房后时，就学各种野兽叫，同时众喊叫声、火药枪声齐鸣，之后，又交叉穿绕到房前，野兽声、喊叫声、枪声再起，如此反复四次后，一齐去打死一条狗，整个仪式和舞蹈即告结束。这是生前死者杀过人，在送他的灵魂回景颇族祖先所在地时，被他杀死的鬼魂会来阻挡，跳这段舞蹈，就是为死者驱赶途中遇到的鬼魂。每次野兽声、喊叫声、枪声响起时，就能吓住鬼魂，或分散鬼魂注意力，在他们忙去看时，就过了一关。每一次吼叫，以一种动物为主叫，其他三种动物次叫，最后杀死一条狗时，鬼魂忙去喝狗血，死者的灵魂就最后通过了。”①

（三）治病功能

“中国医学除重视对病人的病理的辨症施治，还重对病人心理的或精神上的‘治疗’。《明医杂著》说：‘必须病人爱命，坚心定志……否则虽服良药，亦无他用。’所以，为使病人精神放松，坚定治病的信念，有些高明的医生不惜用‘骗’的办法，使病人在心理上因意念的作用而产生能动的自我调适，所谓‘志意者，所以御精神，收魂魄，适寒温，和喜怒者也。’巫医的‘跳神’治病，在某种程度上说，也起到了这个作用。在云南许多少数民族中，‘人病则命巫师于路旁祭鬼’，跳鬼禳祓的习俗，古籍中多有记录。现在的民族调查资料表明，这类习俗至今犹存。如纳西族东巴跳神驱邪治病，白族的生祭与熟祭，拉祜族对‘尼’惩治以治病，景颇族对‘拿’和‘南拉’施巫术来治病，佤族‘魔巴’的祈鬼和鸡骨卜，苗族‘魔公’的念咒跳鬼，傈僳族的‘招魂’，怒族、独龙族的‘跳鬼’，瑶族的‘跳年’等，都是巫术中治病的常见方式。其中不少都有歌舞的形式——‘跳’（跳神、跳鬼、跳年等）和唱（唱招魂辞、问祖魂、鬼神附体借口传信等）。”② 分布在云南省德宏、保山、临沧等 3 个地州 9 个县市、中国和缅甸交界地区的德昂族也

① 刘金吾：《中国民族舞蹈与稻作文化》，云南人民出版社 1997 年版，第 173—175 页。
② 周凯模：《祭舞神乐——民族宗教乐舞论》，云南人民出版社 2000 年版，第 55 页。

有类似的舞蹈："在德昂族人的传统生活中，每个村寨均有专司祭鬼的巫师'达干'。在替人们治病之时，'达干'们要边敲锣边歌舞，直到其中的一人精疲力竭而昏倒在地，表示神灵已经附身，方才休止。这时刻，此人便可代表神灵发话，由他指说病人得罪了某神，因而才遭此厄运，为了请求神灵宽恕，要求病人家里立即奉献酒肉若干，以息神怒。在这里，我们可以异常清楚地看出，人不仅与其臆造出来的对象物——神相互沟通，而且已是彼此混同为一，巫术的魔法也就在这当中发生着作用。"①

对于中国北方民族而言，最具代表性的"跳神"治病舞蹈，非萨满教仪式舞蹈莫属："治病仪礼是萨满巫仪中最常见的仪礼。这取决于萨满的职能。因为，对于萨满来说占卜鬼神、治疗疾病是最主要的职能。可以说没有一个萨满是不治病的。萨满治病首先要判断病因，然后根据灵魂离体还是恶鬼作祟的不同病情而采取不同的治疗方法。萨满认为不同的病症是由于不同的恶灵作祟的结果。"②"萨满"一词源自西伯利亚满洲－通古斯族语"saman"，可解释为"激动不安或疯狂乱舞，并含有占卜算命的意思"，后又逐渐演变为萨满教巫师即跳神之人的专称，歌舞神事是萨满教的重要特征，即无论从事何种神事活动，萨满都离不开歌舞，所以"作为沟通人神的特殊语言和手段，鼓乐歌舞是萨满教祭祀的重要表现形式，许多原始音乐、舞蹈正是通过萨满的世代吟唱舞动得以传承至今，萨满也因此成了最早的乐师和舞蹈家"③。由于中国地处萨满教流布的核心区域，信奉萨满教的民众众多，很多民族都有代表性的萨满教治疗疾病舞蹈。"在哈萨克草原上还能见到被称为

① 刘稚、秦榕：《宗教与民俗》，云南人民出版社 1991 年版，第 136 页。
② 色音：《论萨满教的巫仪》，《内蒙古大学学报（哲学社会科学版）》1993 年第 1 期。
③ 郭淑云：《原始活态文化：萨满教透视》，上海人民出版社 2001 年版，第 4 页。

‘巴赫希’的萨满巫师。他们手持‘冬不拉’或‘霍布孜’，用歌舞使鹰精、蛇精等鬼怪附体后为人驱魔治病。另一种称为‘都瓦内’的流浪萨满巫师头戴白天鹅皮，肩上背着或脖子上挂着一个名叫‘阿萨’，它是带有各色布条，一端绑有猫头鹰毛（萨满认为猫头鹰具有捕捉某些鬼蜮的奇特本领），上镶铁环的神杖，骑着马从一个‘阿吾勒’（牧民居住的帐篷集聚点）到另一个‘阿吾勒’到处游串、占卜、念咒、治病。其中歌唱和舞蹈是他们法术表演中必不可少的手段。”[①] 维吾尔族被称为“巴赫希”的舞蹈“匹尔”（也被称为“皮尔”或“皮尔洪”）、蒙古族的“安代”也是这一类舞蹈。“传统的安代舞由萨满来主持，患者头披红布，坐于场地中央，由两位艺人一唱一和地询问和回答病情，其余的人随之歌舞起来，唱词多与心理治疗方面的内容有关。接着萨满将病人的头巾揭去，引导病人起舞，融于族众之中。整个氛围和舞者的情绪对安抚患者，具有积极作用。连续数日，便能治愈。”[②]

（四）乞子功能

“人类学和民俗学的大量资料表明，世界上绝大多数民族都有过不少祀奉生育神的仪式。这些仪式，有的是赤裸裸表现性交和生殖的（这种仪式在较原始的民族或习俗中较多，在文明较发达的民族里，则已演化为一些象征性的或较为隐喻的形式），有的则用交感巫术的方法，或以人的生育来‘感发’物的生殖，或用物的生殖来‘诱导’人的生育，以此求得人丁兴旺、宗族发达、生产丰收。”[③] 汉族文化中有“不孝有三，无后为大”一说，因孝是

---

① 周菁葆:《新疆民族乐舞中的萨满文化遗存》,《新疆艺术学院学报》2004 年第 2 期。
② 郭淑云:《萨满舞蹈的特征与功能》,《黑龙江民族丛刊》2004 年第 6 期。
③ 周凯模:《祭舞神乐——民族宗教乐舞论》，云南人民出版社 2000 年版，第 112—113 页。

由后代人来执行的，所以繁衍生息是包括汉族在内许多民族的头等大事，在中国民族民间传统舞蹈中有很多祈求多子多孙的舞蹈。例如广西融水苗族自治县安陲乡正月十七的“安陲十七坡会”上，会表演一种古老而神秘的《芒篙舞》，届时脸戴芒篙面具、身披芒草、手脚涂黑的男青年，会在芦笙队的引导下，开始在人群中跳起神秘、豪放的芒篙舞。对于当地的苗族而言：“在神话传说中，芒篙是保护神和生育神。跳芒篙舞的目的，一方面是希望消灾免难，举寨平安；另一方面是祈求多子多孙，民族繁衍，故而有芒篙去追逐妇女作性交的象征动作。”[①] 又例如：“黔东南苗族有名的‘木鼓舞’活动，人们不仅围着象征祖灵的木鼓起舞，而且还身背祖先的替身裸体木雕像狂欢，体现出浓郁的生殖意象：其一是杀牛祭祖系列中有一项活动叫‘过桥’。当5个鼓主的妻子在鼓脏头家用条凳当桥过时，有一人手持葫芦盛着酒糟水（象征男性精液）向她们洒去，而她们纷纷撩起围裙表示接礼；其二是一男背‘央婆’女性生殖器模型在前跑，一男背‘央公’男性生殖器模型追在后，并边追边向央婆射箭，同时一喊‘交配’一答‘繁荣’，绕寨一周，表示祖先看望子孙繁衍；其三是鼓主家的枫木中柱上粘着许多糯米粑捏成的央公央婆生殖器模型，已婚未育的男女要把它们偷去给自己的丈夫或妻子吃，认为这样就可以怀孕生子。”[②]

对于汉族而言，特别是中国南方地区，这种乞子的舞蹈表现就比较隐晦，直白的生殖行为、抽象的繁衍情结，很多都是间接地通过灯彩或灯戏表现出来，例如福建“泉州民俗每逢正月十五，凡新婚之家，女方家庭必须向

---

① 杨鹍国：《苗族舞蹈与巫文化——苗族舞蹈的文化社会学考察》，贵州民族出版社1990年版，第92页。

② 杨鹍国：《苗族舞蹈与巫文化——苗族舞蹈的文化社会学考察》，贵州民族出版社1990年版，第91—92页。

男方家庭送灯。所送的灯有两种，一种是荷花灯，以荷花开满池寓意儿孙满堂；一种是挂在壁上的灯，画的是‘仙女送孩儿’的故事，而这个故事就出自梨园戏《董永》中的双人舞《仙女送孩儿》”[①]。同时，当地还有代表性的灯彩舞蹈：“《戏灯》舞蹈主要流传在泉州地区、晋江安海及厦门一带。《戏灯》又称《抢灯》，源自泉州民间‘送灯’的传统习俗。泉州婚俗，新婚夫妇结婚后，娘家从第一年起，每逢元宵节都要循古例‘送灯’给新婚的女儿女婿。‘丁’‘灯’泉州方言读同音，寓意‘添丁’。‘送灯’一般由娘家小舅子或娘家堂亲小孩承担，所送灯包括一盏红色莲花灯，一盏白色莲花灯，一盏‘董永皇都市’壁灯和一盏鸡灯。‘董永皇都市灯’原意为‘七仙女千里皇都市送孩儿’。两盏莲花灯挂在新人床头，红灯喻生女孩，白灯喻生男孩，两灯点亮后看哪一盏先熄灭，白灯先灭卜生男孩，红灯先灭卜生女孩。年年送灯表示多子多福，连生贵子。孩子出生后，则改送‘古灯’，作为给孩子玩耍的礼品。据老艺人尤金满介绍，晋江安海的《戏灯》舞蹈由男童、女童二人表演。女童一手执荷花灯，一手执扇，翩翩起舞；男童则骑竹马（跨竹竿）与之嬉戏，对舞。女孩的动作主要有‘行三小踵步’‘流浪步’‘悄悄步’‘脚掌云步’等；男孩的动作主要有‘骑马跳’‘流浪步’‘悄悄步’‘脚掌云步’等。二人作嬉戏、赏灯、抢灯、舞灯、送灯舞蹈动作表演。整个舞蹈天真、活泼、充满童趣。”[②]

---

① 蔡湘江：《泉州民间舞蹈》，福建人民出版社 2006 年版，第 91 页。

② 蔡湘江：《泉州民间舞蹈》，福建人民出版社 2006 年版，第 171—172 页。

三、教化传知、记史叙事

（一）教化功能

“乐舞是教育的手段。中国古代学者们认为，乐舞是教育的工具，而且是最为有效的教育人的手段。《汉书·艺文志》载：‘子曰：“安上治民，莫善于礼；移风易俗，莫善于乐。”’即乐舞是最有益于改变社会风俗的手段。《乐记·乐施篇》：‘乐也者，圣人所乐也，而可以善民心。其感人深，其移风易俗，故先王著其教焉。’其意为：乐是圣人喜欢的，能使人心向善。它感人至深，并能改变风俗，所以古代圣王都明确规定施行乐教。孔颖达为《礼记·乐记》作疏：‘乐之善恶，初从民心而兴，后及合成为乐，乐又下感于人。善乐感人，则人化之为善；恶乐感人，则人随之为恶，是乐出于人而还感人，犹如雨出于山，而还于山，火出于木，而还燔木。’其意为：乐舞的‘善’或者‘恶’，最初是人们心中的一种感受，经过制作才成为乐舞的内容，乐舞又能感染人。‘善’的乐舞感动人，就能使人向‘善’；‘恶’的乐舞感染人，就能使人变‘恶’。所以说，乐舞出于人心又可化育人心。就好像雨是从山里出来的，却又落在山上，滋润了山林；火是木头上烧出来的，却又能回过来把木头烧成灰。认识到乐舞可使人变善，也可让人变恶。即乐舞具有塑造人格的功能。”① 中国历史上通过乐舞教人行善除恶或以乐舞教国子是有传统的，西周时期“制礼作乐”，最为最著名的正统乐舞“六代舞”（“六大舞”），虽说主要的功能是服务于天子级别的祭祀活动（天、地、祖），但是祭祀的目的是教育活着的人；“六小舞”的目的则更为直接，这种

① 朴永光:《舞蹈文化概论》，中央民族大学出版社 2009 年版，第 2 页。

没有佾数、教年少者独一人以舞的乐舞形式，就是教育“国子”的重要课程，“闻乐知德，观舞澄心，识礼明仁，礼正乐垂，中和位育”是中国古代庙堂祭祀乐舞的核心功能。

在中国民族民间传统舞蹈中，具有教化功能的舞蹈在很多民族中都存在，而且一直延续至今，如：“苗族虽多聚族而居，但他们的经济生活状态却很散漫，行踪也常常被各种不同的需要和欲望所驱使。而舞蹈的举行则使他们在一种动机，一种感情之下为一种目的而活动，并在舞蹈活动中习得秩序、团结、合作，促进其道德社会化进程。因此，就广义而言，苗族舞蹈具有作为全民教育的特殊价值。这一点已为苗家人所认识。苗族社会中‘以舞取人’观念的兴起，有意识的舞蹈传播活动在各个家族、宗族、支系中盛行，一个人、一个家族、一个支系或一个村寨的文化高低，常常以掌握舞蹈的水准来加以衡定，从而导致赛舞之风漫延，形成了一个个相对独立封闭的舞蹈氛围浓郁的文化圈。可以说，在个人教育方面，舞蹈的巨大重要性早已为人们所认知，诚如苗族专家杨汉先生所说：‘苗人每家都有笙，年长则学歌舞，这是表明其普遍性，有如常识一般。犹如古代雅典教育，凡学生都须学习音乐一样，但并非人人都是音乐家或歌唱人。’习舞成了个人适应环境的一种手段。它可以使人的神经保持平衡，约束人的感情，加强人的意志，使感情和理智在它们赖以寄托的身体内取得和谐统一。”① 又例如：“弦子歌舞调式丰富多样，歌词容量巨大，曲式分为固定词和非固定部分，寓意极其深刻，蕴藏了朴素的道德标准，生动地反映了一种教化功能。歌词内容一般分为赞颂日月星辰、神山神水；歌颂父母，称赞长辈、活佛；祝福家乡

① 杨鹍国：《苗族舞蹈与巫文化——苗族舞蹈的文化社会学考察》，贵州民族出版社 1990 年版，第 116 页。

昌盛、社会和谐、人人幸福；表达男女爱情，盼望相聚相爱，永不分离的美好心愿；讽刺伪君子，教育人们尊老爱幼；同时弦子歌舞也传递和教授了人们一些人生哲理与生活经验。它的繁荣发展，继承了藏族悠久的历史文化传统，豪放、乐观与自由的个性，同时延续了人类的智慧与文明。”①

（二）传知功能

“在人类的童年时代甚至更久远的年代里，人们要获得在今天看来最简单的知识，在当时来说，都是极不容易的，要经过几十年、几百年，甚至几千年的实践和认识。当人们从采集中获得可以通过种子再植而获得粮食的知识，是多么了不起的进步。人们怎么从采集到农耕，又怎样从刀耕火种的山地耕作，棍种、铲种、竹锄种到铁锄耕、牛耕、犁田、耙田、糊田埂，以及选种、撒种、插秧、薅秧、收割、打谷等的水稻栽插，甚至粮食的储藏等知识……但是在那没有文字的年代里，人们靠刻木记事、结绳记事的时候，怎么可能记录这复杂的稻作生产知识呢？又怎么向后人传授呢？聪明的先民们，让舞蹈来承担了这一光荣的使命。让舞蹈形象生动地记录了这些知识，并选择了隆重庄严的时刻，寓教于乐地进行传授。如景颇族是在德高望重的老人死后，在死者房内跳‘布滚戈’时进行传授；彝族是在祭奠虎始祖的老虎节跳‘老虎笙’时传授；拉祜族是在年节跳‘芦笙舞’中传授……所传授的稻作知识中，有的是全套的生产过程，如景颇族的山地种谷物和种棉花，即不仅记录了和传授了生产过程，甚至还记录和传授了如何脱粒、如何生火煮稀饭等，及如何用棉花纺线织出筒裙、洗筒裙等的知识。拉祜族的

① 周恋：《甘孜藏区弦子歌舞的社会功能研究》，载林俊华、赵勇主编《康巴民族民间歌舞艺术调查与研究》，中国书籍出版社 2017 年版，第 188 页。

芦笙舞除记录和传授全套水稻栽插知识外，还传授了谷子长得好，倒了怎么办及如何颗粒还家等。有的是重点传授某一生产技术，如傣族的'嘎央'中就特别强调糊田埂的重要性，傈僳族生产舞中特别传授了猴子来吃谷物时怎么办的一节。哈尼族'阿腊搓'里又着重强调了割谷子、打谷子、背谷子回家，遇沟坎时跳过的内容。当然也不排除这些民族的生产舞因年久失传，仅保存了一部分的可能性。"[①]

这种生产知识传授的舞蹈在其他民族中也有很多，流传在湖南省湘西土家族苗族自治州龙山、保靖、永顺等县的《摆手舞》就是这样一种传承生产知识的舞蹈："参加'摆手'活动的队伍十分庞大，有男有女，有老有少。其形式是集体的，以再现劳动生活为内容，是音乐、歌谣、舞蹈互相和谐的艺术表演。摆手舞中有模仿动物，姿态的动作，如：'野鸡拖尾''河鹰展翅''螺蛳旋顶''水牛打架'等；而更多的是再现刀耕火种的原始农业生产的动作姿态，如：'看天色'（做工看天色，是晴、是阴，或是下雨）、'砍火畲'、'挖土'、'撒小米'、'种包谷'、'栽秧'、'踩田'（即'耘田'）、'薅草'、'下包谷'、'割谷子'、'打谷子'、'挑担子'、'庆丰收'、'绩麻'、'挽麻坨'、'纺棉花'、'绕纱把'、'织布'等等。动作多达数十套。"[②]除了狩猎、农业生产等方面的知识传授外，造桥盖房等相关的知识在一些民族舞蹈中也有体现，如："贺新房舞，实际就是通过上新房的舞蹈传播盖房架屋的知识。彝族、傣族、景颇族等民族的贺新房舞中都不仅传授了祖先们盖房失败的教训，更主要还传授了成功的经验，以及具体的一些技术知识，如平房

① 刘金吾：《中国民族舞蹈与稻作文化》，云南人民出版社 1997 年版，第 64—65 页。

② 彭南均：《古老的舞蹈　艺术的瑰宝——介绍土家族摆手活动》，载中国民族民间舞蹈研究会湖南分会、湖南省群众艺术馆舞蹈工作室编《湖南舞蹈论文选》，1986 年第 9 期，第 101 页。

基、抬房柱、立房柱、架房梁、栓椽子、放横竹条、安竹壁、铺茅草、冲土墙等。特别是基诺族的贺新房歌中，更是十分详尽地传授了盖新房有关的全部知识。从要盖房备料起直至上新房，一切物质的精神的准备，一切具体的技术过程和知识，以及每个环节所要进行的祭祀都交代得清清楚楚，大到选择什么树做梁柱，小到要用什么竹子削成扎草篾，大到什么过程做什么祭仪，小到篾桌上摆什么祭品……甚至从来不会盖房的人，跳了这个盖新房的舞、唱了这个盖新房的歌，只要照着去做，也就会盖出一幢新房来。因此，完完全全可以说，贺新房舞是盖房知识的承传，是一部生动的盖房知识的教科书。”①

（三）记史功能

法国社会学家莫里斯·哈布瓦德（Maurice Halbwachs）在其代表作《论集体记忆》一书中，提出了“集体记忆”（Collective Memory）的概念，作为社会学年鉴学派创始人涂尔干的学生，他认为记忆是一种具有集体性的行为，并且指出，集体记忆是一个社会建构的过程，而非一个既定的概念，因此，一个社会中有多少个群体和机构，就会有多少不同的集体记忆，而且这些记忆通常都是由各自的成员经历很长的时间才得以建构起来的。因此“集体记忆”对于一个族群来说，不但关系着其自身存在的必然性、尊严的确立、道义的捍卫，还关系到未来发展的持续性、长远性和稳定性，所以承载着一个民族“集体记忆”的历史文本，会通过各种各样的方式承传下去，有文字的民族使用文字，没有文字的民族则通过其他的方式完成记忆、交流和

① 刘金吾:《中国民族舞蹈与稻作文化》，云南人民出版社 1997 年版，第 134—135 页。

传承，中国民族民间传统舞蹈就是这样一个以歌舞传史的艺术文本。“要了解一个民族的历史，特别是无文字记载的历史，我们无法避开民间以口传身授的方式存之千古的那些东西，去奢谈什么民族文化。这些以口传身授的方式而存在和传播的文化形态，很多就以乐舞的形式出现。从历史直到现实生活中，许多民族的音乐和舞蹈，并非一种纯粹的审美艺术形式。由于原始时代诗（含神话）、歌、舞、乐、仪式等多位一体，生产、宗教、习俗等混而为一，原始的音乐舞蹈也就成了一种不论在内容和形式上都兼有各类因素的混合物。要客观地完整地把握民族文化的整体结构，我们不能不尊重历史和现实所给出的材料，尽管这些材料由于岁月的剥蚀已模糊了本来的面目。”[①]可见，许多民族地域承传的传统舞蹈，负载着远超于现代舞蹈艺术的文化信息和历史印记，它们是那个民族或地域关于那一部分人社会历史的人体文化丛书，祖先在时间长河里所经历的艰苦历程，先辈们过去铸就的历史荣光，通过这样的艺术文本一代又一代地重复展演，教育子孙，昭示后人。

在中国民族民间传统舞蹈中以舞传史的案例很多，而苗族的史诗舞蹈又是最具代表性的一类。苗族在历史上有过创造文字的努力，但是都不了了之、无果而终，苗族文化的无文字特征，致使其舞蹈系统便成为一种符号体系、一种行为体系以及一种工具体系，担负起记忆历史、缅怀过去的功能。“善舞的苗族，因其以祖先崇拜为主的泛神宗教立族立家，舞蹈与史诗尤其是史诗式神话传说结下了不解之缘。为了叙述神话故事，指物达意的舞蹈语汇就得到了高度发展，进而形成了苗家宗教——巫术舞蹈的丰富发达和长于表述故事的特色，像《古瓢舞》《迁徙舞》《木鼓舞》《奶傩芭傩舞》之类

① 周凯模：《祭舞神乐——民族宗教乐舞论》，云南人民出版社 2000 年版，第 2—3 页。

无不以叙述历史和神话为能事，它们犹如一幅幅活的画卷，表现出苗族的激情、性格、风俗、礼仪和娱媚神灵的风貌。”[①] 尽管这些舞蹈记述的神话、承载的历史确切时间已难于知晓，但是从许多纯粹的、古老的、流行至现在的、完整的神话舞蹈来看，它们还是完整翔实地记忆和承传了苗族苦难的经历和迁徙的历史。如：“黔西南一带的《迁徙舞》则呈现出一种铁血风尘的雄风。表演时用芦笙吹词谱叙事，歌者舞者多集于一身，有单人和多人两种形式，有时随舞者多寡不限。共有 50 多个节段的舞蹈动作，折折相扣，层次分明，内容贯通、结构严谨。舞姿惊险而优美，有上梯倒三转、倒爬杆、过天桥、滚山珠、三角倒立、蚯蚓滚沙等高难动作。通过一系列连贯的翻、滚、爬、跪、跳、旋等操练性动作，叙述了苗族在数千年前部落矛盾导致的战争失利后，由黄河下游一带南徙淮河、长江，迁徙西南过程中血雨腥风的史实。曲调雄浑、悲壮、沉郁，带有较强的说唱特色。”[②]《迁徙舞》在苗族中世代传承的功利目的，就是一则它是祖先辛酸屈辱的历史见证，再则它是日后返回故土的路标，展演《迁徙舞》的核心功能，即通过对往昔祖先行为的“叙述”和再现，培育苗家人的民族历史意识，在参与祖先“历史”的“循环”过程中，现世的舞蹈者找到自我存在的归属感和民族文化的认同性。

（四）叙事功能

“语言”作为交流思想和传播信息并与他人共享文化和个人经验的特殊符号体系，它是一个大的概念，不仅指我们习惯了的“语言文字”，一些非

① 杨鹍国：《苗族舞蹈与巫文化——苗族舞蹈的文化社会学考察》，贵州民族出版社 1990 年版，第 59 页。
② 杨鹍国：《苗族舞蹈与巫文化——苗族舞蹈的文化社会学考察》，贵州民族出版社 1990 年版，第 63 页。

语言的沟通与交流方式也是它的重要组成部分，在人们的日常交流中，这些非语言的沟通与交流方式所占的比重甚至远远大于语言文字，舞蹈就是这样一种非语言文字文化类型的符号系统，作为一种通过舞动的人体传递信息及观念的显意符号系统，其自身先天拥有文化叙事功能。“一代又一代，没有文字的人们，将这些有关宇宙初创、万物化生的思想，用口传身授的方式流传下来。为了便于记忆和传诵，也是为了把这渊源久远的思想神圣化，他们模仿想象中的神灵的声音和动作，把这些神话韵律化甚至动作化，从而赋予神话‘哲学’以‘艺术’的外壳。所以，可以说，最初的神话‘哲学家’是用充满幻想色彩的故事、音乐和舞蹈而不是用概念来表述他们的奇思冥想的。这是一种‘诗性哲学’，或者准确地说是一种‘神话哲学’，因为它不仅充满了幻想，而且有浓厚巫术和宗教的神秘色彩。”[①] “学术界颇为流行的一种观念认为，舞蹈是长于抒情而短于叙事的。其理由是：如果舞蹈的主要追求在于再现生活，它势必不满足于舞蹈姿态而追求哑剧乃至歌舞剧，以求实现自己的艺术目的，而这一目的的实现，也就意味着独立的舞蹈的死亡。汉民族古典舞蹈的最终被扬弃似乎也证明了这点。然而，仿佛故意与此作对，苗族的叙事性舞蹈不仅长盛不衰，而且十分丰富发达，可谓到了什么都用舞蹈来再现的地步。史诗（包括神话）性舞蹈就是其中的主要代表。为叙述方便，可以把它分为三个方面。A. 缅怀祖先的创世舞、迁徙舞、祭祖舞（其中某些与‘巫舞系统’略有交叉，即具有双重色彩）；B. 叙述现实的劳动舞、丰收舞、狩猎舞、斗鸡舞、斗牛舞、斗雀舞（其中有些与‘爱情舞系统’及‘娱乐舞系统’相重叠）；C. 参与人世的仪礼舞、

① 周凯模：《祭舞神乐——民族宗教乐舞论》，云南人民出版社 2000 年版，第 4—5 页。

交际舞等。”[①]

在中国民族民间传统舞蹈中以舞叙事的相关案例很多，不同民族不同地域或多或少都有其代表性的舞蹈，如：“扬武彝族鼓舞有 3 种：创世花鼓、太平花鼓和胜利花鼓。这 3 种鼓舞的表现方式和内容有不同的特点。创世花鼓是描述古代彝族祖先笃慕经历洪水漫天的浩劫后，披荆斩棘，六祖分支，开疆扩土，重创彝族世界的故事。因此，人们认为创世花鼓适用于一切节日，祭祖先、祭神灵、祭亡灵等公众活动，在当地彝族文化中具有十分重要的意义。创世花鼓舞表现的是彝族父系第 31 代孙笃慕抗击洪水的故事，该故事也称‘洪水滔天’、‘洪水泛滥’或‘洪水神话’等。……太平花鼓彝语称之为‘阿倮则尼’，是赞颂彝族英雄阿倮的一个花鼓舞。阿倮是传说中镇魔降妖的彝族英雄，彝文典籍中有记载，很多仪式中也提到阿倮的故事。阿倮被陷害死后，他的头发变成森林，身子变成大山，心脏变成石头。为了纪念阿倮，彝族人都要举行祭祀活动，跳阿倮花鼓舞。据认为，阿倮鼓舞的跳法有 10 多个套路，如巡天鼓、察地鼓、飞马鼓、照妖鼓、铁扫帚、太平谣、欢呼鼓等。胜利花鼓舞也称为鲁奎鲁克，与鲁奎山的变迁有密切的联系。今日之鲁奎山是昔日之鲁奎、鲁克部落所居而得名，而鲁奎、鲁克是彝族六祖分支时笃阿武南下的一个支系。鲁奎、鲁克在鲁奎山势力强大，掠到许多的奴隶和财物上山，每当凯旋归来时，鲁奎山彝族群体都要举行盛大的庆功仪式，敲锣打鼓、载歌载舞庆祝部落首领取得的胜利，这种舞蹈因此被称为‘胜利花鼓’。”[②]“土家人自称‘毕兹卡’，意为本地人。土家族只有本民族的语言而没有自己的文字，民族文化的传承大都靠口传心授和各

---

① 杨鹍国：《苗族舞蹈与巫文化——苗族舞蹈的文化社会学考察》，贵州民族出版社 1990 年版，第 25 页。
② 李永祥：《舞蹈人类学视野中的彝族烟盒舞》，云南民族出版社 2009 年版，第 78—80 页。

种族群仪式（包括各种祭祀仪式、节庆仪式和红白喜事仪式）来实现，各种集体歌舞仪式成为传承民族文化的主要载体。从摆手舞的表现内容来看有讲述土家民族历史的神话故事，有表现农业祭祀和祖先祭祀的场景，也有反映农业生产的各种技能。通过集体性的歌舞形式——摆手舞，土家人向族群后人讲述自己的民族历史并传授生产生活的技能知识，这使得摆手舞具有了强大的生命力，在相对封闭的山区延续千年，成为土家民族文化研究的活化石。”①

四、求偶送亲、社交娱乐

（一）求偶功能

哈夫洛克·埃利斯就原始民族舞蹈与爱情的关系谈道：“舞蹈是一种求爱的过程，甚至不止于此，它也是爱情的见习期，人们发现这个见习期对爱情来说是个值得称赞的训练。确实，在某些民族中，比如在奥玛哈人中，舞蹈这个词就有跳舞和爱情这两种含义。由于男子的美、由于男子的精力和技巧，他肯定会赢得女子，他的形象在女人的想象中留下极深刻的印象，她不得不打破拘谨表露自己的愿望。这是整个大自然中男性的任务，人们发现在人类之外的无数物种中可以最好地学到完成这种任务的技巧的学校就是舞蹈学校。那些没有这种技巧，没有力量学习的生物就被淘汰，因为它们可能就是种族中最无能的成员，因此，性的选择就在无意识的优生学中得到体现，从而有助于种族的更高发展。飞蛾、蝴蝶、非洲鸵鸟和苏门答腊多眼野

① 刘卫红、彭小希、况成泉：《寻根传舞：重庆舞蹈文化遗产的保护与传承》，北京理工大学出版社 2015 年版，第 191 页。

鸡，以及它们的无数同伴都是人类建立热情的性爱舞蹈学校方面的先驱，由于雌性生物的选择，作为未来物种最优秀的祖先，它们本身都适应了这种选择。显而易见，根据这一观点，舞蹈完成了两种功能。一方面，在这一冲动的隐秘压力下引起的舞蹈意向为个体带来最有希望的可能性，另一方面，在求爱时，其所要求的行动的表现在感官方面发展了所有美的潜在可能，在人类中，这最后就变成了有意识的行为。”[①] 哈夫洛克・埃利斯的论断说出一个事实，在人种优生学的概念中，舞蹈总是与力量和精力、技巧和耐力、美丽和魅力联系在一起的，会跳舞的人往往把这一切都十分完美地展示和呈现出来，如彝族俚语所言：“有嘴不会唱，有脚不会跳，俏也无人要。”格罗塞对此也谈道：“我们更可进一步断言，甚至男子的舞蹈也是增进两性的交游。一个精干而勇健的舞蹈者定然可以给女性的观众一个深刻的印象；一个精干而勇健的舞蹈者也必是精干和勇猛的猎者和战士，在这一点上跳舞实有助于性的选择和人种的改良。”[②]

在中国民族民间传统舞蹈中，这种交友择偶的舞蹈比比皆是，如：“在新平烟盒舞 72 调中，有用青年男女的名字命名的，有的叙述了美丽的爱情故事，有的表示思念和难舍难分的心情。这些与爱情有关的调子有相遇调、采花调、赞美调、相思调、分离调等。所有这些都证明了彝族的烟盒舞与彝族婚恋习俗有密切的联系，我们在考察舞蹈的功能时，必须注意到娱乐是舞蹈的主要功能，而娱乐是一种精神和心理需求，一种艺术美感。在舞蹈中，最直接而又强烈地体验到舞蹈快感的人自然是舞蹈者自己。他们从当中得到

---

① [英] 哈夫洛克・埃利斯：《生命的舞蹈》，傅志强译，知识产权出版社 2015 年版，第 40—41 页。
② [德] 格罗塞：《艺术的起源》，蔡姆晖译，商务印书馆 1996 年版，第 170 页。

美感和赞美，舞蹈中的爱情就是在这样的情境中诞生的。”[①]“正如苗族民间所说：‘青年小伙子不会跳芦笙的话，也就很难得到姑娘的爱情，芦笙跳的好坏也成了姑娘检验小伙子的标准。’可见，舞蹈活动不仅是一个求偶过程，而且还是求爱的见习过程，这个过程也是一种极好的求爱练习。一方面，跳舞的趋向是在求偶冲动朦胧的压力下产生的，可说明求偶者愿望的真诚；另方面，在求偶过程中，舞蹈活动的表现因而要求在感觉方面把所有美的潜力发挥出来，最后在人的身体律动上成为自觉因素。男子高技巧的对舞、独舞旨在增进两性交游已毋庸赘言，男女并舞的目的无疑亦是在激发性的热情。在这个求爱的过程中，到了求偶年龄的男性和女性都在异性面前跳舞，或男或女，或者两者同时都跳，疯狂地努力显示自己的全部力量、技巧和美丽、优雅。这一切此时此刻都在他们心中渴望着，汇合进一股竞赛的生活洪流。同时，亦正是依靠了对强有力的令人眼花缭乱的求爱渴望，舞蹈着的男女才会显出高度的技巧和巨大的耐心，把节奏和拍子传给那些最没有把握的、最难控制的身体部分。”[②]相关的案例还有很多，不一一列举，对于求偶功能的舞蹈本身还可以细分：一类是专属舞蹈，如云南迪庆南香格里拉尼西乡被当地人称为“降鲁羌”的尼西情舞，彝族在“吃火烟草”（民间俗称“玩小姑娘”或“玩小伙子”）中跳的烟盒舞等；另一类则是在其他场合中也能跳的比较公共性的舞蹈，如以双人对舞为主要表现形式的维吾尔族“赛乃姆”、哈萨克族“卡拉角勒哈”、塔吉克族“恰普素孜”等。

---

① 李永祥：《舞蹈人类学视野中的彝族烟盒舞》，云南民族出版社 2009 年版，第 111 页。

② 杨鹍国：《苗族舞蹈与巫文化——苗族舞蹈的文化社会学考察》，贵州民族出版社 1990 年版，第 98—99 页。

（二）送亲功能

婚礼作为人生大礼，是每一个民族社会生活的重要组成部分，历来都受到个人、家庭和社会的高度重视，中国民族众多、地域广博，致使不同民族、不同地区的婚姻习俗呈现出丰富多彩的特点，这些各式各样、形形色色的婚姻习俗为多姿多彩的婚俗舞蹈提供了生长与发展的土壤，在婚礼仪式中送嫁迎娶的舞蹈形式，成为中国民族民间传统舞蹈极具特色不可或缺的组成部分。如："《阿腊楚》是流行在哈尼族布孔（白宏）支系中的一个比较具有代表性的婚庆舞蹈。在婚礼当天，迎亲队伍前往新娘家所在的寨子迎接新娘的时候，新娘的小伙伴们会在路途中设置各种'障碍'来考验对方，比如对歌问答、比赛跳舞考验体力等游戏，她们会在路旁架起铓鼓让大家一起来跳阿腊楚舞蹈，直到对方跳得气喘吁吁才肯放行。到了新娘家门前，欢快的铓锣鼓镲声又一浪高过一浪，新郎家的迎亲队伍又开始跳起阿腊楚舞蹈来，不跳不许进入新娘家的大门，跳过进门还得喝上一大碗焖锅酒。这样的仪式使得婚礼现场热闹非凡，喜气洋洋，直到新郎新娘拜堂时，院内院外的空场地上还在锣鼓喧天，舞蹈不断，青年男女轮番上场通宵达旦，这种气氛与场合为青年男女们提供了交流聚会的平台，也是两个村寨中男女相互认识和了解的最好时机。"[①] "西北地区回族群众把日常生活当中为儿女嫁娶、操办婚姻这一人生之礼称之为'办宴席'、'吃宴席'或'有宴席'，因此凡在婚礼宴席场合表演的歌曲通称为宴席曲，表演的舞蹈也自然称之为《宴席舞》。'宴席'是当地方言对婚礼的别称，宴席曲是回族人民在举行婚礼时邀请民间歌手前来演唱的说唱曲调，因此得名。《宴席舞》是以歌唱为主、舞蹈为辅

---

① 张谛：《哈尼族舞蹈生态学研究》，民族出版社 2016 年版，第 87 页。

的艺术形式，人们从音乐角度称它为《宴席曲》，从舞蹈角度称它为《宴席舞》，在民间俗称《宴席曲》。”[①]

关于婚姻的形式，中国各民族历史上曾经有过“一夫多妻制”“一妻多夫制”“一夫一妻制”“阿注婚”“妻方居住制”“姑舅表婚”“姨表婚”“转房婚”“妻姊妹婚”等多种形式，婚后也会有“从妻居”（“不落夫家”或“常住娘家”）和“从夫居”的区别，但是与丈夫及其家人居住在一起的“从夫居”，成为国内各民族比较普遍的一种婚姻形式，所以在中国民族民间传统舞蹈中，会有一种比较特别的“送亲”或“送嫁”歌舞。如：“哈萨克族的婚姻仪式是伴随各种娱乐活动而举行的。如阿肯弹唱、唱民歌、跳舞、摔跤、姑娘追、叼羊等。其中结婚仪式上一定唱专门的婚礼歌。婚礼歌从内容到形式具有浓郁的民族特色，词曲独具一格，不同于其他的民俗歌曲。一般由出嫁的新娘来唱。如‘托依巴斯塔尔’（婚礼序歌），‘萨仁’，‘加尔－加尔’（劝嫁歌），‘森斯玛’（哭嫁歌），‘阔尔斯’（离别歌），还有迎亲仪式上唱的‘揭面纱歌’等等。”[②]“哈尼人认为，不管嫁到多好的地方，或是嫁给多富有的人家，如果出嫁的时候没有哭声和眼泪，以后的生活都不会幸福。新娘与父母和家中亲人告别后，由哥哥（没有哥哥可由弟弟）背出家门，到婆家后，新娘进家门前婆家人要用红白丝线横挡在门前，称其为‘彩桥’，新娘将其扯断，预示着过此桥后即斩断那些不干净的东西而成为婆家的人了。……舞蹈《然迷比》流传于西双版纳勐腊县，‘然米’在哈尼语中是对女孩的称呼，‘比’是‘嫁’的意思。这个舞蹈带有游戏性质，同时通过舞

---

① 马盛德：《西北地区回族、撒拉族、维吾尔族民间婚俗舞蹈比较研究（连载）》，《西北民族研究》2001 年第 1 期。

② 卡木那 · 江波孜：《哈萨克族传统婚姻习俗探析》，《中央民族大学学报（哲学社会科学版）》2006 年第 5 期。

蹈时的唱词中反映出来的也是对女孩的一种教育：‘姑娘已长大，最终要出嫁，嫁到丈夫家，做个好当家。’……哈尼族的哭婚，伴随着眷恋、惜别、伤心，它是古规，这种哭和悲与其他的伤心含义不同，它还伴随着一种甜蜜和祝福。结婚是人生中的一件大事，它标志着一个全新家庭的建立，婚姻意味着生儿育女，使哈尼人的香火不断、人丁兴旺。这就是哈尼族的婚姻观，一个完美的婚礼，预示着家族的昌盛和幸福。”①

（三）社交功能

通过舞蹈认识新人、赓续旧交、加强交流、愉悦彼此，以此来深化和密切人与人之间的关系和往来，是非常重要的文化功能，中国古代文人雅士就有在特定场合通过“以舞相属”的方式交流感情增进友谊的行为，如：“汉代人除了在饮宴和日常生活随时即兴歌舞外，还有一种以舞作礼的习尚，汉人谓之‘以舞相属’。‘以舞相属’是一种带游戏性质的礼节舞蹈，其形式类似今日儿童之‘找呀找，找朋友’。它是在一人自舞——相属他人——他人继舞为报——相属另一个人这样一个循环过程中体现人际关系和人际情感。舞蹈中有一定的规矩，不按规矩跳舞，习惯上被视为不礼貌或蔑视对方的行为。‘以舞相属’在汉代颇为风行。因为这种舞蹈形式能加强人与人之间的联系和往来，带给人们比跳舞本身更多的愉快。”②今天在中国西北绿洲生活的各民族，存在着一种“双人对舞”的表现形式，这种“对舞”作为一种双人舞蹈的形式，与男女舞伴相拥而舞的“国标舞”不同的是，舞者之间可以忽略性别、年龄、身份的差别，两人面面相对，即兴而舞，舞者根据对方的

---

① 张谛：《哈尼族舞蹈生态学研究》，民族出版社 2016 年版，第 87—88 页。

② 袁禾：《中国古代舞蹈史教程》，上海音乐出版社 2004 年版，第 50 页。

表现做出能动性的反应，表演中会有模式化、固定化的动作套路，也会有表达幽默、暧昧甚至是挑逗、撩人的情感暗示，但是无论如何身体不能接触成为一种规定，并被所有人遵循。以维吾尔族舞蹈《赛乃姆》为例，尽管独自曼舞、双双对舞、多人同舞在赛乃姆中同时存在，但礼貌性地邀请他人，与被请者同场共舞是该舞蹈的关键，舞蹈作为一种凝聚社会团结他人的艺术形式，这种相约共舞的形式，最能缩短人与人之间的距离，加深人与人之间的情感，在舞蹈中认识，在舞蹈中熟悉，在舞蹈中友好，是这一类舞蹈最为核心的文化功能。

当然，中国民族民间传统舞蹈中还会存在其他类型的社交舞蹈表现形式，无论是队舞、圈舞还是舞仪，都可以履行和担负社交的文化功能。如："卓果谐是盛行在藏北草原上的一种欢腾热烈、豪放，为广大牧民喜闻乐见的歌舞。主要流传在那曲、阿里、昌都等广大牧区。逢年过节，特别是举行'达久'即赛马节（牧区一年一度最隆重的节日）时，人们穿上节日的盛装，带上自酿的青稞酒和肉等食品从四面八方汇聚在一起，白天举行隆重的赛马仪式和物资交流会。傍晚来临，人们成群结队涌向全场，舞台中央的篝火照亮了全场，增添了节日气氛。火堆既能照明，又能取暖，还可热食品，人们边吃、边喝、边舞，通宵达旦，尽兴而散。这时也是青年男女谈情说爱的好时机，他们在这歌舞活动中挑选自己的意中人。因为牧民们一年四季到处游牧，一年中只有节日的机会才能聚会一次，所以他们有说不完的心里话，唱不完的歌，跳不尽的舞蹈，而且可以找到终身伴侣。因此，他们跳几天几夜也不感觉疲劳。此外，在结婚典礼或亲朋好友聚会时也常跳卓果谐来表示祝贺和助兴。”[①] 仪式的两个重要因素即它的集体性、参与性，它是由若干有着相同情绪体验的人们共同做出的行为，有着如下具体特征：“1. 仪式作为一种社会形式，属于确定范围内的人群共同体的价值认可。如果人们不能认可特定的社会价值，便不可能参与到某一具体的仪式形式中来。2. 一种特定的仪式同时被公认为表达某一种社会理念的形式（无论是强制性的还是自愿性的）。3. 仪式有助于使某一群人在规定的时间和地点进行社会化交流活动。经常会出现这样的现象，人们因一个仪式而聚集，可聚集（交流）的结果却超越了某一形式本身，甚至形成了历史性的约定，如盟约、文本、权利和义务等。……4. 对交流本身的解释也是仪式的一个重要的方面。”[②] 中国民族民间传统舞蹈作为一种“生活化的仪式”或“艺术化的生活”，其本身就是一个社会化交流的媒介，承担着情感沟通和人际交流的目的，这也是诸多社交场合中能看到各种歌舞展演的原因。

（四）娱乐功能

“用舞蹈来表达内心的欢悦之情是人类共同的生理心理现象，这种共同的人性，不受地域、民族、阶级、阶层的限制，可谓古今中外概莫能外。……‘舞以达欢’，这是我们的先人对舞蹈功能所作的十分精辟的概括。古人还说：‘盖乐心内发，感物而动，不觉手足自运，欢之至也。此舞之所由起也。’”[③] 中国民族民间传统舞蹈“舞以达欢”的娱乐功能，应该是最为凸显、人人共知、不用注解的，无论是娱神还是祭祖，无论是娱人还是自

---

① 罗旦：《西藏民族民间舞蹈文化》，上海音乐出版社 2020 年版，第 50 页。

② 彭兆荣：《人类学仪式的理论与实践》，民族出版社 2007 年版，第 160 页。

③ 隆荫培、徐尔充：《舞蹈艺术概论》，上海音乐出版社 2002 年版，第 43—44 页。

娱，都是现实存在的内生需求。“娱乐功能是民间舞蹈（尤其是汉族）中最主要的功能之一。民间舞蹈通过有规律的肢体动作和节奏所表演的丰富内容，能使人产生联想，给人们带来愉快和欢乐。参与舞蹈的人既能通过展示自己的舞蹈才华而从中得到自娱，又能给别人带来美的享受。如：起源并流行于淮河中游的民间舞蹈——安徽花鼓，就是娱乐功能很强的一种民间舞蹈。花鼓灯男角称为‘鼓架子’或‘伞把子’，女角称为‘兰花’（又称‘腊花’）。不少农村出身的花鼓灯玩友能歌善舞，技艺非凡。其表演所使用的道具为扇子、手帕、岔伞等；它是集歌（花鼓灯歌）、舞（花鼓灯舞蹈）、乐（花鼓灯锣鼓）于一体的民间歌舞艺术形式。在安徽的怀远县、凤台县、颍上县一带，人们把演出花鼓灯的活动称之为‘玩灯’，花鼓灯的演出组织叫做‘灯班子’，把表演花鼓灯的演员叫做‘玩灯人’。玩灯人之间相互称为‘玩友’。玩灯人大多出身于贫苦的农民，农忙时务农，农闲时玩灯。他们家中的物质生活并不富裕，但为了寻求生活中的乐趣，却被花鼓灯的一个‘玩’字所吸引。有花鼓灯灯歌足可佐证：如：转场灯歌《小小鲤鱼红红的腮》：小小鲤鱼红红的腮，上江游到下江来。上江吃的是灵芝草（嘛），下江吃的是老绿苔，只为玩灯场上来（喽）！又如：文伞调灯歌《小小岔伞八根柴》：小小岔伞八根柴，七斗八斗斗起来。五黄六月高高挂（嘛），过年开春要起来（喽）！从以上两首花鼓灯灯歌中的一‘玩’一‘要’，我们就不难看出民间舞蹈所具有的那种娱人和自娱性的功能。”①

在中国民族民间传统舞蹈中，娱神舞蹈一般都有严格的程式，表演起来严丝合缝不逾矩，舞蹈氛围也是庄严肃穆、神情凝重的，娱乐性不是很

① 宋忠洋：《简析民间舞蹈的功能》，《大众文艺（理论）》2009 年第 13 期。

强。娱乐功能主要体现在与娱人有关的舞蹈上，这类舞蹈可分两类：一类是演给别人看的娱人舞蹈，另一类则是自己也参与的自娱舞蹈。民间小戏《地围子》就是由专人表演供人欣赏的娱人舞蹈："'地围子'是一种生动活泼的歌舞小戏形式。它流行于陕西省汉中地区西乡县白龙一带，历史悠久，流传广泛，深受当地群众的喜爱。它通过一旦一丑的对白、对歌、对舞和幽默风趣、诙谐的表演，以表达秦巴山区人民豪爽、乐观、开朗、欢快的性格特征和精神风貌。地围子，顾名思义就是在广场上围成一圈观看之意。……作为当地每年春节不可缺少的演出形式。当地群众说：'三年不耍灯，人病马遭瘟'，认为春节闹社火可以起到消灾免难、保人畜平安的作用。这实则是我国古老的乡人傩习俗的一种遗风。……地围子融唱、舞、说、演以及一些杂技、武术动作为一体，形成一种具有综合性小对对戏的形式。它选材广泛、内容丰富，既有表演夫妻之间嬉戏逗耍，或男女之间谈情说爱的民间小戏；又有风格新颖的舞段穿插，或具有杂技式的高难技巧表演，使地围子不仅表演生动活泼，而且具有一定的故事情节和思想内涵。"① 还有就是个人参与进去的自娱舞蹈，维吾尔族的《麦西莱甫》就属于这一类："'麦西莱甫'是维吾尔人民传统文化艺术得以传承、存活的一种表现形式，其中涵盖了口头民间文学、社会实践、表演艺术、教育礼仪、节日习俗等多方面；其内容分为'音乐舞蹈'、'娱乐游戏'和'惩罚行为不端者'三个部分。'麦西莱甫'中'音乐舞蹈'部分多以传统大型套曲或民歌为主，南北疆由于各自音乐特点的不同，分别形成了不同风格的'麦西莱甫'。维吾尔民间乐师、歌唱家弹唱'麦西莱甫'到高潮时，舞蹈者应声起舞。经过一段时间之后，带

---

① 吴珊编著:《秦风蜀韵羌楚影：秦巴汉水民间舞蹈概览》，中国社会科学出版社 2018 年版，第 240—242 页。

有各种打诨、逗笑色彩的节目便相继表演起来，在'音乐舞蹈'部分结束后，有情节、人物的喜剧性节目即'娱乐游戏'部分很快融入进来。'麦西莱甫'的这个部分表现出了维吾尔族人民机智、幽默的性格。'娱乐游戏'中的喜剧性节目，常常是维吾尔族人民即兴创作的，故事一般来源于日常生活中的趣事等，有些节目，大家喜欢看，就作为保留节目经常演出。在游戏中，不再只限于有表演天才的人表演节目，参加者都可以进行表演，'娱乐游戏'部分后紧接着是'麦西莱甫'中最后一部分，即'惩罚行为不端者'部分。这是由'判官'对违反'麦西莱甫'规定的人进行'惩罚'的部分。"① 可见，《麦西莱甫》是一种参与性、互动性非常强的娱乐游艺活动，在其中每一个人都是演员，同时也是观众，在参与、观赏、互动中达成了情感释放、开心愉悦的目的。

五、团结认同、强身备战

（一）团结功能

"对于很多民族来说，跳舞本身标志着族群意义和政治愿望的表达，特别是在一个多元文化的社会里传递着不同的信息。与舞蹈相似，音乐也是强有力的身份标志。很多边缘群体使用音乐是为了自我认同——把整个群体集合到一起来，而在很多情况下，则是针对一种强势文化的冲击而提出他们自己的文化形式，或者是为了表达社会和政治评论的需要。舞蹈人类学中对于族群关系和民族认同的讨论，也是后现代的思想在舞蹈研究中的延伸，因

① 韩芸霞：《维吾尔民间"麦西莱甫"与〈木卡姆"麦西莱甫"〉比较研究》，《云南艺术学院学报》2008年第1期。

为舞蹈的政治和族群意义占有重要作用。”[①] 舞蹈在人类社会生活中扮演着很多角色，不仅仅是单纯的娱乐和纯粹的审美，它还具有文化的、社会的、经济的、政治的功能，如通过舞蹈凝聚社会、表现团结、映射诉求，这在很多社会中都是客观存在的。例如：“在红河县流传的《木雀舞》传说中，因部落之间的纠纷而相互械斗多年，给白、李两姓的族人带来了极大的不安，特别是白姓的人家更是几近灭绝，为唤醒人们骨肉亲情，白姓家唯一的遗子克甲边跳《木雀舞》边悲切地唱出：‘老箐头九十九股龙潭哗啦啦响，它们是同一座山肚子淌出来的，老林里九十九棵树一起长，地底下的根总是盘在一起的，天底下九十九姓的哈尼人啊，我们是亲亲的姐妹和兄弟。’以此唤醒人性，让哈尼人从此走向团结和睦、共同发展的安宁生活。故事中木雀代表欢乐安宁，其舞步跳动灵活，和平安详，表达对逝者的哀思与祭奠，音乐曲调悲婉，动人心魄。歌声讲述着哈尼人本是同根连理的一家，打断骨头还连着筋，为何要残忍‘相煎’呢？这种以歌带舞，词曲相映的传说故事，同构哈尼人族群的文化，影响着一代代哈尼人以‘和’为美的性格基础，也是一种充满智慧的内心表达。”[②] 可见，通过跳同一支舞，或者把身有距离、心生间隙的同一部落或不同部落的人合在一处同舞，可以营造一种和谐的氛围，拉近彼此的距离，特别是当该舞蹈与本民族的社会文化息息相关，是祖先记忆和过去历史的文化表征时，此时跳舞等同于寻根，会有一种神圣的情感内化于心的感觉，促使个体向社群疾速回归，这种民族或地域舞蹈文化认同在全球化冲击下表现得尤为强烈，在认同中凝聚社会、加强团结成为很多民族舞蹈不可替代的文化功能。

---

① 李永祥：《舞蹈人类学视野中的彝族烟盒舞》，云南民族出版社 2009 年版，第 30—31 页。

② 张谛：《哈尼族舞蹈生态学研究》，民族出版社 2016 年版，第 175—176 页。

在中国民族民间传统舞蹈中，具有团结功能的舞蹈可谓比比皆是，应该说大部分的舞蹈都具有这个功能，所谓“不是一家人，不跳一支舞”，如：“从苗族残酷而悲壮的过往历史来看，族群的团结与凝聚是其最紧迫的任务，其环境威胁有两种：一是受到外敌追剿侵扰的人为环境的威胁，表现为长时间和大范围的迁徙或逃亡，时间上从蚩尤时代一直到明清时期，范围上从黄河和长江中下游到黔东南。族群存亡的危机意识致使苗族用舞蹈团结人心凝聚力量。二是受到获取食物的自然环境的威胁，表现为粮食的种植或动物的猎取。在苗族舞蹈中，表现为圆圈性舞蹈较多，多将鼓置于中心，群体围鼓而舞；或芦笙领头，群体随其后而舞，各类《芦笙舞》或《踩鼓舞》即是。鼓被置于踩鼓场的中心，那就是族群凝聚的中心，鼓声不是配音的，而是整个舞蹈的灵魂，舞者‘踩’的是‘鼓点’，鼓声就是信号，鼓声响，舞蹈起；鼓声落，舞蹈停。在战时，鼓声本身就是召集性的号角。‘鼓声响，脚板痒。’在舞步上，几近于‘走’而不是‘跳’，其与迁徙本身的‘走’有很大关系，尽管与盛装沉重的重量有关，但更为核心的是鼓声的召集性。在舞蹈要求上，这类舞蹈对舞步的‘整齐性’要求是首要的，它比某一个舞者独特的表现更为重要，他与大家的同步整齐从舞蹈表面来看是避免踩到别人的脚，深层次上就是个体必须归属于集体，要与大家达到心理上的统一和认同，不许有不同于整个舞蹈群体的独特的舞蹈动作。‘在野蛮人群中，个体的个性极为薄弱，个人感受不受重视，只有部族的集体感受才是最重要的，才能诉诸仪式’。”[①] 在舞蹈的集体狂欢之中，每个人主动放弃自我，积极融入集体之中，在“千人一舞”或“万人一舞”中表现出社群的凝聚力和团结

① 王唯惟、徐浩：《舞蹈与文化：贵州苗族舞蹈的身体叙事》，人民出版社 2016 年版，第 11 页。

性，是苗族舞蹈最为核心的目标诉求，因为这种团结对于族群的生存与发展至关重要，分裂而亡、团结而生的历史记忆通过舞蹈一代又一代传承下来，在舞蹈中凝心聚力成为团结民众、凝聚社会最有效的举措，加之舞蹈的具身化表现、身体的在场性，使得族群成员的团结成为实实在在的聚集。

（二）认同功能

“所谓认同，就是说人群内部在理智上形成的共识，情感上能够产生共鸣，与共同追求的意志，是自己的群体的‘同’区别于其他群体的‘异’，从而将自己群体与他者群体区别开来的方式。文化具有超时空的稳定性和很强的凝聚力，一个民族的文化模式一经形成，必然会持久地支配每个社会成员的思想和行为。文化又是一个民族区别于其他民族的基本特质和身份象征，在共同的文化背景中，人们获得了归属感和认同感。因此，在共同文化基础上形成的共同心理素质——民族文化认同，对于标识民族特性，塑造认同心理，规范社会行为，培育统一意识，凝聚民族精神，形成民族合力，进而对维护民族文化的保护和传承具有特殊的功效。任何民族离开文化都不能生存，民族认同总是通过一系列的文化要素表现出来，舞蹈亦是如此。”[①] 舞蹈作为以运动的身体承载并传承文化的艺术形式，在手舞足蹈中彰显族群集体意识和历史记忆，作为族群文化的表征，和语言文字一样也成为族群边界划分的标志，特别是在一些没有文字的民族中，口头传承与身体记忆是族群文化传递的主要途径，所以“你跳什么舞”成为自我确认与身份表达的关键。“民间舞蹈与族群认同的关系早已受到人类学家的关注，这是因

① 孙淼：《白族“霸王鞭舞”调查与研究》，载石裕祖主编《民族舞蹈文化传承发展论纲》，云南大学出版社2010年版，第105—106页。

为人们认为舞蹈具有表达人类思想和政治愿望的意义。换言之，很多的民族意愿是通过舞蹈来表达的。但舞蹈与族群认同的关系错综复杂，不仅涉及当地人的族群认同，还涉及不同地区彝族精英和官员对于舞蹈的不同理解，在这种意义上，舞蹈与族群的关系与国家权力和经济利益的关系极为密切。我认为此专题应注重以下几个方面：首先，舞蹈所体现出来的族群思想和政治愿望表达。对于很多的民族来说，跳舞不单纯是为了娱乐，而是表现出一种认同关系，如同祝酒歌中族群思想的表现方式一样，舞蹈在很多的情况下是表明‘我们的舞蹈’这种意义。舞蹈作为民族文化的重要组成部分，在族群认同方面如同别的文化现象，如语言文字、服饰、宗教和血缘一样，能够体现出族群的意义。对于很多的民族来说，跳舞能够表达一种政治倾向和愿望。”①

在中国民族民间传统舞蹈中，有关认同功能可以列举的案例很多，例如云南红河州石屏县彝族就有人通过《烟盒舞》表明自己的族群身份以及与其他支系的区别：“龙朋镇的彝族是尼苏人的‘三道红’，他们的特色舞蹈就是烟盒舞，而龙武镇的彝族是尼苏人的花腰彝，他们只有花腰歌舞，从不跳烟盒舞。那些穿着花腰彝族服饰的人跳烟盒舞是由于表演的需要，在农村人们会认为不伦不类，但外界并不知道这些具体的情况，他们也不会在意出现这样的事情，因为他们根本分不清楚‘三道红’和花腰人之间的区别。事实上，彝族人内部由于支系的不同，是存在着边界的，尼苏人和山苏人之间有边界，同一个支系内部也会存在着边界，花腰彝和‘三道红’之间的边界就是如此，他们的区别是通过服饰和舞蹈来实现的。”② 又例如：“无论学术界

---

① 李永祥：《舞蹈人类学视野中的彝族烟盒舞》，云南民族出版社 2009 年版，第 250 页。

② 李永祥：《舞蹈人类学视野中的彝族烟盒舞》，云南民族出版社 2009 年版，第 124 页。

对其族属问题如何争论，白马人有一套关于自我文化的解释系统，并以手舞足蹈的方式表达出来。白马人的舞蹈中既有与藏族锅庄、羌族萨朗、彝族打歌形式相同的‘火圈舞’，又有与羌姆有关的‘麻昼’，还有形式与内容近似于‘傩’的‘池哥昼’。但当地人对此都有自己的解释，这背后透显出白马人对自我的确认与表达，族群边界与文化认同在身体呈现与意义阐释间得以建构。同时，作为以人体为媒介的艺术活动，每一次的表演既承载着族群的‘集体观念’，又充满了场景性与个体化的创造与表达；作为一种身体语言，手舞足蹈的形态背后既有在不同语境下呈现出的语言的灵活性，也有语言规则内在的稳定性。也正是在稳定与变动、结构与能动相统一的舞蹈言说中，白马人的文化被凸显与塑造。”[①] 在中国民族民间传统舞蹈中，一些舞蹈本身就具有社会关系中族群认同的功能，在“跳什么”和“不跳什么”的过程中，“我们”和“他们”相互区别的族群边界被建立起来，依照“边界主义理论”，族群与族群之间的边界，是通过排他性中差异性的存在建构起来的，而不同民族、不同地域的代表性舞蹈就是制造这种差异的表征，自然也是建立族群边界的标识。

（三）强身功能

通过舞蹈强身健体、舒心安神、保健祛病、提高身体免疫力应该是自古有之，如《吕氏春秋·古乐篇》记载的“阴康氏之乐”，讲述的就是炎黄以前的一位氏族首领“阴康氏”（又名“陶唐氏”），因其生活的环境江水泛滥、天气阴湿，导致人们血脉不畅，筋骨不达，多有肿腿病者，阴康氏认为跳舞

① 王阳文:《族群 · 身体 · 表征——当代白马人的舞蹈言说》，北京师范大学出版社 2017 年版，第 5 页。

可以让人们疏通血脉，活动筋骨，治疗腿肿病，于是他就创造了此乐舞，并将其教给部落成员以防治疾病、强身健体。《后汉书·方术列传·华佗传》记载的“五禽戏”应该也是一种通过模仿熊、虎、猿、鹿、鸟五种动物，对人的躯体以及五脏都有良好的锻炼效果，能够防病、治病促进身体健康的健身运动舞蹈。库尔特·萨克斯在《世界舞蹈史》一书中，也列举了世界其他地方以舞强身的案例：“与此相反，也可能是病人自己跳舞以求恢复健康。大·查可地方的土巴（Toba）族患病妇女，在围地而坐唱着歌的村民包围中跳舞，她们越跳越快直到病魔从她们的汗水里逃出，并由一个手执火把的男人把它驱逐到丛林深处才停止。在北美洲也有类似的范例，譬如犹他人，他们围绕象征太阳的柱子跳舞以产生治疗关节风湿症的能力。即便在欧洲，在罗马尼亚，也有治疗病人的舞蹈。”[①] 对于中国民族民间传统舞蹈而言，其穿越时空、历久弥新、长盛不衰的一个重要原因，应该就是它强身健体、预防疾病、延缓衰老的功能，例如今天流行于中国北方的各种秧歌，只要唢呐一吹、锣鼓一响人们纷纷下场，手绢一挥、腰胯一扭、十字步一迈，瞬间就“天大了、地大了，心也大了”，烦心的琐事一扫而光，阴郁的心情瞬间开朗，病恹恹的身体也活蹦乱跳。

中国民族民间传统舞蹈的强身功能，不仅体现在改变个人的身体素质上，也体现在对心理健康的提升上，跳舞不仅是生理上的健身，也是心理上的调节，倾心投入舞蹈可以排解消极、悲观的不良情绪，释放内心深处积郁已久的压力，起到调整心态的作用，所谓“活动腿脚心情舒畅，开心一刻十年少”，很多民族地域舞蹈在移情消解心理的压力和精神烦恼方面有着不可

① [德] 库尔特·萨克斯：《世界舞蹈史》，郭明达译，恒思校，上海音乐出版社 1992 年版，第 53 页。

替代的作用。周吉在《解读维吾尔音乐珍宝木卡姆：人类口头和非物质文化遗产代表作》一书中写道："到过新疆维吾尔族聚居区的人们都能看到，绿洲和沙漠、砾漠的分界线是如此的清晰：一边是黄沙，一边是绿浪；一边是悲凉，一边是欢乐；一边是生，一边是死！严酷的自然生态环境形成了绿洲人不乐生、不悲死的意识，也使得他们具有高度的乐观精神。心胸开朗、诙谐幽默、爱唱爱跳、爱说爱笑、能歌善舞成了绿洲人的优良传统。哭也是歌、笑也是歌，生也是歌、死也是歌，绿洲人的一生和音乐结下了不解之缘。这种传统世代相袭，就使得绿洲人对音乐具有了特殊的感情和特殊的才能。"[①] 他这一诗意或散文化的语言其实道出一个客观的事实，被沙漠包围的绿洲的生态环境是异常脆弱恶劣的，甚至一离开绿洲就要饱受烈日炙烤、风沙肆虐、饥渴风险，没有适宜的方式对人们的生理和心理进行调节释压，任何人都不可能心甘情愿地安居、乐居。但是很多绿洲居民就是在这样的环境下生活了百年、千年，说明他们找到了抵御孤独、荒凉、忧伤、寂寞等恶劣自然环境最为有效的方式，那么《大唐西域记》中的"国尚乐音，人好歌舞"无疑是最为有效的良方，这也是很多学者将代表性的维吾尔族歌舞定义为积极乐观、欢腾喧闹、气氛热烈，具有诙谐、幽默、纵情、欢乐、开心、愉悦文化秉性的原因，因为不乐生、不悲死，从头至尾一片欢笑，就是其发生和存在的目的。

（四）备战功能

人类社会除了物质需要、繁衍需要之外，安全需要也是最重要、最基本

---

① 周吉：《解读维吾尔音乐珍宝木卡姆：人类口头和非物质文化遗产代表作》，新疆科学技术出版社 2006 年版，第 11 页。

的需求，可以说是仅次于温饱的第二需求，当然，没有安全，温饱和繁衍也无法保证，所以谋求一个民族或部落的安全成为整个人类社会极为重视的大事，崇尚武力、积极备战、勇敢抗敌也成为各个民族都非常重视的正事。在舞蹈中训练“齐心协力、步调一致”的合作能力，树立“军令如山、令行禁止”的服从意识，为即将来临的战争和危险做好预备，也成为很多中国民族民间传统舞蹈与生俱来的文化功能，因为在民间舞蹈和武术区分不是很明确的时候，许多被称为“武舞”的舞蹈，先天就成为最具代表性的备战功能舞蹈，如：“傣族另有一类武术性舞蹈，产生的年代也很久远。元代李京《云南志略》曾载：‘金齿百夷……遇破敌，斩首，置于楼下，军校毕集，结束甚武。髻插雉尾，手执兵戈，绕俘馘而舞。’这是元代时期，描写欢庆战争胜利的兵戈舞蹈场面。傣族经历过封建领主制社会，傣族成年男性，平时是农奴，战时是士兵，必须学会一些刀、枪、棍、拳的套路，用于防身和参加战争。今天傣族男性公民，也继承了这个传统，以表现自己的勇敢与机敏。但今天的刀枪棍拳已融进了其他民族学习的套路，更加丰富了。如拳就有本地拳、外地拳、缅拳、泰国拳等不同风格流派，并另以芒鼓等伴奏，发展成了舞蹈化的武术舞蹈了。”①

“在景颇族军事民主时期，男子汉以身上的伤疤多少论英雄，骁勇善战，出生入死，刀技出众之士更得女子的爱慕，而争相配嫁之。生男孩要送长刀为礼物，山官任命‘管’（山官代理人）要授其牛、犁头和刀、枪、矛等。男子随时刀不离身形影相伴，长刀被视为至尊神物架放在神圣的祭坛上。景颇语称长刀为‘日途思’，意即生命之刀，其意甚重。历史军事斗争和尚武

① 苏天祥：《试论傣族舞蹈的发展演变和风格形式》，载刘金吾主编《滇舞论坛——云南省首届少数民族舞蹈理论研讨会论文集》，云南人民出版社 1997 年版，第 144 页。

精神作为他们社会生活的一个重要方面，也是景颇族民间舞蹈所涉及的重要表现内容。以兵器作舞具是他们民间舞很突出的一大特点，有五种舞蹈的参舞男性均持长刀长矛、盾牌木棍等器械作舞，此类舞蹈占景颇民间舞蹈的半数以上。有些舞蹈直接表现出军事功利目的，具有武舞的典型特征，如：‘目瑙纵歌’有十多种不同的表现内容，其中庆贺胜利‘部当目瑙’，战前动员誓师出征‘核如目瑙’，及刀舞、盾舞等都是反映景颇族战争生活的舞蹈。”①

除了云南的一些少数民族之外，其他省份的民族也有专门表现战争的舞蹈，如：“自上古时代起，苗族艺术舞台上就展示有各种叙述战争场面的舞蹈。苗族古代传统舞蹈中长期就有以武舞为主、文舞与武舞杂糅的现象，并以之作为典礼活动中的主要仪礼。上至远古时期，下至明清之际，苗族氏族部落集团基本上在战争中度过，因此战争就构成了当时社会生活的重要内容。在战争环境、战争历史中产生的苗族社会文化，必然是以战争为主题，以战争为主旋律的文化，舞蹈文化自然亦不例外。各地苗族舞蹈诗歌传说中大量关于古代战争的叙唱记述，以及流行至今的能与之完全对应的许多武舞，均向我们展示了那剑与火时代严峻、冷酷而激情的历史面貌，并且与汉文典籍所记基本吻合，诸如皇帝蚩尤之战，颛顼共工之战，尧舜三苗之战，都证实了暴力与武功作为苗族社会历史的常规课题。反映这类氏族部落兼并战争的原始舞蹈，尤以黔西北‘花苗’《迁徙舞》最具典型性和代表性。其中的《打鼓宣兵》《垒营盘》《探路》《开避通道》《搭桥过江》等舞段，就真

① 乔明昌:《景颇族民间舞蹈文化内涵概析》，载刘金吾主编《滇舞论坛——云南省首届少数民族舞蹈理论研讨会论文集》，云南人民出版社 1997 年版，第 163 页。

实地反映了这种氏族部落战争的艰辛残酷。”①

“‘果’也称‘森穷瓦’，指穿古装的士兵。‘果孜’是一种藏族古代士兵的征战歌舞。流传于山南的广大农村。……果孜由男青年扮成古代武士表演。每四至六人组成一个组，每组表示古代士兵的一个队。左队称‘玉如’，右队称‘耶如’，每队有一名歌师，也就是每队的队长。……果孜舞的队形图案是根据传说中的民族英雄格萨尔王征战时所摆的阵容，这些队形主要有四角形、两排前后交叉形、左进右退形、双排齐进齐退形等。舞者手握刀盾或长枪，走‘一步一跟’步，右手不停地向左右挥刀，动作顿挫有力。通过该舞的表演，人们了解到有关藏民族古代战争中的一些习俗。比如：敌我双方在战场上摆开阵势后，双方的将领首先展开舌战，以长自己的威风，灭敌人的志气。在该舞中由俩歌师即队长相互对话，这种对话时所用的曲目叫‘百’。舌战之后，双方进行武力拼斗，先动刀后用长枪，对打中在场的士兵们不断地喊‘哈嘿！’‘海海！’等声，整个表演的动作铿锵有力，阵容威严，有声有色，造成一种使敌人慑服的气氛。”②

中国民族民间传统舞蹈所具有的功能应该还有很多，本着实事求是、从实求知的原则，本章只是对能收集到的资料进行了归纳与总结，相信今后随着新的资料的发现，一些想都没想过或不曾关注到的新的文化功能会被发现，毕竟研究一直在路上，探索一直在过程中！

① 杨鹍国：《苗族舞蹈与巫文化——苗族舞蹈的文化社会学考察》，贵州民族出版社1990年版，第135页。
② 王希华：《西藏舞蹈与民俗》，西藏人民出版社2005年版，第60—61页。

参考文献

一、书籍

［1］欧阳予倩:《一得余抄（1951—1959年艺术论文选）》，作家出版社1959年版。

［2］（汉）班固:《汉书》，中华书局1962年版。

［3］（南朝宋）范晔撰，（唐）李贤等注:《后汉书》，中华书局1965年版。

［4］（汉）许慎撰，（清）段玉裁注:《说文解字注》，上海古籍出版社1981年版。

［5］吴晓邦:《新舞蹈艺术概论》，中国戏剧出版社1982年版。

［6］（晋）常璩撰，刘琳校注:《华阳国志校注》，巴蜀书社1984年版。

［7］彭松:《中国舞蹈史（秦、汉、魏、晋、南北朝部分）》，文化艺术出版社1984年版。

［8］［德］格罗塞:《艺术的起源》，蔡慕晖译，商务印书馆1984年版。

［9］［苏］阿·阿·阿基莫娃:《狄德罗》，赵永穆、陈行慧、赵仲元、罗正发、范国恩译，知识出版社1984年版。

［10］乌丙安:《中国民俗学》，辽宁大学出版社1985年版。

［11］［日］芦原义信:《外部空间设计》，尹培桐译，中国建筑工业出版

社 1985 年版。

［12］［英］罗宾・乔治・科林伍德:《艺术原理》, 王至元、陈华中译, 中国社会科学出版社 1985 年版。

［13］中国民族民间舞蹈研究会湖南分会、湖南省群众艺术馆舞蹈工作室编《湖南舞蹈论文选》, 1986 年第 9 期。

［14］［美］苏珊・朗格:《情感与形式》, 刘大基、傅志强、周发祥译, 中国社会科学出版社 1986 年版。

［15］陈多、叶长海选注:《中国历代剧论选注》, 湖南文艺出版社 1987 年版。

［16］［美］威廉・A. 哈维兰:《当代人类学》, 王铭铭等译, 上海人民出版社 1987 年版。

［17］张紫晨:《中国民间小戏》, 浙江教育出版社 1989 年版。

［18］杨鹍国:《苗族舞蹈与巫文化——苗族舞蹈的文化社会学考察》, 贵州民族出版社 1990 年版。

［19］丁世良、赵放主编:《中国地方志民俗资料汇编: 西南卷》, 北京图书馆出版社 1991 年版。

［20］刘稚、秦榕:《宗教与民俗》, 云南人民出版社 1991 年版。

［21］资华筠、王宁、资民筠、高春林:《舞蹈生态学导论》, 全如瑊审订, 文化艺术出版社 1991 年版。

［22］［美］E. 希尔斯:《论传统》, 傅铿、吕乐译, 上海人民出版社 1991 年版。

［23］闻章、鲁微、关正文编:《贾作光舞蹈艺术文集》, 文化艺术出版社 1992 年版。

［24］［德］库尔特・萨克斯:《世界舞蹈史》, 郭明达译, 恒思校, 上海

音乐出版社 1992 年版。

[25] 高占祥主编:《中国民族节日大全》，知识出版社 1993 年版。

[26] [英] 哈夫洛克·埃利斯:《生命的舞蹈》，傅志强译，中国社会科学出版社 1994 年版。

[27] 史宗主编:《20 世纪西方宗教人类学文选（上卷）》，金泽、宋立道、徐大建等译，上海三联书店 1995 年版。

[28] 徐万邦、祁庆福:《中国少数民族文化通论》，中央民族大学出版社 1996 年版。

[29] [德] 格罗塞:《艺术的起源》，蔡慕晖译，商务印书馆 1996 年版。

[30] 刘金吾主编:《滇舞论坛——云南省首届少数民族舞蹈理论研讨会论文集》，云南人民出版社 1997 年版。

[31] 刘金吾:《中国民族舞蹈与稻作文化》，云南人民出版社 1997 年版。

[32] 刘金吾主编:《滇舞论坛——云南省首届少数民族舞蹈理论研讨会论文集》，云南人民出版社 1997 年版。

[33] 隆荫培、徐尔充:《舞蹈艺术概论》，上海音乐出版社 1997 年版。

[34] 夏建中:《文化人类学理论学派：文化研究的历史》，中国人民大学出版社 1997 年版。

[35] 周大鸣编著:《现代都市人类学》，中山大学出版社 1997 年版。

[36] [英] 霍恩比:《牛津高阶英汉双解词典（第四版）》，李北达译，商务印书馆、牛津大学出版社（中国）有限公司 1997 年版。

[37] 郭净:《心灵的面具——藏密仪式表演的实地考察》，上海三联书店 1998 年版。

[38] 胡尔岩:《舞蹈创作心理学》，中国戏剧出版社 1998 年版。

[39] 宋蜀华、白振声主编:《民族学理论与方法》,中央民族大学出版社 1998 年版。

[40] 王阳红编著:《邓肯传》,长江文艺出版社 1998 年版。

[41] 中国民族民间舞蹈集成编辑部编:《中国民族民间舞蹈集成(辽宁卷)》,中国 ISBN 中心 1998 年版。

[42] 钟敬文主编:《民俗学概论》,上海文艺出版社 1998 年版。

[43] [法] 布迪厄、[美] 华康德:《实践与反思:反思社会学导引》,李猛,李康译,邓正来校,中央编译出版社 1998 年版。

[44](汉)郑玄注,(唐)贾公彦疏:《周礼注疏》,北京大学出版社 1999 年版。

[45] 高宇鹏:《中国庙会文化》,上海文艺出版社 1999 年版。

[46] 郭于华:《仪式与社会变迁》,社会科学文献出版社 2000 年版。

[47] 中国民族民间舞蹈集成编辑部编:《中国民族民间舞蹈集成(西藏卷)》,中国 ISBN 中心 2000 年版。

[48]《中华舞蹈志》编辑委员会编:《中华舞蹈志・安徽卷》,学林出版社 2000 年版。

[49] 周凯模:《祭舞神乐——民族宗教乐舞论》,云南人民出版社 2000 年版。

[50] 郭淑云:《原始活态文化:萨满教透视》,上海人民出版社 2001 年版。

[51] 罗雄岩:《中国民间舞蹈文化教程》,上海音乐出版社 2001 年版。

[52] 王娟编著:《民俗学概论》,北京大学出版社 2002 年版。

[53] [美] 马歇尔・萨林斯:《文化与实践理性》,赵丙祥译,上海人民出版社 2002 年版。

[54][英]拉德克利夫－布朗:《社会人类学方法》,夏建中译,华夏出版社2002年版。

[55][英]马凌诺斯基:《文化论》,费孝通译,华夏出版社2002年版。

[56]戴爱莲口述,罗斌、吴静姝整理:《戴爱莲:我的艺术与生活》,人民音乐出版社、华乐出版社2003年版。

[57]冯骥才主编:《中国民间文化遗产抢救工程普查手册》,高等教育出版社2003年版。

[58]吕艺生:《舞蹈学导论》,上海音乐出版社2003年版。

[59]容世诚:《戏曲人类学初探:仪式、剧场与社群》,广西师范大学出版社2003年版。

[60]薛艺兵:《神圣的娱乐:中国民间祭祀仪式及其音乐的人类学研究》,宗教文化出版社2003年版。

[61]余英时:《士与中国文化》,上海人民出版社2003年版。

[62]李雪梅等:《地域民间舞蹈文化的演变》,文化艺术出版社2004年版。

[63]刘青弋:《西方现代舞史纲》,上海音乐出版社2004年版。

[64]刘青弋:《现代舞蹈的身体语言》,上海音乐出版社2004年版。

[65]孙天路主编:《中国舞蹈编导教程》,高等教育出版社2004年版。

[66]台湾编译馆编:《舞蹈词典》,台湾编译馆2004年版。

[67]于春华:《中国海阳大秧歌探索与研究》,中国文联出版社2004年版。

[68]周尚意、孔翔、朱竑编著:《文化地理学》,高等教育出版社2004年版。

[69][美]威斯勒:《人与文化》,钱岗南、傅志强译,商务印书馆

2004 年版。

［70］［英］E. 霍布斯鲍姆、T. 兰格：《传统的发明》，顾杭、庞冠群译，译林出版社 2004 年版。

［71］［英］鲍伊：《宗教人类学导论》，金泽等译，中国人民大学出版社 2004 年版。

［72］阿甲著，李春熹编选：《阿甲戏剧论集》，中国戏剧出版社 2005 年版。

［73］刘金吾：《舞蹈王国再探：少数民族舞蹈论文选》，云南民族出版社 2005 年版。

［74］朴永光：《四川凉山彝族传统舞蹈研究》，民族出版社 2005 年版。

［75］王希华：《西藏舞蹈与民俗》，西藏人民出版社 2005 年版。

［76］于平：《舞蹈文化与审美》，中国人民大学出版社 2005 年版。

［77］［美］杜威：《艺术即经验》，高建平译，商务印书馆 2005 年版。

［78］［英］爱德华·泰勒：《原始文化：神话、哲学、宗教、语言、艺术和习俗发展之研究》，连树声译，广西师范大学出版社 2005 年版。

［79］蔡湘江：《泉州民间舞蹈》，福建人民出版社 2006 年版。

［80］金秋主编：《舞蹈编导学》，高等教育出版社 2006 年版。

［81］王杰文：《仪式、歌舞与文化展演：陕北·晋西的“伞头秧歌”研究》，中国传媒大学出版社 2006 年版。

［82］王敏：《江西赣南采茶戏歌舞艺术》，中国戏剧出版社 2006 年版。

［83］中国民俗学会、北京民俗博物馆编：《节日文化论文集》，学苑出版社 2006 年版。

［84］周吉：《解读维吾尔音乐珍宝木卡姆：人类口头和非物质文化遗产代表作》，新疆科学技术出版社 2006 年版。

［85］［法］涂尔干：《宗教生活的基本形式》，渠东、汲喆译，上海人民出版社 2006 年版。

［86］［美］威廉・A. 哈维兰：《文化人类学（第十版）》，瞿铁鹏、张钰译，上海社会科学院出版社 2006 年版。

［87］［英］维克多・特纳：《象征之林：恩登布人仪式散论》，赵玉燕、欧阳敏、徐洪峰译，商务印书馆 2006 年版。

［88］［意］马利亚苏塞・达瓦马尼：《宗教现象学》，高秉江译，人民出版社 2006 年版。

［89］（清）孙希旦：《礼记集解》，沈啸寰、王星贤点校，中华书局 2007 年版。

［90］陈鼓应注译：《庄子今注今译》，商务印书馆 2007 年版。

［91］甘满堂：《村庙与社区公共生活》，社会科学文献出版社 2007 年版。

［92］钱伯泉：《源远流长的龟兹乐舞》，载贾应逸、霍旭初主编《龟兹学研究・第 2 辑》，新疆大学出版社 2007 年版。

［93］《吴晓邦舞蹈文集》编委会编：《吴晓邦舞蹈文集》第二卷，中国文联出版社 2007 年版。

［94］《中华舞蹈志》编委会编：《中华舞蹈志・云南卷・上》，学林出版社 2007 年版。

［95］《中华舞蹈志》编委会编：《中华舞蹈志・云南卷・下》，学林出版社 2007 年版。

［96］王恩涌、胡兆量、周尚意、赫维红、刘岩编著：《中国文化地理》，科学出版社 2008 年版。

［97］王建民：《艺术人类学新论》，民族出版社 2008 年版。

[98] [英] 哈里森:《古代艺术与仪式》,刘宗迪译,生活·读书·新知三联书店 2008 年版。

[99] 李永祥:《舞蹈人类学视野中的彝族烟盒舞》,云南民族出版社 2009 年版。

[100] 慕羽:《中国当代舞蹈创作与研究》,中国文联出版社 2009 年版。

[101] 朴永光:《舞蹈文化概论》,中央民族大学出版社 2009 年版。

[102] 杨曦帆:《藏彝走廊的乐舞文化研究》,民族出版社 2009 年版。

[103] 赵旭东:《文化的表达:人类学的视野》,中国人民大学出版社 2009 年版。

[104] 周晓红编著:《人类学跨文化比较研究与方法》,云南大学出版社 2009 年版。

[105] [美] 柯林斯:《互动仪式链》,林聚任、王鹏、宋丽君译,商务印书馆 2009 年版。

[106] [日] 鸟居龙藏:《苗族调查报告》,国立编译馆译,贵州大学出版社 2009 年版。

[107] 辞海编辑委员会编:《辞海(第六版)》,上海辞书出版社 2010 年版。

[108] 刘青弋主编,王克芬著:《中国舞蹈通史——明清卷》,上海音乐出版社 2010 年版,第 136 页。

[109] 石裕祖主编:《民族舞蹈文化传承发展论纲》,云南大学出版社 2010 年版。

[110] 孙淼:《白族"霸王鞭舞"调查与研究》,载石裕祖主编《民族舞蹈文化传承发展论纲》,云南大学出版社 2010 年版。

[111] 王克芬等主编:《中国舞蹈大辞典》,文化艺术出版社 2010 年版。

[112] 王胜华、卞佳：《艺术人类学》，云南大学出版社 2010 年版。

[113][美] 费鹤立：《中国少数民族舞蹈的采集、保护与传播：20 世纪 80 年代初期的一项社会人类学调研》，何国强、许韶明译，云南大学出版社 2010 年版。

[114] 刘统霞：《被表述的民俗艺术——对商河鼓子秧歌的历史人类学考察》，知识产权出版社 2011 年版。

[115] 周星主编：《中国艺术人类学基础读本》，学苑出版社 2011 年版。

[116] 刘建：《舞蹈调度的形式陈说》，上海音乐出版社 2012 年版。

[117] 资华筠、王宁：《舞蹈生态学》，文化艺术出版社 2012 年版。

[118][法] 布迪厄：《实践感》，蒋梓骅译，译林出版社 2012 年版。

[119][美] 科塔克：《人类学：人类多样性的探索（第 12 版）》，黄剑波等译，中国人民大学出版社 2012 年版。

[120] 康·格桑梅朵：《藏族民间巴塘“谐”舞艺术》，四川大学出版社 2013 年版。

[121][美] 罗伯特·芮德菲尔德：《农民社会与文化：人类学对文明的一种诠释》，王莹译，中国社会科学出版社 2013 年版。

[122] 李菲：《嘉绒跳锅庄：墨尔多神山下的舞蹈、仪式与族群表述》，北京大学出版社 2014 年版。

[123] 巫允明：《中国原生态舞蹈文化·教程》，上海音乐出版社 2014 年版。

[124] 许锐：《当代中国民族民间舞蹈创作的审美与自觉》，上海音乐出版社 2014 年版。

[125] 陈雪飞：《民间舞蹈》，学苑出版社 2015 年版。

[126] 高度、黄奕华主编：《中国民族民间舞口述史（第一册）》，上海

音乐出版社 2015 年版。

［127］郭田编著:《云南白族哈尼族舞蹈研究》，中央民族大学出版社 2015 年版。

［128］贾亚平:《青海玉树白龙卓舞的形态和变迁》，载朴永光主编《民族舞蹈学研究》，中央民族大学出版社 2015 年版。

［129］刘卫红、彭小希、况成泉:《寻根传舞：重庆舞蹈文化遗产的保护与传承》，北京理工大学出版社 2015 年版。

［130］朴永光主编:《民族舞蹈学研究》，中央民族大学出版社 2015 版。

［131］袁禾:《舞蹈基本原理》，上海音乐出版社 2015 年版。

［132］黎国韬:《珠三角地区传统舞蹈研究》，中山大学出版社 2016 年版。

［133］李玫:《中国民间小戏史论》，中国社会科学出版社 2016 年版。

［134］李修建主编:《国外艺术人类学读本》，中国文联出版社 2016 年版。

［135］王唯惟、徐浩:《舞蹈与文化：贵州苗族舞蹈的身体叙事》，人民出版社 2016 年版。

［136］杨名:《唐代舞蹈诗研究》，人民出版社 2016 年版。

［137］张谛:《哈尼族舞蹈生态学研究》，民族出版社 2016 年版。

［138］资华筠:《中国舞蹈生态学研究》，中国文联出版社 2016 年版。

［139］陈美青:《质野流芳：山西民间小戏研究》，中国戏剧出版社 2017 年版。

［140］德门·强巴曲杰、龙康沃巴·丹增次仁:《西藏宗教舞蹈艺术》，西藏人民出版社 2017 年版。

［141］林俊华:《康巴锅庄文化概述》，载林俊华、赵勇主编《康巴民族

民间歌舞艺术调查与研究》，中国书籍出版社 2017 年版。

［142］彭娜娜、吴秋林、姚丹：《册亨布依族转场舞人类学研究》，中央民族大学出版社 2017 年版。

［143］王阳文：《族群・身体・表征——当代白马人的舞蹈言说》，北京师范大学出版社 2017 年版。

［144］［美］杰克・大卫・艾勒：《宗教人类学基础》，刘勇、杨公卫、刘源译，民族出版社 2017 年版。

［145］潘丽：《中国原生态民间舞蹈特征与创作体系》，上海音乐出版社 2017 年版。

［146］吴静：《略论德格藏戏》，载林俊华、赵勇主编《康巴民族民间歌舞艺术调查与研究》，中国书籍出版社 2017 年版。

［147］周恋：《甘孜藏区弦子歌舞的社会功能研究》，载林俊华、赵勇主编《康巴民族民间歌舞艺术调查与研究》，中国书籍出版社 2017 年版。

［148］［美］杰克・大卫・艾勒：《宗教人类学基础》，刘勇、杨公卫、刘源译，民族出版社 2017 年版。

［149］刘金吾：《我的民族舞蹈观》，云南民族出版社 2018 年版。

［150］孙秋云主编：《文化人类学教程》，北京大学出版社 2018 年版。

［151］吴珊编著：《秦风蜀韵羌楚影：秦巴汉水民间舞蹈概览》，中国社会科学出版社 2018 年版。

［152］杨莉、郝爽：《秘境之舞——四川少数民族舞蹈文化研究》，民族出版社 2018 年版。

［153］郭宇霞：《东北民族民间舞蹈文化》，辽宁人民出版社 2019 年版。

［154］彭兆荣：《人类学仪式理论与实践》，陕西师范大学出版总社有限公司 2019 年版。

[155] 王颖:《人类学视野下的桑植白族仗鼓舞研究》,苏州大学出版社 2019 年版。

[156](汉)刘熙:《释名》,愚若点校,中华书局 2020 年版。

[157] 江东主编:《集思·广议:中国非物质文化遗产传统舞蹈保护文集》,文化艺术出版社 2020 年版。

[158] 赖丹、赵元泽:《赣南采茶舞蹈研究》,中国社会科学出版社 2020 年版。

[159] 刘丽:《云南民族舞蹈文化研究》,上海音乐出版社 2020 年版。

[160] 罗旦:《西藏民族民间舞蹈文化》,上海音乐出版社 2020 年版。

[161] 罗意:《生态人类学理论与方法》,科学出版社 2021 年版。

[162] 邓佑玲主编:《民族舞蹈概论》,中央民族大学出版社 2022 年版。

[163] 王阳文:《中国民间舞蹈文化导论》,北京师范大学出版社 2022 年版。

[164][法] 梅洛-庞蒂:《知觉现象学》,杨大春、张尧均、关群德译,商务印书馆 2023 年版。

二、文章

[1] 麻国钧:《驱傩、傩舞、傩戏——戏曲起源在民俗学上的认识》,《戏剧文学》1987 年第 9 期。

[2] 陆小伟:《功能分析方法管窥》,《社会科学》1987 年第 10 期。

[3] 李金:《社会学的功能分析方法评述》,《安徽省委党校学报》1989 年第 4 期。

[4] 陈冲:《民间舞蹈知多少》,《舞蹈》1989 年第 6 期。

[5] 孙景琛:《民舞——辽阔的世界》,《舞蹈》1989 年第 6 期。

[6] 曾令士:《彝族“都火”歌的文化和音乐特征》,《音乐探索》1990 年第 4 期。

[7] 苏国勋:《新功能主义:当代社会学理论中的一种新的综合视角》,《国外社会科学》1990 年第 8 期。

[8] 色音:《论萨满教的巫仪》,《内蒙古大学学报(哲学社会科学版)》1993 年第 1 期。

[9] 巫允明:《民族民间舞蹈研究的新途径——“语言系属分类法”简介》,《民族艺术》1995 年第 1 期。

[10] 王铭铭:《功能主义人类学的重新评估》,《北京大学学报(哲学社会科学版)》1996 年第 2 期。

[11] 嘉雍群培:《康巴藏族歌舞“卓”的风采》,《民族艺术》1998 年第 1 期。

[12] 容观:《文化比较研究·跨文化比较研究——人类学方法论研究之一》,《广西民族学院学报(哲学社会科学版)》1998 年第 2 期。

[13] 李雪梅:《中国民族民间舞蹈文化的六大类型区》,《舞蹈》1998 年第 3 期。

[14] 张昀:《哈萨克族原始信仰考略》,《新疆社科论坛》1998 年第 3 期。

[15] 朴永光:《把“根”留住——韩国的重要无形文化财舞蹈类概说》,《舞蹈》1999 年第 2 期。

[16] 明文军:《“学院派”民间舞存在的学术与社会价值》,《北京舞蹈学院学报》1999 年第 4 期。

[17] 董锡玖:《舞史草创大匠频开风气 欧阳予倩对舞蹈事业的卓越贡

献》,《舞蹈》1999 年第 4 期。

[18] 周怡:《社会结构:由“形构”到“解构”——结构功能主义、结构主义和后结构主义理论之走向》,《社会学研究》2000 年第 3 期。

[19] 许占君:《培根的科学归纳法述评》,《内蒙古大学学报(人文社会科学版)》2000 年增刊。

[20] 樊浩:《传统的文化功能与主体的现实责任——以希尔斯的理论为参照》,《孔子研究》2001 年第 1 期。

[21] 马盛德:《西北地区回族、撒拉族、维吾尔族民间婚俗舞蹈比较研究(连载)》,《西北民族研究》2001 年第 1 期。

[22] 赖勤、李立:《音乐中的时间和空间》,《民族艺术研究》2001 年第 2 期。

[23] 罗雄岩:《中国民间舞蹈文化学科建设的回顾与思考》,《北京舞蹈学院学报》2001 年第 3 期。

[24] 罗雄岩:《论中国民间舞蹈的文化类型》,《北京舞蹈学院学报》2001 年第 4 期。

[25] 李雪梅:《地域舞蹈与生态环境——试论中国民族民间舞蹈的地理特征》,《北京舞蹈学院学报》2002 年第 2 期。

[26] 彭兆荣:《人类学仪式研究评述》,《民族研究》2002 年第 2 期。

[27] 赵仲牧:《时间观念的解析及中西方传统时间观的比较》,《思想战线》2002 年第 5 期。

[28] 何星亮:《象征的类型》,《民族研究》2003 年第 1 期。

[29] 邸晓嫣:《中国民间舞蹈文化类型的分组》,《浙江艺术职业学院学报》2003 年第 2 期。

[30] 薛艺兵:《对仪式现象的人类学解释(上)》,《广西民族研究》

2003 年第 2 期。

[31] 李华:《功能主义的认识逻辑的来源与审视》,《社会科学家》2003 年第 4 期。

[32] 罗雄岩:《论中国民间舞蹈的文化类型》,《北京舞蹈学院学报》2003 年第 4 期。

[33] 高华:《浅析亚历山大的新功能主义》,《社会》2003 年第 11 期。

[34] 刘晓真:《从乡俗仪礼到民间艺术——当代山东商河鼓子秧歌文化功能的变迁与传承》,《北京舞蹈学院学报》2004 年第 1 期。

[35] 马盛德:《西北地区回族、撒拉族、维吾尔族民间婚俗舞蹈比较研究(连载)》,《西北民族研究》2004 年第 1 期。

[36] 周菁葆:《新疆民族乐舞中的萨满文化遗存》,《新疆艺术学院学报》2004 年第 2 期。

[37] 郭淑云:《萨满舞蹈的特征与功能》,《黑龙江民族丛刊》2004 年第 6 期。

[38] [美] 阿兰 · 邓迪斯:《伪民俗的制造》, 周惠英译,《民间文化论坛》2004 年第 5 期。

[39] 袁禾:《中国剧场民间舞的"非民间"文化属性》,《舞蹈》2004 年第 11 期。

[40] 蓝凡:《秧歌、花鼓、采茶与滩簧考辨》,《艺术百家》2005 年第 1 期。

[41] 孟凡玉:《音乐和舞蹈人类学: 关于表演人类学的研究——安东尼 · 西格在中国艺术研究院的学术报告》,《天津音乐学院学报(天籁)》2005 年第 2 期。

[42] 周星:《关于"时间"的民俗与文化》,《西北民族研究》2005 年

第 2 期。

［43］李顺阳:《戏曲舞蹈动作的叙事化构成》,《吉林艺术学院学报》2005 年第 3 期。

［44］潘玫玫:《从模仿到“美的艺术”——简论早期艺术概念的发展》,《黄钟(武汉音乐学院学报)》2005 年第 3 期。

［45］刘润忠:《试析结构功能主义及其社会理论》,《天津社会科学》2005 年第 5 期。

［46］周吉:《“丝绸之路音乐文化”的见证——新疆维吾尔木卡姆艺术》,《中国文化遗产》2005 年第 6 期。

［47］陈虹:《试谈文化空间的概念与内涵》,《文物世界》2006 年第 1 期。

［48］珊丹:《从〈中国民族民间舞蹈集成·内蒙古卷〉的编纂看内蒙古的民族民间舞蹈艺术》,《内蒙古艺术》2006 年第 1 期。

［49］周大明:《由民族民间舞蹈创作引发的思考》,《大舞台》2006 年第 1 期。

［50］白雪静:《浅析“还盘王愿”仪式中舞蹈的功能》,《合肥工业大学学报(社会科学版)》2006 年第 2 期。

［51］姑丽娜尔·吾甫力:《多郎麦西莱甫研究——维吾尔族历史与文化特质的一个缩影》,《中国社会科学院研究生院学报》2006 年第 2 期。

［52］谭文华:《波普尔反归纳思想试探——兼论归纳与演绎的关系》,《山东农业大学学报(社会科学版)》2006 年第 3 期。

［53］方李莉:《走向田野的艺术人类学研究——艺术人类学研究的方法与视角》,《民间文化论坛》2006 年第 5 期。

［54］卡木那·江波孜:《哈萨克族传统婚姻习俗探析》,《中央民族大学

学报（哲学社会科学版）》2006年第5期。

［55］张谛：《哈尼族民间舞蹈文化内涵简析》，《红河学院学报》2006年第6期。

［56］李晋：《对功能主义人类学的超越——一个中西比较的视角》，《社会科学》2006年第7期。

［57］金耀基、范丽珠：《研究中国宗教的社会学范式——杨庆堃眼中的中国社会宗教》，《社会》2007年第1期。

［58］范宇、庞倩华：《功能主义人类学的创立及其作用》，《黑龙江民族丛刊》2007年第1期。

［59］李莲：《佤族木鼓象征与功能的文化解读》，《学术探索》2007年第1期。

［60］张维、柯黎：《萍乡傩舞艺术特征分析》，《北京舞蹈学院学报》2007年第1期。

［61］王霄冰：《文字、仪式与文化记忆》，《江西社会科学》2007年第2期。

［62］瞿明安：《论象征的基本特征》，《民族研究》2007年第5期。

［63］陈维昭：《上古先秦之"乐"与戏曲元素》，《求是学刊》2007年第6期。

［64］刘蓉：《陕北秧歌的原始性特征》，《延安大学学报（社会科学版）》2007年第6期。

［65］资华筠：《关于"原生态"概念的探讨》，《舞蹈》2007年第6期。

［66］谢庆芝、张玉华、舒能贵：《江西南丰傩文化论析》，《江西社会科学》2007年第12期。

［67］韩芸霞：《维吾尔民间"麦西莱甫"与〈木卡姆"麦西莱甫"〉比

较研究》,《云南艺术学院学报》2008 年第 1 期。

[68] 张浩军:《空间性与身体性——论海德格尔与梅洛－庞蒂空间之思的现象学差异》,《河南师范大学学报(哲学社会科学版)》2008 年第 1 期。

[69] 刘海涛:《英国功能主义人类学与历史研究》,《广西民族研究》2008 年第 2 期。

[70] 马宁:《羌族成年礼探析》,《阿坝师范高等专科学校学报》2008 年第 2 期。

[71] 向云驹:《论“文化空间”》,《中央民族大学学报(哲学社会科学版)》2008 年第 3 期。

[72] 车延芬:《揭秘“舞蹈人类学”——读〈人类学与人体运动:舞蹈的研究〉》,《北京舞蹈学院学报》2008 年第 4 期。

[73] 唐仲山:《仪式、仪式过程及民俗物的关系——基于象征理论的“於菟”仪式解析》,《青海民族研究》2008 年第 4 期。

[74] 李育红、杨永燕:《文化独特的外现形式——仪式》,《广西社会科学》2008 年第 5 期。

[75] 曲贵卿、张海涛:《帕森斯与默顿的结构功能主义比较分析》,《通化师范学院学报》2008 年第 9 期。

[76] 何明:《艺术人类学的视野》,《广西民族大学学报(哲学社会科学版)》2009 年第 1 期。

[77] 徐薇:《维克多·特纳与〈表演人类学〉》,《西北民族研究》2009 年第 4 期。

[78] 宋奕:《人类学空间视角的文化遗产研究》,《中国名城》2009 年第 7 期。

［79］牟娟：《简析列斐伏尔空间理论》，《青年文学家》2009 年第 11 期。

［80］宋忠洋：《简析民间舞蹈的功能》，《大众文艺（理论）》2009 年第 13 期。

［81］洪颖：《论作为艺术人类学研究对象的“艺术”》，《民族艺术》2010 年第 1 期。

［82］王铭铭：《民族地区人类学研究的方法与课题》，《西北民族研究》2010 年第 1 期。

［83］彭文斌、郭建勋：《人类学仪式研究的理论学派述论》，《民族学刊》2010 年第 2 期。

［84］万代吉：《羌姆表演中的艺术特征》，《西藏大学学报（社会科学版）》2010 年第 2 期。

［85］郑震：《空间：一个社会学的概念》，《社会学研究》2010 年第 5 期。

［86］洪颖：《艺术人类学研究的对象及其田野实践》，《思想战线》2010 年第 6 期。

［87］尤小菊：《略论人类学研究的空间转向》，《西南民族大学学报（人文社会科学版）》2010 年第 8 期。

［88］马盛德：《仪式与舞蹈》，《文艺研究》2010 年第 9 期。

［89］曾澜：《民间傩仪式的空间特性与傩艺人人神角色的偏移——傩艺人身份的艺术人类学探究》，《兰州学刊》2010 年第 10 期。

［90］杨璐瑶：《试述功能主义学派的主要理论》，《中共郑州市委党校学报》2011 年第 1 期。

［91］扎史此姆：《奔子栏锅庄的艺术特点》，《民族音乐》2011 年第

2 期。

[92] 邹阳:《布迪厄的空间理论——读〈社会空间与象征力〉》,《河北理工大学学报(社会科学版)》2011 年第 2 期。

[93] 李正元:《川西北羌族成年仪式的调查研究——“十三仪式”的象征人类学分析》,《北方民族大学学报(哲学社会科学版)》2011 年第 4 期。

[94] 杨方:《浅析新功能主义》,《新西部(下旬·理论版)》2011 年第 15 期。

[95] 阿曼古丽·牙生:《论维吾尔赛乃姆》,《新疆艺术学院学报》2012 年第 1 期。

[96] 郑杭生:《论“传统”的现代性变迁——一种社会学视野》,《学习与实践》2012 年第 1 期。

[97] 周耘:《土家族“跳丧鼓”现状考察报告》,《交响(西安音乐学院学报)》2012 年第 1 期。

[98] 刘咏莲:《音乐人类学研究中的舞蹈人类学视角——约翰·布莱金对舞蹈人类学的研究与贡献》,《中国音乐》2012 年第 2 期。

[99] 熊晓辉:《土家族跳丧舞的表现形式与文化特征》,《湖北民族学院学报(哲学社会科学版)》2012 年第 2 期。

[100] 卢卫红:《人类学理论在科学史研究中的应用——以功能主义理论为例》,《自然辩证法通讯》2012 年第 6 期。

[101] 吴乔:《社会结构与过渡仪式——以花腰傣社会及其“月亮姑娘”仪式为例对特纳理论的检验》,《民族研究》2012 年第 6 期。

[102] 薛晓旭:《陕北秧歌的传承与保护》,《大舞台》2012 年第 7 期。

[103] 胡春光:《惯习、实践与社会空间——布迪厄论社会分类》,《重庆邮电大学学报(社会科学版)》2013 年第 4 期。

［104］何星亮：《文化功能及其变迁》，《中南民族大学学报（人文社会科学版）》2013年第5期。

［105］陈锦均：《人类学宗教仪式研究评述》，《民族论坛》2013年第6期。

［106］邓万春：《时间、空间与社会理论重构的谱系》，《人文杂志》2013年第7期。

［107］苟克美：《迪庆锅庄舞现状及其艺术魅力评述》，《民族音乐》2014年第2期。

［108］慕羽：《中国民族民间舞创作的话语立场》，《民族艺术研究》2014年第2期。

［109］英永青：《光棍节：暂时性的集体狂热还是新的"被发明的传统"——读〈传统的发明〉引发的思考》，《赤峰学院学报（汉文哲学社会科学版）》2014年第2期。

［110］赵翔宇：《传统的发明与文化的重建：土家族摆手舞传承研究》，《贵州民族研究》2014年第4期。

［111］杨曦帆：《不止于经典的艺术：一个艺术人类学的视界》，《民族艺术》2014年第5期。

［112］焦冉：《论马克思主义的归纳—演绎法》，《理论月刊》2015年第1期。

［113］潘可礼：《亨利·列斐伏尔的社会空间理论》，《南京师大学报（社会科学版）》2015年第1期。

［114］李祥林：《村寨仪式中身体展演的神圣艺术——岷江上游黑水地区铠甲舞之人类学考察》，《民族艺术研究》2015年第2期。

［115］刘剑：《贵州苗族舞蹈的场域性和生态性》，《北京舞蹈学院学报》

2015 年第 2 期。

[116] 邓启耀:《视觉人类学视阈下的空间意指》,《民族艺术》2015 年第 3 期。

[117] 彭兆荣:《仪式中的族群历史记忆——广西贺州地区瑶族“还盘王愿”仪式分析》,《百色学院学报》2015 年第 4 期。

[118] 王建民:《舞蹈人类学的概念辨析与讨论》,《民族艺术研究》2015 年第 5 期。

[119] 陈兴贵:《“被发明的传统”:现代土家族摆手舞的文化透视》,《广西民族研究》2015 年第 6 期。

[120] 陈冲:《抢救中华民族民间舞蹈的伟大工程——关于〈中国民族民间舞蹈集成〉的价值》,《当代舞蹈艺术研究》2016 年第 1 期。

[121] 韩丽:《非物质文化遗产贵池傩舞的社会文化功能与传承研究》,《阜阳师范学院学报(社会科学版)》2016 年第 1 期。

[122] 刘朦:《仪式行为象征空间对建筑艺术构形的影响——以藏族叩拜、转经仪式行为为例》,《西南边疆民族研究》2016 年第 1 期。

[123] 宋卫红:《藏文化的空间句法——视觉人类学视野下的藏族空间观念》,《民族艺术》2016 年第 1 期。

[124] 朱思锦:《浅析人类学视角下的仪式及其功能》,《世纪桥》2016 年第 1 期。

[125] 李修建:《国外艺术人类学研究中的若干基本问题》,《艺术探索》2016 年第 2 期。

[126] 任慧婷:《新疆哈萨克族天鹅舞的人文启示》,《喀什大学学报》2016 年第 5 期。

[127] [美] 艾德丽安·L. 凯普勒:《舞蹈民族志与舞蹈人类学》,李

修建译,《北京舞蹈学院学报》2016 年第 6 期。

［128］吾淳:《重新审视芮德菲尔德的“大传统”与“小传统”理论》,《上海师范大学学报(哲学社会科学版)》2017 年第 1 期。

［129］刘青弋:《1946:“边疆音乐舞蹈大会”——七十年后值得钩沉的历史》,《北京舞蹈学院学报》2017 年第 1 期。

［130］彭红:《忆父亲彭松舞蹈研究之路》,《北京舞蹈学院学报》2017 年第 1 期。

［131］冯双白:《人民舞蹈家:一个至高无上的称号——深切怀念贾作光》,《舞蹈》2017 年第 2 期。

［132］熊迅:《空间建构与认同表征——古永傈僳族仪式体系的视觉人类学考察》,《民族艺术》2017 年第 4 期。

［133］张成:《谈戏曲表演的虚拟性与程式化》,《戏剧之家》2017 年第 4 期。

［134］朴永光:《论“非遗”语境下传统民间舞蹈的保护》,《北京舞蹈学院学报》2017 年第 6 期。

［135］徐开良:《试析黔北传统花灯现状成因》,《遵义师范学院学报》2017 年第 6 期。

［136］肖路:《论西方人类学理论中的仪式研究及其意义》,《法制与社会》2017 年第 8 期。

［137］雷俊成:《社会学功能主义与人类学功能主义的比较》,《湖北函授大学学报》2017 年第 15 期。

［138］哈斯:《寻踪东北舞蹈瑰宝之履——浅论〈中国民族民间舞蹈集成〉辽宁卷的实用价值》,《艺术研究》2018 年第 1 期。

［139］杜鹏:《试论西方人类学仪式研究范式的现代性转换》,《西北民

族大学学报（哲学社会科学版）》2018 年第 2 期。

［140］扎西央宗：《迪庆藏族锅庄舞音乐研究》，《民族音乐》2018 年第 2 期。

［141］林叶：《城市人类学再思：列斐伏尔空间理论的三元关系、空间视角与当下都市实践》，《江苏社会科学》2018 年第 3 期。

［142］邓志强：《“仪式”的多维学科诠释》，《青年学报》2019 年第 2 期。

［143］房静静：《人类学视域下的时间与仪式》，《内蒙古民族大学学报（社会科学版）》2019 年第 4 期。

［144］傅志伟：《心灵时间与物理时间：神学视角下的结合尝试》，《世界宗教文化》2019 年第 4 期。

［145］孟凡行：《艺术人类学的基本问题与学科发展新方向》，《思想战线》2019 年第 5 期。

［146］何茂：《铜鼓宗教舞蹈仪式的文化人类学解读与传承研究》，《齐齐哈尔大学学报（哲学社会科学版）》2019 年第 7 期。

［147］吴桂帆、石欢：《医学人类学视角下“於菟”仪式的功能研究——以青海省同仁县年都乎村为例》，《山西青年》2019 年第 14 期。

［148］黎年茂：《神话·仪式·景观——壮族民俗体育“蚂拐舞”现代转化人类学阐释》，《体育科技》2020 年第 1 期。

［149］范峻玮、塞尔江·哈力克：《南疆民居习俗观——基于习俗与空间关系的人类学解读》，《建筑创作》2020 年第 2 期。

［150］李新：《艺术的概念及其本质——关于艺术概念史的一个经验性说明》，《艺术百家》2020 年第 2 期。

［151］滕希望、郭玉成：《海阳大秧歌巫术祭祀仪式与武舞融合的人类

学考察》,《体育学刊》2020 年第 2 期。

[152] 陈正府:《反排苗族木鼓舞的仪式过程与象征表述——以舞蹈人类学为视角》,《贵州民族研究》2020 年第 4 期。

[153] 王建民、曹静:《人类学的多模态转向及其意义》,《民族研究》2020 年第 4 期。

[154] 晏辉:《论马克思的“时间”概念及其人类学意义》,《云南社会科学》2020 年第 5 期。

[155] 王莉:《符号、仪式、剧场:当代中国舞蹈象征研究的路径回顾》,《四川戏剧》2020 年第 10 期。

[156] 郭一帆:《布迪厄的“社会空间”理论》,《人文新视野》2021 年第 1 期。

[157] 胡馨月:《西方人类学“时间”研究的主题与启示》,《原生态民族文化学刊》2021 年第 1 期。

[158] 彭兆荣:《重建中国仪式话语体系——一种人类学仪式视野》,《思想战线》2021 年第 1 期。

[159] 朴永光:《“民族舞蹈学”建构再思考》,《北京舞蹈学院学报》2021 年第 1 期。

[160] 姜楠:《时间 · 时 · 时节:朱利安的时间观》,《温州职业技术学院学报》2021 年第 2 期。

[161] 辛明:《鲁道夫 · 拉班动作理论体系定律研究》,《当代舞蹈艺术研究》2021 年第 2 期。

[162] 徐小涵:《分析舞蹈编导对空间的表现及运用》,《艺术评鉴》2021 年第 2 期。

[163] 杨秀明:《性别视域下的京西太平鼓“记忆之场”研究》,《贵州

大学学报（艺术版）》2021 年第 2 期。

［164］蒋理、武闽：《巴赫金狂欢化理论的哲学内涵：两重性相互转化》，《贵州社会科学》2021 年第 4 期。

［165］尹德辉：《技艺、美的技艺、艺术——从柏拉图“技艺悖论”到康德“美的技艺”》，《艺术学研究》2022 年第 1 期。

［166］张法：《艺术分类：产生、演进、成型、问题——艺术分类的理论研究之一》，《河北学刊》2022 年第 4 期。

［167］黎凤：《从陈旸〈乐书〉看丝绸之路对闽都文化艺术的影响》，《海峡人文学刊》2022 年第 2 期。

［168］唐俊、徐祖祥《空间表征与象征秩序：桂西南壮族乡村治理中传统文化的现代价值重塑》，《云南民族大学学报（哲学社会科学版）》2022 年第 2 期。

［169］王晓茹：《舞蹈动作物理空间的数学解析》，《舞蹈》2022 年第 2 期。

［170］李文琼：《探究舞台空间在舞蹈艺术中的作用》，《戏剧之家》2022 年第 3 期。

［171］林昊民、甘满堂：《社庙物理空间修复与信俗文化传承——基于山西晋城社庙的实地研究》，《福州大学学报（哲学社会科学版）》2022 年第 5 期。

［172］胡江平、韦政海、向冬：《广西壮族蚂拐舞的文化传承与发展研究——基于河池市天峨县纳洞村的调查》，《当代体育科技》2022 年第 27 期。

后记

2000年，笔者考取了北京舞蹈学院硕士研究生，师从罗雄岩老师就读中国民间舞蹈文化研究方向，自此以后，将该研究方向发扬光大、踵事增华，就成了一种相沿成习、义不容辞的责任，因为自己作为该研究方向第一个硕士研究生，传承和发展老师的学说和理论都是尽本分的事情。2003年毕业后，笔者留校任教于中国民族民间舞系，因为任职部门是一个强调舞蹈专业实践的教学单位，所以笔者在尽一切可能提升自己舞蹈专业实践能力的同时，也做了大量有关中国民族民间舞蹈应用理论或实践理论的工作，比如写了很多关于中国民族民间舞表演、教学、创作的文章，也参与过多部诸如《中国民族民间舞教学法》等实践理论教材的编写工作，但对中国民族民间舞蹈基础理论或学术研究，这段时间始终没有涉足。一方面是精力有限，无暇顾及，自己工作的重点和研究兴趣也不在这方面；另一方面则是涉足这方面工作需要大量的文献阅读和理论积淀，没有这个前提，即便开始相关的研究也是空谈，罗雄岩老师也是数十年如一日才撰写了《中国民间舞蹈文化教程》一书。笔者开始涉足这方面的研究应该是在2007年，当时笔者在中央民族大学民族学与社会学学院就读民族学北方民族文化研究方向博士研究生，无论是课程学习的要求，还是出于毕业论文写作的需要，这一时期笔者阅读了大量有关民族学以及中国各民族历史和文化的文献，开始感觉到自己有点入门，可以做一些这方面的研究。

真正开始进行这方面研究是在2014年，笔者从北京舞蹈学院中国民族民间舞系调任到舞蹈学系，舞蹈学系作为一个以学术理论为立身之本的教学部门，其工作的重点就是在舞蹈历史、文化、评论等方面的学术研究上，特别是2019年自己接任了“中国传统舞蹈文化”这门课程，当时的系领导又将《中国传统舞蹈文化》教材建设的任务分派给了我，自此，名正言顺、职责所在地开始进行这方面的工作。接到这个教材写作任务的时候，罗雄岩老师已经年过九十，在老师有生之年做一些能够让他感觉到薪火相传、后继有人的事情，特别是书稿写完以后能让老师看上一眼并作个序，应该是笔者当时最真实的想法。这一时期，笔者还进行着另一门课程“舞蹈人类学”的教材撰写工作，《探索·认知与思考——舞蹈人类学导论研究》这部教材2021年完成，因为一些原因一直到2023年才出版，完成这部教材后，笔者就立即开始了《中国民族民间传统舞蹈文化研究》的写作。任何一部教材不可能一上来就写，必须要做大量的资料积累和理论积淀工作，这段时间由于种种原因，外出调研成为一种奢望，资料的收集、理论的积累都是通过阅读完成的，经过两年的筹备，于今年年初开始动笔，本想着年底完稿时能让老师看上一眼，不承想罗雄岩老师于今年2月13日故去，这本书完稿就是给老师一个交代，希望他能感到一丝慰藉和安心。

由于这本书整个研究过程是在疫情期间展开的，研究也是基于对研究过此类问题的专家、学者们著作和文章的学习，本书是在他们打下的基础上完成的，所以要向本书参阅过的相关著作和文章的作者们做出的贡献表示感谢，正是他们的真知灼见使得本书能够顺利地完成。当然在具体的研究中，本书对于这些专家、学者们的观念，也并非全方位接受、无条件引用，所谓能够达成共识，就分析其论述的合理性，达不成共识的，就实事求是地说出自己最真实的看法，毕竟每一代人接受的教育、获取的知识、看问题的视角、引发的感想和思考都不尽相同，将前人的认识以及自己的思考，共同呈现在同一个篇章中，本身就有学术研究的价值，毕竟人云亦云、随声附和、没有主见的观点是不能够被记住的，唯一能让人记住的就是差异性的思考和排他性的观点，把这些不同的认识，甚至有争论的思考表述出来，是本书的刻意追求。所谓哲学在于思考，自然科学强调发生规律的归纳、总结，人文科学注重文化现象的分析与阐释，对其“为什么”进行深入的挖掘和探索，对一个问题从不同的观点进行阐释和分析，本身就是人文学科所应该做的事情。

按最初的研究构想，一年的写作时间应该是绰绰有余的，没想到动笔后才发现问题严重、困难重重，所以很多最初的设计都没有落实，如对中国民族民间传统舞蹈程式、语言、图腾、象征、变迁、研究方法等内容的讨论都放弃了。当然也有一些主客观的原因，如学校规定交稿的最后期限是2023年12月30日，以及即便是没有进行这些内容的写作，书稿字数已接近40万，所以笔者只能将这部分内容留给自己未来即将开展的“舞蹈人类学理论探研”和“舞蹈人类学研究方法探索”等相关的研究中。停笔之时，想对罗雄岩老师以及中国民族民间舞的前辈们说一句，我尽力了，做了自己力所能及的事情！

今年是北京舞蹈学院建校70周年，本书作为校庆期间出版发行的70部书之一，首先，它是献礼之作。笔者作为曾经的北舞学子、后又留校任教的老师，在这个特殊的日子里，出版一本专著为校庆献礼，是一件很荣幸的事情。其次，它是学校教学改革的预期成果。为了办好具有中国特色的世界一流舞蹈大学，学校在教学改革中加强了中国舞蹈课程的建设，本书作为“中国传统舞蹈文化”课程的建设教材，它的出版无疑为做实、做强、做深、做牢该课程奠定了基础。最后，它是舞蹈学学科教材的添砖加瓦之作。关于中国民族民间舞蹈研究的著作，学校的前辈教师们撰写过多部，但是专门针对中国民族民间传统舞蹈进行研究的书籍，或者说从这一维度写作的专著比较少见，可见它是对前辈教师们研究的补充，是一部把薪助火之作。在学校校庆即将来临之时，在该书即将出版之日，向所有为本书写作、出版、发行给予过帮助、做出过贡献的老师、同人们表示感谢！

2024年8月